South San Francisco Public Library
D0441064

CRUCES EN EL CAMINO

Jeffery Deaver

Cruces en el camino

Traducción de Victoria E. Horrillo Ledesma

Umbriel Editores

Argentina • Chile • Colombia • España
Estados Unidos • México • Perú • Uruguay • Venezuela

Título original: *Roadside Crosses*
Editor original: Hodder & Stoughton, an Hachette UK Company
Traducción: Victoria E. Horrillo Ledesma

1.ª edición Junio 2014

Aribau, 142, pral. — 08036 Barcelona
www.umbrieleditores.com

ISBN: 978-84-92915-47-7
E-ISBN: 978-84-9944-749-0
Depósito legal: B-11.082-2014

Fotocomposición: Montserrat Gómez Lao
Impreso por Romanyà-Valls, S.A. — Verdaguer, 1 — 08786 Capellades (Barcelona)

Impreso en España — *Printed in Spain*

Nota del autor

Uno de los temas de esta novela es el desdibujamiento de la línea que separa el «mundo sintético» (la vida *online*) del mundo real. De ahí que, si por casualidad el lector se encuentra con la dirección de una página web en las páginas que siguen, tal vez quiera teclearla en su buscador y dejarse llevar adonde le conduzca. Para disfrutar de la novela no es necesario lo que puede hallarse en esas páginas de Internet, pero tal vez el lector encuentre en ellas algunas pistas adicionales que le ayuden a desentrañar el misterio. O quizá sólo le interese (o le inquiete) lo que pueda encontrar en ellas.

Lo que hacen Internet y su culto al anonimato es procurar una suerte de manto de inmunidad a todo aquel que quiera decir lo que sea sobre cualquier persona, y en este sentido costaría encontrar una manifestación éticamente más perversa del concepto de libertad de expresión.

RICHARD BERNSTEIN en *The New York Times*

LUNES

1

Fuera de lugar.

El joven agente de la Patrulla de Caminos de California, con el hirsuto pelo rubio cubierto por la gorra rígida, entornó los párpados al mirar por el parabrisas de su coche patrulla modelo Crown Victoria. Circulaba en dirección sur por la carretera 1 a su paso por Monterrey. Dunas a la derecha, una modesta zona comercial a la izquierda.

Había algo fuera de lugar. ¿Qué era?

Escudriñó de nuevo la carretera. Eran las cinco de la tarde y se dirigía a casa después de acabar su turno. No ponía muchas multas en aquella zona, prefería dejárselo a los ayudantes del sheriff del condado, cortesía profesional, pero de vez en cuando, si estaba de humor, paraba a un coche de fabricación alemana o italiana, y con frecuencia tomaba aquella ruta para volver a casa a esa hora del día, de modo que conocía bastante bien la carretera.

Allí, eso era. Algo colorido, a unos cuatrocientos metros de distancia, colocado junto a la calzada, al pie de uno de los cerros de arena que impedían ver la bahía de Monterrey.

¿Qué podía ser?

Encendió el puente de luces, cosa del protocolo, y se apartó al arcén derecho. Aparcó con el capó del Ford apuntando a la izquierda, hacia el tráfico, de modo que, si un coche que viniera por detrás lo golpeaba, el vehículo se alejara de él en vez de aplastarlo, y bajó. Clavada en la arena, nada más acabar la cuneta, había una cruz: una estela funeraria de carretera. Medía medio metro de alto y era de fabricación casera, armada con ramas oscuras y rotas y atada con alambre del que usaban las floristas. A sus pies había un ramo de rosas rojas sucio y húmedo. En el centro se veía un disco de cartón con la fecha del accidente escrita en tinta azul. No había ningún nombre delante, ni detrás.

Las autoridades desaconsejaban aquellos altares en recuerdo de víctimas de accidentes de tráfico porque de vez en cuando alguna persona resultaba herida, o incluso muerta, al ir a clavar una cruz o a depositar flores o animales de peluche.

Normalmente eran conmovedores y estaban hechos con buen gusto. Aquél daba escalofríos.

Pero lo más extraño era que no recordaba que hubiera habido ningún accidente por allí. De hecho, aquél era uno de los tramos de la autopista 1 más seguros de toda California. La carretera se convierte en una carrera de obstáculos al sur de Carmel, como en aquel sitio donde un par de semanas antes había habido un accidente tristísimo: dos niñas muertas al volver de una fiesta de graduación. Pero allí la calzada tenía tres carriles y era recta en su mayor parte, con algún que otro ancho meandro al cruzar los terrenos del antiguo Fort Ord, convertido ahora en colegio universitario, y las zonas comerciales.

El agente pensó en quitar la cruz, pero tal vez los familiares regresaran para colocar otra y volvieran a ponerse en peligro. Mejor dejarla donde estaba. Por simple curiosidad, al día siguiente le preguntaría a su sargento para ver qué había pasado. Regresó a su coche, dejó su gorra sobre el asiento y se rascó el pelo cortado a cepillo. Se incorporó al tráfico y se olvidó de los accidentes. Estaba pensando en lo que haría su mujer para cenar y en llevar luego a los niños a la piscina.

¿Y cuándo llegaba su hermano? Miró el recuadro de la fecha en su reloj de pulsera. Frunció el ceño. ¿Iba bien? Echó un vistazo a su móvil y comprobó que, en efecto, era 25 de junio.

Qué curioso. Quienquiera que hubiera colocado la cruz en la cuneta, se había equivocado. Recordaba que la fecha toscamente escrita en el redondel de cartón decía «martes, 26 de junio»: mañana.

Tal vez los pobres familiares estaban tan alterados que habían anotado mal la fecha.

Después, el recuerdo espeluznante de la cruz se esfumó, aunque sin desaparecer por completo, y mientras circulaba por la carretera camino a casa, el agente condujo con un poco más de cuidado.

MARTES

2

La luz tenue, una luz fantasmal, verde pálida, bailoteaba casi al alcance de la chica.

Si pudiera alcanzarla...

Si podía alcanzar aquel fantasma, estaría a salvo.

El resplandor flotaba en la oscuridad del maletero del coche, bamboleándose provocativamente por encima de sus pies sujetos con cinta aislante, lo mismo que sus manos.

Un fantasma...

Otro trozo de cinta aislante cubría su boca, y respiraba el aire viciado por la nariz, racionándolo como si el maletero de su Camry contuviera una cantidad limitada.

Una sacudida dolorosa cuando el coche pasó por un bache. Soltó un grito sofocado y breve.

De vez en cuando aparecían otros asomos de luz: el resplandor rojo mate cuando él pisaba el freno, el parpadeo del intermitente. Ninguna otra luz llegaba de fuera: era cerca de la una de la madrugada.

El fantasma luminiscente oscilaba adelante y atrás. Era la apertura de emergencia del maletero: un tirador fosforescente, adornado con la cómica imagen de un hombre escapando del automóvil.

Pero permanecía fuera del alcance de sus pies.

Tammy Foster se había obligado a dejar de llorar. Los sollozos habían comenzado poco después de que su agresor se le echara encima por detrás en el aparcamiento en sombras de la discoteca, le tapara la boca con cinta aislante y, tras amarrarle las manos a la espalda, la metiera por la fuerza en el maletero. También le había atado los pies.

Paralizada por el pánico, la chica de diecisiete años había pensado: No quiere que lo vea. Eso es bueno. No quiere matarme.

Sólo quiere asustarme.

Al inspeccionar el maletero, había visto aquel fantasma colgante. Había intentado agarrarlo con los pies, pero resbalaba entre sus zapatos. Tammy estaba en buena forma, jugaba al fútbol y estaba en el equipo de animadoras. Pero en aquella postura sólo conseguía mantener los pies levantados unos segundos.

El fantasma se le escapaba.

El coche siguió avanzando. Con cada metro que pasaba, crecía su desesperación. Empezó a llorar otra vez.

¡No, no! Se te taponará la nariz, te asfixiarás.

Se obligó a parar.

Se suponía que tenía que estar en casa a medianoche. Su madre la echaría de menos, si no estaba borracha en el sofá, angustiada por algún rifirrafe con su nuevo novio.

La echaría de menos su hermana, si no estaba conectada a Internet o hablando por teléfono. Lo que estaría haciendo, claro.

Clanc.

El mismo sonido que antes: un estruendo metálico cuando el hombre cargó algo en el asiento trasero.

Pensó en algunas películas de miedo que había visto. Películas asquerosas, repugnantes. Tortura, asesinato. Con herramientas incluidas.

No pienses en eso. Se concentró en el oscilante fantasma verde del cierre del maletero.

Entonces oyó otro sonido. El mar.

Por fin se detuvieron y el hombre apagó el motor.

Las luces se extinguieron.

El coche se sacudió ligeramente cuando el hombre se movió en el asiento del conductor. ¿Qué estaba haciendo? Tammy oyó el gañido gutural de las focas no muy lejos de allí. Estaban en una playa que, a esas horas de la noche y en aquella zona, estaría completamente desierta.

Una de las puertas del coche se abrió y se cerró. Se abrió una segunda. Otra vez aquel ruido metálico en el asiento de atrás.

Herramientas de tortura...

La puerta se cerró de golpe.

Y Tammy Foster se derrumbó. Se deshizo en sollozos, luchando por aspirar más aire viciado.

—¡No, por favor, por favor! —gritó, pero las palabras, filtradas por la cinta aislante, sonaron como una especie de gemido.

Comenzó a desgranar todas las plegarias que recordaba mientras esperaba a oír el chasquido del maletero.

El mar rompía. Las focas gritaban.

Iba a morir.

—Mami...

Luego... nada.

El maletero no emitió ningún chasquido, la puerta del coche no volvió a abrirse, no oyó pasos acercándose. Pasados tres minutos, logró controlar el llanto. El pánico remitió.

Pasaron cinco minutos, y el hombre no había abierto el maletero.

Diez.

Tammy soltó una risa leve y frenética.

No era más que un susto. No iba a matarla, ni a violarla. Era una broma pesada.

Estaba sonriendo por debajo de la cinta aislante cuando el coche se meció muy suavemente. Se le borró la sonrisa. El Camry se meció de nuevo, un leve balanceo, aunque más fuerte que la primera vez. Oyó un chapoteo y sintió un escalofrío. Supo que una ola del océano había golpeado el morro del coche.

¡No, Dios mío! ¡Había dejado el coche en la playa y estaba subiendo la marea!

El vehículo estaba varado en la arena, el mar iba excavando por debajo de los neumáticos.

¡No! Uno de sus mayores miedos era ahogarse. Y estar encerrada en un sitio tan pequeño como aquél... Era impensable. Comenzó a lanzar patadas a la tapa del maletero.

Pero no había nadie que pudiera oírla, claro, como no fueran las focas.

El agua se estrellaba con fuerza contra los costados del Toyota.

El fantasma...

De algún modo tenía que tirar de la palanca de apertura del maletero. Consiguió quitarse los zapatos y lo intentó otra vez, apretando la cabeza contra la moqueta y levantando penosamente los pies hacia el tirador fosforescente. Logró colocarlos a sus dos lados, apretó con fuerza, le temblaron los músculos del estómago.

¡Ahora!

Con las piernas agarrotadas, tiró del fantasma hacia abajo.

Un tintineo.

¡Sí! ¡Había funcionado!

Pero entonces gimió, horrorizada. El tirador había caído a sus pies sin abrir el maletero. Se quedó mirando el verde fantasma tendido a su lado. ¡Había cortado el cable, tenía que haber sido él! Lo habría cortado después de meterla dentro. El tirador de emergencia había quedado colgando de la abertura, desconectado ya del cable del cierre.

Estaba atrapada.

Por favor, que alguien se apiadara de ella, rezó de nuevo. Dios, un transeúnte, o incluso su secuestrador.

Pero la única respuesta que obtuvo fue el gorgoteo indiferente del agua salada al empezar a inundar el maletero del coche.

El Hotel Peninsula Garden se esconde cerca de la carretera 68, la ruta venerable que constituye un diorama de treinta kilómetros de largo, «Las muchas caras del condado de Monterrey». La carretera serpentea al oeste de Salinas, la Ensaladera Nacional, y bordea las verdes Praderas del Cielo, el sinuoso circuito de carreras de Laguna Seca, asentamientos de oficinas empresariales y, más allá, la polvorienta Monterrey y Pacific Grove, llena de pinos y abetos. Por último, la carretera deposita a los conductores que circulan por ella, al menos a los que se empeñan en seguir la intrincada vía de principio a fin, en la legendaria Seventeen Mile Drive, hogar de una especie muy común por esos contornos: la Gente con Dinero.

—No está mal —le dijo Michael O'Neil a Kathryn Dance cuando salieron de su coche.

Dance observó a través de los estrechos cristales de sus gafas grises el pabellón principal, de estilo español y *art déco*, y la media docena de edificios adyacentes. Era un hotel elegante, aunque de aspecto un tanto raído y trasnochado.

—Es bonito. Me gusta.

Mientras contemplaban el hotel, desde el que se atisbaba a lo lejos el océano Pacífico, Dance, una experta en kinesia, lenguaje corporal, intentó analizar a O'Neil. El ayudante jefe de la División de Investigación de la Ofician del Sheriff del condado de Monterrey era un sujeto difícil de estudio. De más de cuarenta años, complexión fuerte y cabello entrecano, era un hombre apacible pero taciturno, a no ser que te conociera, e incluso en ese caso era parco en gestos y expresiones. Desde un punto de vista kinésico, no dejaba traslucir gran cosa.

En aquel momento, sin embargo, Dance advirtió que no estaba en absoluto nervioso, a pesar del cariz de su visita al hotel.

Ella, por su parte, sí lo estaba.

Kathryn Dance, una treinteañera elegante y atractiva, llevaba el pelo rubio oscuro recogido, como solía, en una trenza francesa cuyo plumoso extremo remataba una cinta azul clara que su hija había elegido esa mañana y atado cuidadosamente con un lazo. Vestía falda negra, plisada y larga, chaqueta a juego sobre blusa blanca, y unos botines negros con tacones de cinco centímetros que se había resistido a comprar hasta el momento de las rebajas, a pesar de haberlos admirado durante meses.

O'Neil vestía uno de sus tres o cuatro conjuntos de paisano: pantalones chinos y camisa azul claro, sin corbata. Su americana era de color azul oscuro, con un tenue estampando de cuadros.

El portero, un hispano jovial, los miró con una expresión que venía a decir: formáis una pareja simpática.

—Bienvenidos. Espero que disfruten de su estancia.

Les abrió la puerta.

Dance sonrió indecisa a O'Neil y cruzaron el aireado vestíbulo, camino de la recepción.

Desde el edificio principal, deambularon por el complejo hotelero en busca de la habitación.

—Nunca pensé que pasaría esto —le comentó O'Neil.

Dance soltó una risa suave. Le divertía darse cuenta de que sus ojos se deslizaban de cuando en cuando hacia las puertas y las ventanas. Aquella respuesta kinésica ponía de manifiesto que el sujeto buscaba inconscientemente vías de escape, es decir, que sentía estrés.

—Mira —dijo, señalando otra piscina.

Parecía haber cuatro en el hotel.

—Como una Disneylandia para adultos. He oído que aquí vienen muchos músicos de rock.

—¿En serio? —dijo Dance y arrugó el ceño.

—¿Qué ocurre?

—Sólo tiene una planta. No debe de ser muy divertido ponerse ciego y lanzar televisores y muebles por la ventana.

—Esto es Carmel —señaló O'Neil—. Aquí, lo más salvaje que hacen es tirar envases reciclables al cubo de la basura.

Dance pensó en una réplica, pero se la calló. La conversación estaba poniéndola más nerviosa.

Se detuvo junto a una palmera con hojas como armas cortantes.

—¿Dónde estamos?

El ayudante del sheriff miró una hoja de papel, se orientó y señaló uno de los edificios del fondo.

—Allí.

Se pararon frente a la puerta. O'Neil exhaló y levantó una ceja.

—Aquí es, supongo.

Dance se rió.

—Me siento como una adolescente.

El ayudante llamó a la puerta.

Pasados unos segundos, abrió un hombre enjuto de cerca de cincuenta años, vestido con pantalones oscuros, camisa blanca y corbata a rayas.

—Michael, Kathryn, justo a tiempo. Pasad.

Ernest Seybold, fiscal de carrera del condado de Los Ángeles, les indicó con una inclinación de cabeza que entraran en la habitación. Dentro, una taquígrafa judicial se sentaba junto a su máquina de tres patas. Otra joven se levantó para saludar a los recién llegados. Era su ayudante de Los Ángeles, les dijo Seybold.

Poco antes, ese mismo mes, Dance y O'Neil habían dirigido un caso en Monterrey: Daniel Pell, líder de una secta y asesino convicto, había escapado de prisión y permanecido en la península con intención de engrosar la nómina de sus víctimas. Una de las personas involucradas en el caso había resultado ser muy distinta a como la creían Dance y sus compañeros de la policía, y aquel error había tenido como consecuencia otro asesinato.

Dance estaba empeñada en perseguir al culpable, pero había mucha presión, por parte de algunas instancias muy poderosas, para que se abandonara la investigación. Ella, sin embargo, no aceptaba un no por respuesta, y aunque el fiscal de Monterrey había rehusado ocuparse del caso, O'Neil y ella habían descubierto que el asesino había matado ya antes, en Los Ángeles. El fiscal del distrito, Seybold, que solía colaborar con el cuerpo policial al que pertenecía Dance, el CBI, la Oficina de Investigación de California, era amigo personal suyo, y había accedido a presentar cargos en Los Ángeles.

Varios testigos, no obstante, se hallaban en la zona de Monterrey, entre ellos Dance y O'Neil, de ahí que Seybold hubiera venido ese día a tomarles declaración. La naturaleza clandestina del encuentro se debía a los contactos y a la reputación del asesino. De hecho, de momento ni siquiera estaban empleando su verdadero nombre. El caso se conocía internamente como *El Pueblo contra Juan Nadie*.

Después de que se sentaran, Seybold dijo:

—Debo deciros que es posible que tengamos un problema.

El cosquilleo que Dance había sentido poco antes, el presentimiento de que algo iba a torcerse y el caso descarrilaría, volvió a hacer acto de aparición.

El fiscal añadió:

—La defensa ha presentado una moción para que se desestime el caso basándose en el estatuto de inmunidad. Sinceramente, no puedo deciros qué probabilidad hay de que salga adelante. La vista se ha fijado para pasado mañana.

Dance cerró los ojos.

—No.

A su lado, O'Neil exhaló un suspiro, enfadado.

Todo aquel trabajo...

Si se escapa, pensó Dance... Pero entonces se dio cuenta de que no tenía nada que añadir, salvo que si se escapaba salía perdiendo.

Sintió que le temblaba el mentón.

Pero Seybold agregó:

—Tengo a un equipo preparando el recurso. Son buenos. Los mejores de la oficina.

—Lo que haga falta, Ernie —repuso Dance—. Quiero atraparlo. Lo deseo con todas mis fuerzas.

—Igual que mucha gente, Kathryn. Haremos todo lo que podamos.

Si se escapa...

—Pero quiero que sigamos adelante como si fuéramos a ganar —dijo Seybold con firmeza, y Dance se tranquilizó en parte.

Comenzaron. Seybold les hizo decenas de preguntas sobre el crimen: acerca de lo que habían presenciado Dance y O'Neil, y de las pruebas del caso.

Era un fiscal con experiencia y sabía lo que se traía entre manos. Tras una hora de interrogatorio, recostó su enjuta figura en el asiento y anunció que, por ahora, era suficiente. Estaba esperando de un momento a otro a otro testigo, un agente de la policía estatal que también había accedido a declarar.

Dieron las gracias a Seybold, que quedó en llamarles tan pronto como el juez se pronunciara respecto al asunto de la inmunidad.

Mientras regresaban al vestíbulo, O'Neil aflojó el paso y arrugó el entrecejo.

—¿Qué pasa? —preguntó Dance.

—Vamos a hacer novillos.

—¿Qué quieres decir?

Indicó con la cabeza el hermoso jardín del restaurante, que daba a una garganta más allá de la cual se veía el mar.

—Es temprano. ¿Cuándo fue la última vez que alguien con uniforme blanco te trajo unos huevos Benedict?

Dance se quedó pensando.

—¿En qué año dices que estamos?

O'Neil sonrió.

—Vamos, no llegaremos tan tarde.

Ella consultó su reloj.

—No sé.

Kathryn Dance nunca había hecho novillos en el colegio, y mucho menos siendo oficial del CBI.

Luego se dijo a sí misma: ¿Por qué dudas? Te encanta estar con Michael, casi nunca puedes pasar un rato tranquilo con él.

—Tienes razón.

Se sentía de nuevo como una adolescente, pero bien.

Se sentaron el uno al lado del otro en un banco corrido, cerca del borde de la terraza, de cara a las colinas. Había salido el sol y hacía una límpida y fresca mañana de junio.

El camarero, que no llevaba uniforme completo, sino una camisa blanca convenientemente almidonada, les trajo las cartas y sirvió café. Los ojos de Dance se escabulleron hacia la página en la que el restaurante alardeaba de sus célebres cócteles mimosa. Ni pensarlo, se dijo, y al levantar la vista notó que O'Neil estaba mirando exactamente lo mismo.

Se rieron.

—Cuando vayamos a Los Ángeles para la comparecencia ante el gran jurado o para el juicio —comentó O'Neil—, tomaremos champán.

—Trato hecho.

Fue entonces cuando sonó el teléfono de O'Neil. El ayudante del sheriff echó un vistazo al identificador de llamadas. Dance advirtió de inmediato que su lenguaje corporal cambiaba: levantó ligeramente los hombros, pegó los brazos al cuerpo y fijó los ojos un poco más allá de la pantalla.

Supo quién llamaba antes incluso de que él contestara alegremente:

—Hola, cariño.

Dance dedujo de la conversación que a su esposa, Anne, fotógrafa profesional, le habían adelantado un viaje de trabajo y quería consultar con él qué días tenía libres.

O'Neil colgó por fin y guardaron silencio un momento mientras la atmósfera se despejaba y consultaban la carta.

—Sí —anunció él—, huevos Benedict.

Dance, que iba a pedir lo mismo, levantó la vista para llamar al camarero. Pero entonces vibró su teléfono. Miró el mensaje de texto, arrugó la frente y volvió a leerlo, consciente de que su propia gestualidad se modificaba rápidamente. Se le aceleró el corazón, alzó los hombros, comenzó a dar golpecitos con el pie en el suelo.

Dio un suspiro y cambió el gesto amable de llamar al camarero por otro con el que fingía firmar la cuenta.

3

La sede regional de la Oficina de Investigación de California, sección centro-oeste, es un edificio moderno y anodino, idéntico a las oficinas de compañías aseguradoras y consultorías de *software* que lo rodean y, al igual que éstas, pulcramente escondido detrás de las colinas y decorado con la exuberante vegetación de la costa central de California.

Quedaba cerca del Peninsula Garden, y Dance y O'Neil llegaron en menos de diez minutos, respetando el tráfico, pero sin detenerse en los semáforos en rojo ni en las señales de stop.

Al salir del coche, ella se colgó el bolso del hombro y recogió el abultado maletín de su ordenador, que su hija había bautizado como «el anexo al bolso de mamá» tras aprender lo que significaba «anexo», y O'Neil y ella entraron en el edificio.

Se dirigieron de inmediato al lugar donde Dance sabía que estaría reunido su equipo: su despacho, en la parte del CBI conocida como «el Ala de las Chicas» o «AC», debido a que sus únicas ocupantes eran la propia Dance, la detective Connie Ramírez, la asistente de ambas, Maryellen Kresbach, y la jefa de administración, Grace Yuan, gracias a la cual el edificio entero funcionaba como un reloj. El nombre de aquella ala procedía de un comentario desafortunado de un exagente del CBI igualmente desafortunado, el cual lo había acuñado mientras intentaba hacerse el gracioso con una novia a la que estaba enseñando el edificio.

En el Ala de las Chicas todavía se preguntaban si habría sido él o uno de sus ligues quien había encontrado los productos de higiene femenina que Dance y Ramírez habían introducido a hurtadillas en su despacho, su maletín y su coche.

Dance y O'Neil saludaron a Maryellen. La secretaria, una mujer alegre e insustituible, era capaz de sacar adelante a su familia y de organizar la vida profesional de sus jefas sin batir siquiera una de sus pestañas repletas de oscuro rímel. Y, además, era la mejor repostera que había conocido Dance.

—Buenos días, Maryellen. ¿Qué hay?

—Hola, Kathryn. Sírvete.

Dance miró las galletas con trocitos de chocolate que había en el tarro, sobre la mesa de su ayudante, pero no cedió a la tentación. Tenían que ser un pecado bíblico. O'Neil, en cambio, no se resistió.

—Hacía semanas que no desayunaba tan bien.

Huevos Benedict...

Maryellen se rió, complacida.

—Pues he vuelto a llamar a Charles y le he dejado otro mensaje. Pero en fin... —Suspiró—. No lo coge. TJ y Rey están dentro. Ah, ayudante O'Neil, ha venido uno de sus hombres, de la oficina del sheriff de Monterrey.

—Gracias. Eres un sol.

En el despacho, TJ Scanlon, un agente joven, flaco y de pelo rojo, se levantó de un salto de la silla de Dance.

—Hola, jefa. ¿Qué tal ha ido el castin?

Se refería a la declaración.

—De película.

Luego le dio la mala noticia acerca de la vista que iba a celebrarse para dirimir la inmunidad del sospechoso.

TJ torció el gesto. Él también conocía al asesino, y estaba casi tan empeñado como Dance en conseguir su condena.

Scanlon era bueno en su trabajo, aunque fuera el agente menos convencional que pudiera encontrarse en un cuerpo policial conocido por su formalidad y su rigidez protocolaria. Ese día llevaba vaqueros, un polo y una americana de cuadros de madrás, un estampado que aún podía encontrarse en algunas camisas descoloridas del armario donde el padre de Dance guardaba su ropa vieja. TJ tenía una sola corbata, que supiera su jefa, y era un estrafalario modelo de Jerry García. El agente sufría una acusada nostalgia de los años sesenta. En su despacho burbujeaban alegremente dos lámparas de lava.

Dance y él sólo se llevaban unos años, pero entre ellos había un abismo generacional. Aun así, se compenetraban en el trabajo y habían establecido hasta cierto punto una relación de mentora y pupilo. Aunque TJ tendía a trabajar solo, lo que iba en contra de los principios del CBI, llevaba una temporada sustituyendo al compañero de Dance, que estaba en México, ocupado en un complicado caso de extradición.

Rey Carraneo, un hombre taciturno, recién llegado al CBI, era lo más opuesto a TJ que cupiera imaginar. De veintitantos años, delgado y de semblante moreno y reflexivo, ese día vestía traje gris y camisa blanca. Era más maduro de espíritu que de edad, debido quizás a que, antes de trasladarse a Monterrey con su esposa para cuidar de su madre enferma, había sido patrullero en Reno, Nevada, una ciudad de vaqueros. La mano con la que sostenía su taza de café lucía una minúscula cicatriz en la horquilla entre el índice y el pulgar, allí donde, no muchos años antes, había llevado el tatuaje de una banda callejera. Dance lo consideraba el más tranquilo y centrado de los agentes jóvenes de la oficina y a veces se preguntaba, sólo para sí misma, si sus tiempos de pandillero habían contribuido a ello.

El ayudante de la Oficina del Sheriff del Condado de Monterrey, de porte militar y con el pelo típicamente cortado a cepillo, se presentó y explicó lo que había ocurrido. Una adolescente local, Tammy Foster, había sido secuestrada en un aparcamiento en el centro de Monterrey, junto a Alvarado, esa madrugada. La habían atado y metido en el maletero de su coche. Su agresor la había llevado a una playa a las afueras de la ciudad y la había dejado allí para que muriera ahogada por la marea alta.

Dance se estremeció al pensar en cómo debía de haber sido estar allí, encogida y helada, mientras el agua iba inundando el reducido espacio del maletero.

—¿El coche era de ella? —preguntó O'Neil, sentándose en una de las sillas de Dance.

Echándola hacia atrás, la dejó en equilibrio sobre las patas traseras: exactamente lo que ella le decía a su hijo que no hiciera; sospechaba que Wes había copiado de O'Neil aquella costumbre. Las patas crujieron bajo su peso.

—Así es, señor.

—¿En qué playa ha sido?

—Al sur de las Highlands, costa abajo.

—¿Estaba desierta?

—Sí, no había nadie en los alrededores. Ningún testigo.

—¿Alguno en la discoteca donde la secuestraron? —inquirió Dance.

—Negativo. Y no había cámaras de seguridad en el aparcamiento.

Dance y O'Neil tomaron nota de aquello. Luego ella dijo:

—Entonces el asesino debía tener otro coche aparcado cerca de donde la dejó. O un cómplice.

—La unidad de investigación forense ha encontrado algunas pisadas en la arena en dirección a la carretera, por encima del nivel de la marea, pero la arena estaba suelta. Imposible saber el tipo de suela y el número de calzado. Pero está claro que son de una sola persona.

O'Neil preguntó:

—¿Y no hay señales de que un coche se apartara de la carretera para recogerlo? ¿O de que hubiera uno escondido entre los arbustos, por allí cerca?

—No, señor. Nuestra gente ha encontrado unas huellas de bicicleta, pero estaban en la cuneta. Puede que sean de anoche, o de hace una semana. Ha sido imposible cotejarlas. No tenemos una base de datos de ruedas de bicicleta —añadió dirigiéndose a Dance.

Cientos de personas paseaban diariamente en bicicleta por la costa en aquella zona.

—¿Móvil?

—Ni robo, ni agresión sexual. Parece que sólo quería matarla. Lentamente.

Dance dejó escapar un soplido.

—¿Algún sospechoso?

—Ninguno.

Dance miró a TJ.

—¿Qué me has dicho antes, cuando has llamado? Eso tan raro. ¿Se sabe algo más?

—Ah —dijo el nervioso joven—, te refieres a la cruz de la cuneta.

La Oficina de Investigación de California goza de amplia jurisdicción, pero normalmente sólo interviene en delitos mayores, como amenazas terroristas, actividades mafiosas o casos prominentes de corrupción o estafa financiera. Un único asesinato en una zona en la que al menos una vez a la semana hay muertes relacionadas con los enfrentamientos entre bandas no debía atraer especial atención.

Pero el caso de Tammy Foster era distinto.

La víspera de su secuestro, un agente de la Patrulla de Caminos había encontrado una cruz, semejante a una de esas estelas funerarias que aparecían a menudo en las cunetas, con la fecha del día siguiente escrita y clavada en la arena, junto a la carretera 1.

Al enterarse de la muerte de la chica, sucedida no muy lejos de aquella misma carretera, el patrullero se había preguntado si la cruz no sería un anuncio de las intenciones del asesino, y había vuelto al lugar para recogerla. La Unidad de Inspección Forense de la oficina del sheriff había encontrado un fragmento minúsculo de pétalo de rosa en el maletero en el que habían dejado a Tammy para que muriera ahogada: una mota que coincidía a la perfección con las rosas del ramo dejado junto a la cruz.

Puesto que, a simple vista, la víctima parecía elegida al azar y no había móvil aparente, Dance se vio obligada a considerar la posibilidad de que el asesino tuviera previsto cometer más crímenes.

—¿Alguna prueba procedente de la cruz? —preguntó O'Neil.

El agente hizo una mueca.

—A decir verdad, ayudante O'Neil, el patrullero se limitó a tirar la cruz y las flores en el maletero de su coche.

—¿Están contaminadas?

—Me temo que sí. El ayudante Bennington las ha analizado lo mejor que ha podido.

Peter Bennington, jefe del laboratorio de criminología del condado de Monterrey, un hombre habilidoso y diligente.

—Pero no ha encontrado nada, al menos según las pruebas preliminares. No hay huellas dactilares, salvo las del patrullero, ni rastros materiales, aparte de arena y suciedad. La cruz estaba hecha con ramas y alambre de floristería. El círculo con la fecha escrita estaba recortado en cartón, por lo visto. El bolígrafo, según ha dicho Bennington, era genérico. Y la letra era mayúscula, útil sólo si conseguimos una muestra de un sospechoso. Aquí tienen una fotografía de la cruz. Da bastante miedo. Es como de *El proyecto de la bruja de Blair*, ya saben.

—Buena película —comentó TJ, y Dance no supo si estaba de broma o no.

Miraron la fotografía. En efecto, daba miedo: las ramas eran como huesos negros y retorcidos.

¿La ciencia forense no podía decirles nada? Dance tenía un amigo con el que había colaborado recientemente, Lincoln Rhyme, un asesor forense privado que vivía en Nueva York. A pesar de ser tetrapléjico, era uno de los mejores criminalistas del país. ¿Habría encontrado Rhyme algo útil si hubiera inspeccionado la escena del crimen?, se preguntó Dance. Sospechaba que sí. Pero quizá la norma más universal del trabajo policial fuera ésta: uno trabaja con lo que tiene.

Advirtió algo en la fotografía.

—Las rosas.

O'Neil comprendió a qué se refería.

—Los tallos están cortados a la misma altura.

—Exacto. Así que posiblemente proceden de una tienda, no han sido cortados en un jardín particular.

—Pero, jefa —dijo TJ—, hay unos mil sitios en la península donde pueden comprarse rosas.

—No digo que esa pista vaya a llevarnos hasta la puerta del asesino —repuso Dance—. Sólo digo que es un dato que quizá nos sea útil. Y no saques conclusiones precipitadas. Puede que las hayan robado.

Se sentía molesta, y esperaba que no se le notara.

—Entendido, jefa.

—¿Dónde estaba la cruz exactamente?

—En la carretera uno, justo al sur de Marina.

El agente señaló un punto en el mapa que colgaba de la pared.

—¿Algún testigo del momento en que dejaron la cruz? —inquirió Dance.

—No, señora, según la Patrulla de Caminos, no. Y tampoco hay cámaras en ese tramo de la carretera. Seguimos buscando.

—¿Y en alguna tienda? —preguntó O'Neil en el instante en que Dance tomaba aire para formular esa misma pregunta.

—¿En alguna tienda?

O'Neil estaba mirando el mapa.

—En el lado este de la carretera. En esos centros comerciales. En alguna debe de haber cámaras de seguridad. Puede que una estuviera apuntando hacia ese sitio. Al menos podríamos averiguar la marca y el modelo del coche, si es que fue en coche.

—Compruébalo, TJ —ordenó Dance.

—Eso está hecho, jefa. Allí hay un buen Java House, uno de mis favoritos.

—Cuánto me alegro.

Una sombra apareció en la puerta.

—Ah, no sabía que estabais reunidos aquí.

Charles Overby, nombrado recientemente agente al mando de aquella rama del CBI, entró en el despacho. De unos cincuenta y cinco años y piel bronceada, aquel hombre en forma de pera era lo bastante atlético para golpear la pelota en el campo de golf o en la pista de tenis varias veces por semana, pero hasta ahí llegaba su agilidad; si tenía que mantener un peloteo largo, se quedaba sin resuello.

—Llevo en mi oficina... Bueno, un buen rato.

Dance hizo como que no veía la mirada que TJ echó furtivamente a su reloj. Sospechaba que Overby había llegado hacía sólo un par de minutos.

—Buenos días, Charles —dijo—. Puede que haya olvidado decirte dónde íbamos a reunirnos. Lo siento.

—Hola, Michael.

Overby saludó también a TJ con una inclinación de cabeza. A veces miraba al joven agente con curiosidad, como si fuera la primera vez que lo veía, aunque tal vez sólo fuera su modo de mostrar el rechazo que le producía su gusto para la ropa.

Dance, en realidad, le había informado de la reunión. De camino allí desde el Hotel Peninsula Garden, había dejado un mensaje en su buzón de voz para darle la preocupante noticia de la vista que iba a celebrarse en Los Ángeles y decirle que tenían pensado reunirse allí, en su despacho. Maryellen también le había avisado de la reunión, pero el jefe del CBI no había contestado. Dance no se había molestado en volver a llamarlo porque Overby no solía interesarse por la vertiente táctica de los casos que investigaban. No le habría sorprendido en absoluto que declinara asistir a aquella reunión. Él quería una «visión de conjunto», desde hacía poco una de sus frases favoritas. TJ se había referido una vez a él como Charles Overview,* y a Dance le había dolido la barriga de tanto reír.

—Bien. Lo de esa chica del maletero... Ya están llamando los periodistas. Les he dado largas. Y no lo soportan. Ponedme al corriente.

Ah, los periodistas. Eso explicaba su interés.

Dance le contó lo que sabían de momento y cuáles eran sus planes.

—¿Creéis que va a volver a intentarlo? Es lo que están diciendo en la tele.

—Es lo que están suponiendo —puntualizó Dance con delicadeza.

—Dado que no sabemos por qué agredió a Tammy Foster, no podemos aventurar nada —respondió O'Neil.

—¿Y la cruz tiene algo que ver? ¿Era una especie de mensaje?

—El análisis forense de las flores coincide, sí.

—Uf. Espero que esto no se convierta en algo parecido a lo del Verano de Sam.

—¿A...? Charles, ¿qué es eso? —preguntó Dance.

* *Overview*: visión general, panorámica. *(N. de la T.)*

—Ese tío de Nueva York que dejaba notas y mataba a la gente a tiros.

—Ah, eso era una película. —TJ era su bibliotecario de referencia en materia de cultura popular—. De Spike Lee. El asesino era el Hijo de Sam.

—Lo sé —se apresuró a contestar Overby—. Sólo quería hacer un juego de palabras. Hijo y verano.

—No tenemos pruebas ni en un sentido ni en otro. Todavía no sabemos nada, en realidad.

Overby asintió con la cabeza. Le desagradaba, por norma, no tener respuestas. Ni para la prensa, ni para sus jefes de Sacramento. Le ponía nervioso, y contagiaba su nerviosismo a todo el mundo. Cuando su predecesor, Stan Fishburne, había tenido que jubilarse inesperadamente por motivos de salud y Overby había asumido el mando, en la oficina había cundido el desánimo. Fishburne era siempre el abogado de los agentes. Para apoyarlos, era capaz de enfrentarse a cualquiera. Overby tenía otro estilo. Un estilo muy distinto.

—Ya he recibido una llamada del director. —Su jefe supremo—. En Sacramento ya ha salido en las noticias locales. Y también en la CNN. Tengo que volver a llamarlo. Preferiría tener algo concreto.

—Es probable que pronto sepamos más.

—¿Cabe la posibilidad de que sea una broma que ha salido mal? Una novatada, por ejemplo. Cosa de estudiantes. Es lo que hacíamos todos en la universidad, ¿no?

Dance y O'Neil no habían pertenecido a ninguna fraternidad universitaria. Dudaba de que TJ hubiera pertenecido a alguna y, en cuanto a Rey Carraneo, se había sacado la licenciatura en Derecho criminal estudiando por las noches mientras trabajaba en dos sitios a la vez.

—Demasiado siniestro para ser una novatada —comentó O'Neil.

—Bueno, no debemos descartarlo aún. Sólo quiero asegurarme de que no cunda el pánico. Eso no serviría de nada. Hay que quitarle importancia a la posibilidad de que sea un asesino en serie. Y no mencionéis la cruz. Todavía estamos intentando recuperarnos de ese caso de hace unas semanas, ese asunto de Pell. —Pestañeó—. ¿Qué tal ha ido la declaración, por cierto?

—Se ha retrasado el juicio.

¿Es que no había escuchado su mensaje?

—Eso está bien.

—¿Bien?

Dance estaba todavía furiosa por la petición de sobreseimiento.

Overby parpadeó.

—Quiero decir que así estás libre para ocuparte del caso de la cruz en la carretera.

Dance pensó en su antiguo jefe. La nostalgia puede ser una tristeza tan dulce...

—¿Qué pasos vais a dar? —preguntó Overby.

—TJ va a echar un vistazo a las cámaras de seguridad de las tiendas y los concesionarios de coches de los alrededores del lugar donde estaba la cruz. —Dance se volvió hacia Carraneo—. Y, Rey, ¿podrías encargarte tú de preguntar en los alrededores del aparcamiento donde secuestraron a Tammy?

—Sí, señora.

—¿En qué estás trabajando ahora en la oficina del sheriff, Michael? —inquirió Overby.

—Estoy llevando la investigación de un asesinato entre pandillas, y luego tengo el caso del contenedor.

—Ah, eso.

Hasta el momento, la península había quedado en gran medida a salvo de la amenaza terrorista. No había allí puertos importantes, sólo muelles de pesca, y el aeropuerto era pequeño y contaba con un buen sistema de seguridad. Pero hacía aproximadamente un mes, habían robado un contenedor de un carguero indonesio atracado en el puerto de Oakland. El contenedor había viajado hacia el sur, camino de Los Ángeles, cargado en un camión, y un informe sugería que había llegado hasta Salinas, donde posiblemente lo habían vaciado, escondido su contenido y trasladado éste a otros camiones para que siguiera su ruta.

Dicho contenido podía estar formado por bienes de contrabando: drogas, armas o, como sugería otro informe de inteligencia digno de crédito, seres humanos introducidos ilegalmente en el país. Indonesia tenía la mayor población islámica del mundo, así como numerosas células extremistas peligrosas. El departamento de Seguridad Nacional estaba, lógicamente, preocupado.

—Pero —añadió O'Neil— puedo posponerlo un día o dos.

—Bien —dijo Charles Overby, aliviado por que el caso de la cruz en la carretera fuera un esfuerzo compartido entre varios cuerpos policiales. Siempre andaba buscando formas de repartir el riesgo si una investigación salía mal, aunque ello supusiera también compartir la gloria.

Dance se alegró de que O'Neil y ella fueran a trabajar juntos.

—Yo me encargo de pedirle a Peter Bennington el informe final sobre la escena del crimen —dijo O'Neil.

No tenía formación específica en ciencias forenses, pero era un policía sólido y curtido que se apoyaba en técnicas tradicionales para resolver delitos: investigación, interrogatorios y análisis forense. Y, de vez en cuando, un cabezazo. Fuera cual fuese la mezcla de técnicas que utilizaba, era un buen detective. Tenía una de las mejores hojas de servicios y, lo que era más importante, de los mejores historiales de condenas, de todo el cuerpo.

Dance consultó su reloj.

—Yo voy a ir a entrevistar a la testigo.

Overby se quedó callado un momento.

—¿La testigo? No sabía que hubiera una.

Dance no le dijo que también le había dado esa información en el mensaje que le había dejado.

—Pues sí, la hay —contestó, y colgándose el bolso del hombro, salió del despacho.

4

—Ay, qué pena —comentó la mujer.

Su marido, sentado tras el volante de su Ford todoterreno, cuyo depósito acababa de llenar por setenta dólares, la miró. Estaba de mal humor. Por el precio del combustible y porque acababa de vislumbrar, como una visión tentadora, el campo de golf de Pebble Beach, en el que no podía permitirse jugar ni aunque su esposa le dejara hacerlo.

No quería oír cosas tristes, eso lo tenía claro.

Pero como llevaban veinte años casados, le preguntó quizá con más aspereza de la que pretendía:

—¿El qué?

Ella no advirtió su tono, o no le prestó atención.

—Eso.

Miró hacia delante, pero su mujer se limitaba a mirar fijamente por el parabrisas aquel tramo de carretera desierta que serpeaba entre bosques. No señalaba nada en particular. Se irritó aún más.

—¿Qué habrá pasado?

Él estaba a punto de espetarle «¿Con qué?» cuando vio a qué se refería.

Y enseguida se sintió culpable.

Clavada en la arena, allí delante, a unos treinta metros de distancia, había uno de esos pequeños monumentos funerarios que recuerdan el lugar de un accidente. Era una cruz, bastante chapucera, colocada encima de unas flores. Rosas rojas muy oscuras.

—Sí, es triste —dijo, pensando en sus hijos, dos adolescentes por los que todavía sufría pánico cada vez que se sentaban detrás del volante. Consciente de lo que sentiría si les ocurriera algo en un accidente, lamentó haberse puesto tan áspero.

Meneó la cabeza y miró el semblante preocupado de su esposa. Pasaron junto a la tosca cruz. Ella musitó:

—Dios mío, acaba de ocurrir.

—¿Sí?

—Sí. Tiene la fecha de hoy.

Su marido se estremeció y siguieron circulando hacia una playa cercana que les habían recomendado por sus sendas para pasear a pie.

—Qué cosa tan rara —comentó pensativa.

—¿El qué, cariño?

—Aquí el límite de velocidad es de cincuenta kilómetros por hora. Cuesta creer que alguien se pegue un trompazo tan fuerte a esa velocidad como para morir.

Su mujer se encogió de hombros.

—Habrán sido jóvenes, seguramente. Debían ir bebidos.

La cruz lo ponía todo en perspectiva, eso seguro. Vamos, tío, podrías estar sentado en Portland, mascando números y preguntándote con qué disparate te saldrá Leo en la próxima reunión de motivación. Y aquí estás, en la parte más bonita del estado de California, con cinco días de vacaciones por delante.

Además, no podrías jugar en Pebble Beach ni en un millón de años. Así que deja de quejarte, se dijo.

Puso la mano en la rodilla de su mujer y siguió conduciendo hacia la playa, sin molestarse siquiera por que la niebla hubiera vuelto de pronto la mañana gris.

Mientras conducía por la carretera 68 Holman, Kathryn Dance llamó a sus hijos, a los que Stuart, su padre, iba a llevar a sus respectivos campamentos urbanos. Como a primera hora había tenido la reunión en el hotel, lo había organizado todo para que Wes y Maggie, de doce y diez años respectivamente, pasaran la noche con sus abuelos.

—¡Hola, mamá! —exclamó Maggie—. ¿Podemos ir a cenar al Rosie esta noche?

—Ya veremos. Tengo un caso urgente.

—Anoche hicimos la pasta para los espaguetis de la cena, la abuela y yo. Usamos harina, huevos y agua. El abuelo dijo que aquello sí que era pasta de pura cepa. ¿Qué significa «de pura cepa»?

—Que está hecha desde cero, con todos sus ingredientes. Que no la comprasteis envasada.

—A ver, eso ya lo sé. Lo que quiero saber es qué significa «de pura cepa».

—No digas todo el rato «a ver». Y no lo sé. Lo buscaremos.

—Vale.

—Luego nos vemos, cielo. Te quiero. Pásame a tu hermano.

—Hola, mamá.

Wes se lanzó a un monólogo acerca del partido de tenis que tenía previsto para ese día.

Su hijo, sospechaba Dance, acababa de iniciar el lento descenso hacia la adolescencia. A veces era su niño pequeño, y a veces un jovenzuelo distante. Su padre había muerto hacía dos años, y el chico estaba empezando a liberarse del peso de aquella pena que lo aplastaba. Maggie, aunque más pequeña, era más fuerte.

—¿Michael todavía piensa salir en el barco este fin de semana?

—Seguro que sí.

—¡Qué guay!

O'Neil lo había invitado a ir a pescar ese sábado junto con Tyler, su hijo pequeño. Su mujer, Anne, rara vez salía en el barco y, aunque Dance les acompañaba de vez en cuando, tenía tendencia a marearse y no era una marinera muy entusiasta.

Habló luego un momento con su padre para darle las gracias por cuidar de los niños y le mencionó que el nuevo caso en el que estaba trabajando iba a exigirle mucho tiempo. Stuart Dance era el abuelo perfecto: biólogo marino semijubilado, tenía un horario muy flexible y disfrutaba sinceramente estando con sus nietos. Además, no le importaba hacer de chófer. Ese día tenía una reunión en el acuario de la bahía de Monterrey, pero le aseguró a su hija que dejaría a los niños con la abuela después del campamento. Dance iría a recogerlos más tarde.

Todos los días daba gracias al destino o a los dioses por tener cerca una familia tan cariñosa. Se le encogía el corazón pensando en las madres solteras que apenas tenían en quien apoyarse.

Redujo la marcha, giró en el semáforo y, al entrar en el aparcamiento del Hospital de la Bahía de Monterrey, observó al gentío que se había congregado detrás de una fila de vallas azules.

Los manifestantes eran más que ayer.

Y ayer habían sido más que el día anterior.

El hospital era un centro de renombre, uno de los mejores de la región, y también uno de los más idílicos por estar situado en un enorme pinar. Dance lo conocía bien. Allí había tenido a sus hijos y había acompañado a su padre mientras se recuperaba de una operación grave. Allí, en el depósito del hospital, había identificado el cuerpo de su marido.

Y allí, hacía pocos días, había sufrido una agresión, un incidente relacionado con la protesta que estaba viendo en esos momentos.

Mientras trabajaba en el caso de Daniel Pell, había mandado a Juan Millar, un joven ayudante del condado de Monterrey, a vigilar al preso en los juzgados de Salinas. El recluso había escapado y, en el momento de su fuga, había atacado a Millar, que había sufrido quemaduras gravísimas y había sido trasladado a la unidad de cuidados intensivos del hospital. Habían sido momentos durísimos para todos: para su familia, aturdida y destrozada, para Michael O'Neil, y para sus compañeros de la oficina del sheriff. Y también para ella.

Una de las veces que había ido a ver a Juan, su hermano Julio la había agredido en un ataque de ira, furioso por que intentara tomar declaración a su hermano semiconsciente. La agresión la había sobresaltado, más que herirla, y había preferido no denunciar la conducta histérica del joven.

Juan había fallecido a los pocos días de ingresar en el hospital. Su muerte había parecido al principio resultado de sus gravísimas quemaduras. Luego, sin embargo, se había descubierto que alguien le había quitado la vida: un homicidio por compasión.

A Dance le entristecía su muerte, pero las lesiones eran tan graves que en su futuro no podía haber otra cosa que dolor e intervenciones quirúrgicas. Su estado también había angustiado a la madre de la agente, Edie, enfermera en el hospital. Dance se recordaba a sí misma en la cocina, y a su madre a su lado, con la mirada perdida. Algo la tenía profundamente preocupada, y no había tardado en decirle a su hija lo que era: mientras estaba atendiendo a Juan, el joven había vuelto en sí y la había mirado con ojos implorantes.

—Máteme —le había suplicado.

Era de suponer que había hecho esa misma súplica a todos los que habían ido a verlo o atenderlo.

Poco después, alguien había cumplido su deseo.

Se desconocía la identidad de la persona que había puesto en el gotero la mezcla de fármacos que había acabado con su vida. Su muerte se había convertido oficialmente en un caso criminal dirigido por la Oficina del Sheriff del Condado de Monterrey. Pero no se estaba poniendo mucho empeño en la investigación. Los médicos afirmaban que, casi con toda probabilidad, Juan no habría sobrevivido más allá de un mes o dos. Su muerte había sido claramente un acto humanitario, aunque también fuera un delito.

Las organizaciones provida, sin embargo, habían hecho bandera de su causa. Los manifestantes a los que observaba Dance en el aparcamiento sostenían pancartas adornadas con cruces, estampas de Cristo y fotografías de Terry Schiavo, la mujer de Florida en estado vegetativo en cuyo pleito por su derecho a morir había intervenido el propio Congreso de Estados Unidos.

Los carteles que ondeaban ante el hospital condenaban los horrores de la eutanasia y de paso, aprovechando que estaban todos allí, ansiosos por manifestarse, también los del aborto. Eran en su mayoría miembros de Life First, una organización con sede en Phoenix. Habían llegado a los pocos días de la muerte del joven policía.

Dance se preguntó si alguno de ellos advertía la ironía que entrañaba protestar contra la muerte a las puertas de un hospital. Seguramente no. No parecían tener mucho sentido del humor.

Saludó al jefe de seguridad, un afroamericano alto parado delante de la entrada principal.

—Buenos días, Henry. Parece que siguen llegando.

—Buenos días, agente Dance.

A Henry Bascomb, que había sido policía, le gustaba utilizar los rangos del departamento. Sonrió, burlón, y señaló con la cabeza hacia los manifestantes.

—Son como conejos.

—¿Quién es el cabecilla?

En el centro del gentío había un hombre flaco y calvo, con un manojo de pelos largos bajo la barbilla puntiaguda. Llevaba atuendo clerical.

—El jefe es ése, el sacerdote —le dijo Bascomb—. El reverendo R. Samuel Fisk. Es bastante famoso. Ha venido desde Arizona, nada menos.

—R. Samuel Fisk, un nombre muy sacerdotal —comentó Dance.

Junto al reverendo había un individuo corpulento, de cabello rojo y rizado y traje oscuro abotonado. Un guardaespaldas, dedujo Dance.

—¡La vida es sagrada! —gritó alguien, dirigiendo el comentario hacia uno de los furgones de prensa que había allí cerca.

—¡Sagrada! —coreó la multitud.

—¡Asesinos! —gritó Fisk, cuya voz sonó extrañamente retumbante para semejante esperpento.

Aunque los gritos no iban dirigidos contra ella, Dance sintió un escalofrío y volvió a recordar el incidente en la UCI, cuando Julio Millar se había abalanzado sobre ella por la espalda, furioso, y Michael O'Neil y otro compañero habían tenido que intervenir.

—¡Asesinos!

Los manifestantes siguieron coreando la consigna.

—¡A-se-sinos! ¡A-se-sinos!

Al final del día estarían afónicos, se dijo Dance.

—Buena suerte —le dijo al jefe de seguridad, que puso los ojos en blanco, poco convencido.

Dance miró a su alrededor al entrar en el hospital, esperando a medias ver a su madre. Pidió indicaciones en recepción y enfiló a toda prisa el pasillo que llevaba a la habitación de la testigo del caso de la cruz de carretera.

Cuando llegó a la puerta abierta, la adolescente rubia que ocupaba la complicada cama de hospital levantó la vista.

—Hola, Tammy. Soy Kathryn Dance —dijo con una sonrisa—. ¿Te importa que pase?

5

El agresor de Tammy Foster había dejado a la joven en el maletero con la intención de que muriera dentro de él, ahogada, pero había cometido un error de cálculo.

De haber aparcado más lejos de la línea costera, la marea habría subido lo suficiente para cubrir por completo el coche, abocando a la pobre chica a una muerte terrible. Pero el Camry había encallado en la arena suelta, no muy cerca de la orilla, y el agua sólo había subido unos quince centímetros dentro del maletero.

A eso de las cuatro de la madrugada, un empleado de una línea aérea que iba camino del trabajo había visto el destello del coche. Los equipos de rescate habían sacado a la chica, medio inconsciente por el frío, su estado rayano en la hipotermia, y la habían llevado a toda prisa al hospital.

—Bueno —preguntó Dance—, ¿cómo estás?

—Bien, supongo.

Era guapa y atlética, pero estaba muy pálida. Tenía la cara un tanto caballuna, el pelo liso y perfectamente teñido de rubio y una nariz respingona que, dedujo Dance, en algún momento había tenido una inclinación algo distinta. La rápida mirada que echó a su bolsita de cosméticos le hizo comprender que rara vez se dejaba ver en público sin maquillaje.

Dance le enseñó su placa.

Tammy la miró.

—Tienes muy buen aspecto, teniendo en cuenta lo que ha pasado.

—Hacía tanto frío... —dijo Tammy—. No había tenido tanto frío en mi vida. Todavía estoy muy asustada.

—No me extraña.

La chica miró la pantalla del televisor. Estaban emitiendo una serie. Dance la veía de vez en cuando con su hija Maggie, normalmente cuando la niña no iba a clase por estar enferma. Podías pasar meses sin verla y, al ver un nuevo episodio, entender perfectamente lo que estaba pasando.

Dance se sentó y miró los globos y las flores que había en una mesa cercana, buscando instintivamente rosas rojas, estampas religiosas o tarjetas decoradas con cruces. No había nada de eso.

—¿Cuánto tiempo vas a estar en el hospital?

—Van a darme el alta hoy, seguramente. O a lo mejor mañana, han dicho.

—¿Qué tal los médicos? ¿Son guapos?

Una risa.

—¿A qué instituto vas?

—Al Robert Louis Stevenson.

—¿Estás en el último curso?

—Sí, empiezo este otoño.

Para tranquilizar a la chica, Dance se puso a charlar con ella. Le preguntó si iba a alguna escuela de verano, si había pensado ya a qué universidad quería ir, por su familia, por los deportes...

—¿Tenéis planes para iros de vacaciones?

—Ahora sí —contestó Tammy—. Después de esto. La semana que viene voy a ir a visitar a mi abuela a Florida; iré con mi madre y mi hermana.

Hablaba con exasperación, y Dance dedujo que no le apetecía lo más mínimo ir a Florida con su familia.

—Tammy, como puedes imaginar, estamos deseando encontrar a la persona que te ha hecho esto.

—Menudo cabrón.

Dance levantó las cejas, dándole la razón.

—Cuéntame qué pasó.

La chica le explicó que había ido a la discoteca y se había marchado nada más dar las doce de la noche. Estaba en el aparcamiento cuando alguien la atacó por detrás, le tapó la boca con cinta aislante, le ató las manos y los pies, la metió en el maletero y la llevó hasta la playa.

—Me dejó allí, yo qué sé, para que me ahogara.

La chica tenía los ojos hundidos. Dance, compasiva por naturaleza, un rasgo que había heredado de su madre, sintió su horror, un doloroso hormigueo por la espina dorsal.

—¿Conocías a tu atacante?

La chica sacudió la cabeza.

—Pero sé qué ha pasado.

—¿Qué?

—Bandas.

—¿Era un pandillero?

—Sí. Todo el mundo lo sabe. Para entrar en una banda, tienes que matar a alguien. Y si estás en una banda latina, tienes que matar a una chica blanca. Son las normas.

—¿Crees que el agresor era un latino?

—Sí, estoy segura. No le vi la cara, pero sí la mano. Era moreno, ¿sabe? No negro. Pero blanco no era, eso está claro.

—¿Qué estatura tenía?

—No era alto. Metro sesenta y cinco, más o menos. Pero muy, muy fuerte. Ah, y otra cosa: creo que anoche dije que había sido sólo un tío. Pero esta mañana me he acordado. Eran dos.

—¿Viste a dos?

—Fue más bien que sentí que había alguien más por allí cerca, ¿sabe lo que quiero decir?

—¿Puede que fuera una mujer?

—Sí, puede. No sé. Como le decía, estaba muy asustada.

—¿Alguien te tocó?

—No de esa manera. Sólo para atarme y meterme en el maletero.

Sus ojos brillaron, llenos de rabia.

—¿Recuerdas algo del trayecto?

—No, estaba demasiado asustada. Creo que oí unos ruidos como de metal o algo así, un ruido dentro del coche.

—¿No en el maletero?

—No. Parecía algo metálico, eso pensé. Lo metió en el coche después de meterme a mí en el maletero. Como había visto una peli de miedo, una de *Saw*, pensé que a lo mejor era algo para torturarme.

La bicicleta, pensó Dance, recordando las marcas de ruedas de la playa. El agresor había llevado consigo una bicicleta para escapar. Se lo sugirió a Tammy, pero la chica afirmó que no era eso: era imposible meter una bici en el asiento trasero de su coche.

—Además, no sonaba como una bici —añadió, muy seria.

—Muy bien, Tammy.

Dance se ajustó las gafas y siguió mirando a la chica, que echó una ojeada a las flores, a las tarjetas y los peluches.

—Mire todo lo que me han regalado —dijo—. Ese oso de ahí, ¿a que es precioso?

—Es una monada, sí. Entonces, crees que han sido chicos latinos que forman parte de una banda.

—Sí, pero... Bueno, ya sabe, como ya ha pasado...

—¿Que ha pasado? ¿El qué?

—Quiero decir que como no me he muerto y sólo acabé un poco mojada... —Se rió, esquivando la mirada de Dance—. Seguro que se han asustado. No para de salir en las noticias. Apuesto a que se han largado. A lo mejor hasta se han ido de la ciudad.

Era cierto, desde luego, que en las bandas había ritos de iniciación. Y que algunos incluían el asesinato. Pero las víctimas rara vez eran personas de otra raza o etnia. Casi siempre se trataba de miembros de bandas rivales o soplones. Además, lo que le había ocurrido a Tammy era demasiado elaborado. Dance había trabajado en casos de asesinato entre pandillas y sabía por experiencia que eran muy expeditivos: el tiempo es oro, y cuanto menos se malgaste en actividades extracurriculares, mejor.

Había deducido ya que Tammy no creía en absoluto que su atacante fuera un pandillero latino. Y que tampoco creía que hubieran intervenido dos personas en el ataque.

De hecho, Tammy sabía más sobre su agresor de lo que decía.

Era hora de conocer la verdad.

El procedimiento del análisis kinésico en entrevistas e interrogatorios consiste en establecer un parámetro de partida: un catálogo de conductas que el sujeto exhibe cuando dice la verdad: dónde coloca las manos, hacia dónde mira y con qué frecuencia, si traga saliva o carraspea a menudo, si salpica su discurso con expresiones como «Mmm», si mueve los pies, si se recuesta en el asiento o se echa hacia delante, o si duda antes de responder.

Una vez establecido ese modelo base vinculado a la verdad, el experto en kinesia anota cualquier desviación de la norma cuando al sospechoso se le hacen preguntas a las que, por el motivo que sea, puede contestar falsamente. Cuando miente, la gente suele sentir estrés y ansiedad, e intenta paliar esas sensaciones desagradables con gestos o expresiones verbales que difieren del modelo base. Una de las citas preferidas de Dance era de un hombre que había vivido unos cien años antes de que se acuñara el término «kinesia»: Charles Darwin, quien afirmaba que «las emociones reprimidas afloran casi siempre en forma de movimiento corporal».

Al salir a relucir el tema de la identidad del agresor, Dance había observado que la gestualidad de la chica se desviaba del modelo base:

movía las caderas con nerviosismo y balanceaba un pie. A quien miente le resulta fácil controlar las manos o los brazos, pero somos mucho menos conscientes del movimiento del resto de nuestro cuerpo, especialmente de los pies y sus dedos.

Dance advirtió también otras alteraciones: en su tono de voz, en su forma de apartarse el pelo y de tocarse la cara y la nariz, gestos considerados de «bloqueo». Además, la chica se entretenía en digresiones innecesarias, divagaba y generalizaba al hacer ciertas afirmaciones, «todo el mundo lo sabe», un rasgo típico de quien miente.

Convencida de que Tammy le estaba ocultando información, Kathryn Dance pasó, como solía, a adoptar una actitud analítica. Para conseguir que un sujeto dijera la verdad, seguía cuatro pasos. Primero se preguntaba qué papel había desempeñado el sujeto en el incidente en cuestión. En aquel caso, concluyó Dance, Tammy era únicamente víctima y testigo, no cómplice: no estaba involucrada en otro delito, ni había simulado su propio secuestro.

En segundo lugar, ¿cuál era el tipo de personalidad del sujeto, a grandes rasgos? Determinar el tipo le servía para decidir cómo abordar el interrogatorio. ¿Debía, por ejemplo, ser agresiva o amable? ¿Orientar la conversación hacia la solución de un problema, o bien ofrecerle apoyo emocional? ¿Mostrarse cordial o distante? Dance categorizaba a sus sujetos de estudio conforme a los atributos de la tabla de tipos de personalidad de Myers-Briggs, que determina si una persona es introvertida o extrovertida, racional o emocional, intuitiva o sensorial.

La diferencia entre una personalidad extrovertida y una introvertida es una diferencia de actitud. ¿El sujeto actúa primero y valora después los resultados, extrovertido, o reflexiona antes de actuar, introvertido? ¿Recaba información confiando en sus cinco sentidos y verificando a continuación los datos, sensorial, o se apoya sobre todo en sus corazonadas, intuitiva? ¿Toma decisiones mediante el análisis lógico y objetivo, racional o mediante elecciones basadas en la empatía, emocional?

Tammy era guapa y atlética y parecía una chica con facilidad para hacer amigos, pero sus inseguridades, y, según había descubierto la agente, su inestable vida familiar, la habían convertido en una persona introvertida, intuitiva y emocional, lo cual significaba que no podía abordar la cuestión sin rodeos. Si lo hacía así, Tammy se cerraría por completo en banda y quedaría traumatizada por la aspereza del interrogatorio.

La cuarta pregunta que ha de hacerse el interrogador es, finalmente, qué clase de mentiroso es el sujeto.

Hay varios tipos. Los manipuladores o «altomaquiavélicos», por el filósofo italiano que escribió, literalmente, el manual de la implacabilidad, no ven nada de malo en mentir, se sirven del engaño como herramienta para conseguir sus fines en el amor, el trabajo, la política o el delito y son consumados embusteros. Otros tipos son los mentirosos sociales, que mienten para entretener; o los adaptadores, personas inseguras que mienten para causar una buena impresión, y los actores, que mienten para conseguir el control de una situación.

Dance concluyó que Tammy era una mezcla de adaptadora y actriz. Sus inseguridades la impulsaban a mentir para reforzar su frágil ego, y utilizaba el engaño para salirse con la suya.

Una vez que el especialista en análisis gestual responde a estos cuatro interrogantes, el resto del proceso es sencillo. Continúa interrogando al sujeto y fijándose atentamente en qué preguntas suscitan en él reacciones de estrés, indicadoras de que está mintiendo. Luego vuelve una y otra vez a esas preguntas y formula otras relacionadas con ellas, ahondando en el asunto y poniendo cerco a la mentira al tiempo que observa cómo reacciona el sujeto a sus niveles crecientes de estrés. ¿Se muestra furioso, obcecado, deprimido, o intenta salir de la situación negociando con el interrogador? Cada uno de esos estados exige herramientas distintas para obligar, engañar o animar al sujeto a confesar por fin la verdad.

Eso fue lo que hizo Dance, echándose un poco hacia delante para acercarse a la chica sin llegar a invadir su «zona proxémica», a unos noventa centímetros de distancia. Tammy se inquietaría, pero no se sentiría abiertamente amenazada. La agente mantuvo una leve sonrisa y decidió no cambiar sus gafas de montura gris por las de montura negra, sus «gafas de depredadora», las que se ponía cuando quería intimidar a un altomaquiavélico.

—Todo eso que me cuentas es muy útil, Tammy. Te agradezco sinceramente tu cooperación.

La chica sonrió, pero también miró hacia la puerta. Culpa, interpretó Dance.

—Pero una cosa —añadió la agente—. Tenemos varios informes sobre el lugar de los hechos. Como en *CSI*, ¿conoces la serie?

—Claro, la veo.

—¿Cuál es la que te gusta?

—La original. Ya sabe, la de Las Vegas.

—Tengo entendido que es la mejor. —Dance nunca la había visto—. Pero, según las evidencias materiales, no había dos personas. Ni en el aparcamiento, ni en la playa.

—Ah. Bueno, ya le he dicho que sólo era, yo qué sé, como una sensación.

—Y una pregunta que quería hacerte. Ese ruido que oíste... Verás, tampoco hemos encontrado huellas de neumáticos de otro coche. Así que estamos muy intrigados acerca de cómo escapó. Volvamos al asunto de la bicicleta. Ya sé que no te pareció que fuera eso lo que oíste en el coche, ese ruido metálico, pero ¿piensas que cabe la posibilidad de que pudiera ser eso?

—¿Una bicicleta?

Repetir una pregunta es a menudo señal de engaño. El sujeto intenta ganar tiempo mientras sopesa las consecuencias de una u otra respuesta e inventa algo creíble.

—No, no puede ser. ¿Cómo iba a meterla dentro?

Había contestado muy deprisa y con excesiva obcecación. Ella también había pensado que podía ser una bicicleta, pero por algún motivo no quería admitir esa posibilidad.

Dance levantó una ceja.

—Bueno, no sé. Un vecino mío tiene un Camry. Es un coche bastante grande.

La chica pestañeó. Al parecer, le había sorprendido que Dance conociera la marca de su coche. El hecho de que la agente estuviera al corriente de los detalles del caso comenzó a inquietarla. Miró hacia la ventana. Buscaba inconscientemente una vía de escape para huir de la desagradable ansiedad que sentía. Dance había dado en el clavo. Sintió que su pulso se aceleraba.

—Puede, no lo sé —contestó Tammy.

—Entonces, puede que tuviera una bici. Eso podría significar que es alguien de tu edad, o un poco más joven. Los adultos montan en bicicleta, claro, pero es mucho más frecuente ver a adolescentes montando en bici. Oye, ¿qué te parecería la posibilidad de que sea alguien que va a clase contigo?

—¿A clase? Imposible. No conozco a nadie que sea capaz de una cosa así.

—¿Nunca te han amenazado? ¿Nunca te has peleado con nadie en el Stevenson?

—Bueno, Brianna Crenshaw se cabreó cuando me eligieron a mí como animadora y no a ella, pero empezó a salir con Davey Wilcox, y yo estaba colada por él, así que creo que estamos en paz.

Soltó una risa ahogada.

Dance también sonrió.

—No, fue alguien de una banda, estoy segura. —Sus ojos se agrandaron—. Espere, ahora me acuerdo. Hizo una llamada. Seguramente al jefe de la banda. Oí que abría el teléfono y que decía en español: «Ella está en el coche».

Dance tradujo para sus adentros y preguntó a Tammy:

—¿Sabes qué significa?

—Sí.

—¿Estudias español?

—Sí —dijo con voz casi sofocada y en un tono más agudo de lo normal.

Había fijado los ojos en Dance, pero se apartó el pelo con la mano y se rascó el labio.

La cita en español era pura invención.

—En mi opinión —comenzó a decir Dance en tono razonable—, sólo estaba fingiendo que era un pandillero. Para ocultar su identidad. Lo que significa que tenía otros motivos para agredirte.

—¿Cuáles, por ejemplo?

—Eso es lo que confío en poder descubrir con tu ayuda. ¿No pudiste verlo, ni mínimamente?

—Qué va. Estuvo detrás de mí todo el tiempo. Y en el aparcamiento estaba todo muy, muy oscuro. Deberían poner farolas. Creo que voy a demandar a la discoteca. Mi padre es abogado en San Mateo.

Aquel acceso de indignación estaba destinado a desviar el interrogatorio. En efecto, Tammy había visto algo.

—¿Lo viste reflejado en las ventanillas cuando se acercó a ti?

La chica comenzó a negar con la cabeza, pero Dance insistió:

—Sólo de pasada. Intenta recordar. Allí siempre hace frío por las noches. Seguro que no iba en mangas de camisa. ¿Llevaba chaqueta? ¿Una de piel, o de tela? ¿O quizás un jersey? Puede que una sudadera. ¿Una con capucha?

Tammy siguió diciendo que no, pero unos noes eran distintos a otros.

Dance advirtió entonces que la chica miraba fugazmente un ramo de rosas que había sobre la mesa. A su lado, en una tarjeta, se leía: *¡Venga, tía, sal de ahí de una p** vez! Te queremos, J, P y la Bestia.*

Kathryn Dance se veía a sí misma como una currante que, si tenía éxito en su tarea, era principalmente porque hacía los deberes y jamás aceptaba un no por respuesta. De vez en cuando, sin embargo, su mente daba un salto curioso. Compendiaba los datos, ordenaba sus impresiones y, de pronto, efectuaba una pirueta inesperada: una deducción o una conclusión que parecían surgir como por arte de magia.

De A a B, y de B a X...

Eso fue lo que sucedió en ese instante, al ver a Tammy mirar las flores con expresión preocupada.

La agente decidió arriesgarse.

—Verás, Tammy, sabemos que quien te atacó también dejó una cruz en la cuneta de una carretera. Como una especie de mensaje.

La chica la miró con los ojos como platos.

Te pillé, pensó Dance. Sabe algo sobre la cruz.

—Y ese tipo de mensajes —añadió, siguiendo su guión improvisado— siempre proceden de personas que conocen a la víctima.

—Yo... le oí hablar español.

Dance estaba segura de que estaba mintiendo, pero sabía por experiencia que, a los sujetos con un tipo de personalidad como el de Tammy, debía dejarles una vía de escape o se volvían completamente herméticos. De modo que dijo en tono amable:

—Estoy segura de que sí, pero creo que lo que intentaba era ocultar su identidad. Quería engañarte.

La pobre Tammy estaba angustiada.

¿A quién temía tanto?

—En primer lugar, Tammy, permíteme asegurarte que vamos a protegerte. La persona que ha hecho esto no volverá a acercarse a ti. Voy a ordenar que un policía monte guardia constantemente junto a tu puerta. Y también pondremos a uno en tu casa hasta que detengamos a la persona que te ha hecho esto.

Sus ojos reflejaron alivio.

—Se me ocurre una idea: ¿y si ha sido un acosador? Eres muy guapa. Apuesto a que tienes que ir con mucho cuidado.

Una sonrisa, muy cauta, pero aun así satisfecha por el cumplido.

—¿Hay alguien que haya estado acosándote?

La joven paciente vaciló.

Estamos cerca. Estamos muy cerca.

Pero Tammy reculó.

—No.

Dance hizo lo propio.

—¿Has tenido problemas con alguien de tu familia?

Cabía esa posibilidad. Lo había comprobado. Sus padres estaban divorciados, tras una dura batalla judicial, su hermano mayor ya no vivía en casa y uno de sus tíos había sido denunciado por violencia doméstica.

Pero los ojos de Tammy dejaban claro que seguramente el agresor no era uno de sus familiares.

Dance continuó sondeándola:

—¿Tienes algún problema con alguien con quien te escribas por correo electrónico? ¿Alguien a quien hayas conocido por Internet, quizás, a través de Facebook o My Space? Pasa mucho hoy en día.

—No, ninguno. No uso tanto Internet.

Estaba entrechocando las uñas, el equivalente a retorcerse las manos.

—Siento tener que insistir, Tammy, pero es muy importante que nos aseguremos de que esto no vuelve a ocurrir.

Vio entonces algo que la golpeó como una bofetada. Los ojos de la chica mostraban una respuesta de reconocimiento: había levantado ligeramente las cejas y los párpados, lo que significaba que temía que, en efecto, volviera a ocurrir. Pero, dado que ella contaba con escolta policial, se deducía que el agresor suponía también una amenaza para otras personas.

La chica tragó saliva. Saltaba a la vista que había entrado en la fase de negación de la reacción al estrés, o sea, que había levantado sus defensas y se obcecaría en negarlo todo.

—No ha sido nadie que yo conozca. Lo juro por Dios.

Jurar: una señal inequívoca de engaño. Lo mismo que la mención a Dios. Era como si estuviera gritando: «¡Estoy mintiendo! Quiero decir la verdad, pero tengo miedo».

—Está bien, Tammy —dijo Dance—. Te creo.

—Mire, estoy muy, muy cansada. Creo que... A lo mejor no quiero decir nada más hasta que llegue mi madre.

Dance sonrió.

—Claro, Tammy. —Se levantó y le dio una de sus tarjetas—. Si puedes pensar un poco más en ello y avisarnos de cualquier cosa que se te ocurra...

—Siento no haber sido, ya sabe, de mucha ayuda.

Había bajado los ojos, contrita.

Dance advirtió que no era la primera vez que se servía de los mohínes y la falsa humildad. Aquella técnica, mezclada con un poco de coqueteo, podía funcionarle con los chicos o con su padre, pero las mujeres no se dejarían engañar.

Aun así, le siguió la corriente:

—No, no, has sido de gran ayuda. Dios mío, cielo, con todo lo que has tenido que pasar. Descansa un poco. Y pon alguna telecomedia. —Señaló la tele con la cabeza—. Siempre animan.

Al salir de la habitación, se dijo que, de haber dispuesto de un par de horas más, quizás habría conseguido que la chica dijera la verdad, pero no estaba segura. Era evidente que Tammy estaba aterrorizada. Además, por muy hábil que fuera el interrogador, a veces los sujetos se negaban en redondo a decir lo que sabían.

De todos modos, poco importaba. Kathryn Dance creía haber descubierto toda la información que necesitaba.

De A a B, y de B a X...

6

En el vestíbulo del hospital, usó un teléfono público, no se permitían móviles, para pedir que enviaran a un ayudante del sheriff a vigilar la habitación de Tammy Foster. Después fue a recepción y pidió que avisaran a su madre.

Tres minutos después apareció Edie Dance, y a su hija le sorprendió que no viniera de su puesto en la unidad de cardiología, sino del ala de cuidados intensivos.

—Hola, mamá.

—Katie —dijo la mujer, rechoncha, de pelo corto y gris y gafas redondas.

Llevaba al cuello un colgante de jade y concha que se había hecho ella misma.

—Me he enterado de lo de ese ataque, lo de la chica del coche. Está arriba.

—Lo sé. Acabo de entrevistarla.

—Va a ponerse bien, creo. Es lo que dicen. ¿Qué tal tu reunión de esta mañana?

Dance hizo una mueca.

—Por lo visto hemos sufrido un revés. La defensa está intentando que se desestime el caso basándose en la inmunidad del acusado.

—No me sorprende —respondió su madre con frialdad.

Edie Dance nunca dudaba en exponer sus opiniones. Conocía al inculpado, y al saber lo que había hecho, se había puesto furiosa. La agente lo notó en su semblante sereno y en su leve sonrisa. Su madre nunca alzaba la voz, pero sus ojos eran como el acero.

«Si las miradas matasen», recordaba haber pensado sobre su madre cuando era joven.

—Pero Ernie Seybold es duro de pelar.

—¿Cómo está Michael?

A Edie Dance siempre le había gustado O'Neil.

—Bien. Vamos a llevar juntos este caso.

Le explicó lo de la cruz de la cuneta.

—¡No me digas, Katie! ¿Dejar una cruz antes de que muera alguien? ¿Como un mensaje?

Dance asintió con la cabeza, pero advirtió que su madre miraba de tanto en tanto hacia fuera. Parecía preocupada.

—¿No tendrán nada mejor que hacer? Ese reverendo dio un sermón el otro día. Puro fuego y azufre. Y el odio de sus caras... Es horrible.

—¿Has visto a los padres de Juan?

Edie Dance había pasado algún tiempo intentando reconfortar a la familia del agente herido, a su madre en particular. Sabía desde el principio que era improbable que Millar sobreviviera, pero había hecho todo lo que estaba en su mano para que sus padres, aturdidos y traumatizados, comprendieran que estaba recibiendo la mejor atención posible. Según le había dicho a su hija, el dolor emocional que padecía la madre de Millar era tan grande como el dolor físico de su hijo.

—No, no han vuelto. Julio, sí. Estuvo aquí esta mañana.

—¿Sí? ¿Por qué?

—Para recoger los efectos personales de su hermano, quizá. No lo sé. —Su voz se apagó—. Estaba mirando fijamente la habitación en la que murió Juan.

—¿Ha habido una investigación?

—La comisión ética del hospital estaba haciendo averiguaciones. Y han venido un par de policías. Ayudantes del sheriff del condado. Pero cuando ven el informe y ven las fotografías de sus heridas... A nadie le indigna en realidad que haya muerto. La verdad es que fue un acto de piedad.

—¿Te ha dicho algo Julio cuando ha venido?

—No, no ha hablado con nadie. Si te digo la verdad, da un poco de miedo. Y no he podido evitar acordarme de lo que te hizo.

—Fue un ataque de enajenación transitoria —comentó Dance.

—Bueno, eso no es excusa para agredir a mi hija —dijo Edie con una risa enérgica.

Luego volvió a deslizar la mirada hacia las puertas de cristal y observó de nuevo a los manifestantes con expresión sombría.

—Será mejor que vuelva a mi puesto —concluyó.

—Si no te importa, ¿puede traerte papá a Wes y a Maggie? Tiene una reunión en el acuario. Luego vendré a recogerlos.

—Claro, cariño. Los dejará en la zona de juegos de los niños.

Edie Dance se alejó, mirando de nuevo hacia fuera. Su semblante preocupado y colérico parecía decir: «No tenéis derecho a estar aquí, interrumpiendo nuestro trabajo».

Al salir del hospital, Dance echó un vistazo al reverendo R. Samuel Fisk y a su guardaespaldas, o quien fuese aquel grandullón. Se habían unido a unos cuantos manifestantes y estaban rezando con las manos unidas y la cabeza gacha.

—El ordenador de Tammy —le dijo Dance a Michael O'Neil.

Él levantó una ceja.

—Tengo la solución. Bueno, puede que la solución no, pero sí una respuesta a quién la atacó.

Estaban tomando café, sentados en la terraza de Whole Foods, en Del Monte Center, un centro comercial al aire libre en torno a los grandes almacenes Macy's. Allí, calculaba la agente Dance, se había comprado al menos cincuenta pares de zapatos. El calzado: su tranquilizante. Pero, a decir verdad, esa cifra algo embarazosa databa de hacía unos cuantos años. Y a menudo, aunque no siempre, se compraba los zapatos en época de rebajas.

—¿Un acosador *online*? —preguntó O'Neil.

No estaban comiendo huevos escalfados con una delicada salsa holandesa y aderezados con perejil, sino compartiendo un panecillo con pasas y crema de queso desnatado, envuelto en papel film.

—Puede ser. O un exnovio que la amenazaba, o alguien a quien conoció en una red social, pero estoy segura de que conoce la identidad de su agresor, aunque no lo conozca personalmente. Me inclino a pensar que es alguien de su instituto, el Stevenson.

—Pero ¿no ha querido decírtelo?

—No. Asegura que fue un pandillero latino.

O'Neil se rió. Un montón de falsas reclamaciones a compañías aseguradoras empezaban diciendo «Un hispano con una máscara entró en mi joyería», o «Dos afroamericanos encapuchados me apuntaron con una pistola y me robaron el Rolex».

—No me ha dado ninguna descripción, pero creo que llevaba una sudadera, una con capucha. Cuando se lo pregunté lo negó, pero su reacción fue distinta.

—Su ordenador —dijo O'Neil pensativo.

Cogió su pesado maletín, lo puso sobre la mesa y lo abrió. Consultó una hoja impresa.

—La buena noticia es que lo hemos requisado. Es un portátil. Estaba en el asiento trasero de su coche.

—¿Y la mala es que se dio un chapuzón en el Pacífico?

—«Daños significativos debidos a la acción del agua marina» —citó O'Neil.

Dance se desanimó.

—Tendremos que mandarlo a Sacramento o al FBI, a San José. Tardarán semanas en devolvérnoslo.

Vieron un colibrí aventurarse entre el gentío para desayunar suspendido junto a una roja planta colgante.

—Se me ocurre una idea —dijo él—. Hace poco hablé con un amigo mío del FBI. Acababa de asistir a una conferencia sobre delitos informáticos. Uno de los ponentes era de por aquí, un profesor de Santa Cruz.

—¿De la Universidad de California?

—Exacto.

Un condiscípulo de Dance.

—Mi amigo me dijo que era un tipo muy listo. Y que se había ofrecido a ayudarles si alguna vez lo necesitaban.

—¿Sabes algo de su vida?

—Sólo que dejó Silicon Valley y que se puso a dar clases.

—Por lo menos en educación no hay burbujas que exploten.

—¿Quieres que pregunte cómo se llama?

—Claro.

O'Neil sacó un montón de tarjetas de su agenda, ordenada con tanta pulcritud como su barco. Encontró la que buscaba y llamó. Tres minutos después había dado con su amigo y mantenido con él una breve conversación. La agresión, dedujo Dance, ya había atraído la atención del FBI. O'Neil anotó un nombre y dio las gracias al agente. Al colgar, le pasó el papelito. *Dr. Jonathan Boling*. Debajo había un número.

—¿Qué perdemos por probar? ¿Quién tiene el ordenador?

—Está en nuestro almacén de pruebas. Voy a llamar para decirles que nos lo entreguen.

Dance sacó su móvil, llamó a Boling y le dejó un mensaje en el buzón de voz.

Después siguió hablándole a O'Neil de Tammy Foster y afirmó que la reacción emocional de la chica se debía, en gran medida, a su miedo a que el agresor volviera a atacarla... y a que quizás atacara a otras chicas.

—Justo lo que nos preocupaba —comentó O'Neil, pasándose la gruesa mano por el pelo canoso.

—También mostraba síntomas de sentirse culpable —agregó la agente Dance.

—¿Por haber sido en parte responsable de lo ocurrido?

—Eso creo. En todo caso, estoy deseando meterme en ese ordenador.

Echó un vistazo a su reloj. Le irritaba irracionalmente que aquel tal Jonathan Boling no le hubiera devuelto la llamada de tres minutos antes.

—¿Alguna otra pista basada en las pruebas materiales? —preguntó.

—Ninguna.

Su compañero le contó lo que le había dicho Peter Bennington acerca de la escena del crimen: que la madera de la cruz era de roble, un árbol del que había uno o dos millones de ejemplares en la península; que el alambre verde de florista que unía las dos ramas era corriente e imposible de rastrear; que el disco de cartón había sido recortado de la parte de atrás de un cuaderno barato que se vendía en miles de tiendas; que la tinta también era imposible de rastrear; y que no habían encontrado ninguna prueba que vinculara las rosas con una tienda o un lugar en particular.

Dance le contó la teoría de la bicicleta. Pero O'Neil se le había adelantado. Añadió que habían vuelto a examinar el aparcamiento donde había sido secuestrada la chica y la playa donde el agresor había dejado el coche, y habían descubierto más huellas de bicicleta, ninguna de ellas identificable pero sí recientes, lo que significaba que aquél había sido, probablemente, el modo elegido por el agresor para escapar. Las huellas, sin embargo, no eran lo bastante características para rastrear su origen.

Sonó el teléfono de Dance: el tema de los Looney Tunes de la Warner Bros, que sus hijos habían programado para gastarle una broma. O'Neil sonrió.

Dance miró la pantalla. Decía «J. Boling». Levantó una ceja y pensó, de nuevo irracionalmente, que ya era hora.

7

El ruido de fuera, un chasquido detrás de la casa, revivió un miedo antiguo.

Que la estuvieran observando.

No como en el centro comercial o en la playa. Las miradas lascivas de los chicos o los pervertidos no le daban ningún miedo. Eran molestas o halagadoras, dependiendo, claro, del chico o del pervertido. No, lo que aterrorizaba a Kelley Morgan era que *algo* la mirara desde el otro lado de la ventana de su habitación.

Crac...

Otro ruido. Sentada delante del escritorio de su cuarto, Kelley sintió un escalofrío tan intenso y repentino que le escoció la piel. Sus dedos se quedaron paralizados sobre el teclado del ordenador. Mira, se dijo. Y luego: No, no mires.

Y por fin: Dios mío, tienes diecisiete años. ¡Ya está bien!

Se obligó a girarse y a echar un vistazo por la ventana. Vio el cielo gris por encima de las plantas verdes y pardas, rocas y arena. Nadie, ni nada.

Olvídalo.

La chica, delgada y de pelo moreno y abundante, empezaría el último curso del instituto en otoño. Tenía carné de conducir. Había hecho surf en Maverick Beach y el día de su decimoctavo cumpleaños pensaba lanzarse en paracaídas con su novio.

No, Kelley Morgan no se asustaba fácilmente.

Pero había algo que le daba mucho miedo.

Las ventanas.

Aquel terror procedía de su niñez, de cuando tenía nueve o diez años, quizás, y vivía en aquella misma casa. Su madre, que leía un montón de carísimas revistas de decoración, creía que las cortinas eran una antigualla y que desentonaban con las líneas diáfanas de su casa, tan moderna. Nada importante, salvo porque Kelley había visto uno de esos absurdos programas de televisión sobre el Abominable Hombre de las Nieves o algún monstruo parecido. El programa mostraba una animación del monstruo acercándose a una cabaña y mirando por la ventana, con el consiguiente susto de muerte para los que estaban en la cama.

Poco importaba que fuera una animación por ordenador cutre y hortera, o que Kelley supiera que esas cosas no existían en la vida real. Sólo había hecho falta eso: un programa de televisión. Después, durante años, se quedaba quieta en la cama, sudando, con la cabeza tapada con la manta, negándose a mirar por la ventana por miedo a lo que vería. Pero a ese miedo lo acompañaba otro: el miedo a no mirar, a que aquello, lo que fuese, la pillara desprevenida al entrar por la ventana.

Los fantasmas, los zombis, los vampiros y los hombres lobo no existían, se dijo. Pero lo único que tenía que hacer era leer uno de los volúmenes de *Crepúsculo*, de Stephenie Meyer, y ¡zas!, el miedo regresaba.

¿Y Stephen King? Olvídalo.

Como ya era mayor y no tenía que aguantarse como antes con las rarezas de sus padres, había ido a Home Depot, había comprado unas cortinas para su cuarto y las había instalado ella misma. Al cuerno con el gusto de su madre en decoración. De noche corría las cortinas, pero en ese momento, a plena luz del día, estaban descorridas y por la ventana entraba una luz pálida y una fresca brisa de verano.

Oyó otro chasquido fuera. ¿Más cerca?

La imagen de aquel ser evanescente de la televisión nunca se disipaba del todo, como tampoco se disipaba el miedo que había inyectado en sus venas. El yeti, el Abominable Hombre de las Nieves, al otro lado de su ventana, mirándola fijamente. Sintió un retortijón en las tripas, como aquella vez que había probado a ayunar tomando sólo líquidos y luego había vuelto a tomar comida sólida.

Crac...

Se arriesgó a echar otra ojeada.

La ventana se abría ante ella, negra.

¡Ya basta!

Regresó delante del ordenador y leyó algunos de los comentarios de la red social Our World acerca de Tammy, esa pobre chica del instituto Stevenson a la que habían atacado la noche anterior. Santo cielo, la habían metido en un maletero y la habían dejado allí para que se ahogara. Y todo el mundo decía que la habían violado, o al menos que habían abusado de ella.

La mayoría de los comentarios se compadecían de ella. Pero había algunos crueles que sacaban de quicio a Kelley. Estaba mirando uno de ellos.

> vale, tammy se va a recuperar y yo me alegro pero tengo q decir una cosa: en mi humilde opinion se lo ha buscado ella. TIENE que aprender a no andar por ahi como una zorra de los ochenta con la raya pintada. ¿y de donde saca esos vestidos? SABE lo que piensan los tios, asi q que esperaba????
> Anon Gurl

Kelley tecleó rápidamente una respuesta:

> madre mía ¿como puedes decir eso? ha estado a punto de morir. y quien diga que las chicas van por ahi PIDIENDO que las violen es un CRETINO y un descerebrado. deberia darte vergüenza!!!
> Bella Kelley

Se preguntó si quien había escrito el mensaje contestaría, y si volvería al ataque.

Al inclinarse hacia el ordenador, oyó otro ruido fuera.

—Ya está bien —dijo en voz alta.

Se levantó, pero no se acercó a la ventana. Salió de su cuarto, entró en la cocina y miró fuera. No vio nada, ¿o sí? ¿Había una sombra en el barranco, detrás de los matorrales del fondo de su parcela?

Su familia no estaba en casa. Sus padres estaban en el trabajo y su hermano entrenando.

Se rió de sí misma, inquieta: le daba menos miedo salir y encontrarse cara a cara con un pervertido que verlo mirar por la ventana de su cuarto. Lanzó una ojeada a la barra imantada que sostenía los cuchillos. Las hojas estaban muy afiladas. Se lo estuvo pensando, pero por fin dejó los cuchillos donde estaban. Se acercó el iPhone al oído y salió.

—Hola, Ginny, sí, he oído un ruido fuera. He salido a echar un vistazo.

Estaba fingiendo que hablaba con alguien, pero él, o *ello*, no lo sabría.

—No, yo sigo hablando, por si acaso hay algún gilipollas por aquí fuera —añadió en voz alta.

La puerta daba al jardín lateral. Se dirigió hacia el fondo y aminoró el paso al acercarse a la esquina. Por fin entró, indecisa, en el jardín de atrás. Estaba vacío. Al final de la parcela, más allá de un espeso macizo vegetal, el suelo descendía bruscamente hacia terreno público: un estrecho barranco lleno de maleza, con algunas sendas para correr.

—Bueno, ¿qué tal? Sí... ¿Sí? Cómo mola. Es genial.

Vale, no te pases, se dijo. Finges fatal.

Se acercó a la hilera de matorrales y, mirando entre ellos, se asomó al barranco. Le pareció ver a alguien alejándose de la casa.

Luego, no muy lejos, vio a un chico en chándal montado en bici, tomando una de las sendas que servían de atajo entre Pacific Grove y Monterrey. Torció a la izquierda y desapareció detrás de un cerro.

Kelley se apartó el teléfono de la oreja. Había echado a andar hacia la casa cuando notó que había algo raro en los parterres de la parte de atrás. Una manchita de color. Rojo. Se acercó y recogió el pétalo de flor. Una rosa. Dejó que cayera aleteando al suelo.

Regresó a la casa.

Se detuvo un momento y miró atrás. Nadie, ninguna persona, ningún animal. Nada de Abominables Hombres de las Nieves, ni de licántropos.

Entró. Y se quedó paralizada, ahogando un grito.

Delante de ella, a tres metros de distancia, una silueta humana se acercaba, difuminados sus rasgos por la luz del cuarto de estar, que la iluminaba desde atrás.

—¿Quién...?

El desconocido se detuvo. Soltó una risa.

—Jo, Kel, qué cara has puesto. Estás... Dame el teléfono. Quiero hacerte una foto.

Ricky, su hermano, intentó quitarle el iPhone.

—¡Quita! —gritó Kelley, haciendo una mueca y apartándose de su mano extendida—. Creía que tenías entrenamiento.

—Necesitaba el chándal. Oye, ¿te has enterado de lo de esa chica, la del maletero? Va al Stevenson.

—Sí, la he visto. Tammy Foster.

—¿Está buena?

El desgarbado chico de dieciséis años, cuya mata de pelo castaño se parecía a la de Kelley, se acercó a la nevera y cogió una bebida energética.

—Ricky, das asco.

—Ya. ¿Y qué? ¿Está buena o no?

¡Qué odiosos eran los hermanos!

—Cierra con llave cuando te vayas.

Ricky contrajo la cara, frunciendo el ceño exageradamente.

—¿Por qué? ¿Quién va a querer violarte a ti?

—¡Cierra con llave!

—Vale.

Su hermana le lanzó una mirada enfadada, pero él no se enteró.

Kelley entró en su cuarto y volvió a sentarse frente al ordenador. Sí, Anon Gurl había colgado un ataque contra ella por defender a Tammy Foster.

Vale, zorra, te vas a enterar. Me las vas a pagar todas juntas.

Kelley Morgan empezó a teclear.

El profesor Jonathan Boling tenía cuarenta y tantos años, calculó Dance. No era alto, apenas le sacaba unos centímetros, y su complexión física sugería que o bien sentía inclinación por el deporte, o bien despreciaba la comida basura. Tenía el pelo castaño y liso, muy parecido al suyo, sólo que él, sospechaba Dance, no ponía una cajita de tinte en el carro cada pocas semanas, casi furtivamente, cuando iba a hacer la compra a Safeway.

—Bueno —dijo Boling, paseando la mirada por los pasillos mientras acompañaba a Dance desde el vestíbulo a su despacho en la sede de la Oficina de Investigación de California—. Esto no es como me lo imaginaba. No se parece a *CSI*.

¿Es que absolutamente todo el mundo veía aquella serie?

Boling llevaba un Timex digital en una muñeca y una pulsera trenzada en la otra. Quizá la pulsera era un símbolo de apoyo a alguna causa. Dance pensó en sus hijos, que llevaban tantas bandas de colores en las muñecas que nunca estaba segura de cuál era la última causa que apoyaban. Vestido con vaqueros y polo negro, era guapo de una manera discreta y formal, un poco al estilo de la Radio Pública Nacional. Tenía los ojos marrones y una mirada firme y segura, y parecía de sonrisa rápida.

Dance llegó a la conclusión de que podría ligarse a cualquier estudiante a la que le echara el ojo.

—¿Alguna vez habías estado en las oficinas de un cuerpo de policía? —preguntó.

—Bueno, claro —respondió Boling. Carraspeó y comenzó a mostrar extrañas reacciones kinésicas. Luego sonrió—. Pero retiraron los cargos. ¿Qué iban a hacer, si no aparecía el cuerpo de Jimmy Hoffa?

Dance no pudo evitar reírse. Ay, pobres estudiantes. Andaos con ojo.

—Creía que asesorabas a la policía.

—Me he ofrecido al acabar en mis conferencias delante de cuerpos policiales y empresas de seguridad, pero nadie me había tomado la palabra hasta ahora. Ésta va a ser mi prueba de fuego. Espero no decepcionarte.

Llegaron al despacho de Dance y se sentaron el uno frente al otro, junto a la desvencijada mesa baja.

Boling dijo:

—Me alegra poder seros de utilidad, pero no sé qué puedo hacer exactamente.

Un rayo de luz cayó sobre sus zapatos y, al bajar la mirada, Boling advirtió que llevaba un calcetín negro y otro azul marino. Se rió con naturalidad.

En otra época, habría deducido que era soltero. Ahora, en cambio, era normal que los dos miembros de una pareja trabajaran fuera de casa y llevaran una vida muy ajetreada, de modo que deslices indumentarios como aquél no constituían una prueba de nada. Boling, sin embargo, no llevaba anillo de casado.

—Tengo formación en *hardware* y *software*, pero, si lo que quieres es asesoramiento técnico serio, me temo que tengo más años de los que permite la ley y no hablo hindi.

Le contó que se había licenciado en literatura e ingeniería en Stanford, una combinación extraña, tenía que reconocerlo, y que después de «andar un tiempo dando tumbos por el mundo» había acabado en Silicon Valley, haciendo diseño de sistemas para algunas de las grandes empresas informáticas.

—Una época emocionante —comentó. Pero, añadió, al final se había cansado de toda aquella ambición—. Fue como una fiebre del oro. Todo el mundo se preguntaba cómo podía hacerse rico convenciendo a la gente de que tenía una serie de necesidades que podía satisfacer gracias a los ordenadores. Yo pensaba que quizá debíamos enfocarlo al revés: averiguar qué necesidades tenía de verdad la gente y luego preguntarnos qué podían hacer los ordenadores para cubrirlas. —Ladeó la cabeza—. Un punto intermedio entre su posición y la mía.

Pero perdí la apuesta y caí con todo el equipo. Así que cobré un dinero que tenía en acciones, me largué, y estuve otra temporada dando tumbos por ahí. Acabé en Santa Cruz, conocí a una chica, decidí quedarme y probé a dar clases. Me encantó. Eso fue hace casi diez años. Y ahí sigo.

Dance le dijo que, tras trabajar un tiempo como periodista, había vuelto a la universidad: a la misma en la que enseñaba él. Había estudiado comunicaciones y psicología. Habían coincidido allí brevemente, pero no tenían conocidos en común.

Boling impartía varias asignaturas, entre ellas Literatura de Ciencia Ficción, así como una titulada Informática y Sociedad. Y en la escuela para adultos daba lo que él describía como «aburridos cursos técnicos».

—Un poco de mates, un poco de ingeniería.

También trabajaba como asesor para empresas privadas.

Dance entrevistaba a muchas personas de distintas profesiones. La mayoría manifestaba señales evidentes de estrés cuando hablaba de su empleo, lo que indicaba o bien ansiedad por las exigencias del trabajo, o, más frecuentemente, depresión, como había hecho Boling al hablarle de Silicon Valley. En cambio, al hablarle de su trabajo en la enseñanza, su comportamiento kinésico parecía libre de estrés.

Pero siguió quitando importancia a sus habilidades técnicas, y Dance se llevó una decepción. Parecía inteligente y más que dispuesto a ayudar: había ido hasta allí en coche en cuanto lo había llamado, y le habría gustado colaborar con él, pero al parecer para entrar en el ordenador de Tammy Foster necesitarían un informático con más experiencia técnica. La agente confió en que al menos pudiera recomendarles a alguien.

Maryellen Kresbach entró llevando una bandeja con café y galletas. Era una mujer atractiva. Con su pelo castaño bien peinado y sus uñas esmaltadas de rojo, parecía una cantante *country*.

—Han llamado de recepción. Alguien ha traído un ordenador del despacho de Michael.

—Estupendo. Que lo suban.

Maryellen se detuvo un momento y Dance pensó, divertida, que intentaba evaluar hasta qué punto Boling tenía madera de novio. Su ayudante había emprendido una campaña no demasiado sutil para buscarle un marido. Al ver que Boling no llevaba anillo de casado, miró a su jefa levantando una ceja. La agente, por su parte, le lanzó una mirada exagerada que ella notó debidamente e ignoró sin contemplaciones.

Boling le dio las gracias y, tras ponerse tres azucarillos en el café, atacó las galletas y se comió dos.

—Qué ricas. Ricas, no, riquísimas.

—Las hace ella misma.

—¿En serio? ¿Hay gente que hace galletas? ¿No salen todas de una bolsa de plástico?

Dance cogió media galleta y tomó un sorbo de café, a pesar de que ya había ingerido cafeína suficiente en su encuentro con Michael O'Neil.

—Permíteme contarte lo que ha pasado. —Le habló de la agresión sufrida por Tammy Foster. Luego dijo—: Y tenemos que entrar en su ordenador.

Boling asintió, comprensivo.

—Ah, el que se dio un chapuzón en el océano Pacífico.

—Estará frito...

—Con el agua, estará más bien hecho una sopa —puntualizó él—, para ceñirnos a las metáforas culinarias.

En ese momento entró en el despacho un ayudante del sheriff llevando una bolsa grande de papel. Era nervioso y bien parecido, aunque más *mono* que guapo, tenía los ojos azul claro y por un momento pareció a punto de saludarlos llevándose la mano a la gorra.

—¿La agente Dance?

—En efecto.

—Soy David Reinhold. Trabajo en la Unidad de Investigación Forense de la Oficina del Sheriff.

Ella lo saludó con una inclinación de cabeza.

—Encantada de conocerlo. Gracias por traer esto.

—No hay de qué. Para eso estamos.

Boling y él se estrecharon la mano. Luego el atildado policía, con su uniforme perfectamente planchado, entregó a Dance la bolsa de papel.

—No lo he metido en plástico. Quería que estuviera bien aireado. Para que se secara todo lo posible.

—Gracias —dijo Boling.

—Y me he tomado la libertad de quitarle la batería —añadió el joven agente. Levantó un tubo metálico cerrado—. Es de ión-litio. Pensé que había riesgo de incendio si le entraba agua.

Boling asintió con la cabeza, visiblemente impresionado.

—Bien pensado.

Dance no sabía de qué estaba hablando. Boling notó que había arrugado el ceño y le explicó que, en determinadas circunstancias, algunas baterías de litio podían estallar en llamas si se exponían al agua.

—¿Sabe de informática? —preguntó Boling al ayudante del sheriff.

—No, qué va —contestó Reinhold—. Sólo algunas cosas que oigo aquí y allá, ya sabe. —Sacó un recibo para que Dance lo firmara y señaló la tarjeta de cadena de custodia sujeta a la bolsa—. Si puedo hacer algo más, avíseme.

Le entregó su tarjeta.

Ella le dio las gracias y el joven se marchó.

Dance metió la mano dentro de la bolsa y sacó el portátil de Tammy. Era rosa.

—Menudo color —comentó Boling, meneando la cabeza.

Le dio la vuelta y lo examinó por debajo.

—Entonces, ¿conoces a alguien que pueda hacerlo funcionar y echar un vistazo a los archivos? —preguntó Dance.

—Claro. Yo mismo.

—Ah, creía que habías dicho que ya no tenías muchos conocimientos técnicos.

—Y no los tengo, según los parámetros de hoy en día. —Sonrió otra vez—. Pero es como rotar las ruedas del coche. Sólo que necesito un par de herramientas.

—Aquí no tenemos laboratorio. Ni nada tan sofisticado como lo que necesitarás, imagino.

—Bueno, eso depende. Veo que coleccionas zapatos.

La puerta de su armario estaba abierta y Boling debía de haber visto el interior, en cuyo suelo había una docena de zapatos, más o menos ordenados, para las noches en que salía después de trabajar y no quería pasar por casa. Soltó una risa.

La habían pillado.

—¿No tendrás también cosas de aseo personal?

—¿De aseo personal?

—Necesito un secador.

Dance se rió.

—Por desgracia, todos mis afeites de belleza están en casa.

—Entonces más vale que vayamos de compras.

8

Al final Jon Boling necesitó algo más que un secador, pero no mucho más.

Su salida a comprar dio como resultado un secador, un juego de herramientas minúsculas y una caja metálica llamada «unidad externa»: un rectángulo de siete centímetros por doce del que salía un cable que acababa en una conexión USB.

Todos aquellos objetos descansaban ahora sobre la mesa baja del despacho de Dance en el CBI.

Boling inspeccionó el portátil de Tammy Foster.

—¿Puedo desmontarlo? No estropearé ninguna prueba, ¿verdad?

—Ya han buscado huellas digitales. Sólo hemos encontrado las de Tammy. Adelante, haz lo que quieras: Tammy no es sospechosa. Además, me mintió, así que no está en situación de quejarse.

—Rosa —repitió Boling, como si aquello fuera una falta de decoro imperdonable.

Dio la vuelta al aparato y, sirviéndose de un pequeño destornillador de punta de estrella, retiró el panel de abajo en un par de minutos. Extrajo a continuación un pequeño rectángulo de plástico y metal.

—El disco duro —explicó—. El año que viene se le considerará gigantesco. Vamos hacia la memoria flash en unidades centrales de procesamiento. Nada de discos duros, ni de piezas de quita y pon.

El tema parecía estimularlo, pero se daba cuenta de que constituía una digresión inapropiada en ese momento. Se quedó callado mientras examinaba atentamente el disco duro. No parecía llevar lentillas. Dance, que usaba gafas desde que era pequeña, experimentó un leve ataque de envidia ocular.

El profesor agitó suavemente la pieza junto a su oído.

—Vale.

La dejó sobre la mesa.

—¿Vale?

Sonrió, desempaquetó el secador, lo enchufó y dirigió el chorro de aire caliente hacia el disco duro.

—Será cosa de un momento. No creo que esté mojado, pero no podemos arriesgarnos. El agua y la electricidad no son buenas compañeras.

Bebió un sorbo de café sirviéndose de la mano libre. Luego dijo en tono pensativo:

—Nosotros los profesores envidiamos mucho al sector privado, ¿sabes? «Sector privado» o, dicho en cristiano, a la gente que de verdad gana dinero.

Señaló la taza de café con la cabeza.

—Piensa en Starbucks. El café era una idea estupenda para una franquicia. Yo sigo pensando, por si se me ocurre alguna cosa que dé el pelotazo, pero sólo se me ocurren cosas como la Casa de los Pepinillos o Mundo Friki. Lo mejor son las bebidas, pero todas las buenas ya están cogidas.

—Podrías montar un bar especializado en leche —sugirió Dance—. Podrías llamarlo El Bar de Elsie.

Los ojos de Boling se iluminaron.

—O El Más Sal-Ubre.

—Es un chiste malísimo —comentó ella después de que se rieran un momento.

Cuando acabó de secar el disco duro, Boling lo metió en la unidad externa. Después enchufó la conexión USB a su portátil, que era gris oscuro, el color del que debían ser los ordenadores, al parecer.

—Tengo curiosidad por saber qué estás haciendo.

Dance observó cómo aporreaba las teclas con seguridad. Muchas de las letras estaban borradas. Boling no necesitaba verlas para escribir.

—El agua habrá estropeado el ordenador propiamente dicho, pero el disco duro debería estar bien. Voy a convertirlo en un disco legible.

—Pasados unos minutos, levantó los ojos y sonrió.

—Ya está, como nuevo.

Dance acercó la silla a la suya.

Miró la pantalla y vio que el explorador de Windows estaba leyendo el disco duro de Tammy como «disco local G».

—Estará todo dentro: sus correos electrónicos, las páginas web que ha visitado, sus favoritos, el registro de sus mensajes instantáneos.

Hasta los datos borrados. No está encriptado, ni protegido con una contraseña, lo cual, por cierto, me hace suponer que sus padres se interesan muy poco por su vida. Los chavales cuyos padres les vigilan atentamente aprenden a usar toda clase de trucos para proteger su intimidad. Trucos que, por cierto, se me da muy bien cargarme.

Desenchufó el disco de su ordenador y se lo pasó a Dance junto con el cable.

—Todo tuyo. Sólo tienes que enchufarlo y leer a tus anchas. —Se encogió de hombros—. Mi primer encargo para la policía. Breve, pero dulce.

Kathryn Dance era la dueña y la administradora, junto con una buena amiga, de una página web dedicada a la música tradicional y folklórica. Era una página técnicamente muy sofisticada, pero ella sabía bastante poco de informática. De esa faceta se encargaba el marido de su amiga.

—¿Sabes? —le dijo a Boling—, si no estás muy ocupado, ¿podrías quedarte un poco? ¿Ayudarme a mirarlo?

Él titubeó.

—Bueno, si tienes planes...

—¿De cuánto tiempo estamos hablando? Tengo que estar en Napa el viernes por la noche. Tengo una reunión familiar.

—No, no será tanto tiempo —contestó Dance—. Sólo unas horas. Un día, como mucho.

Sus ojos volvieron a iluminarse.

—Me encantaría. Los rompecabezas son un grupo de alimentos muy importante para mi dieta. Bueno.. ¿Qué estamos buscando?

—Cualquier pista sobre la identidad del agresor de Tammy.

—Ah, como en *El código Da Vinci.*

—Espero que no sea tan complicado, y que no nos excomulguen por lo que encontremos. Me interesa cualquier mensaje que parezca amenazador. Discusiones, peleas, comentarios sobre acosadores. ¿Habrá mensajes instantáneos?

—Habrá fragmentos. Seguramente podemos reconstruir muchos de ellos.

Boling volvió a enchufar el disco duro a su ordenador y se inclinó hacia delante.

—También redes sociales —agregó Dance—. Cualquier cosa que tenga que ver con cruces de carretera o monumentos funerarios.

—¿Monumentos funerarios?

—Creemos que el agresor dejó una cruz en la cuneta de una carretera anunciando lo que iba a hacer —le explicó Dance.

—Qué cosa tan siniestra.

Los dedos del profesor volaron sobre el teclado. Mientras escribía, preguntó:

—¿Por qué crees que la solución está en su ordenador?

Dance le habló de su entrevista con Tammy Foster.

—¿Dedujiste todo eso sólo de sus gestos?

—Así es.

Le habló de las tres formas en que se comunican los humanos. En primer lugar, a través del contenido verbal; o sea, lo que decimos.

—Es el significado de las palabras mismas. Pero el contenido no es solamente la menos fiable y la más fácil de falsear de las formas de comunicación, además constituye una parte bastante pequeña de los mensajes que nos enviamos unos a otros. Las otras dos formas de comunicación son mucho más importantes: la cualidad verbal, es decir, cómo decimos las palabras. Cosas como el tono de voz, lo deprisa que hablamos, si hacemos pausas o titubeamos con frecuencia. Y luego está la tercera, la kinesia: nuestro lenguaje corporal. Gestos, miradas, formas de respirar, posturas, ademanes. A los interrogadores nos interesan sobre todo las dos últimas, puesto que son mucho más reveladoras que el contenido verbal.

Boling estaba sonriendo. Dance levantó una ceja. Él le explicó:

—Parece gustarte tanto tu trabajo como...

—Como a ti la memoria flash.

Asintió con la cabeza.

—Sí. Los ordenadores son unas cositas asombrosas. Hasta los de color rosa.

Boling siguió tecleando y pasando página tras página mientras hurgaba en las entrañas el ordenador de Tammy.

—La típica cháchara de una adolescente —comentó en voz baja—. Chicos, ropa, maquillaje, fiestas, algo sobre el instituto, películas y música... Nada de amenazas.

Pasó rápidamente varias pantallas.

—De momento, nada en los correos electrónicos, por lo menos en los de las últimas dos semanas. Puedo remontarme más atrás y revisar los anteriores, si es necesario. Tammy está en todas las grandes redes sociales: Facebook, My Space, Our World, Second Life...

Aunque no estaba conectado a Internet, podía abrir las páginas que Tammy había consultado recientemente.

—Espera, espera... Vale.

Se echó hacia delante, tenso.

—¿Qué ocurre?

—¿Estuvo a punto de ahogarse?

—Sí.

—Hace un par de semanas, unas amigas y ella iniciaron una conversación en Our World sobre lo que más miedo les daba. Uno de los mayores miedos de Tammy era ahogarse.

Dance tensó la boca.

—Puede que el agresor escogiera ese método específicamente para ella.

—Damos demasiada información personal en Internet —repuso Boling con sorprendente vehemencia—. Demasiada. ¿Conoces el término *escribicionista*?

—No.

—Se utiliza para describir a quienes bloguean sobre sí mismos. Es bastante elocuente, ¿no te parece? Y luego está el término *dooce*.

—Tampoco me suena.

—Es un verbo. Dices, por ejemplo, «me han *dooceado*». Significa que te han despedido por lo que has colgado en tu blog, ya sean cosas sobre ti mismo, sobre tu jefe o sobre tu trabajo. Lo acuñó una mujer de Utah. Escribió algo sobre su jefe y la echaron del trabajo. *Dooce* deriva de *dude*,* por cierto. Ah, y luego está el *predoocing*.

—¿Qué es eso?

—Solicitas un puesto de trabajo y el entrevistador te pregunta: «¿Alguna vez has escrito algo sobre tu antiguo jefe en un blog?» Naturalmente, ya conocen la respuesta. Lo que quieren ver es si eres sincero. Y si has colgado algo malo... La mañana de la entrevista, antes de que te laves los dientes, ya te han descartado para el puesto.

Demasiada información. Demasiada...

Boling siguió tecleando, veloz como el rayo. Por fin dijo:

—Ah, creo que he encontrado algo.

—¿Qué?

—Tammy publicó un comentario en un blog, hace un par de días. Su apodo es TamF1399.

Giró el ordenador para que Dance viera la pantalla.

* *Dude*: en argot, «tronco», «colega», «nota». *(N. de la T.)*

Respuesta a Chilton, publicada por TamF1399

[El conductor] es un tio muy raro, yo creo q es peligroso. la primera vez que fui al entrenamiento del equipo de animadoras estaba rondando delante de nuestro vestuario como si quisiera entrar y hacernos fotos con el movil. me acerque a el y le solte ¿tu q haces aki? y me miro como si fuera a matarme. es un friki total. conozco a una chica q va con nosotras a [borrado] y me conto q [el conductor] le toco las tetas pero q le dio miedo contarlo xq penso que iria a x ella o q se liaria a tiros como en la virginia tech.

—Lo más interesante —añadió Boling— es que publicó ese comentario en una parte del blog titulada «Cruces en el camino».

A Dance se le aceleró un poco el corazón.

—¿Quién es «el conductor»?

—No lo sé. El nombre está borrado en todos los *posts*.

—Conque un blog, ¿eh?

—Sí. —Boling se rió un momento y añadió—: Setas.

—¿Qué?

—Los blogs son como las setas de Internet. Brotan por todas partes. Hace unos años todo el mundo en Silicon Valley se preguntaba cuál sería el siguiente bombazo en el mundo virtual. Al final, no ha sido un tipo de *hardware* o de *software* revolucionario, sino el contenido *online*: juegos, redes sociales... y blogs. Ahora no se puede escribir sobre ordenadores sin estudiar el fenómeno de los blogs. Tammy publicó ese comentario en uno llamado *The Chilton Report*.

Dance se encogió de hombros.

—No me suena.

—A mí sí. Es local, pero bastante conocido entre los blogueros. Es como un Matt Drudge,* pero con base en California y más periférico. Jim Chilton es todo un personaje. —Siguió leyendo—. Vamos a conectarnos para echarle un vistazo.

Dance recogió su portátil de encima de la mesa.

—¿Cuál es la dirección?

Boling se la dio.

* Matt Drudge, fundador de *Drudge Report*, agregador de noticias estadounidense. *(N. de la T.)*

http://www.thechiltonreport.com

El profesor acercó su silla y leyeron juntos la página de inicio.

THE CHILTON REPORT®

LA CONCIENCIA MORAL DE AMÉRICA. UNA COLECCIÓN DE REFLEXIONES SOBRE LO QUE SE HACE MAL EN ESTE PAÍS... Y LO QUE SE HACE A DERECHAS.

Dance se rió.

—«Lo que se hace a derechas.» Muy ingenioso. Pertenece a la Mayoría Moral, supongo. Es conservador.

Boling negó con la cabeza.

—Por lo que yo sé es más bien del tipo corta y pega.

Ella levantó una ceja.

—Quiero decir que escoge muy bien sus causas. Es más de derechas que de izquierdas, pero se mete con cualquiera que no esté a la altura de su rasero moral, crítico o intelectual. Para eso, entre otras cosas, sirven los blogs, naturalmente: para la agitación. La controversia vende.

Más abajo había un saludo a los lectores:

Querido lector:

Bienvenido, ya estés aquí porque seas suscriptor, seguidor o simplemente porque te has topado con esta página por casualidad mientras estabas navegando por Internet.

Sean cuales sean tus posturas políticas y sociales, espero que encuentres algo en mis reflexiones que al menos te haga cuestionarte las cosas y dudar, algo que te impulse a querer saber más.

Porque en eso consiste el periodismo.

James Chilton

Más abajo se leía «Declaración de intenciones».

NUESTRA DECLARACIÓN DE INTENCIONES

No podemos emitir juicios en el vacío. Los empresarios, el gobierno, los políticos corruptos, los delincuentes y los depravados, ¿son sinceros respecto a lo que se traen entre manos? Claro que no. Nuestra misión consiste en arrojar la luz de la verdad sobre las sombras del engaño y la codicia, y en ofrecer a nuestros lectores los datos que necesitan para tomar decisiones informadas acerca de los asuntos más acuciantes de la actualidad.

Dance encontró además una breve biografía de Chilton y una sección de noticias personales. Echó una ojeada a la lista.

EN EL FRENTE DOMÉSTICO

¡Adelante, equipo!

Me alegra decir que este fin de semana el equipo de mi Hijo Mayor ganó por ¡4-0! ¡Adelante, Jayhawks! Y ahora escuchadme, padres. Vuestros pequeños deberían dejar el béisbol y el fútbol americano por el fútbol federación, que es el deporte de equipo más seguro y más sano que existe. (Véase el número del 12 de abril para mis comentarios sobre las lesiones deportivas de los niños.) Y, por cierto, no olvidéis llamarlo *soccer* y no «fútbol», como hacen los extranjeros. ¡Cuando estéis en América, haced como los americanos!

Un patriota

Ayer, el Pequeño dejó boquiabierto al público en el recital de su campamento urbano cantando «America the Beautiful». ¡Él solito! Como padre, está uno rebosante de orgullo.

¿Alguna sugerencia?

Pat y yo celebraremos muy pronto nuestro decimonoveno aniversario de boda. ¡Y necesito ideas para regalos! (Por puro egoísmo he decidido no regalarle la conexión a Internet de alta velocidad por fibra óptica para su ordenador.) Señoras, envíenme sugerencias. Y no, Tiffany's no está descartado.

¡Vamos camino de globalizarnos!

Me alegra informar de que el Report está obteniendo críticas excelentes en todo el mundo. Ha sido elegido como uno de los blogs estrella de un nuevo canal RSS («Red Super Sencilla», podemos llamarla) que unirá miles de blogs, sitios web y portales de todo el planeta. Enhorabuena a todos vosotros, mis lectores, por convertir el Report en un blog tan conocido.

Bienvenido a casa

Acabo de enterarme de una noticia que me ha hecho sonreír. Los que seguís el Report quizás os acordéis de mis comentarios entusiastas acerca de Donald Hawken, un amigo muy querido de este humilde reportero. Fuimos pioneros en este loco mundo de los ordenadores hace tantos años que no quiero ni pensarlo. Donald escapó de la península en busca de los verdes prados de San Diego, pero me alegra informar de que ha recobrado la razón y va a regresar, junto con su mujer, Lily, y sus dos maravillosos hijos. ¡Bienvenido a casa, Donald!

Héroes

Me quito el sombrero ante los valientes bomberos del condado de Monterrey. Dio la casualidad de que el martes pasado estaba en el centro, en Alvarado, cuando empezaron a oírse gritos de socorro y vimos que salía humo de un edificio en obras. Las llamas bloqueaban la salida y había dos obreros atrapados en los pisos superiores. En cuestión de minutos apareció una veintena de bomberos y bomberas, y su camión desplegó la escalerilla hasta la azotea del edificio. Se rescató a los albañiles y se extinguieron las llamas. No hubo heridos y los daños materiales fueron mínimos.

Para la mayoría de nosotros, la valentía consiste en poco más que discutir de política o, como mucho, en hacer submarinismo en lujosas instalaciones hoteleras o practicar la bicicleta de montaña.

Raras veces se nos pide que demostremos verdadero coraje, como el que exhiben todos los días los hombres y mujeres del Cuerpo de Bomberos y Emergencias del Condado de Monterrey, sin vacilar ni un instante, ni quejarse.

¡Bravo por ellos!

Esta entrada iba acompañada de la dramática fotografía de un camión de bomberos en el centro de Monterrey.

—Lo típico en un blog —comentó Boling—. Información personal, cotilleos. A la gente le gusta leer esas cosas.

Dance pinchó también en un enlace titulado *Monterrey*, que la llevó a una página en la que se leía «Nuestro hogar: la bella e histórica península de Monterrey». Incluía fotos artísticas de la costa y de barcos en las proximidades de Cannery Row y Fisherman's Wharf, y numerosos enlaces a páginas turísticas locales.

Otro *link* los llevó a una página con mapas y planos de la zona, entre ellos uno del pueblo de Dance, Pacific Grove.

—Todo esto son chorradas —comentó Boling—. Vamos a echar un vistazo al contenido del blog. Ahí es donde encontraremos pistas. —Arrugó el ceño—. ¿Las llamáis «pistas» o «pruebas»?

—Puedes llamarlas «brócoli», con tal de que nos ayuden a encontrar al culpable.

—Pues vamos a ver qué nos cuentan estas hortalizas.

Le dio otra dirección web.

http://www.thechiltonreport.com/html/june26.html

Era el meollo del blog: los miniensayos de Chilton.

—Chilton es el «MO», el que publica el mensaje original. Un nombre que, por si te interesa, deriva de «GO», o sea, «*gangsta* original», por los jefes de las bandas callejeras, los Bloods y los Crips, por ejemplo. El caso es que él sube su comentario y lo deja ahí para que la gente responda. Pueden estar de acuerdo o disentir. A veces se van por la tangente.

Dance notó que el comentario original de Chilton ocupaba la parte de arriba y que debajo estaban las respuestas. La mayoría de la gente contestaba directamente al comentario del bloguero, pero a veces respondían también a los *posts* de otros lectores.

—A cada artículo con sus mensajes relacionados se le llama «hilo» —explicó Boling—. A veces, los hilos se prolongan meses o incluso años.

Dance comenzó ojear los artículos. En uno con el ingenioso título de «HipoCRISTIANOs», Chilton atacaba al hombre al que ella había visto poco antes en el hospital, el reverendo Fisk, y al movimiento Life First. Al parecer, Fisk había afirmado en cierta ocasión que matar a médicos proabortistas estaba justificado. Chilton condenaba las palabras del reverendo, a pesar de que, según afirmaba, se oponía tajantemente al aborto. Dos de los defensores de Fisk, Púrpura en Cristo y LukeB1734, atacaban ferozmente a Chilton. El primero afirmaba que habría que crucificarlo. Pensando en su apodo, Dance se preguntó si Púrpura en Cristo no sería el corpulento guardaespaldas pelirrojo al que había visto en la protesta del hospital.

El hilo titulado «Poder para el pueblo» denunciaba la actuación de Brandon Klevinger, un diputado del estado de California que dirigía la

Comisión de Planificación de Centrales Nucleares. Chilton había averiguado que Klevinger se había ido de viaje de golf con un promotor que estaba intentando sacar adelante la construcción de una nueva planta nuclear cerca de Mendocino, cuando sería más barato y eficaz construirla en los alrededores de Sacramento.

En «Desalar y desolar», el bloguero arremetía contra el plan para construir una planta desalinizadora cerca del río Carmel. Su comentario incluía descalificaciones personales contra el principal impulsor del proyecto, Arnold Brubaker, al que pintaba como un intruso llegado de Scottsdale, Arizona, con un pasado poco claro y posibles vínculos con la mafia.

Dos de los comentarios representaban las posturas encontradas de los ciudadanos respecto al asunto de la planta desalinizadora.

Respuesta a Chilton, publicada por Lyndon Strickland.

Debo decir que me has abierto los ojos respecto a este tema. No tenía ni idea de que estaban intentando colar este proyecto. Vi la propuesta en los archivos de la Oficina de Planificación del Condado y tengo que decir que, aunque soy abogado y estoy familiarizado con temas medioambientales, era uno de los documentos más confusos y farragosos que he intentado leer en toda mi vida. Creo que se necesita mucha más transparencia si queremos mantener un debate significativo sobre esta cuestión.

Respuesta a Chilton, publicada por Howard Skelton.

¿Sabes que en 2023 Estados Unidos se habrá quedado sin agua dulce? ¿Y que el 97 por cierto del agua de la Tierra es agua salada? Sólo a un idiota se le ocurre no aprovecharla. Necesitamos desalinizar para sobrevivir, si queremos mantener nuestra posición como el país más productivo y eficiente del mundo.

En «El camino de baldosas amarillas», Chilton hablaba sobre un proyecto de Caltrans, el Departamento de Transportes de California. Se estaba construyendo una carretera nueva que, partiendo de la 1, cruzaba Salinas y llegaba hasta Hollister atravesando tierras de labor. Chilton cuestionaba la velocidad vertiginosa con la que se había aprobado el proyecto, así como el sinuoso trazado de la carretera, que beneficiaba a unos agricultores mucho más que a otros, y daba a entender que había habido sobornos de por medio.

Su faceta conservadora se ponía de manifiesto en «Di simplemente que no», un hilo que condenaba una propuesta para aumentar las clases de educación sexual en los cursos superiores de la educación primaria. Chilton abogaba por la abstinencia. Un artículo de contenido similar llevaba por título «Pillado in fraganti». Trataba sobre un juez del tribunal estatal, casado, al que habían sorprendido saliendo de un motel con una joven colaboradora a la que le doblaba la edad. Chilton estaba indignado por que el comité de ética judicial se hubiera limitado recientemente a «amonestarlo». En su opinión, deberían haberlo apartado de la carrera judicial y del ejercicio del derecho.

Kathryn Dance llegó entonces al hilo crucial, bajo una triste fotografía de dos cruces adornadas con flores y muñecos de peluche.

CRUCES EN EL CAMINO

Publicado por Chilton.

Hace poco pasé por un tramo de la carretera 1 en cuya cuneta había dos cruces y varios ramos de flores. Señalaban el lugar donde, el 9 de junio, se produjo aquel terrible accidente en el que murieron dos chicas que volvían de una fiesta de graduación. Aquel día se acabaron las vidas de esas dos chicas, y las vidas de sus amigos y sus seres queridos cambiaron para siempre.

Me di cuenta entonces de que no había oído gran cosa acerca de la investigación policial del accidente. Hice algunas llamadas y me enteré de que no había habido detenciones ni estaba prevista ninguna citación judicial.

Me pareció raro. Ahora bien, el hecho de no tener en su haber ninguna infracción de tráfico se interpretó como una prueba de que el conductor (un alumno de instituto, de ahí que no mencione su nombre) no había tenido la culpa. Pero ¿cuál fue la causa del accidente? Mientras circulaba por la carretera me fijé en que esa zona está muy expuesta al viento y la calzada estaba cubierta de arena. No había luces ni quitamiedos cerca del lugar donde el coche se salió de la carretera. La señal de peligro estaba descolorida y habría sido difícil verla en la oscuridad (el accidente sucedió en torno a las doce de la noche). Tampoco había desagües: vi charcos de agua estancada en el arcén y en la propia calzada.

¿Por qué la policía no hizo una reconstrucción exhaustiva del accidente (según creo, tienen personas que se dedican expresamente a eso)? ¿Por qué Caltrans no mandó de inmediato a un equipo a examinar la superficie de la carretera, su peralte, las marcas de los neumáticos? Si se examinaron estos puntos, no he encontrado ningún documento que deje constancia de ello.

Puede que la carretera sea tan segura como quepa esperar.

Pero ¿es justo para los ciudadanos cuyos hijos circulan habitualmente por ese tramo de carretera que las autoridades hayan despachado la tragedia tan rápidamente? Me parece que su preocupación se ha marchitado más deprisa que las flores que yacen tristemente bajo esas cruces de cuneta.

Respuesta a Chilton, publicada por Ronald Kestler.

Si echa una ojeada a los presupuestos del condado de Monterrey y del estado en general, se dará cuenta de que un sector que está acusando el impacto de nuestras calamidades económicas es la señalización adecuada de las carreteras de alto riesgo. Mi hijo murió en un accidente en la carretera 1 porque la señal que advertía de la curva estaba cubierta de barro. Habría sido muy fácil que los operarios del estado se dieran cuenta y la limpiaran, pero ¿lo hicieron? No. Su negligencia es inexcusable. Gracias, señor Chilton, por llamar la atención sobre este problema.

Respuesta a Chilton, publicada por Un ciudadano preocupado.

los operarios de mantenimiento de carreteras ganan una pasta gansa y se pasan el día tocandose los [borrado]. todo el mundo los a visto parados en el arcen sin hacer nada cuando podrian estar arreglando carreteras peligrosas y asegurandose de q estamos a salvo. otro ejemplo de que nuestros impuestos NO sirven para nada.

Respuesta a Chilton, publicada por Robert Gardfield, Departamento de Transportes de California.

Quisiera asegurarles a usted y a sus lectores que la seguridad de nuestros ciudadanos encabeza la lista de prioridades de Caltrans. Hacemos todos los esfuerzos posibles por mantener en buen estado las carreteras de nuestro territorio. El tramo de calzada donde se produjo el accidente al que hace referencia en su artículo se inspecciona periódicamente, como todas las carreteras de competencia estatal. No se descubrieron infracciones de la normativa, ni condiciones de peligro. Aprovechamos la ocasión para recordar a los conductores que la seguridad vial en California es responsabilidad de todos.

Respuesta a Chilton, publicada por Tim Concord.

¡tu comentario es MÍTICO, Chilton! si les dejamos, esos matones de la policia se iran de rositas. a mi me pararon en la 66 porque soy afroamericano. me tuvieron media hora sentado en el suelo antes de dejar que me marchara y no me dijeron q había hecho mal, solo que tenia fundida una luz del coche. El gobierno deberia proteger a sus ciudadanos, no jorobar a gente inocente. Gracias.

Respuesta a Chilton, publicada por Ariel.

el viernes fui con una amiga a ver el sitio donde paso y lloramos un monton al ver las cruces y las flores que habia. Estuvimos alli sentados, mirando la carretera, y no habia ni un policia. ¡ni uno solo! ¡Justo despues de que pasara! ¿donde estaba la policía? Y puede que no haya señales de peligro y que la carretera este resbaladiza, pero a mi me parecio bastante segura, aunque tenia arena, eso es verdad.

Respuesta a Chilton, publicada por Sim Stud.

Paso a diario por ese tramo de carretera y no es el sitio mas peligroso del mundo que se diga, asi que yo me pregunto si la policia miro de verdad quien estaba detras del volante, conozco a [el conductor] del instituto y no creo que sea el mejor conductor del mundo.

Respuesta a Sim Stud, publicada por Footballrulz.

colega, ¿el MEJOR conductor del mundo???? siento decirtelo pero [el conductor] es un friki total y un tarado, NO SABE conducir. No creo ni que tenga carné. ¿xp no se entera la pasma de ESO? Estaran muy liados tomando cafe con donuts. Yo me parto.

Respuesta a Chilton, publicada por Mitch T.

Chilton, siempre estas metiendote con el gobierno y eso esta muy bien, pero en este caso olvidate de la carretera. La carretera esta bien. Lo a dicho ese tio de Caltrans. He pasado x alli cien veces y si no ves esa curva es porque vas borracho o colocado. si la policía la [borrado] fue xq no se informo bien sobre [el conductor]. Es un CHALADO y encima da miedo. Sim Stud es el AMO de este hilo.

Respuesta a Chilton, publicada por Amydancer44.

esto es muy raro xq mis padres leen el Report pero yo no suelo leerlo asi que es raro q este escribiendo aqui pero me he enterado en el instituto de lo que abias publicado sobre el accidente asi que me he metido en el blog. Lo he leido todo y creo que tienes razon al cien por cien, y tambien estoy de acuerdo con lo que a escrito ese otro lector. todo el mundo es inocente hasta que se demuestra lo contrario pero no entiendo xp la policia dejo la investigacion.

Una persona que conoce a [el conductor] me ha dicho que la noche anterior al accidente estuvo levantado toda la noche, o sea, 24 horas, jugando a videojuegos. EMHO se quedo dormido conduciendo. y otra cosa: los jugones se creen que son la [borrado] conduciendo xq juegan a esas maquinas de coches en los salones de juego pero no es lo mismo.

Respuesta a Chilton, publicada por Arthur Standish.

El presupuesto federal para la conservación de carreteras ha ido disminuyendo constantemente con los años, mientras que el presupuesto para operaciones militares y cooperación internacional se ha cuadriplicado. Quizá debería preocuparnos más la vida de nuestros ciudadanos que la de personas de otros países.

Respuesta a Chilton, publicada por TamF1399.

[El conductor] es un tio muy raro, yo creo que es peligroso. la primera vez que fui al entrenamiento del equipo de animadoras estaba rondando delante de nuestro vestuario como si quisiera entrar y hacernos fotos con el movil. me acerque a el y le solte ¿tu que haces ak? y me miro como si fuera a matarme. es un friki total. conozco a una chica que va con nosotras a [borrado] y me contó que [el conductor] le tocó las tetas pero que le dio miedo contarlo xp penso que iria a x ella o q se liaria a tiros como en la virginia tech.

Respuesta a Chilton, publicada por Boardtodeath.

me ha dicho alguien que conoce a un tio que estuvo en la fiesta de esa noche que vio a [el conductor] antes de montarse en el coche y que iba completamente [borrado]. y que por eso se estrellaron. lo que pasa es que la PASMA perdio los resultados de la prueba de alcoholemia y como no lo podian reconocer x eso tuvieron q soltarlo. Y ESO ES ASI.

Respuesta a Chilton, publicada por SaradeCarmel.

Me parece injusto lo q está diciendo todo el mundo en este hilo. No conocemos los hechos. El accidente fue una tragedia espantosa y la policía no presentó cargos, así que tenemos que conformarnos con eso. Pensad en lo que estará pasando [el conductor]. Iba a mi clase de química y nunca molestó a nadie. Era muy listo y ayudó un montón a mi equipo. Seguro q se siente fatal por lo de esas chicas. Va a tener que llevar eso sobre su conciencia el resto de su vida. Me da mucha lástima.

Respuesta a SaradeCarmel, publicado por Anónimo.

Sara eres una [borrado]. si el que conducía era él entonces es que HIZO algo para que esas chicas murieran. ¿como puedes decir que no? dios mio es la gente como tu la q dejo que hitler gaseara a los judios y q bush se metiera en irak. ¿xq no llamas a [el conductor] y le pides que te lleve a dar una vueltecita en coche? ire a poner una cruz en tu [borrado] tumba, pedazo de [borrado].

Respuesta a Chilton, publicada por Legend666.

el hermano de [el conductor] es retrasado y a lo mejor estaba mal visto que la policia detuviera a [el conductor] por todo ese rollo de la correccion politica que me saca de quicio. ademas deberian enterarse de donde estan los bolsos de las chicas, me refiero a las chicas del accidente, xq he oido que se los birlo antes de q llegaran las ambulancias. su familia es tan pobre q ni siquiera pueden permitirse una lavadora. lo he visto un montón de veces con su madre y el [borrado] de su hermanito en la lavanderia de billings. kien va a la lavandería? los muertos de hambre son los que van.

Respuesta a Chilton, publicada por Sexygurl362.

mi mejor amiga va a primero de bachillerato al [borrado] con [el conductor] y a hablado con alguien q estuvo en la fiesta en la q estuvieron las chicas que murieron. [El conductor] estuvo en un rincon con la capucha del chandal subida mirando a todo el mundo y hablando solo y alguien se lo encontró en la cocina mirando los cuchillos. todo el mundo decia pero q hace este aki? xp a venido?

Respuesta a Chilton, publicada por Jake42.

¡Eres un HACHA, Chilton! Sí, [el conductor] la [borrado]. fijaos en ese tarado, su vida es UN ASCO!! en clase de EF siempre finge que esta enfermo para no tener que entrenar. solo va al gimnasio para rondar x el vestuario y mirarle la [borrado] a todo el mundo. Es gay total, me lo han dicho.

Respuesta a Chilton, publicada por Curly Jen.

estuve hablando con mis amigas y la semana pasada alguien vio a [el conductor] por lighthouse haciendo trompos con un coche q le abia quitado a su abuela sin permiso. intento q [borrado] le enseñara el tanga (como si a ella le importara, ja, ja!!!) y como no le hizo caso empezo a pelarsela delante de ella alli mismo en lighthouse mientras conducia. seguro q la noche que se estrello con el coche estaba haciendo lo mismo.

Respuesta a Chilton, publicada por Anónimo.

Voy al [borrado], estoy en segundo, conozco a [el conductor] y todo el mundo a oido hablar de el. Que conste que EMHO no le pasa nada. Juega mucho, ¿y que? yo también juego mucho al futbol y no por eso soy un asesino.

Respuesta a Anónimo, publicada por Bill Van.

que te [borrado], [borrado]. si sabes tanto, cual es tu fuen, oh, genio? ni siquiera tienes huevos para usar tu nombre real. te da miedo que venga y te [borrado] por el [borrado]?

Respuesta a Chilton, publicada por Bella Kelly.

teneis mucha razón!!! mi amiga y yo estuvimos en la fiesta del dia 9 cuando paso el accidente y [el conductor] intento ligar con [borrado] y ellas le dijeron q se perdiera. pero no les hizo caso y salio detras d ellas cuando se marcharon. pero tambien la culpa fue nuestra, de todos los que estuvimos alli, x no hacer nada. Todos sabiamos que [el conductor] es un triste y un pervertido y deberiamos haber llamado a la policia o a alguien cuando se marcharon. yo tuve un mal presentimiento como en Entre fantasmas. y mira lo que paso.

Respuesta a Chilton, publicada por Anónimo.

si alguien entra en el Columbine o en la Virginia Tech con un arma es un asesino, pero cuando [el conductor] mata a alguien con un coche nadie hace nada. Aki hay algo q apesta.

Respuesta a Chilton, publicada por Wizard One.

creo que hace falta un tiempo muerto. alguien se ha metido con [el conductor] xq no le gustan los deportes y xq juega a los videojuegos. ¿y q tiene eso de malo? hay millones de personas q no acen deporte y q les gustan los videojuegos. no conozco muy bien a [el conductor], pero vamos a la misma clase en el [borrado]. no es mal tio para nada. todo el mundo se mete con él, pero ¿alguien lo

CONOCE de verdad? no se q paso, pero el no le izo daño a nadie a proposito y todos conocemos a gente que si lo hace diariamente. EMHO se siente muy mal x lo q paso. la policia no lo detuvo xq (oh, sorpresa) no izo nada ilegal.

Respuesta a Wizard One, publicada por Halfpipe22.

otro jugon. Fijaos en su nombre. ¡PARDILLO! ¡wizard, MRTC!

Respuesta a Chilton, publicada por Archenemy.

[El conductor] es un fr1k1 total. en la taquilla del instituto tiene fotos de los chalados de Columbine y Virginia Tech y de los cadaveres de los campos de concentracion. va por ai con una sudadera barata intentando parecer superway pero es un pardillo y un cutre y no va a ser nunca otra cosa.

Tú, [el conductor], tarado, si estas leyendo esto y no estas por ai con los elfos y las adas, recuerda: TE LA TENEMOS JURADA. ¿xp no nos haces un favor a todos y te vuelas los [borrado] sesos? Sería SUPERWAY!

9

Kathryn Dance se reclinó en la silla y meneó la cabeza.

—Qué cantidad de hormonas —le dijo a Jon Boling.

Estaba impresionada por la virulencia de los comentarios, escritos en su mayoría por gente joven.

Él volvió al mensaje original.

—Fíjate en lo que pasa. Chilton hace un comentario normal y corriente sobre un accidente mortal. Lo único que hace es preguntarse si la carretera era segura y el mantenimiento era el adecuado. Pero mira cómo evolucionan las respuestas. Pasan de debatir lo que plantea Chilton, la seguridad de la carretera, a los presupuestos del gobierno y de ahí a hablar del chico que conducía, aunque al parecer no hizo nada malo. Los comentaristas se van calentando a medida que se suceden los ataques y finalmente el blog se convierte en una bronca de bar entre los propios comentaristas.

—Como el juego del teléfono escacharrado. El mensaje se va distorsionando a medida que avanza. «Tengo entendido...», «Alguien conoce a uno que...», «Un amigo mío me ha dicho...» —Dance echó otra ojeada a las páginas—. Me he fijado en que Chilton no replica. Fíjate en la entrada sobre el reverendo Fisk y ese grupo antieutanasia.

Respuesta a Chilton, publicada por Púrpura en Cristo.

Es usted un pecador incapaz de comprender la bondad que alberga el corazón del reverendo R. Samuel Fisk. Él ha consagrado su vida a Cristo y a Sus obras mientras que usted no hace más que agitar a las masas por puro placer y en beneficio propio. Su lectura de las excelsas opiniones del reverendo es patética y tendenciosa. A usted sí que deberían clavarlo en una cruz.

Boling le dijo:

—No, los blogueros serios no replican. Chilton puede dar una respuesta razonada, pero las guerras incendiarias, los ataques entre comentaristas se descontrolan y acaban siendo algo personal. Los mensajes comienzan a girar en torno al ataque y se olvidan del meollo de la cuestión. Es uno de los problemas de los blogs. En persona, la gente no discutiría así. Pero el anonimato de los blogs consigue que las peleas duren días o semanas.

Dance releyó el texto.

—Así que el chico es, en efecto, un estudiante. —Recordó lo que había deducido de su entrevista con Tammy Foster—. Chilton borró su nombre y el nombre del instituto, pero tiene que ser el Robert Louis Stevenson. El mismo al que va Tammy.

Boling señaló algo en la pantalla.

—Y ahí está su *post*. Fue una de las primeras en decir algo contra el chico. Después se lanzaron todos en masa.

Tal vez aquel mensaje estuviera en el origen de la mala conciencia que Dance había detectado durante la entrevista. Si, en efecto, aquel chico era el responsable de la agresión, entonces Tammy se sentiría en parte responsable de lo sucedido, como habían especulado O'Neil y ella. Se culpaba a sí misma. Y quizá también temía que por su culpa el chico pudiera atacar a alguien más. Eso explicaba por qué no le gustaba la idea de que el secuestrador tuviera una bici en el coche: ello llevaría a Dance a pensar que se trataba de una persona joven, un estudiante cuya identidad no quería revelar la chica porque seguía considerándolo una amenaza.

—Es todo tan cruel —comentó, señalando la pantalla con un gesto de la cabeza.

—¿Has oído hablar del Chico de la Basura

—¿De quién?

—Pasó en Kioto, hace unos años. En Japón. Un adolescente tiró al suelo un envoltorio de comida rápida y un vaso de refresco en un parque. Alguien le hizo una foto con el móvil mientras lo tiraba y se la mandó a sus amigos. Enseguida empezó a aparecer en blogs y en páginas de redes sociales de todo el país. Los vigilantes del ciberespacio dieron con el chico. Consiguieron su nombre y su dirección y colgaron la información en Internet. Se difundió por miles de blogs. Aquello se convirtió en una caza de brujas. Empezó a ir gente a casa del chico, a tirar basura en el jardín. Estuvo a punto de suicidarse. Esa clase de deshonra pesa mucho en Japón. —El tono de Boling y sus gestos denotaban la ira que sentía—. Los críticos se limitan a decir que sólo son palabras o fotos. Pero también pueden ser armas. Pueden hacer tanto daño como puños. Y, francamente, creo que las cicatrices duran mucho más.

Dance repuso:

—No entiendo parte del vocabulario de los mensajes.

Boling se rió.

—En los blogs, los chats y las redes sociales está de moda escribir con faltas de ortografía, abreviar las palabras o inventárselas. «Fuen» por «fuente», el símbolo de suma en lugar de «más», o «EMHO» en lugar de «en mi humilde opinión».

—No sé si atreverme a preguntar qué significa «MRTC».

—Ah, eso —dijo Boling—, es una despedida cordial. Significa «Muérete, cabrón». Todo en mayúsculas, claro. Es lo mismo que gritar.

—¿Y qué significa «fr1k1»?

—Equivale a «friki» en ciberjerga.

—¿En ciberjerga?

—El lenguaje que han creado los adolescentes en los últimos años. Sólo se ve en textos escritos por ordenador. Los números y los símbolos ocupan el lugar de las letras. Y se altera la ortografía. Es la jerga de los más molones, de los que están a la última. Puede ser incomprensible para nosotros, los carcas, pero la gente que lo domina puede escribirlo y leerlo tan rápidamente como nosotros nuestro idioma.

—¿Por qué lo usan los adolescentes?

—Porque es creativo y nada convencional... Y porque es guay. Que, por cierto, se escribiría «W-A-Y».

—La ortografía y la sintaxis son espantosas.

—Sí, pero eso no significa necesariamente que quienes escriben sean idiotas o incultos. Hoy en día es simplemente la norma, una convención. Y la rapidez es importante. Con tal de que el lector entienda lo que dices, puedes ser tan descuidado como quieras.

—Me pregunto quién será ese chico —comentó Dance—. Supongo que podría llamar a la Patrulla de Caminos para preguntar por el accidente del que habla Chilton.

—Bueno, yo puedo encontrarlo. El mundo de Internet es inmenso, pero también es un pañuelo. Tengo aquí la red social que usa Tammy. Invierte gran parte de su tiempo en una llamada Our World. Es mayor que Facebook y que My Space. Tiene ciento treinta millones de miembros.

—¿Ciento treinta millones?

—Sí. Más grande que la mayoría de los países. —Boling achicó los ojos mientras tecleaba—. Muy bien, ya estoy en su cuenta, sólo hay que buscar un poco y... Ahí está. Ya lo tengo.

—¿Tan rápido?

—Sí. Se llama Travis Brigham. Tienes razón. Va a primero de bachillerato en el instituto Robert Louis Stevenson de Monterrey. Este otoño empieza segundo. Vive en Pacific Grove.

Donde vivían Dance y sus hijos.

—Estoy echando un vistazo a los mensajes sobre el accidente que hay en Our World. Parece que volvían de una fiesta, conducía él y perdió el control. Murieron dos chicas y otra acabó en el hospital. Él no sufrió heridas graves. No está imputado. Al parecer es cierto que se dudaba del buen estado de la carretera. Había estado lloviendo.

—¡Claro! Es eso, ya me acuerdo.

Los padres siempre recuerdan los accidentes de tráfico en los que mueren chicos jóvenes. Y, cómo no, sintió también el aguijonazo de un recuerdo de varios años antes: el agente de la Patrulla de Caminos que llamó a su casa preguntando si era la esposa del agente del FBI Bill Swenson. ¿Por qué lo preguntaba?, se había dicho ella.

Lamento tener que decirle esto, agente Dance. Me temo que ha habido un accidente.

Apartó de sí aquel recuerdo y dijo:

—Es inocente, pero aun así siguen vilipendiándolo.

—La inocencia es aburrida —comentó Boling con sorna—. Escribir comentarios sobre eso no tiene gracia. —Indicó el blog—. Lo que ves aquí son Ángeles Vengadores.

—¿Qué es eso?

—Una categoría de cibermatones. Los Ángeles Vengadores son como gendarmes. Atacan a Travis porque creen que ha salido impune de algo, dado que no lo detuvieron después del accidente. No creen a la policía, o no confían en ella. Otra categoría son los Sedientos de Poder. Ésos se parecen más a los matones típicos de patio de colegio. Necesitan controlar a otros avasallándolos. Y luego están las Chicas Malas. Ésas emplean el matonismo porque, en fin, son unas mierdosas. Chicas, en su mayoría, que se aburren y publican comentarios crueles por pura diversión. Es algo rayano en el sadismo. —De nuevo una nota de ira en la voz de Boling—. El matonismo es un verdadero problema. Y cada vez es peor. Según las últimas estadísticas, el treinta y cinco por ciento de los adolescentes han sufrido acosos de algún tipo o han sido amenazados a través de Internet, la mayoría en múltiples ocasiones.

Se quedó callado y entornó los párpados.

—¿Qué ocurre, Jon?

—Resulta interesante que falte una cosa.

—¿El qué?

—Las respuestas de Travis en el blog, insultando a la gente que lo ataca.

—Puede que no lo sepa.

Boling soltó una risilla.

—Créeme, seguro que se enteró cinco minutos después de que apareciera el primer comentario en el blog de Chilton.

—¿Por qué te parece significativo que no haya contestado?

—Una de las categorías más persistentes de cibermatonismo es la llamada Venganza de los Frikis, o de las Víctimas de los Revanchistas. Son gente a la que han acosado o maltratado y que devuelve el golpe. A esas edades, el estigma social que supone haber sido marginado, humillado o vapuleado es abrumador. Te garantizo que ese chico está furioso y dolido y que quiere tomarse la revancha. Esos sentimientos tienen que aflorar de algún modo. ¿Entiendes adónde quiero ir a parar?

Dance lo entendía.

—Entonces, se deduce que en efecto fue él quien intentó matar a Tammy.

—Si no ha ido a por ellos en Internet, es más que probable que sienta el impulso de vengarse en la vida real. —Una mirada preocupada a la pantalla—. Ariel, Bella Kelley, Sexy Gurl362, Legend666, Archenemy... Todos han publicado ataques contra él. Lo que significa que están todos en peligro si, en efecto, el agresor es él.

—¿Te sería difícil conseguir sus nombres y direcciones?

—Algunos sí, claro, necesitaría saber *hackear* enrutadores y servidores. Los de los mensajes anónimos, desde luego. Pero muchos de ellos será tan fácil encontrarlos como encontrar mi nombre, por ejemplo. Sólo necesitaría un par de anuarios del instituto o de directorios de clase y acceso a Our World, a Facebook o a My Space. Ah, y al favorito de todo el mundo: Google.

Dance advirtió que una sombra había caído sobre ellos y que Jonathan Boling miraba más allá de ella.

Michael O'Neil entró en el despacho. Dance se alegró de verlo. Cruzaron una sonrisa. El profesor se levantó. Ella hizo las presentaciones. Los dos hombres se estrecharon la mano.

Boling dijo:

—Entonces, es a ti a quien tengo que dar las gracias por mi primera experiencia policial.

—No sé si debes dármelas —comentó O'Neil con una sonrisa irónica.

Se sentaron todos alrededor de la mesa baja y Dance le contó a O'Neil lo que habían averiguado y lo que sospechaban: que el ataque sufrido por Tammy podía deberse a que había publicado un comentario en un blog acerca de un alumno de su instituto que había causado un accidente de tráfico.

—¿El accidente en la uno, hace un par de semanas? ¿A unos diez kilómetros al sur de Carmel?

—Ése, sí.

Boling dijo:

—El chico se llama Travis Brigham y estudia en el Robert Louis Stevenson, adonde iban también las víctimas.

—Así que es, como mínimo, una persona de interés. ¿Y es posible... lo que temíamos? —le preguntó a Dance—. ¿Que quiera seguir?

—Es muy probable. El cibermatonismo lleva a la gente al límite. Lo he visto decenas de veces.

O'Neil puso los pies sobre la mesa y se recostó en la silla. Dos años antes, Dance había apostado con él a que algún día se caería de espaldas. De momento, no había ganado la apuesta.

—¿Algún posible testigo más? —preguntó él.

Dance le explicó que TJ no había vuelto aún. Seguían sin saber, por lo tanto, si había algo de interés en las cámaras de seguridad de las cercanías de la carretera donde habían dejado la primera cruz, y Rey no había informado de que hubiera encontrado testigos cerca de la discoteca donde había sido secuestrada Tammy.

O'Neil comentó que las pruebas materiales no habían arrojado nuevas pistas.

—Sólo una cosa: los de laboratorio han encontrado una fibra gris de algodón encima de la cruz.

Añadió que el laboratorio de Salinas no había podido cotejarla con ninguna base de datos específica. Según el informe, sin embargo, la fibra procedía casi con toda probabilidad de una prenda de ropa, no de una alfombra ni de un mueble.

—¿Eso es todo? ¿Nada más? ¿Ni huellas dactilares, ni marcas de neumáticos?

O'Neil se encogió de hombros.

—O bien el criminal es muy listo, o bien tiene mucha suerte.

Dance se acercó a su escritorio y entró en la base de datos estatal sobre expedientes y órdenes de detención. Entornó los párpados, mirando la pantalla, y leyó:

—Travis Alan Brigham, diecisiete años. Según su permiso de conducir, vive en el número cuatrocientos ocho de Henderson Road. —Se subió las gafas por el puente de la nariz mientras seguía leyendo—. Qué interesante. Tiene antecedentes. —Luego sacudió la cabeza—. No, perdón. Me he equivocado. No es él. Ése es Samuel Brigham, en la misma dirección. Tiene quince años. Antecedentes en centros de internamiento juvenil. Detenido dos veces por mirón y una por conducta indecorosa. Ambas sobreseídas, sujeto a tratamiento psiquiátrico. Parece que es el hermano. Pero Travis, no. Él está limpio.

Abrió en la pantalla la fotografía del permiso de conducir de Travis. El chico, de pelo oscuro, ojos muy juntos y gruesas cejas, miraba fijamente a la cámara, sin sonreír.

—Me gustaría saber algo más sobre el accidente —comentó Michael O'Neil.

Dance hizo una llamada a la oficina local de la Patrulla de Caminos, el nombre oficial de la policía del estado de California. Unos minutos más tarde, y después de que la pasaran con diversas personas, acabó hablando con un tal sargento Brodsky, activó el manos libres y le preguntó por el accidente.

Brodsky adoptó de inmediato el tono propio de un policía en el banquillo de los testigos. Desprovisto de emoción y preciso.

—Fue el sábado nueve de junio, justo pasada la medianoche. Cuatro menores, tres mujeres y un varón, circulaban en dirección norte por la carretera uno, a unos ocho kilómetros al sur de Carmel Highlands, cerca del parque natural de Garrapata Beach. Conducía el varón. El vehículo era un Nissan Altima último modelo. Al parecer, el coche circulaba a una velocidad de setenta y dos kilómetros por hora. El chico no tomó bien la curva, patinó y se precipitó por un barranco. Las chicas del asiento trasero no llevaban puesto el cinturón de seguridad. Murieron en el acto. La que iba en el asiento del copiloto sufrió una conmoción cerebral. Pasó unos días en el hospital. El conductor fue escoltado a comisaría, examinado y puesto en libertad.

—¿Qué dijo Travis que había ocurrido? —preguntó Dance.

—Sólo que había perdido el control del coche. Había estado lloviendo. Había agua en la calzada. Cambió de carril y patinó. El coche era de una de las chicas y los neumáticos no eran de la mejor calidad. El chico no iba a demasiada velocidad y dio negativo en la prueba de alcoholemia y sustancias controladas. La chica que sobrevivió confirmó su versión. —En su voz sonó una nota de recelo—. Si no lo denunciamos fue por un buen motivo, ¿saben? Diga lo que diga la gente sobre la investigación.

Así que él también había leído el blog, dedujo Dance.

—¿Van a reabrir el caso? —preguntó Brodsky con desconfianza.

—No, se trata de la agresión del lunes por la noche. La chica del maletero.

—Ah, eso. ¿Creen que fue el chico?

—Posiblemente.

—No me extrañaría. Ni un poquito.

—¿Por qué lo dice?

—A veces uno tiene una corazonada. Travis me pareció peligroso. Tenía la misma mirada que los chicos de Columbine.

¿Cómo podía recordar el semblante de los asesinos de la espantosa matanza de 1999?

Entonces Brodsky añadió:

—Era fan suyo, ¿saben? De los asesinos. Tenía fotografías en su taquilla.

¿Se había enterado por sus propios medios, o lo sabía por el blog? Dance recordó que alguien lo había mencionado en el hilo titulado «Cruces en el camino».

—¿Le pareció peligroso cuando lo interrogó? —preguntó O'Neil.

—Sí, señor. Tuve todo el tiempo las esposas a mano. Es un chico muy grandullón. Llevaba una sudadera con capucha y me miraba fijamente. Daba miedo.

Al oír mencionar aquella prenda, Dance recordó que la reacción de Tammy cuando le preguntó si su agresor llevaba una sudadera con capucha había hecho pensar que en efecto la llevaba.

Dio las gracias al sargento y colgaron. Pasado un momento, miró a Boling.

—Jon, ¿puedes darnos alguna idea sobre Travis, basándose en los comentarios?

El profesor reflexionó un momento.

—Sí, una. Si en efecto es aficionado a los videojuegos, como dicen, puede que sea un dato significativo.

—¿Quieres decir que está programado para ser violento por jugar a esos juegos? —preguntó O'Neil—. La otra noche vimos algo sobre eso en Discovery Channel.

Pero Jon Boling negó con la cabeza.

—Es un tema muy popular en los medios, pero si ha pasado por las fases evolutivas de una infancia relativamente normal, yo no me preocuparía demasiado por eso. Sí, algunos chicos pueden volverse insensibles a los efectos de la violencia si están continuamente expuestos a ella de cierta manera, normalmente visual, y a edad demasiado temprana. Pero, en el peor de los casos, eso te insensibiliza, no te vuelve peligroso. La inclinación a la violencia en personas muy jóvenes tiene casi siempre su origen en la ira, no se debe a las películas o la tele.

»No, cuando digo que es probable que los videojuegos hayan afectado a Travis de manera fundamental, me refiero a otra cosa. Es un cambio que actualmente se ve a menudo entre la gente joven, en todo el espectro social. Puede que esté perdiendo la capacidad de distinguir entre el mundo sintético y el mundo real.

—¿El mundo sintético?

—Es un término extraído del libro de Edward Castronova sobre el tema. El mundo sintético es la vida de los juegos en línea y las páginas de realidad virtual como Second Life. Son mundos fantásticos en los que entras a través de tu ordenador, o de tu PDA, o de algún otro dispositivo informático. La gente de nuestra generación suele distinguir claramente entre el mundo sintético y el real. El mundo real es ese en el que cenas con tu familia o juegas al béisbol o sales con alguien después de abandonar el mundo sintético y apagar el ordenador. Pero la gente más joven, y me refiero a personas que en la actualidad tengan veintitantos años o incluso treinta y pocos, no ven esa distinción. Los mundos sintéticos se están volviendo cada vez más reales para ellos. De hecho, un estudio reciente demostraba que casi una quinta parte de los usuarios de un juego en línea sentía que el mundo real era únicamente un sitio donde comer y dormir. Que su verdadero hábitat era el mundo sintético.

Aquello sorprendió a Dance.

Boling sonrió al ver su expresión, aparentemente ingenua.

—Un jugador medio puede pasar con facilidad treinta horas semanales en el mundo sintético, y es frecuente que la gente pase el doble de ese tiempo. Hay cientos de millones de personas que participan de algún modo en el mundo sintético, y decenas de millones que pasan gran parte del día en él. Y no estamos hablando del comecocos o el Pong. El nivel de realismo del mundo sintético es alucinante. A través de un avatar, un personaje que te representa, habitas en un mundo igual de complejo que el mundo en el que vivimos ahora mismo. Los psicólogos infantiles han estudiado cómo crea la gente su avatar. Los jugadores suelen utilizar inconscientemente pautas típicas de la paternidad para crear sus personajes. Los economistas también han estudiado los juegos. Uno tiene que adquirir destrezas para mantenerse, o se muere de hambre. En la mayoría de los juegos, tu avatar gana dinero, pagadero en la divisa propia del juego. Pero esa divisa se cambia de verdad en dólares, libras o euros en eBay, en la sección de juegos. Puedes comprar y vender mercancías virtuales, como varitas mágicas, armas, ropa, casas o incluso los propios avatares, con dinero del mundo real. En Japón, no hace mucho tiempo, unos jugadores denunciaron a unos piratas informáticos por robarles objetos virtuales de sus casas del mundo sintético. Y ganaron el caso.

Boling se echó hacia delante y Dance advirtió de nuevo aquella chispa en sus ojos, aquel entusiasmo en su voz.

—Uno de los mejores ejemplos de la coincidencia entre el mundo sintético y el real se encuentra en un famoso juego en línea *World of Warcraft*. Los diseñadores crearon una enfermedad como desventaja, es decir, como circunstancia que reduce la fortaleza o la energía de los personajes. La llamaron «sangre corrupta». Debilitaba a los personajes poderosos y mataba a los que no eran tan fuertes. Pero sucedió algo extraño. Nadie sabe cómo, pero la enfermedad se descontroló y se extendió por sí sola. Se convirtió en una peste negra virtual. Los diseñadores nunca tuvieron intención de que fuera así. Sólo podía detenerse cuando los personajes infectados morían o se adaptaban a ella. El Centro para el Control de Enfermedades de Atlanta se enteró del asunto y puso a uno de sus equipos a estudiar cómo se había extendido el virus. Lo utilizaron como modelo epidemiológico del mundo real.

Boling se recostó en su asiento.

—Podría seguir hablándoos del mundo sintético y no parar. Es un tema fascinante, pero lo que quiero decir es que, dejando a un lado si Travis se ha vuelto insensible o no a la violencia, la verdadera cuestión es en qué mundo habita la mayor parte del tiempo. ¿En el mundo real o en el sintético? Si es en el sintético, entonces su vida se rige por una serie de normas completamente distintas. Y no sabemos cuáles son. La venganza contra los ciberacosadores, o contra cualquiera que lo humille, puede estar perfectamente aceptada. Puede que en ese mundo sintético se anime a ella. O puede que incluso se exija.

»Es comparable a un esquizofrénico paranoico que mata a alguien porque cree verdaderamente que la víctima es un peligro para el mundo. No está haciendo nada malo. De hecho, a su modo de ver, matarle es un acto heroico. Travis... ¿Quién sabe lo que estará pensando? Pero recordad que es posible que para él agredir a una cibermatona como Tammy Foster sea algo tan insignificante como espantar una mosca.

Dance reflexionó sobre ello y dijo a O'Neil:

—¿Vamos a hablar con él o no?

Decidir cuándo interrogar por primera vez a un sospechoso era siempre una cuestión delicada. Travis seguramente no pensaba aún que fuera sospechoso. Si hablaban con él enseguida, lo pillarían desprevenido, tal vez conseguirían que les dijera cosas que pudieran utilizar en su contra. Tal vez incluso confesara. Pero, por otra parte, podía destruir pruebas o escapar.

Dance dudó.

Finalmente, lo que la hizo decidirse fue un recuerdo muy concreto: la mirada de Tammy Foster, el miedo a la revancha. Y el temor a que el sospechoso atacara a otra persona.

Comprendió que debía actuar deprisa.

—Sí. Vamos a verlo.

10

La familia Brigham vivía en un destartalado bungaló en cuyo jardín se amontonaban aquí y allá piezas de coche y viejos electrodomésticos a medio desmantelar. Entre los juguetes rotos y las herramientas se veían bolsas de plástico verdes rebosantes de basura y hojas podridas, y un gato astroso miraba con cautela desde una maraña de enredaderas, bajo el seto asilvestrado. El gato era demasiado perezoso o estaba demasiado lleno para molestarse en perseguir a una rata gris y gordinflona que pasó corriendo por delante de él. O'Neil aparcó en la entrada de grava, a unos diez metros de la casa, y Dance y él salieron de su coche oficial sin distintivos.

Observaron la zona.

Era como una escena del Sur rural: vegetación espesa, abandono y ninguna otra casa a la vista. El aspecto desvencijado de la vivienda y el olor fétido de una cloaca cercana e ineficaz o de un pantano explicaban el que la familia pudiera permitirse vivir en una finca tan aislada, siendo tan cara aquella parte del estado.

Cuando echaron a andar hacia la casa, Dance se descubrió acercando la mano a la culata de la pistola que llevaba bajo la chaqueta desabrochada.

Estaba alerta, en tensión.

Aun así, fue una sorpresa que el chico les atacara.

Acababan de pasar junto a un trozo de hierba anémica y desflecada, junto al ladeado garaje de la casa, cuando se volvió hacia O'Neil y vio que el ayudante del sheriff se sobresaltaba al mirar más allá de ella. Levantó los brazos y, agarrándola de la chaqueta, tiró de ella hacia el suelo.

—¡Michael! —gritó.

La piedra pasó a escasos centímetros de su cabeza y rompió una ventana del garaje. Le siguió otra un momento después. O'Neil tuvo que agachar la cabeza para esquivarla y chocó contra un árbol delgado.

—¿Estás bien? —preguntó rápidamente.

Ella asintió con un gesto.

—¿Has visto de dónde venían?

—No.

Escudriñaron la espesura boscosa que bordeaba la parcela.

—¡Allí! —gritó Dance, señalando a un chico con chándal y gorro de punto que los miraba fijamente.

El muchacho dio media vuelta y huyó.

La agente dudó sólo un momento. Ninguno de los dos llevaba radio: no habían planeado la visita como una operación táctica. Y habrían tardado demasiado en regresar al coche de O'Neil y pedir refuerzos. Tenían la oportunidad de atrapar a Travis, y ambos echaron a correr tras él instintivamente.

Los agentes del CBI aprenden técnicas básicas de combate cuerpo a cuerpo, aunque la mayoría, incluida Dance, nunca hubiera tomado parte en una pelea a puñetazos. Se les exigía, además, que pasaran exámenes físicos cada cierto tiempo. Ella estaba en buena forma, pero no gracias al entrenamiento del CBI, sino a sus paseos por el campo en busca de música para su página web. A pesar de lo incómodo de su atuendo, traje de chaqueta negro y blusa, adelantó a Michael O'Neil cuando se internaron en el bosque en pos del chico.

Pero el chaval corría un poquitín más deprisa que ellos.

O'Neil sacó su móvil y, casi sin aliento, se puso a llamar para pedir refuerzos.

A los dos les faltaba la respiración, y Dance se preguntó cómo iban a entenderle.

El chico desapareció un momento y los dos policías aminoraron el paso. Luego ella gritó:

—¡Mira! —Lo había visto salir de entre unos matorrales, a unos quince metros de distancia—. ¿Va armado? —preguntó, jadeando.

Llevaba algo negro en la mano.

—No lo sé.

Podía ser una pistola, pero también un tubo o un cuchillo.

En todo caso...

Desapareció en una parte especialmente frondosa del bosque, más allá de la cual Dance distinguió el brillo verde de un estanque. Seguramente, el origen de aquel hedor.

O'Neil la miró.

Ella suspiró y asintió con la cabeza. Sacaron sus Glock al mismo tiempo y echaron a correr otra vez.

Habían trabajado juntos en varios casos y, cuando se hallaban inmersos en una investigación, surgía entre ellos de manera instintiva una especie de simbiosis, pero lo que mejor se les daba era resolver rompecabezas intelectuales, no jugar a soldados.

Dance tuvo que recordarse que debía mantener apartado el dedo del gatillo, no cruzar por delante del arma de su compañero, levantar el cañón si éste pasaba por delante de ella, disparar únicamente si había verdadero peligro, mantenerse atenta al entorno, disparar en ráfagas de tres disparos y contar los proyectiles gastados.

Odiaba todo aquello.

Y, sin embargo, tenían la ocasión de detener al agresor de Tammy Foster. Al recordar la mirada aterrorizada de la muchacha, apretó el paso, corriendo entre la espesura.

El chico volvió a perderse de vista, y O'Neil y ella se detuvieron al llegar a una bifurcación. Lo más probable era que Travis hubiera tomado uno de los dos caminos: en aquella zona la vegetación era muy densa, impenetrable en algunas partes. O'Neil señaló en silencio a la izquierda y luego a la derecha levantando una ceja.

Lanza una moneda, pensó Dance, enfadada y nerviosa por tener que separarse de él. Señaló hacia la izquierda con la cabeza.

Comenzaron a avanzar con cautela por sus caminos respectivos.

Mientras caminaba entre la espesura, ella pensó en lo inadecuada que era para aquel papel. El suyo era un mundo de palabras, expresiones y matices gestuales, no de tareas tácticas como aquélla.

Consciente de que la gente salía malparada o incluso moría al salirse de las zonas en las que se sentía a sus anchas, la embargó un mal presentimiento.

Para, se dijo. Busca a Michael, volved al coche y esperad refuerzos.

Demasiado tarde.

En ese instante oyó un ruido a sus pies y al mirar hacia abajo vio que el chico, escondido entre los matorrales, cerca de allí, le había puesto delante una rama gruesa. Se le enganchó el pie al intentar saltarla y cayó violentamente. Intentando controlar la caída, se giró de costado.

Gracias a ello, salvó su muñeca.

Pero aquel movimiento brusco tuvo también otra consecuencia: la Glock, negra y angulosa, salió despedida de su mano y se perdió entre los arbustos.

Unos segundos después, Dance oyó de nuevo el fragor de los matorrales cuando el chico, que parecía haber esperado para asegurarse de que estaba sola, salió bruscamente de la espesura.

Qué descuido, pensó Michael O'Neil, furioso.

Corrió hacia el lugar donde creía haberla oído gritar y un instante después se dio cuenta de que no tenía ni idea de dónde estaba.

Deberían haber seguido juntos. Había sido una imprudencia separarse. Sí, era lógico intentar cubrir todo el terreno posible, pero él había tomado parte en varios tiroteos y en un par de persecuciones callejeras, mientras que Kathryn Dance no.

Si le sucedía algo...

Oyó sirenas a lo lejos, cada vez más alto. Se acercaban los refuerzos. Aflojó el paso y, mientras caminaba, aguzó el oído. Un susurro de hojas por allí cerca, quizás. O quizá no.

Había sido una imprudencia porque Travis conocería aquella zona a la perfección. Era su patio de atrás, literalmente. Sabría dónde esconderse, qué senderos tomar para escapar.

La pistola, que en su manaza apenas parecía pesar, se movía a un lado y a otro delante de él mientras buscaba al agresor, frenético.

Avanzó otros cinco metros. Por fin tuvo que arriesgarse a hacer ruido.

—¿Kathryn? —llamó en un susurro.

Nada.

Más fuerte:

—¿Kathryn?

El viento agitó árboles y matorrales.

Y luego:

—¡Aquí, Michael!

Un sonido ahogado. Venía de muy cerca.

O'Neil corrió hacia su voz. Y entonces la vio delante de él, en un sendero. A gatas. Con la cabeza agachada. Oyó un gemido sofocado. ¿Estaba herida? ¿La había golpeado Travis con una tubería? ¿La había apuñalado?

O'Neil tuvo que refrenar el impulso arrollador de ir a atenderla, de ver si estaba herida y de qué gravedad. Conocía el procedimiento. Se acercó corriendo, se quedó de pie junto a ella y giró sobre sí mismo, aguzando la vista, buscando una diana.

Al fin, a cierta distancia, vio desparecer la espalda de Travis.

—Se ha ido —dijo Dance mientras sacaba su arma de una maraña de matorrales y se ponía en pie—. Por allí.

—¿Estás herida?

—Sólo un poco magullada.

Parecía ilesa, en efecto, pero se sacudía el polvo del traje de un modo que inquietó a O'Neil. Parecía extrañamente trémula, desorientada. No podía reprochárselo, pero Kathryn Dance siempre había sido un baluarte con el que contaba, un rasero con el que comparar su propia conducta. Sus gestos le recordaron que allí estaban fuera de su elemento, que aquel caso no era el típico golpe perpetrado por pandilleros, ni una red de contrabando de armas que tuviera como eje la carretera 101.

—¿Qué ha pasado? —preguntó.

—Me ha puesto la zancadilla y ha salido corriendo. No era Travis, Michael.

—¿Qué?

—He podido verlo un momento. Era rubio.

Hizo una mueca al ver que tenía la tela de la falda desgarrada. Después se olvidó de la ropa y se puso a escudriñar el suelo.

—Se le ha caído algo. Mira, allí.

Recogió el objeto. Un bote de pintura en aerosol.

—¿De qué va todo esto? —se preguntó O'Neil en voz alta.

Dance se guardó la pistola en la funda de la cadera y se volvió hacia la casa.

—Vamos a averiguarlo.

Llegaron a casa de los Brigham al mismo tiempo que los refuerzos: dos coches de la policía local de Pacific Grove. Dance, que vivía desde hacía largo tiempo en el pueblo, conocía a los agentes y los saludó con la mano.

Se reunieron con ella y con O'Neil.

—¿Estás bien, Kathryn? —preguntó uno de ellos al ver su pelo revuelto y su falda manchada de polvo.

—Sí, estoy bien.

Les puso al corriente de lo sucedido. Uno de los policías informó del incidente a través de la radio Motorola que llevaba sujeta a la altura del hombro.

Tan pronto como Dance y O'Neil llegaron a la casa, una voz de mujer preguntó desde el otro lado de la mosquitera:

—¿Lo han cogido?

Se abrió la puerta y la mujer salió al porche. Tenía más de cuarenta años, calculó Dance, figura rechoncha y cara redonda. Llevaba unos vaqueros penosamente apretados y una blusa gris y ondulante, con una mancha triangular a la altura de la barriga. Kathryn Dance reparó en que sus zapatos de color crema estaban irremediablemente dados de sí y desgastados por soportar su peso. Y también su desidia.

Dance y O'Neil se identificaron. La mujer era Sonia Brigham, la madre de Travis.

—¿Lo han cogido? —insistió.

—¿Sabe usted quién era, por qué nos ha atacado?

—No les estaba atacando a ustedes —repuso Sonia—. Seguramente ni siquiera les ha visto. Venía a por las ventanas. Ya se han cargado tres.

Uno de los policías de Pacific Grove explicó:

—Los Brigham han sufrido actos de vandalismo últimamente.

—Ha preguntado si lo hemos cogido —dijo Dance—. ¿Es que lo conoce?

—A ese en concreto no. Pero son un montón.

—¿Un montón? —preguntó O'Neil.

—Vienen cada dos por tres. Tiran piedras y ladrillos y hacen pintadas en la casa y en el garaje. Eso es lo que tenemos que soportar.

Hizo un ademán desdeñoso, presumiblemente hacia el lugar por donde había desaparecido el vándalo.

—Fue después de que todo el mundo empezara a decir cosas malas de Travis. El otro día tiraron un ladrillo por la ventana del cuarto de estar y estuvieron a punto de dar a mi hijo pequeño. Y miren.

Señaló una pintada hecha con espray verde, a un lado del gran cobertizo con el tejado inclinado, a unos quince metros de distancia.

¡¡AS3S1N0!!

Ciberjerga, pensó Dance.

Entregó la lata de aerosol a uno de los policías locales de Pacific Grove, que dijo que haría averiguaciones, y a continuación describió al chico. Pero sólo en aquella zona había unos quinientos alumnos de secundaria que respondían a aquella descripción. Los policías tomaron declaración brevemente a Dance, a O'Neil y a la madre de Travis, volvieron a montar en sus coches y se marcharon.

—Van a por mi chico. ¡Y él no ha hecho nada! ¡Esto es como el maldito Ku Klux Klan! Estuvieron a punto de dar a Sammy con ese ladrillo. Está un poco trastornado. Se puso como loco. Tuvo un ataque.

Ángeles Vengadores, se dijo Dance, aunque el acoso no era ya virtual: había pasado del mundo sintético al mundo real.

En el porche apareció un adolescente de cara redondeada. Su sonrisa cautelosa le hacía parecer tardo de reflejos, pero sus ojos los observaron con perfecta comprensión.

—¿Qué pasa? ¿Qué pasa? —preguntó en tono apremiante.

—No pasa nada, Sammy. Vuelve dentro. Vete a tu cuarto.

—¿Quiénes son?

—Vuelve a tu habitación. Y quédate dentro. No vayas al estanque.

—Yo quiero ir al estanque.

—Ahora no. Había alguien allí.

El chico volvió a entrar en la casa lentamente.

—Señora Brigham —dijo Michael O'Neil—, anoche se cometió un crimen, un intento de asesinato. La víctima era una persona que había colgado un comentario contra Travis en un blog.

—¡Bah, esa porquería del Chilton! —les espetó Sonia al tiempo que dejaba al descubierto sus dientes amarillos, que habían envejecido aún más deprisa que su rostro—. Por eso empezó todo. Deberían tirarle piedras a la ventana a él. Ahora van todos a por mi chico. Y él no hizo nada. ¿Por qué cree todo el mundo que sí? Dicen que le robó el coche a mi madre y que estuvo conduciendo por la avenida Lighthouse, ya saben, con sus partes al aire. Pues mi padre vendió su coche hace cuatro años. Para que vean lo enterados que están.

De pronto pareció ocurrírsele una idea, y la balanza volvió a decantarse hacia el lado de la desconfianza.

—Oigan, esperen, ¿es por esa chica del maletero, la que iba a ahogarse?

—Así es.

—Pues ya les digo yo que mi chico no es capaz de una cosa así. ¡Se lo juro por Dios! No irán a detenerlo, ¿verdad?

Parecía aterrorizada.

¿Demasiado aterrorizada?, se preguntó Dance. ¿Sospechaba ella también de su hijo?

—Sólo queremos hablar con él.

La mujer se puso nerviosa de repente.

—Mi marido no está en casa.

—Basta con que esté usted. No es necesario que estén presentes los dos padres.

Pero Dance advirtió que no quería asumir esa responsabilidad, ése era el problema.

—Bueno, Trav tampoco está.

—¿Volverá pronto?

—Trabaja media jornada en Bagel Express, para ganar algún dinerillo. Su turno empieza dentro de un rato. Tendrá que venir a recoger el uniforme.

—¿Dónde está ahora?

Sonia Brigham se encogió de hombros.

—Algunas veces va a un sitio de videojuegos. —Se quedó callada, pensando, seguramente, que no debía decir nada—. Mi marido volverá pronto.

Dance reparó de nuevo en el tono en el que decía aquellas palabras: *Mi marido.*

—¿Travis salió anoche? ¿En torno a las doce?

—No —contestó enseguida.

—¿Está segura? —preguntó Dance enérgicamente.

Sonia acababa de mostrar aversión, desviando la mirada, y bloqueo, tocándose la nariz, un gesto que la agente no había observado hasta ese instante.

La mujer tragó saliva.

—Seguramente estaba aquí. No estoy segura del todo. Me fui a la cama temprano. Travis se queda levantado hasta las tantas. Puede que saliera, pero yo no oí nada.

—¿Y su marido? —Dance había reparado en el pronombre singular al decir Sonia Brigham que se había acostado temprano—. ¿Estaba en casa a esa hora?

—Juega un poco al póquer. Creo que estaba en una partida.

—Necesitamos... —empezó a decir O'Neil, pero se detuvo bruscamente cuando un adolescente alto y desgarbado, de hombros anchos y complexión fuerte, apareció por un lado de la casa.

Vestía unos vaqueros negros tan descoloridos que en algunas partes eran grises y una chaqueta de combate verde oliva encima de una sudadera negra. Sin capucha, advirtió Dance. El chico se paró en seco, parpadeó sorprendido al verlos y lanzó una mirada al coche del CBI. No llevaba distintivos, pero cualquiera que hubiera visto una serie policíaca en los últimos diez años se habría dado cuenta de que era un coche policial.

Dance vio en la postura y la expresión del chico la reacción típica de una persona, ya fuera culpable o inocente, al ver a la policía: alarma, y el impulso de pensar a toda prisa.

—Travis, cielo, ven aquí.

Se quedó donde estaba, y Dance sintió que O'Neil se ponía tenso.

Pero no fue necesaria otra persecución. El muchacho avanzó cansinamente hacia ellos con rostro inexpresivo.

—Son policías —le dijo su madre—. Quieren hablar contigo.

—Ya me imagino. ¿De qué?

Su voz sonó amable y despreocupada. Permaneció inmóvil, con los largos brazos colgando junto a los costados. Tenía las manos sucias y las uñas ennegrecidas. Parecía, sin embargo, haberse lavado el pelo. Dance dedujo que se lo lavaba con frecuencia para combatir el acné que salpicaba su cara.

Saludaron al chico y le enseñaron sus identificaciones. Travis estuvo mirándolas un rato.

¿Intentaba ganar tiempo?, se preguntó Dance.

—Ha venido otro de ésos —le dijo Sonia a su hijo, y señaló la pintada—. Han roto un par de ventanas más.

Travis escuchó la noticia sin mostrar ninguna emoción.

—¿Y Sammy? —preguntó.

—No lo ha visto.

—¿Te importa que entremos? —preguntó O'Neil.

El chico se encogió de hombros y entraron en la casa, que olía a moho y a humo de tabaco. Estaba ordenada, pero sucia. Los muebles, desparejados, parecían de segunda mano, la tapicería estaba raída y las patas de madera de pino tenían el barniz descascarillado. Las paredes estaban cubiertas de oscuras láminas, decorativas en su mayoría. Dance vio parte del logotipo de la revista *National Geographic* bajo el marco de una fotografía de Venecia. Algunas eran de la familia. Los dos niños, y uno o dos retratos de Sonia cuando era más joven.

Volvió a aparecer Sammy, igual que antes: grandullón, nervioso, sonriendo de nuevo.

—¡Travis! —Se abalanzó hacia su hermano—. ¿Me has traído M&M's?

—Aquí tienes.

Travis hurgó en su bolsillo y le dio un paquete de M&M's.

—¡Sí! —Sammy abrió el paquete con cuidado y miró dentro. Después miró a su hermano—. Hoy se estaba bien en el estanque.

—¿Sí?

—Sí.

Sammy regresó a su cuarto con los caramelos en la mano.

—Tiene mala cara —comentó Travis—. ¿Se ha tomado las pastillas?

Su madre desvió la mirada.

—Pues...

—Papá no ha ido por la receta porque ha subido el precio, ¿verdad?

—No cree que sirvan de gran cosa.

—Sirven de mucho, mamá. Ya sabes cómo se pone cuando no se las toma.

Dance miró hacia el cuarto de Sammy y vio que el escritorio del chico estaba cubierto de complicados componentes electrónicos, piezas de ordenador y herramientas, así como de juguetes propios de un niño mucho más pequeño. Estaba arrellanado en un sillón, leyendo una novela gráfica japonesa. Levantó la vista y clavó la mirada en ella, observándola. Esbozó una sonrisa y señaló el libro con una inclinación de cabeza. La agente respondió a su enigmático gesto con una sonrisa. Sammy siguió leyendo. Movía los labios al leer.

Dance vio que en una mesa del pasillo había un cesto lleno de ropa. Tocó el brazo de O'Neil y lanzó un vistazo a la sudadera gris que había encima del montón. Tenía capucha.

O'Neil hizo un gesto afirmativo.

—¿Cómo te encuentras? —le preguntó Dance a Travis—. Después del accidente, quiero decir.

—Bien, supongo.

—Debió de ser terrible.

—Sí.

—Pero ¿no sufriste heridas graves?

—Qué va. Por el airbag, ¿saben? Y no iba tan deprisa. Trish y Van... —Hizo una mueca—. Si hubieran llevado puesto el cinturón, no les habría pasado nada.

—Su padre llegará en cualquier momento —repitió Sonia.

O'Neil añadió sin inmutarse:

—Sólo queremos hacerte unas preguntas.

Después retrocedió hasta la esquina del cuarto de estar para dejar que Dance se encargara del interrogatorio.

—¿En qué curso estás? —preguntó ella.

—Acabo de terminar primero de bachillerato.

—En el Robert Louis Stevenson, ¿verdad?

—Sí.

—¿Qué estudias?

—No sé, cosas. Me gustan las matemáticas y la informática. Español... Ya saben, lo que coge todo el mundo.

—¿Qué tal el Stevenson?

—Bien. Es mejor que el instituto público de Monterrey y que el Junípero.

Contestaba en tono amable, mirándola directamente a los ojos.

En el colegio Junípero Serra era obligatorio llevar uniforme. Dance supuso que, más que la cantidad de deberes o la severidad de los jesuitas, la imposición de la indumentaria era lo que se consideraba más odioso de aquel lugar.

—¿Y las bandas?

—Travis no está en ninguna banda —respondió la madre, casi como si deseara lo contrario.

La ignoraron los tres.

—Bien, más o menos —respondió Travis—. Nos dejan en paz, no como en Salinas.

Las preguntas de Dance no tenían por objeto conversar con el chico, sino determinar su conducta base. Pasados unos minutos, tras hacerle varias preguntas inofensivas, tuvo una idea clara de la gestualidad del chico cuando decía la verdad. Ya podía preguntarle por la agresión.

—Travis, conoces a Tammy Foster, ¿verdad?

—La chica del maletero. Ha salido en las noticias. Va al Stevenson. Pero no hablamos, ni nada. Puede que fuéramos a alguna clase juntos en primero.

Miró a Dance fijamente a los ojos. De vez en cuando se pasaba la mano por la cara, pero ella no estaba segura de si era un gesto de bloqueo, síntoma de que estaba mintiendo, o una señal de que se avergonzaba de su acné.

—Colgó unas cosas sobre mí en el *Chilton Report.* Pero no eran ciertas.

—¿Qué dijo? —preguntó Dance, aunque recordaba el comentario de Tammy acerca de que Travis había intentado fotografiar el vestuario de las chicas después del entrenamiento del equipo de animadoras.

El muchacho dudó, como si se preguntara si Dance intentaba tenderle una trampa.

—Dijo que había estado haciendo fotos. De las chicas, ya sabe. —Su cara se ensombreció—. Pero sólo estaba hablando por teléfono, ¿sabe?

—En serio —terció su madre—, Bob está al llegar. Prefiero que esperen a que llegue él.

Pero Dance sentía cierta urgencia por seguir adelante. Estaba segura de que, si Sonia quería que esperaran a su marido, era porque el señor Brigham pondría fin al interrogatorio de inmediato.

—¿Se va a poner bien? —preguntó Travis—. Tammy, quiero decir.

—Parece que sí.

El chico miró la mesa baja y arañada donde descansaba un cenicero vacío, pero manchado de ceniza. Dance pensó que hacía años que no veía un cenicero en un cuarto de estar.

—¿Creen que fui yo? ¿Que intenté hacerle daño?

Con qué facilidad sus ojos oscuros, hundidos bajo las cejas, sostenían la mirada de Dance.

—No. Sólo estamos hablando con todas las personas que pueden tener información sobre el caso.

—¿Sobre el caso? —preguntó él.

—¿Dónde estuviste anoche entre las once y la una?

Travis se apartó de nuevo el pelo de la cara.

—Me fui al Game Shed sobre las diez y media.

—¿Qué es eso?

—Un sitio donde se puede jugar a videojuegos. Como un salón de juegos. Suelo ir por allí. ¿Saben dónde está? Al lado del Kinko's. Antes era un cine, pero lo tiraron y pusieron eso. No es el mejor, la conexión no es muy buena, pero es el único que abre hasta tan tarde.

Dance notó que divagaba.

—¿Estuviste allí solo? —preguntó.

—A ver, había más gente, pero yo jugué solo.

—Creía que estabas aquí —dijo Sonia.

Se encogió de hombros.

—Estuve aquí. Pero salí. No podía dormir.

—¿Te conectaste a Internet en el Game Shed? —preguntó Dance.

—A ver, no. Estuve jugando al *pinball*, no a rol.

—¿No a qué?

—A juegos de rol. Para jugar al *pinball*, a disparar y a conducir coches no hay que conectarse a Internet.

Lo dijo en tono paciente, aunque parecía sorprendido por que Dance no conociera la diferencia.

—Entonces, ¿no estuviste conectado?

—Ya le digo que no.

—¿Cuánto tiempo estuviste allí? —preguntó su madre, retomando el interrogatorio.

—No sé, una hora o dos.

—¿Cuánto cuestan esos juegos? ¿Cincuenta centavos, un dólar un par de minutos?

Así que eso era lo que preocupaba a Sonia: el dinero.

—Si juegas bien, te dejan seguir jugando. Todo el tiempo que estuve allí me costó tres dólares. Además, era dinero que había ganado. Y también me compré algo de comer y un par de Red Bulls.

—Travis, ¿te acuerdas de alguien que te viera allí?

—No sé. Puede ser. Tendría que pensarlo.

Fijó los ojos en el suelo.

—Bien. ¿Y a qué hora volviste a casa?

—A la una y media. Puede que a las dos. No sé.

Dance le hizo algunas preguntas más sobre el lunes por la noche y luego sobre el instituto y sus compañeros de clase. No pudo decidir si le estaba diciendo la verdad o no, porque apenas se desviaba de su conducta base. Pensó de nuevo en lo que le había dicho Jon Boling sobre el mundo sintético. Si Travis estaba mentalmente allí y no en el mundo real, tal vez el análisis de su conducta base resultara inútil. Quizá las personas como Travis Brigham respondían a una serie de normas totalmente distintas.

Los ojos de la madre se dirigieron de pronto hacia la puerta. Los del chico también.

Dance y O'Neil se volvieron y vieron entrar a un hombre corpulento, ancho y alto. Llevaba un mono de obrero manchado de polvo en cuya pechera se leía en letras bordadas Costa Central Jardinería. Miró parsimoniosamente a todos los presentes. Sus ojos oscuros y mortecinos los miraron con hostilidad desde debajo del espeso flequillo castaño.

—Bob, son policías...

—No habrán venido por el atestado del seguro, ¿verdad?

—No, están..

—¿Tienen una orden judicial?

—Han venido a...

—Estoy hablando con ella.

Señaló a Dance con la cabeza.

—Soy la agente Dance, de la Oficina de Investigación de California. —Le mostró una identificación que él no miró—. Y éste es el ayudante O'Neil, de la Oficina del Sheriff del Condado de Monterrey. Estamos haciéndole a su hijo unas preguntas acerca de un crimen.

—No hay crimen que valga. Fue un accidente. Esas chicas murieron en un accidente. Y no hay más que hablar.

—No hemos venido por eso. Una persona que publicó un comentario sobre Travis en Internet ha sido agredida.

—Ah, esa mierda del blog —gruñó Brigham—. Ese tal Chilton es un peligro para la sociedad. Una puta serpiente venenosa. —Se volvió hacia su esposa—. A Joey, en el muelle, casi le arreo un puñetazo en la boca por las cosas que estaba diciendo sobre mí. Estaba incitando a los otros chicos sólo porque soy su padre. No leen el periódico, no leen el *Newsweek*, pero leen esa porquería del Chilton. Alguien debería... —Se interrumpió. Se volvió hacia su hijo—. Te dije que no hablaras con nadie sin que tengamos un abogado. ¿No te lo dije? Le dices cualquier cosa a quien no debes y nos denuncian. Y nos quitan la casa y la mitad de la nómina para toda la vida. —Bajó la voz—. Y a tu hermano lo mandan a una institución.

—Señor Brigham, no hemos venido por el accidente —le recordó O'Neil—. Estamos investigando la agresión de anoche.

—¿Y qué más da? Las cosas se escriben, y ahí quedan, en el registro.

Parecía más preocupado por que les demandaran por el accidente que por que detuvieran a su hijo por intento de asesinato.

Ignorándoles por completo, le dijo a su mujer:

—¿Por qué les has dejado entrar? Esto todavía no es la Alemania nazi. Puedes decirles que se vayan a paseo.

—He pensado...

—No, no has pensado. No has pensado nada. Les pido que se marchen —añadió dirigiéndose a O'Neil—. Y si vuelven, más les vale que traigan una orden judicial.

—¡Papá! —gritó Sammy, saliendo repentinamente de su cuarto.

Dance se sobresaltó.

—¡Funciona! ¡Quiero enseñártelo!

Sostenía un circuito integrado del que salían varios cables.

El malhumor de Brigham se desvaneció al instante. Abrazó a su hijo pequeño y le dijo cariñosamente:

—Luego lo vemos, después de la cena.

Dance observó la mirada de Travis, cuyos ojos parecían haberse apagado al ver aquel despliegue de afecto hacia su hermano menor.

—Vale.

Sammy vaciló. Luego salió por la puerta de atrás, bajó pesadamente los escalones del porche y se dirigió al cobertizo.

—¡No te alejes! —le gritó Sonia.

Dance reparó en que no le había contado a su marido que acababan de sufrir otro acto de vandalismo. Temía darle otra mala noticia. En cambio comentó sobre Sammy, mirando a todas partes menos a su marido:

—Quizá debería tomarse las pastillas.

—Cuestan un ojo de la cara. ¿Es que no te lo he dicho ya? ¿Y para qué va a tomárselas si no sale en todo el día?

—Sí que sale. Eso es...

—Porque Travis no lo vigila como debería.

El chico escuchó sin reaccionar, aparentemente impasible a las críticas de su padre.

O'Neil le dijo a Brigham:

—Se ha cometido un delito muy grave. Tenemos que hablar con todos los posibles implicados. Y su hijo está implicado. ¿Puede confirmar que anoche estuvo en el Game Shed?

—Anoche salí, pero eso no es asunto suyo. Y escúchenme, mi hijo no ha tenido nada que ver con ninguna agresión. Si siguen aquí, será allanamiento de morada, ¿verdad? —Levantó una de sus cejas hirsutas mientras encendía un cigarrillo, apagaba la cerilla sacudiéndola y la dejaba caer con precisión en el cenicero—. Y tú —le espetó a Travis—, vas a llegar tarde al trabajo.

El chico entró en su habitación.

Dance se sintió frustrada. Ignoraba qué pasaba dentro de la mente de Travis, pero estaba claro que era su principal sospechoso.

El chico regresó llevando una chaqueta de uniforme marrón y beige colgada de una percha. La enrolló y la metió en su mochila.

—¡No! —bramó Brigham—. Tu madre la ha planchado. Póntela. No la arrugues así.

—No quiero ponérmela ahora.

—Muestra un poco de respeto por tu madre, después de todo lo que se ha esforzado.

—Es una bollería. ¿A quién le importa?

—¿Y eso qué importa? Póntela. Haz lo que te digo.

El chico se puso tenso. Dance dejó escapar un gemido audible al ver su rostro. Sus ojos se dilataron, levantó los hombros. Sus labios se tensaron, replegándose hacia atrás como los de un animal en el acto de gruñir.

—¡Es un puto uniforme de mierda! —le gritó a su padre—. ¡Si lo llevo por la calle, se reirán de mí!

El padre se inclinó hacia delante.

—¡A mí no vuelvas a hablarme así, y menos delante de otra gente!

—Ya se ríen bastante de mí. ¡No voy a ponérmelo! ¡Tú no tienes ni puta idea!

Dance vio que los ojos del chico recorrían frenéticamente la habitación y se posaban en un arma posible: el cenicero. O'Neil, que también lo notó, se puso alerta por si estallaba una pelea.

Poseído por la ira, Travis se había convertido de pronto en alguien completamente distinto.

La inclinación a la violencia en personas muy jóvenes tiene casi siempre su origen en la ira, no se debe a las películas o la tele...

—¡Yo no he hecho nada malo! —gruñó Travis y, dando media vuelta, abrió de un empujón la puerta mosquitera, salió y dejó que se cerrara de golpe. Corrió a un lado del jardín, agarró su bici, que estaba apoyada contra la valla rota, y echó a andar con ella por un sendero, a través del bosque que bordeaba la parte de atrás de la parcela.

—Ustedes, muchas gracias por jodernos el día. Ahora fuera de aquí.

Dance y O'Neil dijeron adiós en tono inexpresivo y se encaminaron a la puerta mientras Sonia les dirigía una tímida mirada de disculpa. El padre de Travis entró en la cocina. Dance oyó abrirse la puerta de la nevera y el chisporroteo de una botella al ser destapada.

—¿Qué tal ha ido? —preguntó cuando estuvieron fuera.

—No del todo mal, creo —repuso O'Neil, y levantó una hebra de hilo gris. La había arrancado de la sudadera que había en la cesta de la colada cuando se había apartado para dejar que Dance se hiciera cargo del interrogatorio.

Montaron en el coche patrulla de O'Neil. Las puertas se cerraron simultáneamente.

—Iré a llevarle la fibra a Peter Bennington.

No sería una prueba admisible en un juicio, no tenían orden de registro, pero al menos sabrían si Travis era un probable sospechoso.

—Si coincide, ¿ponemos bajo vigilancia al chico? —preguntó Dance.

O'Neil asintió con un gesto.

—Voy a pasarme por la bollería. Si su bici está fuera, puedo tomar una muestra de tierra de las ruedas. Creo que el juez nos dará una orden de registro si coincide con la tierra de la playa donde encontraron a la chica. —Miró a Dance—. ¿Qué te dice tu intuición? ¿Crees que fue él?

Ella se quedó pensando.

—Lo único que puedo decir es que sólo he notado señales claras de engaño en dos ocasiones.

—¿Cuándo?

—Primero, cuando ha dicho que anoche estuvo en ese salón de juegos.

—¿Y la segunda?

—Cuando ha dicho que no había hecho nada malo.

11

Dance regresó a su despacho en el CBI. Sonrió a Jon Boling. Él le devolvió la sonrisa, pero un instante después se puso serio. Señaló su ordenador con una inclinación de cabeza.

—Hay más comentarios sobre Travis en el *Chilton Report*. Ataques contra él. Y también otros comentarios atacando a los atacantes. Es una guerra en toda regla. Y sé que querías mantener en secreto la relación entre la agresión y la cruz de la cuneta, pero parece que alguien se ha enterado.

—¿Cómo es posible? —preguntó Dance, enfadada.

Boling se encogió de hombros. Señaló un mensaje reciente.

Respuesta a Chilton, publicada por Brittany M.

habeis visto las noticias???? alguien dejo una cruz y luego fue y ataco a esa chica. de q va todo esto? ¡madre mía, seguro que fue [el conductor]!

Varios mensajes posteriores sugerían que Travis había atacado a Tammy porque ella había publicado un mensaje vejatorio contra él en el *Chilton Report*. Y Travis se había convertido de pronto en «El Asesino de la Cruz de Carretera», a pesar de que Tammy había sobrevivido.

—Genial. Intentamos mantenerlo en secreto y nos delata una adolescente llamada Brittany.

—¿Habéis visto al chico? —preguntó Boling.

—Sí.

—¿Crees que ha sido él?

—Ojalá estuviera segura. Me inclino a creer que sí.

Le explicó su teoría de que costaba interpretar el lenguaje gestual de Travis porque vivía más en el mundo sintético que en el real y ello alteraba sus reacciones kinésicas.

—Yo diría que tiene acumulada una enorme cantidad de ira. ¿Y si vamos a dar un paseo, Jon? Quiero presentarte a alguien.

Unos minutos después llegaron al despacho de Charles Overby. Su jefe, que estaba hablando por teléfono, como solía, les indicó que entraran y miró con curiosidad al profesor.

Por fin colgó.

—La prensa ha relacionado los dos casos. Ahora es «El Asesino de la Cruz de Carretera».

Brittany M...

—Charles —dijo Dance—, éste es el profesor Jonathan Boling. Ha estado ayudándonos.

Un enérgico apretón de manos.

—¿De veras? ¿En qué materia?

—Ordenadores.

—¿Se dedica a eso? ¿Es asesor informático?

Overby dejó que su pregunta volara sobre ellos un momento como un planeador de madera de balsa.

Dance vio la ocasión de explicarse y estaba a punto de decirle que Boling se había ofrecido a ayudarles cuando el profesor contestó:

—Me dedico sobre todo a la enseñanza, pero sí, también en parte al asesoramiento, agente Overby. En realidad es mi principal fuente de ingresos. Ya se sabe, la enseñanza está muy mal pagada. Pero como consultor puedo cobrar hasta trescientos dólares la hora.

—Ah. —Overby pareció atónito—. ¿Por hora? ¿En serio?

Boling mantuvo una expresión seria el tiempo justo antes de añadir:

—Pero la verdad es que me chifla ofrecerme como voluntario para ayudar a instituciones como la suya. Así que en su caso estoy dispuesto a romper mi minuta.

Dance tuvo que morderse la mejilla para no echarse a reír. Boling, pensó, podría haber sido un buen psicólogo: en apenas diez segundos había percibido la remilgada tacañería de Overby, la había desactivado y había hecho una broma. Una broma dirigida a ella, advirtió, puesto que ella era su único público.

—Están sacando esto de quicio, Kathryn. Hemos recibido una docena de avisos informando de que había asesinos rondando por los jardines. Un par de personas ya han disparado a intrusos, creyendo que eran el asesino. Ah, y se ha informado de la aparición de un par de cruces más.

Dance se alarmó.

—¿Más cruces?

Overby levantó una mano.

—Eran todas auténticas, por lo visto. Accidentes ocurridos en las últimas dos semanas. Ninguna con fechas futuras. Pero la prensa se ha vuelto loca. Hasta se han enterado en Sacramento.

Señaló el teléfono con la cabeza, indicando, al parecer, que había recibido una llamada de su jefe, el director del CBI. Posiblemente, incluso del jefe de su jefe, el fiscal general.

—Así que ¿en qué punto estamos?

Dance le habló de Travis, de lo sucedido en casa de sus padres y de su opinión sobre el chico.

—Decididamente, es un sujeto de interés.

—Pero ¿no lo habéis detenido? —preguntó Overby.

—Carecemos de fundamentos para detenerlo. Michael ha llevado a analizar unas pruebas materiales que quizá puedan vincularlo con la escena del crimen.

—¿Y no hay más sospechosos?

—No.

—¿Cómo demonios puede haber sido un crío, un crío que se mueve en bicicleta?

Dance señaló que las bandas locales, que operaban principalmente en Salinas y sus alrededores, llevaban años aterrorizando a la gente, y que muchos de sus miembros eran aún más jóvenes que Travis.

Boling añadió:

—Y hemos descubierto que es muy aficionado a los juegos de ordenador. La gente joven a la que se le dan bien los videojuegos aprende técnicas de evasión y combate muy sofisticadas. Una de las cosas que preguntan siempre los reclutadores del ejército a los candidatos a entrar en sus filas es cuánto juegan. Lo que equivale a decir que prefieren infinitamente a los aficionados a los videojuegos.

—¿Y el móvil? —preguntó Overby.

Dance le explicó que, si Travis era el culpable, su móvil era posiblemente la venganza por el ciberacoso del que había sido víctima.

—Ciberacoso —repitió Overby en tono grave—. Justamente acabo de leer sobre eso.

—¿Sí? —preguntó Dance.

—Sí. El fin de semana pasado venía un buen artículo en el *USA Today*.

—Es un tema que está muy en boga —comentó Boling.

¿Detectó Dance en su voz un ligero desaliento respecto a las fuentes de las que bebía el jefe de la oficinal regional del CBI?

—¿Sería suficiente para volverlo violento? —preguntó Overby.

El profesor hizo un gesto afirmativo y añadió:

—Está recibiendo demasiada presión. Han cundido los rumores y los comentarios en Internet. Y el acoso se ha vuelto físico. Alguien ha colgado un vídeo en YouTube sobre él. Una videoemboscada.

—¿Una qué?

—Es una técnica de ciberacoso. Alguien se acercó a Travis en un Burger King y le dio un empujón. El chico se cayó al suelo, fue muy embarazoso, y otro chaval estaba esperando para grabarlo con su móvil. Lo han colgado en Internet. De momento, ha sido visto doscientas mil veces.

En ese instante, un hombre delgado y serio salió de la sala de reuniones del otro lado del pasillo y se acercó a la puerta del despacho de Overby. Reparó en la presencia de Dance y Boling, pero no les prestó atención.

—Charles —dijo con voz grave.

—Ah... Kathryn, éste es Robert Harper —dijo Overby—, de la oficina del fiscal general en San Francisco. La agente especial Dance.

Harper entró en el despacho y le estrechó la mano con firmeza, pero mantuvo las distancias, como si Dance pudiera pensar que intentaba ligar con ella.

—Y éste es Jon...

Overby intentó recordar su apellido.

—Boling.

Harper le lanzó una mirada distraída. No dijo nada.

El de San Francisco tenía un semblante inexpresivo y el cabello negro perfectamente cortado. Vestía un traje azul marino de corte muy formal, camisa blanca y corbata a rayas rojas y azules. En la solapa llevaba un alfiler con la bandera estadounidense. Los puños de su camisa estaban perfectamente almidonados, pero Dance advirtió un par de hilos grises sueltos en sus extremos. Un fiscal de carrera que seguía siéndolo mucho tiempo después de que sus colegas se dedicaran al ejercicio privado de la abogacía, ganando dinero a mansalva. Dance calculó que tenía cincuenta y pocos años.

—¿Qué lo trae por Monterrey? —preguntó.

—Evaluación de carga de trabajo —contestó escuetamente.

Robert Harper parecía una de esas personas que, si no tenían nada que decir, se sentían a gusto en silencio. Dance creyó percibir en su rostro una vehemencia, una entrega a su misión semejante a la que había visto en el semblante del reverendo Fisk en la protesta del hospital, aunque para ella fuera un misterio qué podía tener de «misión» el trabajo que desempeñaba allí.

Harper la miró un instante. Dance estaba acostumbrada a que la miraran de arriba abajo, pero normalmente quienes lo hacían eran sospechosos de algún crimen. La mirada de Harper la puso nerviosa. Tuvo la sensación de guardar la clave de algún enigma importante para él.

Después Harper le dijo a Overby:

—Voy a salir unos minutos, Charles. Te agradecería que cerraras con llave la puerta de la sala de reuniones.

—Claro. Si necesitas algo más, avísame.

Un gélido gesto de asentimiento. Luego Harper se marchó, sacando un teléfono de su bolsillo.

—¿Quién es? ¿Qué hace aquí? —preguntó Dance.

—Es un fiscal especial, de Sacramento. Recibí una llamada de arriba...

Del fiscal general.

—... para que cooperáramos. Quiere saber cuál es nuestra carga de trabajo. Puede que se esté preparando algo gordo y necesite saber hasta qué punto estamos ocupados. También ha pasado un tiempo en la oficina del sheriff. Ojalá volviera allí, a darles la lata a ellos. Ese tipo es un antipático. No sé qué decirle. He probado a hacer un par de bromas. Y nada, ni caso.

Pero Dance se había olvidado ya de Robert Harper. Estaba pensando en el caso de Tammy Foster.

Regresó con Boling a su despacho y acababa de sentarse ante su mesa cuando llamó O'Neil. Se llevó una alegría, pensando que tendría ya los resultados de los análisis de la tierra de las ruedas de la bicicleta de Travis y la fibra gris de la sudadera.

—Kathryn, tenemos un problema.

O'Neil parecía preocupado.

—Dime.

—Pues, primero, Peter dice que la fibra gris que encontraron en la cruz coincide con la que encontramos en casa de Travis.

—Entonces es él. ¿Qué ha dicho el juez de la orden de registro?

—No me ha dado tiempo a tanto. Travis ha huido.

—¿Qué?

—No se presentó a trabajar. O sí: había marcas recientes de bicicleta detrás del local. Pero se metió en la trastienda y robó unos bollos, un poco de dinero del bolso de uno de los empleados... y un cuchillo de carnicero. Luego desapareció. He llamado a sus padres, pero no saben nada de él y dicen que no tienen ni idea de adónde puede haber ido.

—¿Dónde estás?

—En mi despacho. Voy a difundir una orden de detención contra él. Aquí, en Salinas, en San Benito y en los condados de los alrededores.

Dance se inclinó hacia atrás, furiosa consigo misma. ¿Por qué no había planeado mejor las cosas? ¿Por qué no había hecho que alguien siguiera al chico cuando había salido de casa? Había conseguido determinar su culpabilidad, y al mismo tiempo había dejado que se le escurriera entre los dedos.

Ahora tendría que decirle a Overby lo que había pasado.

Pero ¿no lo habéis detenido?

—Hay algo más. Cuando estuve en la bollería, eché un vistazo al callejón. Está esa tienda de alimentación, cerca de Safeway.

—Sí, claro, la conozco.

—Hay un puesto de flores a un lado del edificio.

—¡Rosas! —exclamó.

—Exacto. He hablado con el dueño. —La voz de O'Neil adquirió un tono grave—. Ayer, alguien se coló allí y robó todos los ramos de rosas rojas.

Dance comprendió de pronto por qué parecía tan preocupado.

—¿Todos? ¿Cuántos se llevó?

Una breve pausa.

—Una docena. Por lo visto sólo acaba de empezar.

12

Sonó el teléfono de Dance. Echó un vistazo a la pantalla.

—TJ, estaba a punto de llamarte.

—No ha habido suerte con las cámaras de seguridad, pero en Java House está de oferta el café Jamaica Blue Mountain. Tres paquetes de cuatrocientos gramos por el precio de dos. Y aun así cuesta cerca de cincuenta pavos. Pero ese café es el mejor.

Dance no respondió a su comentario. TJ comprendió que pasaba algo.

—¿Qué ocurre, jefa?

—Cambio de planes, TJ.

Le habló de Travis Brigham, de la coincidencia de los restos materiales y de la docena de ramos robados.

—¿Ha huido? ¿Y tiene pensado seguir?

—Sí. Quiero que vayas a la bollería, que hables con sus amigos y con cualquiera que lo conozca y que averigües dónde puede haber ido. En casa de quién puede estar. Sus sitios favoritos.

—Claro, enseguida me pongo con ello.

Dance llamó a continuación a Rey Carraneo, cuya búsqueda de testigos en los alrededores del aparcamiento donde había sido secuestrada Tammy Foster tampoco había dado fruto. Le puso al corriente de lo ocurrido y le dijo que fuera al salón de juegos Game Shed y buscara posibles pistas acerca del paradero del chico.

Después de colgar, se recostó en su silla. La embargó un sentimiento frustrante de impotencia. Necesitaba testigos, personas a las que interrogar. Era una habilidad innata en ella, con la que disfrutaba y que se le daba bien. Ahora, en cambio, el caso había embarrancado en el mundo de las pruebas materiales y las hipótesis.

Miró las páginas del *Chilton Report* que habían imprimido.

—Creo que será mejor que empecemos a contactar con las víctimas potenciales y a ponerlas sobre aviso. ¿También lo están atacando en las redes sociales, en My Space, en Facebook, en Our World? —le preguntó a Boling.

—En ésas no ha tenido tanta trascendencia. Son páginas internacionales. El *Chilton Report* es local, por eso el noventa por ciento de los ataques contra Travis están ahí. Una cosa que podría ayudar sería conseguir las direcciones de Internet de quienes han publicado comentarios. Teniéndolas, podríamos contactar con sus proveedores de Internet y averiguar sus direcciones físicas. Nos ahorraría mucho tiempo.

—¿Cómo podemos hacer eso?

—Tendría que dárnoslas el propio Chilton o su *webmaster*.

—Jon, ¿puedes decirme algo de él que me ayude a convencerlo de que coopere si pone reparos?

—Conozco su blog —respondió Boling—, pero no sé mucho de él, aparte de la biografía que aparece en el propio blog. Pero haré encantado de detective.

En sus ojos brillaba otra vez la chispa que Dance había visto poco antes.

Boling se volvió hacia su ordenador.

Rompecabezas...

Mientras el profesor se enfrascaba en su tarea, ella respondió a una llamada de O'Neil. Un equipo forense había inspeccionado el callejón de detrás de la bollería y había encontrado rastros de arena y tierra en las marcas que la bicicleta de Travis había dejado en el suelo. Coincidían con la arena de la playa donde habían dejado el coche de Tammy. O'Neil añadió que un equipo de la oficina del sheriff había peinado la zona, pero que nadie había visto al muchacho.

Además, le dijo O'Neil, había conseguido que media docena de agentes de la Patrulla de Caminos se sumara a la operación de busca y captura. Iban a llegar de Watsonville.

Colgaron y Dance se arrellanó de nuevo en su silla.

Pasados unos minutos, Boling anunció que había conseguido reunir algunos datos sobre Chilton en el blog mismo y buscando en otros sitios. Volvió a abrir la página de inicio del blog, donde figuraba la biografía escrita por el propio Chilton.

http://www.thechiltonreport.com

Dance echó una ojeada al blog, desplazándose hacia abajo por la página mientras Boling decía:

—James David Chilton, cuarenta y tres años, casado con Patrizia Brisbane, dos hijos varones, de diez y doce años. Vive en Carmel, pero también tiene una casa en Hollister, una de vacaciones, según parece, y algunas rentas procedentes de bienes inmuebles en los alrededores de

San José. Los heredaron cuando murió su suegro, hace un par de años. Pero lo más interesante que he encontrado sobre él es que siempre ha tenido una manía: escribir cartas.

—¿Cartas?

—Cartas al director, cartas a los congresistas, cartas abiertas... Empezó con el correo postal, antes de que despegara Internet, y luego siguió con el correo electrónico. Ha escrito miles. Invectivas, críticas, alabanzas, cumplidos, comentarios políticos... De todo. En una cita textual, afirma que uno de sus libros preferidos es *Herzog*, la novela de Saul Bellow sobre un hombre obsesionado con escribir cartas. Básicamente, su intención era promover los valores morales, sacar a la luz la corrupción, ensalzar a los políticos que lo hacen bien y poner verdes a los que lo hacen mal, exactamente igual que en su blog. He encontrado un montón en Internet. Después, por lo visto, descubrió la blogosfera. Fundó el *Chilton Report* hace unos cinco años. Pero, antes de que continúe, quizá convenga explicar un poco la historia de los blogs.

—Claro.

—El término procede de *weblog*, una palabra acuñada en 1997 por Jorn Barger, un gurú de la informática que escribía un diario *online* acerca de sus viajes y de lo que veía en la red. La gente llevaba años consignando sus pensamientos en Internet, pero lo distintivo de los blogs fue el concepto de enlace. Ésa es la clave de un blog. Estás leyendo algo y llegas a una referencia dentro del texto que está subrayada o en negrita, pinchas en ella y te lleva a otro sitio.

»Al enlace se le llama también "hipertexto". Las siglas "http" que aparecen en la dirección de las páginas web corresponden a *hypertext transfer protocol*, el *software* que te permite crear enlaces. En mi opinión, es uno de los aspectos más importantes de Internet. Quizás el más importante.

»Bien, pues cuando se extendió el uso del hipertexto, empezaron a despegar los blogs. La gente que sabía programar en HTML, el lenguaje de marcas de hipertexto, el código informático de los enlaces, podía crear su propio blog muy fácilmente. Pero cada vez había más gente que quería tener uno, y no todo el mundo entendía de informática, así que las empresas inventaron programas con los que cualquiera, o casi cualquiera, podía crear blogs enlazados. Pitas, Blogger y Groksoup fueron los primeros. Les siguieron otros muchos. Y ahora lo único que hay que hacer es tener una cuenta en Google o Yahoo y, zas, ya puedes crear tu propio blog. Si a eso se le suma lo barato que es el almacenamiento de datos hoy en día, con precios cada vez más reducidos, se obtiene la blogosfera.

El relato de Boling era ordenado y entretenido. Seguramente era un gran profesor, se dijo Dance.

—Ahora bien, antes del Once de Septiembre —explicó Boling—, la mayoría de los blogs trataban sobre ordenadores. Los escribían informáticos e iban dirigidos a informáticos. Pero después del Once de Septiembre surgió un nuevo tipo de blog. Se llamaron blogs de guerra, por los atentados y las guerras de Irak y Afganistán. A esos blogueros no les interesaba la tecnología. Les interesaba la política, la economía, la sociedad, el mundo en general. Yo suelo describir la diferencia así: mientras que los blogs previos al Once de Septiembre iban dirigidos hacia dentro, es decir, hacia la propia Internet, los blogs de guerra iban dirigidos hacia fuera. Esos blogueros se consideraban a sí mismos periodistas, miembros de lo que se conoce como los «Nuevos Medios». Querían acreditaciones de prensa, igual que los periodistas de la CNN o el *Washington Post*, y querían que se les tomara en serio.

»Jim Chilton es el bloguero de guerra por excelencia. No le interesan Internet o el mundo de la tecnología per se, más allá del hecho de que le permiten difundir su discurso. Escribe sobre el mundo real. Y ahora los dos bandos, los blogueros originales y los blogueros de guerra, compiten constantemente por alcanzar el puesto número uno en la blogosfera.

—¿Es una especie de concurso? —preguntó Dance, divertida.

—Para ellos, sí.

—¿No pueden coexistir?

—Claro, pero es un mundo que se mueve mucho por el ego, y son capaces de hacer cualquier cosa con tal de destacar. Lo cual supone dos cosas: una, tener la mayor cantidad de suscriptores posible. Y dos y más importante, conseguir que otros blogs incluyan enlaces al tuyo, cuantos más, mejor.

—Es incestuoso.

—Mucho. En fin, me has preguntado qué podía decirte para conseguir que Chilton coopere. Pues tienes que recordar que el *Chilton Report* es un blog con bastante peso. Es importante y tiene influencia. ¿Te has fijado en que uno de los primeros comentarios del hilo sobre las cruces de carretera era de un directivo de Caltrans, defendiendo su actuación en la inspección de la carretera? De lo que deduzco que los altos funcionarios y los directivos del gobierno regional leen el blog con regularidad. Y que se lo toman muy a pecho si Chilton dice algo malo sobre ellos.

»El blog de Chilton está orientado a temas locales, pero en su caso lo local abarca toda California, lo que significa que en realidad no es nada local. El mundo entero nos observa. O adoran este estado o lo detestan, pero todos leen sobre él. Además, Chilton se ha erigido como un periodista serio. Sus fuentes son serias y escribe bien. Es razonable y trata temas de verdadero interés. No es nada sensacionalista. He buscado los nombres de Britney Spears y Paris Hilton en su blog en los últimos cuatro años y no hay ni una sola mención.

Dance pareció impresionada.

—Además, para él no es una simple afición. Hace tres años comenzó a trabajar en el blog a tiempo completo. Y pone mucho empeño en promocionarlo.

—¿En promocionarlo? ¿Qué quieres decir?

Boling bajó hasta el hilo titulado «En el frente doméstico», en la página de inicio del blog.

http://www.thechiltonreport.com

¡VAMOS CAMINO DE GLOBALIZARNOS!

Me alegra informar de que el Report están obteniendo críticas excelentes en todo el mundo. Ha sido elegido como uno de los blogs estrella de un nuevo canal RSS («Red Super Sencilla», podemos llamarla) que unirá miles de blogs, sitios web y portales de todo el planeta. Enhorabuena a todos vosotros, mis lectores, por convertir el Report en un blog tan conocido.

—Las RSS son otro gran invento. Las siglas corresponden a «RDF Site Syndication». RDF equivale, por si te interesa, que no tiene por qué, a «Resource Description Framework». Las fuentes RSS son una forma de personalizar y consolidar material actualizado de blogs, páginas web y *podcasts*. Fíjate en tu buscador. En la parte de arriba hay un cuadradito naranja con un punto en la esquina y dos líneas curvas.

—Sí, lo he visto.

—Ése es tu RSS. Chilton está poniendo mucho empeño en que otros blogueros y páginas web agreguen su blog. Es importante para él y también es importante para ti, porque nos dice algo sobre su persona.

—¿Que tiene un ego que puedo mimar?

—Exacto. Conviene recordarlo. Se me ocurre también otra cosa que puedes probar con él, algo un poco más pérfido.

—Me gusta lo pérfido.

—Conviene que le dejes creer que su ayuda le dará buena publicidad al blog. Que su nombre circulará por los principales medios de comunicación. Y también podrías insinuarle que tú misma o alguien del CBI podría convertirse en una fuente de información para el futuro. —Boling señaló con la cabeza la pantalla, donde refulgía el blog—. Quiero decir que, por encima de todo, es un periodista de investigación. Valora mucho las fuentes.

—Muy bien. Buena idea. Lo intentaré.

Una sonrisa.

—Naturalmente, también cabe la posibilidad de que considere tu petición una violación de la ética periodística, en cuyo caso te dará con la puerta en las narices.

Dance miró la pantalla.

—Estos blogs... son un mundo completamente distinto.

—Ya lo creo que sí. Y sólo estamos empezando a comprender el poder que tienen, cómo están cambiando nuestra forma de obtener información y formarnos opiniones. Ahora mismo hay aproximadamente sesenta millones.

—¿Tantos?

—Sí. Y hacen cosas estupendas. Filtran la información de modo que no tienes que buscar entre millones de páginas, forman una comunidad de gente de mentalidad parecida, pueden ser divertidos y creativos... Y, como el *Chilton Report*, vigilan lo que sucede en nuestra sociedad y nos obligan a actuar con mayor honestidad. Pero también tienen su lado oscuro.

—Propagan rumores —dijo Dance.

—Sí, por un lado. Pero otro problema es lo que te comentaba antes sobre Tammy: que incitan a la gente a ser menos precavida. La gente se siente protegida en Internet y en el mundo sintético. La vida parece anónima. Publicas mensajes con un nombre falso o usando un *nic*, un apodo, así que te crees con libertad para dar toda clase de información sobre ti mismo. Pero recuerda: cada dato o cada mentira que publicas o publican sobre ti se queda ahí para siempre. No se va jamás, ni se irá.

Boling añadió:

—Pero en mi opinión el mayor problema es que la gente no suele cuestionarse la veracidad de lo que lee. Los blogs dan una impresión de autenticidad, como si la información fuera más democrática y más honesta porque procede del pueblo, no de los grandes medios de comunicación. Pero a mi modo de ver, y por ello me he ganado más de un coscorrón en la enseñanza y la blogosfera, todo eso es una gilipollez. El *New York Times* es una entidad con ánimo de lucro, pero es mil veces más objetivo que la mayoría de los blogs. Hay muy poca credibilidad en la red. Las teorías que niegan el Holocausto, las que atribuyen el atentado del Once de Septiembre a una conspiración, el racismo... Todo eso prospera gracias a los blogs. Están investidos de una autenticidad que no tiene ningún chalado cuando se pone a desbarrar en una fiesta acerca de que la CIA e Israel están detrás del atentado de las Torres Gemelas.

Dance regresó a su mesa y levantó el auricular del teléfono.

—Creo que voy a hacerte caso, Jon. Ya veremos qué pasa.

La casa de James Chilton estaba situada en un barrio de lujo de Carmel. El jardín, de cerca de media hectárea, estaba lleno de arriates que, pese a estar cuidados con esmero, evidenciaban un desorden del que cabía deducir que el marido, la mujer o ambos pasaban muchas horas del fin de semana quitando malas hierbas y colocando plantones, en lugar de pagar a profesionales para que lo hicieran.

Dance miró con envidia el jardín. La jardinería, pese a gustarle mucho, no se contaba entre sus habilidades. Maggie decía que, si no fuera porque tenían raíces, las plantas huirían despavoridas al ver entrar a su madre en el jardín.

La casa, de unos cuarenta años de antigüedad, era un rancho grande y achaparrado, situado al fondo de la finca. Calculó que tendría seis habitaciones. Los coches de los Chilton, un Lexus berlina y un Nissan Quest, se hallaban en un amplio garaje lleno de equipamiento deportivo que, a diferencia del que podía encontrarse en su propio garaje, parecía muy usado.

Tuvo que reírse al ver las pegatinas que los vehículos de los Chilton lucían en el parachoques. Reproducían los titulares de su blog: una contra la planta desalinizadora y otra contra la propuesta de ley para reforzar la educación sexual en las escuelas. Derecha e izquierda, demócratas y republicanos.

Es más bien del tipo corta y pega...

En el camino de entrada había otro coche. Una visita, probablemente, puesto que el Taurus llevaba la discreta pegatina de una empresa de alquiler de vehículos. Dance aparcó, se acercó a la puerta delantera y llamó al timbre.

Oyó pasos cada vez más cerca y un instante después le dio la bienvenida una mujer morena, de poco más de cuarenta años, esbelta y vestida con vaqueros de diseño y blusa blanca con el cuello levantado. Lucía en la garganta un grueso collar de eslabones de Daniel Yurman, hecho en plata.

Dance no pudo evitar fijarse en que sus zapatos eran italianos, y preciosos.

Se identificó y le mostró su placa.

—He llamado antes. Para ver al señor Chilton.

El entrecejo de la mujer esbozó el ligero ceño que suele formarse cuando uno conoce a un agente de la ley. Se llamaba Patrizia, pronunciado «Pa-trit-sia».

—Jim está en una reunión, pero acabará enseguida. Voy a decirle que está usted aquí.

—Gracias.

—Pase.

Condujo a Dance a un saloncito acogedor, con las paredes cubiertas de retratos de familia, y desapareció un momento en el interior de la casa. Luego regresó.

—Viene enseguida.

—Gracias. ¿Éstos son sus hijos?

Dance señaló una fotografía en la que aparecían Patrizia, un hombre desgarbado y calvo que supuso que era Chilton y dos chicos morenos que le recordaron a Wes. Sonreían los cuatro a la cámara.

—Jim y Chet —contestó la mujer con orgullo.

La esposa de Chilton siguió explicándole las fotografías. Las había de ella en su juventud, en la playa de Carmel, en Punta Lobos, en la Misión... Dance dedujo que era oriunda de aquella zona. Patrizia le dijo que sí; de hecho, había crecido en aquella misma casa.

—Mi padre llevaba años viviendo aquí solo. Jim y yo nos mudamos cuando murió él, hace unos tres años.

A Dance le gustó la idea de una casa familiar que pasaba de generación en generación. Se acordó de que los padres de Michael O'Neil aún vivían en la casa con vistas al mar donde se habían criado

Michael y sus hermanos. Su padre sufría demencia senil y su madre estaba pensando en vender la casa e irse a vivir a una residencia, pero O'Neil estaba decidido a que la finca siguiera perteneciendo a la familia.

Mientras Patrizia le señalaba las fotografías que mostraban los agotadores logros deportivos de la familia, golf, fútbol federación, tenis, triatlones, Dance oyó voces en el vestíbulo.

Al volverse vio a dos hombres. Chilton, al que reconoció por las fotografías, llevaba gorra de béisbol, polo verde y pantalones chinos. El pelo, tirando a rubio, le sobresalía en mechones por debajo de la gorra. Era alto y parecía en buena forma, aunque su barriga se abultaba ligeramente por encima del cinturón. El hombre con el que estaba hablando tenía el pelo rubicundo y vestía vaqueros, camisa blanca y americana marrón. Dance echó a andar hacia ellos, pero Chilton hizo salir rápidamente a su interlocutor. Comprendió por su gestualidad que no quería que su visita, fuera quien fuese, supiera que había ido a verlo un agente de la ley.

—Viene enseguida —repitió Patrizia.

Pero Dance pasó a su lado y, al salir al vestíbulo, notó que se tensaba, dispuesta a proteger a su marido. Aun así, el interrogador ha de tomar de inmediato el mando de la situación: los sujetos a interrogar no pueden marcar las normas. Pero cuando Dance llegó a la puerta, Chilton había vuelto y el coche de alquiler se alejaba haciendo rechinar la grava bajo sus neumáticos.

Los ojos verdes de Chilton, de color parecido al suyo, se fijaron en ella. Se estrecharon la mano y Dance observó curiosidad y un cierto desafío, más que recelo, en la cara pecosa y bronceada del bloguero.

Enseñó de nuevo su placa.

—¿Podemos hablar en algún sitio unos minutos, señor Chilton?

—Claro, en mi despacho.

La condujo por el pasillo. Entraron en una habitación modesta y desordenada, llena de montones de revistas, recortes y documentos impresos. Dance descubrió que, en efecto, tal y como le había dicho Jon Boling, el mundo del periodismo estaba cambiando: cuartitos como aquél, en pisos y casas, estaban reemplazando a las salas de redacción de los periódicos. Vio divertida que había una taza de infusión junto al ordenador de Chilton: un olor a manzanilla impregnaba el despacho. Al parecer, nada de tabaco, whisky o café para el curtido periodista de hoy en día.

Se sentaron y él levantó una ceja.

—Así que se ha quejado, ¿eh? Pero tengo curiosidad. ¿Por qué la policía y no un funcionario civil?

—¿Cómo dice? —preguntó Dance, desconcertada.

Chilton se recostó en su silla, se quitó la gorra, se frotó la calva y volvió a calarse la gorra. Estaba molesto.

—Bueno, anda despotricando por ahí, diciendo que es todo un libelo. Pero no puede ser difamación si es cierto. Además, aunque lo que escribí fuera falso, que no lo es, escribir libelos no es un delito en este país. Lo sería en la Rusia estalinista, pero aquí todavía no lo es. Así que ¿qué pinta usted en todo esto?

Sus ojos eran agudos e inquisitivos; sus gestos, vehementes. Dance se dijo que debía de ser agotador pasar mucho tiempo en su presencia.

—No estoy segura de a qué se refiere.

—¿No ha venido por Arnie Brubaker?

—No. ¿Quién es Arnie Brubaker?

—El hombre que quiere destrozar nuestra costa construyendo esa planta desalinizadora.

Dance se acordó de las entradas de su blog en las que criticaba el proyecto. Y de la pegatina de su coche.

—No, no tiene nada que ver con eso.

Chilton arrugó la frente.

—A Brubaker le encantaría pararme los pies. He pensado que a lo mejor había inventado alguna estratagema para denunciarme. Pero lamento haber sacado conclusiones precipitadas. —La crispación de su rostro se disipó en parte—. Es sólo que, en fin, Brubaker es un auténtico... incordio.

Dance se preguntó cuál sería el calificativo que había estado a punto de utilizar.

—Perdón.

Patrizia apareció en la puerta y acercó a su marido una taza de infusión recién hecha. Preguntó a Dance si quería algo. Sonreía, pero seguía mirándola con recelo.

—No, gracias.

Chilton señaló la taza con la cabeza y dio las gracias a su mujer guiñándole cariñosamente un ojo. Ella cerró la puerta al salir.

—Bien, ¿en qué puedo ayudarla?

—El artículo de su blog acerca de las cruces en la carretera...

—Ah, ¿el accidente de coche?

La miró atentamente.

Su crispación volvió a aparecer en parte. Dance advirtió signos de estrés en su postura.

—He estado siguiendo las noticias. La prensa dice que atacaron a la chica porque había publicado algo en el blog. Y los comentaristas empiezan a decir lo mismo. Quiere saber el nombre del chico.

—No. Ya lo tenemos.

—¿Y fue él quien intentó ahogarla?

—Eso parece.

—Yo no lo ataqué —se apresuró a decir Chilton—. La cuestión que planteaba en mi artículo era si la policía había puesto poco empeño en la investigación y si el mantenimiento de la carretera por parte de Caltrans era el adecuado. Dije desde el principio que la culpa no era suya. Y censuré su nombre.

—No tardó mucho en formarse un tumulto. Averiguaron enseguida quién era.

Chilton torció la boca. Se había tomado su comentario como una crítica dirigida contra él o contra el blog, pero admitió:

—Son cosas que pasan. Bien, ¿qué puedo hacer por usted?

—Tenemos motivos para creer que Travis Brigham puede estar pensando en agredir a otras personas que publicaron comentarios en su contra.

—¿Está segura?

—No, pero debemos tener en cuenta esa posibilidad.

Chilton hizo una mueca.

—Quiero decir, ¿no pueden detenerlo?

—En estos momentos lo estamos buscando. No sabemos dónde está.

—Entiendo —dijo Chilton lentamente, y Dance notó por cómo levantaba los hombros y tensaba el cuello que se estaba preguntando qué quería exactamente de él.

Pensando en el consejo que le había dado Jon Boling, la agente añadió:

—Bien, su blog es conocido en todo el mundo. Es muy respetado. Es una de las razones por las que tanta gente publica comentarios en él.

El destello de placer de sus ojos fue leve, pero evidente para Dance. Le hizo comprender que hasta los halagos más descarados funcionaban bien con James Chilton.

—Pero el problema es que todas las personas que han publicado comentarios en contra de Travis se han convertido en objetivos potenciales. Y su número aumenta cada hora.

—Mi blog tiene uno de los índices de visitas más altos del país. Es el más leído de California.

—No me sorprende. La verdad es que me encanta —dijo Dance, vigilando sus propios gestos para no evidenciar que estaba mintiendo.

—Gracias.

Una amplia sonrisa se sumó al destello de su mirada.

—Pero tenga en cuenta a lo que nos enfrentamos: cada vez que alguien publica un comentario en el hilo dedicado a las cruces de carretera se convierte en víctima potencial. Algunas de esas personas son completamente anónimas, y otras no son de esta zona. Pero otras viven cerca de aquí y tememos que Travis averigüe quiénes son. Y que luego vaya también por ellos.

—Ah. —La sonrisa de Chilton se borró. Ató cabos rápidamente—. Y ha venido a pedirme sus direcciones de Internet.

—Por su seguridad.

—No puedo dárselas.

—Pero esas personas corren peligro.

—Este país funciona sobre el principio de la separación entre los medios de comunicación y el Estado.

Como si aquella declaración rimbombante invalidara el argumento de Dance.

—A esa chica la metieron en el maletero del coche y la dejaron en la playa para que se ahogara. Travis podría estar planeando otra agresión en estos momentos.

Chilton levantó un dedo, mandándola callar como un maestro de escuela.

—Ése es un terreno muy resbaladizo. ¿Para quién trabaja, agente Dance? ¿Cuál es su máximo superior?

—El fiscal general.

—Muy bien, entonces pongamos que le doy las direcciones de las personas que han publicado comentarios en el hilo sobre las cruces de carretera. Después, el mes que viene, vuelve para pedirme la dirección de uno de mis confidentes al que el fiscal general despidió por, no sé, por acoso, digamos. O quizá quiera la dirección de alguien que publicó un comentario crítico sobre el gobernador. O sobre el presidente. O, ¿qué le parece esto?, sobre alguien que haya dicho algo favorable a Al Qaeda. Podría decirme: «La última vez me dio la información. ¿Por qué no vuelve a dármela?»

—No habrá una próxima vez.

—Eso dice ahora, pero... —Como si los funcionarios públicos mintieran a cada paso—. ¿Ese chico sabe que van tras él?

—Sí.

—Entonces se habrá largado a alguna parte, ¿no cree? No va a exponerse a atacar a nadie más si la policía lo está buscando —dijo tajantemente.

—Aun así —respondió Dance despacio, en tono juicioso—, ya sabe usted, señor Chilton, que a veces todo en la vida es cuestión de llegar a un acuerdo.

Dejó que su comentario quedara suspendido en el aire.

Él levantó una ceja y esperó.

—Si nos da las direcciones, únicamente las de los vecinos de esta zona que escribieron los comentarios más virulentos contra Travis, se lo agradeceríamos muchísimo. Y quizá... En fin, quizá podríamos echarle una mano, si alguna vez necesita ayuda.

—¿De qué modo?

Pensando de nuevo en las sugerencias de Boling, Dance le contestó:

—Estaríamos encantados de hacer pública su colaboración. Una publicidad excelente.

Chilton se quedó pensando. Luego arrugó el ceño.

—No. Si les ayudara, seguramente sería preferible que no se mencionara mi nombre.

Dance se sintió satisfecha. Estaban negociando.

—Muy bien, lo entiendo perfectamente. Pero quizá podamos hacer otra cosa.

—¿En serio? ¿Qué?

Recordando otra sugerencia que le había hecho el profesor, respondió:

—Quizás... En fin, si necesita contactos en los cuerpos de policía de California... Fuentes bien situadas...

Chilton se inclinó hacia delante. Le brillaban los ojos.

—Así que intenta sobornarme. Eso me parecía. Sólo he tenido que tirarle un poco de la lengua. La he pillado, agente Dance.

Ella se echó hacia atrás como si hubiera recibido una bofetada.

Chilton continuó:

—Apelar a mi espíritu cívico es una cosa, pero esto... —Agitó la mano, señalándola— esto es de mal gusto. Y muy poco ético, si quiere que le dé mi opinión. Es el tipo de maniobra que denuncio a diario en mi blog.

Naturalmente, también cabe la posibilidad de que considere tu petición una violación de la ética periodística, en cuyo caso te dará con la puerta en las narices.

—Tammy Foster estuvo a punto de morir. Podría volver a pasar.

—Y yo lo lamentaría muchísimo, pero el *Report* es demasiado importante para ponerlo en peligro. Y si la gente piensa que no puede publicar mensajes anónimamente, la integridad del blog se verá alterada por completo.

—Me gustaría que lo reconsiderara.

La indignación del bloguero se disipó en parte.

—Ese hombre con el que estaba reunido cuando ha llegado usted...

Dance hizo un gesto afirmativo.

—Es Gregory Ashton.

Pronunció aquel nombre con cierta intensidad, como suele hacerse al hablar de alguien que para uno tiene importancia, pero cuyo nombre no tiene significado alguno para su interlocutor. Chilton advirtió su expresión de desconcierto y añadió:

—Está creando una nueva red de blogs y páginas web, una de las mayores del mundo. Y yo voy a ser uno de sus buques insignia. Está gastando millones en promocionarla.

Era lo que le había explicado Boling. Ashton debía de ser el artífice del RSS al que se refería Chilton en su entrada titulada «Vamos camino de globalizarnos».

—El alcance del blog va a ensancharse exponencialmente. Podré hablar de problemas que afectan a todo el planeta. Del sida en África, de las violaciones de derechos humanos en Indonesia, de las atrocidades que se cometen en Cachemira, de las catástrofes medioambientales en Brasil... Pero si se hiciera público que he dado las direcciones de Internet de mis comentaristas, la credibilidad del blog correría peligro.

Dance se sintió frustrada, aunque en parte, como experiodista, lo entendiera a regañadientes. Chilton no se estaba resistiendo por avaricia, ni por egocentrismo, sino por auténtica pasión hacia sus lectores.

A ella, en cambio, eso le servía de muy poco.

—Podría morir gente —insistió.

—No es la primera vez que se plantea esta cuestión, agente Dance. La responsabilidad de los blogueros. —Se crispó ligeramente—. Hace un par de años, publiqué un artículo exhaustivo acerca de un escritor bastante conocido que, según descubrí, había plagiado algunos pasajes de otro novelista. Él aseguró que había sido un accidente y me suplicó que no publicara el artículo. Pero lo publiqué de todos modos. El escritor se dio de nuevo a la bebida y su vida se deshizo. ¿Era ésa mi intención? Santo cielo, no. Pero las normas existen, o no existen. ¿Por qué iba a salir él impune después de haber hecho trampa si usted y yo no podemos?

»También publiqué una entrada acerca de un diácono de San Francisco que encabezaba un movimiento homófobo, y resultó que era un homosexual que no había salido del armario. Tuve que denunciar su hipocresía. —La miró directamente a los ojos—. Y ese hombre se suicidó. Por lo que yo había escrito. Se mató. Llevo eso sobre mis espaldas todos los días. Pero ¿hice lo correcto? Sí. Si Travis ataca a otra persona, también me sentiré fatal por eso. Pero aquí se trata de asuntos mucho más trascendentales, agente Dance.

—Yo también fui periodista —comentó ella.

—¿Sí?

—De la sección de sucesos. Me opongo absolutamente a la censura. Pero no estamos hablando de lo mismo. No le estoy pidiendo que cambie las entradas que publica. Sólo quiero saber los nombres de las personas que han publicado comentarios para poder protegerlas.

—No puede ser.

Su voz volvió a endurecerse. Miró su reloj.

Dance comprendió que la entrevista había terminado. Chilton se levantó.

Aun así, un último intento.

—Nadie se enterará. Diremos que lo hemos averiguado por otros medios.

Mientras la acompañaba a la puerta, Chilton se rió sinceramente.

—¿Secretos en la blogosfera, agente Dance? ¿Sabe usted lo deprisa que viajan las noticias en el mundo de hoy? A la velocidad de la luz.

13

Kathryn Dance llamó a Jon Boling mientras conducía por la carretera.

—¿Qué tal ha ido? —preguntó él alegremente.

—¿Cómo era esa expresión que había en el blog sobre Travis? Una publicada por un chaval. Algo de «épico»...

—Ah. —Su voz sonó menos animada—. Una «cagada épica».

—Sí, eso lo resume bastante bien. He probado con el argumento de la publicidad ventajosa, pero él ha optado por la otra puerta: la zancadilla fascista a la libertad de prensa. Con un toque de «el mundo me necesita».

—Uf. Lo siento. Qué mala pata.

—Merecía la pena intentarlo, pero creo que será mejor que te pongas manos a la obra e intentes conseguir todos los nombres que puedas por tus propios medios.

—Ya lo he hecho, por si acaso Chilton te daba la patada. Creo que pronto tendré algunos nombres. Oye, ¿te ha dicho si pensaba vengarse publicando una entrada sobre ti en el blog?

Dance se rió.

—Le ha faltado poco. El titular rezaría «Agente del CBI sorprendida en intento de soborno».

—Dudo que lo haga. Eres una menudencia, sin ánimo de ofender. Pero habiendo cientos de miles de personas que leen lo que escribe, desde luego tiene poder suficiente para que uno se preocupe. —Boling se puso serio de pronto—. Te advierto que los comentarios son cada vez peores. Algunos aseguran que han visto a Travis practicando ritos satánicos y sacrificando animales. Y circulan historias de que ha manoseado a otros alumnos, chicas y chicos. Pero a mí todo me suena a falso. Es como si intentaran superarse los unos a los otros. Las historias que cuentan son cada vez más disparatadas.

Rumores...

—Lo único en lo que coinciden casi todos, lo que me hace pensar que puede haber algo de verdad en ello, es en lo de los juegos de rol *online*. Dicen que el chico está obsesionado con las peleas y la muerte. Sobre todo, con las espadas y los cuchillos, y con apuñalar a sus víctimas.

—Se ha pasado al mundo sintético.

—Eso parece.

Cuando colgaron, Dance subió el volumen de su iPod Touch: iba escuchando a Badi Assad, la bella guitarrista y cantante brasileña. Estaba prohibido usar los auriculares mientras se conducía, pero la calidad del sonido de los altavoces de un coche patrulla dejaba mucho que desear.

Y Dance necesitaba una buena dosis de música reconfortante.

Sentía el impulso urgente de seguir adelante con la investigación, pero también era madre y siempre había mantenido en equilibrio esas dos vertientes de su vida. Iría a recoger a sus hijos al hospital, donde estaban al cuidado de su madre, pasaría un rato con ellos y luego los dejaría en casa de sus padres, donde el abuelo, que ya habría regresado de su reunión en el acuario, volvería a asumir el papel de canguro. Después regresaría al CBI para seguir buscando a Travis Brigham.

Siguió circulando en su vehículo policial de intercepción, un Ford grande sin distintivos, una mezcla de tanque y coche de carreras, aunque ella nunca hubiera pisado a fondo el acelerador. No era una conductora nata y, a pesar de que había hecho en Sacramento el curso de persecución a gran velocidad que se exigía a los agentes, no se imaginaba persiguiendo a otro coche por las sinuosas carreteras de California central. Al pensar en ello, se le vino a la cabeza una imagen del blog: la foto de las cruces colocadas en el lugar del terrible accidente del 9 de junio en la carretera 1, la tragedia que había desencadenado todo aquel horror.

Al llegar al hospital vio que había varios vehículos de la Patrulla de Caminos de California aparcados delante del edificio, junto con otros dos vehículos sin distintivos. No recordaba haber oído ningún aviso sobre acciones policiales en las que hubiera habido heridos. Cuando salió del coche, advirtió un cambio en los manifestantes. Para empezar, eran más. Cerca de cuarenta. Y había más equipos de noticias en los alrededores.

Notó también que armaban mucho jaleo: agitaban sus pancartas y sus cruces como fanáticos deportivos. Sonreían, cantaban. Vio que varios hombres se acercaban al reverendo Fisk y le estrechaban la mano, uno tras otro. Su pelirrojo guardaespaldas observaba atentamente el aparcamiento.

Un instante después se quedó paralizada y ahogó un grito.

Vio salir por la entrada principal del hospital a Wes y Maggie, muy serios, acompañados por una mujer afroamericana con traje azul marino. La mujer les condujo hacia uno de los coches sin distintivos.

Robert Harper, el fiscal especial al que había conocido en el despacho de Charles Overby, salió a continuación.

Y detrás de él iba su madre, Edie Dance, esposada y flanqueada por dos corpulentos agentes de la Patrulla de Caminos de California.

Dance corrió hacia ellos.

—¡Mamá! —gritó Wes, su hijo de doce años, y echó a correr por el aparcamiento, tirando de su hermana.

—¡Esperad! ¡No podéis hacer eso! —gritó la mujer que los acompañaba, y salió tras ellos a toda prisa.

Dance se arrodilló y abrazó a sus hijos.

La voz severa de la mujer resonó en el aparcamiento.

—Vamos a llevar a los niños...

—No van a llevarse a nadie —replicó Dance con aspereza, y se volvió de nuevo hacia sus hijos—. ¿Estáis bien?

—¡Han detenido a la abuela! —exclamó Maggie, llorosa. La trenza castaña le colgaba laciamente sobre el hombro, donde había caído después de la carrera.

—Enseguida hablo con ellos. —Dance se levantó—. No os han hecho daño, ¿verdad?

—No —contestó con voz temblorosa Wes, un chico delgado y casi tan alto como su madre—. Sólo... Esa mujer y el policía han llegado y nos han cogido y han dicho que iban a llevarnos a un sitio, no sé dónde.

—¡Yo quiero estar contigo, mami!

Maggie se abrazó a ella con fuerza.

—Nadie va a llevaros a ninguna parte —la tranquilizó Dance—. Bueno, subid al coche.

La mujer del traje azul se acercó y le dijo en voz baja:

—Señora, lo siento, pero... —De pronto se encontró mirando la tarjeta de identificación y la placa del CBI que Dance acercó a su cara.

—Los niños se vienen conmigo —dijo.

La mujer leyó la identificación sin inmutarse.

—Es el protocolo, compréndalo. Es por su propio bien. Lo aclararemos todo y si no hay ningún problema...

—Los niños se vienen conmigo.

—Soy trabajadora social de los Servicios de Atención al Menor del Condado de Monterrey.

Le enseñó su acreditación.

Dance pensó que seguramente habría algún modo de resolver aquel asunto mediante la negociación, pero sacó con gesto suave las esposas que llevaba en una funda, en la parte de atrás de la cinturilla, y las abrió como la pinza de un enorme cangrejo.

—Escúcheme. Soy su madre. Conoce usted mi identidad y conoce la de los niños. Ahora apártese o la detengo amparándome en el artículo doscientos siete del Código Penal de California.

Al ver aquello, los periodistas de televisión parecieron tensarse al unísono, como un lagarto que sintiera acercarse un escarabajo distraído. Las cámaras se giraron hacia ellas.

La trabajadora social se volvió hacia Robert Harper, que pareció dudar. Miró a los periodistas y al parecer llegó a la conclusión de que, dadas las circunstancias, era peor tener mala publicidad que no tener publicidad ninguna. Asintió con la cabeza.

Dance sonrió a sus hijos, se guardó las esposas y los acompañó al coche.

—No va a pasar nada, no os preocupéis. Es sólo un enorme malentendido.

Cerró la puerta y echó el seguro con el mando a distancia. Pasó enérgicamente junto a la trabajadora social, que la miraba con expresión remilgada y desafiante, y se acercó a su madre, a la que estaban introduciendo en la parte trasera de un coche patrulla.

—¡Cariño! —exclamó Edie Dance.

—Mamá, ¿qué...?

—No puede hablar con la detenida —dijo Harper.

Dance se giró bruscamente y miró de frente al fiscal, que era de su misma altura.

—A mí no me venga con juegos. ¿De qué va todo esto?

Harper la miró con calma.

—Vamos a conducirla al centro de detención del condado para ponerla a disposición judicial y esperar la vista en la que se decidirá si se le concede la libertad bajo fianza. Ha sido detenida e informada de sus derechos. No tengo obligación de decirle nada más.

Las cámaras seguían captando cada segundo del drama.

—¡Dicen que maté a Juan Millar! —gritó Edie Dance.

—Por favor, guarde silencio, señora Dance.

—¿Ésta era su «evaluación»? No era más que una treta, ¿verdad?

Harper la ignoró sin ningún esfuerzo.

Sonó el teléfono de Dance y la agente se apartó para contestar.

—Papá...

—Katie, acabo de llegar a casa y me he encontrado aquí a la policía. A la policía del estado. Lo están registrando todo. La señora Kensington, la vecina, dice que se han llevado un par de cajas.

—Papá, han detenido a mamá...

—¿Qué?

—Esa muerte piadosa. Juan Millar...

—¡Ay, Katie!

—Voy a llevar a los niños a casa de Martine. Reúnete luego conmigo en los juzgados de Salinas. Van a fichar a mamá y habrá una vista para decidir si sale bajo fianza.

—Claro. Yo... no sé qué hacer, cariño.

Se le quebró la voz.

La afectó en lo más hondo oír aquella nota de impotencia en la voz de su padre, normalmente tan sereno y seguro de sí mismo.

—Vamos a aclarar este asunto —afirmó, intentando parecer convencida, a pesar de que se sentía tan insegura y confusa como él—. Luego te llamo, papá.

Colgaron.

—¡Mamá! —La llamó a través de la ventanilla del coche, mirando su semblante lleno de amargura—. Todo va a solucionarse. Nos vemos en los juzgados.

—Agente Dance —dijo el fiscal con severidad—, no quiero tener que recordárselo otra vez: no se habla con el detenido.

Ella no le hizo caso.

—Y no le digas ni una palabra a nadie —advirtió a su madre.

—Confío en que no vayamos a tener un problema de seguridad —comentó el fiscal en tono crispado.

Dance lo miró con enfado, desafiándolo en silencio a cumplir su amenaza, fuera cual fuese ésta. Miró después a los agentes de la Patrulla de Caminos, con uno de los cuales había trabajado. El agente esquivó su mirada. Harper los tenía a todos en el bolsillo.

Dance dio media vuelta y avanzó hacia su coche, pero se desvió para hablar con la trabajadora social.

Se detuvo ante ella.

—Mis hijos tienen teléfono móvil. Mi número es el segundo de su lista de marcado rápido, justo después del número de emergencias. Y estoy segura de que le han dicho que soy agente de policía. ¿Por qué coño no me ha llamado?

La mujer retrocedió, parpadeando.

—A mí no puede hablarme así.

—¿Por qué coño no me ha llamado?

—Estaba siguiendo el procedimiento.

—Según el procedimiento, el bienestar de un menor es lo primero. En circunstancias como éstas, debe ponerse en contacto inmediatamente con el padre o tutor.

—Bueno, yo sólo he hecho lo que me han dicho.

—¿Cuánto tiempo lleva trabajando en esto?

—Eso no es asunto suyo.

—Muy bien, se lo diré yo misma, señorita. Sólo hay dos respuestas posibles: o no el suficiente, o demasiado.

—No puede...

Pero Dance ya se había marchado. Subió a su coche y arrancó. No había apagado el motor al llegar.

—Mamá, ¿qué va a pasarle a la abuela? —preguntaba Maggie, que lloraba desconsoladamente.

Dance no quiso poner buena cara delante de sus hijos. Su experiencia como madre le había enseñado que al final era preferible afrontar el dolor y el miedo, en lugar de negarlos o posponerlos. Pero tuvo que hacer un esfuerzo para que su voz no sonara angustiada:

—Vuestra abuela va a ver a un juez y confío en que pronto esté en casa. Luego vamos a averiguar qué ha pasado. Todavía no lo sabemos.

Llevaría a los niños a casa de su mejor amiga, Martine Christensen, con la que administraba su página web de música.

—No me gusta ese hombre —comentó Wes.

—¿Quién?

—El señor Harper.

—A mí tampoco —repuso Dance.

—Quiero ir al juzgado contigo —dijo Maggie.

—No, Mags. No sé cuánto tiempo voy a estar allí.

Miró hacia atrás y les lanzó una sonrisa tranquilizadora.

Al ver sus caras pálidas y abatidas, se enfureció aún más con Robert Harper.

Enchufó el micro del manos libres de su teléfono, se quedó pensando un momento y llamó al mejor abogado defensor que se le ocurrió. En cierta ocasión, George Sheedy había pasado cuatro horas intentando desacreditar a Dance en el banquillo de los testigos. Había estado a punto de conseguir la exculpación del cabecilla de una banda de Salinas que era claramente culpable. Pero finalmente habían ganado los buenos y el acusado había ido a la cárcel de por vida. Después del juicio, Sheedy se había acercado a ella para estrecharle la mano y había alabado la solidez de su declaración. Ella, por su parte, le había dicho que también estaba impresionada por su pericia.

Mientras le pasaban su llamada a Sheedy, notó que los cámaras seguían grabando el alboroto, todos ellos apuntando hacia el coche en el que iba su madre, esposada. Parecían insurgentes armados con lanzacohetes, disparando a tropas aturdidas por el fuego enemigo.

Calmada ya al comprobar que el intruso no había resultado ser el Abominable Hombre de las Nieves, Kelley Morgan se concentró en su pelo.

Siempre tenía a mano su plancha.

Su pelo era la cosa más exasperante del mundo. Un poco de humedad y se le encrespaba. La sacaba de quicio.

Tenía una cita con Juanita, Trey y Toni en Alvarado dentro de cuarenta minutos, y eran *tan* buenos amigos que, si llegaba más de diez minutos tarde, la dejarían plantada. Había perdido la noción del tiempo escribiendo un *post* sobre Tammy Foster en el chat de Bri en Our World.

Después, al levantar la vista y mirarse en el espejo, se había dado cuenta de que la humedad había convertido su pelo en una especie de *ente*. Así que se desconectó y se puso a peinarse.

Una vez alguien había colgado un comentario en un foro del pueblo, anónimamente, claro:

> Kelley Morgan... ¿q le pasa a su pelo???? parc un champiñon. no me gustan las chicas con la cabeza rapada pero ella deberia raparsela. ja, ja, ja. a ver si se entera de una vez.

Kelley había llorado, paralizada por aquellas odiosas palabras que la herían como una cuchilla.

Por ese *post* había defendido a Tammy en Our World y se había metido con Anon Gurl, y le había dado su merecido, ya lo creo que sí.

Incluso ahora se estremecía de vergüenza al pensar en aquel comentario cruel sobre su pelo. De vergüenza y de rabia. Daba igual que Jaime dijera que a él le gustaba todo de ella. Aquel mensaje la había dejado hecha polvo, y la había hecho hipersensible al tema, además de haberle costado innumerables horas de su tiempo. Desde aquel 4 de abril, nunca salía de casa sin luchar antes a brazo partido con su pelo.

Bueno, manos a la obra, tía.

Se levantó de la mesa, se acercó a su tocador y enchufó la plancha. Le estropeaba las puntas, pero al menos el calor conseguía domar hasta cierto punto sus rizos rebeldes.

Encendió la luz del tocador antes de sentarse, se quitó la camisa y la tiró al suelo. Se puso luego dos camisetas de tirantes encima del sujetador; le gustaba el efecto que hacían los tres tirantes: rojo, rosa y negro. Probó la plancha. Un par de minutos más. Casi estaba lista. Empezó a cepillarse el pelo. Era tan injusto. Una cara bonita, unas tetas estupendas y un culo genial. Y aquel pelo electrizado.

Miró por casualidad su ordenador y vio un mensaje instantáneo de una amiga.

Mira el Chilton AHORA MISMO!!!!!!!!!

Kelley se rió. Cuánto le gustaban los signos de exclamación a Trish.

No solía leer el *Chilton Report*, trataba demasiado de política, pero lo había agregado a su RSS después de que Chilton empezara a publicar comentarios sobre el accidente del 9 de junio bajo el hilo «Cruces en el camino». Había estado en la fiesta de aquella noche y, justo antes de que Caitlin y las otras chicas se marcharan, había visto a Travis Brigham discutiendo con ella.

Se giró hacia el teclado y escribió:

no te pongas histerica. xq?

Trish respondió:

Chilton a borrado los nombres pero la gente dice q fue Travis kien ataco a tammy!!

Kelley tecleó:

es verdad o es solo lo q dice la gente?

es VERDAD!!!! travis esta cabreado xq tammy se metio con el en el blog, LEELO!!! EL CONDUCTOR = TRAVIS y LA VICTIMA = TAMMY.

Sintiendo una náusea, Kelley comenzó a aporrear las teclas, abrió el *Chilton Report* y echó una ojeada al hilo titulado «Cruces en el camino». Hacia el final, leyó:

Respuesta a Chilton, publicada por Brittany M.

abeis visto las noticias???? alguien dejo una cruz y luego fue y ataco a esa chica. de q va todo esto? ¡madre mía, seguro que fue [el conductor]!

Respuesta a Chilton, publicada por CTO93.

¿donde [borrado] esta la policía? me an dicho q a la chica del maletero la violaron y le hicieron cruces con 1 navaja y q luego la DEJO en el maletero para q se aogara. solo xq se metio con [el conductor]. acabo de ver las noticias y todavia no lo an detenido. XQ NO?????

Respuesta a Chilton, publicada por Anónimo.

yo estaba con mis amigos cerca de la playa donde encontraron a [la víctima] y mis amigos oyeron a la policia hablar de esa cruz. dijeron q la habia dejado como adbertencia para q la gente se calle. a [la víctima] la atacaron y la violaron xq se metio con [el conductor] AKI, me refiero a lo q escribio en el blog!!! tened cuidado si os aveis metido con el aki y no usais nics ni anonimos xq estais bien [borrado], va a ir a x vosotros!!

Respuesta a Chilton, publicada por Anónimo.

conozco a un t1O donde [el conductor] va a jugar y me a dicho q [el conductor] fue diciendo q iba a ir a x todos los q estavan publicando cosas contra el, q pensaba cortarles el cuello como acen los terroristas en la tele arabe. ¡eh, vosotros, polis, q el asesino de la cruz de carretera es [el conductor]!!! ¡A VER SI OS ENTERÁIS!!!

No... ¡Dios mío, no! Kelley pensó en lo que había escrito sobre Travis. ¿Qué había dicho? ¿Estaría enfadado con ella? Pasó frenéticamente la página hacia arriba hasta encontrar su *post*.

Respuesta a Chilton, publicada por Bella Kelly.

teneis mucha razon!!! mi amiga y yo estuvimos en la fiesta del dia 9 cuando paso el accidente y [el conductor] intento ligar con [borrado] y ellas le dijeron q se perdiera. pero no les hizo caso y salio detras d ellas cuando se marcharon. pero tambien la culpa fue nuestra, de todos los que estuvimos alli x no hacer nada. Todos sabiamos que [el conductor] es un triste y un pervertido y deberiamos haber llamado a la policia o a alguien cuando se marcharon. yo tuve un mal presentimiento como en Entre fantasmas. y mira lo que paso.

¿Por qué? ¿Por qué dije eso?

Yo sólo quería decirles que dejaran en paz a Tammy. Que no machacaran a la gente en Internet. Y luego voy y me pongo a decir cosas sobre Travis.

Mierda. ¡Ahora va a ir también a por mí! ¿Sería eso lo que he oído fuera hace un rato? A lo mejor estaba de verdad en el jardín, y se ha asustado cuando ha aparecido mi hermano.

Pensó en el ciclista que había visto. Dios santo, Travis iba en bici todo el tiempo. En el instituto había un montón de gente que se burlaba de él porque no tenía dinero para comprarse un coche.

Deprimido, furioso, asustado...

Estaba mirando los mensajes de la pantalla del ordenador cuando oyó un ruido a su espalda.

Un chasquido, como un rato antes.

Otro.

Se volvió.

Un grito desgarrador escapó de sus labios.

Una cara, la cara más terrorífica que había visto nunca, la observaba desde la ventana. Su pensamiento racional se detuvo en seco. Cayó de rodillas y sintió que un chorro caliente corría entre sus piernas al perder el control de la vejiga. Una punzada de dolor le atravesó el pecho, se extendió hasta su mandíbula, su nariz, sus ojos. Estuvo a punto de dejar de respirar.

El rostro, inmóvil, la miraba con sus enormes ojos negros, la piel cubierta de cicatrices, dos rendijas en lugar de nariz, la boca cosida y sanguinolenta.

La embargó el puro horror de sus temores infantiles.

—¡No, no, no!

Sollozando como una niña, se alejó a gatas, todo lo rápido que pudo. Chocó contra la pared y quedó tendida sobre la moqueta, aturdida.

Aquellos ojos negros seguían mirándola.

Mirándola fijamente.

—No...

Con los vaqueros empapados de pis y el estómago revuelto, Kelley se arrastró frenética hacia la puerta.

Los ojos, la boca cosida y manchada de sangre. El yeti, el Abominable Hombre de las Nieves. En algún lugar, en aquella parte de su cerebro que todavía funcionaba, sabía que era solamente una máscara atada a la lila de las Indias que había al otro lado de la ventana.

Pero eso no disminuyó el miedo que hizo aflorar en ella: la peor de sus pesadillas infantiles.

Y sabía, además, lo que significaba.

Significaba que Travis Brigham estaba allí. Había ido a matarla, igual que había intentado matar a Tammy Foster.

Por fin logró ponerse en pie y acercarse a la puerta. ¡Corre! ¡Sal de aquí de una puta vez!

En el pasillo, se volvió hacia la puerta de entrada.

¡Mierda! ¡Estaba abierta! Su hermano no había echado la llave.

¡Travis estaba allí, en casa!

¿Debía cruzar corriendo el cuarto de estar?

Mientras estaba allí, paralizada por el miedo, él la asaltó desde atrás, pasándole el brazo por la garganta.

Kelley se resistió... hasta que le puso una pistola en la sien.

—Por favor, no, Travis —sollozó.

—¿Un triste? —susurró él—. ¿Un pervertido?

—Lo siento, lo siento, ¡no lo decía en serio!

Mientras la arrastraba hacia atrás, hacia la puerta del sótano, Kelley sintió que su brazo la apretaba cada vez con más fuerza, hasta que sus súplicas y sus sollozos se fueron apagando y el resplandor de la impecable ventana del cuarto de estar se volvió gris y luego negro.

Kathryn Dance estaba familiarizada con el sistema judicial estadounidense. Había frecuentado los despachos de los jueces y las salas de los juzgados trabajando como periodista de sucesos, como consultora de jurados y como agente policial.

Pero el inculpado nunca había sido un familiar directo.

Al marcharse del hospital, había dejado a sus hijos en casa de Martine y llamado a su hermana, Betsey, que vivía con su marido en Santa Bárbara.

—Bet, hay un problema con mamá.

—¿Qué? ¿Qué ha pasado?

Había una nota extrañamente acerada en la voz de su hermana, por lo demás siempre tan voluble. Betsey, varios años menor que ella, tenía el cabello rizado como los ángeles y cambiaba de oficio como una mariposa volando de flor en flor.

Dance le había contado lo que sabía.

—Voy a llamarla ahora mismo —había anunciado su hermana.

—Está detenida. Han confiscado su teléfono. La vista para decidir la fianza se celebrará dentro de poco. Sabremos más entonces.

—Voy para allá.

—Quizá sea mejor que esperes un poco.

—Sí, claro. Ay, Katie, ¿tú qué crees? ¿Es muy grave?

Dance había titubeado, acordándose de la mirada fija y decidida de Harper, de sus ojos de misionero. Por fin había dicho:

—Puede que sí.

Después de colgar, se había ido al juzgado, a la sala del magistrado, donde ahora estaba sentada con su padre. Stuart Dance, delgado y de cabello blanco, estaba aún más pálido que de costumbre: había aprendido por las malas el peligro que suponía el sol para la cara de un biólogo marino, y se había hecho adicto a las gorras y a los protectores solares. Rodeaba con el brazo los hombros de su hija.

Edie había pasado una hora en la celda de espera: la zona de ingreso en la que habían sido fichados muchos de sus detenidos. Dance conocía bien el procedimiento: se confiscaban todos los efectos personales, se pasaba por el registro, se comprobaba si había órdenes de detención en vigor y luego se sentaba uno en una celda, rodeado por otros detenidos, y allí esperaba y esperaba.

Finalmente, te traían allí, a la gélida e impersonal sala del juez para celebrar la vista en la que se decidía si habría o no libertad bajo fianza. Dance y su padre estaban rodeados por decenas de familiares de detenidos. La mayoría de los procesados, algunos en ropa de calle y otros vestidos con el mono rojo del Condado de Monterrey, eran jóvenes latinos. Dance reconoció los tatuajes de múltiples bandas. Algunos detenidos eran blancos de aspecto patibulario, aún más desarrapados que los latinos, con peores dientes y peor pelo. Al fondo se sentaban los abogados de oficio. Y también los prestamistas de fianzas, esperando a recoger su diez por ciento de los despojos.

Dance miró a su madre cuando la condujeron a la sala. Le rompió el corazón verla esposada. No llevaba mono, pero su pelo, siempre perfectamente peinado, estaba revuelto. Le habían quitado su collar hecho a mano al ficharla, y también sus anillos, el de boda y el de compromiso. Tenía los ojos colorados.

Los abogados pululaban de un lado a otro, algunos de ellos no mucho más elegantes que sus clientes. El único que llevaba un traje arreglado por un sastre después de comprado era el letrado de Edie Dance. George Sheedy llevaba dos décadas ejerciendo el derecho penal en la costa central. Tenía abundante cabello gris, figura trapezoidal, hombros anchos y una voz de bajo que habría resonado magníficamente cantando una versión de «Old man river».

Tras su breve conversación con el abogado desde el coche, Dance había llamado a Michael O'Neil, que se había quedado atónito al oír la noticia. Después había llamado a Alonzo *Sandy* Sandoval, el fiscal del condado de Monterrey.

—Acabo de enterarme, Kathryn —había mascullado Sandoval, indignado—. Te lo digo sinceramente: habíamos pedido a la oficina del sheriff de Monterrey que investigara la muerte de Millar, claro, pero no tenía ni idea de qué hacía Harper aquí. Y una detención pública —añadió con acritud—. Es imperdonable. Si el fiscal general hubiera insistido en que la procesáramos, habría procurado que se entregara y que la trajeras tú misma.

Dance le creía. Sandy y ella llevaban años trabajando juntos y habían enviado a la cárcel a un montón de mala gente, gracias en parte a su mutua confianza.

—Pero lo siento, Kathryn. Monterrey ya no tiene nada que ver con el caso. Ahora está en manos de Harper y de Sacramento.

Dance le había dado las gracias y había colgado. Al menos había conseguido que la vista por la fianza se celebrara rápidamente. Según la ley californiana, el magistrado podía fijar a discreción el momento de la vista. En algunos sitios, como Riverside y Los Ángeles, los detenidos pasan a menudo doce horas en una celda antes de presentarse ante el juez. Dado que se trataba de un caso de homicidio, cabía la posibilidad de que el magistrado no fijara fianza y la dejara a discreción del juez encargado de la lectura de cargos, lo cual, en California, debía suceder en el espacio de pocos días.

La puerta que daba al pasillo de fuera siguió abriéndose, y Dance notó que muchos de los recién llegados llevaban acreditaciones de prensa colgadas del cuello. Las cámaras no tenían permitida la entrada, pero había montones de libretas de papel.

Un circo...

—Edith Barbara Dance —llamó el secretario del juzgado, y su madre, seria, con los ojos colorados y esposada todavía, se puso en pie.

Sheedy se reunió con ella. Junto a ellos había un guardia. La vista estaba dedicada únicamente a la fianza. Las alegaciones se presentarían más adelante, en el momento de la lectura de cargos. Harper pidió que no se le concediera la libertad bajo fianza, lo cual no sorprendió a Dance. Su padre se crispó al oír las ásperas palabras del fiscal, que pintó a Edie como un peligro semejante a Jack Kevorkian y aseguró que, si se le concedía la fianza, podía matar a otros pacientes y huir luego a Canadá.

Stuart sofocó un gemido al oír hablar así de su esposa.

—No pasa nada, papá —susurró su hija—. Los fiscales siempre hablan así.

Pero a ella también le partió el corazón oír aquello.

George Sheedy solicitó con elocuencia que se le concediera la libertad bajo palabra, poniendo de relieve su falta de antecedentes delictivos y sus raíces en la localidad.

El juez, un hispano de ojos vivos que conocía a Kathryn Dance, manifestaba un estrés considerable que la agente percibió claramente en su postura y sus expresiones faciales. No quería hacerse cargo de aquel caso. Se sentía obligado hacia Dance, que era una policía razonable y siempre dispuesta a cooperar, pero sabía también que Harper era un peso pesado procedente de la capital, y sin duda tenía muy presente la presión de los medios de comunicación.

Prosiguieron las argumentaciones.

Dance, la investigadora, se descubrió rememorando lo sucedido a principios de ese mes, las circunstancias de la muerte de Juan Millar.

Intentando encajar unos datos con otros. ¿A quién había visto en el hospital en torno a la hora de la muerte de Juan? ¿Cuáles habían sido exactamente las circunstancias que habían rodeado su fallecimiento? ¿Dónde estaba su madre en ese momento?

Al levantar la vista, sorprendió a Edie mirándola. Le dedicó una pálida sonrisa. Su madre tenía un rostro inexpresivo. Se volvió hacia Sheedy.

Al final, el magistrado tomó una decisión salomónica: fijó la fianza en medio millón de dólares, lo cual no era raro en un caso de asesinato, pero tampoco excesivamente gravoso. Edie y Stuart no eran ricos, pero tenían su casa en propiedad. Como estaba en Carmel, no muy lejos de la playa, su valor debía de rondar los dos millones de dólares. Podían ofrecerla como garantía.

Harper se tomó la noticia estoicamente: con el semblante serio, se mantuvo erguido y al mismo tiempo relajado. Dance llegó a la conclusión de que, pese al revés que había sufrido, estaba perfectamente tranquilo. Le hizo pensar en «Juan Nadie», el asesino de Los Ángeles. Si le había costado tanto advertir su engaño, había sido, entre otros motivos, porque una persona con fuertes convicciones y obsesionada con conseguir su meta siente y manifiesta muy poco estrés al mentir en nombre de su causa. Lo cual, sin duda, definía la actitud de Robert Harper.

Edie fue conducida de nuevo a la celda y Stuart se levantó y fue a hablar con el secretario para ocuparse de la fianza.

Harper se abrochó la chaqueta y, mientras se dirigía a la puerta con el rostro convertido en una máscara, Dance le salió al paso.

—¿Por qué está haciendo esto?

La miró con frialdad, sin decir nada. Ella añadió:

—Podría haber dejado que se ocupara del caso el condado de Monterrey. ¿Por qué ha venido desde San Francisco? ¿Qué es lo que se propone?

Hablaba en voz lo bastante alta como para que la oyeran los periodistas que había por allí cerca.

Harper contestó con calma:

—No puedo hablar con usted de ese tema.

—¿Por qué mi madre?

—No tengo nada que decir.

Empujó la puerta y salió a la escalera del juzgado, donde se detuvo para hablar con la prensa, a la que, al parecer, sí tenía muchas cosas que decirle.

Dance volvió a sentarse en un duro banco a esperar a sus padres.

Diez minutos después aparecieron George Sheedy y Stuart Dance.

—¿Ha ido bien? —preguntó a su padre.

—Sí —contestó él con voz inexpresiva.

—¿Cuándo podrá salir?

Su padre miró a Sheedy, que dijo:

—Dentro de diez minutos. Menos, quizá.

—Gracias.

Stuart estrechó la mano del abogado. Dance le dio las gracias con una inclinación de cabeza y Sheedy les informó de que iba a volver a su despacho para empezar a preparar la defensa inmediatamente.

Después de que se marchara, Dance preguntó a su padre:

—¿Qué se han llevado de casa, papá?

—No lo sé. La vecina ha dicho que parecía interesarles especialmente el garaje. Salgamos de aquí. Odio este sitio.

Salieron al pasillo. Varios periodistas se acercaron al verla.

—Agente Dance, ¿le preocupa que hayan detenido a su madre por asesinato?

Vaya, ésa sí que es una pregunta incisiva. Le dieron ganas de replicar con un sarcasmo, pero se acordó de la regla número uno en las relaciones con los medios de comunicación: dar por sentado que todo lo que dijeras en presencia de un periodista saldría en las noticias de las seis de la tarde, o en la primera página del periódico del día siguiente. Sonrió.

—No me cabe ninguna duda de que se trata de un terrible malentendido. Mi madre es enfermera desde hace muchos años. Se ha consagrado a salvar vidas, no a acabar con ellas.

—¿Sabía usted que había firmado una petición en apoyo de Jack Kevorkian y del suicidio asistido?

No, Dance no lo sabía. ¿Y cómo había dado la prensa tan rápidamente con aquella información?, se preguntó.

—Eso tendrán que preguntárselo a ella —respondió—. Pero pedir que se cambie la ley no es lo mismo que quebrantarla.

Sonó su teléfono. Era O'Neil. Se alejó para contestar.

—Michael, va a salir bajo fianza —le dijo.

Hubo un segundo de silencio.

—Bien. Menos mal.

Dance comprendió que la había llamado por otra cosa y que se trataba de algo serio.

—¿Qué ocurre?

—Han encontrado otra cruz.

—¿Una de verdad o una con una fecha futura?

—La fecha de hoy. Y es idéntica a la primera. Ramas y alambre de florista.

Cerró los ojos, desanimada. Otra vez no.

—Pero oye —añadió O'Neil—, tenemos un testigo. Un tipo que vio a Travis colocar la cruz. Puede que haya visto adónde fue o algo que nos indique dónde puede estar escondido. ¿Puedes entrevistarlo?

Otro silencio. Luego:

—Dentro de diez minutos estoy allí.

O'Neil le dio la dirección. Colgaron.

Dance se volvió hacia su padre.

—Papá, no puedo quedarme. Lo siento mucho.

Stuart Dance volvió hacia su hija su cara atractiva y angustiada.

—¿Qué?

—Han encontrado otra cruz. Parece que el chico va a ir a por alguien más. Hoy mismo. Pero tenemos un testigo. Tengo que entrevistarlo.

—Claro, claro.

Parecía indeciso, sin embargo. Estaba pasando por una pesadilla casi tan dura como la de su madre y quería tener cerca a su hija, con su experiencia y sus contactos.

Pero Dance no se quitaba de la cabeza la imagen de Tammy Foster metida en el maletero mientras subía el agua.

Y tampoco podía dejar de pensar en los ojos de Travis Brigham, fríos y oscuros bajo sus densas cejas, mirando a su padre como el personaje de un videojuego que, armado con cuchillo o espada, se pensara si salir del mundo sintético y entrar en el real para asesinar a aquel hombre.

Tenía que irse. Enseguida.

—Lo siento.

Abrazó a su padre.

—Tu madre lo entenderá.

Dance corrió a su coche y encendió el motor. Mientras salía del aparcamiento miró por el retrovisor y vio a su madre salir de la puerta de la zona de detención. Edie miró partir a su hija. Sus ojos permanecieron fijos, su rostro no reveló emoción alguna.

Dance acercó el pie al freno, pero luego pisó de nuevo el acelerador y encendió la sirena.

Tu madre lo entenderá...

No, no lo entenderá, pensó. No lo entenderá en absoluto.

14

A pesar de llevar muchos años viviendo en aquella zona, Kathryn Dance nunca había llegado a acostumbrarse a la niebla de la península. Era como un ser capaz de metamorfosearse, como un personaje salido de los libros fantásticos que le gustaba leer a Wes. Unas veces adoptaba la forma de jirones que se pegaban al suelo y se arrastraban a tu lado como espectros. Otras, era un humo que se estancaba en las depresiones del terreno y la carretera, cubriéndolo todo.

Pero casi siempre era una gruesa colcha de algodón que flotaba en el aire, a decenas de metros del suelo y que, imitando a las nubes, ensombrecía todo lo que quedaba por debajo.

De esa clase era la niebla que había aquella tarde.

La penumbra fue haciéndose más densa a medida que Dance, que iba escuchando a Raquy and the Cavemen, un grupo norteafricano conocido por su percusión, circulaba por una carretera tranquila que cruzaba terrenos del estado, entre Carmel y Pacific Grove. El paisaje era casi todo bosque, agreste y lleno de pinos, chaparros, eucaliptos y arces unidos por matorrales enmarañados. Cruzó la barrera policial sin bajarse del coche y haciendo caso omiso de los periodistas y los equipos de televisión. ¿Estaban allí por el crimen o por su madre?, se preguntó con cinismo.

Aparcó, saludó a los ayudantes del sheriff que había por allí y fue a reunirse con Michael O'Neil. Echaron a andar hacia la cuneta acordonada donde se había encontrado la segunda cruz.

—¿Qué tal está tu madre? —preguntó O'Neil.

—No muy bien.

Se alegraba tanto de que Michael estuviera allí... La emoción se hinchó dentro de ella como un globo y, por un momento, al aflorar el recuerdo de su madre esposada y de su encontronazo con la trabajadora social por los niños, no pudo decir nada.

O'Neil no pudo evitar dedicarle una leve sonrisa.

—Te he visto en la tele.

—¿En la tele?

—¿Quién era esa mujer, la que se parecía a Oprah Winfrey? Parecías a punto de arrestarla.

Dance suspiró.

—¿También grabaron eso?

—Estabas... —O'Neil buscó la palabra justa— imponente.

—Iba a llevarse a los niños a Servicios Sociales.

Él pareció impresionado.

—Cosa de Harper —continuó Dance—. Una de sus tácticas. Pero lo que consiguió fue que casi detuviera a su lacaya. Ah, me habría encantado buscarle las cosquillas —dijo, y agregó—: Tengo a Sheedy en el caso.

—¿A George? Estupendo. Es duro de roer. Y necesitas a alguien así.

—Ah, y además Overby ha dejado entrar a Harper en el CBI. Para que revisara mis expedientes.

—¡No!

—Creo que quería ver si había eliminado pruebas o manipulado de algún modo los informes del caso de Juan Millar. Overby me dijo que también se había pasado por vuestros archivos.

—¿Por la oficina del sheriff? —preguntó O'Neil.

Dance vio su ira como si fuera una bengala roja.

—¿Sabía Overby que Harper pensaba imputar a Edie?

—No lo sé. Como mínimo debería haber pensado: ¿qué demonios hace este tío de San Francisco husmeando en nuestros archivos? «Evaluación de carga de trabajo.» Es ridículo.

Su furia se desbordó de nuevo, y tuvo que hacer un esfuerzo por contenerse.

Se acercaron al lugar donde habían colocado la cruz, en la cuneta de la carretera. Era como la anterior: un par de ramas rotas atadas con alambre y un redondel de cartón con la fecha de ese día escrita a mano.

A los pies de la cruz había otro ramo de rosas rojas.

¿El asesinato de quién representa este ramo?, se preguntó Dance sin poder evitarlo.

Y había otros diez más esperando.

La cruz había sido colocada en un tramo desierto de una carretera apenas pavimentada, a una distancia aproximada de un kilómetro y medio del mar. Aquella ruta, no muy frecuentada, era un atajo poco conocido para llegar a la carretera 68. Curiosamente, era uno de los itinerarios que conducirían a aquella nueva carretera sobre la que había escrito Chilton en su blog.

De pie en un camino lateral, cerca de la cruz, estaba el testigo, un hombre de negocios con aspecto de tener cuarenta y tantos años. Dance dedujo que se dedicaba a los seguros o al negocio inmobiliario. De figura redondeada, su camisa azul de vestir se tensaba muy por encima del cinturón caído, hinchada por su barriga. Tenía poco pelo y vio pecas de sol en su frente redonda y su coronilla calva. Se hallaba junto a un Honda Accord que había conocido mejores tiempos.

Se acercaron y O'Neil le dijo:

—Éste es Ken Pfister.

Dance le estrechó la mano. El ayudante del sheriff dijo que iba a supervisar el trabajo del equipo de recogida de pruebas y cruzó la calzada.

—Dígame qué vio, señor Pfister.

—A Travis. A Travis Brigham.

—¿Sabía usted que era él?

Asintió con la cabeza.

—Vi su fotografía en Internet cuando estaba comiendo, hará media hora. Por eso lo he reconocido.

—¿Puede decirme qué vio exactamente? —preguntó ella—. Y cuándo.

—Bueno, fue en torno a las once de la mañana. Tenía una reunión en Carmel. Dirijo una oficina de seguros Allstate —añadió con orgullo.

Acerté, se dijo Dance.

—Me fui sobre las diez cuarenta y estaba volviendo en mi coche a Monterrey. Tomé este atajo. Será estupendo cuando abran esa carretera nueva, ¿no le parece?

Ella sonrió ambiguamente, una sonrisa que no lo era en realidad.

—Y me aparté a ese camino... —Señaló con la mano— para hacer unas llamadas. —Sonrió ampliamente—. Nunca conduzcas y hables al mismo tiempo. Ése es mi lema.

Dance levantó una ceja, urgiéndolo a continuar.

—Miré por el parabrisas y lo vi caminando por la cuneta. Venía de allí. Él no me vio. Iba arrastrando los pies. Me dio la impresión de que iba hablando solo.

—¿Qué ropa llevaba?

—Una de esas sudaderas con capucha que llevan los chicos de ahora.

Ah, la sudadera con capucha.

—¿De qué color era?

—No me acuerdo.

—¿Chaqueta, pantalones?

—Lo siento, no me fijé tanto. En ese momento no sabía quién era. Todavía no me había enterado de lo de las cruces de la cuneta. Sólo pensé que era un tipo raro, que daba miedo. Llevaba en la mano esa cruz, y un animal muerto.

—¿Un animal?

Otro gesto afirmativo.

—Sí, una ardilla o una marmota o algo así. Le había rebanado el pescuezo.

Hizo un gesto con el dedo, señalándose el cuello.

Dance detestaba cualquier acto de crueldad contra los animales. Aun así, preguntó con calma:

—¿Acababa de matarlo?

—No creo. No había mucha sangre.

—Muy bien, entonces, ¿qué ocurrió?

—Pues que miró a un lado y a otro de la carretera y, como no vio a nadie, abrió la mochila y...

—¿Llevaba una mochila?

—Sí.

—¿De qué color?

—Eh, negra, estoy casi seguro. Sacó una pala, una pequeña, de esas que se usan cuando vas de acampada, la desdobló, cavó un hoyo y clavó la cruz en la tierra. Y luego... Esto es lo más raro. Hizo una especie de ritual. Rodeó la cruz tres veces, y me pareció que estaba cantando.

—¿Cantando?

—Sí. Mascullando cosas. No oí lo que decía.

—¿Y después?

—Después agarró la ardilla y rodeó otra vez la cruz cinco veces, las fui contando. Tres y cinco... Puede que fuera un mensaje, una pista, si alguien consigue saber de qué se trata.

Dance había notado que, después de *El código Da Vinci*, muchos testigos tendían a interpretar sus observaciones, en lugar de limitarse a decir lo que habían visto.

—El caso es que abrió otra vez la mochila y sacó una piedra y un cuchillo. Usó la piedra para afilar la hoja. Luego acercó el cuchillo a la ardilla. Pensé que iba a descuartizarla, pero no. Vi que otra vez movía los labios y que luego envolvía el cadáver en una especie de bolsa amarilla de papel muy rara, como si fuera de pergamino, y que la guardaba en la mochila. Luego me pareció que decía una última cosa y se marchó por la carretera, por donde había venido. Al trote, ¿sabe? Como un animal.

—¿Y qué hizo usted entonces?

—Me marché y fui a un par de reuniones más. Volví a la oficina. Fue entonces cuando me conecté a Internet y vi las noticias sobre el chico. Vi su foto. Me asusté. Y llamé enseguida a la policía.

Dance indicó a Michael O'Neil que se acercara.

—Michael, esto es interesante. El señor Pfister ha sido de gran ayuda.

O'Neil hizo un gesto de agradecimiento inclinando la cabeza.

—¿Podría decirle al ayudante O'Neil lo que ha visto?

—Claro.

Pfister explicó otra vez que se había apartado de la carretera para hacer unas llamadas.

—El chico llevaba un animal muerto. Una ardilla, creo. Dio tres vueltas a la cruz sin el cadáver del animal. Luego colocó la cruz y dio otras cinco vueltas. Iba hablando solo. Sonaba muy raro. Como otro idioma.

—¿Y después?

—Envolvió la ardilla en una especie de pergamino y sujetó el cuchillo encima. Dijo otra vez algo en ese idioma tan raro. Luego se marchó.

—Qué interesante —comentó O'Neil—. Tienes razón, Kathryn.

Ella se quitó sus gafas de color rosa claro y las limpió. Después, sutilmente, las cambió por otras de severa montura negra.

O'Neil advirtió al instante que se había puesto sus gafas de depredadora y dio un paso atrás. Dance se acercó a Pfister, invadiendo su zona proxémica. Advirtió de inmediato que se sentía amenazado.

Bien.

—Bueno, Ken, sé que está mintiendo. Y necesito que me diga la verdad.

—¿Mintiendo?

Parpadeó, sorprendido.

—Sí.

Pfister había mentido bastante bien, pero ciertos comentarios y actitudes habían puesto a Dance sobre aviso. Sus sospechas habían surgido, en un principio, del análisis del contenido: de la reflexión sobre lo que decía Pfister, no de cómo lo decía. Algunas de sus explicaciones parecían demasiado increíbles para ser ciertas: asegurar que no sabía quién era el chico y que no se había enterado del suceso de la Cruz de Carretera, cuando parecía conectarse con frecuencia a Internet para ver las noticias; afirmar que Travis vestía una sudadera con capucha, como decían varios de los mensajes publicados en el *Chilton Report*, pero no recordar su color, a pesar de que la gente tiende a acordarse de los colores de la ropa mucho mejor que de las prendas mismas...

Además, había hecho numerosas pausas mientras hablaba, cosa que suelen hacer los mentirosos cuando intentan inventar una historia verosímil. Y había empleado al menos un gesto «ilustrador», el dedo en la garganta, de los que suelen utilizarse inconscientemente para reforzar afirmaciones espurias.

Así pues, Dance, escamada, se había servido de una técnica rápida para comprobar si estaba mintiendo: a fin de determinar si alguien dice o no la verdad, el interrogador pide al sospechoso que cuente su historia varias veces. Quien dice la verdad puede alterar un poco la narración y recordar cosas que había olvidado al contarlo por primera vez, pero la cronología de los hechos será siempre la misma. Un mentiroso, en cambio, olvida a menudo la secuencia de los acontecimientos de su relato ficticio. Era lo que había sucedido al volver a contarle Pfister su historia a O'Neil: se había equivocado respecto a cuándo había colocado el chico la cruz.

Por otro lado, aunque los testigos sinceros puedan recordar nuevos datos la segunda vez que relatan un hecho, rara vez contradicen su primera versión. Pfister había dicho en un principio que Travis iba murmurando y que no había podido oír lo que decía. En su segunda versión, en cambio, había añadido un detalle: no había podido entender las palabras que decía el chico porque eran «raras», de lo que se deducía que, en efecto, las había oído.

Dance concluyó sin asomo de duda que Pfister estaba mintiendo.

En otras circunstancias, habría abordado el interrogatorio con más sutileza, tendiendo trampas al testigo para que dijera la verdad. Pero había llegado a la conclusión de que Pfister era un mentiroso social, y si a eso se sumaba su actitud escurridiza, podía costar mucho tiempo y esfuerzo conseguir que dijera la verdad. No tenía tiempo que perder. La segunda cruz, con la fecha de ese día, significaba que Travis podía estar planeando una nueva agresión en ese mismo instante.

—Bueno, Ken, está usted a punto de ir a la cárcel.

—¿Qué? ¡No!

A Dance no le importaba contar con un poco de colaboración. Miró a O'Neil, que dijo:

—Ya lo creo que sí. Y necesitamos saber la verdad.

—Vamos, por favor. Miren... —Pero no les ofreció nada que examinar—. ¡No he mentido! De veras. Todo lo que les he dicho es verdad.

Lo cual no era lo mismo que afirmar que había visto de veras lo que decía haber visto. ¿Por qué los culpables siempre se creían tan listos?

—¿Presenció usted lo que me ha contado? —preguntó.

Sometido a su mirada láser, Pfister desvió los ojos. Hundió los hombros.

—Pero. Pero es todo cierto. ¡Lo sé!

—¿Cómo puede saberlo? —insistió ella.

—Porque he leído que alguien vio al chico hacer lo que le he contado. En ese blog, el *Chilton Report*.

Dance miró a O'Neil, cuya expresión era idéntica a la suya.

—¿Por qué ha mentido? —preguntó.

Pfister levantó las manos.

—Quería que la gente tomara conciencia del peligro. Pensé que debían tener más cuidado, estando suelto ese psicópata. Deberían tomar más precauciones, sobre todo con sus hijos. Debemos velar por nuestros hijos, ¿saben?

Dance se fijó en el gesto que hizo con la mano, oyó cómo se le atascaba ligeramente el aire en la garganta. Conocía ya sus ademanes de mentiroso.

—Ken, no tenemos tiempo para esto.

O'Neil sacó sus esposas.

—No, no, yo... —Bajó la cabeza, derrotado—. Me han salido mal algunos negocios. Los préstamos que tengo han vencido y no puedo pagarlos. Así que...

Suspiró.

—Así que ¿mintió para convertirse en un héroe? ¿Para conseguir un poco de publicidad?

O'Neil miró con fastidio a los periodistas que esperaban a unos cincuenta metros de distancia, detrás del cordón policial.

Pfister hizo amago de protestar. Luego bajó la mano.

—Sí. Lo siento.

O'Neil anotó algo en su cuaderno.

—Tendré que hablarle de esto al fiscal.

—Vamos, por favor... Lo siento...

—Así que no lo vio en absoluto, pero sabía que alguien acababa de dejar la cruz y sabía que ese alguien era un asesino en potencia.

—Bueno, tenía cierta idea. Quiero decir que sí, que lo sabía.

—¿Por qué ha esperado horas para decírnoslo? —preguntó Dance con aspereza.

—Yo... tenía miedo. Quizá todavía estuviera por aquí.

O'Neil preguntó en voz baja y amenazadora:

—¿No se le ocurrió que contarnos todo ese rollo sobre sacrificios rituales podía llevarnos en la dirección equivocada?

—He pensado que de todos modos ya lo sabían. Lo decía en ese blog, así que tiene que ser cierto, ¿no?

—Está bien, Ken —dijo Dance pacientemente—. Empecemos otra vez.

—Claro. Lo que ustedes digan.

—¿Estuvo de verdad en esa reunión?

—Sí, señora.

Estaba tan inmerso en la última fase de la reacción emocional al interrogatorio, aceptación y confesión, que Dance estuvo a punto de echarse a reír. Era de pronto la colaboración personificada.

—¿Y qué pasó después?

—Bueno, iba conduciendo y paré aquí, en el camino. —Señaló enfáticamente sus pies—. Cuando me desvié, no había ninguna cruz. Hice un par de llamadas y luego di media vuelta y volví al cruce. Mientras esperaba a que pasara un coche, miré carretera arriba. Y ahí estaba la cruz. —Señaló de nuevo, esta vez a la cruz—. A él no lo vi para nada. Lo de la sudadera y todo eso... Lo saqué del blog. Lo único que puedo decirle es que no me crucé con nadie en la cuneta, así que tuvo que salir del bosque. Y sí, sabía lo que significaba la cruz. Y me llevé un susto de muerte. ¡El asesino acababa de estar allí, delante de mis narices! —Una risa amarga—. Eché el seguro del coche a toda prisa... Nunca, en toda mi vida, he hecho nada heroico. No como mi padre. Él era bombero, voluntario.

Aquello le ocurría a menudo a Kathryn Dance. Lo más importante de un interrogatorio o una entrevista es ser un buen oyente, atento y comprensivo. Ella perfeccionaba aquella destreza suya todos los días, de ahí que los testigos, y también los sospechosos, tendieran a verla como una terapeuta. El pobre Ken Pfister se estaba confesando.

Pero tendría que ir a echarse en otro diván. No era tarea suya hurgar en sus fantasmas.

O'Neil estaba mirando hacia los árboles. Los agentes habían estado inspeccionando la cuneta, conforme a lo que les había contado Pfister en un principio.

—Más vale que echemos un vistazo por el bosque. —Dirigió una mirada amenazadora a Pfister—. Puede que eso sí ayude, al menos.

Llamó a varios ayudantes del sheriff y cruzaron la carretera para inspeccionar el bosque.

—Ese coche que esperó que pasara —le dijo Dance a Pfister—. ¿Es posible que el conductor viera algo?

—No lo sé. Puede ser, si Travis estaba todavía allí. Habría podido verlo mejor que yo, desde luego.

—¿Recuerda la matrícula, la marca del coche?

—No, era una furgoneta o un monovolumen de color oscuro. Pero recuerdo que era un vehículo oficial.

—¿Oficial?

—Sí, ponía «estado» en la parte de atrás.

—¿De qué organismo?

—No lo vi. De veras.

Aquello podía ayudar. Se pondrían en contacto con todos los organismos públicos de California que pudieran tener vehículos en aquella zona.

—Bien.

La leve alabanza de Dance pareció entusiasmar a Pfister.

—De acuerdo. Ya puede irse, Ken. Pero recuerde que sigue vigente una queja contra usted.

—Sí, claro, desde luego. Mire, lo siento de veras. No lo he hecho con mala intención.

Pfister se escabulló.

Al cruzar la carretera para reunirse con O'Neil y el equipo de búsqueda en el bosque, vio que el patético agente de seguros montaba en su desvencijado coche.

Lo decía en ese blog, así que tiene que ser cierto, ¿no?

Quería morir.

Kelley Morgan pedía en silencio que sus plegarias fueran atendidas. Los vapores estaban asfixiándola. Estaba perdiendo la visión. Le escocían los pulmones, tenía los ojos y la nariz inflamados.

El dolor...

Pero más espantoso aún que el dolor era saber lo que le estaba sucediendo, los horribles cambios que los productos químicos estaban obrando en su piel y en su cara.

Estaba confusa. No recordaba que Travis la hubiera arrastrado escaleras abajo. Cuando había vuelto en sí ya estaba allí, en la bodega de su padre en el sótano, encadenada a una tubería. Con la boca sellada con cinta aislante, el cuello dolorido por la fuerza que Travis Brigham había aplicado hasta casi estrangularla, y ahogándose por lo que había vertido en el suelo, aquel producto químico que le abrasaba los ojos, la nariz, la garganta.

Ahogándose, ahogándose...

Intentó gritar. No tenía sentido, con la boca tapada con cinta aislante. Además, no había nadie que pudiera oírla. Su familia estaba fuera, no volvería hasta mucho más tarde.

El dolor...

Enfurecida, intentó arrancar la tubería de la pared a patadas. Pero el metal no cedió.

¡Mátame!

Sabía lo que se proponía Travis Brigham. Podría haberla estrangulado, sólo tendría que haber seguido apretando un par de minutos más. O haberle pegado un tiro. Pero no se conformaba con eso. No, aquel pervertido, aquel triste, quería vengarse destrozando su físico.

Los vapores corroerían sus pestañas y sus cejas, destruirían su piel tersa, seguramente hasta se le caería el pelo. Travis no quería que muriera, no. Quería convertirla en un monstruo.

Aquel friki con la cara picoteada, aquel triste, aquel pervertido... Quería convertirla en lo mismo que él.

Mátame, Travis. ¿Por qué no me has matado?

Pensó en la máscara. Por eso la había dejado. Era un mensaje, para que supiera el aspecto que tendría cuando los productos químicos acabaran de hacer su efecto.

Dejó caer la cabeza, los brazos, se recostó contra la pared.

Me quiero morir.

Comenzó a respirar hondo a pesar de que le escocía la nariz. Todo empezó a disolverse. El dolor desaparecía, sus pensamientos desaparecían, la sensación de ahogo, el escozor de sus ojos, las lágrimas...

Todo se apagaba. La luz se volvía oscuridad.

Más hondo, respira más hondo.

Aspira el veneno.

¡Sí, estaba funcionando!

Gracias.

El dolor disminuyó, la angustia fue disipándose.

Una cálida sensación de alivio ocupó el lugar de su tenue conciencia, y lo último que pensó antes de que la oscuridad se hiciera completa fue que al fin iba a estar, ya para siempre, a salvo de sus miedos.

Dance estaba junto a la cruz de la cuneta, mirando las flores, cuando la sobresaltó el sonido del teléfono; había vuelto a poner la sintonía estándar, y no sonaba ya la tonada de dibujos animados. Echó un vistazo a la pantalla.

—TJ.

—Jefa, ¿otra cruz? Acabo de enterarme.

—Sí. Y con la fecha de hoy, además.

—Ay, madre. ¿De hoy?

—Sí. ¿Qué has averiguado?

—Estoy en Bagel Express, la bollería. Es curioso, pero aquí nadie sabe nada de Travis. Dicen que se presentaba a trabajar, pero que era muy reservado. No se relacionaba con los demás, no decía gran cosa, y se marchaba sin más. Habló un poco con un chico de aquí sobre juegos en línea. Pero nada más. Y nadie tiene ni idea de dónde puede haber ido. Ah, y su jefe dice que de todos modos iba a despedirlo. Desde que empezaron a publicarse comentarios en ese blog, hasta él está recibiendo amenazas. El negocio va mal. A los clientes les da miedo entrar.

—Está bien, vuelve a la oficina. Necesito que llames a todos los organismos públicos del estado que puedan haber tenido vehículos en esta zona esta mañana. No tenemos marca, ni matrícula. Seguramente era un vehículo de color oscuro, pero busca cualquier color. —Le contó lo que había visto Pfister—. Llama a Parques, a Caltrans, a Pesca, a Medio Ambiente, a todo el que se te ocurra. Y averigua si Travis tiene móvil y de qué empresa. A ver si podemos rastrearlo. Tenía pensado hacerlo antes.

Desconectaron. Dance llamó a su madre. No obtuvo respuesta. Probó con su padre y Stuart respondió al segundo pitido.

—Katie...

—¿Está bien?

—Sí. Estamos en casa, pero haciendo las maletas.

—¿Qué?

—Los manifestantes del hospital —dijo Stuart—. Se han enterado de dónde vivimos y han montado un piquete fuera.

—¡No!

Dance estaba furiosa.

Su padre añadió con amargura:

—Resulta interesante ver a tus vecinos marcharse a trabajar y encontrarse con una docena de personas con pancartas llamándote asesina. Uno de los carteles era bastante ingenioso. Decía «Danza de la Muerte».* Tiene su mérito, hay que reconocerlo.

—Ay, papá.

—Y alguien ha pegado un póster de Cristo en la puerta de casa. En plena crucifixión. Creo que también culpan a Edie de eso.

—Puedo conseguiros una habitación en el hotel que usamos para los testigos.

—George Sheedy ya nos ha conseguido una con un nombre falso —repuso su padre—. No sé qué opinas tú, cielo, pero creo que a tu madre le encantaría ver a los niños. Está preocupada por el susto que se llevaron cuando la policía fue a buscarla al hospital.

—Es muy buena idea. Voy a ir a recogerlos a casa de Martine y luego los llevaré a veros. ¿Cuándo os vais al hotel?

—Dentro de veinte minutos.

Le dio la dirección.

—¿Puedo hablar con ella?

—Está hablando por teléfono con Betsey, cariño. Podrás verla cuando vengas a traer a los niños. Sheedy también se pasará por allí para contarnos cómo va el caso.

Colgaron. O'Neil regresó del bosque.

—¿Habéis encontrado algo? —preguntó Dance.

—Algunas huellas que no sirven de gran cosa y algunos restos materiales: una fibra gris como la que encontramos antes y un trozo de papel marrón. Un copo de avena o de algún tipo de cereal. Podría ser

* El apellido Dance significa «danza», «baile». *(N. de la T.)*

de un bollo, estoy pensando. Peter los está esperando. Nos dará los resultados lo antes que pueda.

—Eso es fantástico para fundamentar el caso contra él, pero lo que necesitamos en este momento es alguna pista sobre dónde se esconde.

Y resolver otro interrogante más: ¿a quién va a atacar a continuación?

Cuando se disponía a llamar a Jon Boling, sonó de nuevo la sintonía de su móvil. La coincidencia la hizo sonreír: el nombre de Boling aparecía en la pantalla.

—Jon —contestó.

Pero al escuchar sus palabras, su sonrisa se borró rápidamente.

15

Kathryn Dance se apeó de su Crown Victoria delante de la casa de Kelley Morgan.

El equipo de inspección forense del condado de Monterrey ya estaba allí, junto con una docena de agentes de los cuerpos de seguridad del estado y el municipio.

Había también muchos periodistas, la mayoría de ellos preguntando por el paradero de Travis Brigham. ¿Por qué ni el CBI, ni la policía local de Monterrey, ni la oficina del sheriff del condado ni *nadie* lo había detenido aún? ¿Tan difícil era encontrar a un chico de diecisiete años que se paseaba por ahí vestido como los asesinos de Columbine o Virginia Tech? ¿Un chico que llevaba cuchillos y machetes, que sacrificaba animales en truculentos rituales y que dejaba cruces en la cuneta de vías públicas?

Es muy aficionado a los juegos de ordenador. La gente joven a la que se le dan bien los videojuegos aprende técnicas de evasión y combate muy sofisticadas...

Dance hizo caso omiso de los policías y siguió adelante, pasando bajo el cordón policial. Se acercó a una de las ambulancias, la más cercana a la casa. Un paramédico joven y vehemente, de pelo oscuro peinado hacia atrás, salió por el portón trasero. Lo cerró y dio unos golpes en el costado del vehículo.

El voluminoso furgón en el que iban Kelley, su madre y su hermano, arrancó a toda velocidad hacia el hospital.

Dance se reunió con Michael O'Neil y el paramédico.

—¿Cómo está?

—Inconsciente todavía. Le hemos puesto ventilación asistida. —Se encogió de hombros—. No responde. Habrá que esperar, a ver qué pasa.

Era casi un milagro que hubieran salvado a Kelley.

Y tenían que agradecérselo a Jon Boling. Al enterarse de que habían encontrado una segunda cruz, el profesor se había esforzado frenéticamente por descubrir la identidad de aquellos que habían publicado comentarios hostiles sobre Travis en el *Chilton Report*, cotejando los apodos de sus *posts* con información procedente de redes sociales y otras fuentes. Para identificar a comentaristas anónimos, había llegado incluso a comparar la gramática, el vocabulario y la ortografía de los mensajes del blog con los que aparecían en las páginas de las redes sociales y en los anuarios del instituto. Había reclutado, además, la ayuda de sus alumnos, y entre todos habían logrado encontrar una docena de nombres de personas de la zona que habían publicado en el blog ataques virulentos contra Travis.

Su llamada de media hora antes había tenido por objeto darle esos nombres. Dance había ordenado de inmediato a TJ, a Rey Carraneo y al grandullón de Al Stemple que empezaran a llamar a esas personas para advertirles de que podían estar en peligro. A Kelley Morgan, alias Bella Kelley, una de las comentaristas, no la habían encontrado. Según les dijo su madre, había quedado con unos amigos, pero no se había presentado.

Stemple se había personado en su casa acompañado por un equipo táctico.

Dance miró ahora al agente, sentado en los escalones de la entrada. Stemple, enorme y con la cabeza afeitada, rondaba los cuarenta años y era lo más parecido a un vaquero que había en el CBI. Sabía de armamento, le encantaban las intervenciones tácticas y era tan callado que su silencio rayaba en lo patológico, excepto cuando se hablaba de caza y de pesca, de ahí que Dance y él hubieran mantenido muy pocas conversaciones que no estuvieran relacionadas con el trabajo. Apoyando su corpachón contra la barandilla del porche de la casa, respiraba por una máscara de oxígeno conectada a una bombona verde.

El paramédico lo señaló con la cabeza.

—Está bien. Ha hecho su buena acción del año. Travis la había encadenado a una tubería de agua. Al la arrancó con sus propias manos. El problema es que tardó diez minutos. Ha tragado un montón de vapores.

—¿Estás bien, Al? —preguntó Dance levantando la voz.

Stemple dijo algo a través de la máscara. Parecía, sobre todo, aburrido. Ella también vio exasperación en su mirada, seguramente por no haber podido disparar al agresor.

El paramédico les dijo:

—Hay algo que tienen que saber. Kelley estuvo consciente uno o dos minutos cuando la sacamos. Me dijo que Travis tiene una pistola.

—¿Una pistola? ¿Va armado?

Dance y O'Neil se miraron con preocupación.

—Eso ha dicho. Después perdió el conocimiento. No dijo nada más.

Oh, no. Un adolescente inestable con un arma de fuego. En opinión de Dance, no había nada peor.

O'Neil llamó a la oficina del sheriff para informar sobre el arma y desde allí se transmitió la información a todos los agentes involucrados en la búsqueda de Travis.

—¿Qué gas era? —preguntó Dance al paramédico mientras se acercaban a otra ambulancia.

—No estamos seguros. Era tóxico, eso está claro.

La Unidad de Inspección Forense buscaba pruebas cuidadosamente mientras un equipo policial interrogaba a los vecinos en busca de testigos. Todos los habitantes del barrio estaban preocupados, todos se compadecían de Kelley. Pero también estaban aterrorizados: respondían a regañadientes.

Pero quizá, sencillamente, no había testigos. Las marcas de rueda de bicicleta que había en el terraplén de detrás de la casa sugerían que el chico se había colado por allí sin que lo vieran para atacar a Kelley Morgan.

Llegó un agente del equipo forense, llevando lo que resultó ser una horrible máscara metida en una bolsa de plástico transparente.

—¿Qué rayos es eso? —preguntó O'Neil.

—Estaba atada a un árbol enfrente de la ventana de la habitación de la chica, mirando hacia dentro.

Estaba hecha a mano con papel maché y pintada de blanco y gris. Del cráneo sobresalían pinchos huesudos, semejantes a cuernos. Los ojos eran enormes y negros. Los labios, muy delgados, estaban cosidos y manchados de sangre.

—Para asustarla, pobrecilla. Imaginaos, mirar por la ventana y ver esto.

Dance se estremeció.

Mientras O'Neil hablaba por teléfono, llamó a Boling:

—Jon...

—¿Cómo está? —preguntó el profesor con ansiedad.

—En coma. No sabemos qué va a pasar, pero al menos le hemos salvado la vida. Tú le has salvado la vida. Gracias.

—También ha sido Rey. Y mis alumnos.

—Aun así, lo digo en serio. No sabes cuánto te lo agradecemos.

—¿Alguna pista sobre Travis?

—Algunas, sí. —Prefirió no hablarle de la horrible máscara. Vibró su teléfono: una llamada en espera—. Tengo que dejarte. Sigue buscando nombres, Jon.

—Estoy metido de lleno en el caso —repuso él.

Sonriendo, Dance cortó la llamada y contestó a la siguiente:

—TJ...

—¿Cómo está la chica?

—No lo sabemos. Mal. ¿Qué has descubierto?

—No ha habido suerte, jefa. Esta mañana hubo en esa zona unas dieciocho furgonetas, camiones, todoterrenos y coches pertenecientes a organismos estatales, pero los que he podido encontrar no estuvieron cerca de donde está la cruz. En cuanto al teléfono de Travis, la compañía dice que le ha quitado la batería o que lo ha destruido. No pueden rastrearlo.

—Gracias. Tengo un par de encargos más para ti. El agresor ha dejado una máscara aquí.

—¿Una máscara? ¿Un pasamontañas?

—No. Parece más bien ritual. Voy a pedir a los de Inspección Forense que suban una foto antes de llevársela a Salinas. A ver si la reconoces. Y haz correr la voz de que va armado.

—Ay, Dios, jefa. Esto va de mal en peor.

—Quiero saber si se ha denunciado la desaparición de algún arma en el condado. Y averigua si el padre o algún familiar tiene registrada algún arma de fuego. Comprueba las bases de datos. Quizá podamos identificar el arma.

—Claro... Oye, quería decirte... Me he enterado de lo de tu madre. —La voz del joven se había vuelto aún más seria—. ¿Puedo hacer algo?

—Gracias, TJ. Sólo averiguar lo de la máscara y la pistola.

Después de que colgaran, al examinar la máscara, pensó si podían ser ciertos los rumores. ¿Estaba metido Travis en alguna práctica ritual? Se había mostrado escéptica respecto a los mensajes publicados en el blog, pero tal vez debería haberles prestado más atención.

TJ llamó a los pocos minutos. No se había denunciado la desaparición de ningún arma en las últimas dos semanas. Había buscado también en las bases de datos del estado. Las leyes californianas son muy permisivas con la compra de armas de fuego, pero cada venta debe hacerse a través de un comerciante autorizado y quedar registrada. Robert Brigham, el padre de Travis, poseía un revólver Colt del calibre 38.

Al colgar, notó que O'Neil estaba mirando a lo lejos, muy serio. Se acercó a él.

—¿Qué pasa, Michael?

—Tengo que volver a la oficina. Ha surgido algo urgente relacionado con otro caso.

—¿Ese asunto de Seguridad Nacional? —preguntó ella, refiriéndose al caso del contenedor indonesio.

O'Neil hizo un gesto afirmativo.

—Tengo que irme enseguida. Te llamaré en cuanto sepa algo más. Tenía una expresión preocupada.

—Está bien. Buena suerte.

Él hizo una mueca, se volvió rápidamente y se alejó hacia su coche. Dance sintió preocupación y una especie de vacío al verlo marchar. ¿Qué era tan urgente? ¿Y por qué, pensó con amargura, había sucedido precisamente en ese momento, cuando lo necesitaba a su lado?

Llamó a Rey Carraneo.

—Gracias por el trabajo que has hecho con Jon Boling. ¿Qué averiguaste en el salón de juegos?

—Pues que no estuvo allí anoche. Sobre eso mintió, como usted decía. Y en cuanto a amigos... La verdad es que allí no se relaciona con nadie. Simplemente va, se pone a jugar y luego se marcha.

—¿Hay alguien que pueda estar encubriéndolo?

—Tengo la impresión de que no.

Dance le pidió que fuera a reunirse con ella en casa de Kelley Morgan.

—Claro.

—Ah, y, Rey, una cosa.

—¿Sí, señora?

—Necesito que vayas a recoger una cosa al almacén de la oficina.

—Claro. ¿Qué?

—Chalecos antibalas. Para los dos.

Mientras se acercaba a la casa de los Brigham con Carraneo a su lado, Kathryn Dance se secó la palma de la mano en sus pantalones oscuros de vestir. Tocó la empuñadura de su Glock.

No quiero usarla, se dijo. Con un chico, no.

Era poco probable que Travis estuviera allí. La oficina del sheriff había mantenido la casa vigilada desde que el chico había desaparecido de la bollería. Aun así, cabía la posibilidad de que hubiera vuelto a escondidas. Y, se decía Dance, si se desataba un tiroteo, ella dispararía si era necesario. Su argumento para justificar esa actitud era muy sencillo: estaba dispuesta a matar a otro ser humano por el bien de sus hijos. No podía permitir que crecieran sin padres.

El chaleco salvavidas la constreñía, pero también le daba seguridad. Se obligó a dejar de tocar continuamente las tiras de velcro.

Seguidos por dos ayudantes del sheriff, subieron al carcomido porche delantero, manteniéndose lo más alejados posible de las ventanas. El coche de la familia estaba en el camino de entrada. El vehículo de la empresa de jardinería también, una camioneta con arbustos de acebo y rosales en la trasera descubierta.

Dance informó en voz baja a Carraneo y a los otros agentes de la situación de Sammy, el hermano pequeño.

—Es grande y parece inestable, pero seguramente no es peligroso. Si llega el caso, no disparéis a matar.

—Sí, señora.

Carraneo estaba alerta, pero tranquilo.

Dance mandó a los ayudantes del sheriff a la parte de atrás de la parcela y los agentes del CBI flanquearon la puerta delantera.

—Vamos allá. —Golpeó la puerta medio podrida—. ¡Oficina de Investigación! Tenemos una orden de registro. Abran la puerta, por favor.

Aporreó de nuevo la puerta.

—¡Oficina de Investigación! ¡Abran!

Acercaron la mano a las armas.

Pasó un momento interminable y después, cuando se disponía a llamar de nuevo, se abrió la puerta y apareció Sonia Brigham, mirándolos con los ojos desorbitados. Había estado llorando.

—Señora Brigham, ¿Travis está aquí?

—Yo...

—Por favor. ¿Está en casa? Es importante que nos lo diga.

—No. De verdad.

—Tenemos una orden judicial para recoger sus pertenencias.

Le entregó el documento con el dorso azul y entró seguida por Carraneo.

El cuarto de estar estaba vacío. Advirtió que las puertas de las habitaciones de los dos chicos estaban abiertas. No vio rastro de Sammy y, al echar una ojeada a su cuarto, distinguió complejos diagramas llenos de dibujos hechos a mano. Se preguntó si el chico estaba intentando crear su propio cómic o un manga japonés.

—¿Está Sammy, su otro hijo?

—Está fuera, jugando. Abajo, junto al estanque. Por favor, ¿saben algo de Travis? ¿Lo ha visto alguien?

Un crujido procedente de la cocina. Dance bajó la mano hacia el arma.

Bob Brigham apareció en la puerta de la cocina. Sostenía una lata de cerveza.

—Ya están aquí otra vez —refunfuñó—. Con...

Se calló al quitarle la orden judicial a su mujer y hacer como que la leía.

Miró a Rey Carraneo como si fuera un don nadie.

Dance preguntó:

—¿Han tenido noticias de Travis?

Recorrió la casa con la mirada.

—Qué va. Pero no pueden culparnos a nosotros de lo que haya hecho.

—¡Travis no ha hecho nada! —replicó Sonia.

—Lo siento —dijo Dance—, pero la chica que ha sido agredida hoy lo ha identificado.

Sonia hizo amago de protestar, pero se quedó callada y luchó inútilmente por contener las lágrimas.

Dance y Carraneo registraron la casa cuidadosamente. No tardaron mucho. Nada indicaba que el chico hubiera pasado por allí en las últimas horas.

—Sabemos que tiene usted una pistola, señor Brigham. ¿Puede comprobar si le falta?

Él achicó los ojos como si sopesara las posibles consecuencias de su petición.

—Está en la guantera de mi coche. En una caja de seguridad.

Como exigían las leyes californianas para una casa en la que vivían hijos menores.

—¿Cargada?

—Ajá. —Pareció ponerse a la defensiva—. Hacemos muchos trabajos de jardinería en Salinas. Las bandas, ya sabe.

—¿Podría comprobar si todavía está en su sitio?

—Travis no se llevaría mi pistola. No se atrevería. Le daría una paliza que no se lo creería.

—¿Puede comprobarlo, por favor?

Brigham la miró con incredulidad. Luego salió. Dance indicó a Carraneo que lo siguiera.

Miró la pared y se fijó en varias fotografías de la familia. La sorprendió ver una en la que Sonia, mucho más joven y con aspecto mucho más feliz, aparecía detrás del mostrador de una caseta de la feria del condado de Monterrey. Estaba delgada y guapa. Tal vez hubiera llevado la concesión de la caseta antes de casarse. Quizás era allí donde había conocido a Brigham.

—¿La chica está bien? —preguntó Sonia—. La chica a la que han atacado.

—No lo sabemos.

Las lágrimas se le agolparon en los ojos.

—Travis tiene problemas. A veces se enfada, pero... esto tiene que ser un error espantoso. ¡Sé que tiene que serlo!

La negación era, de entre las respuestas emocionales a la desgracia, la más inmanejable. Dura como la cáscara de una avellana.

El padre de Travis regresó al cuarto de estar acompañado por el joven agente. Su rostro rojizo tenía una expresión preocupada.

—No está.

Dance suspiró.

—¿Y no la tendrá en otro sitio?

Brigham negó con la cabeza, esquivando la mirada de Sonia.

—¿Qué hay de bueno en tener una pistola? —dijo ella tímidamente.

Su marido la ignoró.

—Cuando Travis era pequeño, ¿había algún sitio donde le gustara ir especialmente? —preguntó Dance.

—No —contestó el padre—. Siempre estaba desapareciendo. Pero sabe Dios dónde iba.

—¿Qué me dicen de sus amigos?

—No tiene amigos —replicó Brigham con aspereza—. Siempre está metido en Internet. Con ese ordenador suyo...

—Todo el tiempo —remachó su esposa en voz baja—. Todo el tiempo.

—Llámennos si se pone en contacto con ustedes. No intenten

conseguir que se entregue, no le quiten la pistola. Limítense a llamarnos. Es por el bien del chico.

—Claro —repuso la madre—. Los llamaremos.

—Travis hará lo que yo le diga. Exactamente lo que yo le diga.

—Bob...

—A callar.

—Ahora vamos a registrar su habitación —les informó Dance.

—¿Pueden hacerlo?

Sonia señaló la orden judicial con la cabeza.

—Joder, pueden llevarse todo lo que quieran. Cualquier cosa que les sirva para encontrarlo antes de que nos meta en más líos.

Brigham encendió un cigarrillo y tiró la cerilla al cenicero describiendo un arco de humo.

Sonia pareció abatida al darse cuenta de que se había convertido en la única defensora de su hijo.

Dance cogió la radio que llevaba a la altura de la cadera y llamó a los agentes que esperaban fuera. Uno de ellos le informó de que habían encontrado algo. Un momento después apareció el joven ayudante del sheriff sosteniendo en la mano enfundada en un guante de látex una caja de seguridad. La habían forzado a golpes.

—Estaba entre unos arbustos, detrás de la casa. Y esto también.

La caja vacía de un revólver Remington especial del calibre 38.

—Ésa es —masculló el padre—. Es la mía.

La casa quedó sumida en un inquietante silencio.

Los agentes entraron en la habitación de Travis. Mientras se ponía los guantes, Dance le dijo a Carraneo:

—Quiero ver si encontramos algo acerca de posibles amigos, direcciones, lugares que pueda frecuentar.

Buscaron entre el maremágnum del cuarto de un adolescente: ropa, cómics, DVD, manga, anime, juegos, piezas de ordenador, cuadernos, blocs de dibujo. Dance advirtió que había poca música y nada que tuviera que ver con el deporte.

Pestañeó mientras hojeaba un cuaderno. El chico había dibujado una máscara idéntica a la que habían encontrado frente a la ventana de Kelley Morgan.

Hasta aquel pequeño boceto la llenó de horror.

Escondidos en un cajón encontraron varios tubos de Clearasil y algunos libros sobre remedios, dieta y medicamentos contra el acné, e incluso sobre dermoabrasión para eliminar las cicatrices. Seguramente

Travis estaba convencido de que el rechazo que sufría se debía a sus problemas con el acné, aunque éste fuera menos grave que el de otros adolescentes.

Dance siguió buscando. Debajo de la cama encontró una caja fuerte. Estaba cerrada, pero había visto una llave en el cajón de arriba de la mesa. Era la de la caja. Esperaba ver drogas o porno, pero se llevó una sorpresa al ver que contenía varios fajos de billetes.

Carraneo estaba mirando por encima de su hombro.

—Vaya.

Unos cuatro mil dólares. Los billetes estaban tiesos y ordenados, como si procedieran de un banco o de un cajero automático, no de trapicheos con drogas. Dance añadió la caja a las pruebas que iban a llevarse. No sólo no quería financiar la huida de Travis, en caso de que volviera a por el dinero, sino que estaba segura de que su padre se lo gastaría en un abrir y cerrar de ojos si lo encontraba.

—Está esto —comentó Carraneo.

Sostenía en alto fotografías impresas, la mayoría candorosas, de chicas guapas más o menos de su edad, tomadas en el instituto Robert Louis Stevenson. Ninguna de ellas obscena ni tomada por debajo de las faldas de las chicas, ni en un vestuario o un aseo.

Al salir de la habitación, Dance preguntó a Sonia:

—¿Sabe quiénes son?

Ni el padre ni la madre lo sabían.

La agente volvió a fijarse en las fotografías. Se dio cuenta de que a una de las chicas la había visto ya en un reportaje sobre el accidente del 9 de junio. Caitlin Gardner, la joven que había sobrevivido. La foto era más formal que las otras: la chica, muy guapa, aparecía mirando hacia un lado, con una sonrisa blanda. Dance dio la vuelta al fino rectángulo de papel satinado y descubrió al otro lado la fotografía cortada de un equipo deportivo. Travis la había recortado de un anuario.

¿Le había pedido una foto a Caitlin y ella se había negado? ¿O era demasiado tímido para pedírsela siquiera?

Siguieron buscando media hora más, pero no encontraron pistas sobre el posible paradero de Travis, ni números de teléfono, ni direcciones de correo electrónico o nombres de amigos. El chico no tenía agenda ni libro de direcciones.

Dance quería ver qué había en su ordenador. Abrió la tapa. Estaba en modo de hibernación y se encendió de inmediato. No le sorprendió que le pidiera la contraseña.

—¿Tienen idea de cuál es la contraseña? —preguntó al padre del chico.

—Ni que fuera a decírnoslo a nosotros. —Señaló el ordenador—. Ése es el problema, ¿sabe? Eso es lo que lo ha torcido, tanto jugar a esos juegos. Tanta violencia. Disparan a la gente o la apuñalan, hacen toda clase de porquerías.

Sonia pareció alcanzar su punto de saturación.

—Bueno, tú jugabas a la guerra cuando eras pequeño, lo sé muy bien. Todos los niños juegan a esas cosas. ¡Y no por eso se vuelven criminales!

—Eran otros tiempos —rezongó su marido—. Aquello era mejor, más sano. Sólo jugábamos a matar indios y vietnamitas del Vietcong, no gente normal.

Dance y Carraneo se dirigieron a la puerta cargados con el ordenador portátil, cuadernos, la caja fuerte y cientos de páginas impresas, notas y fotografías.

—¿Se le ha ocurrido pensar una cosa? —preguntó Sonia.

Dance se detuvo y se volvió hacia ella.

—Que aunque haya sido él el que ha atacado a esas chicas, puede que no sea culpa suya. Esas cosas horribles que han dicho de él lo han sacado de sus casillas. Lo atacaron a él con esas palabras, con esas cosas odiosas que decían. Y mi Travis nunca ha dicho ni una sola palabra en su contra. —Controló sus lágrimas—. La víctima aquí es él.

16

En la carretera de Salinas, no muy lejos del bello circuito de carreras de Laguna Seca, Kathryn Dance pisó el freno de su Ford sin distintivos y se detuvo delante de un obrero que sostenía una señal de stop portátil. Dos grandes buldóceres circulaban lentamente por la carretera delante de ella, levantando una polvareda rojiza.

Estaba hablando con el ayudante David Reinhold, el joven policía que les había llevado el ordenador de Tammy Foster. Rey Carraneo había llevado el Dell de Travis a la unidad de investigación forense de la oficina del sheriff para que lo examinaran como prueba física del caso.

—Ya lo he registrado —le dijo Reinhold—. Y he buscado huellas dactilares y otros restos materiales. Ah, agente Dance, y aunque seguramente no hacía falta, también le he hecho la prueba del nitrato por si había explosivos.

A veces los ordenadores estaban cargados con explosivos, no con artefactos caseros con fines terroristas, sino con objeto de destruir datos comprometedores contenidos en sus archivos.

—Muy bien, ayudante.

Reinhold tenía iniciativa, no cabía duda. Dance se acordó de sus vivos ojos azules y de su precavida decisión de quitarle la batería al ordenador de Tammy Foster.

—Algunas huellas son de Travis —añadió el joven policía—, pero también hay otras. Las he cotejado. Media docena pertenecen a Samuel Brigham.

—El hermano del chico.

—Exacto. Y también hay otras. No he encontrado coincidencias en nuestras bases de datos, pero puedo decirle que son más grandes y probablemente de un varón.

Dance se preguntó si el padre de Travis había tratado de acceder al ordenador.

—Puedo intentar entrar en el sistema, si quiere. Lo haré encantado. He hecho varios cursos —dijo Reinhold.

—Se lo agradezco, pero ya le he pedido a Jonathan Boling que se encargue de eso. Lo conoció usted en mi despacho.

—Claro, agente Dance. Como quiera. ¿Dónde está?

—Ahora mismo estoy fuera, pero puede mandarlo al CBI. Que el agente Scanlon se haga cargo de su custodia. Él firmará la tarjeta y el recibo.

—Enseguida se lo envío, Kathryn.

Colgaron y Dance miró a su alrededor con impaciencia, esperando a que el obrero de la señal la dejara pasar. Le sorprendió ver aquella zona completamente despanzurrada: decenas de camiones y excavadoras estaban levantando el suelo. La semana anterior había pasado por allí y las obras ni siquiera habían comenzado.

Aquél era el atajo para llegar a la carretera 101, la gran obra sobre la que había escrito Chilton en su blog, en un hilo titulado «El camino de baldosas amarillas», dando a entender que algunos podían hacerse de oro con el proyecto y preguntándose si alguien se estaría beneficiando ilegalmente de él.

Se fijó en que las máquinas pertenecían a la constructora de Clint Avery, una de las más grandes de la península. Los obreros eran hombres corpulentos y sudorosos que trabajaban con denuedo, casi todos ellos blancos, lo cual era poco frecuente: en la península, los obreros de la construcción eran casi siempre latinos.

Uno de ellos la miró con solemnidad al darse cuenta de que conducía un vehículo policial sin distintivos, pero no hizo nada por dejarla pasar.

Por fin, a su debido tiempo, el obrero hizo señas a los coches de que siguieran circulando y la miró atentamente al pasar, o eso le pareció a ella.

Dejó atrás la extensa zona de obras, siguió un trecho por la carretera y callejeó luego hasta llegar al colegio Central Coast, donde se estaban celebrando cursos de verano. Un estudiante le señaló a Caitlin Gardner. La joven estaba sentada en un banco de picnic con otras chicas que parecían revolotear a su alrededor en actitud protectora. Era guapa, rubia y con coleta. Llevaba en ambas orejas pequeños aros y bonitos pendientes de cuentas. Se parecía a cualquiera de las cientos de estudiantes que pululaban por allí.

Tras despedirse de los Brigham, Dance había llamado a casa de los Gardner y se había enterado por la madre de Caitlin de que la chica estaba haciendo cursos de verano allí. De ese modo conseguía créditos para el instituto Robert Louis Stevenson, donde un par de meses después empezaría el último curso de bachillerato.

Dance notó que Caitlin tenía la mirada fija en la distancia. Después, fijó la mirada en ella. Como no sabía quién era, pensando probablemente que sería otra periodista, comenzó a recoger sus libros. Dos de las otras chicas siguieron la dirección de su mirada preocupada y se levantaron para formar una barrera de modo que Caitlin pudiera escapar.

Después vieron el chaleco antibalas de Dance y su arma, y se quedaron paradas, llenas de recelo.

—Caitlin —llamó la agente.

La chica se detuvo.

Dance se acercó y le mostró su identificación al tiempo que se presentaba.

—Me gustaría hablar contigo.

—Está muy cansada —dijo una amiga.

—Y triste.

Dance sonrió.

—Estoy segura de que sí —le dijo a Caitlin—, pero es importante que hable contigo. Si no te importa.

—Ni siquiera debería estar viniendo a clase —comentó otra chica—. Pero está haciendo el curso por respeto a Trish y Vanessa.

—Qué bien.

Dance se preguntó cómo podía honrar a los muertos el hecho de asistir a una escuela de verano.

Las curiosas nociones de los adolescentes...

La primera que había hablado dijo con firmeza:

—En serio, Caitlin está muy, muy...

Dance se volvió hacia la chica, una morena arisca y de pelo rizado, dejó de sonreír y contestó en tono cortante:

—Estoy hablando con Caitlin.

La chica se quedó callada.

Caitlin murmuró:

—Bueno, sí.

—Ven, vamos allí —dijo Dance amablemente.

Caitlin la siguió por el césped y se sentaron a otra mesa de picnic. La chica apretó su mochila contra su pecho y miró con nerviosismo a su alrededor. Movió el pie y se tiró del lóbulo de la oreja.

Parecía aterrorizada, incluso más que Tammy.

Dance intentó tranquilizarla.

—¿Así que clases de verano...?

—Sí. Vengo con mis amigas. Es mejor que trabajar o que quedarse en casa.

Dijo esto último en un tono que permitía entrever una buena dosis de agobio paterno.

—¿Qué estás estudiando?

—Química y biología.

—Bonita forma de estropearte el verano.

La chica se rió.

—No está tan mal. Se me dan bien las ciencias.

—¿Vas a estudiar medicina?

—Espero que sí.

—¿Dónde?

—Bueno, todavía no lo sé. Seguramente en Berkeley la licenciatura. Luego, ya veré.

—Yo pasé algún tiempo allí. Es un campus fantástico.

—¿Sí? ¿Qué estudió?

Dance sonrió y dijo:

—Música.

En realidad, no había asistido a una sola clase en aquel campus de la Universidad de California. Se había dedicado a tocar la guitarra y a cantar en las calles de Berkeley para conseguir algún dinero. Muy poco, en su caso.

—Bueno, ¿cómo llevas todo esto?

Los ojos de Caitlin adquirieron una expresión desganada. Masculló:

—No muy bien. Es tan horrible... El accidente, primero. Y luego lo que les ha pasado a Tammy y a Kelley... Ha sido horroroso. ¿Cómo está?

—¿Kelley? No lo sabemos aún. Sigue en coma.

Una amiga suya, que las había oído, gritó:

—¡Travis compró ese gas venenoso en Internet! A unos neonazis o algo así.

¿Sería cierto o sólo un rumor?

—Caitlin —dijo Dance—, Travis ha desaparecido. Se ha escondido en alguna parte y tenemos que encontrarlo antes de que haga más daño. ¿Lo conoces bien?

—No mucho. Hemos ido juntos a una o dos clases. A veces lo veía en los pasillos. Nada más.

De pronto se sobresaltó y miró hacia una mata de arbustos. Un chico se abrió paso entre los matorrales, miró a su alrededor, cogió una pelota de fútbol y volvió a meterse entre la vegetación, de vuelta al campo del otro lado.

—Travis estaba enamorado de ti, ¿verdad? —insistió Dance.

—¡No! —contestó la chica.

Dance dedujo que, de hecho, estaba convencida de que así era: lo había notado por el tono agudo que había adquirido de pronto su voz, uno de los pocos indicadores de engaño que pueden verse sin hacer un estudio previo de las actitudes del individuo.

—¿Ni un poquito?

—Puede que sí. Pero hay un montón de chicos que... Ya sabe lo que pasa.

Miró a Dance de arriba abajo, como si dijera: «Los chicos también tenían que enamorarse de ti. Aunque fuera hace mucho, mucho tiempo».

—¿Solíais hablar?

—Alguna vez, sobre los deberes. Nada más.

—¿Mencionó en alguna ocasión un sitio al que le gustara ir?

—No, qué va. Ninguno concreto. Me dijo que había algunos sitios chulos a los que le gustaba ir. Cerca del mar, sobre todo. La costa le recordaba algunos sitios de ese juego al que jugaba.

Aquello era relevante: a Travis le gustaba el mar. Podía haberse escondido en alguno de los parques naturales que había en la costa. Quizás en Point Lobos. En aquella zona, donde el clima era tan templado, podía sobrevivir fácilmente con un saco de dormir impermeable.

—¿Tiene algún amigo en cuya casa pueda quedarse?

—La verdad es que no lo conozco tan bien, pero no tiene amigos, que yo sepa. No como mis amigas y yo. A ver, está siempre metido en Internet. Es listo, pero no le interesa el instituto. Hasta en la hora de la comida o cuando tenemos estudio, se sienta fuera con su ordenador y se mete en Internet en cuanto pilla conexión.

—¿Le tienes miedo, Caitlin?

—Pues sí —contestó la chica como si fuera obvio.

—Pero tú no has dicho nada en su contra ni en el *Chilton Report* ni en ninguna red social, ¿verdad?

—No.

¿De qué tenía tanto miedo? Dance no lograba interpretar sus emociones, que parecían extremas. Más intensas que el simple miedo.

—¿Por qué no has escrito nada sobre él?

—A ver, a mí no me van esas cosas. Son tonterías.

—Porque te da lástima Travis.

—Sí. —Jugueteó frenética con una de las cuatro cuentas que adornaban su oreja izquierda—. Porque...

—¿Qué?

Caitlin parecía muy alterada. Rebosante de tensión. Se le saltaron las lágrimas. Susurró:

—Porque lo que pasó es culpa mía.

—¿Qué quieres decir?

—El accidente. Es culpa mía.

—Continúa, Caitlin.

—Verá, había un chico en la fiesta. Un chico que me gustaba un poco. Mike D'Angelo.

—¿En la fiesta?

—Sí. Y no me hacía ni caso. Estaba con Brianna, otra chica, sobándole la espalda, ¿sabe? Justo delante de mí. Yo quería ponerlo celoso, así que me acerqué a Travis y me puse a hablar con él. Le di las llaves de mi coche delante de Mike y le pedí que me llevara a casa. Me puse así, como diciendo «Vamos a llevar a Vanessa y a Trish y luego tú y yo nos vamos por ahí».

—¿Pensabas que a Mike le sentaría mal?

Asintió llorosa.

—¡Qué imbécil fui! Pero Mike se portó como un capullo, tonteando con Brianna. —Sus hombros se arquearon, llenos de tensión—. No debí hacerlo. Pero me sentía tan mal... Si no lo hubiera hecho, no habría pasado nada de esto.

Aquello explicaba por qué la noche del accidente iba Travis al volante.

Todo para poner celoso a un chico.

La explicación de la joven planteaba, además, un escenario totalmente nuevo. Tal vez, en el trayecto, Travis se había dado cuenta de que Caitlin lo estaba utilizando, o quizás estaba enfadado por que ella estaba enamorada de Mike. ¿Había estrellado el coche a propósito? Asesinato/suicidio: un acto impulsivo, no del todo inaudito en casos de enamoramiento juvenil.

—Así que tiene que estar enfadado conmigo.

—Lo que voy a hacer es poner un agente delante de tu casa.

—¿En serio?

—Claro. La escuela de verano acaba de empezar, ¿no? No tienes exámenes dentro de poco, ¿verdad?

—No. Acabamos de comenzar las clases.

—Bueno, ¿por qué no te vas a casa ahora mismo?

—¿Usted cree?

—Sí. Y quédate allí hasta que encontremos a Travis. —Anotó la dirección de la chica—. Si se te ocurre algo más acerca de dónde puede estar, avísame, por favor.

—Claro.

Cogió su tarjeta y regresaron juntas con sus amigas.

Flotaba en sus oídos el sonido obsesivo de la quena de Jorge Cumbo con el grupo sudamericano Urubamba. La música la calmaba, y cuando, al aparcar frente al Hospital de la Bahía de Monterrey, tuvo que apagar el CD, lo hizo con enorme desgana.

De los manifestantes, sólo quedaba la mitad. Del reverendo Fisk y su guardaespaldas pelirrojo no había ni rastro.

Seguramente estarían intentando dar con el paradero de su madre.

Dance entró en el hospital.

Varios médicos y enfermeras se acercaron para expresarle su consternación por lo ocurrido. Dos enfermeras se echaron a llorar al ver a la hija de su compañera.

Bajó al despacho del jefe de seguridad. No había nadie. Miró pasillo arriba, hacia la unidad de cuidados intensivos. Se dirigió hacia allí y empujó la puerta.

Parpadeó al entrar en la habitación en la que había muerto Juan Millar. Estaba acordonada con cinta policial amarilla. En los letreros se leía «No pasar. Zona sujeta a inspección policial». Aquello era cosa de Harper, pensó Dance enfurecida. ¡Qué absurdo! Allí abajo sólo había cinco habitaciones de cuidados intensivos, tres de ellas ocupadas, ¿y el fiscal había precintado una? ¿Y si ingresaban dos pacientes más? Además, se dijo, el fallecimiento había tenido lugar hacía casi un mes. Era de suponer que desde entonces la habrían ocupado una docena de pacientes, eso por no hablar de la labor exhaustiva del personal de limpieza. Era imposible que hubiera más pruebas que recoger.

Publicidad y gestos de cara a la galería.

Dance hizo amago de alejarse.

Y estuvo a punto de chocar con Julio, el hermano de Juan Millar, el hombre que la había agredido a principios de mes.

Moreno, compacto y vestido con traje oscuro, Julio se paró en seco, los ojos fijos en ella. Llevaba una carpeta llena de papeles que quedó colgando de su mano mientras miraba a la agente, parado a un metro y medio de ella.

Dance se tensó y retrocedió ligeramente para tener tiempo de sacar su aerosol de pimienta o sus esposas. Estaba preparada para defenderse si Julio la atacaba, aunque podía imaginar el revuelo que formaría la prensa si ella, la hija de una sospechosa de practicar ilegalmente la eutanasia a un paciente, rociaba con aerosol antiagresiones al hermano de la víctima.

Pero Julio se limitó a mirarla con una expresión curiosa: no de rabia ni de odio, sino casi divertida por la coincidencia de encontrarse con ella.

—Su madre... —susurró—. ¿Cómo fue capaz?

Sus palabras sonaron a ensayadas, como si hubiera estado esperando el momento de decirlas.

Dance hizo un intento de hablar, pero saltaba a la vista que Julio no esperaba respuesta. Salió tranquilamente por la puerta que llevaba a la salida de atrás.

Y eso fue todo.

Nada de recriminaciones, nada de amenazas ni de violencia.

¿Cómo fue capaz?

Con el corazón desbocado por la sorpresa de encontrarse con él, recordó que su madre le había dicho que Julio ya se había pasado por allí. Se preguntó para qué había vuelto.

Echando una última ojeada al precinto policial, salió de la UCI y se acercó al despacho del jefe de seguridad.

—Ah, agente Dance —dijo Henry Bascomb, parpadeando.

Ella lo saludó con una sonrisa.

—¿Han acordonado la habitación?

—¿Ha estado allí? —preguntó Bascomb.

Dance advirtió de inmediato el estrés que evidenciaban su postura y su voz. Bascomb estaba pensando a toda velocidad y se sentía intranquilo. ¿Qué ocurría?, se preguntó.

—¿La han acordonado? —repitió.

—Sí, así es, señora.

¿Señora? Dance estuvo a punto de echarse a reír al oír que la trataba con tanta formalidad. Un par de meses antes había salido con

O'Neil, Bascomb y algunos de los antiguos compañeros de éste en la policía a tomar unas cervezas y unas quesadillas en Fisherman's Wharf. Decidió ir al grano:

—Sólo dispongo de un par de minutos, Henry. Se trata del caso de mi madre.

—¿Cómo está?

Sobre eso, sé tan poco como tú, pensó. Pero dijo:

—No muy bien.

—Dele muchos recuerdos de mi parte.

—Lo haré. Bien, me gustaría ver los libros de registro de empleados y de recepción del hospital. Quiero saber quién había aquí cuando murió Juan.

—Claro.

Pero no parecía en absoluto convencido. Después, en cambio, añadió con convicción:

—El caso es que no puedo enseñárselos.

—¿Y eso por qué, Henry?

—Me han dicho que no puedo enseñarle nada. Ningún documento. Ni siquiera deberíamos hablar con usted.

—¿Quién ha dado esa orden?

—La junta directiva —contestó Bascomb, dubitativo.

—¿Y? —insistió Dance.

—Bueno, fue el señor Harper, ese fiscal. Habló con la junta. Y con el jefe de personal.

—Pero esa información es de acceso público. El abogado de la defensa tiene derecho a ella.

—Lo sé, pero Harper dijo que es así como tendrá que conseguirla.

—No quiero llevarme nada, sólo quiero echar un vistazo a los libros, Henry.

No había nada de ilegal en que viera aquella documentación, y en todo caso no afectaría a la instrucción del caso, porque lo que contenían los registros y las hojas de entrada saldría a la luz tarde o temprano.

El semblante de Bascomb reflejaba su indecisión.

—Lo entiendo, pero no puedo. A menos que tenga un mandamiento judicial.

Harper había hablado con el jefe de seguridad con un único propósito: amedrentarla a ella y a su familia.

—Lo siento —dijo tímidamente el jefe de seguridad.

—No, no importa. ¿Te dio alguna explicación?

—No —contestó con demasiada rapidez, y Dance vio al instante que desviaba la mirada. Conocía la gestualidad habitual de Bascomb, y aquella mirada difería de su modelo base.

—¿Qué dijo, Henry?

Un silencio.

Se inclinó hacia él.

El jefe de seguridad bajó la mirada.

—Dijo... dijo que no se fiaba de usted. Y que no le gustaba.

Dance compuso una sonrisa lo mejor que pudo.

—Bien, es una buena noticia, supongo. Es la última persona del mundo a la que me gustaría caerle simpática.

Eran las cinco de la tarde.

Llamó a la oficina desde el aparcamiento del hospital y le dijeron que seguía sin saberse nada significativo del posible paradero de Travis Brigham. La oficina del sheriff y el cuerpo de Patrulla de Caminos estaban llevando a cabo una operación de busca y captura centrada en los lugares y las fuentes de información habituales en un caso de desaparición o fuga de un menor: las casas de sus compañeros de clase e instituto y los centros comerciales. En teoría era una suerte que sólo dispusiera de una bicicleta como medio de transporte, pero aun así nadie parecía haberlo visto.

Rey Carraneo había sacado poco en claro de las notas garabateadas y los dibujos de Travis, pero seguía revisándolos en busca de pistas sobre su paradero. TJ estaba intentando localizar el origen de la máscara y llamando a las posibles futuras víctimas del blog. Como sabía por Caitlin que a Travis le gustaba la costa, le encargó también que se pusiera en contacto con el servicio de parques naturales y alertara a sus responsables de que el chico podía estar escondido en algún lugar de los miles de hectáreas de parque virgen de la región.

—Vale, jefa —dijo TJ cansinamente, expresando no fatiga, sino el mismo sentimiento de impotencia que sentía ella.

Dance habló luego con Jon Boling.

—Tengo el ordenador del chico. Lo ha traído ese ayudante del sheriff, Reinhold. Está claro que sabe bastante de ordenadores.

—Demuestra mucha iniciativa. Llegará lejos. ¿Has tenido suerte?

—No. Travis es listo. No se fía de la contraseña básica. Tiene el disco duro protegido con algún programa de encriptación privado. Puede que no consigamos entrar, pero he llamado a alguien de la facultad. Si alguien puede entrar, es esa persona.

Mmm, pensó Dance, qué manera tan neutra de hablar: «alguien» y «esa persona». Tradujo aquellas palabras como «una joven y bella estudiante, probablemente rubia y voluptuosa».

Boling añadió en jerga informática que estaba intentando entrar por las bravas en el disco duro de Travis a través de un superordenador de la Universidad de California-Santa Cruz, mediante un enlace ascendente.

—Puede que el sistema consiga descifrar el código en menos de una hora...

—¿En serio? —preguntó ella, animada.

—Iba a decir que en menos de una hora o en los próximos dos o tres siglos. Depende.

La agente le dio las gracias y le dijo que se fuera a casa; era ya tarde. Boling pareció decepcionado y, tras explicarle que no tenía planes para esa noche, añadió que prefería seguir buscando los nombres de las personas que podían correr peligro por haber publicado comentarios en el blog.

Dance fue a recoger a sus hijos a casa de Martine para llevarlos al hotel donde se escondían sus padres.

Mientras conducía, rememoró los incidentes que habían rodeado la muerte del joven Juan Millar. A decir verdad, no había pensado mucho en ellos en su momento. La búsqueda de Daniel Pell, asesino, líder de una secta y maestro de la manipulación, y de su compañera, una mujer igualmente peligrosa, había acaparado por completo su atención. Pell y su cómplice habían permanecido en la península después de la huida de aquél, con el propósito de acechar y asesinar a nuevas víctimas. Dance y O'Neil habían trabajado sin descanso para encontrarlos, y la muerte de Juan Millar no había ocupado sus pensamientos más allá de engendrar en ella un profundo remordimiento por el papel que, aunque pequeño, había desempeñado en los acontecimientos.

De haber sospechado que su madre iba a verse implicada en el caso, habría estado mucho más atenta.

Diez minutos después detuvo el coche en el aparcamiento de grava del hotel.

—¡Hala! —exclamó Maggie, brincando en su asiento mientras examinaba el lugar.

—Sí, es guay.

Wes, en cambio, parecía menos entusiasmado.

La pintoresca casita de campo, separada del edificio principal del hotel, era una de las doce cabañas de las que disponía el lujoso Carmel Inn.

—¡Hay piscina! —gritó Maggie—. Quiero bañarme.

—Lo siento, se me han olvidado los bañadores.

Estuvo a punto de proponer que salieran a comprar unos bañadores con Edie y Stuart, pero recordó que su madre no debía dejarse ver en público estando sueltos el reverendo Fisk y sus pájaros de presa.

—Mañana os los traigo. Y, oye, Wes, también hay una pista de tenis. Puedes practicar con el abuelo.

—Vale.

Salieron y Dance recogió las maletas que había hecho un rato antes. Los niños iban a pasar la noche allí, con sus abuelos.

Caminaron por el sendero bordeado de vides y enredaderas pegadas al suelo.

—¿Cuál es la suya? —preguntó Maggie, saltando por el camino.

Dance señaló la casa y la niña echó a correr hacia ella. Pulsó el timbre y un momento después, cuando llegaban Dance y Wes, se abrió la puerta y Edie hizo pasar a sus nietos con una sonrisa.

—¡Abuela! —gritó Maggie—. ¡Cómo mola esto!

—Es muy bonito. Vamos, pasad.

Dance intentó descifrar la sonrisa que le dirigió su madre, pero le pareció tan poco reveladora como una página en blanco.

Stuart abrazó a los niños.

—¿Estás bien, abuela? —preguntó Wes.

—Perfectamente. ¿Qué tal Martine y Steve?

—Muy bien —contestó el chico.

—Los gemelos y yo hemos construido una montaña de almohadas —añadió Maggie—. Con cuevas.

—Eso tienes que contármelo.

Dance vio que tenían visita. El distinguido abogado defensor George Sheedy se levantó, se acercó para estrecharle la mano y la saludó con su voz de bajo profundo. Sobre la mesa baja del cuarto de estar de la suite había un maletín abierto y varios cuadernos de papel amarillo y documentos impresos formando apretados montones. El abogado saludó a los niños. Se mostró amable, pero Dance dedujo al instante por su actitud y su expresión que habían interrumpido una conversación difícil. Wes miró a Sheedy con recelo.

Después de que Edie les repartiera golosinas, los niños decidieron salir al parque de juegos del hotel.

—Quédate con tu hermana —ordenó Dance.

—Vale. Vamos —le dijo Wes a Maggie y, sosteniendo en equilibrio zumos y galletas, se marcharon.

La agente miró por la ventana y comprobó que el parque era visible desde allí. La piscina estaba al otro lado de una verja cerrada. Habiendo niños, nunca se tomaban demasiadas precauciones.

Edie y Stuart regresaron al sofá. En una mesa baja, hecha con madera arrojada por el mar a la playa, reposaban tres tazas de café casi intactas. Su madre debía de haber preparado el café automáticamente tan pronto como había llegado Sheedy.

El abogado preguntó por el caso y la búsqueda de Travis Brigham.

Las respuestas de Dance fueron esquemáticas: las únicas que podía ofrecer, en realidad.

—¿Y esa chica, Kelley Morgan?

—Al parecer sigue inconsciente.

Stuart sacudió la cabeza.

El caso de las cruces de carretera quedó aparcado y Sheedy miró a Edie y Stuart levantando una ceja.

—Puede decírselo —dijo el padre de Dance—. Adelante. Cuénteselo todo.

Sheedy explicó:

—Estamos intentando dilucidar cuál va a ser la estrategia de Harper. Es muy conservador, muy religioso y nos consta que se opone a la Ley de Muerte Digna.

La propuesta de ley surgía de tanto en tanto en California. Se trataba de una norma que, al igual que en Oregón, permitiría a los médicos asistir a las personas que desearan poner fin a sus vidas. Lo mismo que el aborto, era un tema controvertido, y las opiniones a favor y en contra se hallaban muy polarizadas. Pero de momento, en California, si alguien ayudaba a otra persona a suicidarse, incurría en un delito.

—De modo que quiere dar un escarmiento sirviéndose de Edie. En todo caso, no se trata de un suicidio asistido. Su madre me ha dicho que la gravedad de las heridas de Juan no le habría permitido administrarse las drogas por sus propios medios. Aun así, Harper quiere dejar bien claro que el estado castigará duramente a cualquiera que ayude a otra persona a suicidarse. No apoyéis la ley porque la fiscalía del estado mirará con lupa cada caso: ése es su mensaje. Un solo paso en falso y los médicos o cualquiera que ayude a otra persona a morir será procesado. Implacablemente.

El abogado siguió hablando con voz distinguida y expresión grave, dirigiéndose a Dance:

—Eso significa que no le interesa llegar a un acuerdo con la defensa. Quiere ir a juicio y dar todo el bombo posible al caso, convertirlo en una lucha campal con fines publicitarios. Y eso, dado que alguien mató a Juan, se traduce en un cargo de asesinato.

—En primer grado —añadió Dance.

Conocía al dedillo el código penal, como otras personas conocían *El placer de cocinar*.

Sheedy hizo un gesto afirmativo.

—Porque fue premeditado y porque Millar pertenecía a los cuerpos de seguridad.

—Pero no hay agravantes —repuso Dance, mirando la cara pálida de su madre.

Los agravantes darían pie a que se solicitara la pena capital. Pero para que se aplicara esa condena, Millar tendría que haber estado de servicio en el momento de su fallecimiento.

—Lo crea o no —dijo Sheedy con un soplido—, eso es lo que se propone Harper.

—¿Cómo? ¿Cómo va a hacer eso? —preguntó Dance con vehemencia.

—Escudándose en que Millar nunca acabó su turno oficialmente.

—¿Va a aprovecharse de un tecnicismo como ése? —replicó ella, asqueada.

—¿Es que está loco? —masculló Stuart.

—No, pero es ambicioso y está convencido de su superioridad moral. Lo cual es más temible que la locura. Si se pide la pena capital, el caso tendrá mayor repercusión. Y eso es lo que quiere Harper. No se preocupe, es imposible que la condenen por asesinato con agravantes —añadió, volviéndose hacia Edie—. Pero creo que ése va a ser el punto de partida de Harper.

Aun así, un cargo de asesinato en primer grado era suficientemente angustioso por sí solo. Podía suponer veinticinco años de prisión para Edie.

El abogado prosiguió:

—Ahora bien, para su defensa no vamos a recurrir a justificaciones, ni vamos a alegar que se trató de un error o que fue en defensa propia.

Poner fin al sufrimiento de ese hombre sería relevante en el momento de dictar sentencia. Pero si el jurado cree que tenía la intención de poner fin a su vida, por nobles que fueran sus motivos, tendrá que declararla culpable de asesinato en primer grado.

—La defensa, entonces —comentó Dance—, debe basarse en los hechos fehacientes.

—Exacto. En primer lugar, cuestionaremos la autopsia y la causa de la muerte. Según las conclusiones del patólogo, Millar murió porque el gotero de morfina estaba demasiado abierto y porque se añadió un antihistamínico a la solución, lo que produjo un fallo respiratorio y, a continuación, cardíaco. Llevaremos a expertos que aseguren que no es así. Que Millar murió por causas naturales, resultado de sus quemaduras. Que los fármacos son irrelevantes.

»En segundo lugar, afirmaremos tajantemente que Edie no lo hizo. Que otra persona administró los fármacos a Millar, ya fuera con intención de matarlo, o por error. Nos convendría encontrar a personas que estuvieran por allí en ese momento, alguien que pueda haber visto al homicida. O que pueda ser el homicida. ¿Qué me dice, Edie? ¿Había alguien cerca de la UCI más o menos a la hora en la que murió Juan?

Su madre contestó:

—Había algunas enfermeras en esa ala, más allá. Pero nadie más. La familia no estaba. Y tampoco había visitas.

—Bien, seguiré haciendo averiguaciones.

El semblante de Sheedy iba adquiriendo una expresión cada vez más grave.

—Ahora llegamos al gran problema. La medicación que se añadió a la vía intravenosa era difenhidramina.

—El antihistamínico —dijo Edie.

—En el registro que hizo en su casa, la policía encontró un frasco de difenhidramina de una marca concreta. Estaba vacío.

—¿Qué? —dijo Stuart con voz ahogada.

—Lo encontraron en el garaje, escondido debajo de unos trapos.

—Imposible.

—Y una jeringuilla con un poquito de morfina seca dentro. Morfina de la misma marca que la que había en el gotero de Juan Millar.

—Yo no lo puse ahí —masculló Edie—. No fui yo, por supuesto que no.

—Lo sabemos, mamá.

El abogado agregó:

—Por lo visto no hay huellas dactilares, ni rastros materiales significativos.

—El verdadero responsable puso esas pruebas ahí —afirmó Dance.

—Eso es lo que vamos a intentar demostrar. O esa persona tenía intención de matar a Millar, o bien lo hizo por error. Pero en todo caso escondió el frasco y la jeringuilla en su garaje para culparla a usted.

Edie había fruncido el ceño. Miró a su hija.

—¿Te acuerdas de que a principios de mes, justo después de que muriera Juan, te dije que había oído un ruido fuera? Venía del garaje. Seguro que había alguien.

—Sí —contestó Dance, aunque en realidad no lo recordaba.

En aquel entonces, la búsqueda de Daniel Pell ocupaba por completo sus pensamientos.

—Naturalmente...

—¿Qué?

—Bueno, hay una cosa que habrá que tener en cuenta. Yo había ordenado que un ayudante del sheriff montara guardia delante de la casa de mis padres, por seguridad. Harper querrá saber por qué no vio nada.

—O quizá deberíamos averiguar si vio al intruso —repuso Edie.

—Exacto —se apresuró a decir Dance.

Dio a Sheedy el nombre del ayudante del sheriff.

—También lo comprobaré. Sólo tenemos una cosa más —añadió el abogado—: la constancia de que el paciente le dijo «Máteme». Y usted se lo contó a varias personas. Hay testigos.

—Sí —respondió Edie a la defensiva, deslizando una mirada hacia Dance.

La agente tuvo de pronto una idea espantosa: ¿la llamarían a testificar en contra de su madre? Se sintió físicamente enferma al pensarlo. Dijo:

—Pero no se lo habría contado a nadie si de veras hubiera tenido intención de matarlo.

—Cierto. Pero recuerden que a Harper no le interesa la lógica, sino los titulares. Una cita así... En fin, confiemos en que no se entere. —Sheedy se levantó—. Les avisaré cuando tenga noticias de los expertos y conozca con detalle el informe de la autopsia. ¿Alguna pregunta?

La cara de Edie evidenciaba que, en efecto, tenía mil preguntas que hacerle. Pero se limitó a sacudir la cabeza.

—Hay esperanzas, Edie. Las pruebas encontradas en el garaje son preocupantes, pero haremos todo lo que esté en nuestra mano.

El abogado recogió sus papeles, los ordenó y los guardó en su maletín. Al estrecharles la mano, les dedicó una sonrisa tranquilizadora. Stuart lo acompañó a la puerta. El suelo crujió bajo su peso.

Dance también se levantó. Dijo a su madre:

—¿Estás segura de que podrás con los niños? Puedo llevarlos a casa de Martine.

—No, no. Estaba deseando verlos. —Se puso un jersey—. De hecho, creo que voy a salir a pasar un rato con ellos.

Dance la abrazó un momento y notó la tensión de sus hombros. Se sostuvieron la mirada un instante, embarazosamente. Luego Edie salió.

La agente también abrazó a su padre.

—¿Por qué no venís mañana a cenar a casa? —le preguntó.

—Ya veremos.

—En serio. Sería bueno para mamá, para ti, para todos.

—Se lo diré a tu madre.

Regresó a la oficina, donde pasó varias horas coordinando la vigilancia de las casas de posibles víctimas y del domicilio de los Brigham. Desplegó al personal lo mejor que pudo y siguió dirigiendo la frustrante búsqueda del chico, que, de momento, parecía tan invisible como los electrones que componían los virulentos mensajes que lo habían lanzado a aquella mortífera aventura.

Relax...

Al llegar a su casa en Pacific Grove a las once de la noche, Dance sintió un leve estremecimiento de alegría. Después de un día tan largo, se alegraba enormemente de estar en casa.

La casa, de clásico estilo victoriano, estaba pintada de color verde oscuro, con barandillas, contraventanas y frisos grises, y situada al noroeste del pueblo. Si coincidían la época del año, el viento y las ganas de inclinarse sobre su endeble barandilla, desde ella podía verse el mar.

Al entrar en el pequeño vestíbulo, encendió la luz y echó la llave. Los perros acudieron corriendo a saludarla. *Dylan*, un pastor alemán negro y marrón, y *Patsy*, una golden blanca de pelo liso. Llevaban, respectivamente, el nombre del más grande compositor de *folk-rock* y de la más insigne vocalista de *country-western* de los últimos cien años.

Dance echó un vistazo a su correo electrónico, pero no había novedades sobre el caso. En la cocina, espaciosa pero equipada con electrodomésticos de otra década, se sirvió una copa de vino, buscó algunas sobras que comer y se decantó finalmente por medio sándwich de pavo que llevaba demasiado tiempo habitando en la nevera.

Dio de comer a los perros y los dejó salir al jardín de atrás. Pero cuando estaba a punto de regresar a su ordenador, se sobresaltó al oír el escándalo que armaban, ladrando y corriendo escaleras abajo. Lo hacían a veces, cuando una ardilla o un gato cometían la insensatez de ir de visita. Pero era raro a esas horas de la noche. Dance dejó la copa de vino y, tocando la empuñadura de su Glock, salió a la terraza.

Sofocó un grito.

A unos doce metros de la casa, en el suelo, había una cruz.

¡No!

Sacó la pistola, agarró una linterna, llamó a los perros e iluminó el jardín trasero con el haz de luz. El jardín era estrecho, pero tenía unos quince metros de largo y estaba lleno de matas de flor mono, chaparros y arces, ásteres, altramuces, patatas de aire, tréboles y grama. Las únicas plantas que se daban bien allí eran las que prosperaban a la sombra y en suelo arenoso.

No vio a nadie, pero había rincones en los que un intruso podía permanecer escondido si alguien miraba desde la terraza.

Bajó las escaleras deprisa, se adentró en la penumbra y recorrió con la mirada las sombras inquietantes de las ramas mecidas por el viento.

Se detuvo y luego siguió avanzando despacio, con los ojos fijos en los senderos y en los perros, que correteaban por el jardín, nerviosos y alerta.

La tensión de sus pasos y el pelo erizado de *Dylan* resultaban alarmantes.

Se acercó lentamente al rincón del jardín. Buscó movimiento con la mirada, aguzó el oído por si escuchaba pasos. Al no ver ni oír ningún indicio del intruso, apuntó con la linterna hacia el suelo.

Parecía una cruz, pero al verla de cerca no pudo deducir si la habían colocado allí intencionadamente o si la habían formado varias ramas al caer. No estaba atada con alambre, ni tenía flores. Pero la verja de atrás estaba a pocos metros de distancia y, aunque cerrada con llave, un chico de diecisiete años podía haberla saltado sin dificultad.

Travis Brigham, se dijo, la conocía. Y podía averiguar fácilmente dónde vivía.

Rodeó la cruz caminando lentamente. ¿Eran pisadas eso que se veía a su lado, en la hierba pisoteada? No estaba segura.

Aquella incertidumbre era angustiosa, casi más que si hubieran dejado la cruz en señal de amenaza.

Regresó a la casa, guardándose el arma en la pistolera.

Cerró con llave y entró en el cuarto de estar, lleno de muebles tan desparejados como los de la casa de Travis Brigham, sólo que más bonitos y acogedores, sin cuero ni cromo. Eran en su mayoría mullidos sillones tapizados en tonos de tierra y ocre, todos ellos adquiridos en viajes de compras con su difunto marido. Al dejarse caer en el sofá, vio que tenía una llamada perdida. Marcó ansiosamente el número del buzón de voz. La llamada era de Jon Boling, no de su madre.

Boling quería informarle de que la «persona» a la que conocía aún no había podido descifrar el código de acceso. El superordenador estaría en funcionamiento toda la noche. Por la mañana le informaría de sus progresos. O, si ella quería, podía devolverle la llamada. Estaría levantado hasta tarde.

Dance se pensó si debía llamarlo, sentía el impulso de hacerlo, pero finalmente decidió mantener la línea despejada por si llamaba su madre. Telefoneó luego a la oficina del sheriff, habló con el oficial de servicio y solicitó que una unidad de inspección forense fuera a recoger la cruz. Le dijo dónde estaba. El oficial contestó que mandaría a alguien por la mañana.

Después se duchó y, a pesar de que el agua estaba ardiendo, siguió tiritando. Tenía alojada en la cabeza una imagen persistente: la máscara de la casa de Kelley Morgan, sus ojos negros, su boca cosida.

Cuando se metió en la cama, su Glock estaba a menos de un metro de distancia, sobre la mesita de noche, desenfundada, con el cargador lleno y una bala «en puertas», o sea, en la recámara.

Cerró los ojos, pero no pudo dormir a pesar de estar agotada.

No era, sin embargo, la búsqueda de Travis Brigham lo que la mantenía en vela, ni el susto de un rato antes. Ni siquiera el recuerdo de la puñetera máscara.

No, el origen de su agudo desasosiego era un simple comentario que giraba una y otra vez, como un bucle, dentro de su cabeza: la respuesta de su madre al preguntarle Sheedy si había visto a alguien en la UCI la noche en que murió Juan Millar.

Había algunas enfermeras en esa ala, más allá. Pero nadie más. Su familia no estaba. Y tampoco había visitas.

No lo recordaba con toda certeza, pero estaba casi segura de que, al anunciarle a su madre la muerte de Millar, justo después de que ocurriera, Edie se había mostrado sorprendida por la noticia. Le había dicho a su hija que esa noche había estado tan atareada en su unidad que no había podido bajar a la UCI.

Pero si no había estado en cuidados intensivos esa noche, como aseguraba, ¿cómo podía estar tan segura de que no había nadie allí?

MIÉRCOLES

17

Cuando entró en su despacho a las ocho de la mañana, Kathryn Dance sonrió al ver a Jon Boling tecleando en el ordenador de Travis con las manos enfundadas en unos guantes de látex que le quedaban grandes.

—Sé lo que me hago. Veo *NCIS*. —Boling sonrió—. Me gusta más que *CSI*.

—Oye, jefa, deberían hacer una serie de televisión sobre nosotros —comentó TJ desde una mesa que había arrastrado hacia el rincón, donde se había instalado para buscar la procedencia de la horrible máscara hallada en casa de Kelley Morgan.

—A mí también me gustaría —repuso Boling, siguiéndole la corriente—. Claro, una serie sobre kinesia. Podría llamarse *La lectora de cuerpos*. ¿Yo puedo aparecer como estrella invitada?

Dance se rió, a pesar de que no estaba de humor.

TJ añadió:

—Yo me pido el guapo coprotagonista que siempre está tonteando con las agentes, unas chicas despampanantes. ¿Podemos contratar a unas cuantas chicas despampanantes, jefa? No es que tú no lo seas. Pero ya me entiendes.

—¿Cómo vamos?

Boling le explicó que el superordenador conectado al de Travis aún no había conseguido dar con la contraseña.

Una hora, o trescientos años.

—No se puede hacer nada, excepto esperar.

Se quitó los guantes y retomó la tarea de intentar descubrir la identidad de los comentaristas del blog que podían estar en peligro.

—¿Y tú, Rey?

Dance miró al taciturno Rey Carraneo, que seguía repasando las muchas páginas de notas y dibujos que habían encontrado en la habitación de Travis.

—Un montón de paparruchas, señora —respondió Carraneo, y la palabra sonó muy rotunda con su acento latino—. Idiomas que no reconozco, números, garabatos, naves espaciales, árboles con cara, marcianos... Y dibujos de cuerpos abiertos en canal, corazones y vísceras. Ese chico tiene la cabeza hecha un lío.

—¿No menciona ningún sitio?

—Claro —respondió el agente—. Sólo que no parecen de este planeta.

—Aquí tienes algunos nombres más.

Boling le pasó una hoja con otros seis nombres y sus respectivas direcciones.

Dance buscó sus números de teléfono en la base de datos estatal y llamó para advertirles de que Travis podía suponer una amenaza.

Un instante después, su ordenador anunció con un tintineo la llegada de un correo electrónico. Lo leyó, sorprendida al ver el remitente. Era de Michael O'Neil. Debía de estar muy ocupado: rara vez le mandaba un mensaje. Prefería hablar con ella en persona.

K:
Odio tener que decirlo, pero el asunto del contenedor se está poniendo al rojo vivo. La TSA y Seguridad Nacional están empezando a preocuparse.

Aun así voy a seguir ayudándote con el caso de Travis Brigham (me mantendré al tanto de las pruebas y me pasaré por allí cuando pueda), pero este asunto va a tenerme muy liado. Lo siento.
M.

El caso del contenedor de carga procedente de Indonesia. Al parecer, no podía seguir posponiéndolo. Dance se sintió profundamente decepcionada. ¿Por qué ahora? Suspiró llena de frustración. Y sintió también una punzada de soledad. De pronto se dio cuenta de que, entre el caso de homicidio de Los Ángeles contra Juan Nadie y el de las cruces de carretera, hacía una semana que O'Neil y ella se veían casi a diario. Era más, de media, de lo que antes solía ver a su marido.

Deseaba ardientemente contar con la experiencia de O'Neil en la búsqueda de Travis Brigham. Y no le avergonzaba reconocer que también deseaba simplemente su compañía. Era curioso que sólo el hecho de hablar, de compartir opiniones e hipótesis fuera un elixir tan potente. Pero estaba claro que el caso del contenedor era importante, y a ella le bastaba con eso. Escribió una respuesta rápida: Buena suerte, te echo de menos.

Retrocedió, borró las cuatro últimas palabras y la puntuación. Volvió a escribir: Buena suerte. Mantente en contacto.

Después se olvidó de O'Neil.

Tenía un pequeño televisor en el despacho. Estaba encendido en ese momento, y lo miró por casualidad. Parpadeó, impresionada. En la pantalla se veía una cruz de madera.

¿Tenía que ver con el caso? ¿Habían encontrado otra?

Después cambió el encuadre y la cámara enfocó al reverendo R. Samuel Fisk. Era una noticia acerca de la protesta contra la eutanasia, que de pronto, comprendió Dance con el corazón en un puño, se había centrado en su madre. La cruz la llevaba en la mano un manifestante.

Subió el volumen. Un periodista estaba preguntando a Fisk si de veras había alentado al asesinato de médicos abortistas, tal y como informaba el *Chilton Report*. Con unos ojos que le parecieron fríos y calculadores, el sacerdote miró fijamente a la cámara y afirmó que la prensa liberal había tergiversado sus palabras.

Dance se acordaba de aquella cita de Fisk en el *Report*. No se le ocurría un llamamiento más claro al asesinato. Sintió curiosidad por ver si Chilton publicaría una réplica al reverendo.

Quitó la voz del televisor. También ella y el CBI tenían problemas con los medios de comunicación. A través de filtraciones, de escáneres de radio y de esa forma mágica en que la prensa descubre detalles sobre las investigaciones, se había hecho público que las cruces eran un preludio al asesinato y que el sospechoso era un chico de instituto, y las llamadas acerca del «Asesino de la Máscara», el «Asesino de las Redes Sociales» y el «Asesino de la Cruz de Carretera» inundaban las líneas del CBI, a pesar de que Travis no había conseguido, en realidad, matar a ninguna de sus dos víctimas, y de que no había ninguna red social implicada directamente en el caso.

Las llamadas seguían llegando. Hasta el jefe del CBI, siempre ávido de publicidad, estaba, como decía TJ con desenfadado ingenio, «super Overbyabrumado».

Kathryn Dance giró su silla y miró a través de la ventana un tronco retorcido que había empezado siendo dos árboles y que, al crecer, como resultado de la presión y la adaptación, se había ido convirtiendo en uno solo, más fuerte que antes. Justo al otro lado de su ventana se veía un nudo imponente, y ella descansaba a menudo los ojos en él como una forma de meditación.

Pero en ese momento no tenía tiempo para reflexionar. Llamó a Peter Bennington, del laboratorio forense de la oficina del sheriff, para preguntarle por las pruebas halladas en la segunda cruz y en casa de Kelley Morgan.

Las rosas de la segunda cruz estaban atadas con el mismo tipo de gomas que usaba la tienda de *delicatessen* cerca de la que trabajaba Travis, pero no se habían encontrado restos materiales de utilidad. La fibra que Michael O'Neil había extraído de la sudadera gris en casa de los Brigham era, en efecto, casi idéntica a la hallada cerca de la segunda cruz, y el trocito de papel marrón encontrado en el bosque, donde les había indicado Ken Pfister, procedía casi con toda probabilidad de un paquete de M&M's, unas golosinas que, según sabía Dance, Travis solía comprar. Los restos de grano eran similares a los que se empleaban en Bagel Express para los bollos de avena integrales. En casa de Kelley Morgan, el chico no había dejado restos materiales ni pruebas físicas, salvo un trocito de pétalo de rosa roja que coincidía con el ramo encontrado junto a la segunda cruz.

La máscara era casera, pero la pasta, el papel y la tinta empleados en su fabricación eran genéricos y, por tanto, imposibles de rastrear.

El gas utilizado en el intento de asesinato de Kelley Morgan era clorina, el mismo que se había empleado en la Primera Guerra Mundial con efectos tan devastadores.

Dance le dijo a Bennington:

—Alguien nos ha dicho que Travis lo compró en una página web neonazi.

Le explicó lo que le había dicho la amiga de Caitlin.

El jefe del laboratorio se rió.

—Lo dudo. Seguramente lo sacó de una cocina.

—¿Qué?

—Utilizó detergentes domésticos.

Bennington explicó que el gas podía fabricarse a partir de unas cuantas sustancias corrientes, fáciles de encontrar en cualquier tienda o supermercado.

—Pero no hemos encontrado ningún recipiente ni nada que nos permita determinar su origen.

Ni en el lugar de los hechos ni en sus inmediaciones habían hallado pistas que indicaran dónde podía ocultarse el chico.

—David se pasó por tu casa hace un rato.

Dance dudó. No sabía de quién le estaba hablando.

—¿David?

—Reinhold. Trabaja en la Unidad de Investigación Forense.

Ah, aquel ayudante del sheriff tan joven y solícito.

—Recogió las ramas que dejaron en tu jardín, pero todavía no podemos asegurar si las dejaron allí a propósito o fue una coincidencia. David dice que no había más pruebas.

—Es muy madrugador. Yo he salido de casa a las siete.

Bennington se rió.

—Hace sólo dos meses estaba en Patrullas, poniendo multas por exceso de velocidad, y ahora creo que quiere quitarme el puesto.

Dance le dio las gracias y colgaron.

Aguijoneada por la frustración, se descubrió mirando la fotografía de la máscara. Era sencillamente horrenda: cruel e inquietante. Cogió su teléfono y llamó al hospital. Se identificó. Preguntó por el estado de Kelley Morgan. No había habido cambios, le dijo una enfermera. Seguía en coma. Seguramente sobreviviría, pero nadie se atrevía a aventurar si recobraría la conciencia o, en caso de que volviera en sí, si podría llevar una vida normal.

Kathryn Dance exhaló un suspiro al colgar.

Y se enfadó.

Volvió a levantar el auricular, buscó un número en su cuaderno y marcó las teclas con saña.

TJ, que estaba allí cerca, la miró con curiosidad. Tocó a Jon Boling en el brazo y susurró:

—Oh, oh.

James Chilton contestó al tercer pitido.

—Soy Kathryn Dance, de la Oficina de Investigación.

Un breve silencio. Chilton estaría recordando su entrevista... y preguntándose por qué volvía a llamarlo.

—Agente Dance... Sí, me he enterado de que ha habido otro incidente.

—Así es. Por eso lo llamo, señor Chilton. Si conseguimos salvar a la víctima, una chica de instituto, fue únicamente rastreando su apodo en Internet. Nos costó mucho tiempo y esfuerzo averiguar quién era y dónde vivía. Si hubiéramos tardado media hora más en llegar a su casa, habría muerto. La salvamos, pero está en coma y es posible que no se recupere.

—Lo lamento muchísimo.

—Y parece que los ataques van a continuar.

—Le informó de los ramos de rosas robados.

—¿Doce? —preguntó Chilton, consternado.

—No va a parar hasta que haya matado a todos los que lo atacaron en su blog. Voy a preguntárselo otra vez: ¿haría el favor de darnos las direcciones de Internet de las personas que publicaron comentarios en el blog?

—No.

Maldita sea. Dance tembló de rabia.

—Porque, si lo hiciera, estaría traicionando su confianza. Y no puedo defraudar a mis lectores.

Otra vez aquello.

—Escúcheme —masculló ella.

—Por favor, agente Dance, présteme atención. Lo que estoy dispuesto a hacer es... Tome nota de esto. Mi plataforma de *hosting* es Central California Internet Services. Está en San José.

Le dio la dirección y el número de teléfono, así como el nombre de una persona de contacto.

—Voy a llamarles ahora mismo para decirles que no pondré objeciones si les dan las direcciones de todas las personas que hayan publicado comentarios en el blog. Si quieren una orden judicial, es asunto suyo. Yo, por mi parte, no me opondré.

Dance se quedó callada. No estaba segura de qué implicaba aquello técnicamente, pero le pareció que Chilton acababa de acceder a lo que le había pedido, salvando al mismo tiempo la cara como periodista.

—Bien... gracias.

Colgaron y Dance le dijo a Boling:

—Creo que podemos conseguir las direcciones IP.

—¿Qué?

—Chilton ha cambiado de idea.

—Genial —repuso el profesor con una sonrisa, y pareció un niño al que acabaran de decir que su padre tenía entradas para una semifinal.

Dance esperó unos minutos antes de llamar a la plataforma de *hosting*. Dudaba que Chilton hubiera llamado y que la empresa fuera a cederles información sin una batalla judicial de por medio. Pero se llevó una sorpresa cuando el representante de la empresa con el que habló le dijo:

—Ah, el señor Chilton acaba de llamar. Tengo las direcciones IP de los comentaristas del blog. He dado autorización para que se las envíen a una dirección institucional.

Dance sonrió de oreja a oreja y le dio su dirección de correo electrónico.

—Van de camino. Volveré a meterme en el blog cada dos o tres horas para conseguir las de la gente que vaya dejando nuevos comentarios.

—Es usted un salvavidas... literalmente.

El hombre dijo con amargura:

—Es por ese chico que se está vengando de la gente, ¿verdad? ¿El satánico? ¿Es cierto que han encontrado armas biológicas en su taquilla?

Madre mía, pensó Dance. Los rumores se estaban extendiendo más deprisa que el fuego en los montes de Mission Hills, hacía unos años.

—Ahora mismo no sabemos a ciencia cierta qué está pasando —contestó con su ambigüedad habitual.

Colgaron. Un par de minutos después, un pitido de su ordenador anunció la llegada de un correo.

—Las tengo —le dijo a Boling.

El profesor se levantó y se acercó a ella, puso la mano sobre el respaldo de su silla y se inclinó hacia delante. Dance notó un olor sutil a loción de afeitar. Era agradable.

—De acuerdo. Estupendo. Naturalmente, ya sabes que son las direcciones informáticas en bruto. Hay que contactar con todos los proveedores de Internet y averiguar los nombres y las direcciones físicas. Enseguida me pongo con ello.

Dance imprimió la lista, que contenía unos treinta nombres, y se la dio. Boling volvió a desaparecer en su rincón de la guarida y se agazapó delante de su ordenador.

—Puede que haya encontrado algo, jefa.

TJ había estado colgando fotos de la máscara en foros y blogs y preguntando si alguien conocía su procedencia. Se pasó la mano por el cabello rojo y rizado.

—Dame una palmadita en la espalda.

—¿Qué hay?

—La máscara es de un personaje de un juego de ordenador.

Echó un vistazo a la máscara.

—Qetzal.

—¿Qué?

—El personaje, o lo que sea, se llama así. Es un demonio que mata a la gente con unos rayos que le salen de los ojos. Y sólo puede gemir porque alguien le cosió los labios.

—Así que se venga de quienes sí tienen la capacidad de comunicarse —comentó Dance.

—Bueno, la verdad, jefa, no le he hecho un psicoanálisis —repuso TJ.

Dance sonrió.

—Tienes razón.

—El juego —continuó TJ— es *Dimension Quest.*

—Un *morpeg* —anunció Boling sin levantar la mirada de su ordenador.

—¿Qué es eso?

—*Dimension Quest* es un videojuego de rol multijugador masivo en línea. Yo los llamo «*morpegs*», por sus siglas: MMORPG.* Y *DQ* es uno de los más conocidos.

—¿Nos sirve de algo?

—Todavía no lo sé. Lo veremos cuando entremos en el ordenador de Travis.

A Dance le gustó la confianza que demostraba el profesor. Había dicho «cuando», no «si». Se recostó en su silla, sacó su móvil y llamó a su madre. No contestó.

Por fin probó a llamar a su padre.

—Hola, Katie.

—Papá, ¿cómo está mamá? No me llama.

—Ah. —Una vacilación—. Está disgustada, claro. Creo que lo que pasa es que no está de humor para hablar con nadie.

Dance se preguntó cuánto habría durado la conversación de Edie con su hermana Betsey la noche anterior.

—¿Sheedy os ha dicho algo más?

—No. Sólo que está haciendo averiguaciones.

—Papá, mamá no dijo nada, ¿verdad? Cuando la detuvieron.

—¿A la policía?

—Ni a Harper, el fiscal.

—No.

—Bien.

Sintió el impulso de pedirle que le pasara a su madre. Pero no quería sentirse rechazada si ella se negaba.

* MMORPG: *massively multiplayer online role-playing game. (N. de la T.)*

—Vais a venir a cenar, ¿verdad? —preguntó animadamente.

Su padre le aseguró que sí, aunque su tono daba a entender que lo *intentarían*.

—Te quiero, papá. Y a mamá también, díselo.

—Adiós, Katie.

Colgaron. Dance se quedó mirando el teléfono unos minutos. Luego echó a andar por el pasillo y entró en el despacho de su jefe sin llamar.

Overby acababa de colgar. Señaló el teléfono con la cabeza.

—Kathryn, ¿alguna pista sobre el caso de Kelley Morgan? ¿Se sabe algo de agentes bioquímicos? Acaban de llamar del telediario de las nueve.

Dance cerró la puerta. Overby la miró con nerviosismo.

—Nada de armas biológicas, Charles. Eran sólo rumores.

Repasó las pistas: la máscara, el vehículo perteneciente a un organismo estatal, el comentario de Caitlin Gardner acerca de que a Travis le gustaba la costa, el gas de fabricación casera.

—Y Chilton ha decidido cooperar. Nos ha dado las direcciones de Internet de quienes han colgado comentarios en su blog.

—Eso es estupendo.

Sonó el teléfono. Overby lo miró, pero dejó que lo cogiera su ayudante.

—Charles, ¿sabías que iban a detener a mi madre?

Él pestañeó.

—Yo... No, claro que no.

—¿Qué te dijo Harper?

—Que estaba comprobando nuestra carga de trabajo.

Sus palabras sonaron rígidas. A la defensiva.

—Lo que te dije ayer.

Dance no supo si estaba mintiendo. Y enseguida comprendió por qué. Estaba incumpliendo la norma más antigua del interrogatorio kinésico: se estaba dejando llevar por sus emociones. Cuando eso sucedía, su capacidad de deducción se venía abajo. No tenía ni idea de si su jefe la había traicionado o no.

—Estaba buscando en nuestros archivos para ver si se había alterado algún documento del caso de Millar.

—Bah, eso lo dudo.

La tensión vibró como un zumbido en la habitación y se desvaneció en cuanto Overby le dedicó una sonrisa tranquilizadora:

—Te preocupas demasiado, Kathryn. Habrá una investigación y el caso quedará en nada. No tienes por qué preocuparte.

¿Sabía algo Overby?

—¿Por qué lo dices, Charles? —preguntó con ansiedad.

Pareció sorprendido.

—Porque es inocente, claro. Tu madre no le haría daño a nadie. Ya lo sabes.

Regresó al Ala de las Chicas, al despacho de su compañera la agente Connie Ramírez. Ramírez, de origen hispano, baja y voluptuosa, con el pelo negrísimo siempre meticulosamente peinado con laca, era la agente más condecorada de la oficina regional y una de las más reconocidas de todo el CBI. A sus cuarenta años, le habían ofrecido puestos de responsabilidad en la sede del CBI en Sacramento, incluso había recibido proposiciones del FBI, pero su familia había salido de los campos de lechugas y alcachofas de la península, y nada la alejaría de ellos. Su mesa era la antítesis de la de Dance: pulcra y ordenada. En las paredes colgaban condecoraciones enmarcadas, pero las fotos más grandes eran las de sus hijos, tres chicos rollizos, y de Ramírez con su marido.

—Hola, Con.

—¿Cómo está tu madre?

—Puedes imaginártelo.

—Eso es tan absurdo —comentó Ramírez con un levísimo y melodioso acento.

—Por eso he venido, en realidad. Necesito un favor. Uno muy grande.

—Haré todo lo que esté en mi mano, ya lo sabes.

—He contratado a Sheedy.

—Ah, el machacapolicías.

—Pero no quiero esperar a que se desvelen las pruebas para conocer algunos detalles. Le he pedido a Henry el registro de visitas del hospital del día que murió Juan, pero se niega en redondo.

—¿Qué? ¿Henry? Pero si sois amigos.

—Harper lo ha amedrentado.

Ramírez asintió, comprensiva.

—¿Quieres que lo intente yo?

—Si puedes.

—Claro que sí, lo haré en cuanto acabe de interrogar a este testigo.

Tocó una carpeta que contenía el expediente de un importante caso de narcotráfico que estaba dirigiendo.

—Eres un sol.

La agente hispana se puso seria.

—Sé cómo me sentiría si fuera mi madre. Iría allí y me lanzaría a la yugular de Harper.

Dance sonrió con desgana al oír las palabras de su menuda compañera. Mientras regresaba a su despacho, sonó su móvil. Al ver que era de la oficina del sheriff, confió en que fuera O'Neil.

Pero no era él.

—Agente Dance. —El agente se identificó—. Quería decirle que acaba de llamar la Patrulla de Caminos. Tengo malas noticias.

18

James Chilton se había tomado un descanso en su papel de azote de la corrupción y la depravación moral.

Estaba ayudando a un amigo a mudarse.

Tras recibir la llamada de la oficina del sheriff, Kathryn Dance había telefoneado a Chilton a su casa y Patrizia le había dado indicaciones para llegar a aquel modesto rancho de color beige situado a las afueras de Monterrey. Dance aparcó cerca de una furgoneta grande de mudanzas, se sacó de las orejas los auriculares y salió del coche.

Sudoroso y vestido con vaqueros y camiseta, Chilton estaba acarreando un voluminoso sillón escalones arriba para meterlo en la casa. Un hombre con el cabello corto y pulcro de los ejecutivos, vestido con pantalones cortos y un polo manchado de sudor, llevaba un montón de cajas en una carretilla, detrás del bloguero. En el jardín delantero de la casa, el cartel de una inmobiliaria, colocado en diagonal, decía «VENDIDA».

Chilton salió por la puerta delantera y bajó los dos escalones hasta el camino de grava, bordeado por piedras y tiestos con plantas. Se acercó a Dance, se limpió la frente y, como estaba tan sudoroso y manchado de polvo y tierra, la saludó con una inclinación de cabeza en lugar de darle la mano.

—Me ha llamado Pat. ¿Quería verme, agente Dance? ¿Es por las direcciones de Internet?

—No. Ya las tenemos, gracias. Se trata de otra cosa.

El amigo de Chilton se reunió con ellos, fijando en Dance una mirada curiosa y agradable.

Chilton les presentó. Su amigo se llamaba Donald Hawken.

A ella le sonó su nombre. Entonces se acordó: aparecía en el blog de Chilton, en la sección personal titulada «En el frente doméstico», si no recordaba mal, no en los hilos más controvertidos. Hawken había vuelto a Monterrey procedente de San Diego.

—Día de mudanza, según parece —comentó Dance.

—La agente Dance está investigando ese caso en el que se han visto envueltos algunos mensajes publicados en mi blog —explicó Chilton.

Hawken, bronceado y atlético, frunció el ceño con expresión comprensiva.

—Tengo entendido que hay otra chica herida. Lo hemos oído en las noticias.

Dance se mostró tan reservada como siempre en lo relativo a dar información, aunque fuera a ciudadanos preocupados.

El bloguero explicó que su mujer y él y Hawken y su primera esposa habían sido amigos íntimos años atrás. Las mujeres solían organizar cenas en casa y los hombres jugaban al golf con regularidad, en el escuálido campo de Pacific Grove y, cuando les sobraba el dinero, en Pebble Beach. Unos tres años antes, los Hawken se habían mudado a San Diego, pero él había vuelto a casarse hacía poco tiempo, iba a vender su empresa y había regresado a Monterrey.

—¿Podemos hablar un minuto? —le preguntó Dance a Chilton.

Hawken regresó a la furgoneta, y el bloguero y ella se acercaron a su Crown Victoria. Chilton ladeó la cabeza y esperó, con la respiración agitada aún por el esfuerzo de meter el sillón en la casa.

—Acabo de recibir una llamada de la oficina del sheriff. La Patrulla de Caminos ha encontrado otra cruz. Con la fecha de hoy.

Chilton torció el gesto.

—Ay, no. ¿Y el chico?

—No sabemos dónde está. Ha desaparecido. Y parece que va armado.

—Lo he oído en las noticias —repuso él con una mueca—. ¿De dónde ha sacado una pistola?

—Se la robó a su padre.

El semblante de Chilton se crispó, iracundo.

—Esa gente de la Segunda Enmienda... Me metí con ellos el año pasado. No he recibido tantas amenazas de muerte en toda mi vida.

Dance fue al grano:

—Señor Chilton, quiero que suspenda su blog.

—¿Qué?

—Hasta que lo atrapemos.

Él se rió.

—Eso es absurdo.

—¿Ha leído los comentarios?

—Es mi blog. Claro que los he leído.

—Los mensajes son cada vez más virulentos. No dé más pasto a Travis.

—Rotundamente no. No voy a dejarme acobardar ni pienso callarme.

—Pero Travis está sacando los nombres de sus víctimas del blog. Está haciendo averiguaciones sobre esas personas, está descubriendo cuáles son sus miedos más profundos, sus puntos flacos. Está averiguando dónde viven.

—La gente no debería escribir sobre sí misma en páginas públicas. Escribí una entrada entera sobre ese tema.

—Sea como sea, siguen publicando comentarios. —Dance intentó dominar su exasperación—. Por favor, ayúdenos.

—Ya les he ayudado. No estoy dispuesto a ir más allá.

—¿Qué daño puede hacerle suspender el blog un par de días?

—¿Y si para entonces no lo han encontrado?

—Vuelva a publicarlo.

—O puede que vuelva usted a pedirme un par de días más, y luego otro par más.

—Al menos deje de publicar comentarios en ese hilo. Así no conseguirá más nombres a los que pueda señalar como víctimas. Eso nos facilitará el trabajo.

—La represión nunca conduce a nada bueno —masculló Chilton, mirándola directamente a los ojos. El misionero había vuelto.

Kathryn Dance renunció a la estrategia de Jon Boling de acariciar el ego de Chilton. Replicó enfadada:

—No me venga con pronunciamientos grandilocuentes. Libertad, verdad, represión... Estamos hablando de un adolescente que intenta matar a personas. Dios mío, mírelo tal y como es. Olvídese de la maldita política.

Chilton contestó con calma:

—Mi labor consiste en mantener abierto un foro para la opinión pública. Ésa es la *Primera* Enmienda. Sé que va a recordarme que también fue periodista y que cooperaba si la policía necesitaba ayuda. Pero, verá, ésa es la diferencia: que usted se debía a la pasta, a los anunciantes, a todos aquellos que tenían en el bolsillo a sus jefes. Yo no me debo a nadie.

—No le estoy pidiendo que deje de informar sobre los crímenes. Escriba a su antojo. Pero no acepte más comentarios. De todos modos, nadie está ofreciendo información fehaciente. Lo único que hace esa gente es desahogarse. Y la mitad de lo que dicen es sencillamente falso. Rumores, especulaciones. Exabruptos.

—¿Y lo que piensen no es válido? —preguntó Chilton, pero no enfadado. De hecho, daba la impresión de estar disfrutando del debate—. ¿Sus opiniones no cuentan? ¿Sólo los cultos, los elocuentes, los moderados tienen permitido hacer comentarios? Pues bienvenida al nuevo mundo del periodismo, agente Dance. El libre intercambio de ideas. Verá, ya no se trata de los grandes comunicadores, de gente como Bill O'Reilly o Keith Olbermann. Se trata del pueblo. No, no voy a suspender el blog ni voy a cerrar ningún hilo.

Miró a Hawken, que estaba intentando sacar otro sillón de la furgoneta.

—Ahora, si me disculpa —añadió Chilton.

Y se alejó hacia la furgoneta, igual que un mártir, pensó Dance, camino del pelotón de fusilamiento tras soltar una soflama acerca de una causa en la que creía fervientemente, aunque fuera el único.

Como todo el mundo en la península, es decir, como cualquiera de más de seis años que tuviera acceso a los medios de comunicación, Lyndon Strickland estaba al tanto del caso de las cruces de carretera.

Y, como mucha gente que leía el *Chilton Report*, estaba indignado.

Strickland, abogado de cuarenta y un años, salió de su coche y echó el seguro de la puerta. Iba a hacer su carrera diaria de la hora del almuerzo por un sendero que discurría cerca de Seventeen Mile Drive, la bella carretera que, serpeando entre casas de veraneo de estrellas de cine y grandes ejecutivos, lleva de Pacific Grove a Carmel y pasa junto al campo de golf de Pebble Beach.

Oyó el ruido de las obras de la carretera nueva que se dirigía hacia el este, hacia Salinas y los campos de labor. Avanzaban deprisa. Strickland representaba a varios centenares de pequeños propietarios cuyas parcelas habían sido expropiadas para hacer sitio a la carretera. Se había enfrentado al estado y a Avery Construction, la enorme empresa constructora, y a su ejército de grandes tiburones del derecho. Como cabía esperar, había perdido el juicio hacía apenas una semana. El juez, sin embargo, había pospuesto el derrumbe de las casas de sus clientes hasta que se resolviera el recurso de apelación. El letrado principal de la defensa, un abogado de San Francisco, se había puesto lívido.

Lyndon Strickland, en cambio, estaba eufórico.

Se estaba levantando la niebla, hacía frío y tenía para él solo el camino cuando comenzó a correr.

Indignado.

Había leído lo que decía la gente en el blog de James Chilton. Que Travis Brigham era un loco que idolatraba a los asesinos de Columbine y Virginia Tech; que acosaba a las chicas de noche; que había estado a punto de asfixiar a su hermano Sammy, que por su culpa sufría un retraso mental; y que hacía un par de semanas había lanzado un coche por un barranco en una especie de retorcido ritual a medio camino entre el suicidio y el asesinato, matando a dos chicas.

¿Por qué demonios nadie se había dado cuenta del peligro que representaba aquel chico? Sus padres, sus profesores..., sus amigos.

La imagen de la máscara que había visto en Internet esa mañana todavía le ponía los pelos de punta. Un escalofrío recorrió su cuerpo, sólo en parte debido a la humedad del aire.

El Asesino de la Máscara...

Y ahora el chico estaba allí, en algún lugar, escondido en las colinas del condado de Monterrey, liquidando una a una a las personas que habían publicado comentarios negativos sobre él.

Strickland leía con frecuencia el *Chilton Report*. Lo tenía en su lector RSS, de los primeros. Estaba en desacuerdo con Chilton en varios temas, pero el bloguero siempre era razonable y siempre ofrecía argumentos sólidos y bien fundamentados para apoyar sus opiniones. Por ejemplo, a pesar de que Chilton se oponía firmemente al aborto, había publicado una entrada atacando a aquel chiflado del reverendo Fisk, que había llamado al asesinato de los médicos abortistas. Strickland, que había representado a menudo a Paternidad Planificada y a otras asociaciones que apoyaban el derecho a elegir, se había sentido impresionado por la postura tan mesurada que demostraba Chilton.

El bloguero se oponía también a la planta desalinizadora, lo mismo que él, que iba a reunirse con un posible nuevo cliente: un grupo ecologista interesado en contratarlo para presentar una demanda a fin de detener el proyecto. Strickland acababa de publicar un comentario apoyando la opinión de Chilton.

Enfiló la parte más dura de su carrera: un corto repecho, colina arriba. A partir de ahí, el camino era todo cuesta abajo. Sudando, con el corazón acelerado, se dejó embargar por la euforia del ejercicio.

Al llegar a lo alto de la colina, algo atrajo su atención. Un destello rojo cerca del camino, un movimiento cerca del suelo. ¿Qué era?, se preguntó. Dio media vuelta, paró el cronómetro y caminó despacio entre las piedras, hasta ver unas salpicaduras rojas, fuera de lugar en medio de aquel suelo arenoso en el que raleaban plantas verdes y marrones.

El corazón seguía latiéndole con violencia, pero no por miedo, ni por cansancio. Pensó enseguida en Travis Brigham. Pero el chico sólo atacaba a quienes lo habían insultado en Internet. Y él no había dicho nada en su contra.

Relájate.

Aun así, mientras se apartaba del sendero y avanzaba hacia aquellas manchas rojas, sacó su móvil del bolsillo, listo para marcar el número de emergencias si surgía algún peligro.

Entornó los párpados y bajó la mirada al acercarse al claro. ¿Qué era aquello?

—Mierda —masculló, parándose en seco.

En el suelo, entre un montón de pétalos de rosa dispersos, había trozos de carne. Tres pájaros feos y enormes, buitres, dedujo, desgarraban el tejido con frenética voracidad. Cerca de allí había también un hueso ensangrentado. Varios cuervos se acercaban cautelosamente dando saltos, agarraban un bocado y se retiraban.

Strickland aguzó la vista y, al inclinarse hacia delante, vio otra cosa en medio de aquel frenesí.

¡No! Alguien había marcado una cruz en el suelo arenoso.

Strickland comprendió que Travis Brigham estaba allí, en alguna parte. Con el corazón desbocado, escudriñó los matorrales, los árboles, las dunas. Podía estar escondido en cualquier parte. Y de pronto ya no tuvo importancia que él, Lyndon Strickland, nunca hubiera publicado nada en contra del chico.

Mientras afloraba de nuevo en su memoria la imagen de la horrible máscara que Travis había dejado como emblema de su crimen, dio media vuelta y huyó precipitadamente de vuelta al sendero.

Sólo había dado diez pasos cuando oyó que alguien salía de entre los arbustos y echaba a correr hacia él.

19

Jon Boling estaba sentado en el hundido sofá del despacho de Dance. Se había arremangado la camisa a rayas azul oscura y manejaba dos teléfonos al mismo tiempo mientras miraba fijamente los documentos impresos del blog de Chilton. Seguía intentando encontrar las direcciones físicas a partir de los datos de Internet que les había proporcionado el servidor.

Sujetando un Samsung entre la oreja y el hombro, hizo una anotación y exclamó:

—¡Tengo otra! Sexy Gurl es Kimberly Rankin, ciento veintiocho de la calle Forest, Pacific Grove.

Dance anotó los datos y telefoneó para avisar a la chica, y a sus padres, del peligro, e insistir sin ambages en que dejara de publicar comentarios en el blog y les dijera a sus amigos que hicieran lo propio.

¿Qué te parece eso, Chilton?

Boling observaba la pantalla de ordenador que tenía delante. Dance le lanzó una ojeada y vio que tenía el ceño fruncido.

—¿Pasa algo? —preguntó.

—Los primeros mensajes en respuesta al hilo sobre las cruces de carretera eran en su inmensa mayoría locales, de compañeros de clase y gente de la península. Ahora está interviniendo gente de todo el país. Qué digo, de todo el mundo. Van a degüello a por él, y también a por la policía y a por la Patrulla de Caminos por no haber investigado mejor el accidente. Y también se están metiendo con el CBI.

—¿Con nosotros?

—Sí. Alguien ha contado que un agente del CBI fue a interrogar a Travis a casa, pero no lo detuvo.

—¿Cómo se han enterado de que estuve allí con Michael?

Boling señaló el ordenador.

—Así es la bestia. La información se difunde. Gente de Varsovia, de Buenos Aires, de Nueva Zelanda.

Dance volvió a centrarse en el informe forense de la última cruz, hallada en una apacible carretera del norte de Monterrey, en una zona poco poblada. No había testigos y los indicios materiales que se habían encontrado, muy escasos, eran idénticos a los de las cruces anteriores, que vinculaban a Travis con las agresiones. Había, sin embargo, un hallazgo que podía ser interesante. En las muestras de suelo se había hallado un tipo de arena extraña al lugar donde estaba la cruz. No podía, sin embargo, determinarse su origen exacto.

Y mientras revisaba todos aquellos pormenores, no podía evitar preguntarse quién sería la próxima víctima.

¿Se está acercando Travis?, pensó

¿Qué técnica espantosa va a emplear esta vez para asustar y matar? Parecían gustarle las muertes lentas, como si de ese modo intentara compensar el maltrato que había sufrido durante largo tiempo a manos de los cibermatones.

—Tengo otro nombre —dijo Boling.

Se lo dictó a Dance, que lo anotó.

—Gracias —dijo ella con una sonrisa.

—Me debes una placa de juguete.

Boling ladeó la cabeza y, al inclinarse de nuevo hacia sus notas, dijo algo más en voz baja. Tal vez fueran imaginaciones suyas, pero a Dance le pareció que había hecho amago de decir: «O una cena, quizá», pero que se había tragado las palabras antes de que se le escaparan por completo.

Imaginaciones mías, decidió. Y volvió a concentrarse en el teléfono.

Boling se recostó en su asiento.

—Ya están todos por ahora. Los demás no son de esta zona o tienen direcciones imposibles de rastrear. Pero si nosotros no podemos encontrarlos, Travis tampoco podrá.

Se estiró y se echó hacia atrás.

—No ha sido un día típico del mundo académico, ¿eh? —preguntó Dance.

—No exactamente. —Boling le lanzó una mirada irónica—. ¿En el mundo de las fuerzas de la ley todos los días son así?

—Eh... No, no.

—Es una buena noticia, supongo.

Sonó el teléfono de Dance. Vio que era una extensión interna del CBI.

—TJ...

—Jefa... —Como había sucedido en más de una ocasión últimamente, la actitud irreverente típica del joven agente se había esfumado—. ¿Te has enterado?

A Dance le dio un pequeño vuelco el corazón cuando vio a Michael O'Neil en la escena del crimen.

—Hola —dijo—. Creía que te había perdido.

Él pareció ligeramente sorprendido al oírla. Luego dijo:

—Estoy simultaneando los dos casos. Pero la escena de un crimen... —señaló con la cabeza hacia la ondulante cinta policial— tiene prioridad.

—Gracias.

Jon Boling se reunió con ellos. Dance le había pedido que la acompañara. Creía que podía serles útil de diversas maneras, pero sobre todo había querido que la acompañara para servirle de interlocutor, pensando que Michael O'Neil no estaría presente.

—¿Qué ha pasado? —preguntó.

—Ha dejado un pequeño decorado para asustarlo... —Miró sendero arriba— y luego lo ha seguido hasta aquí. Y le ha disparado.

Dance tuvo la impresión de que se disponía a darle más detalles pero se contenía, seguramente por la presencia de Boling.

—¿Dónde?

O'Neil señaló con el dedo. El cadáver no se divisaba desde allí.

—Voy a enseñaros el lugar donde ha empezado todo.

Los condujo por el sendero. A unos doscientos metros de allí, subiendo por un cerro no muy alto, encontraron una corta vereda que llevaba a un claro. Pasaron por debajo de la cinta amarilla y vieron pétalos de rosa en el suelo y una cruz arañada en la tierra. Había pedazos de carne dispersos por los alrededores, además de manchas de sangre. Un hueso. Y marcas de garras en la tierra, de buitres y cuervos, al parecer.

—Según los técnicos del laboratorio, la carne es de origen animal —dijo O'Neil—. Seguramente de ternera, comprada en una tienda. En mi opinión la víctima iba corriendo por esa senda de allí, vio el alboroto y se acercó a echar un vistazo. Se asustó y huyó. Travis lo alcanzó a mitad de la cuesta.

—¿Cómo se llamaba?

—Lyndon Strickland. Era abogado. Vivía cerca de aquí.

Dance entornó los párpados.

—Espera. ¿Strickland? Creo que publicó algo en el blog.

Boling abrió su mochila y sacó una docena de hojas de papel, copias de los papeles del blog.

—Sí. Pero no sobre las cruces de carretera. Publicó un mensaje sobre la planta desalinizadora, apoyando a Chilton.

Le pasó la hoja impresa:

Respuesta a Chilton, publicada por Lyndon Strickland.

Debo decir que me has abierto los ojos respecto a este tema. No tenía ni idea de que estaban intentando colar este proyecto. Vi la propuesta en los archivos de la Oficina de Planificación del Condado y tengo que decir que, aunque soy abogado y estoy familiarizado con temas medioambientales, era uno de los documentos más confusos y farragosos que he intentado leer en toda mi vida. Creo que se necesita mucha más transparencia si queremos mantener un debate significativo sobre esta cuestión.

Dance preguntó:

—¿Cómo sabía Travis que estaría aquí? Esto está desierto.

—Son pistas para correr —repuso Boling—. Apuesto a que Strickland ha comentado en algún foro o en algún blog que le gusta venir a correr aquí.

Damos demasiada información personal en Internet. Demasiada.

—¿Por qué querría matarlo el chico? —preguntó O'Neil.

El profesor pareció sopesar una idea.

—¿Qué ocurre, Jon? —preguntó Dance.

—Es sólo una idea, pero recordad que Travis está muy metido en esos juegos de ordenador.

Dance habló a O'Neil de los juegos de rol a los que jugaba Travis en Internet.

El profesor continuó:

—El crecimiento es una de las vertientes del juego. Su personaje se desarrolla y crece, tus conquistas se expanden. Tienes que ser así. Si no, no alcanzas tu objetivo. Siguiendo esa pauta típica, creo que Travis puede estar ensanchando su catálogo de posibles víctimas. Primero fue gente que lo había atacado directamente. Ahora ha incluido a alguien que apoya a Chilton, aunque no tenga nada que ver con el hilo sobre las cruces de carretera.

Boling ladeó la cabeza para observar los trozos de carne y las marcas de garras de la arena.

—Eso supone un aumento exponencial del número de posibles víctimas. Significa que a partir de ahora hay decenas de personas más en peligro. Voy a empezar a recopilar las direcciones IP de cualquiera que haya publicado un mensaje apoyando a Chilton aunque sea sólo de pasada.

Otra noticia deprimente.

—Vamos a examinar el cadáver, Jon —dijo Dance—. Deberías volver al coche.

—Claro.

Pareció aliviado por no tener que tomar parte en aquella misión.

Dance y O'Neil cruzaron las dunas, hasta el lugar donde había sido descubierto el cuerpo.

—¿Cómo va el asunto terrorista, el caso del contenedor robado?

O'Neil soltó una risa desganada.

—Tirando. Han intervenido Seguridad Nacional, el FBI, Aduanas... Es un berenjenal. ¿Cómo es eso de que uno asciende hasta el nivel de su propia infelicidad? A veces me gustaría estar otra vez en un coche patrulla, poniendo multas.

—Es «hasta el nivel de su propia incompetencia». Y no, odiarías volver a Patrullas.

—Tienes razón. —Se quedó callado un momento—. ¿Qué tal está tu madre?

Aquella pregunta otra vez. Dance estuvo a punto de poner una cara risueña, hasta que recordó con quién estaba hablando. Bajó la voz.

—No me ha llamado, Michael. Cuando encontramos a Pfister y la segunda cruz, me marché corriendo del juzgado. No le dije ni una palabra. Está dolida. Sé que lo está.

—Le has buscado un abogado, uno de los mejores de la península. Y consiguió que la soltaran, ¿no?

—Sí.

—Has hecho todo lo que estaba en tu mano. No te preocupes por eso. Seguramente intenta distanciarse de ti. Por el bien de este caso.

—Puede ser.

O'Neil la miró y volvió a reírse.

—Pero no te lo crees. Estás convencida de que está enfadada contigo porque piensa que la has dejado en la estacada.

Dance se acordó de su infancia, de las veces en que su madre, siempre tan firme, se había vuelto fría y distante ante cualquier afrenta, real o imaginaria. Si su padre la llamaba de vez en cuando «la sargento», era sólo medio en broma.

—Madres e hijas —meditó O'Neil en voz alta, como si supiera perfectamente lo que estaba pensando.

Cuando llegaron junto al cadáver, Dance saludó con una inclinación de cabeza a los hombres de la oficina del forense, que estaban desplegando una bolsa verde junto al cuerpo. El fotógrafo acababa de terminar. Strickland yacía boca abajo, con su ropa de correr, ahora ensangrentada. Le habían disparado por la espalda. Una vez en la espalda y otra en la cabeza.

—Y está también esto.

Uno de los técnicos levantó la sudadera del muerto, dejando al descubierto una imagen grabada a cuchillo en su espalda: un tosco boceto de una cara que podía ser la de la máscara. Quetzal, el demonio de *Dimension Quest*. Seguramente aquél era el detalle que O'Neil había omitido delante de Boling.

Dance meneó la cabeza.

—¿Se lo hicieron después de muerto?

—Sí.

—¿Algún testigo?

—Ninguno —contestó O'Neil—. A cosa de un kilómetro de aquí están construyendo una carretera. Oyeron disparos y dieron el aviso. Pero nadie vio nada.

—No hemos encontrado ninguna prueba material significativa, señor —informó uno de los técnicos de criminología.

O'Neil asintió con la cabeza y regresó con Dance a los coches.

Ella notó que Boling estaba de pie junto a su Audi, con las manos unidas delante de él y los hombros ligeramente levantados. Señal segura de tensión. Lo normal en la escena de un crimen.

—Gracias por venir, Jon —le dijo—. No tenías por qué hacerlo, pero tus opiniones han sido muy útiles.

—No hay de qué.

Parecía esforzarse por conservar la calma. Dance se preguntó si alguna vez había estado en la escena de un crimen.

Sonó su teléfono. Vio el nombre y el número de Charles Overby en la pantalla. Había llamado antes para informar a su jefe del asesinato. Ahora tendría que decirle que la víctima no era culpable de ciberacoso, sino un auténtico transeúnte inocente. Aquello desataría el pánico en la zona, aún más si cabía.

—Charles...

—Kathryn, ¿estás en la escena del crimen?

—Sí. Parece que...

—¿Habéis cogido al chico?

—No, pero...

—Bueno, luego me contarás los detalles. Ha surgido una cosa. Ven lo antes posible.

20

—Así que ésta es la famosa agente Dance.

Una mano grande y rojiza rodeó la suya, la sujetó durante el tiempo que el decoro permitía y luego la soltó.

Qué extraño, pensó Dance. No había puesto tanto énfasis en el adjetivo como cabía esperar. No había dicho la *famosa* Kathryn Dance, sino más bien «ésta es la *agente*».

Como si dijera: «Ésta es la *silla*».

Ella, sin embargo, obvió aquella curiosa entonación. El análisis kinésico no era prioritario en ese momento. Aquel hombre no era sospechoso. Al contrario: estaba relacionado con el director general del CBI. Hamilton Royce, un cincuentón con aspecto de defensa de fútbol americano metido a político o empresario, trabajaba en la oficina del fiscal general en Sacramento. Regresó a su silla, estaban en el despacho de Charles Overby, y Dance también tomó asiento. Royce le explicó que era un *ombudsman*, un mediador entre distintos organismos.

Ella miró a Overby. Su jefe, que, inquieto, miraba de soslayo a Royce ya fuera por deferencia, por curiosidad o posiblemente por ambas cosas, no le ofreció ninguna explicación que aclarara a qué se dedicaba exactamente Royce, ni cuál era su cometido allí.

Dance seguía enfadada por el descuido de Overby, o por su traición, quizás, al dar cobertura a la operación secreta de Robert Harper en los archivos del CBI.

Porque es inocente, claro. Tu madre no le haría daño a nadie. Ya lo sabes...

Entonces mantuvo su atención fija en Royce.

—Hemos oído hablar muy bien de usted en Sacramento. Tengo entendido que es experta en lenguaje no verbal.

Royce, un hombre de hombros anchos y cabello oscuro peinado hacia atrás, vestía un elegante traje de color azul marino que por su tono, tirando a azul rey, recordaba el de un uniforme.

—Sólo soy una investigadora con tendencia a emplear la kinesia más que otras personas.

—Ah, ahí la tienes, Charles, quitándose importancia. Como tú decías.

Dance esbozó una sonrisa cautelosa y se preguntó qué le habría dicho exactamente Overby y hasta qué punto se habría mostrado precavido a la hora de verter cumplidos sobre una subordinada, o callárselos. Podían, naturalmente, servir de pruebas para una evaluación laboral, pero también para un ascenso. El semblante de su jefe permaneció neutral. ¡Qué dura puede ser la vida cuando se es inseguro!

Royce añadió jovialmente:

—Así que con sólo mirarme puede decirme lo que estoy pensando. Por cómo cruzo los brazos, hacia dónde miro, si me pongo colorado o no. Desvelar todos mis secretos.

—Es un poco más complicado que eso —contestó ella amablemente.

—Ah.

En realidad, ya había dado con una clasificación preliminar del tipo de personalidad de Royce. Era un extrovertido, racional, sensorial. Y posiblemente era una mentiroso maquiavélico. De ahí que desconfiara de él.

—Pues sí, hemos oído hablar muy bien de usted. Ese caso a principios de mes, el de ese loco que estuvo por aquí, en la península. Fue de los duros. Pero consiguió atraparlo.

—Tuvimos algunos golpes de suerte.

—No, no —terció Overby rápidamente—, nada de golpes de suerte. Kathryn fue más lista que él.

Dance se dio cuenta de que, al hablar de suerte, había introducido una crítica sutil dirigida contra sí misma, contra la oficina del CBI en Monterrey y contra el propio Overby.

—¿Y a qué se dedica exactamente, Hamilton?

No pensaba fijar el estatus de Royce llamándolo «señor» en una situación como aquélla.

—Bueno, soy un chico para todo. Localizo y reparo averías. Si hay problemas con los distintos organismos estatales, con la oficina del gobernador, con la asamblea, incluso con los tribunales, voy, echo un vistazo y redacto un informe. —Sonrió—. Un montón de informes. Confío en que los lean. Nunca se sabe.

Aquello no parecía responder a su pregunta. Dance consultó su reloj, un gesto que a Royce no le pasó desapercibido, pero a Overby sí. Como esperaba ella.

—Hamilton ha venido por lo del caso Chilton —comentó su jefe, y miró al de Sacramento como para asegurarse de que había hecho bien. Fijó de nuevo la mirada en Dance—. Danos informes —le ordenó como si fuera el capitán de un barco.

—Claro, Charles —contestó ella con sorna.

Advirtiendo tanto su tono como el hecho de que había dicho «el caso Chilton». Ella misma pensaba ya en las agresiones como en «el caso de las cruces de carretera». O «el caso Travis Brigham». De pronto creyó deducir qué hacía Royce allí.

Les habló del asesinato de Lyndon Strickland: de cómo se había llevado a cabo y de cómo aparecía Strickland en el blog de Chilton.

Royce arrugó el entrecejo.

—Entonces, ¿está aumentando el número de sus posibles objetivos?

—Eso creemos, sí.

—¿Pruebas?

—Claro, hay algunas, pero nada concreto que pueda conducirnos a su escondite. Estamos llevando a cabo una operación de busca y captura conjuntamente con la Patrulla de Caminos y la oficina del sheriff. —Sacudió la cabeza—. No están haciendo muchos progresos. Travis no conduce, va en bici y no se está dejando ver. —Miró a Royce—. Nuestro asesor opina que para mantenerse oculto está sirviéndose de técnicas de evasión que ha aprendido jugando en línea.

—¿Quién es su asesor?

—Jon Boling, un profesor de la Universidad de California-Santa Cruz. Está siendo de gran ayuda.

—Y, además, se ha ofrecido a ayudarnos sin cobrar —comentó Overby tan suavemente como si sus palabras estuvieran engrasadas.

—Respecto a ese blog —dijo Royce con parsimonia—, ¿cuál es su papel, exactamente?

—Han sido algunos de los comentarios publicados en él los que han empujado al chico a actuar así —explicó Dance—. Estaba sufriendo ciberacoso.

—Por eso ha perdido la cabeza.

—Estamos haciendo todo lo posible por encontrarlo —agregó Overby—. No puede estar muy lejos. La península es pequeña.

Royce no había desvelado gran cosa, pero Dance dedujo por su mirada reconcentrada que no sólo estaba tomando la medida al problema de Travis Brigham, sino también doblándolo pulcramente para que cupiera en el propósito que lo había llevado hasta allí.

Por fin, fue al grano:

—Kathryn, en Sacramento hay preocupación por este caso. Tengo que decírselo. Todo el mundo está nervioso. Hay adolescentes, ordenadores, redes sociales y, ahora, también un arma. Es inevitable pensar en Columbine y en Virginia Tech. Al parecer, esos chicos de Colorado son los ídolos de Travis Brigham.

—Eso son rumores, no sé si ciertos o no. Lo publicó en el blog alguien que quizá conozca a Travis o quizá no.

Y por el temblor de su ceja y el modo en que se crispó su labio, ella comprendió que acababa de darle el pie que necesitaba. Con gente como Hamilton Royce, nunca se sabía si era todo transparente y sincero, o si uno estaba regateando.

—Ese blog... He hablado de él con el fiscal general. Nos preocupa que, mientras la gente siga publicando comentarios, sea como echar gasolina a las llamas. ¿Sabe a qué me refiero? Como una avalancha. Bueno, estoy mezclando metáforas, pero se hace usted una idea. Lo que hemos pensado es si no sería mejor que se cerrara el blog.

—Ya se lo he pedido a Chilton.

—¿Ah, sí? —preguntó Overby.

—¿Y qué ha dicho?

—Que rotundamente no. Libertad de prensa.

Royce soltó un bufido.

—No es más que un blog. No es el *Chronicle* ni el *Wall Street Journal*.

—Él no opina lo mismo —respondió Dance, y añadió—: ¿Se ha puesto en contacto con él alguien de la oficina del fiscal general?

—No. Nos preocupa que, si la petición viene de Sacramento, Chilton saque a relucir el asunto en su blog y que de ahí se extienda a los periódicos y a las televisiones. Represión, censura... Todas esas etiquetas podrían acabar perjudicando al gobernador y a algunos congresistas. No, no podemos hacer eso.

—Bien, de todos modos se ha negado —repitió Dance.

—Sólo me estaba preguntando —comenzó a decir Royce, clavando la mirada en ella— si ha averiguado algo sobre él, algo que pueda ayudar a persuadirlo.

—¿Una zanahoria o un palo? —preguntó ella al instante.

Royce no pudo evitar reírse. Al parecer, le impresionaban las personas ingeniosas.

—No parece de los que se dejan seducir por la zanahoria, por lo que nos ha contado.

O sea, que el soborno no funcionaría. Y era cierto, Dance lo sabía: ella misma lo había intentado. Pero Chilton tampoco parecía susceptible a las amenazas. De hecho, daba la impresión de ser de los que disfrutaban de ellas. Y sin duda publicaría algo en su blog sobre quien se atreviera a amenazarlo.

Además, aunque Chilton no era de su agrado y lo consideraba arrogante y soberbio, no le parecía bien servirse de algo que hubiera descubierto en el curso de una investigación para intimidarlo y hacerlo callar. En cualquier caso, pudo contestar con sinceridad:

—No he encontrado nada. James Chilton como tal representa una parte insignificante del caso. No ha publicado nada sobre el chico. Incluso borró su nombre. Su hilo sobre las cruces de carretera tenía por objeto criticar la labor de la policía y el departamento de obras públicas. Fueron los lectores quienes empezaron a atacar a Travis.

—Así que nada incriminatorio, nada que podamos utilizar.

Utilizar. Qué curioso que hubiera escogido ese verbo.

—No.

—En fin, es una lástima.

Royce parecía, en efecto, decepcionado. Overby también lo notó, y él puso asimismo mala cara.

—Sigue con ello, Kathryn —dijo.

—Estamos esforzándonos al máximo por encontrar al culpable, Charles —contestó ella arrastrando las palabras.

—Claro. Por supuesto. Pero considerando el caso desde un punto de vista general...

Overby vaciló.

—¿Qué? —preguntó ella con aspereza. Su enfado por el asunto de Robert Harper había vuelto a aflorar.

Ten cuidado, se dijo.

Overby esbozó una mueca que sólo vagamente se parecía a una sonrisa.

—Considerando el caso desde un punto de vista general, sería de gran ayuda para todos persuadir a Chilton de que parara el blog. Útil para nosotros y útil para Sacramento. Eso por no hablar de las personas cuya vida corre peligro por haber publicado comentarios en él.

—Exacto —dijo Royce—. Nos preocupa que haya más víctimas.

Claro que les preocupaba, tanto al fiscal general como al propio Royce. Pero también les preocupaba la mala prensa que se generaría en contra de las autoridades del estado por no hacer todo lo posible por detener al asesino.

Para poner fin a la reunión y volver al trabajo, Dance se limitó a asentir.

—Si veo algo que pueda servirte, Charles, te avisaré.

Los ojos de Royce brillaron. Overby, que no había captado la ironía, sonrió.

—Estupendo.

En ese instante vibró el teléfono de Dance anunciando que tenía un mensaje. Al leerlo, ahogó una exclamación de sorpresa y miró a Overby.

—¿Qué ocurre? —preguntó Royce.

—James Chilton acaba de ser agredido —contestó—. Tengo que irme.

21

Dance entró precipitadamente en Urgencias del Hospital de la Bahía de Monterrey.

Vio a TJ en medio del vestíbulo. Parecía preocupado.

—Jefa —dijo con un fuerte suspiro, aliviado al verla.

—¿Cómo está?

—No tiene nada grave.

—¿Habéis detenido a Travis?

—No ha sido el chico quien le ha agredido —contestó TJ.

En ese momento se abrieron las puertas de la sala de urgencias y salió James Chilton con un apósito en la mejilla.

—¡Me ha atacado!

El bloguero señaló a un hombre corpulento, trajeado y de cara rubicunda.

Estaba sentado junto a la ventana. A su lado aguardaba un fornido ayudante del sheriff. Sin detenerse a saludarla, Chilton señaló de nuevo al desconocido y le espetó a Dance:

—Deténgalo.

El hombre, entre tanto, se había puesto en pie de un salto.

—¡Deténgalo a él! ¡Quiero que vaya a la cárcel!

El ayudante del sheriff masculló:

—Señor Brubaker, siéntese, por favor.

Habló con tanta firmeza que el hombre vaciló, miró a Chilton con inquina y volvió a dejarse caer en la silla de fibra de vidrio.

El ayudante del sheriff se acercó a Dance para contarle lo ocurrido. Media hora antes, mientras estaba en los terrenos donde proyectaba construir su planta desalinizadora, acompañado por un equipo de topógrafos, Arnold Brubaker había encontrado a Chilton haciendo fotografías de los hábitats animales de la zona. Había intentado quitarle la cámara y lo había tirado al suelo de un empujón. Los topógrafos habían llamado a la policía.

La herida, pensó Dance, no tenía aspecto de ser grave.

Chilton, sin embargo, parecía ofuscado.

—¡Ese hombre está saqueando la península! Está destruyendo nuestros recursos naturales. Nuestra flora y nuestra fauna. Por no hablar de un cementerio ohlone.

Los indios ohlones habían sido los primeros habitantes de aquella parte de California.

—¡No vamos a construir cerca de sus tierras! —estalló Brubaker—. Eso era un rumor. ¡Y completamente falso, además!

—Pero el tráfico de entrada y de salida de la zona va a...

—Estamos gastando millones en reubicar a las colonias de animales y...

—¡Silencio los dos! —ordenó Dance.

Chilton, sin embargo, no pudo refrenarse.

—Y encima me ha roto la cámara. ¡Igual que los nazis!

Brubaker contestó con una fría sonrisa.

—James, creo que has sido tú el primero en quebrantar las leyes al entrar en propiedad privada. ¿No hacían eso también los nazis?

—Tengo derecho a informar sobre la destrucción de nuestros recursos.

—Y yo...

—Está bien —dijo Dance con firmeza—. ¡Se acabó!

Se quedaron callados mientras el ayudante del sheriff le informaba de las diversas infracciones que habían cometido. Finalmente, se acercó a Chilton:

—Ha entrado en propiedad privada. Eso es un delito.

—Yo...

—Chist. Y usted, señor Brubaker, ha agredido al señor Chilton, lo cual va contra la ley, a no ser que corriera peligro inminente de ser atacado físicamente. Debió llamar a la policía.

Brubaker estaba furioso, pero asintió con un gesto. Parecía lamentar no haberle hecho más que un rasguño en la mejilla. El apósito era bastante pequeño.

—El caso es que los dos son culpables de delitos menores. Y si quieren denunciar, los detendré. Pero a los dos. A uno por allanamiento doloso y a otro por asalto y agresión. ¿Y bien?

Con la cara colorada, Brubaker comenzó a quejarse:

—Pero él...

—¿Qué contestan? —preguntó Dance con una calma amenazadora que le hizo callar inmediatamente.

Chilton hizo un gesto afirmativo acompañado de una mueca.

—Está bien.

Por fin, Brubaker masculló con evidente exasperación:

—De acuerdo. Está bien. ¡Pero no es justo! Llevo un año trabajando siete días a la semana para intentar remediar la sequía. Ésa ha sido mi vida. Y mientras tanto él se queda sentado en su despacho y me hace trizas sin siquiera tener en cuenta los datos. La gente ve lo que pone en ese blog y cree que es cierto. ¿Cómo voy a competir con eso? ¿Escribiendo mi propio blog? ¿Y de dónde saco el tiempo?

Exhaló un dramático suspiro y salió por la puerta principal.

Después de que se marchara, Chilton le dijo a Dance:

—No va a construir la planta por simple bondad. Hay dinero de por medio, y eso es lo único que le preocupa. Además, yo he investigado el caso.

Se quedó callado cuando ella se volvió hacia él y vio su expresión sombría.

—James, puede que no se haya enterado aún de la noticia. Travis Brigham acaba de asesinar a Lyndon Strickland.

Chilton guardó silencio un momento.

—¿Lyndon Strickland? ¿El abogado? ¿Está segura?

—Me temo que sí.

El bloguero recorrió con la mirada el suelo de la sala de urgencias, de baldosas blancas y verdes, limpio pero arañado por el roce de años y años de pasos ansiosos, de un ir y venir de suelas y tacones.

—Pero Lyndon comentó en el hilo sobre la planta desalinizadora, no en el de las cruces de carretera. No, Travis no podía tener queja de él. Habrá sido otra persona. Lyndon se había enemistado con mucha gente. Era abogado, especialista en demandas civiles, y siempre estaba aceptando causas controvertidas.

—Las pruebas no dejan lugar a dudas. Ha sido Travis.

—Pero ¿por qué?

—Creemos que porque Strickland publicó un comentario en su apoyo. No importa que fuera en otro hilo del blog. Creemos que Travis está ensanchando su número de posibles objetivos.

Chilton recibió la noticia con amargo silencio, y preguntó:

—¿Sólo porque publicó un comentario apoyando mi opinión?

Dance asintió.

—Lo cual me lleva a otra cuestión que me preocupa. Que Travis pueda ir por usted.

—Pero ¿qué puede tener contra mí? Yo no he dicho una palabra sobre él.

—Ha atacado a una persona que le apoyaba —continuó Dance—. De lo que se deduce que también está enfadado con usted.

—¿Lo cree de veras?

—Creo que no podemos permitirnos descartar esa posibilidad.

—Pero mi familia...

—He ordenado que un coche de la policía monte guardia frente a su casa. Un ayudante de la oficina del sheriff.

—Gracias... Gracias. Voy a decirles a Pat y a los chicos que estén atentos por si ven algo raro.

—¿Se encuentra bien?

Dance indicó el apósito.

—No es nada.

—¿Necesita que lo lleven a casa?

—Pat va a venir a buscarme.

Dance comenzó a alejarse.

—Y, por el amor de Dios, deje en paz a Brubaker.

Chilton entornó los ojos.

—Pero ¿sabe usted los efectos que va a tener esa planta? —Se quedó callado y levantó las manos en señal de rendición—. Está bien, está bien. No volveré a entrar en sus tierras.

—Gracias.

Dance salió y volvió a encender su teléfono. Sonó treinta segundos después. Era Michael O'Neil. Ver aparecer su número la reconfortó.

—Hola.

—Acabo de oír un aviso. Chilton. ¿Lo han agredido?

—Está bien.

Le explicó lo ocurrido.

—Allanamiento... Le está bien empleado. He llamado a la oficina. Ya tienen el informe del laboratorio del asesinato de Strickland. Les he metido prisa para que acabaran cuanto antes. Pero no hay novedades.

—Gracias.

Dance bajó la voz, le hizo gracia descubrirse susurrando, y le contó su curioso encuentro con Hamilton Royce.

—Genial. Demasiados cocineros echan a perder el caldo.

—Me gustaría meterlos a ellos en la cazuela —masculló la agente—. Y subir el fuego.

—¿Y ese tal Royce quiere cerrar el blog?

—Sí. Deduzco que le preocupa la mala publicidad.

—Casi me da pena Chilton —comentó O'Neil.

—Si pasaras diez minutos con él, no te la daría.

El ayudante del sheriff se rió.

—De todos modos iba a llamarte, Michael. Les he dicho a mis padres que vengan a cenar esta noche. Mi madre necesita apoyo. Me encantaría que pudieras venir. Con Anne y con los niños —añadió.

Un silencio.

—Lo intentaré. Estoy liadísimo con el caso del contenedor. Y Anne se ha ido a San Francisco. Una galería va a hacer una exposición de sus últimas fotos.

—¿En serio? Es impresionante.

Dance recordó la conversación telefónica que había oído la víspera acerca del viaje que proyectaba Anne O'Neil, durante su frustrado desayuno tras la reunión con Ernie Seybold. Entre las diversas opiniones que tenía sobre la esposa de O'Neil, la más objetiva era la relativa a su talento como fotógrafa.

Colgaron, y Dance siguió hacia su coche mientras desenredaba el cable de los auriculares de su iPod. Necesitaba un chute de música. Estaba pasando temas, intentando decidirse entre la música latina y la celta, cuando sonó su teléfono. Era Jonathan Boling.

—Hola —dijo.

—La agresión de Chilton es la comidilla del CBI. ¿Qué ha pasado? ¿Está bien?

Dance le contó los detalles. Boling se alegró de que no hubiera ningún herido grave, pero ella notó por su tono que tenía noticias que darle. Se quedó callada y el profesor preguntó:

—Kathryn, ¿estás cerca de la oficina?

—No pensaba volver. Tengo que ir a recoger a los niños y trabajar desde casa un rato. —No le dijo que quería evitar a Overby y a Hamilton Royce—. ¿Por qué?

—Por un par de cosas. Tengo los nombres de varias personas que han apoyado a Chilton con comentarios en el blog. Supongo que la buena noticia es que no son muchos. Pero es lo típico. En los blogs suele haber más detractores que seguidores.

—Mándame la lista por correo electrónico y empezaré a llamarles desde casa. ¿Qué más?

—Dentro de una hora aproximadamente habremos conseguido entrar en el ordenador de Travis.

—¿En serio? Eso es genial.

Por lo visto, su amiga Tifanny, Bambi o como se llamara, era una *hacker* excelente.

—Voy a copiar su disco duro. He pensado que querrías verlo.

—Claro que sí. —Dance tuvo una idea—. ¿Tienes planes esta noche?

—No, he aparcado mis planes de ladrón de guante blanco mientras os echo una mano.

—Llévame el ordenador a casa. Van a venir a cenar mis padres y un par de amigos.

—Claro, de acuerdo.

Le dio la hora y la dirección.

Colgaron.

Mientras estaba junto al coche, en el aparcamiento del hospital, vio que varios enfermeros y auxiliares se marchaban después de acabar su turno. La miraron fijamente.

Dance, que conocía a algunos, sonrió. Uno o dos la saludaron con una inclinación de cabeza, pero su gesto le pareció tibio, por no decir frío. Naturalmente, comprendió ella, estarían pensando: Ésa de ahí es la hija de una mujer que tal vez haya cometido un asesinato.

22

—Yo llevo la compra —anunció Maggie cuando el Pathfinder de Dance se detuvo chirriando delante de su casa.

Su hija demostraba mucha independencia últimamente. Cogió la bolsa más grande. Había cuatro. Después de recoger a los niños en casa de Martine, habían parado en el supermercado para entregarse a un frenesí de compras. Si se presentaban todas las personas a las que había invitado, serían casi doce a cenar, entre ellos varios adolescentes con un apetito voraz.

Inclinado por el peso de las dos bolsas que llevaba en una mano, cosas de hermano mayor, Wes preguntó a su madre:

—¿Cuándo va a venir la abuela?

—Dentro de un rato, espero. Es posible que no venga.

—No, ha dicho que iba a venir.

Dance sonrió, desconcertada.

—¿Has hablado con ella?

—Sí, me ha llamado al campamento.

—A mí también —dijo Maggie.

Así que había llamado para tranquilizar a los niños y decirles que estaba bien. Dance se puso colorada. ¿Por qué no me ha llamado a mí?

—Bueno, es fantástico que vaya a venir.

Llevaron las bolsas dentro.

Dance entró en su dormitorio acompañada por *Patsy*.

Miró la caja de seguridad donde solía guardar su arma. Travis estaba ampliando el número de sus objetivos, y sabía que ella formaba parte del grupo de policías que andaba tras él. Además, no podía olvidarse de la posible amenaza, la cruz, que había descubierto en su jardín la noche anterior. Decidió seguir llevando la pistola encima, pero, siempre temerosa de tener armas en casa habiendo niños, la guardó en la caja unos minutos para darse una ducha. Se desnudó enérgicamente y se metió bajo el chorro de agua caliente, intentando sin éxito desprenderse de los residuos de aquel día.

Se puso unos vaqueros y una blusa ancha, sin remeter, para ocultar el arma que llevaba sujeta a la altura de los riñones. Incómodo y al mismo tiempo, sin embargo, reconfortante. Después se fue a toda prisa a la cocina.

Dio de comer a los perros y resolvió un conato de pelea entre los niños, que se habían puesto a discutir por las tareas que le tocaba hacer a cada uno antes de la cena. No perdió la paciencia: sabía que estaban alterados por lo sucedido el día anterior en el hospital. Maggie guardaría la compra mientras Wes ponía orden antes de que llegaran los invitados. A Dance no dejaba de asombrarle lo desordenada que podía llegar a estar una casa, incluso cuando sólo vivían tres personas en ella.

Pensó de pronto, como hacía a menudo, en la época en que todavía eran cuatro. Y miró la foto de su boda. Bill Swenson, con el pelo prematuramente gris, delgado y con una sonrisa relajada, la rodeaba con el brazo mientras miraba a la cámara.

Entró en el despacho, encendió el ordenador y mandó un correo a Overby para informarle de la agresión que había sufrido Chilton y de su enfrentamiento con Brubaker.

No le apetecía hablar con él.

Abrió luego el correo electrónico de Jon Boling con los nombres de las personas que habían publicado comentarios favorables a Chilton en los últimos meses. Eran diecisiete.

Podía ser peor, supuso.

Pasó la hora siguiente buscando los números de teléfono de los que vivían a menos de ciento cincuenta kilómetros y llamando para avisarles de que podían estar en peligro. Capeó como pudo sus críticas, algunas de ellas hirientes, acerca de la incapacidad del CBI y de la policía de detener a Travis Brigham.

Después, abrió el *Chilton Report.*

http://www.thechiltonreport.com/html/junio27.html

Repasó todos los hilos y notó que había comentarios nuevos en casi todos ellos. Los últimos comentaristas a los artículos sobre el reverendo Fisk y la planta desalinizadora se tomaban sus causas respectivas muy a pecho... y con enfado creciente. Pero ninguno de sus mensajes podía compararse en saña a los comentarios del hilo «Cruces en el camino», muchos de los cuales se atacaban entre sí con furia irrefrenable, semejante a la que destilaban contra Travis Brigham.

Algunos de ellos estaban redactados de manera singular, otros parecían intentar sonsacar información, y algunos eran amenazas directas.

Dance tuvo la sensación de que había allí pistas sobre el paradero de Travis, posiblemente incluso señales sutiles de quién sería su próxima víctima. ¿Era Travis uno de los comentaristas, oculto detrás de una identidad falsa o del seudónimo más común: «Anónimo»? Leyó atentamente las conversaciones y llegó a la conclusión de que si, en efecto, había pistas, se le escapaban. Ella, que se sentía tan a sus anchas analizando la palabra hablada, no logró extraer conclusiones sólidas al leer aquellos gritos y refunfuños, frustrantes por ser silenciosos.

Finalmente, salió del blog.

Llegó un correo de Michael O'Neil. Le daba la desalentadora noticia de que la vista para resolver la inmunidad de Juan Nadie había sido pospuesta hasta el viernes. Según Ernie Seybold, el fiscal, era mala señal que el juez hubiera accedido a posponerla a instancias de la defensa. Dance torció el gesto al enterarse y se sintió decepcionada por que O'Neil no la hubiera llamado para darle la noticia. Tampoco le decía si iría a cenar con sus hijos esa noche.

Comenzó a organizar la cena. No tenía mucha mano para la cocina, ella era la primera en reconocerlo, pero sabía en qué tiendas vendían la mejor comida preparada. La cena estaría bien.

Mientras escuchaba el suave alboroto de un videojuego procedente de la habitación de Wes y las escalas que Maggie ejecutaba en el teclado, se descubrió mirando hacia el jardín y recordando la cara de su madre la tarde anterior, cuando su hija la había abandonado para ir a ver la segunda cruz.

Tu madre lo entenderá.

No, no lo entenderá...

Ensimismada frente a los recipientes de falda de ternera, judías verdes, ensalada César, salmón y patatas asadas, recordó aquella vez, tres semanas antes, en que su madre, en aquella misma cocina, le había hablado de la situación de Juan Millar, ingresado en la UCI. Con el rostro contraído por el dolor, Edie le había dicho a su hija lo que le había susurrado Juan.

Máteme...

El sonido del timbre ahuyentó aquella idea turbadora.

Dedujo quién había llegado: la mayoría de sus amigos y familiares subían por las escaleras de la terraza de atrás y entraban en la cocina sin llamar al timbre ni tocar a la puerta. Al abrir, vio a Jon Boling de pie en el porche. Ostentaba aquella cómoda sonrisa a la que ella ya se había acostumbrado y sostenía una bolsa de la compra y una aparatosa funda de ordenador portátil. Se había cambiado de ropa: ahora llevaba unos vaqueros negros y una camisa oscura de rayas, con cuello.

—Hola.

Boling inclinó la cabeza y la siguió a la cocina.

Los perros se levantaron. Él se agachó y los abrazó cuando se acercaron a saludarlo.

—¡Vale, chicos, fuera! —ordenó Dance.

Les lanzó un par de golosinas para perros por la puerta trasera y bajaron a toda velocidad la escalera, camino del jardín.

Boling se levantó, se limpió los lametones de la cara y se echó a reír. Metió la mano en la bolsa que llevaba.

—He decidido traer azúcar como regalo para la anfitriona.

—¿Azúcar?

—En dos versiones: fermentada.

Extrajo una botella de vino blanco Caymus Conundrum.

—Qué bien.

—Y horneada. —Sacó una bolsa de galletas—. Me he acordado de cómo las miraste en la oficina cuando tu secretaria intentó cebarme.

—Te diste cuenta, ¿eh? —Dance se rió—. Serías un buen interrogador kinésico. Tenemos que estar siempre atentos a todo.

Advirtió su mirada de excitación.

—Tengo que enseñarte una cosa. ¿Podemos sentarnos en alguna parte?

Dance lo condujo al cuarto de estar, donde Boling sacó otro portátil, uno grande, de una marca que ella no reconoció.

—Lo ha hecho Irv —anunció.

—¿Irv?

—Irving Wepler, el amigo del que te he hablado. Uno de mis alumnos.

Así que no era Bambi, ni Tiffany.

Boling comenzó a teclear. Un instante después la pantalla cobró vida. Dance no sabía que los ordenadores pudieran encenderse tan rápidamente.

En la otra habitación, Maggie dio una nota en falso.

—Perdón.

Dance hizo una mueca.

—Do sostenido —dijo Boling sin apartar la vista de la pantalla.

Ella se sorprendió.

—¿Eres músico?

—No, no, pero tengo buen oído. Por pura carambola. Y no sé qué hacer con él. No tengo ningún talento para la música. No como tú.

—¿Yo?

No le había hablado de su vocación.

Boling se encogió de hombros.

—Pensé que no sería mala idea buscarte en Internet. No esperaba que tuvieras más entradas en Google como cazadora de canciones que como poli. Uy, ¿puedo decir «poli»?

—De momento no es un término políticamente incorrecto.

Dance le explicó que era una cantante folk frustrada, pero que se había redimido en parte gracias a su proyecto con Martine Christensen: una página web llamada *American Tunes*, en honor al evocador himno que Paul Simon había dedicado a su país en los años setenta. Aquella página era un salvavidas para alguien como ella, que a menudo, debido a su trabajo, tenía que visitar lugares sumamente siniestros. No había nada como la música para sacarla sana y salva de las mentes de los criminales a los que perseguía.

Aunque el término más común era «cazadora de canciones», le dijo Dance, la denominación técnica era «folklorista». El más famoso era Alan Lomax, que a mediados del siglo XX había recorrido el interior de Estados Unidos recopilando música tradicional para la Biblioteca del Congreso. Dance también salía de viaje cuando podía para recopilar música, aunque no *bluegrass*, *blues* y música montañesa, como había hecho Lomax. Las canciones del folklore americano actual eran africanas, afro-pop, cajunes, latinas, caribeñas, de Nueva Escocia, de las Antillas y de Asia.

American Tunes ayudaba a los músicos a registrar su material original, vendía su música mediante descargas y distribuía entre los autores el dinero que pagaban los oyentes.

Boling pareció interesado. Al parecer, él también salía a caminar por el monte una o dos veces al mes. Hacía tiempo había practicado en serio la escalada, le explicó, pero lo había dejado.

—La gravedad —concluyó— es impepinable.

Luego señaló con la cabeza la habitación de la que procedía la música.

—¿Hijo o hija?

—Hija. Las únicas cuerdas con las que está familiarizado mi hijo son las de la raqueta de tenis.

—Toca bien.

—Gracias —dijo Dance con cierto orgullo.

Se había esforzado mucho por animar a Maggie. Practicaba con ella y, lo que requería aún más tiempo, hacía de chófer para llevarla y traerla de las clases de piano y los recitales.

Boling pulsó algunas teclas y en la pantalla del portátil apareció una página llena de color. Su lenguaje corporal cambió entonces repentinamente. Dance notó que miraba por encima de su hombro, hacia la puerta.

Debería haberlo imaginado. Treinta segundos antes, había oído callar el teclado.

Boling sonrió.

—Hola, soy Jon. Trabajo con tu mamá.

Maggie, que llevaba una gorra de béisbol con la visera hacia atrás, se quedó en la puerta.

—Hola.

—La gorra en casa —le recordó su madre.

La niña se la quitó y se fue derecha a Boling.

—Soy Maggie.

Mi hija no tiene nada de tímida, se dijo Dance mientras la pequeña de diez años estrechaba la mano de Boling.

—Tienes fuerza —le dijo el profesor—. Y buena mano para el teclado.

Ella sonrió.

—¿Usted toca algo?

—Sólo CD y descargas. Nada más.

La agente levantó la vista y no le sorprendió ver aparecer también a su hijo Wes, de doce años. El chico los miraba desde la puerta, un poco apartado. Y no sonreía.

A Dance le dio un vuelco el estómago. Desde la muerte de su padre, Wes sentía una antipatía inmediata por todos los hombres con los que se relacionaba su madre. Según su psicóloga, ello se debía a que los consideraba una amenaza para su familia y para el recuerdo de su padre. El único que de verdad le caía bien era Michael O'Neil, en parte porque, teorizaba su doctora, estaba casado y por tanto no suponía ningún peligro.

A la agente, que era viuda desde hacía dos años y sentía a veces un terrible anhelo de tener pareja, se le hacía duro aceptar la actitud de su hijo. Quería salir con hombres, quería conocer a alguien y, además, sabía que sería bueno para los niños. Pero cada vez que salía, Wes se mostraba hosco y malhumorado. Dance se había pasado horas intentando tranquilizarlo y hacerle entender que su hermana y él eran lo primero. Ideaba tácticas para que se sintiera a gusto al conocer a sus amigos varones. Y a veces, sencillamente, imponía su autoridad y le decía sin ambages que no pensaba tolerar su actitud. Pero ninguna estrategia había funcionado del todo bien, y tampoco ayudaba el hecho de que Wes hubiera demostrado mucha más perspicacia que ella al tratar con hostilidad al que había sido su pareja potencial más reciente. Después de aquello, había decidido hacer caso de lo que dijeran sus hijos y vigilar atentamente cómo reaccionaban.

Le hizo señas a Wes de que se acercara. El chico se reunió con ellos.

—Éste es el señor Boling.

—Hola, Wes.

—Hola.

Se dieron la mano, el chico con cierta timidez, como siempre.

Dance se disponía a añadir rápidamente que Boling y ella se conocían del trabajo para tranquilizar a Wes y despejar cualquier posible incomodidad. Pero antes de que le diera tiempo a decir nada, los ojos de su hijo centellearon al mirar la pantalla del ordenador.

—¡*DQ*, qué guay!

Dance miró las coloridas imágenes de la página de *Dimension Quest* que, al parecer, Boling había extraído del ordenador de Travis.

—¿Estáis jugando?

Su hijo parecía atónito.

—No, no. Sólo quería enseñarle una cosa a tu madre. ¿Conoces los juegos de rol en línea, Wes?

—A ver, claro.

—Wes... —murmuró su madre.

—Digo, claro que sí. A mi madre no le gusta que diga tanto «a ver».

Sonriendo, Boling preguntó:

—¿Juegas a *DQ*? Yo no lo conozco muy bien.

—Qué va, es como muy fantasioso, ¿sabes? Prefiero *Trinity*.

—¡Uf! —exclamó Boling en tono de admiración sincera y un tanto pueril—. Los gráficos son una pasada.

Se volvió hacia Dance y añadió:

—Es CF.

Pero como explicación no era gran cosa.

—¿Qué?

—Mamá, ciencia ficción.

—Ci-Fi.

—No, no se dice así. Se dice CF.

Su hijo levantó los ojos al cielo.

—Tomo nota.

Wes arrugó la cara.

—Pero para jugar a *Trinity* se necesitan dos gigas de RAM y una tarjeta de vídeo de otras dos, como mínimo. Si no es como, a ver... —Dio un respingo—. Si no es muy lento. Porque tienes los rayos listos para disparar y entonces va y se te cuelga la pantalla. Es un rollo.

—¿Sabes cuánta memoria RAM tiene el ordenador que me he construido en el trabajo? —preguntó Boling con aire astuto.

—¿Tres? —preguntó Wes.

—Cinco. Y la tarjeta de vídeo tiene cuatro.

Wes hizo como si se desmayara.

—¡Haaala! ¡Cómo mola! ¿Cuánta capacidad de almacenamiento tiene?

—Dos Ts.

—¡Qué dices! ¿Dos terabytes?

Dance se rió. Sentía un inmenso alivio por que no hubiera tensión entre ellos. Pero dijo:

—Wes, nunca te he visto jugar a *Trinity*. No lo tenemos cargado en el ordenador, ¿verdad?

Era muy restrictiva con los juegos a los que podían jugar sus hijos en el ordenador y las páginas web que podían visitar, pero no podía supervisarlos cada minuto del día.

—No, no me dejas —dijo el chico sin resentimiento ni segunda intención—. Juego en casa de Martine.

—¿Con los gemelos?

Dance se quedó perpleja. Los hijos de Martine Christensen y Steven Cahill eran más pequeños que Wes y Maggie.

El chico se rió.

—¡Mamá! —exclamó, exasperado—. No, con Steve. Tiene todos los códigos y los parches.

Eso era más lógico. Steve, que se calificaba a sí mismo de *ciberecologista*, se ocupaba de la parte técnica de *American Tunes*.

—¿Es un juego violento? —le preguntó a Boling, no a Wes.

El profesor y el niño cambiaron una mirada cómplice.

—¿Y bien? —insistió ella.

—No, qué va —dijo Wes.

—¿Qué significa eso exactamente? —preguntó la agente de policía.

—Bueno, se pueden hacer volar por los aires naves espaciales y planetas —contestó Boling.

—Pero no es violento, violento, ya sabes —añadió Wes.

—En serio —le aseguró el profesor—. Nada que ver con *Resident Evil* o *Manhunt*.

—O con *Gears of War* —agregó Wes—. Porque en ése se puede descuartizar a la gente con una sierra mecánica.

—¿Qué? —Dance no daba crédito—. ¿Has jugado alguna vez?

—¡No! —contestó su hijo, indignado, justo en el límite de la credibilidad—. Pero lo tiene Billy Sojack, el de mi clase. Nos lo ha contado él.

—Pues más te vale no jugar.

—Vale. No jugaré. Pero de todos modos —añadió el chico, lanzando otra mirada a Boling—, no tienes por qué usar la sierra mecánica.

—No quiero que juegues nunca a ese juego. Ni a los otros que ha mencionado el señor Boling —dijo Dance con su mejor voz de madre.

—Vale. Jolín, mamá.

—¿Me lo prometes?

—Sí.

La mirada que le lanzó a Boling parecía decir: «A veces se pone así».

Se pusieron entonces a debatir sobre otros juegos y cuestiones técnicas cuyos significados Dance ni siquiera podía adivinar. Pero se alegró de verlos así. Boling, desde luego, no le interesaba como pareja, pero para ella era un tremendo alivio no tener que preocuparse de posibles conflictos, sobre todo esa noche. La cena ya sería bastante estresante de por sí. Boling no hablaba a su hijo con condescendencia, ni intentaba impresionarlo. Parecían compañeros de distinta edad que se divertían charlando.

Maggie, que se sentía desplazada, irrumpió de pronto en la conversación preguntando:

—Señor Boling, ¿usted tiene hijos?

—Mags —dijo Dance—, no hagas preguntas personales cuando acabas de conocer a alguien.

—No pasa nada. No, no tengo hijos, Maggie.

La niña asintió, asimilando la información. No lo preguntaba, dedujo Dance, por saber si había posibles compañeros de juego. Lo que en realidad quería saber era el estado civil de Boling. Su hija tenía más ganas de casarla que Maryellen Kresbach, su secretaria, con tal de que ella, claro está, fuera la madrina. Nada de dama de honor: eso sería demasiado retro para su hija, siempre tan independiente.

Oyeron entonces voces procedentes de la cocina. Habían llegado Edie y Stuart. Entraron y se reunieron con Dance y los niños.

—¡Abuela! —gritó Maggie, y se abalanzó hacia ella—. ¿Cómo estás?

La cara de Edie se iluminó con una sonrisa sincera, o casi, pensó Dance. Wes, cuyo rostro también brillaba de alegría, corrió al encuentro de su abuela. Aunque últimamente era tacaño con los abrazos que daba a su madre, el chico rodeó a su abuela con los brazos y la apretó con fuerza. De los dos niños, era él quien se había tomado más a pecho lo sucedido en el hospital.

—Katie —dijo Stuart—, te pasas la vida persiguiendo a desaprensivos y aún tienes tiempo para cocinar.

—Bueno, la verdad es que *alguien* ha tenido tiempo para cocinar —contestó ella con una sonrisa, y echó una mirada a las bolsas del supermercado, escondidas cerca del cubo de la basura. Abrazó a su madre, encantada de verla—. ¿Cómo estás?

—Bien, querida.

Querida... Mala señal. Pero al menos había venido. Eso era lo que contaba.

Edie se volvió hacia los niños y se puso a hablarles con entusiasmo sobre un programa de televisión que acababa de ver acerca de reformas radicales de casas. A su madre se le daba muy bien reconfortar a los demás y, en lugar de hablar directamente sobre lo sucedido en el hospital, lo que sólo habría conseguido alterar más aún a los niños, omitió el incidente y los tranquilizó poniéndose a charlar de cosas sin importancia.

Dance les presentó a Jon Boling.

—Soy un mercenario —comentó él—. Kathryn ha cometido el error de pedirme consejo y ahora no consigue librarse de mí.

Hablaron de dónde vivía en Santa Cruz, de cuánto tiempo llevaba en aquella zona y de las facultades en las que había enseñado. A Boling le interesó saber que Stuart todavía trabajaba a tiempo parcial en el famoso acuario de la bahía de Monterrey. El profesor iba allí a menudo y acababa de llevar de visita a sus sobrinos.

—Yo también he dado clase a veces —comentó Stuart Dance al saber a qué se dedicaba Boling—. Me sentía la mar de a gusto rodeado de catedráticos. He investigado mucho sobre tiburones.

Boling se rió a carcajadas.

Sirvieron el vino: primero, el Conundrum blanco de Boling.

Luego éste pareció sentir un cambio en la dirección del viento y se disculpó para regresar a su ordenador.

—Si no acabo mis deberes, me quedo sin cenar. Nos vemos dentro de un rato.

—¿Por qué no sales? —le dijo Dance, señalando la terraza—. Enseguida estoy contigo.

Después de que recogiera el ordenador y saliera, Edie comentó:

—Un joven muy agradable.

—Y muy útil. Gracias a él hemos conseguido salvar a una de las víctimas.

Dance se acercó a la nevera para guardar el vino. Mientras lo hacía, la emoción se apoderó de ella y balbució en voz baja:

—Siento que ayer tuviera que marcharme tan deprisa del juzgado, mamá. Encontraron otra cruz en la carretera. Había un testigo y tenía que interrogarlo.

La voz de su madre no reveló sarcasmo alguno cuando contestó:

—No pasa nada, Katie. Estoy segura de que era importante. Y ese pobre hombre de hoy... Lyndon Strickland, el abogado. Era muy conocido.

—Sí.

Dance advirtió el cambio de tema.

—Demandó al estado, según creo. Se dedicaba a la defensa de los consumidores.

—Mamá, ¿qué os ha dicho Sheedy?

Edie Dance pestañeó.

—Esta noche no, Katie. No quiero que hablemos de eso.

—Claro. —La agente se sintió como una niña a la que hubieran regañado—. Como quieras.

—¿Va a venir Michael?

—Iba a intentarlo. Anne está en San Francisco, así que tiene que ocuparse de los niños. Y está trabajando en un caso importante.

—Ah. En fin, esperemos que pueda venir. ¿Y cómo está Anne? —preguntó Edie con frialdad.

En su opinión, la esposa de O'Neil dejaba mucho que desear como madre. Y para Edie Dance cualquier deficiencia en ese aspecto era una falta gravísima, rayana en el delito.

—Bien, imagino. Hace mucho que no la veo.

Se preguntó de nuevo si aparecería Michael.

—¿Has hablado con Betsey? —le preguntó a su madre.

—Sí, va a venir este fin de semana.

—Puede quedarse aquí.

—Si no es inconveniente —repuso Edie.

—¿Por qué iba a serlo?

Su madre contestó:

—A lo mejor estás ocupada. Con ese caso tuyo. Para ti es lo prioritario. Bueno, Katie, ve a ver a tu amigo. Maggie y yo vamos a empezar a preparar las cosas para la cena. Ven, Mags, ayúdame en la cocina.

—¡Sí, abuela!

—Y Stuart ha traído un DVD que cree que a Wes va a gustarle. Disparates deportivos. Id a ponerlo, chicos.

Su marido le hizo caso y se acercó al televisor de pantalla plana, llamando a Wes.

Dance se quedó paralizada un instante, con las manos junto a los costados, viendo, llena de impotencia, cómo su madre se alejaba charlando alegremente con Maggie. Después salió a la terraza.

Encontró a Boling sentado junto a una mesa inestable, cerca de la puerta trasera, bajo una luz anaranjada. Estaba mirando a su alrededor.

—Esto es muy bonito.

—Yo lo llamo la Cubierta —rió ella—. Con ce mayúscula.

Pasaba allí gran parte de su tiempo, sola o con los niños, con los perros y con aquellas personas unidas a ella por la amistad o los lazos familiares.

La estructura gris, de madera tratada a presión, medía seis metros por nueve y se alzaba a dos metros y medio del jardín, a lo largo de la parte de atrás de la casa. Estaba llena de tambaleantes tumbonas, sillas y mesas. La iluminación procedía de lucecitas de Navidad, lámparas de pared y varios globos de color ámbar. Sobre las planchas desiguales del suelo descansaban un fregadero, varias mesas y una nevera grande. Plantas anémicas en tiestos descascarillados, comederos de pájaros y adornos colgantes de metal y cerámica maltratados por la intemperie y comprados en el departamento de jardinería de alguna gran superficie componían la ecléctica decoración.

A menudo, cuando volvía a casa, Dance se encontraba sentado en la terraza a algún compañero del CBI, de la oficina del sheriff de Monterrey o de la Patrulla de Caminos, disfrutando de una bebida procedente de la desvencijada nevera. Importaba poco que ella estuviera en casa o no, siempre y cuando se observaran las normas: no molestar a los niños si estaban estudiando ni turbar el sueño de la familia, evitar las palabras malsonantes y no entrar en la casa a menos que mediara una invitación expresa.

A Dance le encantaba la Cubierta, el lugar idóneo para desayunar, para celebrar cenas y otros acontecimientos más solemnes. Allí se había casado.

Y allí, sobre las planchas de madera grises y combadas, había celebrado el funeral de su marido.

Ahora, se sentó en el tresillo de mimbre junto a Boling, que estaba inclinado sobre el aparatoso portátil. El profesor miró a su alrededor y comentó:

—Yo también tengo una cubierta. Pero si estuviéramos hablando de constelaciones, la tuya sería la Cubierta Mayor y la mía la Cubierta Menor.

Ella se rió.

Boling señaló el ordenador con la cabeza.

—He encontrado muy poca información sobre los amigos de Travis o sobre sitios de por aquí. Mucha menos de la que cabría esperar en el ordenador de un adolescente. El mundo real no pinta gran cosa en la vida de este chico. Pasa gran parte de su tiempo en el sintético, en páginas web, blogs y foros y, naturalmente, jugando a juegos de rol.

Dance se sintió decepcionada. Tanto esfuerzo para entrar en el ordenador, y no iba a servir de gran cosa.

—En cuanto a su vida en el mundo sintético, la mayor parte de ella transcurre en *Dimension Quest*. —Boling indicó de nuevo la pantalla—. He estado informándome. Es el mayor juego de rol en línea del mundo. Tiene unos doce millones de suscriptores.

—Más gente de la que vive en Nueva York.

Boling lo describió como una mezcla de *El señor de los anillos*, *La guerra de las galaxias* y *Second Life*, la página web de interacción social en la que uno puede crearse una vida imaginaria.

—Hasta donde he podido ver, pasaba entre cuatro y diez horas al día en *DQ*.

—¿Al día?

—Bueno, es lo normal en un jugador de rol. —Se rió—. Los hay aún peores. En el mundo real hay un programa de doce pasos para ayudar a la gente a superar su adicción a *Dimension Quest.*

—¿En serio?

—Pues sí. —Se inclinó hacia delante—. Bien, en su ordenador no he encontrado nada sobre los sitios adonde va ni sobre sus amigos, pero he encontrado algo que tal vez sea de utilidad.

—¿El qué?

—A él.

—¿A quién?

—Pues al propio Travis.

23

Dance parpadeó, esperando la frase que remacharía el chiste.

Pero Jon Boling hablaba en serio.

—¿Lo has encontrado a él? ¿Dónde?

—En Etheria, el país ficticio de *Dimension Quest.*

—¿Está conectado?

—Ahora no, pero lo ha estado. Hace poco.

—¿Puedes averiguar dónde está en el mundo real a partir de ahí?

—No hay modo de saberlo. No podemos seguir su rastro. He llamado a la empresa del juego, a Inglaterra, y he hablado con algunos ejecutivos. Sus servidores están en la India y en cualquier momento puede haber un millón de jugadores conectados.

—Y dado que nosotros tenemos su ordenador, eso significa que está usando el de un amigo —repuso Dance.

—O puede que esté en uno público, o que haya pedido prestado o haya robado un ordenador y se esté conectando a través de un acceso wifi.

—Pero cada vez que se conecte sabremos que está quieto en un lugar y tendremos la oportunidad de encontrarlo.

—En teoría, sí —convino Boling.

—¿Por qué sigue jugando? Tiene que saber que estamos buscándolo.

—Como te decía, es un adicto.

Ella señaló el ordenador.

—¿Seguro que es Travis?

—Tiene que ser él. Me he metido en sus carpetas de juego y he descubierto una lista de avatares que ha creado para representarse a sí mismo. He pedido a un par de alumnos que buscaran esos nombres en Internet. Travis ha estado conectándose y desconectándose a lo largo del día. Su personaje se llama Stryker, con i griega. Pertenece a la categoría de los Fulminadores, lo que lo convierte en un guerrero. Un asesino, básicamente. Uno de mis alumnos, una chica que lleva varios años jugando a *Dimension Quest*, se lo encontró hace una hora aproximadamente. Iba vagando por el campo, matando gente. Mi alumna lo vio masacrar a una familia entera. Hombres, mujeres y niños. Y luego se quedó allí, cadavereando.

—¿Qué es eso?

—En estos juegos, cuando matas a otro personaje, ese personaje pierde su energía, pierde puntos y todo lo que lleve consigo. Pero no muere definitivamente. Los avatares resucitan a los pocos minutos, pero están muy débiles hasta que empiezan a recuperar energía. Cadaverear es matar a un personaje y quedarte allí, esperando a que resucite, para luego matarlo otra vez cuando no tiene defensas. Es de muy mala educación, y la mayoría de los jugadores no lo hacen. Es como matar a un soldado herido en el campo de batalla. Pero por lo visto Travis lo hace con frecuencia.

Dance se quedó mirando la página de inicio de *Dimension Quest*, un enrevesado gráfico lleno de hondonadas neblinosas, altas montañas, ciudades fantástica y mares turbulentos. Y también de criaturas míticas, guerreros, héroes, magos y villanos, entre ellos Qetzal, el espinoso demonio de la boca cosida cuyos ojos enormes la miraban con frialdad.

Un pedazo de aquel mundo de pesadilla se había materializado allí, en la Tierra, justo en su jurisdicción.

Boling tocó su teléfono móvil, que llevaba sujeto al cinturón.

—Irv está monitoreando el juego. Ha creado un robot, un programa informático automatizado que le avisará cuando aparezca Stryker. Me llamará o me mandará un mensaje en cuanto se conecte.

Dance miró hacia la cocina y vio que su madre estaba mirando por la ventana. Tenía las manos fuertemente unidas.

—Estaba pensando —continuó Boling— que, aunque localizarlo está descartado, si lo encontramos conectado y lo vigilamos, tal vez podamos descubrir algo sobre él. Dónde está, a quién conoce.

—¿Cómo?

—Vigilando sus mensajes instantáneos. Así es como se comunican los jugadores en *DQ*. Pero no podemos hacer nada hasta que vuelva a conectarse.

Boling se recostó en el asiento. Bebieron vino en silencio.

Un silencio que se vio roto cuando Wes gritó repentinamente desde la puerta:

—¡Mamá!

Dance dio un salto y se descubrió apartándose de Boling al volverse hacia su hijo.

—¿Cuándo comemos?

—En cuanto lleguen Martine y Steve.

El chico regresó frente al televisor. Y Dance y Boling entraron, llevando el vino y el ordenador. El profesor volvió a guardar el aparato en su bolsa y cogió un cuenco de galletas saladas de la isla de la cocina.

Entró en el cuarto de estar y se lo ofreció a Wes y Stuart.

—Raciones de emergencia para mantener las fuerzas.

—¡Sí! —exclamó el chico, cogiendo un puñado. Luego dijo—: Abuelo, pon otra vez esa falta para que la vea el señor Boling.

Dance ayudó a su madre y a su hija a acabar de sacar la comida, estilo bufé, sobre la isla de la cocina.

Edie y ella hablaron del tiempo, de los perros, de los niños y de Stuart. Lo cual las llevó a hablar del acuario, y luego de un referéndum sobre el uso de aguas, y posteriormente de media docena más de asuntos triviales, todos ellos con una sola cosa en común: estar lo más lejos posible del tema de la detención de su madre.

Dance estuvo observando a Wes, a Jon Boling y a su padre sentados en el cuarto de estar, viendo aquel programa sobre deportes. Se rieron a carcajadas cuando un jugador de fútbol americano chocó con un tanque de Gatorade y empapó a un cámara, y comieron galletas saladas mojadas en salsa como si la cena fuera una promesa ilusoria. La escena le pareció tan hogareña y reconfortante que no tuvo más remedio que sonreír. Después echó un vistazo a su móvil, decepcionada por que Michael O'Neil no hubiera llamado.

Cuando estaba poniendo la mesa de la Cubierta llegaron los demás invitados: Martine Christensen y su marido, Steve Cahill, subieron las escaleras con sus gemelos de nueve años a la zaga, e hicieron las delicias de Wes y Maggie al traer consigo un perrillo de pelo largo y oscuro, un briard de nombre *Raye*.

Saludaron a Edie Dance calurosamente, esquivando cualquier mención a los casos, tanto al de las cruces de carretera como al de su imputación.

—Hola, amiga.

Martine, con el pelo muy largo, guiñó un ojo a Dance y le pasó una tarta de chocolate casera de aspecto peligroso.

Eran amigas íntimas desde que Martine había decidido sacar ella sola a Dance del adictivo letargo de la viudedad y obligarla a regresar a la vida.

Como si saliera del mundo sintético para regresar al real, se dijo ahora Dance.

Abrazó a Steve, que al instante desapareció en el cuarto de estar para unirse a los hombres, haciendo restallar sus sandalias Birkenstock al compás de su larga coleta.

Los mayores tomaron vino mientras los niños improvisaban un espectáculo canino en el jardín. *Raye*, que al parecer se sabía al dedillo la lección, comenzó a correr literalmente en círculos alrededor de *Patsy* y *Dylan*, a hacer trucos y a saltar por encima de los bancos. Martine comentó que en sus clases de obediencia y agilidad era toda una estrella.

Apareció Maggie y dijo que ella también quería llevar a sus perros a clases.

—Ya veremos —le dijo Dance.

Poco después encendieron las velas, repartieron jerséis y se sentaron todos alrededor de la mesa con la comida humeando en medio del falso otoño de una noche de Monterrey. La conversación giraba a la misma velocidad a la que fluía el vino. Wes contaba chistes en voz baja a los gemelos, que se reían con nerviosismo, no porque les hicieran gracia los chistes, sino porque un chico mayor estuviera invirtiendo tiempo en contárselos a ellos.

Edie se rió de algo que dijo Martine.

Y por primera vez en dos días, Kathryn Dance sintió que las tinieblas se disipaban.

Travis Brigham, Hamilton Royce, James Chilton y el Caballero Oscuro, Robert Harper, quedaron relegados a un rincón de su mente, y comenzó a pensar que, al final, todo se arreglaría por sí solo.

Jon Boling resultó ser muy sociable y encajó a la perfección, aunque no conocía de antes a ninguno de los invitados. Steven, que era programador informático, y él tenían muchas cosas de que hablar, a pesar de que Wes intervenía constantemente en la conversación.

Evitaron todos cuidadosamente hablar del problema de Edie, de ahí que la política y la actualidad ocuparan el centro del escenario. Dance notó divertida que los primeros temas que salieron a relucir fueron dos acerca de los cuales había escrito Chilton: la planta desalinizadora y la nueva carretera a Salinas.

Steve, Martine y Edie se oponían tajantemente a la planta.

—Supongo que tenéis razón —dijo Dance—. Pero todos vivimos aquí desde hace mucho tiempo. —Lanzó una mirada a sus padres—. ¿No estáis hartos de las sequías?

Martine dijo que dudaba que el agua producida por la planta desalinizadora fuera a beneficiarles.

—Se la venderán a ciudades ricas de Arizona o Nevada. Alguien ganará miles de millones y nosotros no veremos ni una gota.

Después hablaron de la carretera. Respecto a aquel tema también estaban divididos. Dance dijo:

—Al CBI y a la oficina del sheriff les vendrá bien cuando tengan que investigar un caso en los campos del norte de Salinas. Pero ese agujero presupuestario es un problema.

—¿Qué agujero presupuestario? —preguntó Stuart.

Dance se sorprendió al ver que la miraban todos con desconcierto. Les explicó que, leyendo el *Chilton Report*, se habían enterado de que el bloguero había descubierto un posible caso de malversación de fondos.

—No me había enterado —dijo Martine—. Me he centrado tanto en leer sobre el asunto de las cruces de carretera que no he prestado mucha atención. Pero ahora voy a mirarlo, ya lo creo que sí. Echaré un vistazo al blog.

De las amigas de Dance, Martine era la más interesada en cuestiones políticas.

Después de la cena, le pidió a Maggie que sacara su teclado para dar un breve concierto.

Se retiraron al cuarto de estar y siguieron bebiendo vino. Boling se arrellanó en un mullido sillón y *Raye*, el briard, fue a sentarse sobre él. Martine se rió, *Raye* era sólo un poco más grande que un perrillo faldero, pero el profesor insistió en que el cachorro se quedara.

Maggie enchufó el teclado, se sentó con la solemnidad de una concertista de piano y tocó cuatro canciones de su *Libro tres* de Suzuki, arreglos sencillos de piezas de Mozart, Beethoven y Clementi. Prácticamente no erró ninguna nota.

Aplaudieron todos y luego fueron a tomar tarta, café y más vino.

Por fin, a eso de las nueve y media, Steve y Martine anunciaron que era hora de acostar a los gemelos y se marcharon los cuatro. Maggie ya estaba haciendo planes para apuntar a *Dylan* y a *Patsy* a las clases de adiestramiento a las que iba *Raye*.

Edie esbozó una sonrisa distante.

—Nosotros también deberíamos irnos. Ha sido un día muy largo.

—Quedaos un rato, mamá. Tomaos otra copa de vino.

—No, no, estoy agotada, Katie. Vamos, Stu. Quiero irme a casa.

Abrazó distraídamente a su hija, y Dance sintió disiparse el bienestar que había experimentado poco antes.

—Llámame luego.

Desilusionada por que se marcharan tan pronto, vio desaparecer las luces traseras de su coche carretera arriba. Luego les dijo a los niños que se despidieran de Boling. El profesor sonrió y les estrechó las manos, y Dance los mandó a lavarse.

Wes apareció unos minutos después con un DVD, *Ghost in the shell*, un cuento de ciencia ficción de anime japonés relacionado con el mundo de los ordenadores.

—Tenga, señor Boling. Es una peli muy bonita. Se la presto, si quiere.

A Dance le sorprendió que su hijo se portara tan bien con un hombre. Seguramente percibía a Boling como un compañero de trabajo de su madre, no como una posible pareja. Pero, aun así, a veces se había mostrado hostil incluso con sus compañeros de trabajo.

—Vaya, gracias, Wes. He escrito sobre el anime, pero ésta no la he visto.

—¿En serio?

—Sí. Te la devolveré en perfecto estado.

—Cuando quiera. Buenas noches.

El chico regresó corriendo a su cuarto, dejándolos solos.

Pero sólo por un instante. Un segundo después apareció Maggie con otro regalo.

—Es mi recital.

Le dio un CD en una funda.

—¿Ese del que has hablado en la cena? —preguntó Boling—. ¿Cuando el señor Stone eructó mientras tocabas una pieza de Mozart?

—¡Sí!

—¿Me lo prestas?

—Puede quedárselo. Tengo un millón de copias. Las hizo mamá.

—Vaya, gracias, Maggie. Voy a grabármelo en el iPod.

La niña se sonrojó, cosa rara en ella. Después se marchó corriendo.

—No tienes por qué hacerlo —susurró Dance.

—Claro que sí. Es una niña estupenda.

Guardó el disco en la bolsa del ordenador y echó un vistazo a la película que le había prestado Wes.

Dance bajó otra vez la voz:

—¿Cuántas veces la has visto?

Él se rió.

—¿*Ghost in the shell*? Veinte, treinta veces... Igual que las dos secuelas. Madre mía, pero si hasta ves las mentirijillas.

—Te agradezco lo que has hecho. Significa mucho para él.

—Me ha parecido que le hacía ilusión.

—Me sorprende que no tengas hijos. Pareces entenderte muy bien con los niños.

—Sí, la verdad es que no ha habido ocasión. Claro que si quieres tener hijos, conviene tener pareja. Y yo soy uno de esos hombres con los que hay que tener cuidado. ¿No es eso lo que decís todas las chicas?

—¿Cuidado? ¿Por qué?

—Nunca salgas con un hombre de más de cuarenta años que nunca se haya casado.

—Yo creo que hoy en día, con tal de que funcione, todo vale.

—Es simplemente que nunca he conocido a nadie con quien me apeteciera sentar cabeza.

Dance advirtió un leve movimiento de ceja y una ligera fluctuación en el tono de voz. Dejó que su comentario se disipara.

—¿Tú estás...? —comenzó a preguntar Boling, y miró su mano izquierda, cuyo dedo corazón ceñía un anillo con una perla gris.

—Soy viuda —contestó ella.

—Ah, caramba, lo siento.

—Un accidente de coche —añadió, sintiendo sólo un atisbo de la pena de siempre.

—Qué horror.

Pero Kathryn Dance no dijo nada más sobre su marido ni sobre el accidente, sencillamente porque no le apetecía seguir hablando de ello.

—Entonces, eres un auténtico solterón, ¿eh?

—Supongo que sí. Una palabra que no oía desde hace... un siglo, más o menos.

Dance fue a buscar más vino a la cocina y cogió automáticamente un tinto porque era el preferido de Michael O'Neil. Luego recordó que a Boling le gustaba el blanco. Llenó las copas hasta la mitad.

Charlaron sobre la vida en la península, sobre los viajes de Boling en bicicleta y sus paseos por el monte. Su vida profesional era demasiado sedentaria, por eso con frecuencia se montaba en su camioneta vieja y se iba a las montañas o a algún parque nacional.

—Este fin de semana quiero salir con la bici. Será una especie de paréntesis de sensatez en medio de una isla de locura.

Le contó algo más sobre la reunión familiar de la que le había hablado anteriormente.

—¿En Napa?

—Sí. —Arrugó la frente de manera encantadora—. Mi familia es... ¿Cómo lo diría?

—Una familia.

—Exacto —contestó, riendo—. Dos padres en perfecto estado de salud, dos hermanos con los que me llevo bien casi siempre, aunque me gusten más sus hijos. Tíos y tías variados. Estará bien. Habrá montones de vino y de comida. Y puestas de sol..., aunque no muchas, gracias al cielo. Dos, como máximo. Así, más o menos, transcurren los fines de semana.

De nuevo se hizo el silencio entre ellos. Un silencio cómodo. Dance no sintió el impulso de llenarlo.

Pero la paz se rompió un instante después, al emitir un tintineo el teléfono de Boling. Echó un vistazo a la pantalla. Se puso alerta y su lenguaje corporal se transformó de inmediato.

—Travis está conectado. Vamos.

24

La página de inicio de *Dimension Quest* se cargó casi instantáneamente, a unos golpes de tecla de Boling.

La pantalla se disolvió y apareció una ventana de bienvenida. Debajo aparecía la calificación del juego por parte de un organismo llamado ERSB.

Adolescentes
Sangre
Temas sugerentes
Alcohol
Violencia

Después, con su tecleo firme, Jon Boling los llevó a Etheria.

Fue una experiencia extraña. Los avatares, algunos seres fantásticos, otros humanos, vagaban en torno a un calvero, en medio de un bosque de árboles inmensos. Sus nombres aparecían en globos, encima de los personajes. La mayoría luchaba entre sí, pero algunos simplemente caminaban, corrían o montaban a caballo o sobre otras criaturas. Algunos volaban por sí solos. A Dance le sorprendió ver que se movían con agilidad y que sus expresiones faciales eran muy realistas. Los gráficos eran asombrosos, de calidad semejante a la de una película.

De ahí que las escenas de combate y el derramamiento de sangre, excesivo y brutal, resultara tanto más espeluznante.

Dance se descubrió echándose hacia delante y moviendo las rodillas: una señal típica de estrés. Sofocó un gemido de sorpresa cuando un guerrero decapitó a otro justo delante de ellos.

—¿Los dirigen personas reales?

—Uno o dos son PNJ, «personajes no jugadores», que genera el propio juego, pero casi todos los demás son avatares de personas que pueden estar en cualquier parte. En Ciudad del Cabo, en México, en Nueva York, en Rusia... Los jugadores son hombres en su mayoría, pero también hay mujeres en cantidad. Y la media de edad no es tan baja como cabría pensar. La mayoría tienen entre quince y veintitantos años, pero hay muchos jugadores mayores. Pueden ser chicos o chicas, o señores de mediana edad, blancos, negros, discapacitados, atletas, abogados, lavaplatos... En el mundo sintético, uno puede ser quien quiera.

Delante de ellos, otro guerrero mató con facilidad a su oponente. Brotó un géiser de sangre. Boling gruñó.

—Pero no están todos en igualdad de condiciones. La supervivencia depende de quién practique más y quién tenga más energía, y la energía se consigue luchando y matando. Es un círculo vicioso, literalmente.

Dance tocó la pantalla para señalar la espalda de una mujer que se veía al fondo.

—¿Ésa eres tú?

—Es el avatar de una alumna mía. Me he conectado a través de su cuenta.

El nombre que se leía encima del personaje era «Greenleaf».

Stryker era un hombre tosco y musculoso. Dance advirtió que, mientras que muchos de los personajes tenían barba o la tez rojiza y correosa, el avatar de Travis tenía un cutis impecable y terso como el de un bebé. Pensó en su preocupación por el acné.

Puedes ser quien quieras...

Stryker, un «Fulminador», recordó Dance, era, evidentemente, el guerrero dominante en aquella escena. Al verlo, la gente daba media vuelta y se marchaba. Varios personajes se enfrentaron a él; una vez, dos al mismo tiempo. Él los mató tranquilamente. En una ocasión, fulminó a un avatar gigantesco, un trol o una criatura parecida, con un rayo. Después, mientras yacía temblando en el suelo, le hundió un cuchillo en el pecho.

Dance gimió.

Stryker se agachó y pareció hurgar dentro del cuerpo.

—¿Qué está haciendo?

—Desvalijar el cadáver. —Al ver que Dance fruncía el ceño, añadió—: Todo el mundo lo hace. Hay que hacerlo. Los cadáveres pueden tener algo de valor. Y si los has derrotado, te has ganado ese derecho.

Si aquéllos eran los valores que había aprendido Travis en el mundo sintético, era asombroso que no hubiera perdido antes la cabeza.

No pudo evitar preguntarse dónde estaría el chico en ese instante, en el mundo real. ¿En un Starbucks con conexión wifi, con la capucha puesta y gafas de sol para que no lo reconocieran? ¿A veinte kilómetros de allí? ¿A dos?

No estaba en el Game Shed, de eso estaba segura. Tras comprobar que solía pasar mucho tiempo allí, había ordenado que vigilaran constantemente el local.

Mientras veía al avatar de Travis luchar y matar con toda facilidad a decenas de seres, hombres, mujeres y animales, se descubrió recurriendo instintivamente a su conocimiento del lenguaje corporal.

Sabía, naturalmente, que era un programa informático el que controlaba los movimientos y la postura del chico. Y, sin embargo, se dio cuenta de que su avatar se movía con más agilidad y elegancia que la mayoría. Cuando luchaba, no lanzaba golpes al azar, sin ton ni son, como algunos de los personajes. Esperaba, se retiraba un poco y luego atacaba cuando sus oponentes estaban desorientados. Después le bastaba con un par de golpes rápidos o estocadas para matarlos. Se mantenía alerta, mirando constantemente a su alrededor.

Quizá fuera una pista acerca de la estrategia vital del chico. Planear los ataques cuidadosamente, descubrir todo lo posible sobre sus víctimas, atacar deprisa.

Analizar el lenguaje corporal de un avatar informático, se dijo. Qué caso tan extraño éste.

—Quiero hablar con él.

—¿Con Travis? Digo, ¿con Stryker?

—Sí. Acércate.

Boling vaciló.

—No conozco muy bien los comandos de navegación, pero creo que sé caminar.

—Adelante.

Usando el ratón táctil, dirigió a Greenleaf hacia el lugar donde Stryker estaba inclinado, desvalijando el cadáver de un ser al que acababa de masacrar.

En cuanto estuvo a su alcance, Stryker sintió que su avatar se acercaba y se incorporó de un salto, con la espada en una mano y un recargado escudo en la otra. Sus ojos parecieron asomarse a la pantalla, tan oscuros como los de Qetzal, el demonio.

—¿Cómo le mando un mensaje?

Boling clicó en un botón, en la parte baja de la pantalla, y se abrió una ventana.

—Como cualquier mensaje instantáneo. Teclea el mensaje y dale a «Responder». Recuerda, usa abreviaturas y jerga de chat, si puedes. Lo más fácil es sustituir la letra «e» por el número tres y la «a» por el cuatro.

Dance respiró hondo. Le temblaban las manos cuando miró la cara animada del asesino.

3r3s muy bu3no, stryker. Las palabras aparecieron en un globo, encima de la cabeza de Greenleaf, mientras el avatar se aproximaba.

qi3n 3r3s? Stryker se mantuvo apartado, empuñando la espada.

un4 nov4t4, n4d4 m4s.

—No está mal —le dijo Boling—, pero olvida la gramática y la puntuación. Ni mayúsculas, ni comas. Signos de interrogación sí puedes poner.

Dance continuó: t3 h3 visto luch4r 3r3s un h4ch4. Respiraba agitadamente. Dentro de ella iba creciendo la tensión.

—Estupendo —susurró Boling.

de q reino eres?

—¿Qué quiere decir? —preguntó Dance, sintiendo un hormigueo de pánico.

—Creo que pregunta por tu país o por el gremio al que perteneces. Debe de haberlos a cientos. No sé nada de este juego. Dile que eres una *newbie.* —Se lo deletreó—. Alguien nuevo en el juego, pero que quiere aprender.

soy una newbie, juego x diversion, he pensado que podias 3ns3ñarm3.

Hubo una pausa.

o sea que eres una pardilla.

—¿Qué quiere decir? —preguntó Dance.

—Un *newbie* es solamente un principiante. Un pardillo es un fracasado, alguien que, además de egocéntrico, es un incompetente. Es un insulto. A él le han llamado «pardillo» muchas veces en Internet. Dile que te partes de risa, pero que no. Que de verdad quieres aprender de él.

ja, ja, pero no, chaval, qu13r0 aprender

estas bu3na?

—¿Intenta ligar conmigo? —le preguntó Dance a Boling.

—No lo sé. Es una pregunta extraña, dadas las circunstancias.

dicen que sí

chateas raro

—Mierda, se ha dado cuenta de que tardas en contestar. Sospecha algo. Cambia de tema, vuelve a hablar de él.

a ver, de verdad qui3ro aprender, q pu3d3s enseñarme?

Una pausa. Luego: 1 cosa

Dance tecleó: cual?

Otra vacilación.

Después las palabras aparecieron en el globo del avatar de Travis: a mor1r.

Y aunque Dance sintió el impulso de pulsar una tecla o tocar el ratón para levantar un brazo y defenderse, no tuvo tiempo.

El avatar de Travis se movió como un rayo: la golpeó con la espada una y otra vez. En la esquina superior izquierda de la pantalla apareció un recuadro mostrando dos figuras de un blanco opaco: sobre la de la izquierda se leía «Stryker» y sobre la de la derecha «Greenleaf».

—¡No! —musitó Dance mientras Travis seguía golpeando.

El blanco que llenaba la silueta de Greenleaf comenzó a borrarse.

—Es tu fuerza vital, que va a agotándose —explicó Boling—. Defiéndete. Tienes una espada. ¡Ahí! —Tocó la pantalla—. Pon el cursor encima y haz clic en el lado izquierdo del ratón.

Llena de un pánico febril e irracional, Dance comenzó a cliquear.

Pero Stryker rechazaba fácilmente las estocadas frenéticas de su avatar.

Cuando en el marcador se borró casi del todo la vida de Greenleaf, el avatar cayó de rodillas. Un instante después, su espada cayó al suelo. Estaba tumbada de espaldas, con los brazos y las piernas abiertos. Indefensa.

Dance se sintió tan vulnerable como en la vida real.

—Casi no te queda vida —dijo Boling—. No puedes hacer nada.

El marcador se había vaciado casi por completo.

Stryker dejó de asestar golpes al cuerpo de Greenleaf. Se acercó y miró hacia la pantalla.

qi3n 3r3s?, se leyó en el recuadro de mensaje instantáneo.

soy greenleaf. xq me has m4t4d0?

QI3N 3RES?

—Todo en mayúsculas. Está gritando. Se ha cabreado.

Por favor... A Dance le temblaban las manos y sentía una opresión en el pecho. Era como si aquello no fueran bits, datos electrónicos, sino personas reales. Se había zambullido por completo en el mundo sintético.

Entonces Stryker dio un paso y hundió la espada en el vientre de Greenleaf. Brotó la sangre a borbotones, y el marcador de la esquina superior izquierda desapareció, sustituido por otro mensaje: ESTÁS MUERTO.

—¡Oh! —exclamó Dance.

Tenía las manos húmedas y temblorosas y respiraba agitadamente, con los labios resecos.

El avatar de Travis clavó una mirada gélida en la pantalla. Luego dio media vuelta y se adentró corriendo en el bosque. Sin detenerse, lanzó un mandoble al cuello de un avatar que estaba de espaldas y le cortó la cabeza limpiamente.

Luego desapareció.

—No se ha quedado a desvalijar el cuerpo. Ha huido. Quiere alejarse a toda prisa. Sospecha algo.

Boling se acercó más a Dance: sus piernas se rozaron.

—Quiero ver una cosa.

Comenzó a teclear. Apareció otra ventana. Decía: *Stryker no está conectado.*

Dance sintió que un escalofrío doloroso la sacudía, como hielo deslizándose por su espina dorsal.

Recostándose en el asiento, con el hombro pegado al de Boling, pensó: Si Travis se ha desconectado, tal vez se haya marchado del sitio donde se había conectado a Internet.

Pero ¿adónde había ido?

¿A esconderse?

¿O pensaba continuar la caza en el mundo real?

Era casi media noche y estaba tendida en la cama.

Dos sonidos se confundían: el del viento sacudiendo los árboles más allá de la ventana de su dormitorio y el fragor de las olas sobre las rocas, a un kilómetro y medio de distancia, en Asilomar y en la carretera que llevaba a Lovers Point.

Sentía calor a su lado, junto a la pierna, y un aliento suave y soñoliento le hacía cosquillas en el cuello.

Pero era incapaz de deslizarse en la dicha de la inconsciencia. Kathryn Dance estaba tan despierta como si fuera mediodía.

Una serie de ideas giraban dentro de su cabeza. Alguna de ellas ocupaba de pronto el lugar más alto y allí se mantenía durante un rato para luego volver a girar, como en *La rueda de la fortuna*. El tema que marcaba el puntero con más frecuencia era, cómo no, Travis Brigham. Durante sus años como periodista de sucesos, y más tarde como consultora en la elección de jurados y agente de policía, había llegado al convencimiento de que la tendencia a la maldad podía ser genética, como en el caso de Daniel Pell, el líder sectario y asesino al que había perseguido hacía poco tiempo, o adquirida: tal era el caso de Juan Nadie, de Los Ángeles, al que la inclinación al asesinato le había sobrevenido en la madurez.

Dance se preguntaba en qué lado del espectro encajaba Travis.

Era un joven peligroso y perturbado, pero también era otra cosa: un adolescente que ansiaba ser normal, tener la piel tersa, salir con una chica guapa. ¿Había sido inevitable desde su nacimiento que acabara cayendo en la locura? ¿O había comenzado siendo como cualquier otro chico y las circunstancias, un padre violento, un hermano con problemas mentales, un físico poco agraciado, un carácter solitario, su cutis, lo habían vapuleado de tal modo que su ira no se había disipado como la niebla de media mañana, como nos sucedía a la mayoría?

Durante un rato, corto pero intenso, la piedad y la repulsión se mantuvieron en equilibrio dentro de ella.

Después vio el avatar de Travis mirándola con desdén y levantando su espada.

a ver, de verdad qui3ro aprender, q pu3d3s enseñarme?

a mor1r...

A su lado, aquel cuerpo cálido se movió ligeramente, y Dance se preguntó si estaría turbando su sueño con la tensión infinitesimal que irradiaba. Intentaba mantenerse inmóvil, pero, como experta en kinesia, sabía que era imposible. Despierto o dormido, si el cerebro funcionaba, el cuerpo se movía.

La rueda giró de nuevo.

Su madre y el caso de eutanasia se pararon en la parte de arriba. Aunque le había pedido a Edie que llamara cuando llegaran al hotel, su madre no la había llamado. Le dolía, pero no le sorprendía.

Luego la rueda volvió a girar y en su cima se detuvo el caso de Juan Nadie, en Los Ángeles. ¿Qué ocurriría en la vista para decidir sobre su inmunidad? ¿Volverían a posponerla? ¿Y cuál sería el resultado final? Ernie Seybold era un buen fiscal. Pero ¿era lo bastante bueno?

Sinceramente, no lo sabía.

Aquello la hizo pensar en Michael O'Neil. Entendía que tenía razones para no haber ido aquella noche. Pero ¿por qué no había llamado? Era muy extraño.

El Otro Caso...

Dance se rió de sus propios celos.

De vez en cuando intentaba imaginarse con O'Neil, si él no estuviera casado con la esbelta y exótica Anne. Por un lado le resultaba muy fácil. Habían pasado días juntos, trabajando en distintos casos, y las horas habían transcurrido como la seda. La conversación fluía, igual que el humor. Y sin embargo también disentían, a veces hasta el punto de enfadarse. Pero Dance creía que sus apasionadas discusiones sólo mejoraban lo que había entre ellos.

Fuera lo que fuese.

Sus pensamientos siguieron girando, imparables.

Clic, clic, clic...

Al menos, hasta que se detuvieron en el profesor Jonathan Boling, y a su lado aquella respiración suave se convirtió en un suave estertor.

—Ya está, se acabó —dijo, poniéndose de lado—. *¡Patsy!*

La golden de pelo liso dejó de roncar al despertarse y levantó la cabeza de la almohada.

—Al suelo —ordenó Dance.

La perra se levantó y, tras asegurarse de que no había comida ni lanzamiento de pelota de por medio, se bajó de un salto para reunirse con su compañero, *Dylan*, sobre la alfombra vieja que les servía de colchón, dejando a Dance de nuevo sola en la cama.

Jon Boling, se dijo la agente. Luego resolvió que tal vez no le conviniera gastar mucho tiempo pensando en él.

Todavía no.

En cualquier caso, sus reflexiones se disolvieron en aquel instante, cuando sonó suavemente el teléfono móvil que tenía junto a la cama, al lado de su pistola.

Encendió la luz enseguida, se puso las gafas y se rió al ver quién llamaba.

—Jon —dijo.

—Kathryn —dijo Boling—, siento llamarte tan tarde.

—No pasa nada. No estaba dormida. ¿Qué ocurre? ¿Se trata de Stryker?

—No. Pero hay algo que tienes que ver. El blog, el *Chilton Report*. Conviene que te conectes ahora mismo.

Se sentó en el cuarto de estar, en chándal y con los perros cerca. Todas las luces estaban apagadas, pero la luna y un rayo de luz de una farola pintaban parches iridiscentes, blancos y azules, sobre el suelo de pino.

Llevaba la Glock pegada a la espalda, y la pesada pistola tiraba hacia abajo de la floja cinturilla de su pantalón.

El ordenador acabó por fin de cargar el *software*, después de un rato interminable.

—Ya está.

—Echa un vistazo a la última entrada del blog.

Boling le dio la dirección web.

http://www.thechiltonreport.com/html/junio27actualización.html

Dance pestañeó sorprendida.

—¿Qué...?

—Travis ha *hackeado* el blog —explicó Boling.

—¿Cómo?

El profesor se rió con frialdad.

—Pues siendo un adolescente, así.

Dance se estremeció mientras leía. Travis había colgado un mensaje encima de la entrada del 27 de junio, al principio del texto. A la izquierda se veía un tosco dibujo de Qetzal, el personaje de *Dimension Quest*. Alrededor de su horrenda cara, de labios cosidos y ensangrentados, había una serie de números y palabras de significado misterioso. Al lado había un texto escrito con letras grandes, en negrita. Era aún más turbador que el dibujo. Escrito a medias en jerga de chat, decía:

me las vais a PAGAR todos!
yo gano, vosotros perdeis!!
3stais mu3rtos
t0d0s v0s0tr0s
Publicado por TravisDQ

Dance no necesitó traductor para entenderlo.

Debajo del texto había otro dibujo. Torpe y pintado en colores, mostraba a una joven o a una mujer tumbada de espaldas, gritando con la boca abierta mientras una mano le hundía una espada en el pecho. La sangre manaba a borbotones hacia el cielo.

—Ese dibujo... Es repugnante, Jon.

Después de un silencio, Boling contestó en voz baja:

—¿No notas nada raro en él?

Tras estudiar el desmañado dibujo, Dance dejó escapar un gemido. La víctima tenía el pelo castaño, recogido en una coleta y llevaba una blusa blanca y una falda negra. En el cinturón, a la altura de la cadera, tenía una zona sombreada que podía representar la funda de un arma. Su ropa era parecida a la que había llevado ella el día anterior, al ver por primera vez a Travis Brigham.

—¿Soy yo? —preguntó en voz baja.

El profesor no dijo nada.

¿Era un dibujo antiguo? ¿Una fantasía acerca de la muerte de una chica o de una mujer que había desairado a Travis en el pasado, quizá?

¿O lo había dibujado ese mismo día, a pesar de estar huyendo de la policía?

Dance se estremeció al imaginarse al chico inclinado sobre el papel, provisto de lápiz y ceras, dibujando aquella tosca escena de una muerte del mundo sintético que confiaba en hacer realidad.

El viento es un rasgo persistente de la península de Monterrey.

Vigorizante casi siempre, nunca falta, aunque a veces sea flojo y otras indeciso. Bate día y noche el océano azul grisáceo, que, contradiciendo su nombre, nunca está en calma.

Uno de los lugares más ventosos en kilómetros a la redonda es China Cove, una cala en el extremo sur del parque estatal de Point Lobos. El aliento gélido y constante del océano entumece la piel de los excursionistas, y hacer un picnic resulta peliagudo si se llevan platos y vasos de papel como vajilla. Allí, hasta las aves marinas tienen que esforzarse por mantenerse en el sitio si miran de cara a la brisa.

Ahora, casi a medianoche, el viento es inconstante, se alza y se disipa y, cuando sopla con mayor fuerza, levanta hasta muy alto grises espumarajos de agua marina.

Sacude los chaparros.

Dobla los pinos.

Alisa la hierba.

Pero esta noche hay una cosa inmune al viento: un pequeño artefacto en la cuneta de la carretera 1, del lado del mar.

Es una cruz de unos sesenta centímetros de alto, hecha con ramas negras. En medio lleva un redondel de cartón rasgado, con la fecha del día siguiente escrita en azul. En la base, sujeto con unas piedras, hay un ramo de rosas rojas. El viento arranca a veces pétalos que se deslizan por la carretera. Pero la cruz no se zarandea, ni se dobla. Está claro que su autor la ha hincado bien hondo en la tierra, junto al arcén, con golpes poderosos para asegurarse de que se mantiene erguida y visible a ojos de todos.

JUEVES

25

Kathryn Dance estaba en su despacho con TJ Scanlon y Jon Boling. Eran las nueve de la mañana y llevaban casi dos horas allí.

Chilton había borrado el mensaje amenazador de Travis y los dos dibujos.

Pero antes Boling los había descargado y hecho copias del texto.

3stais mu3rtos.

t0d0s v0s0tros.

Y también de los dibujos.

—Quizá podamos localizar el lugar desde donde colgó el mensaje —comentó Boling, e hizo una mueca—. Pero sólo si Chilton coopera.

—¿Hay algo en el dibujo de Qetzal? ¿Esos números, esos códigos y palabras? ¿Algo que nos pueda ayudar?

Boling contestó que se referían al juego y que seguramente Travis los había hecho hacía mucho tiempo. Pero ni siquiera el profesor, el gran aficionado a los rompecabezas, había encontrado pistas en aquellas extrañas anotaciones.

TJ y Boling se abstuvieron escrupulosamente de comentar que el segundo dibujo, el del apuñalamiento, guardaba parecido con la propia Dance.

Estaba a punto de llamar al bloguero cuando recibió una llamada. Se rió ásperamente al mirar la pantalla y contestó:

—¿Sí, señor Chilton?

Boling le lanzó una mirada irónica.

—No sé si ha visto...

—Sí, lo hemos visto. Han entrado en su blog.

—La seguridad de mi servidor es bastante buena. Ese chico tiene que ser muy listo. —Un silencio. Luego añadió—: Quería que supiera que hemos intentado localizarlo. Está utilizando un servidor *proxy* de algún punto de Escandinavia. He llamado a unos amigos que tengo allí, y creen saber de qué compañía se trata. Tengo el nombre y la dirección. Y también el número de teléfono. Está a las afueras de Estocolmo.

—¿Cooperarán?

Chilton respondió:

—Los servidores *proxy* rara vez cooperan con la policía, a no ser que medie una orden judicial. Por eso los usa la gente, claro está.

Conseguir una orden internacional sería una pesadilla burocrática, y Dance no sabía de ninguna que se hubiera llevado a efecto en menos de dos o tres semanas desde su fecha de emisión. A veces, las autoridades extranjeras las ignoraban por completo. Pero al menos tenían una pista.

—Deme los datos. Voy a intentarlo.

Chilton le dio la información.

—Se lo agradezco.

—Y hay otra cosa.

—¿Cuál?

—¿Tiene el blog abierto?

—Puedo abrirlo.

—Lea lo que acabo de publicar hace unos minutos.

Dance abrió la página del blog.

http://www.thechiltonreport.com/html/junio28.html

Chilton se disculpaba primero con sus lectores, en términos tan humildes que Dance se llevó una sorpresa. Después decía:

CARTA ABIERTA A TRAVIS BRIGHAM

Ésta es una súplica personal, Travis. Ahora que se ha hecho público tu nombre, confío en que no te importe que te llame así.

Mi trabajo consiste en dar noticias, en hacer preguntas, no en involucrarme en los sucesos de los que informo. Pero en este caso tengo que intervenir.

Por favor, Travis, ya ha habido suficientes problemas. No te pongas las cosas más difíciles. No es demasiado tarde para parar esta situación espantosa. Piensa en tu familia, piensa en tu futuro.
Por favor, llama a la policía. Entrégate. Hay gente que quiere ayudarte.

—Es brillante, James —comentó Dance—. Puede incluso que Travis se ponga en contacto con usted para entregarse.

—Y he congelado el hilo. Ya no se pueden hacer más comentarios. —Se quedó callado un momento—. Ese dibujo... Era terrible.

Bienvenido al mundo real, Chilton.

Dance le dio las gracias y colgaron. Se desplazó hasta el final del hilo sobre las cruces de carretera y leyó los comentarios más recientes, y al parecer los últimos. Aunque algunos parecían haber sido publicados desde el extranjero, no pudo evitar preguntarse nuevamente si contenían pistas que pudieran ayudarles a encontrar a Travis o a anticiparse a su próximo golpe. No extrajo, sin embargo, ninguna conclusión de los crípticos mensajes.

Salió del blog y les contó a TJ y a Boling lo que había escrito Chilton.

El profesor no estaba convencido de que fuera a surtir mucho efecto: a su modo de ver, ya no se podía razonar con el chico.

—Pero confiemos en que sí.

Dance repartió las tareas: TJ regresó a su silla junto a la mesa baja para ponerse en contacto con el servidor escandinavo, y Boling a su rincón para buscar los nombres de posibles víctimas a partir de una nueva remesa de direcciones de Internet, incluidas las de las personas que habían publicado comentarios en otros hilos. Había identificado a trece más.

Charles Overby entró en el despacho vestido como un político, con traje azul y camisa blanca.

—Kathryn... —dijo a modo de saludo—. Oye, Kathryn, ¿qué es eso de que el chico está publicando amenazas?

—Así es, Charles. Estamos intentando averiguar desde dónde lo ha hecho.

—Ya me han llamado seis periodistas. Y un par de ellos han conseguido el número de mi casa. Les he dado largas, pero ya no puedo esperar más. Dentro de veinte minutos doy una rueda de prensa. ¿Qué puedo decirles?

—Que seguimos investigando. Que contamos con la ayuda de efectivos de San Benito para continuar la búsqueda. Y que hemos recibido avisos de que se había visto a Travis, pero que ninguno ha dado resultados.

—También me ha llamado Hamilton. Está muy disgustado.

Hamilton Royce, de Sacramento, el del traje azulón, los ojos vivos y la tez rojiza.

Al parecer, el agente al mando, Charles Overby, había tenido una mañana muy ajetreada.

—¿Algo más?

—Chilton ha parado los *posts* del hilo y ha pedido a Travis que se entregue.

—Me refería a algo técnico.

—Bueno, nos está ayudando a encontrar el rastro del mensaje de Travis.

—Bien. Así que estamos haciendo algo.

Algo que los telespectadores de los horarios de máxima audiencia pudieran valorar, quería decir, a diferencia del trabajo policial, esforzado y poco elegante, que les había tenido ocupados esas últimas cuarenta y ocho horas. Dance y Boling se miraron. El profesor también parecía sorprendido por el comentario. Desviaron la mirada inmediatamente, antes de que aflorara una expresión común de perplejidad.

Overby consultó su reloj.

—Está bien. Es mi turno en el barril.

Se marchó a la rueda de prensa.

—¿Sabe Overby lo que significa esa expresión? —preguntó Boling.

—¿La del barril? Yo tampoco lo sé.

TJ soltó una risa ahogada, pero no dijo nada. Sonrió al profesor, que dijo:

—Es un chiste que no voy a repetir, pero que incluye a marineros salidos que llevan mucho tiempo en alta mar.

—Gracias por no contármelo.

Dance se dejó caer en su silla, bebió un sorbo de café y, qué demonio, se comió la mitad del dónut que, al igual que el café, había aparecido de repente en su mesa como un regalo de los dioses.

—Travis, quiero decir Stryker, ¿ha vuelto a conectarse? —le preguntó a Jon Boling.

—No. No he tenido noticias de Irv, pero nos avisará enseguida, descuida. Creo que nunca duerme. Por sus venas circula Red Bull.

Dance levantó el auricular y llamó a Peter Bennington al laboratorio de crimonología de la oficina del sheriff para que la pusiera al día sobre las pruebas. En resumen, según Bennington había pruebas suficientes para imputar a Travis por asesinato, pero ninguna pista acerca de su paradero, salvo aquellos restos de tierra que habían encontrado, procedentes de un lugar distinto al de la cruz. David Reinhold, el joven y ávido ayudante del sheriff, había asumido la tarea de recoger muestras de suelo de los alrededores de la casa de Travis, pero ninguna coincidía.

Suelo arenoso... Qué útil, pensó Dance con sorna, en una zona que presumía de tener más de veinte kilómetros de playas y dunas, entre ellas algunas de las más bellas del estado.

A pesar de que pudo informar de que el CBI estaba «llevando a cabo procedimientos técnicos», Charles Overby la pifió en la rueda de prensa.

El televisor del despacho de Dance estaba encendido y pudieron ver el batacazo en directo.

La agente había informado a Overby con precisión, salvo por un pequeño detalle que ella misma desconocía.

—Agente Overby —dijo una periodista—, ¿qué están haciendo para proteger a la población, en vista de que ha aparecido otra cruz?

El policía no pudo disimular su asombro.

—Oh, oh —susurró TJ.

Dance los miró a ambos, perpleja. Luego volvió a fijar la mirada en la pantalla.

La periodista añadió que media hora antes había oído un aviso a través de un escáner de radio. La policía de Carmel había encontrado otra cruz con la fecha de ese mismo día, 28 de junio, cerca de China Cove, en la carretera 1.

Overby balbució:

—La agente a cargo del caso me informó justo antes de venir aquí y al parecer no sabía nada al respecto.

En la oficina del CBI en Monterrey sólo había dos mujeres con el rango de oficiales. Sería fácil averiguar quién era la agente en cuestión.

Charles, hijo de puta.

Oyó preguntar a otro periodista:

—Agente Overby, ¿qué opina del hecho de que haya cundido el pánico en la ciudad y en toda la península? Hay informaciones de que algunas personas han disparado a ciudadanos inocentes que han entrado sin mala intención en sus propiedades.

Un silencio.

—Bien, eso no es bueno.

Ay, señor...

Dance apagó el televisor. Llamó a la oficina del sheriff y descubrió que, en efecto, habían encontrado otra cruz con la fecha de ese día junto a China Cove. Y también un ramo de rosas. Los técnicos forenses estaban recogiendo pruebas y registrando la zona.

—No hay testigos, agente Dance —añadió el ayudante que la informó.

Después de colgar, se volvió hacia TJ:

—¿Qué dicen los suecos?

TJ había telefoneado al servidor *proxy* y dejado dos mensajes urgentes. Todavía no le habían devuelto la llamada, a pesar de que en Estocolmo era día laborable y apenas había pasado la hora de comer.

Cinco minutos después Overby entró hecho una furia en el despacho.

—¿Otra cruz? ¿Otra cruz? ¿Qué demonios ha pasado?

—Yo también acabo de enterarme, Charles.

—¿Cómo demonios se han enterado ellos?

—¿La prensa? Escáneres de radio, contactos... Como se enteran siempre de lo que hacemos.

Overby se frotó la frente bronceada. Cayeron copos de piel.

—Bien, ¿cuál es la situación?

—La gente de Michael está inspeccionando el lugar de los hechos. Si hay alguna prueba, nos avisarán.

—Si hay alguna prueba.

—Es un adolescente, Charles, no un profesional. Tiene que dejar alguna pista que nos lleve hasta su escondite. Tarde o temprano.

—Pero si ha dejado una cruz es porque piensa matar a alguien hoy mismo.

—Estamos contactando con todas las personas que pueden estar en peligro a las que hemos podido identificar.

—¿Y el rastreo informático? ¿Hay alguna novedad?

TJ contestó:

—El servidor no nos ha devuelto la llamada. Hemos pedido al departamento jurídico que solicite una orden judicial extraterritorial.

El director de la oficina hizo una mueca.

—Vaya, qué maravilla. ¿Dónde está el servidor?

—En Suecia.

—Mejor que en Bulgaria —comentó Overby—, pero tardarán un mes en dignarse siquiera a responder. Enviad la petición para cubrirnos las espaldas, pero no perdáis el tiempo con eso.

—Sí, señor.

Overby se marchó a toda prisa, sacándose el móvil del bolsillo.

Dance levantó su teléfono y llamó a Rey Carraneo y a Albert Stemple para que se presentaran en su despacho. Cuando llegaron anunció:

—Estoy harta de estar a la defensiva. Quiero que escojamos a las cinco o seis víctimas potenciales más probables, las que publicaron los ataques más violentos contra Travis, y a los comentaristas que hayan mostrado más apoyo a Chilton. Vamos a sacarlos de esta zona y a montar un dispositivo de vigilancia alrededor de sus casas o apartamentos. Travis tiene a una nueva víctima en el punto de mira y, cuando aparezca, quiero que se lleve una sorpresa mayúscula. Manos a la obra.

26

—¿Cómo lo lleva? —preguntó Lily Hawken a su marido, Donald.

—¿James? No dice gran cosa, pero tiene que ser duro para él. Y también para Patrizia, claro.

Estaban en el cuarto de estar de su casa nueva, en Monterrey.

Vaciando cajas, y cajas, y cajas...

Lily, una rubia menuda y delgada, estaba de pie en medio de la habitación, con los pies ligeramente separados, mirando dos grandes bolsas de plástico que contenían cortinas.

—¿Qué opinas?

A Hawken, que estaba un poco abrumado en ese momento, le traían sin cuidado las cortinas, pero su esposa, se habían casado hacía nueve meses y tres días, se había encargado de casi toda la mudanza desde San Diego, de modo que dejó las herramientas con las que estaba intentando montar la mesa baja y miró de la cortina roja a la cortina ocre y viceversa.

—Las de la izquierda —dijo, listo para desdecirse en cuanto notara que había dado la respuesta incorrecta.

Pero al parecer era la correcta.

—Eso pensaba yo —repuso su mujer—. ¿Y la policía tiene vigilada su casa? ¿Creen que el chico va a atacarle?

Hawken siguió con el montaje de la mesa. Ikea. Maldita sea, qué listos, los diseñadores...

—Él cree que no, pero ya conoces a Jim. Aunque creyera que sí, no es de los que salen huyendo con el rabo entre las piernas.

Luego se dijo que Lily no conocía en realidad a James Chilton: ni siquiera se habían visto aún. Si sabía algo de su amigo, era únicamente por lo que él le había contado.

Lo mismo que él conocía muchos aspectos de la vida de ella a través de conversaciones, insinuaciones y deducciones. Así era la vida en aquellas circunstancias. Para ambos era su segundo matrimonio: él acababa de salir de su periodo de duelo tras la muerte de su esposa, y

Lily se estaba recuperando de un divorcio muy duro. Se habían conocido a través de amigos comunes y habían empezado a salir. Recelosos al principio, se habían dado cuenta casi simultáneamente de lo deseosos de intimidad y cariño que estaban los dos. Hawken, que creía que no volvería a casarse, se había declarado al cabo de seis meses, en el arenoso bar de la azotea del Hotel W, en el centro de San Diego, porque no había tenido paciencia para encontrar un escenario más idóneo.

Lily, sin embargo, había descrito el acontecimiento como lo más romántico que podía imaginar, gracias en parte al anillo adornado con un diamante de buen tamaño que Hawken había colgado del cuello de su botella de cerveza Anchor Steam, sujeto con una cinta blanca.

Y allí estaban, empezando una nueva vida en Monterrey.

Donald Hawken sopesó su situación y llegó a la conclusión de que era feliz. Feliz como un niño. Los amigos le habían dicho que un segundo matrimonio, después de perder a tu cónyuge, era algo muy distinto. Que al enviudar habría cambiado de manera fundamental. Que no podría sentir esa euforia adolescente calando en cada célula de su ser. Que habría compañerismo y momentos de pasión. Pero que su relación de pareja sería básicamente una amistad.

Se equivocaban.

Era adolescente y mucho más.

Había tenido un matrimonio intenso y apasionado con Sarah, que era una mujer bella y seductora, una mujer de la que uno podía enamorarse perdidamente, como le había sucedido a él.

Pero su amor por Lily era igual de fuerte.

Y por fin había llegado al punto en el que podía reconocer que el sexo era aún mejor con Lily, en el sentido de que era mucho más cómodo. En la cama, Sarah había sido... en fin, formidable, por decirlo tibiamente. Hawken estuvo a punto de sonreír al recordar algunas cosas.

Se preguntó qué opinión le merecerían a Lily Jim y Pat Chilton. Le había dicho que habían sido muy buenos amigos, que las dos parejas se reunían con frecuencia. Que iban a las funciones escolares y a los encuentros deportivos de sus respectivos hijos, a fiestas, a barbacoas... Había notado que la sonrisa de Lily cambiaba ligeramente al hablarle de aquella parte de su pasado, pero le había asegurado que, en cierto modo, Jim Chilton era también un extraño para él. Después de la muerte de Sarah había estado tan deprimido que había perdido el contacto con casi todos sus amigos.

Ahora, sin embargo, estaba volviendo a la vida. Lily y él acabarían de arreglar la casa y luego irían a recoger a los niños, que estaban en casa de sus abuelos, en Encinitas. Y su vida volvería a la cómoda rutina de la península que recordaba de años antes. Recuperaría el contacto con su mejor amigo, Jim Chilton, volvería a apuntarse al club de campo, y vería de nuevo a todos sus amigos.

Sí, había hecho bien. Pero había aparecido una nube en el horizonte. Pequeña, pasajera, estaba seguro, pero aun así preocupante.

Al regresar al lugar que había sido su hogar y el de Sarah, era como si hubiera resucitado una parte de ella. Los recuerdos estallaban como fuegos artificiales.

Allí, en Monterrey, Sarah había sido la anfitriona considerada, la apasionada coleccionista de arte, la astuta empresaria.

La amante enérgica, sensual y acaparadora.

Allí, Sarah se había enfundado intrépidamente en un traje de neopreno y había nadado en el océano turbulento, helada y exultante, no como en su último baño, cerca de La Jolla, cuando no salió del agua, sino que las olas la arrastraron hasta la orilla, inerme, con los ojos abiertos y ciegos y la piel a la misma temperatura que el agua.

Al pensarlo, el corazón de Hawken dio uno o dos latidos de más.

Después respiró hondo varias veces y ahuyentó los recuerdos.

—¿Quieres que te eche una mano?

Miró a Lily y a las cortinas.

Su esposa se detuvo un momento y luego dejó lo que estaba haciendo. Se acercó, cogió su mano y la posó sobre el triángulo de piel de debajo de su garganta. Lo besó con fuerza.

Se sonrieron y ella regresó a las ventanas.

Hawken acabó de montar la mesa de cristal y cromo y arrastrándola la colocó delante del sofá.

—Cariño...

Lily estaba mirando por la ventana de atrás, con la cinta métrica colgando de la mano.

—¿Qué?

—Creo que hay alguien ahí fuera.

—¿Dónde? ¿En el jardín?

—No sé si es en nuestra parcela. Está al otro lado del seto.

—Entonces no es en nuestro jardín.

Hacía falta mucho dinero para comprar un buen trozo de tierra allí, en la costa central de California.

—Seguramente querrá saber si se han venido a vivir aquí unos drogatas o una banda de rock.

Lily bajó un peldaño de la escalera.

—Está ahí parado —repitió—. No sé, cariño, da un poco de miedo.

Hawken se acercó a la ventana y miró afuera. Desde allí no se veía gran cosa, pero estaba claro que había alguien mirando entre los matorrales. Llevaba una sudadera gris con la capucha subida.

—Puede que sea el hijo de los vecinos. Siempre tienen curiosidad por saber quién se ha mudado a la casa de al lado. Por si tienen hijos de su edad. A mí me pasaba.

Lily no dijo nada. Hawken notó su malestar mientras estaba allí parada, con las estrechas caderas ladeadas y los ojos entornados. El polvo de las cajas de cartón de la mudanza había salpicado de motas su cabello rubio.

Era hora de hacerse el caballero.

Hawken entró en la cocina y abrió la puerta trasera. El visitante había desaparecido.

Salió al jardín y entonces oyó gritar a su mujer:

—¡Cariño!

Alarmado, dio media vuelta y entró a toda prisa.

Lily seguía subida a la escalera, pero estaba señalando otra ventana. El desconocido había entrado en el jardín lateral. Ahora estaba claramente en su propiedad, aunque seguía oculto por la vegetación.

—Maldita sea. ¿Quién demonios es?

Miró el teléfono, pero decidió no llamar a la policía. ¿Y si era el vecino o el hijo del vecino? Eso arruinaría para siempre cualquier posibilidad de que trabaran amistad.

Cuando volvió a mirar, la figura había desaparecido.

Lily se bajó de la escalera.

—¿Dónde está? Ha desaparecido. Visto y no visto.

—No tengo ni idea.

Miraron atentamente por las ventanas.

No había ni rastro de él.

Aquello era mucho más alarmante, no poder verlo.

—Creo que deberíamos...

Hawken se detuvo con un gemido al oír gritar a su mujer:

—¡Una pistola! ¡Tiene una pistola, Don!

Estaba mirando por la ventana delantera.

Su marido agarró el teléfono y gritó:

—¡La puerta! ¡Echa la llave!

Lily se precipitó hacia la puerta.

Pero llegó demasiado tarde.

La puerta ya se estaba abriendo.

Lily gritó y Don Hawken tiró de ella hacia el suelo y se le echó encima, en un gesto noble pero inútil, comprendió Hawken, de salvar la vida de su esposa.

27

Rio de artura...

Sentado a solas en el despacho de Kathryn Dance, Jonathan Boling navegaba por el ordenador de Travis Brigham en un intento frenético por descubrir el significado del código.

Rio de artura...

Echado hacia delante, tecleaba deprisa, pensando que, de haber estado allí, Dance, la experta en kinesia, habría extraído varias conclusiones instantáneas de su postura y de la concentración de su mirada: era como un perro olfateando una presa.

Jon Boling había dado con algo.

Dance y los demás estaban fuera, montando el dispositivo de vigilancia. Él se había quedado en el despacho para seguir indagando en el ordenador del chico. Había encontrado una pista y a hora intentaba localizar más datos que le permitieran descifrar el código.

Rio de artura...

¿Qué significaba?

Una característica curiosa de los ordenadores es que esas locas cajas de plástico y metal albergan fantasmas. El disco duro de un ordenador es como una red de pasadizos y corredores secretos que se adentran más y más en la arquitectura de su memoria. Es posible, aunque entrañe considerable dificultad, exorcizar esos pasajes y librarlos del fantasma de los datos pretéritos, pero lo normal es que los bits de información que hemos creado o adquirido se queden en ellos para siempre, invisibles y fragmentados.

Boling deambulaba por aquellos pasillos utilizando un programa creado por uno de sus alumnos, leyendo los retazos de datos alojados en lugares recónditos, como jirones de espíritus que habitaran una casa encantada.

Pensar en fantasmas le hizo recordar el DVD que el hijo de Kathryn Dance le había prestado la noche anterior. *Ghost in the shell.* Pensó en el rato tan agradable que había pasado en su casa, en lo mucho que había disfrutado conociendo a su familia y sus amigos. Sobre todo a los niños. Maggie era adorable y divertida, y no le cabía ninguna duda de que acabaría convirtiéndose en una mujer tan formidable como su madre. Wes era más retraído. Pero también era inteligente y abierto. Boling especulaba a menudo con cómo habrían sido sus hijos si hubiera seguido con Cassie.

Pensó en ella ahora y confió en que estuviera disfrutando de su vida en China.

Recordó las semanas anteriores a su marcha.

Y retiró sus generosos deseos de que fuera feliz en Asia.

Después hizo a un lado el recuerdo de Cassandra y volvió a concentrarse en su búsqueda de fantasmas en el ordenador. Estaba acercándose a algo importante en ese fragmento de código binario que, traducido al alfabeto latino, se leía «rio de artura».

Su mente, tan aficionada a los rompecabezas y que a menudo daba curiosos saltos de lógica e intuición, concluyó automáticamente que aquellas palabras eran fragmentos de «horario de apertura». Travis había buscado esa frase en Internet justo antes de desaparecer, de lo que se deducía que tal vez, sólo tal vez, aquellas palabras se refirieran a un lugar que le interesaba.

Pero los ordenadores no almacenan los datos relacionados en un mismo lugar. El código de «rio de artura» podía encontrarse en un siniestro armario del sótano, mientras que el nombre de aquello a lo que se refería podía estar en un pasillo del desván. Una parte de la dirección física podía estar en un sitio, y el resto en otro. El cerebro de un ordenador está constantemente tomando decisiones respecto a la fragmentación de los datos y almacenando bits y fragmentos en sitios que tienen sentido para él, pero que resultan incomprensibles para un lego.

Así pues, Boling iba siguiendo la pista, circulando por oscuros corredores llenos de espectros.

Tenía la sensación de no haber estado tan enfrascado en un proyecto desde hacía meses, años quizá. Disfrutaba de su trabajo en la universidad. Era curioso por naturaleza y le gustaba el desafío que suponía la investigación, le gustaba escribir, le gustaban las conversaciones estimulantes con otros compañeros de la facultad y con sus alumnos, disfrutaba haciendo que los jóvenes se entusiasmaran con el aprendizaje. Ver cómo se intensificaba de pronto la mirada de un estudiante cuando los datos sueltos se fundían para dar lugar al conocimiento era un puro placer para él.

Pero en aquel momento esas satisfacciones y esos triunfos le parecían insignificantes. Ahora tenía la misión de salvar vidas. Y lo único que le importaba era descifrar el código.

rio de artura...

Echó un vistazo a otro trastero de la casa embrujada. Nada, excepto un revoltijo de bits y bytes. Otra pista falsa.

Siguió tecleando.

Nada.

Se desperezó y una de sus articulaciones dio un fuerte chasquido. Vamos, Travis, ¿por qué te interesaba ese sitio? ¿Qué te atraía de él?

¿Sigues yendo allí? ¿Trabaja algún amigo allí? ¿Compras algo de sus estanterías, de sus vitrinas, de sus pasillos?

Diez minutos más.

¿Me doy por vencido?

De eso nada.

Entró entonces en una parte nueva de la casa encantada. Parpadeó y soltó una carcajada. Como si de pronto encajaran las piezas de un rompecabezas, la respuesta al código «rio de artura» se materializó ante sus ojos.

Y al ver el nombre del lugar, su relación con Travis Brigham se le hizo ridículamente evidente. Se enfadó consigo mismo por no haberlo deducido sin aquella pista digital. Al ver la dirección, desenganchó su móvil del cinturón y llamó a Kathryn Dance. El teléfono sonó cuatro veces. Luego saltó el buzón de voz.

Estaba a punto de dejar un mensaje, pero entonces miró sus notas. El sitio no estaba lejos de allí. A no más de quince minutos.

Cerró el teléfono con un suave chasquido, se levantó y se puso la chaqueta.

Lanzando una mirada involuntaria a la fotografía de Dance con sus hijos y sus perros, salió del despacho y se encaminó a la puerta principal del CBI.

Consciente de que lo que estaba a punto de hacer era posiblemente muy mala idea, Jon Boling abandonó el mundo sintético para proseguir su búsqueda en el mundo real.

—Todo despejado —le dijo Rey Carraneo a su jefa cuando regresó al cuarto de estar donde ella aguardaba junto a Donald y Lily Hawken. Pistola en mano, Dance vigilaba atentamente las ventanas y el interior de las habitaciones de la pequeña casa.

Los Hawken, serios y temblorosos, se habían sentado en un sofá nuevo, cubierto todavía con el envoltorio de plástico de la fábrica.

Dance se guardó su Glock. No esperaba que el chico estuviera dentro, había estado agazapado en el jardín lateral y parecía haber huido al llegar la policía, pero su experiencia jugando a *Dimension Quest*, su habilidad para el combate, le hicieron preguntarse si su huida había sido sólo simulada y, de hecho, había logrado colarse en la casa.

Se abrió la puerta y el corpulento Albert Stemple asomó la cabeza.

—Nada. Se ha largado.

Stemple dejaba escapar un silbido al respirar, por efecto de la persecución y del gas que había respirado en casa de Kelley Morgan.

—Le he dicho al ayudante del sheriff que busque por las calles. Y seis coches más vienen para acá. Alguien ha visto a un individuo con una sudadera con capucha cruzando en bici los callejones en dirección al centro. He dado aviso, pero...

Se encogió de hombros. Después el fornido agente desapareció y sus botas resonaron al bajar los escalones de entrada para sumarse a la operación de búsqueda.

Dance, Carraneo, Stemple y un ayudante del sheriff de Monterrey habían llegado diez minutos antes. Mientras visitaban a posibles objetivos del asesino, a Dance se le había ocurrido una idea. Había pensado en la teoría de Jon Boling según la cual, al aumentar el rango de sus posibles víctimas, Travis tal vez hubiera incluido a personas a las que únicamente se mencionaba favorablemente en el blog, aunque no hubieran publicado ningún comentario.

Había vuelto a abrir el blog y había leído la página de inicio.

http://www.thechiltonreport.com

Uno de los nombres que destacaban era el de Donald Hawken, un viejo amigo de James Chilton al que éste mencionaba en la sección «En el frente doméstico». Hawken podía ser la víctima por la que Travis había dejado la cruz en aquel ventoso tramo de la carretera 1.

Así pues, habían ido en coche hasta su casa con el propósito de llevarse a Hawken y a su esposa donde no corrieran peligro y establecer un dispositivo de vigilancia en torno a su domicilio.

Pero, al llegar, Dance había visto a un individuo con capucha y que posiblemente portaba una pistola merodeando por los matorrales que había a un lado de la finca. Había mandado tras él a Albert Stemple y al ayudante del sheriff y Rey Carraneo, y ella habían irrumpido en la casa, pistola en mano, para proteger a Hawken y a su esposa.

A la pareja aún no se les había pasado el susto. Al ver a Carraneo, vestido de paisano, cruzar de pronto la puerta con el arma en alto, habían pensado que era el asesino.

La radio de Dance emitió un chisporroteo y la agente contestó. Era otra vez Stemple.

—Estoy en el jardín trasero. Hay una cruz dibujada en un trozo de tierra y pétalos de rosas dispersos alrededor.

—Recibido, Al.

Lily cerró los ojos y apoyó la cabeza en el hombro de su marido.

Cuatro o cinco minutos, pensó Dance. Si hubiéramos llegado unos minutos más tarde, esta gente estaría muerta.

—¿Por qué nosotros? —preguntó Hawken—. Nosotros no le hemos hecho nada. No hemos publicado ningún comentario. Ni siquiera lo conocemos.

Dance les explicó que el chico había aumentado el rango de sus objetivos.

—¿Quiere decir que cualquier persona a la que se mencione en el blog está en peligro?

—Eso parece.

Decenas de policías habían aparecido en la zona en cuestión de minutos, pero las informaciones que empezaban a llegar dejaban claro que Travis se había esfumado.

¿Cómo demonios se escapa un chico en una bici?, se preguntó Dance, exasperada. Sencillamente, desaparece. Pero ¿dónde? ¿En algún sótano? ¿En una obra abandonada?

Fuera empezaban a llegar los primeros vehículos de prensa, las furgonetas con antenas en el techo, los cámaras que ponían a punto sus equipos.

Preparados para echar más leña al fuego del pánico ciudadano.

Aparecieron también más policías, entre ellos varios agentes de la patrulla ciclista.

Dance le preguntó a Hawken:

—¿Siguen teniendo casa en San Diego?

—Está en venta —contestó Lily—. Todavía no la hemos vendido.

—Me gustaría que volvieran allí.

—Pero no hay muebles. Están en un almacén.

—¿Pueden quedarse en casa de alguien?

—En casa de mis padres. Los hijos de Donald están con ellos ahora mismo.

—Entonces vayan a quedarse allí hasta que encontremos a Travis.

—Supongo que podríamos hacerlo —repuso Lily.

—Ve tú —le dijo su marido—. Yo no voy a dejar a Jim.

—No puede hacer nada para ayudarlo —contestó Dance.

—Claro que sí. Puedo darle apoyo moral. Es un momento muy duro. Necesita amigos.

—Estoy segura de que agradece su lealtad —repuso la agente—, pero mire lo que acaba de pasar. Ese chico sabe dónde viven y, evidentemente, quiere hacerles daño.

—Puede que dentro de media hora lo hayan detenido.

—O puede que no. De veras, tengo que insistir, señor Hawken.

El hombre mostró un atisbo de su dureza de empresario.

—No pienso dejar a Jim.

Luego el tono acerado de su voz se disipó al añadir:

—Quiero explicarle una cosa.

Lanzó una mirada sutil a su esposa. Un silencio y prosiguió:

—Mi primera esposa, Sarah, murió hace un par de años.

—Lo lamento.

El encogimiento de hombros que Dance conocía tan bien.

—Jim lo dejó todo y en menos de una hora se presentó en mi casa. Se quedó conmigo y con mis hijos una semana. Nos ayudó con todo, a nosotros y a la familia de Sarah. Con la comida, con los preparativos del entierro... Hasta con la colada y las faenas domésticas. Yo estaba paralizado. No podía hacer nada, era así de sencillo. Creo que puede que en aquel momento me salvara la vida. Evitó que me volviera loco, eso desde luego.

Dance no pudo sofocar el recuerdo de los meses posteriores a la muerte de su marido, cuando Martine Christensen había respondido igual que lo había hecho James Chilton. Ella jamás habría atentado contra su propia vida teniendo a sus hijos, pero en muchas ocasiones había creído que podía acabar volviéndose loca.

Comprendía la lealtad de Donald Hawken.

—No voy a marcharme —repitió éste con firmeza—. No tiene sentido que me lo pida. —Abrazó a su esposa—. Pero tú vete. Quiero que te vayas.

—No, me quedo contigo —respondió Lily sin vacilar ni un segundo.

Dance advirtió su mirada. Adoración, felicidad, obstinación... Le dio un vuelco el corazón al pensar que Hawken también había perdido a su primera esposa, se había recuperado y vuelto a encontrar el amor.

Puede pasar, pensó. ¿Lo ves?

Después cerró la puerta de su vida privada.

—Está bien —dijo de mala gana—. Pero tienen que marcharse de aquí inmediatamente. Busquen un hotel y quédense en él, procuren no dejarse ver. Les asignaremos a un agente para que les proteja.

—Muy bien.

En ese instante, un coche se detuvo con un chirrido de frenos delante de la casa y se oyeron gritos de alarma. Carraneo y Dance salieron al porche.

—No pasa nada —dijo Albert Stemple tranquilamente, arrastrando las palabras a pesar de que no tenía acento sureño—. Sólo es Chilton.

Al parecer, el bloguero se había enterado de lo sucedido y había corrido a presentarse en casa de su amigo. Subió precipitadamente los escalones.

—¿Qué ha pasado?

A Dance le sorprendió oír una nota de pánico en su voz. Había detectado en ella ira, mezquindad y arrogancia en otras ocasiones, pero nunca aquel sonido.

—¿Están bien?

—Sí —contestó—. Travis ha estado aquí, pero Donald está bien. Y su esposa también.

—¿Qué ha pasado?

El bloguero tenía el cuello de la chaqueta torcido.

Hawken y Lily salieron.

—¡Jim!

Chilton se acercó corriendo y abrazó a su amigo.

—¿Estáis bien?

—Sí, sí. La policía ha llegado a tiempo.

—¿Lo han cogido? —preguntó el bloguero.

—No —respondió Dance, esperando que Chilton se lanzara a criticarles por no haber capturado al chico. Pero el hombre cogió su mano con firmeza y se la apretó—. Gracias, gracias. Les han salvado. Muchas gracias.

Dance inclinó la cabeza, azorada, y le soltó la mano. Luego Chilton se volvió hacia Lily con una sonrisa de curiosidad.

La agente dedujo que era la primera vez que se veían en persona. Hawken les presentó y Chilton dio a Lily un cálido abrazo.

—Siento muchísimo todo esto. Ni en un millón de años habría pensado que podía afectaros.

—¿Quién iba a pensarlo? —preguntó Hawken.

Chilton contestó con una sonrisa remolona:

—Después de esto, Lily no va a querer quedarse en la península de Monterrey. Se marchará mañana mismo.

Ella esbozó por fin una sonrisa tenue.

—Me iría, pero ya hemos comprado las cortinas.

Señaló la casa con un cabeceo.

Chilton se rió.

—Tiene sentido del humor, Don. ¿Por qué no se queda ella y vuelves tú a San Diego?

—Me temo que vas a tener que aguantarnos a los dos.

Chilton se puso serio de pronto.

—Tenéis que iros hasta que pase todo esto.

—He intentado convencerlos de que se marchen —comentó Dance.

—No vamos a irnos.

—Don... —comenzó a decir Chilton.

Pero Hawken se rió y señaló a Dance con la cabeza.

—Tengo autorización policial. Nos ha dado su permiso. Vamos a escondernos en un hotel. Como Bonnie y Clyde.

—Pero...

—Nada de peros, amigo mío. Nos quedamos aquí. Ya no puedes librarte de nosotros.

Chilton abrió la boca para protestar, pero entonces advirtió la sonrisa irónica de Lily.

—A mí no conviene decirme lo que tengo que hacer, Jim —dijo.

El bloguero se rió otra vez.

—Muy bien —replicó—. Gracias. Marchaos a un hotel. Quedaos allí. Esto habrá acabado dentro de uno o dos días y todo volverá a la normalidad.

—No he visto a Pat y a los chicos desde que me marché —comentó Hawken—. Hace más de tres años.

Dance observó al bloguero. Algo más había cambiado en él. Tenía la impresión de estar viendo por primera vez su lado humano, como si aquella posible desgracia hubiera logrado hacerlo salir un poco más del mundo sintético para entrar en el real.

El cruzado había desaparecido, al menos temporalmente.

La agente les dejó con sus recuerdos y rodeó la casa. Una voz procedente de los arbustos la sobresaltó:

—Hola.

Al mirar hacia atrás vio a David Reinhold, el joven ayudante del sheriff que había estado ayudándoles.

—Ayudante.

Reinhold sonrió.

—Llámeme David. Me he enterado de que el chico ha estado aquí. Han estado a punto de cogerlo.

—A punto. Pero se nos ha escapado.

Llevaba varios maletines metálicos desvencijados, con la inscripción UIF-OSCM: Unidad de Investigación Forense, Oficina del Sheriff del Condado de Monterrey.

—Siento no haber podido decirle nada concreto sobre esas ramas que encontró en su jardín. Esa cruz.

—Yo tampoco pude. Seguramente no fue más que una coincidencia. Si podara los árboles como es debido, no pasarían esas cosas.

Reinhold le dirigió una mirada chispeante.

—Tiene una casa muy bonita.

—Gracias. Aunque el jardín esté hecho un desastre.

—No. Es muy acogedora, en serio.

—¿Y qué me dice de usted, David? —preguntó ella—. ¿Vive en Monterrey?

—Vivía. Tenía un compañero de piso, pero se marchó, así que tuve que mudarme a Marina.

—Bien, le agradezco sus esfuerzos. Pienso hablarle muy bien de usted a Michael O'Neil.

—¿En serio, Kathryn? Eso sería genial.

A Reinhold se le iluminó la cara.

Luego dio media vuelta y comenzó a acordonar el jardín trasero de los Hawken. Dance se quedó mirando lo que ocupaba el centro del trapecio de cinta amarilla: la cruz grabada en la tierra y los pétalos dispersos.

Levantó luego los ojos y observó la vasta depresión que se extendía desde los cerros de Monterrey hasta la bahía, donde se divisaba una franja de mar.

Era un panorama bellísimo.

Pero de pronto se le antojó tan perturbador como la horrible máscara de Qetzal, el demonio de *Dimension Quest*.

Estás por ahí, en alguna parte, Travis.

Pero ¿dónde, dónde?

28

Haciendo de poli.

Siguiendo el rastro de Travis como Jack Bauer* persiguiendo a terroristas.

Jon Boling tenía una pista: el lugar desde el que el chico podía haber colgado en el blog aquel mensaje con el dibujo de la máscara y del apuñalamiento de aquella mujer que se parecía un poco a Kathryn Dance. El lugar donde jugaba a su amado *Dimension Quest*.

El «horario de apertura» que había encontrado en los fantasmagóricos corredores del ordenador de Travis era el del salón de juegos Lighthouse, un centro de juegos de ordenador y videojuegos situado en New Monterrey.

Para el chico era muy arriesgado dejarse ver, teniendo en cuenta la operación de busca y captura. Pero si elegía bien su itinerario, si se ponía gafas de sol y una gorra y prescindía de la sudadera con la que lo describían las noticias de televisión, seguramente podría moverse con cierta libertad.

Además, tratándose de videojuegos y juegos de rol, un adicto no tenía más remedio que arriesgarse a que lo descubrieran.

Boling abandonó la autovía al volante de su Audi y entró en la avenida Del Monte y luego en la calle Lighthouse, desde donde se dirigió al barrio en el que se hallaba el salón de juegos.

Experimentaba cierta sensación de euforia. Allí estaba él, un profesor de cuarenta y un años que vivía fundamentalmente de su cerebro. Nunca se había considerado falto de valentía. Había practicado la escalada, el submarinismo, el esquí. Y, además, el mundo intelectual también entrañaba sus riesgos: riesgos profesionales, riesgos para la reputación y para la propia satisfacción vital. Había luchado a brazo partido con compañeros de claustro. Y él también había sido objeto de feroces ataques virtuales como los que había sufrido Travis, aunque con mejor

* Jack Bauer, protagonista de la serie televisiva *24*. *(N. de la T.)*

ortografía, gramática y puntuación. Últimamente lo habían atacado por oponerse al uso público mediante archivos compartidos de material protegido por derechos de autor.

La saña de los ataques le había sorprendido. Lo habían zurrado de lo lindo: lo habían llamado «capitalista de mierda» y «puta de la gran empresa». Pero el insulto que más le había gustado era «profesor de destrucción masiva».

Algunos colegas habían llegado al punto de retirarle la palabra.

Pero el daño que había sufrido no era, desde luego, nada comparado con el peligro que corrían día tras día Kathryn Dance y sus compañeros de la policía.

El peligro al que él se estaba exponiendo en ese momento, reflexionó.

Jugando a ser policía...

Era consciente de haber ayudado a Kathryn y a los demás, y eso le satisfacía, como le satisfacía que valoraran su ayuda. Pero hallándose tan cerca de la acción, escuchando sus llamadas telefónicas, viendo la cara de Kathryn cuando anotaba información sobre los crímenes, viéndola acariciar distraídamente la negra pistola que llevaba en la cadera, había sentido el anhelo de participar.

¿Y algo más, Jon?, se preguntó con sorna.

Bueno, sí, quizás estuviera también intentando impresionarla.

Era absurdo, pero sentía una pizca de celos al ver su complicidad con Michael O'Neil.

Te estás portando como un puñetero adolescente.

Aun así, Kathryn tenía algo que encendía esa chispa. Boling nunca había sido capaz de explicarlo, cuando se producía esa conexión, ¿quién podía explicarlo, en realidad?. Y sucedía enseguida, o no sucedía nunca. Dance estaba sola, y él también. Él había superado lo de Cassie, bueno, casi del todo, y quizá Kathryn estuviera ya preparada para volver a tener pareja. Creía haber captado algunas señales afirmativas, pero ¿qué sabía él? No tenía su capacidad para interpretar el lenguaje corporal.

Y, además, era un hombre: una especie que llevaba el olvido persistente inscrito en el código genético.

Aparcó su A4 gris cerca del salón de juegos Lighthouse, en una bocacalle de aquel inframundo situado al norte de Pacific Grove. Se acordaba de los tiempos en que aquel corredor de pequeños comercios y exiguos apartamentos llamado Nuevo Monterrey había sido un Haight

Ashbury* en miniatura, emplazado entre una bulliciosa guarnición militar y un retiro religioso. Lovers Point, la Punta de los Amantes de Pacific Grove, se llamaba así en recuerdo de quienes amaban a Jesús, no a sus parejas. Ahora, el barrio era tan anodino como cualquier zona comercial de Omaha o Seattle.

El salón de juegos Lighthouse era oscuro y cutre, y olía a rayos, pero catódicos; Boling estaba deseando contarle su ocurrencia a Dance.

Observó aquel lugar surrealista. Los jugadores sentados en las terminales, chicos en su mayoría, miraban fijamente las pantallas mientras movían *joysticks* o aporreaban teclas. Las estaciones de juego tenían altas paredes curvas, recubiertas con un material negro que amortiguaba el sonido, y las sillas, muy cómodas, eran de cuero y respaldo alto.

Había allí todo lo que necesitaba un joven para entregarse a una experiencia digital. Además de los ordenadores y los teclados, había auriculares para no oír el ruido exterior, micrófonos, ratones táctiles, periféricos como volantes de coches y mandos de avión, gafas de 3-D y regletas para conexiones de red, USB, *firewire*, audiovisuales y otras menos conocidas. Algunos puestos estaban provistos de dispositivos Wii.

Boling había escrito acerca del último grito en materia de videojuegos: cápsulas de inmersión total, originarias de Japón, en las que los chicos podían pasarse horas y horas jugando, sentados en un reducto oscuro e íntimo, completamente aislados del mundo real. Era una evolución lógica en un país conocido por el *hikikomori* o «retiro», una forma de vida cada vez más extendida entre la gente joven, varones adolescentes y adultos en su mayoría, que, convertidos en auténticos reclusos, no salían de sus habitaciones durante meses o años seguidos y vivían exclusivamente a través del ordenador.

El ruido era mareante: una algarabía de sonidos generados digitalmente, explosiones, disparos, gritos animales, chillidos y risas espeluznantes, un océano de voces humanas indistinguibles hablando a través de micrófonos con jugadores situados en cualquier parte del mundo, respuestas que salían ametrallando de los altavoces y, de vez en cuando, gritos y broncos exabruptos proferidos por jugadores frenéticos que morían o se daban cuenta de que habían cometido un error táctico.

El salón de juegos Lighthouse, idéntico a miles de salones de jue-

* Haight Ashbury: barrio de San Francisco conocido por su ambiente *hippie*. *(N. de la T.)*

gos de todo el planeta, representaba la última avanzadilla del mundo real antes de zambullirse en el sintético.

Boling sintió una vibración en la cadera. Miró su móvil. El mensaje de Irv, su alumno, decía: ¡¡Stryker se ha conectado hace cinco minutos a DQ!!

Como si hubiera recibido una bofetada, Boling miró a su alrededor. ¿Estaba Travis allí? Debido al cerramiento de las cabinas, era imposible ver más de uno o dos puestos de juego al mismo tiempo.

En el mostrador, un empleado de pelo largo leía una novela de ciencia ficción, aparentemente ajeno al ruido. El profesor se acercó.

—Estoy buscando a un chico, un adolescente.

El empleado levantó irónicamente una ceja.

Estoy buscando un árbol en un bosque.

—¿Sí?

—Está jugando a Dimension Quest. ¿Has apuntado a alguien hace unos cinco minutos?

—No hay que apuntarse. Funciona con fichas. Se pueden comprar aquí o en una máquina. —El empleado miraba a Boling atentamente—. ¿Es su padre?

—No. Sólo lo estoy buscando.

—Puedo echar un vistazo a los servidores. Para ver si hay alguien conectado a *DQ*.

—¿Puedes?

—Sí.

—Estupendo.

Pero el joven no hizo intento de mirar los servidores. Se quedó mirando a Boling a través de su flequillo sucio.

Ah, ya entiendo. Estamos negociando. Genial. Muy detectivesco, pensó el profesor. Un momento después, dos billetes de veinte dólares desaparecieron en el bolsillo de los mugrientos pantalones del chico.

—Su avatar se llama Stryker, si te sirve de algo —le dijo.

Un gruñido.

—Enseguida vuelvo.

Desapareció bajo el suelo. Boling lo vio reaparecer al otro lado del salón y encaminarse a la oficina.

Regresó cinco minutos después.

—Sí, un tal Stryker está jugando a *DQ*. Acaba de conectarse. Puesto cuarenta y tres. Es allí.

—Gracias.

—Mmm.

El empleado volvió a su novela de ciencia ficción.

Boling pensó frenéticamente qué debía hacer. ¿Pedir al empleado que evacuara el salón? No, entonces Travis se daría cuenta. Tenía que llamar a emergencias. Pero convenía que viera si el chico estaba solo. ¿Llevaría la pistola encima?

Se imaginó pasando a su lado como si tal cosa, arrancándole la pistola del cinto y apuntándole con ella hasta que llegara la policía.

No, no hagas eso. Bajo ningún concepto.

Con las palmas sudorosas, caminó despacio hacia el puesto 43. Echó una rápida ojeada más allá de la esquina. En la pantalla del ordenador se veía el paisaje de Etheria, pero la silla estaba vacía.

En los pasillos tampoco había nadie. El puesto 44 estaba vacío, pero en el 42 una chica de pelo corto y verde jugaba a un juego de artes marciales.

Boling se acercó a ella.

—Perdona.

La joven estaba lanzando golpes brutales a su oponente. Por fin aquel ser cayó muerto y el avatar de la chica se subió encima del cuerpo y le arrancó la cabeza.

—¿Sí? —preguntó sin levantar la mirada.

—¿Sabes sónde está el chico que estaba aquí hace un momento jugando a *DQ*?

—No sé. A ver, acaba de pasar Jimmy y le ha dicho algo, y se ha marchado. Hace un minuto.

—¿Quién es Jimmy?

—¿Quién va a ser? El encargado.

¡Maldita sea! Acabo de darle cuarenta dólares a esa rata para que avise a Travis. Menudo policía soy.

Boling miró con rabia al encargado, que seguía aparentemente absorto en su novela.

El profesor cruzó bruscamente la puerta de salida y corrió a la calle. Le escocieron los ojos, acostumbrados a la penumbra. Se detuvo en el callejón, mirando a derecha e izquierda con los ojos entornados. Alcanzó a divisar a un joven que se alejaba rápidamente con la cabeza gacha.

No hagas ninguna tontería, se dijo. Sacó su Blackberry de la funda.

Delante de él, el chaval echó a correr.

Y, después de pensárselo sólo un segundo, Jon Boling hizo lo mismo.

29

Hamilton Royce, el mediador de la oficina del fiscal general de Sacramento, cortó la conexión y el teléfono quedó colgando de su mano mientras reflexionaba acerca de la conversación que acababa de mantener: una conversación en idioma «eufemístico político-corporativo».

Permaneció un momento en los pasillos del CBI, sopesando sus alternativas.

Finalmente, regresó al despacho de Charles Overby.

El director de la oficina regional estaba recostado en su silla, viendo en el ordenador un videorreportaje acerca del caso. Cómo la policía había estado a punto de atrapar al asesino en casa de un amigo del bloguero, y cómo había escapado el asesino, probablemente para seguir aterrorizando a otras personas en la península de Monterrey.

Informar sencillamente de que la policía había salvado al amigo de Chilton, se dijo Royce, no tenía tanto tirón mediático como el enfoque que había elegido la cadena de televisión.

Overby pulsó algunas teclas y en la pantalla apareció otra cadena. Por lo visto, el presentador del programa especial prefería llamar a Travis «el Asesino del Videojuego», en lugar de definirlo a partir de una máscara o de las cruces de carretera. Prosiguió describiendo cómo el chico torturaba a sus víctimas antes de matarlas.

Poco importaba que sólo hubiera una víctima mortal y que el pobre diablo hubiera muerto de un disparo en la parte de atrás de la cabeza mientras huía. Lo cual solía reducir al mínimo la agonía.

Por fin dijo:

—Bueno, Charles, en la fiscalía general están cada vez más preocupados.

Levantó su teléfono móvil como si le enseñara una placa durante una redada.

—Estamos todos muy preocupados —repuso Overby—. Toda la península está preocupada. Como te iba diciendo, ahora mismo es verdaderamente nuestra única prioridad. —Su rostro se nubló—. Pero ¿es que en Sacramento están descontentos con cómo estamos llevando el caso?

—No de por sí.

Royce dejó que su ambigua respuesta zumbara alrededor de la cabeza de Overby con la estridencia de una avispa.

—Estamos haciendo todo lo que podemos.

—Me gusta esa agente tuya. Dance.

—Sí, es de las mejores. Se da cuenta de todo.

Un cabeceo parsimonioso, un gesto pensativo de asentimiento.

—El fiscal general se siente muy mal por esas víctimas. Yo me siento muy mal.

Royce insufló compasión a su voz e intentó recordar la última vez que de verdad se había sentido mal. Seguramente cuando a su hija la habían operado urgentemente de apendicitis y él no había estado presente por estar en la cama con su amante.

—Es una tragedia.

—Sé que parezco un disco rayado, pero de veras estoy convencido de que el problema es ese blog.

—Lo es —convino Overby—. Es el ojo del huracán.

O sea, un lugar en calma que encuadra un hermoso cielo azul, puntualizó Royce para sus adentros.

El jefe del CBI añadió:

—Bueno, Kathryn ha conseguido que Chilton pida públicamente al chico que se entregue. Y Chilton nos ha dado la información sobre el servidor, un *proxy* en Escandinavia.

—Entiendo, es sólo que... mientras ese blog siga publicándose, servirá como recordatorio de que el trabajo no se ha completado aún. Sigo pensando en esa cuestión, en algo que pueda servirnos, algo sobre Chilton.

—Kathryn dijo que estaría atenta.

—Kathryn está ocupada. Me pregunto si habrá algo en lo que ya ha descubierto. La verdad es que no quiero apartar a la agente Dance del caso. Pero me pregunto si podría echar un vistazo.

—¿Tú?

—No te importará que eche una ojeada a los expedientes, ¿verdad, Charles? Así podría ver las cosas con perspectiva. Tengo la impresión de que quizá Kathryn está siendo demasiado benévola.

—¿Demasiado benévola?

—Fuiste un lince al seleccionarla, Charles.

El director aceptó el cumplido, aunque Royce sabía muy bien que Kathryn Dance llevaba ya cuatro años en el CBI cuando había llegado Overby.

—Fuiste muy listo, sí —añadió—. Te diste cuenta de que era un antídoto contra el descreimiento de los veteranos como tú y como yo. Pero la contrapartida es cierta... ingenuidad.

—¿Crees que tiene algo sobre Chilton y no lo sabe?

—Podría ser.

Overby parecía tenso.

—Bien, te pido disculpas en su nombre. ¿Qué te parece si lo achacamos a una distracción? El caso de su madre. No está del todo centrada. Pero lo hace lo mejor que puede.

Hamilton Royce era conocido por ser implacable. Pero jamás habría vendido a un miembro leal de su equipo con un comentario como aquél. Se dijo que resultaba casi impresionante ver las tres cualidades más siniestras de la naturaleza humana desplegadas de forma tan evidente: mezquindad, cobardía y deslealtad.

—¿Está en la oficina?

—Voy a ver.

Overby hizo una llamada y habló con alguien, Royce dedujo que con la secretaria de Dance. Colgó.

—Sigue en casa de los Hawken.

—Muy bien, entonces echaré un vistacillo.

Luego, sin embargo, Royce pareció tener una idea.

—Naturalmente, sería preferible que nadie me molestara.

—¿Qué te parece si vuelvo a llamar a su secretaria y le pido algo? Que vaya a hacer un recado. Siempre hay informes que fotocopiar. O ya sé: pedirle su opinión acerca de la carga de trabajo y los horarios. Es lo más lógico que le pregunte su parecer. Soy esa clase de jefe. No sospechará nada raro.

Royce salió del despacho de Overby, recorrió varios pasillos cuyos vericuetos había memorizado y se detuvo junto al de Dance. Esperó fuera hasta que vio que la secretaria, una mujer con aspecto de eficiente llamada Maryellen, recibió una llamada. Luego, con cara de perplejidad, la mujer se levantó y enfiló el pasillo, dejando el campo libre a Hamilton Royce.

Jon Boling se detuvo al llegar al final del callejón y miró a la derecha, por una callejuela, en la dirección por la que había desaparecido Travis. Desde allí el terreno descendía hacia la bahía de Monterrey, repleto de casitas unifamiliares, edificios de apartamentos de color ocre y beige y abundante vegetación. Aunque a su espalda, en la avenida Lighthouse, se agolpaba el tráfico, la bocacalle estaba desierta. Se había levantado una densa niebla y el panorama estaba cubierto de gris.

Bien, el chico se había escapado, pensó, así que era poco probable que su trabajo detectivesco fuera a impresionar a Kathryn Dance.

Llamó a emergencias, avisó de que había visto a Travis Brigham y dio su localización exacta. El operador le informó de que cinco minutos más tarde habría un coche de policía en el salón de juegos.

Bueno, se acabó el hacerte el adolescente, se dijo a sí mismo. Lo suyo era la universidad, la enseñanza, el análisis intelectual.

El mundo de las ideas, no de la acción.

Dio media vuelta para regresar al salón de juegos en espera de que llegara la policía. Pero entonces se le ocurrió una idea: quizás, a fin de cuentas, aquel empeño suyo no fuera tan impropio de él. Tal vez no fuera una muestra de absurdo pundonor masculino, sino el resultado de un aspecto intrínseco a su carácter: el afán de hallar respuestas, de desvelar misterios, de resolver rompecabezas. Justamente lo que había hecho siempre: intentar comprender la sociedad, la mente y el corazón humanos.

Una manzana más. ¿Qué mal podía hacerle? La policía iba de camino. Tal vez se encontrara en la calle con alguien que hubiera visto al chico subir a un coche o meterse por la ventana de una casa cercana.

El profesor dio de nuevo media vuelta y echó a andar por el callejón arenoso y gris, hacia el mar. Se preguntó cuándo volvería a ver a Kathryn. Pronto, esperaba.

Fue, de hecho, la imagen de sus ojos verdes la que ocupaba la mente de Boling cuando el chico salió de un salto de detrás de un contenedor, a un metro de distancia, y lo agarró por el cuello. Oliendo a ropa sucia y a sudor adolescente, ahogó un gemido cuando la hoja plateada de un cuchillo inició el parsimonioso trayecto hacia su garganta.

30

Mientras hablaba por teléfono, Kathryn Dance condujo velozmente hasta la casa de James Chilton en Carmel. Paró el coche, dio las gracias a su interlocutor y colgó. Aparcó y se encaminó hacia el coche patrulla en el que montaba guardia un ayudante del sheriff.

Se acercó a él.

—Hola, Miguel.

—Agente Dance, ¿cómo está? Por aquí, todo tranquilo.

—Bien. El señor Chilton ha vuelto, ¿verdad?

—Sí.

—Hágame un favor.

—Claro que sí.

—Salga del coche y quédese aquí, apoyado contra la puerta, quizá, para que la gente pueda verlo bien.

—¿Pasa algo?

—No estoy segura. Pero quédese aquí un rato. Pase lo que pase, no se mueva.

Miguel pareció indeciso, pero salió del coche.

Dance se acercó a la puerta principal y pulsó el timbre. La música que llevaba dentro percibió la ligera desafinación de la campanilla final.

Chilton abrió la puerta y parpadeó al verla.

—¿Ocurre algo?

Tras echar una mirada hacia atrás, la agente sacó las esposas de su funda.

Él bajó la mirada.

—¿Qué...? —exclamó.

—Dese la vuelta y ponga las manos a la espalda.

—¿Qué es esto?

—¡Haga lo que le digo inmediatamente!

—Esto es...

Dance lo agarró del hombro y le hizo volverse. Chilton hizo amago de hablar, pero ella se limitó a decir:

—Silencio. —Y le abrochó las esposas—. Está detenido por allanamiento de propiedad privada.

—¿Qué? ¿Qué propiedad privada?

—Las tierras de Arnold Brubaker, el solar de la planta desalinizadora.

—Espere, ¿se refiere a lo de ayer?

—Exacto.

—¡Pero si me dejó usted libre!

—No lo detuve entonces, pero lo detengo ahora.

Le recitó sus derechos.

Un coche oscuro apareció a toda velocidad por la calle, giró y avanzó por el camino de grava, hasta la casa. Dance vio que era una unidad de la Patrulla de Caminos. Los dos oficiales que ocupaban la parte delantera, dos hombres corpulentos, la miraron con curiosidad y salieron. Echaron un vistazo al coche patrulla de la oficina del sheriff y al ayudante Miguel Herrera, que tocó la radio que llevaba en la cadera como si quisiera llamar a alguien para preguntar de qué iba todo aquello.

Los recién llegados se acercaron a Dance y a su detenido. Repararon en las esposas.

—¿Quiénes son ustedes? —preguntó la agente, desconcertada.

—Pues —dijo el mayor de los dos— somos de la Patrulla de Caminos de California. ¿Y usted quién es, señora?

Dance sacó la cartera de su bolso y les mostró su identificación.

—Soy Kathryn Dance, del CBI. ¿Qué vienen a hacer aquí?

—Venimos a detener a James Chilton.

—¿A mi detenido?

—¿Su detenido?

—Exacto. Acabamos de arrestarlo.

Lanzó una mirada a Herrera.

—Esperen un momento —bramó Chilton.

—Cállese —ordenó Dance.

El mayor de los agentes dijo:

—Tenemos una orden de detención contra James Chilton. Y una orden judicial para confiscar sus ordenadores, sus archivos y sus documentos de trabajo. Todo lo relacionado con el *Chilton Report*.

Le enseñaron los papeles.

—Eso es ridículo —dijo el bloguero—. ¿Qué cojones está pasando aquí?

—Silencio —repitió Dance con aspereza, y añadió dirigiéndose a los agentes—: ¿Cuáles son los cargos?

—De allanamiento de propiedad privada.

—¿Las tierras de Arnold Brubaker?

—Exacto.

Ella se rió.

—Es por eso por lo que acabo de detenerlo.

Los agentes la miraron, miraron luego a Chilton intentando ganar tiempo, y finalmente asintieron cada uno por su lado. Al parecer, aquella situación no tenía precedentes, que ellos supieran.

—Bueno —comentó uno de ellos—, nosotros tenemos una orden judicial.

—Entiendo, pero el señor Chilton ya está detenido y el CBI ya tiene jurisdicción sobre sus archivos y ordenadores. Vamos a confiscarlos dentro de unos minutos.

—Esto es una puta mierda —balbució el bloguero.

—Señor, tenga cuidado con lo que dice —replicó el más joven y corpulento de los dos agentes.

Se hizo un silencio atronador.

Entonces Kathryn Dance esbozó una sonrisa.

—Esperen. ¿Quién ha pedido la orden judicial? ¿Ha sido Hamilton Royce?

—En efecto. De la oficina del fiscal general de Sacramento.

—Ah, claro. —Dance pareció relajarse—. Lo lamento, se trata de un malentendido. El oficial encargado del caso de allanamiento era yo, pero tuvimos problemas con una declaración y tuve que posponer la detención del señor Chilton. Se lo comenté a Hamilton y seguramente ha pensado que como estaba tan liada con el caso de las cruces de carretera...

—Ah, eso, el Asesino de la Máscara. ¿Lleva usted ese caso?

—Pues sí.

—Pone los pelos de punta.

—Ya lo creo —convino Dance, y añadió—: A Hamilton seguramente se le habrá ocurrido hacerse cargo del caso de allanamiento, como yo estoy tan liada... —Ladeó la cabeza con aire desdeñoso—. Pero, francamente, el señor Chilton me tocó tanto las narices ayer que me apetecía detenerlo yo misma.

Esbozó una sonrisa cómplice a la que los patrulleros se sumaron brevemente. Luego prosiguió:

—Es culpa mía. Debería habérselo dicho. Permítanme que lo llame. —Se quitó el teléfono del cinturón y marcó. Ladeó la cabeza—. Soy la agente Dance —dijo, y explicó lo de la detención de James Chilton. Se quedó callada un momento—. Ya lo he detenido... Tenemos los papeles en la oficina... Claro. —Asintió con la cabeza—. Bien —añadió en tono concluyente, y colgó mientras una voz de mujer explicaba que la temperatura en la península de Monterrey era de trece grados y que, según el pronóstico, llovería al día siguiente.

—Está todo arreglado. Nosotros nos ocupamos de su procesamiento. —Una sonrisa—. A no ser que quieran pasarse cuatro horas en el centro de detención de Salinas, claro.

—No, por nosotros no hay problema, agente Dance. ¿Necesita ayuda para meterlo en el coche?

El agente más corpulento miraba a James Chilton como si el bloguero pesara cincuenta kilos más de los que pesaba y fuera capaz de romper la cadena de las esposas con sólo flexionar los músculos.

—No, no pasa nada. Nos las arreglaremos.

Los hombres se alejaron tras saludarla con una inclinación de cabeza, montaron en su coche y se marcharon.

—Escúcheme —gruñó Chilton con la cara colorada—, todo esto es una gilipollez y usted lo sabe.

—Relájese, ¿quiere?

Dance le hizo dar media vuelta y le quitó las esposas.

—¿Se puede saber qué está pasando? —El bloguero se frotó las muñecas—. Creía que iba a detenerme.

—Y lo he detenido. Pero he decidido dejarlo libre.

—¿Me está tomando el pelo?

—No, le estoy salvando.

Volvió a guardarse las esposas en la funda. Sonriendo, saludó con la mano a Herrera. El desconcertado ayudante del sheriff respondió inclinando la cabeza.

—Le han tendido una trampa, James.

Poco antes, Dance había recibido una llamada de su secretaria. Maryellen había sospechado cuando Charles Overby la había llamado una primera vez para saber si Dance estaba en el despacho y luego una segunda para pedirle que fuera a su despacho para hablar de su satisfacción con el trabajo, cosa que no había hecho nunca antes.

Camino del despacho de Overby, Maryellen había remoloneado y se había quedado en el Ala de las Chicas, escondida en un pasillo lateral.

Hamilton Royce se había colado en el despacho de su jefa. Cinco minutos después había salido y telefoneado a alguien. Maryellen había conseguido acercarse lo suficiente para escuchar parte de la conversación: Royce había llamado a un juez de Sacramento, al parecer amigo suyo, para pedirle una orden de detención contra James Chilton. Algo relacionado con un allanamiento.

La secretaria no entendía el significado de lo ocurrido, pero había llamado a Dance de inmediato para contárselo. Después se había ido al despacho de Overby.

La agente contó a Chilton una versión abreviada de la historia, omitiendo el nombre de Royce.

—¿Quién hay detrás de esto? —preguntó él, indignado.

Dance sabía que Chilton arremetería en su blog contra el responsable de su detención, fuera quien fuese, y no podía permitirse la pesadilla mediática que provocaría todo aquello.

—Eso no voy a decírselo. Lo único que puedo decirle es que hay personas que quieren que su blog se suspenda hasta que atrapemos a Travis.

—¿Por qué?

Dance contestó tajantemente:

—Por los mismos motivos por los que quería cerrarlo yo. Para evitar que la gente siga publicando comentarios y se convierta en objetivo de Travis. —Una leve sonrisa—. Y porque las autoridades del estado quedarán en muy mal lugar si no hacemos todo lo posible por proteger a los ciudadanos, lo cual equivale a cerrar su blog.

—¿Y cerrar el blog beneficia a los ciudadanos? Yo denuncio problemas públicos y casos de corrupción, no los aliento. ¿Y me ha detenido para que no llevaran a efecto la orden judicial?

—Sí.

—¿Qué va a pasar ahora?

—Una de dos: o los agentes vuelven a jefatura e informan a su superior de que no pueden cumplir la orden judicial porque ya está usted detenido, y la cosa se queda ahí...

—¿O? ¿Cuál es la segunda posibilidad?

O la mierda se estrella contra el ventilador, se dijo Dance. No dijo nada, se limitó a encogerse de hombros.

Pero Chilton lo entendió.

—¿Se está arriesgando por mí? ¿Por qué?

—Le debo una. Ha colaborado con nosotros. Y, por si quiere saber otra razón, no estoy de acuerdo con todas sus opiniones políticas, pero sí estoy de acuerdo en que tiene derecho a decir lo que quiera. Si se equivoca, que lo demanden y que decidan los tribunales. Pero yo no pienso tomar parte en las maniobras de no sé qué justicieros dispuestos a hacerle callar porque a la gente no le gusta su visión de las cosas.

—Gracias —dijo Chilton con una mirada de evidente gratitud.

Se estrecharon la mano.

—Más vale que vuelva a conectarme —dijo el hombre.

Dance regresó a la calle y, tras dar las gracias a Miguel Herrera, el atónito ayudante del sheriff, regresó a su coche. Llamó a TJ y le dejó un mensaje pidiéndole que se informara a fondo sobre Hamilton Royce. Quería saber qué clase de enemigo acababa de buscarse.

Una duda que, al parecer, estaba a punto de despejarse, al menos en parte. Sonó su teléfono y vio en la pantalla que era Overby.

En fin, había sabido desde el principio que sería la segunda opción.

La mierda y el ventilador...

—Charles.

—Kathryn, creo que tenemos un pequeño problema. Hamilton Royce está aquí. Tengo puesto el manos libres.

Sintió el impulso de apartarse el teléfono de la oreja.

—Agente Dance, ¿qué es eso de que ha detenido a Chilton? ¿Cómo es que la Patrulla de Caminos no ha podido cumplir la orden judicial?

—No me ha quedado otro remedio.

—¿Otro remedio? ¿Qué quiere decir?

Luchando por dominar su voz, respondió:

—He decidido que no quiero cerrar el blog. Sabemos que Travis lo lee. Chilton le ha pedido que se entregue. Puede que el chico lo vea e intente contactar con él a través del blog. Quizá negociar su rendición.

—Bueno, Kathryn. —Overby parecía desesperado—. En general, Sacramento opina que sería todavía mejor cerrar el blog. ¿No estás de acuerdo?

—Pues no, Charles. Dígame, Hamilton, ¿ha visto usted mis archivos, ¿no es cierto?

Un silencio semejante a una mina antipersonas.

—No he visto nada que no sea de dominio público.

—Eso da igual. Ha sido una violación del secreto profesional. Puede que incluso un delito.

—Kathryn, por favor... —protestó Overby.

—Agente Dance —dijo Royce con calma, ignorando a Overby con la misma facilidad que ella.

Dance recordó una cosa que solía observar durante sus interrogatorios: un hombre dueño de sí mismo es un hombre peligroso.

—Está muriendo gente y a Chilton no le importa. Y sí, esto nos está haciendo quedar mal a todos, a usted, a Charles, al CBI y a Sacramento. A todos. Y no me importa reconocerlo.

A Dance no le interesaba el contenido de su argumento.

—Hamilton, vuelva a intentar algo así, con o sin orden judicial, y esto acabará llegando a oídos del fiscal general y del gobernador. Y de la prensa.

—Hamilton, lo que quiere decir es... —balbuceó Overby.

—Creo que sabe perfectamente lo que quiero decir, Charles.

Su teléfono móvil emitió un pitido. Era un mensaje de texto de Michael O'Neil.

—Tengo que contestar.

Desconectó, cortando a su jefe y a Royce.

Levantó el teléfono y leyó las palabras que se destacaban en la pantalla.

K:
Travis visto en Nuevo Monterrey. Lo hemos perdido. Al parecer hay otra víctima, un varón. Ha muerto. En Carmel, cerca del final de Cypress Hills Road oeste. Voy para allá. ¿Nos vemos allí?
M.

Respondió: Sí. Y corrió a su coche.

Encendió la sirena, que solía olvidar que llevaba su coche, los investigadores como ella rara vez tenían que lanzarse a una persecución, y avanzó a toda velocidad por la penumbra del atardecer.

Otra víctima...

La agresión tenía que haber sucedido no mucho después de que evitaran el intento de asesinato de Donald Hawken y su esposa. Ella estaba en lo cierto: el chico, posiblemente furioso por no haber conseguido su propósito, se había ido inmediatamente en busca de otra víctima.

Encontró el desvío, dio un frenazo y enfiló con el largo coche la sinuosa carretera rural. La vegetación era frondosa, pero el cielo nublado desteñía el color de las plantas y le daba la impresión de estar en un lugar sobrenatural.

Como Etheria, el país de *Dimension Quest.*

Recordó a Stryker delante de ella, blandiendo cómodamente su espada.

a ver, de verdad qui3ro aprender, q pu3d3s enseñarme?

a mor1r...

Recordó también el tosco dibujo de la espada atravesando su pecho.

Entonces vio un destello: luces blancas y de colores.

Siguió adelante y aparcó junto a los coches de la oficina del sheriff y el furgón de la unidad de criminología. Salió y se encaminó hacia aquel caos.

—Hola. —Saludó a Michael O'Neil inclinando la cabeza, enormemente aliviada de verlo, aunque fuera sólo en un receso temporal del Otro Caso—. ¿Has echado un vistazo? —preguntó.

—Acabo de llegar —le explicó él.

Se dirigieron hacia el lugar donde yacía el cadáver, cubierto por una lona verde oscura. La cinta amarilla de la policía delimitaba claramente la zona.

—¿Alguien ha visto a Travis? —le preguntó a un ayudante del sheriff.

—Sí, agente Dance. Avisaron a emergencias desde Nuevo Monterrey, pero cuando llegaron los nuestros, ya se había ido. Lo mismo que la persona que había avisado.

—¿Quién es la víctima? —preguntó O'Neil.

—Todavía no lo sé —contestó el agente—. Por lo visto se ha ensañado. Esta vez ha usado el cuchillo, no la pistola. Y al parecer se lo ha tomado con calma.

El ayudante señaló una zona cubierta de hierba, a unos quince metros de la calzada.

O'Neil y ella avanzaron por el terreno arenoso. Un par de minutos después llegaron a la zona acordonada, donde aguardaban media docena de agentes uniformados y vestidos de paisano. Un agente de la unidad de investigación forense estaba agachado junto al cadáver tapado con la lona verde.

Saludaron a un ayudante del sheriff, un latino robusto con el que Dance llevaba años trabajando.

—¿Se sabe algo de la identidad de la víctima? —preguntó Dance.

—Un ayudante ha encontrado su cartera. —El agente señaló el cuerpo—. Lo están comprobando en estos momentos. Lo único que sabemos es que es un varón de unos cuarenta años.

Dance miró a su alrededor.

—No lo mató aquí, imagino.

No había viviendas ni otros edificios en los alrededores. Y la víctima tampoco habría ido a correr o a hacer senderismo en aquella zona: no había ninguna senda.

—Así es. No había mucha sangre —añadió el ayudante—. Parece que el asesino trajo el cadáver en coche para abandonarlo aquí. Hemos encontrado marcas de neumáticos en la arena. Suponemos que Travis le robó el coche a la víctima y lo metió en el maletero. Como a Tammy, la primera chica. Sólo que esta vez no esperó a la marea. Lo mató a puñaladas. En cuanto sepamos la identidad del fallecido, podremos radiar una orden de búsqueda del coche.

—¿Estáis seguros de que ha sido Travis? —preguntó Dance.

—Ya lo verá —contestó el ayudante.

—¿Y lo ha torturado?

—Eso parece.

Se detuvieron junto al cordón policial, a unos tres metros del cadáver. El agente de criminología, vestido con mono de astronauta, estaba tomando medidas. Levantó los ojos y vio a los dos oficiales. Los saludó inclinando la cabeza y levantó una ceja por detrás de sus gafas protectoras.

—¿Quieren verlo? —preguntó.

—Sí —contestó Dance.

Se preguntó si acaso pensaba que, por ser mujer, tal vez no iba a sentirse cómoda viendo aquella carnicería. Sí, todavía pasaba hoy en día.

Aunque, a decir verdad, tuvo que armarse de valor para contemplar aquella imagen. Su trabajo involucraba casi siempre a los vivos. Nunca se había inmunizado del todo a las diversas manifestaciones de la muerte.

El agente había comenzado a levantar la lona cuando alguien la llamó desde atrás:

—¿Agente Dance?

Se volvió y vio que otro agente uniformado se acercaba a ella. Llevaba algo en la mano.

—¿Sí?

—¿Conoce a un tal Jonathan Boling?

—¿A Jon? Sí.

Miró la tarjeta que sostenía el agente. Y se acordó de que alguien se había llevado la cartera de la víctima para verificar su identidad.

Se le ocurrió una idea espantosa: ¿era Jon el muerto?

Su mente dio uno de aquellos saltos: de A a B, y de B a X. ¿Había descubierto algo el profesor en el ordenador de Travis o en su búsqueda de posibles víctimas y, al no estar ella, había decidido salir a investigar por su cuenta?

¡No, por favor!

Miró un momento a O'Neil, horrorizada, y se lanzó hacia el cuerpo.

—¡Eh! —gritó el técnico forense—. ¡Va a contaminar la escena del crimen!

Sin hacerle caso, apartó la lona.

Y sofocó un gemido.

Contempló el cadáver con una mezcla de alivio y horror.

No era Boling.

El hombre, delgado y con barba, vestido con pantalones de traje y camisa blanca, había recibido numerosas puñaladas. Tenía un ojo medio abierto y vidrioso y una cruz grabada a cuchillo en la frente. Encima de su cuerpo había dispersos los pétalos de una rosa roja.

—Pero ¿de dónde ha salido esto? —preguntó con voz temblorosa al otro ayudante del sheriff, señalando la tarjeta de Boling.

—Eso intentaba decirle. Está allí, en la barrera. Acaba de llegar. Quiere verla. Es urgente.

—Enseguida hablo con él.

Respiró hondo, trémula.

Otro ayudante se acercó con la cartera del fallecido en una bolsa de plástico.

—He podido identificarlo. Se llama Mark Watson. Es un ingeniero retirado. Salió de compras hace unas horas y no volvió a casa.

—¿Quién es? —preguntó O'Neil—. ¿Por qué lo ha elegido?

Dance hurgó en el bolsillo de su chaqueta y sacó la lista de todas las personas mencionadas en el blog que podían ser objetivos potenciales de Travis.

—Publicó un comentario en el blog, una respuesta al hilo «Poder para el pueblo». Sobre la central nuclear. No estaba ni de acuerdo ni en desacuerdo con Chilton sobre la central. Era un mensaje neutral.

—Así que cualquier persona relacionada con el blog puede estar en peligro.

—Yo diría que sí.

O'Neil la miró atentamente. Le tocó el brazo.

—¿Estás bien?

—Es sólo que... me he llevado un buen susto.

Se descubrió manoseando la tarjeta de Jon Boling. Le dijo a O'Neil que iba a ver qué quería y echó a andar por el camino mientras su corazón comenzaba a recuperar su ritmo normal después del susto.

Encontró al profesor en el arcén de la carretera, de pie junto a su coche, con la puerta abierta. Arrugó el ceño. En el asiento del copiloto había un adolescente con el pelo de punta. Llevaba una camiseta de Aerosmith debajo de una chaqueta marrón oscura.

Boling la saludó con la mano. A Dance le extrañó la expresión apremiante de su cara, rara en él.

Le sorprendió también el intenso alivio que sintió al comprobar que estaba bien.

Un alivio que dio paso a la curiosidad al ver lo que llevaba Boling metido en la cinturilla del pantalón. No estaba segura, pero parecía la empuñadura de un cuchillo de buen tamaño.

31

Dance, Boling y el chico estaban en el despacho de la agente en el CBI. Stryker no era en realidad Travis Brigham, sino Jason Kepler, un alumno de diecisiete años del instituto Carmel South.

Travis había creado el avatar años antes, pero se lo había vendido a Jason por Internet, junto con «mogollón de Reputación, Vida y Recursos».

Fuera eso lo que fuera.

Dance recordó que Boling le había dicho que los jugadores podían vender sus avatares y otros pertrechos del juego.

El profesor le explicó que había encontrado una referencia al horario de apertura del salón de juegos Lighthouse en los datos del ordenador de Travis.

Dance le agradecía su brillante trabajo detectivesco, aunque más tarde pensaba echarle una buena bronca por no haber llamado a emergencias nada más saber que el chico estaba en el salón de juegos y por haber salido en su persecución. Detrás de ellos, en su mesa, metido en un sobre de pruebas, estaba el cuchillo de cocina con el que le había amenazado Jason. Era un arma mortífera y, técnicamente, el joven era culpable de asalto y agresión. Pero, dado que Boling no había resultado herido y el chico le había entregado voluntariamente el cuchillo, Dance se conformaría, casi con toda probabilidad, con hacerle una seria advertencia.

Boling le explicó lo que había pasado: él mismo había caído víctima de una estratagema ideada por el joven que tenían sentado ante ellos.

—Cuéntale lo que me has dicho.

—Lo que pasa es que estaba preocupado por Travis —les dijo Jason con los ojos muy abiertos—. Ustedes no saben lo que es ver a un miembro de tu familia siendo atacado así, como en ese blog.

—¿De tu familia?

—Sí, en *DQ*, en el juego, somos hermanos. Bueno, nunca nos hemos visto en persona ni nada, pero conozco muy bien a Travis.

—¿Nunca os habéis visto?

—Bueno, sí, claro, pero no en la realidad, sólo en Etheria. Yo quería ayudarlo, pero primero tenía que encontrarlo. Intenté llamarlo y le mandé varios mensajes, pero no pude hablar con él. Lo único que se me ocurrió fue quedarme por el salón de juegos. A lo mejor así conseguía convencerlo de que se entregara.

—¿Usando un cuchillo? —preguntó Dance.

El chico levantó los hombros y los dejó caer.

—Pensé que no me vendría mal.

Jason era una chico flaco y de una palidez enfermiza. Estaba de vacaciones de verano, pero seguramente, por irónico que pareciera, salía menos ahora que en otoño o invierno, cuando tenía que ir a clase.

Boling retomó el relato.

—Jason estaba en el salón de juegos cuando llegué. El encargado es amigo suyo y, cuando le pregunté por Stryker, fingió que iba a hacer una comprobación y le avisó.

—Oye, lo siento, tío. No iba a apuñalarte ni nada de eso. Sólo quería saber quién eras y si tenías idea de dónde estaba Travis. No sabía que eras de la Oficina de Investigación ésta.

Aquella mención a su presunta pertenencia a las fuerzas de la ley hizo esbozar a Boling una sonrisa avergonzada. El profesor añadió que sabía que Dance querría hablar con Jason, pero que le había parecido preferible llevarlo directamente a verla, en vez de esperar a que apareciera la policía local.

—Así que montamos en el coche y llamé a TJ. Fue él quien nos dijo dónde estabas.

Había sido una decisión acertada, y sólo ligeramente ilegal.

—Jason —dijo Dance—, nosotros tampoco queremos que Travis sufra ningún daño. Y no queremos que agreda a nadie más. ¿Qué puedes decirnos sobre dónde puede estar?

—Podría estar en cualquier parte. Es muy listo, ¿sabe? Sabe cómo sobrevivir a la intemperie, en el bosque. Es un experto. —El chico pareció advertir su desconcierto y añadió—: Verán, *DQ* es un juego, pero también es real. Porque si estás en las Montañas del Sur, hay como cincuenta grados bajo cero, y tienes que aprender a mantenerte caliente, porque si no mueres congelado. Y tienes que conseguir comida, y agua, y de todo. Hay que aprender qué plantas son buenas y qué animales puedes comer. Y a cocinar y conservar la comida. Hay hasta recetas. Tienes que hacerlas de verdad en el juego, porque, si no, no funcionan. —Se rió—. Ha habido novatos que han intentado jugar y que piensan: «Nosotros lo único que queremos es luchar contra los troles y los demonios», y acaban muriéndose de hambre porque no saben sobrevivir.

—Juegas con otras personas, ¿verdad? ¿Alguna de esas personas podría saber dónde está Travis?

—A ver, he preguntado a todos los de la familia y nadie sabe dónde está.

—¿Cuántos sois en vuestra familia?

—Unos doce. Pero él y yo somos los únicos que vivimos en California.

Dance estaba fascinada.

—¿Y vivís todos juntos? ¿En Etheria?

—Sí. Los conozco mejor que a mis hermanos de verdad. —Soltó una risa amarga—. Y en Etheria no me pegan, ni me roban el dinero.

La agente sentía curiosidad.

—¿Tenéis padres?

—¿En la realidad?

Se encogió de hombros, un gesto que Dance interpretó como un «algo parecido».

—No, en el juego —contestó.

—Algunas familias sí los tienen. Nosotros, no. —Puso una mirada melancólica—. Estamos mejor así.

Dance sonrió.

—¿Sabes que tú y yo ya nos conocíamos, Jason?

El chico bajó la mirada.

—Sí, lo sé. Me lo ha dicho el señor Boling. La maté. Lo siento. Pensaba que era sólo una novata que estaba dando la paliza por lo de Travis. Porque a nuestra familia, bueno, a toda nuestra hermandad, no han parado de fastidiarnos por lo de Travis y por todos los *posts* de ese blog. Hasta vino una partida de castigo desde la Isla de Cristal para borrarnos del mapa. Hicimos una alianza y conseguimos pararlos. Pero mataron a Morina, una hermana nuestra. Ha vuelto, pero ha perdido todos sus Recursos.

El delgaducho muchacho se encogió de hombros.

—A mí me tratan muy mal, ¿saben? En el instituto. Por eso elegí un avatar que es un Fulminador, un guerrero. Hace que me sienta mejor. Allí nadie me toca las narices.

—Jason, una cosa que podría servirnos de ayuda sería que nos contaras las estrategias que utiliza Travis para atacar a la gente. Cómo les vigila, qué armas emplea... Cualquier cosa que nos ayude a descubrir cómo podemos anticiparnos a sus movimientos.

Pero el chico parecía preocupado.

—La verdad es que no saben mucho de Travis, ¿verdad?

Dance estuvo a punto de decir que sabían demasiado. Pero los interrogadores saben cuándo dejar que el sujeto lleve la voz cantante. Mirando a Boling, contestó:

—No, supongo que no.

—Quiero enseñarles una cosa.

Jason se levantó.

—¿Dónde?

—En Etheria.

Kathryn Dance volvió a asumir la identidad de su avatar, Greenleaf, ya resucitado por completo.

Mientras Jason tecleaba, el personaje apareció en la pantalla, en un claro del bosque. Como en la ocasión anterior, el escenario era muy hermoso y los gráficos asombrosamente nítidos. Decenas de personas vagaban por el claro, algunas armadas, otras cargadas con bolsas o paquetes, y unas cuantas guiando a animales.

—Esto es Otovius. Travis y yo venimos mucho por aquí. Es un sitio bonito... ¿Le importa?

El chico se inclinó hacia las teclas.

—No —le dijo Dance—. Adelante.

Jason tecleó algo y un momento después recibió un mensaje: *Kiaruya no está conectada.*

—Qué rollo.

—¿Quién es Kiaruya? —preguntó Boling.

—Mi mujer.

—¿Tu qué? —preguntó Dance al chico de diecisiete años.

Jason se sonrojó.

—Nos casamos hace un par de meses.

Ella se rió, asombrada.

—La conocí el año pasado, en el juego. Mola un montón. Ha cruzado las Montañas del Sur, ¡ella sola! No se ha muerto ni una sola vez. Y enseguida nos llevamos bien. Salimos juntos en varias aventuras. Y le pedí que se casara conmigo. Bueno, más bien me lo pidió ella. Pero yo también quería. Así que nos casamos.

—¿Quién es, en realidad?

—Una chica coreana. Pero ha sacado malas notas en un par de asignaturas...

—¿En la realidad? —preguntó Boling.

—Sí. Así que sus padres no le dejan conectarse.

—¿Os habéis divorciado?

—No, sólo estamos pasando una temporada separados. Hasta que vuelva a sacar notable en matemáticas. Tiene gracia —añadió Jason—, la mayoría de la gente que se casa en *DQ*, sigue casada. En el mundo real se divorcian un montón de padres. Espero que Kiaruya vuelva a conectarse pronto. La echo de menos. —Señaló la pantalla con un dedo—. Bueno, vamos a la casa.

Siguiendo las indicaciones de Jason, el avatar de Dance avanzó por el paisaje, pasando junto a decenas de personas y seres diversos.

El chico los condujo hasta un barranco.

—Podríamos ir andando, pero tardaríamos mucho, ¿saben? No puede pagar un viaje en pegaso porque todavía no ha ganado nada de oro, pero puedo darle puntos de transporte. —Comenzó a teclear—. Son como los puntos que acumula mi padre cada vez que viaja en avión.

Introdujo varios códigos más y a continuación hizo que el avatar montara en un caballo alado que un instante después echó a volar. El vuelo fue sobrecogedor. Se elevaron sobre el paisaje, volando entre densas nubes. Dos soles ardían en el cielo azul y de vez en cuando pasaban a su lado otras criaturas aladas, además de dirigibles y extrañas máquinas voladoras. Dance vio bajo ella ciudades y aldeas. Y fuegos en varios sitios.

—Son batallas —explicó Jason—. Tienen muy buena pinta —añadió como si lamentara perderse la ocasión de cortar unas cuantas cabezas.

Un minuto después llegaron a la costa y aterrizaron suavemente sobre una colina redondeada, frente a las aguas turbulentas de un océano de color verde brillante.

Dance recordó que Caitlin le había dicho que a Travis le gustaba la costa porque le recordaba a un sitio del juego al que jugaba.

Jason le enseñó a desmontar del caballo y, manejando ella misma los mandos, dirigió a Greenleaf hacia la casa de campo que les señalaba el chico.

—Ésa es la casa. La construimos todos juntos.

Como la construcción de un granero en el siglo XIX, pensó Dance.

—Pero todo el dinero y los materiales los consiguió Travis. Los pagó él. Contrató a troles para que hicieran el trabajo pesado —añadió con una pizca de ironía.

Cuando el avatar de Dance estuvo en la puerta, Jason le dio una contraseña verbal. Ella la pronunció ante el micrófono del ordenador y se abrió la puerta. Entraron.

Dance se llevó una sorpresa. La casa era bonita y espaciosa, llena de muebles de extrañas formas, pero acogedores, como salidos de un álbum ilustrado del doctor Seuss. Había pasarelas y escaleras que conducían a diversas habitaciones, ventanas de formas caprichosas, una enorme chimenea con el fuego encendido, una fuente y un gran estanque.

Un par de mascotas, mezcla de cabra y salamandra, con cara de bobaliconas, se paseaban croando por la casa.

—Es muy bonito, Jason. Muy bonito.

—Sí, bueno, en Etheria nos hacemos casas chulas porque las casas donde vivimos, las del mundo real, quiero decir, no son tan bonitas, ¿sabe? Vale, pues esto es lo que quería enseñarles. Vaya por ahí.

La condujo más allá de un pequeño estanque poblado por rutilantes peces verdes.

El avatar se detuvo delante de una gran puerta metálica, cerrada con varios cerrojos. Jason le dio otra contraseña y la puerta se abrió despacio, acompañada por diversos efectos de sonido imitando crujidos y chirridos. Dance hizo que Greenleaf cruzara la puerta, bajara un tramo de escaleras y entrara en lo que parecía ser una mezcla de botica y sala de curas.

Jason la miró y notó que ella había fruncido el ceño.

—¿Entiende? —preguntó.

—No exactamente.

—Eso es lo que quería decirles sobre Travis. Que no le gustan las armas, ni las batallas, ni nada de eso. A él lo que le mola es esto. Éste es su cuarto de sanación.

—¿Su cuarto de sanación? —preguntó Dance.

—Travis odiaba luchar —explicó el chico—. Creó a Stryker como guerrero cuando empezó a jugar, pero no le gustaba. Por eso me lo vendió a mí. Él es un sanador, no un guerrero. Y me refiero a un sanador de nivel cuarenta y nueve. ¿Saben lo que significa eso? Que es el mejor. Es alucinante.

—¿Un sanador?

—Su avatar se llama así por eso: Medicus, que significa «doctor» en no sé qué idioma extranjero.

—En latín —terció Boling.

—¿De la antigua Roma? —preguntó Jason.

—Exacto.

—Qué guay. El caso es que Travis tiene también otros oficios: cultiva hierbas y fabrica pociones. Aquí es donde viene la gente a que la cure. Es como la consulta de un médico.

—¿Un médico? —preguntó Dance pensativa. Se levantó, buscó el montón de papeles que se habían llevado de la habitación de Travis y les echó un vistazo.

Rey Carraneo estaba en lo cierto: los dibujos eran de cuerpos diseccionados. Pero no se trataba de víctimas de crímenes, sino de operaciones quirúrgicas. Estaban muy bien hechos, eran técnicamente muy precisos.

Jason prosiguió diciendo:

—Vienen personajes de toda Etheria a verlo. Hasta los diseñadores del juego lo conocen. Le pidieron asesoramiento para crear PNJ. Es una leyenda total. Ha ganado miles de dólares creando pociones curativas y ventajas, como regeneradores y hechizos de energía.

—¿Dinero de verdad?

—Sí, claro. Vende las pociones en eBay, donde compré yo a Stryker.

Dance recordó la pequeña caja de seguridad que habían encontrado bajo la cama del chico. De modo que así era como ganaba el dinero.

Jason tocó la pantalla.

—¿Ven eso de ahí?

Señalaba una vitrina en la que descansaba una bola de cristal unida al extremo de un bastón de oro.

—Es el cetro de sanación. Le costó como cincuenta pruebas conseguirlo. Fue el primero que lo consiguió en toda la historia de *DQ*.

Hizo una mueca.

—Una vez estuvo a punto de perderlo... —Una expresión perpleja bañó su rostro—. Fue una noche horrorosa.

El chico hablaba como si se tratara de una tragedia en la vida real.

—¿Qué quieres decir?

—Pues que Medicus y yo, y algunos más de la familia, salimos a hacer una prueba en las Montañas del Sur, que tienen como cinco mil metros de altura y son superpeligrosas. Estábamos buscando un árbol mágico. El Árbol de la Visión, se llama. Y fue genial, porque encontramos la casa de Ianna, la reina de los elfos, de la que todo el mundo había oído hablar, pero que no había visto nadie hasta ese momento. Es superfamosa.

—Es un PNJ, ¿no? —preguntó Boling.

—Sí.

—Un personaje no jugador —le recordó Boling a Dance—. Creado por el propio juego.

Jason se mostró ofendido por aquella descripción.

—¡Pero el algoritmo es alucinante! Mejor que cualquier robot que hayas visto.

El profesor se disculpó con una inclinación de cabeza.

—Así que estábamos allí, charlando y pasando el rato, y mientras Ianna nos estaba hablando del Árbol de la Visión y de cómo podíamos encontrarlo, de repente nos atacó una banda de las Fuerzas del Norte. Nos pusimos todos a luchar, y un gilipollas disparó a la reina con una flecha especial. Ianna iba a morirse y Trav intentó salvarla, pero sus pociones no funcionaban. Así que decidió transferirse. Nosotros le dijimos «que no, tío, no lo hagas». Pero lo hizo de todos modos.

El chico hablaba con tal fervor que Dance se descubrió inclinándose hacia delante y moviendo la pierna en un gesto de tensión. Boling también lo miraba fijamente.

—¿Qué es transferirse, Jason? Sigue contando.

—Pues es que a veces, si alguien se está muriendo, puedes entregar tu vida a los Entes de la Esfera Superior. Y los Entes empiezan a quitarte tu fuerza vital y a dársela a la persona que se está muriendo. Puede que la persona resucite antes de que se te acabe la fuerza vital, pero también puede ser que se quede con toda tu fuerza vital y que tú mueras, y que la persona a la que intentas salvar también muera. Sólo que, cuando mueres porque te transfieres, lo pierdes todo. O sea, todo lo que has hecho y todo lo que has ganado, todos tus puntos, todos tus recursos, toda tu reputación desde que empezaste a jugar. A ver, desaparecen así, sin más. Si Travis hubiera muerto, habría perdido el cetro, la casa, su oro, sus caballos voladores... Tendría que haber empezado de cero, como un *newbie*.

—¿Eso hizo?

Jason asintió.

—A ver, estuvo a puntito. Se quedó casi sin vida, pero la reina resucitó. Le dio un beso. ¡Fue mítico! Y luego nos juntamos con los elfos y les dimos una buena lección a los de las Fuerzas del Norte. Tío, esa noche fue la bomba. Fue mítica. Toda la gente que juega a *DQ* todavía habla de ella.

Dance asintió con la cabeza.

—Muy bien, Jason, gracias. Ya puedes desconectarte.

—¿No quieren seguir jugando? Ya empezaba a cogerle el tranquillo a cómo moverse.

—Puede que luego.

El chico pulsó algunas teclas y el juego se cerró.

La agente consultó su reloj.

—Jon, ¿puedes llevar a Jason a casa? Yo tengo que ir a hablar con una persona.

De A a B, y de B a X...

32

—Me gustaría hablar con Caitlin, por favor.

—¿Usted es...? —preguntó Virginia Gardner, la madre de la chica que había sobrevivido al accidente del 9 de junio.

Dance se identificó.

—Hablé con su hija el otro día, en la escuela de verano.

—Ah, es usted la policía. La que ordenó que le pusieran un guardia en el hospital y delante de casa.

—Exacto.

—¿Han encontrado a Travis?

—No, yo...

—¿Está cerca? —preguntó la mujer en voz baja, mirando a su alrededor.

—No, no. Sólo quiero hacerle algunas preguntas más a su hija.

La señora Gardner la invitó a pasar al vestíbulo de su casa, un edificio enorme, de estilo contemporáneo, situado en Carmel. Dance recordó que Caitlin tenía previsto ir a varias afamadas facultades y escuelas de medicina. Ignoraba a qué se dedicaban papá y mamá, pero al parecer podían permitirse la matrícula.

Recorrió con la mirada el enorme cuarto de estar. Había coloridos cuadros abstractos en las paredes: dos lienzos espinosos, amarillos y negros, y uno con grandes manchas de color rojo sangre. Su visión le pareció turbadora, y pensó en lo distinto que era aquello de la acogedora casa de Travis y Jason en *Dimension Quest*.

Sí, bueno, en Etheria nos hacemos casas chulas porque las casas donde vivimos, las del mundo real, quiero decir, no son tan bonitas, ¿sabe?

La madre de la chica desapareció y regresó un momento después con Caitlin, vestida con vaqueros y una camiseta verde lima debajo de un ceñido jersey blanco.

—Hola —dijo la adolescente con nerviosismo.

—Hola, Caitlin. ¿Cómo estás?

—Bien.

—Confiaba en que tuvieras un par de minutos. Tengo que hacerte unas preguntas.

—Claro, no hay problema.

—¿Podemos sentarnos en alguna parte?

—Podemos ir al solario —propuso la señora Gardner.

Pasaron junto a un despacho y Dance vio un diploma de la Universidad de California en la pared. Facultad de Medicina. El padre de Caitlin.

Madre e hija se sentaron en el sofá; Dance, en una silla de respaldo recto. Acercó la silla y dijo:

—Quería ponerte al corriente. Hoy ha habido otro asesinato. ¿Te has enterado?

—Ay, no —murmuró la madre.

La chica no dijo nada. Cerró los ojos. Su cara, enmarcada por el pelo rubio y lacio, pareció palidecer.

—La verdad —susurró la madre, enfadada—, nunca entenderé cómo pudiste salir con alguien así.

—Mamá —se quejó Caitlin—, ¿cómo que «salir»? Dios, yo nunca he salido con Travis. Nunca saldría con él. ¿Con alguien así?

—Sólo quería decir que, evidentemente, es peligroso.

—Caitlin —les interrumpió Dance—, estamos ansiosos por encontrar a Travis, pero de momento no ha habido suerte. Estoy averiguando más cosas de él a través de amigos, pero...

—Esos chicos de Columbine... —terció su madre de nuevo.

—Por favor, señora Gardner.

La madre la miró ofendida, pero se calló.

—Ya le dije el otro día todo lo que se me ocurrió.

—Sólo un par de preguntas más. No tardaremos mucho.

Acercó aún más la silla y sacó un cuaderno. Lo abrió y lo hojeó con cuidado, deteniéndose una o dos veces.

La adolescente, inmóvil, miró fijamente el cuaderno.

Dance sonrió y la miró a los ojos.

—Bueno, Caitlin, quiero que pienses en la noche de la fiesta.

—Ajá.

—Ha surgido algo interesante. Entrevisté a Travis antes de que huyera y tomé algunas notas.

Señaló con un gesto el cuaderno que descansaba en su regazo.

—¿Sí? ¿Habló con él?

—Así es. No presté mucha atención hasta después de hablar contigo y con otras personas, pero ahora confío en poder relacionar algunas pistas para descubrir dónde se esconde.

—¿Cómo es posible que sea tan difícil encontrar a un...? —comenzó a decir la madre de Caitlin como si no pudiera refrenarse.

Pero se calló de nuevo al ver la mirada severa de Dance.

La agente añadió:

—Bueno, Travis y tú hablasteis un poco, ¿verdad? Esa noche, quiero decir.

—Qué va.

Dance frunció ligeramente el ceño y hojeó sus notas.

La chica agregó:

—Bueno, sólo cuando ya íbamos a irnos. Lo que quería decir es que durante la fiesta estuvo solo casi todo el rato.

—Pero en el trayecto a casa sí que hablasteis —afirmó Dance, dando unos golpecitos en el cuaderno.

—Sí, un poco. No lo recuerdo mucho. Lo tengo todo muy borroso, con el accidente y todo eso.

—Seguro que sí, pero voy a leerte un par de frases y me gustaría que rellenaras las lagunas. Que me cuentes si recuerdas algo acerca de lo que te dijo Travis durante el trayecto de vuelta, antes del accidente.

—Vale.

Dance consultó su cuaderno.

—Muy bien, ésta es la primera: «La casa molaba mucho, pero la carretera me acojonó». —Levantó la mirada—. He pensado que tal vez Travis se refería a que le daban miedo las alturas.

—Sí, eso quería decir. La entrada a la casa estaba en la ladera de una colina, y estuvimos hablando de eso. Él me dijo que siempre le había dado miedo caerse. Miró la carretera y dijo que por qué no ponían un quitamiedos.

—Bien. Eso es muy útil.

Otra sonrisa.

Caitlin sonrió a su vez. Dance volvió a consultar sus notas.

—¿Y ésta?: «Me molan mucho los barcos. Siempre he querido tener uno».

—¿Ah, eso? Sí. Estuvimos hablando de los muelles, de Fisherman's Wharf. A Travis le apetecía un montón navegar hasta Santa Cruz. —Desvió la mirada—. Creo que quería pedirme que fuera con él, pero le dio vergüenza.

Dance sonrió.

—Entonces puede que esté escondido en un barco, en alguna parte.

—Sí, puede ser. Creo que dijo algo sobre lo chulo que sería marcharse en un barco.

—Bien... Aquí va otra: «Ella tiene más amigos que yo. Yo sólo tengo uno o dos con los que puedo salir».

—Sí, recuerdo que me lo dijo. Me dio pena que no tuviera muchos amigos. Estuvo hablando un rato de eso.

—¿Mencionó algún nombre? ¿Alguien con quien haya podido quedarse? Piensa. Es importante.

La adolescente entornó los párpados y se frotó la rodilla con la mano. Luego suspiró.

—No, ninguno.

—Está bien, Caitlin.

—Lo siento.

Un ligero mohín.

Dance mantuvo la sonrisa. Estaba armándose de valor para lo que vendría a continuación. Sería difícil: para la chica, para su madre y también para ella. Pero no quedaba otro remedio.

Se inclinó hacia delante.

—Caitlin, no estás siendo sincera conmigo.

—No puede decirle eso a mi hija —masculló Virginia Gardner.

—Travis no me dijo ninguna de esas cosas —añadió Dance en tono neutro—. Me las he inventado.

—¡Ha mentido! —exclamó la madre.

No, técnicamente, no. Había escogido cuidadosamente sus palabras, y en ningún momento había afirmado que aquellas frases fueran declaraciones de Travis Brigham.

La chica se había puesto pálida.

La madre refunfuñó:

—¿Qué es esto, una especie de trampa?

Sí, eso era justamente. Dance tenía una teoría y necesitaba comprobar si era verdadera o falsa. Había vidas en juego.

Ignorando a la madre, le dijo a Caitlin:

—Pero me has seguido la corriente como si Travis te hubiera dicho todas esas cosas en el coche.

—Yo... sólo intentaba ser útil. Me sentía mal por no saber más cosas.

—No, Caitlin. Has pensado que muy bien podías haber hablado de esas cosas con Travis en el coche, pero que quizá no te acordabas porque estabas bebida.

—¡No!

—Voy a pedirle que se marche —balbució la madre.

—No he terminado —gruñó Dance, haciéndola callar.

La agente dedujo que, dada su formación en ciencias, y su capacidad para sobrevivir en un hogar como aquél, Caitlin tenía un tipo de personalidad reflexivo-sensorial, según el índice Myers-Briggs. Le parecía más introvertida que extrovertida. Y, aunque su personalidad como mentirosa fluctuaría, en aquel momento era una adaptadora.

Mentía para sobrevivir.

Si hubiera dispuesto de más tiempo, tal vez habría conseguido sonsacarle la verdad poco a poco y con mayor profundidad. Pero, con la tipología Myers-Briggs y su personalidad de adaptadora, Dance calculó que podía presionarla sin tener que recurrir a cumplidos como había hecho con Tammy Foster.

—Estuviste bebiendo en la fiesta.

—Yo...

—Hubo gente que te vio, Caitlin.

—Me tomé un par de copas, claro.

—Antes de venir he hablado con varios alumnos que estuvieron en la fiesta. Afirman que Vanessa, Trish y tú os bebisteis casi una botella de tequila después de que vieras a Mike con Brianna.

—Bueno..., sí, ¿y qué?

—¡Que tienes diecisiete años! —exclamó su madre, indignada.

Dance añadió con calma:

—He llamado al servicio de reconstrucción de accidentes, Caitlin. Van a inspeccionar tu coche en el depósito de la policía. Miden cosas como el ajuste del espejo retrovisor y la posición del asiento. Pueden deducir la altura del conductor.

La chica estaba inmóvil, aunque le temblaba la barbilla.

—Caitlin, es hora de decir la verdad. Muchas cosas dependen de ello. Puede que haya otras vidas en juego.

—¿Qué verdad? —susurró la madre.

Dance mantuvo los ojos fijos en la chica.

—Eras tú quien conducía esa noche, no Travis.

—¡No! —gimió Virginia Gardner.

—¿Verdad, Caitlin?

La adolescente no dijo nada durante un minuto. Luego dejó caer la cabeza y hundió el pecho. Dance advirtió dolor y derrota en sus gestos. El mensaje kinésico era: sí.

Con voz entrecortada, dijo:

—Mike se fue con esa zorrita colgada de él. ¡Le había metido la mano por detrás de los pantalones! Yo sabía que iban a ir a su casa, a follar. Pensaba ir allí y... y...

—Está bien, ya basta —ordenó la madre.

—¡Cállate! —le gritó Caitlin, y comenzó a sollozar. Se volvió hacia Dance—. ¡Sí, conducía yo!

La culpa había estallado por fin dentro de ella.

—Después del accidente —prosiguió Dance—, Travis te puso en el asiento del copiloto y se sentó él en el del conductor. Fingió que conducía él. Lo hizo para salvarte.

Recordó su entrevista con Travis.

¡Yo no he hecho nada malo!

Su afirmación le había parecido engañosa, pero había pensado que se refería a la agresión contra Tammy. En realidad, lo que había hecho mal había sido mentir acerca de quién conducía esa noche.

La idea se le había ocurrido mientras veía la casa de Travis, de Medicus, y su familia en Etheria. El hecho de que el chico pasara todo el tiempo posible en *Dimension Quest*, actuando como médico y sanador, y no como un asesino al estilo de Stryker, había hecho que empezara a dudar de su propensión a la violencia. Y al descubrir que su avatar había estado dispuesto a sacrificarse para salvar a la reina de los elfos, se había dado cuenta de que era posible que hubiera hecho lo mismo en la vida real: culparse del accidente para que la chica a la que admiraba desde lejos no fuera a la cárcel.

Caitlin, que lloraba con los ojos cerrados, se recostó en el sofá, con el cuerpo convertido en un nudo de tensión.

—Perdí la cabeza. Nos emborrachamos y se me ocurrió ir a buscar a Mike y decirle que era un mierda. Trish y Vanessa estaban todavía más borrachas que yo, así que dije que conducía yo, pero Travis me siguió fuera y se empeñó en intentar pararme. Trató de quitarme las llaves, pero no le dejé. Estaba tan enfadada... Trish y Vanessa se sentaron detrás y Travis se metió de un salto en el asiento del copiloto y empezó a decirme: «Para, Caitlin, vamos, no puedes conducir». Pero yo me porté como una imbécil.

»Seguí, no le hice caso. Y entonces no sé qué pasó, que nos salimos de la carretera. —Su voz se apagó y su expresión fue una de las más tristes y desvalidas que Kathryn Dance había visto nunca—. Y maté a mis amigas.

Su madre, con la cara blanca y atónita, se inclinó hacia delante, indecisa. Rodeó los hombros de su hija con un brazo. La chica se crispó un momento y luego se rindió, comenzó a sollozar y apretó la cabeza contra el pecho de su madre.

Pasados unos minutos, la señora Gardner, que también lloraba, miró a Dance.

—¿Qué va a pasar ahora?

—Deberían ustedes buscar un abogado para Caitlin. Y luego llamar a la policía inmediatamente. Lo mejor es que se entregue voluntariamente. Cuanto antes, mejor.

Caitlin se limpió la cara.

—Es tan horrible mentir... Iba a decir algo. De verdad, de verdad que sí. Pero entonces la gente empezó a atacar a Travis, todas esas cosas que dijeron, y me di cuenta de que, si decía la verdad, me atacarían a mí. —Bajó la cabeza—. No me atreví. Las cosas que dirían de mí... Quedarían ahí, escritas para siempre en Internet.

Más preocupada por su imagen que por la muerte de sus amigas.

Pero Dance no estaba allí para ayudarla a expiar su culpa. Lo único que necesitaba era confirmar su teoría de que Travis se había inculpado para salvarla. Se levantó y las dejó solas tras despedirse escuetamente.

Al salir, mientras corría hacia su coche, marcó la tecla tres de marcación rápida: el número de Michael O'Neil.

Contestó al segundo pitido. Por suerte el Otro Caso no lo mantenía del todo incomunicado.

—Hola.

Parecía cansado.

—Michael...

—¿Qué pasa?

Se había puesto alerta. Al parecer, su tono de voz también desvelaba muchas cosas.

—Sé que estás muy liado, pero ¿hay alguna posibilidad de que pueda pasarme por allí? Necesito hablar contigo, contrastar ideas. He descubierto algo.

—Claro. ¿Qué?

—Que Travis Brigham no es el Asesino de la Cruz de Carretera.

Estaban en el despacho de O'Neil en la Oficina del Sheriff del Condado de Monterrey, en Salinas.

Las ventanas daban al juzgado, enfrente del cual había una veintena de manifestantes de Life First liderados por el reverendo Fisk, con su perilla desflecada. Aburridos, al parecer, de protestar delante de la casa vacía de Stuart y Edie Dance, se habían trasladado allí donde tenían más posibilidades de obtener publicidad. Fisk estaba hablando con su acompañante, el fornido guardaespaldas pelirrojo al que Dance había visto otras veces.

La agente se apartó de la ventana y se sentó junto a O'Neil en la inestable mesa de reuniones. La habitación estaba llena de carpetas colocadas en pulcros montones. Se preguntó cuáles de ellas se referían al caso del contenedor indonesio. Él se balanceó en la silla, apoyada en dos patas.

—Bueno, cuéntame.

Dance le explicó rápidamente cómo la investigación les había conducido hasta Jason, de allí al interior de *Dimension Quest* y, por último, a Caitlin Gardner y a su confesión de que Travis había asumido la culpa por ella.

—¿Está enamorado? —preguntó O'Neil.

—Claro, se trata de eso en parte —contestó Dance—. Pero también de algo más. Ella quiere ir a la facultad de medicina. Y eso es importante para Travis.

—¿A la facultad de medicina?

—Medicina, sanación... En *Dimension Quest*, ese juego al que juega, Travis es un famoso sanador. Creo que, si la protegió, fue en parte por eso. Su avatar se llama Medicus. Un doctor. Se siente vinculado a ella.

—Es un poco traído por los pelos, ¿no te parece? A fin de cuentas, sólo es un juego.

—No, Michael, es más que un juego. El mundo real y el sintético están cada vez más cerca, y la gente como Travis habita en ambos. Si en *Dimension Quest* es un sanador respetado, no va a ser un asesino vengativo en el mundo real.

—Así que se inculpó del accidente por Caitlin y, por más que diga la gente sobre él en el blog, lo último que quiere es llamar la atención cometiendo agresiones.

—Exacto.

—Pero Kelley... Antes de perder el conocimiento le dijo al enfermero que era Travis quien la había atacado.

Dance sacudió la cabeza.

—No estoy segura de que en realidad lo viera. Dio por sentado que era él, quizá porque sabía que había publicado un comentario sobre él y que la máscara de su ventana era de *Dimension Quest.* Y se rumoreaba que él era el responsable de las agresiones. Pero creo que el verdadero asesino llevaba una máscara o la atacó por la espalda.

—¿Y qué hay de las evidencias materiales? ¿Crees que son falsas?

—Exacto. Sería fácil leer sobre Travis en Internet, seguirlo, averiguar que trabaja en esa bollería, que monta en bici, que juega constantemente a *DQ.* El asesino pudo fabricarse una de esas máscaras, robar la pistola de la camioneta de Bob Brigham, colocar esos restos materiales en la bollería y robar el cuchillo en un descuido de los empleados. Ah, y otra cosa: los M&M's, los restos de envoltorio que había en el lugar de los hechos...

—¿Sí?

—Tiene que ser una prueba falsa. Travis no come chocolate. Los paquetes de M&M's que compraba eran para su hermano. Le preocupa su acné. Tenía libros en su cuarto sobre qué comidas evitar. El verdadero asesino no lo sabía. Debe de haber visto a Travis comprar M&M's en algún momento y habrá dado por sentado que eran su golosina favorita, por eso dejó restos de envoltorio en la escena del crimen.

—¿Y las fibras de la sudadera?

—En uno de los comentarios del *Report* se decía que la familia Brigham era tan pobre que no podía permitirse tener una lavadora-secadora. Y mencionaba a qué lavandería iban. Estoy seguro de que el verdadero culpable lo leyó y estuvo vigilando la lavandería.

O'Neil asintió.

—Y robó una sudadera con capucha cuando la madre estaba fuera o no miraba.

—Sí. También colgaron en el blog unos dibujos, fingiendo que eran de Travis.

O'Neil no había visto los dibujos, de modo que Dance se los describió brevemente, omitiendo el hecho de que en uno de ellos aparecía una mujer que guardaba cierto parecido con ella.

—Eran muy toscos —añadió—, la idea que un adulto se hace de los dibujos de un adolescente. Pero yo he visto dibujos hechos por Travis. De operaciones quirúrgicas. Y es un dibujante excepcional. Esos dibujos los hizo otra persona.

—Eso explicaría por qué nadie ha podido encontrar al verdadero asesino, a pesar de la operación de busca y captura. Se pone una sudadera con capucha para atacar, luego mete la sudadera y la bicicleta en el maletero de su coche y se larga como si tal cosa. Dios mío, podría tener cincuenta años. O podría ser una mujer, ahora que lo pienso.

—Exacto.

El ayudante del sheriff guardó silencio un momento. Al parecer, sus reflexiones habían llegado al lugar exacto en el que le esperaban las de Dance.

—Está muerto, ¿verdad? —preguntó—. Travis, quiero decir.

Ella suspiró al pensar en aquel amargo corolario de su hipótesis.

—Es posible. Pero confío en que no. Quiero pensar que lo tiene retenido en alguna parte.

—El pobre chico estaba en el lugar equivocado en el momento equivocado. —O'Neil siguió columpiándose en la silla—. Así que, para descubrir dónde está el verdadero asesino, tenemos que averiguar quién es su verdadero objetivo. No se trata de nadie que haya criticado a Travis en el blog. Esas agresiones fueron sólo un señuelo para despistarnos.

—¿Mi teoría? —preguntó Dance.

O'Neil la miró con una sonrisa astuta.

—¿Que quienquiera que sea el asesino en realidad va a por Chilton?

—Sí. Estaba preparando el escenario, atacando primero a personas que habían criticado a Travis, luego a quienes apoyaban a Chilton y, finalmente, al propio bloguero.

—Alguien que no quiere que lo investiguen.

Dance contestó:

—O que quiere vengarse por algo que ha publicado Chilton.

—Está bien, entonces lo único que tenemos que averiguar es quién quiere matar a James Chilton —concluyó Michael O'Neil.

Dance soltó una risa amarga.

—Sería más fácil preguntar quién no quiere matarlo.

33

—¿James?

Hubo un silencio al otro lado de la línea.

—Agente Dance —dijo el bloguero. Parecía cansado—. ¿Más malas noticias?

—He encontrado pruebas que sugieren que Travis Brigham no es quien deja esas cruces.

—¿Qué?

—No estoy del todo segura, pero según parece el chico podría ser un cabeza de turco. Es posible que alguien esté haciendo que parezca que él es el asesino.

—¿Y ha sido inocente desde el principio? —susurró él.

—Me temo que sí.

Dance le explicó lo que había descubierto: quién conducía realmente el 9 de junio y las probabilidades que había de que las pruebas materiales fueran falsas.

—Creo que el verdadero objetivo del asesino es usted —agregó.

—¿Yo?

—Ha publicado algunos artículos incendiarios a lo largo de su carrera. Y está escribiendo sobre temas muy controvertidos. Creo que a algunas personas les haría feliz que parara. Imagino que ha recibido amenazas en alguna ocasión.

—Muchas veces, sí.

—Revise su blog, busque los nombres de todas las personas que lo hayan amenazado, que puedan querer vengarse por algo que haya dicho, o a las que pueda preocuparles que esté investigando algo que no quieran que publique. Elija a los sospechosos más probables. Y remóntese algunos años atrás.

—De acuerdo. Redactaré una lista. Pero ¿de veras cree que corro peligro?

—Así es.

Se quedó callado.

—Me preocupan Pat y los chicos. ¿Cree que deberíamos marcharnos de aquí? ¿Irnos a nuestra casa de veraneo, quizás? Está en Hollister. ¿O alojarnos en un hotel?

—Seguramente es más seguro el hotel. En alguna parte aparecerá como propietario de la otra casa. Puedo arreglarlo para que se alojen en uno de los moteles que usamos para los testigos. Con un nombre falso.

—Gracias. Denos un par de horas. Pat hará el equipaje y nos iremos en cuanto termine una reunión que tengo prevista.

—Bien.

Estaba a punto de colgar cuando Chilton añadió:

—Espere, agente Dance. Una cosa...

—¿Qué?

—Tengo una idea... sobre quién puede ser el número uno de la lista.

—Estoy lista para escribir.

—No va a necesitar papel y lápiz —repuso Chilton.

Dance y Rey Carraneo se acercaron lentamente a la lujosa casa de Arnold Brubaker, el principal promotor de la planta desalinizadora que, según James Chilton, iba a destruir la península de Monterrey.

El bloguero había señalado a Brubaker como principal sospechoso. O el zar de la desalinización en persona, o una persona contratada por él. A Dance le parecía probable. Iba conectada a Internet en el ordenador del coche, leyendo el hilo «Desalar y desolar» del 28 de junio.

http://www.thechiltonreport.com/html/junio28.html

De las informaciones de Chilton y los comentarios, dedujo que el bloguero había descubierto los contactos de Brubaker en Las Vegas, lo que apuntaba a un posible vínculo con el crimen organizado, y los negocios privados de Brubaker en el sector inmobiliario, negocios que sugerían la existencia de secretos que tal vez no quisiera ver sacados a la luz.

—¿Listo? —le preguntó a Carraneo al desconectarse.

El joven agente hizo un gesto afirmativo y salieron del coche.

Ella llamó a la puerta.

Por fin, el empresario de cara colorada, por efecto del sol, no de la bebida, dedujo, abrió la puerta. Le sorprendió verles allí. Pestañeó y se quedó callado un momento.

—Del hospital. ¿Usted es...?

—La agente Dance. Éste es el agente Carraneo.

Brubaker miró tras ella.

¿Buscando refuerzos?, se preguntó Dance.

Y, si así era, ¿refuerzos de la policía? ¿O del propio Brubaker?

Sintió un ligero escalofrío. En su opinión, la gente que mataba por dinero era la más implacable.

—Seguimos investigando ese incidente con el señor Chilton. ¿Le importa que le haga unas preguntas?

—¿Qué? ¿Ese capullo me ha denunciado al final? Pensaba que...

—No, no lo ha denunciado. ¿Podemos pasar?

Brubaker siguió mirándolos con recelo. Esquivó la mirada de Dance, les indicó que pasaran y balbució:

—Está loco, ¿sabe? Loco de atar, quiero decir.

Ella esbozó una sonrisa ambigua.

Brubaker echó otra ojeada fuera antes de cerrar la puerta con llave.

Atravesaron la casa, impersonal y con muchas habitaciones vacías de muebles. A Dance le pareció oír un crujido cerca. Luego otro, en una habitación distinta.

¿Eran crujidos propios de la casa, o acaso Brubaker tenía ayudantes por allí cerca?

¿Ayudantes o matones?

Entraron en un despacho lleno de papeles, planos, láminas, fotografías y documentos legales. Una de las mesas estaba ocupada por una minuciosa maqueta de la planta desalinizadora.

Brubaker quitó de dos sillas varios gruesos montones de carpetas y les indicó que se sentaran. Luego tomó asiento detrás del amplio escritorio.

Dance reparó en los diplomas de la pared. Había también fotografías de Brubaker con hombres trajeados de aspecto poderoso: políticos o empresarios. Los interrogadores adoran las paredes de los despachos: revelan tanto sobre la gente... De aquellas fotografías en concreto, dedujo que Brubaker era inteligente, tenía varias titulaciones y diplomas de diversos cursos profesionales, que se manejaba bien en ambientes políticos, reconocimientos y llaves de distintas ciudades y condados, y que era duro: al parecer, su empresa había construido plantas desalinizadoras en México y Colombia. Las fotografías lo mostraban rodeado por hombres con gafas de sol y actitud vigilante: guardias de seguridad. Eran los mismos en todas las fotografías, de lo que se deducía que no se los había asignado el gobierno local de turno, sino que eran sus guardaespaldas personales. Uno de ellos sostenía una ametralladora.

¿Se debían a ellos los crujidos que había oído al entrar y de nuevo hacía un momento, más cerca?

Preguntó a Brubaker por el proyecto de desalinización, y el promotor se lanzó a una larga perorata acerca de la tecnología punta que utilizaría la planta. Dance captó términos como «filtración», «membranas» y «depósitos de almacenamiento de agua dulce». Brubaker les dio entonces una breve conferencia acerca del coste reducido de unos nuevos sistemas que garantizaban la viabilidad económica de la desalinización.

Dance retuvo poca información, pero fingió interés mientras observaba detenidamente su línea base de conducta.

Su primera impresión fue que no parecía preocupado en absoluto por su presencia, aunque los altomaquiavélicos rara vez se dejaban perturbar por las relaciones humanas, ya fueran sentimentales, sociales o profesionales. Hasta el enfrentamiento lo abordaban con ecuanimidad. Por eso, entre otras cosas, eran tan eficientes. Y potencialmente tan peligrosos.

Le habría gustado disponer de más tiempo para valorar la conducta base del promotor, pero una sensación de urgencia la impulsó a interrumpir su discurso y a preguntar:

—Señor Brubaker, ¿dónde estaba usted ayer a la una de la tarde y hoy a las once de la mañana?

Las horas de la muerte de Lyndon Strickland y Mark Watson.

—¿Por qué lo pregunta?

Una sonrisa. Dance no pudo deducir qué se ocultaba tras ella.

—Estamos investigando ciertas amenazas contra el señor Chilton.

Era cierto, aunque no fuera la historia completa, desde luego.

—Vaya, así que me difama y ahora el acusado soy yo.

—No estamos acusándolo de nada, señor Brubaker. Pero ¿podría contestar a mi pregunta, por favor?

—No tengo por qué hacerlo. Puedo pedirles que se marchen ahora mismo.

Era cierto.

—Puede negarse a cooperar, pero esperamos que no lo haga.

—Pueden esperar todo lo que quieran —replicó. Su sonrisa se volvió triunfal—. Ya sé lo que pasa. ¿Es posible que se hayan equivocado del todo, agente Dance? ¿Que no sea un adolescente psicótico quien se ha estado dedicando a destripar a la gente como en una mala película de terror, sino alguien que ha utilizado al chico, que le ha tendido una trampa con intención de matar a James Chilton y cargarle a él el muerto?

Había dado en el clavo, pensó Dance. Pero ¿significaba eso que les estaba amenazando? Si él era ese «alguien» al que se refería, entonces la respuesta era sí.

Carraneo la miró de soslayo, brevemente.

—Lo que significa que les han tomado el pelo.

Había demasiadas normas importantes en la práctica del interrogatorio como para que alguna de ellas ocupara el primer lugar, pero una de las principales era ésta: «Nunca dejes que las descalificaciones personales te afecten».

—Ha habido una serie de crímenes muy graves, señor Brubaker —contestó en tono razonable—. Estamos investigando todas las posibilidades. Usted tiene motivos de queja contra James Chilton, y ya le ha agredido en una ocasión.

—¿Y de veras creen ustedes... —preguntó en tono desdeñoso— que me convendría enzarzarme públicamente en una pelea con el hombre al que intento matar?

Sería muy estúpido, o muy sagaz, respondió Dance para sus adentros. Luego preguntó:

—¿Dónde estaba a las horas que he mencionado? Puede decírnoslo o puede negarse. En todo caso, seguiremos investigando.

—Es usted tan insidiosa como Chilton. En realidad es usted peor, agente Dance. Usted se esconde detrás de su placa.

Carraneo se removió, pero no dijo nada.

Ella también guardó silencio. Una de dos: o Brubaker contestaba, o les echaba a la calle.

No, comprendió Dance. Había una tercera posibilidad, una posibilidad que había ido filtrándose poco a poco en su ánimo desde que había escuchado aquellos crujidos fantasmales en la casa aparentemente vacía.

Brubaker iba a sacar un arma.

—Ya me he cansado de esto —murmuró y, con los ojos desorbitados por la ira, abrió de golpe el cajón de arriba del escritorio y metió la mano dentro.

Dance vio en un fogonazo las caras de sus hijos, la de su marido y, por último, la de Michael O'Neil.

Por favor, pensó, rezando por darse prisa...

—¡Rey, a nuestra espalda! ¡Cúbreme!

Y cuando Brubaker levantó los ojos, se descubrió mirando el cañón de la Glock de Dance mientras Carraneo miraba en sentido contrario y apuntaba con su arma hacia la puerta del despacho.

Ambos agentes estaban agachados.

—¡Santo Dios, tranquilícense! —gritó el promotor.

—Despejado por ahora —dijo Carraneo.

—Asegúrate —ordenó Dance.

El joven se acercó cautelosamente a la puerta, se situó a un lado y la empujó con el pie.

—Despejado.

Luego se giró para apuntar a Brubaker.

—Levante las manos despacio —ordenó Dance, sosteniendo la Glock con suficiente firmeza—. Si tiene una pistola en la mano, suéltela inmediatamente. No la levante, ni la baje. Limítese a soltarla. Si no lo hace enseguida, dispararemos. ¿Entendido?

Arnold Brubaker sofocó un gemido.

—No tengo ninguna pistola.

Ella no oyó caer ningún arma sobre el lujoso suelo, y Brubaker comenzó a levantar las manos muy despacio.

A diferencia de las de Dance, no le temblaban en absoluto.

El promotor tenía entre los dedos enrojecidos una tarjeta que le lanzó con desdén. Los agentes guardaron sus armas. Se sentaron.

La agente miró la tarjeta, diciéndose que la situación, que al parecer no podía ser más embarazosa, acababa de torcerse definitivamente. La tarjeta llevaba grabado el emblema dorado del Departamento de Justicia: el águila y, debajo, la inscripción. Conocía muy bien las tarjetas de los agentes del FBI. Todavía tenía una caja grande en casa, de su marido.

—Ayer, a la hora que ha mencionado, estaba reunido con Amy Grabe. —La agente especial al mando de la oficina del FBI en San Francisco—. Estuvimos reunidos aquí y en la obra. Entre las once de la mañana y las tres de la tarde, aproximadamente.

Ah.

Brubaker añadió:

—Las plantas desalinizadoras y todas las infraestructuras de distribución de aguas son objetivos terroristas. He estado colaborando con Seguridad Nacional y el FBI para asegurarnos de que, si el proyecto sale adelante, las medidas de seguridad sean las más adecuadas. —La miró con calma, desdeñosamente. Se tocó el labio con la punta de la lengua—. Confío en que los agentes encargados sean federales. Estoy perdiendo la confianza en las fuerzas de seguridad locales.

Kathryn Dance no pensaba disculparse. Hablaría con Amy Grabe, a la que conocía y respetaba, pese a sus diferencias de opinión. Y, aunque, a pesar de tener coartada, Brubaker podía haber contratado a un matón para que cometiera los crímenes, le costaba creer que un promotor que colaboraba estrechamente con el FBI y el Departamento de Seguridad Nacional se arriesgara a cometer un asesinato. Además, su actitud sugería que estaba diciendo la verdad.

—Está bien, señor Brubaker. Comprobaremos lo que acaba de decirnos.

—Confío en que lo hagan.

—Le agradezco su tiempo.

—Estoy seguro de que sabrán encontrar la salida ustedes solos —replicó Brubaker con aspereza.

Carraneo lanzó una mirada avergonzada a Dance. Ella puso los ojos en blanco.

Cuando estaban en la puerta, Brubaker dijo:

—Esperen un momento.

Los agentes se volvieron.

—Y bien, ¿tenía yo razón?

—¿Razón?

—En que creen que alguien ha matado al chico y lo ha organizado todo para asesinar a Chilton y echarle a él la culpa.

Un silencio. Luego Dance pensó: ¿Por qué no?

—Sí, creemos que es posible —respondió.

—Tengan. —Brubaker anotó algo en una hojita de papel y se lo ofreció—. Es una persona sobre la que deberían informarse. Le encantaría que el blog y el bloguero desaparecieran.

Dance miró la nota.

Y se preguntó por qué no se le había ocurrido a ella.

34

Aparcada en una calle polvorienta cerca de la pequeña localidad de Marina, a ocho kilómetros al norte de Monterrey, Dance estaba sola en su Crown Victoria, hablando por teléfono con TJ.

—¿Y Brubaker? —preguntó.

—No tiene antecedentes —contestó.

Y su colaboración con el FBI, y su coartada, estaba confirmada.

Aun así, podía haber contratado a alguien para que hiciera el trabajo sucio, pero aquella información lo descartaba como principal sospechoso.

La atención de Dance se centraba ahora en la persona cuyo nombre le había dado Brubaker. El nombre que figuraba en la hojita de papel era el de Clint Avery, al que la agente estaba observando desde unos cien metros de distancia, a través de la malla metálica que, coronada por alambre de cuchillas, rodeaba el gigantesco solar de su empresa constructora.

El apellido de Avery no había salido a relucir en ningún momento durante la investigación, y ello por un buen motivo: el constructor no había publicado ningún comentario en el blog, y Chilton nunca había escrito sobre él en el *Report*.

Al menos, llamándolo por su nombre. En su hilo «El camino de baldosas amarillas» no mencionaba a Avery expresamente. Cuestionaba, sin embargo, la decisión del gobierno de construir aquella carretera y planteaba dudas acerca del procedimiento de licitación, criticando de paso, de manera implícita, a la empresa contratista. Dance debería haber sabido que se trataba de Avery Construction, dado que un equipo de la empresa la había parado dos días antes, en las obras de la carretera, cuando se dirigía a la escuela de verano de Caitlin Gardner. No había, sin embargo, relacionado aquellos dos datos.

TJ Scanlon le dijo:

—Por lo visto Clint Avery estuvo relacionado con una empresa a la que investigaron hace unos cinco años por utilizar materiales de mala calidad. La investigación se abandonó enseguida. Puede que las informaciones de Chilton hagan que se reabra el caso.

Un buen motivo para matar al bloguero, convino Dance.

—Muy bien, gracias, TJ. ¿Chilton te ha mandado ya la lista de sospechosos?

—Sí.

—¿Algún otro que destaque?

—Todavía no, jefa, pero me alegro de no tener tantos enemigos como él.

Ella se rió un momento y colgaron.

Siguió observando desde lejos a Clint Avery. Había visto fotografías suyas muchas veces, en las noticias y en los periódicos. Era difícil no fijarse en él. Aunque sin duda era multimillonario, iba vestido como cualquier otro obrero: con una camisa azul por cuyo bolsillo asomaban varios bolígrafos, pantalones de trabajo marrones y botas. Llevaba la camisa arremangada y Dance alcanzó a distinguir un tatuaje en la piel curtida de su antebrazo. Sostenía en la mano un casco amarillo y llevaba un transmisor de buen tamaño a la altura de la cadera. No le habría sorprendido que llevara también un revólver. Su cara ancha y bigotuda parecía la de un pistolero.

Puso en marcha el motor y cruzó la puerta. Avery se fijó en su coche, entornó los ojos ligeramente y pareció darse cuenta de inmediato de que era un vehículo policial. Puso fin a su conversación con un hombre con chaqueta de cuero, que se alejó a toda prisa.

Dance aparcó. Avery Construction era una empresa seria, dedicada a un único propósito: construir cosas. Había enormes naves de almacenamiento de materiales de construcción, excavadoras, retroexcavadoras, orugas, buldóceres, camiones y todoterrenos, incluso una cementera y lo que parecían ser talleres de carpintería y metalurgia, además de grandes depósitos de gasoil para abastecer a los vehículos, casetas de obra y pequeños almacenes. La oficina principal la formaban varios edificios funcionales y espaciosos, todos ellos de poca altura. En la creación de Avery Construction no habían intervenido diseñadores gráficos, ni paisajistas.

Dance se identificó. El presidente de la empresa se mostró cordial y le estrechó la mano. Sus ojos formaron pequeñas arrugas en su cara bronceada cuando miró sus credenciales.

—Señor Avery, confiamos en que pueda ayudarnos. ¿Está usted al corriente de los crímenes que han tenido lugar últimamente en la península?

—Claro, ese chico, el Asesino de la Máscara. He oído que hoy ha matado a otra persona. Es terrible. ¿En qué puedo ayudarles?

—El asesino deja cruces en la cuneta de las carreteras como advertencia de que va a cometer otro crimen.

Avery hizo un gesto afirmativo.

—Lo he visto en las noticias.

—Bien, hemos notado algo curioso. Varias de las cruces han aparecido cerca de obras de su empresa.

—¿Sí?

Arrugó el ceño, frunciendo mucho la frente. ¿Era una reacción desproporcionada a la noticia? Dance no estaba segura. Avery comenzó a volver la cabeza, luego se detuvo. ¿Había hecho amago de mirar instintivamente a su socio, el de la chaqueta de cuero?

—¿Cómo puedo ayudarles?

—Queremos hablar con algunos de sus empleados para ver si han notado algo fuera de lo normal.

—¿Qué, por ejemplo?

—Transeúntes que se comporten de forma sospechosa, objetos infrecuentes, pisadas, quizás, o marcas de rueda de bicicleta en zonas acordonadas por obras. Aquí tiene una lista de lugares.

Había escrito algunos poco antes, en el coche.

Avery miró la lista con expresión preocupada, se la guardó en el bolsillo de la chaqueta y cruzó los brazos. Ello significaba muy poco desde un punto de vista kinésico, puesto que Dance no había tenido tiempo de establecer la línea base de conducta. Pero cruzar los brazos o las piernas es un gesto defensivo y puede interpretarse como un síntoma de malestar.

—¿Quiere que le dé una lista de los empleados que han trabajado en esas zonas? Desde que empezaron los asesinatos, imagino.

—Exacto. Sería de gran ayuda.

—Supongo que la querrá cuanto antes.

—Lo antes posible, sí.

—Haré lo que pueda.

Dance le dio las gracias y regresó al coche, salió del aparcamiento y enfiló la carretera. Se detuvo allí cerca, junto a un Honda Accord azul, con el morro mirando en dirección contraria, de modo que su ventanilla abierta quedaba a medio metro de la de Rey Carraneo. El agente estaba sentado detrás del volante del Honda, en mangas de camisa y sin corbata. Sólo lo había visto vestido de manera tan informal en dos ocasiones: en una comida campestre de la Oficina y en una rocambolesca barbacoa en casa de Charles Overby.

—Ya tiene el cebo —comentó Dance—. No sé si picará.

—¿Cómo ha reaccionado?

—Es difícil saberlo. No he tenido tiempo de establecer la línea base, pero tengo la sensación de que se estaba esforzando por parecer tranquilo y dispuesto a cooperar. Estaba más nervioso de lo que aparentaba. También tengo mis dudas sobre uno de sus ayudantes.

Le describió al hombre de la chaqueta de cuero.

—Si alguno de los dos se marcha, no lo pierdas de vista.

—Sí, señora.

Patrizia Chilton abrió la puerta y saludó a Greg Ashton, el hombre al que su marido llamaba «Superbloguero», de esa manera simpática, pero ligeramente ofensiva, tan propia de Jim.

—Hola, Pat —dijo Ashton.

Se dieron la mano. El hombre, delgado y vestido con pantalones de vestir caros de color marrón oscuro y una bonita americana, señaló con la cabeza el coche patrulla estacionado en la calle.

—¿Y ese ayudante del sheriff? No ha querido decirme nada, pero está aquí por lo de esos asesinatos, ¿verdad?

—Sólo es por precaución.

—He estado siguiendo la historia. Debéis de estar muy disgustados.

Ella sonrió estoicamente.

—Por decirlo suavemente. Ha sido una pesadilla.

Le gustaba poder reconocer cómo se sentía. Con Jim no siempre podía hacerlo. Creía que tenía que apoyar a su marido. De hecho, a veces le enfurecía su papel de periodista insobornable. Entendía que era importante, pero en ocasiones odiaba el blog con toda su alma.

Y ahora... ¿Poner en peligro a toda la familia y tener que mudarse a un hotel? Esa mañana había tenido que pedirle a su hermano, un hombre muy corpulento que había sido portero de discoteca en la universidad, que acompañara a sus hijos al campamento de día, que se quedara con ellos y los trajera de vuelta.

Cerró la puerta con cerrojo.

—¿Puedo traerte algo? —preguntó a Ashton.

—No, no quiero nada, gracias.

Patrizia se dirigió al despacho de su marido y echó un vistazo al jardín trasero por el ventanal del pasillo.

Sintió una punzada de preocupación en el pecho.

¿Había visto algo entre los matorrales, detrás de la casa? ¿Era una persona?

Se detuvo.

—¿Ocurre algo? —preguntó Ashton.

El corazón le latía con violencia.

—No... nada. Seguramente era sólo un ciervo. La verdad es que este asunto me ha puesto los nervios de punta.

—Yo no veo nada.

—Se ha ido —repuso ella.

Pero ¿se había ido? No lo sabía. Sin embargo, no quería alarmar a su invitado. Además, todas las puertas y las ventanas estaban cerradas.

Llegaron al despacho de su marido y entraron.

—Cariño —dijo—, es Greg.

—Ah, justo a tiempo.

Se estrecharon la mano.

—Greg dice que no quiere nada —dijo Patrizia—. ¿Y tú, cielo?

—No, gracias. Si tomo más té, me pasaré toda la reunión yendo al baño.

—Bueno, entonces os dejo con vuestro trabajo. Voy a seguir haciendo el equipaje.

Se desanimó de nuevo al pensar que tenían que trasladarse a un hotel. Odiaba que la obligaran a salir de su casa. Al menos los niños se lo tomarían como una aventura.

—Ahora que lo pienso —dijo Ashton—, espera un momento, Pat. Voy a hacer un vídeo de la forma de trabajar de Jim para colgarlo en mi página. Quiero que aparezcas tú también.

Colocó su maletín en la mesa y lo abrió.

—¿Yo? —preguntó, extrañada—. Ah, no. No me he peinado. Y voy sin maquillar.

—En primer lugar, estás fantástica —repuso Ashton—. Pero, lo que es más importante, el trabajo de un bloguero no tiene nada que ver con la peluquería y el maquillaje. Se trata de autenticidad. He grabado docenas de vídeos como éste y nunca he dejado que nadie se pusiera ni un poco de carmín.

—Bueno, de acuerdo.

Patrizia estaba distraída, pensando en el movimiento que había visto detrás de la casa. Debería ir a decírselo al ayudante del sheriff que montaba guardia fuera.

Ashton se rió.

—De todos modos no es más que una cámara web de resolución media.

Levantó una pequeña videocámara.

—No irás a hacerme preguntas, ¿verdad?

Empezó a ponerse nerviosa al pensarlo. El blog de Jim recibía cientos de miles de visitas. El de Greg Ashton, muchas más, seguramente.

—No sabría qué decir.

—Serán sólo unas cuantas frases. Habla simplemente de cómo es estar casada con un bloguero.

Su marido se rió.

—Apuesto a que tiene muchas cosas que contar.

—Podemos hacer tantas tomas como queráis.

Ashton montó un trípode en el rincón de la habitación y colocó la cámara.

Jim se puso a ordenar los muchos montones de periódicos y revistas que había sobre su mesa. Ashton se rió y meneó un dedo.

—Queremos que sea auténtico, Jim.

Otra risa.

—Está bien. Tienes razón.

Jim volvió a dejar la mesa como estaba.

Patrizia se miró en un espejito decorativo que colgaba de la pared y se pasó los dedos por el pelo. No, decidió con actitud desafiante. Ella iba a arreglarse, dijera lo que dijera Ashton. Se volvió para decírselo.

Tuvo tiempo de parpadear, pero no de protegerse, cuando Ashton le asestó un puñetazo en el pómulo, rompiendo la piel, golpeando el hueso y haciéndola caer al suelo.

Con los ojos desorbitados por el espanto y el asombro, Jim saltó hacia él.

Y se quedó paralizado cuando Ashton le apuntó a la cara con una pistola.

—¡No! —gritó Patrizia, luchando por levantarse—. ¡No le hagas daño!

Ashton le lanzó un rollo de cinta aislante y le ordenó que atara las manos de su marido a la espalda.

Ella vaciló.

—¡Obedece!

Con manos temblorosas, confusa y llorosa, Patrizia hizo lo que le ordenaba.

—Cariño —susurró mientras ataba las manos de Chilton por detrás de la silla—, tengo miedo.

—Haz lo que te dice —le dijo su marido. Luego miró a Ashton con furia—. ¿Qué demonios significa esto?

Ashton no le hizo caso y arrastró a Patrizia hasta el rincón agarrándola por el pelo. Ella chilló, llorando.

—¡No! ¡No! ¡Me duele! ¡No!

Ashton también le ató las manos.

—¿Quién eres? —murmuró Jim.

Pero a esa pregunta podía responder la propia Patrizia Chilton. Greg Ashton era el Asesino de la Cruz de Carretera.

Ashton notó que Jim miraba afuera.

—¿El ayudante del sheriff? —mascculló—. Está muerto. No hay nadie que pueda ayudaros.

Dirigió la cámara de vídeo hacia la cara pálida y horrorizada de Jim, en cuyos ojos comenzaban a agolparse las lágrimas.

—¿Quieres más visitas en tu preciado blog, Chilton? Pues vas a tenerlas. Apuesto a que vas a batir un récord. No creo que nunca antes se haya visto a un bloguero asesinado en directo.

35

Kathryn Dance estaba de vuelta en la sede del CBI. Se llevó una desilusión al saber que Jonathan Boling había regresado a Santa Cruz, pero dado que había dado con la llave maestra, es decir, con Stryker, o sea, Jason, no había mucho más que pudiera hacer de momento.

Rey Carraneo llamó para darle una noticia interesante: Clint Avery se había marchado de su empresa hacía diez minutos. El agente lo había seguido por las sinuosas carreteras de las Praderas del Cielo, el nombre que el legendario escritor John Steinbeck había dado a aquella región agrícola frondosa y fértil. Avery se había detenido dos veces en el arcén para hablar con alguien. En primer lugar, con dos hombres de aspecto sombrío, vestidos como vaqueros y montados en una llamativa camioneta *pickup*. La segunda vez, con un hombre trajeado y de pelo blanco, sentado al volante de un Cadillac. Ambos encuentros parecían sospechosos. Saltaba a la vista que Avery estaba nervioso. Carraneo había anotado los números de matrícula y estaba haciendo averiguaciones.

Avery ahora se dirigía hacia Carmel, seguido de cerca por el agente.

Dance se desanimó. Había confiado en que su encuentro desestabilizara a Avery y lo impulsara a correr a algún escondite donde guardara pruebas materiales, o donde tuviera retenido, quizás, al propio Travis.

Pero, por lo visto, no había sido así.

De todos modos, los hombres con los que había hablado podían ser matones a sueldo. Los autores materiales de los asesinatos, quizás. El informe de Tráfico le daría algunas pistas, aunque no le diera respuestas.

TJ asomó la cabeza por la puerta del despacho.

—Hola, jefa, ¿sigues interesada en Hamilton Royce?

El hombre que posiblemente en esos momentos estaba pensando en cómo arruinar su carrera.

—Hazme una sinopsis de un minuto.

—¿Una qué? —preguntó TJ.

—Una sinopsis. Un resumen. Una síntesis.

—¿Existe esa palabra? Todos los días se aprende algo nuevo. Bueno, pues Royce antes era abogado. Dejó de ejercer de repente, por motivos misteriosos. Es un tipo duro. Trabaja principalmente para seis o siete organismos distintos del estado. Su cargo oficial es el de «mediador». Extraoficialmente, es un solucionador. ¿Has visto esa película, *Michael Clayton*?

—Claro, la de George Clooney. Dos veces.

—¿Dos?

—George Clooney.

—Ah. Pues a eso es a lo que se dedica Royce. Últimamente trabaja mucho para altos cargos de la oficina del vicegobernador, la comisión de energía del estado, la Agencia de Protección Medioambiental y la Comisión Económica de la Asamblea. Si hay un problema, allí está él.

—¿Qué tipo de problemas?

—Desacuerdos entre comisiones, escándalos, relaciones públicas, malversaciones, disputas sobre contratos... Todavía estoy esperando que me den más detalles.

—Avísame si hay algo que pueda utilizar —dijo Dance, sirviéndose de uno de los verbos preferidos de Royce.

—¿Utilizar? ¿Para qué?

—Tuvimos una desavenencia, Royce y yo.

—Entonces, ¿quieres chantajearlo?

—Ésa es una palabra muy fuerte. Digamos simplemente que me gustaría conservar mi empleo.

—Yo también quiero que lo conserves, jefa. Puedo recurrir al asesinato, si haces la vista gorda. Oye, ¿qué hay de Avery?

—Rey le está pisando los talones.

—Me encanta esa expresión. Me gusta casi tanto como «se ha convertido en su sombra».

—¿Cómo va la lista de sospechosos de Chilton? ¿Algún progreso?

TJ le explicó que estaba costando dar con la pista de todos los posibles sospechosos. Algunos se habían mudado o no figuraban en ningún sitio, estaban en el extranjero o habían cambiado de nombre.

—Dame la mitad —le dijo Dance—. Yo también voy a ponerme con ello.

El joven agente le pasó una hoja de papel.

—Te doy la lista corta —dijo— porque eres mi jefa preferida.

Dance echó un vistazo a los nombres de la lista mientras pensaba cuál sería el mejor modo de proceder. Recordó las palabras de Jon Boling: *Damos demasiada información personal en Internet. Demasiada.*

Decidió dejar para más tarde las bases de datos institucionales: el Centro de Información Nacional sobre Delincuencia, el Programa de Detención de Delincuentes Violentos, las órdenes de detención del estado de California y las bases de datos de Tráfico.

Por ahora, se conformaría con Google.

Greg Schaeffer observó a Jim Chilton, sentado ante él, asustado y cubierto de sangre.

Se había servido del seudónimo «Greg Ashton» para acercarse a Chilton sin despertar sospechas.

Porque el apellido Schaeffer podía alarmar al bloguero.

Claro que tal vez no. No le habría sorprendido lo más mínimo que Chilton se olvidara constantemente de quienes sufrían por culpa de su blog.

Se enfureció aún más al pensarlo y, cuando Chilton comenzó a balbucear «¿por qué...?», le propinó otro puñetazo.

La cabeza del bloguero chocó contra el respaldo de la silla y el hombre dejó escapar un gruñido. Todo lo cual estaba muy bien, pero el muy hijo de puta no parecía lo bastante asustado para satisfacer a Schaeffer.

—¿Por qué haces esto, Ashton?

Schaeffer se inclinó hacia delante y lo agarró por el cuello de la camisa. Susurró:

—Vas a leer una declaración. Si no pareces sincero, si no pareces arrepentido, mataré a tu mujer. Y a tus hijos también. Sé que pronto volverán del campamento. He estado siguiéndolos. Conozco sus horarios. —Se volvió hacia la esposa de Chilton—. Y sé que tu hermano está con ellos. Es grandullón, pero no está hecho a prueba de balas.

—¡Dios mío, no! —gimió Patrizia, deshaciéndose en llanto—. ¡Por favor!

El rostro de Chilton reflejó por fin auténtico pavor.

—¡No! ¡No hagas daño a mi familia! Por favor, por favor... Haré lo que quieras. Pero no les hagas daño.

—Lee la declaración como si lo sintieras de verdad —le advirtió Schaeffer— y los dejaré en paz. La verdad es que sólo siento pena por ellos, Chilton. Se merecen algo mejor que vivir con un mierda como tú.

—Voy a leer la declaración —afirmó el bloguero—, pero ¿quién eres? ¿Por qué haces esto? Me debes una respuesta.

Una oleada de furia se apoderó de Schaeffer.

—¿Que yo te debo una respuesta? —gruñó—. ¿Que te la debo? ¡Cabrón arrogante! —Le asestó otro puñetazo en el pómulo, dejándolo aturdido—. Yo no te debo nada. —Se inclinó hacia delante y le espetó—: ¿Que quién soy? ¿Que quién soy? ¿Conoces a alguien cuya vida hayas destrozado? No, por supuesto que no. Porque te quedas sentado en esa puta silla, a millones de kilómetros de la vida real y dices todo lo que te viene en gana. Escribes cualquier mierda en tu teclado, la envías al mundo y te pones con otra cosa. ¿El término «consecuencias» significa algo para ti? ¿El término «responsabilidad»?

—Intento ser preciso. Si me equivoco en algo...

Schaeffer volvió a ofuscarse.

—Eres un puto ciego. No entiendes que puedes tener razón en los datos y aun así estar equivocado. ¿Tienes que contar todos los secretos del mundo? ¿Tienes que destrozar vidas sin ningún motivo, como no sea por tu número de visitas?

—¡Por favor!

—¿Te dice algo el nombre de Anthony Schaeffer?

Chilton cerró los ojos un momento.

—Ay.

Cuando volvió a abrirlos, rebosaban comprensión, y quizá remordimiento. Pero eso no conmovió a Schaeffer lo más mínimo.

Al menos se acordaba del hombre al que había destruido.

—¿Quién es ése? —preguntó Patrizia—. ¿Qué quiere decir, Jim?

—Díselo, Chilton.

El bloguero suspiró.

—Era un gay que se suicidó después de que yo revelara su homosexualidad hace un par de años. Y era...

—Mi hermano.

A Schaeffer se le quebró la voz.

—Lo siento.

—Lo siente —bufó Schaeffer, burlón.

—Pedí disculpas por lo que pasó. ¡Yo no quería que muriera! Tienes que saberlo. Me sentí fatal.

Schaeffer miró a Patrizia.

—A tu marido, la voz de la moral y la justicia universal, no le gustó que el diácono de una iglesia fuera gay.

—No fue por eso —replicó Chilton—. Tu hermano encabezaba una campaña importante contra el matrimonio homosexual en California. Yo critiqué su hipocresía, no su condición sexual. Y su inmoralidad. Estaba casado, tenía hijos, pero cuando se iba de viaje de trabajo pagaba a prostitutos. ¡Engañaba a su mujer, a veces con tres hombres en una sola noche!

El bloguero había recuperado su petulancia. A Schaeffer le dieron ganas de golpearlo de nuevo, y eso hizo, rápidamente y con fuerza.

—Tony se estaba esforzando por encontrar el camino hacia Dios. Tuvo un par de deslices. ¡Y tú hiciste que pareciera un monstruo! Ni siquiera le diste oportunidad de explicarse. Dios le estaba ayudando a encontrar el camino.

—Pues no lo estaba haciendo muy bien, si...

Schaeffer le golpeó de nuevo.

—¡Jim, no discutas con él! ¡Por favor!

Chilton bajó la cabeza. Por fin parecía desesperado y lleno de miedo y pesar.

Schaeffer paladeó su deliciosa desesperación.

—Lee la declaración.

—Está bien. Haré lo que quieras. Voy a leerla, pero mi familia... Por favor.

Su expresión de angustia era para Schaeffer como un buen vino.

—Te doy mi palabra —dijo sinceramente, aunque pensó que Patrizia sólo sobreviviría dos segundos a su marido. Un acto humanitario, al final. No querría seguir viviendo sin él. Además, era una testigo.

En cuanto a los niños, no, no los mataría. Para empezar, todavía faltaba casi una hora para que llegaran a casa, y para entonces haría rato que se habría ido. Además, quería que el mundo se compadeciera de él. Matar al bloguero y a su mujer era una cosa. Matar a los niños, otra bien distinta.

Pegó por debajo de la cámara una hoja de papel con la declaración que había escrito esa mañana. Era un discurso conmovedor, redactado de tal manera que nadie lo relacionara con el crimen.

Chilton carraspeó y bajó la mirada. Comenzó a leer.

—Dirijo esta declaración...

Se le quebró la voz.

¡Precioso! Schaeffer siguió grabando.

Chilton comenzó de nuevo:

—Dirijo esta declaración a todos aquellos que han leído mi blog, *The Chilton Report*, durante estos años. No hay en el mundo nada más preciado para un hombre que su reputación, y yo he consagrado mi vida a destruir gratuitamente y al azar la reputación de muchos ciudadanos rectos y honrados.

Lo estaba haciendo muy bien.

—Es fácil comprar un ordenador barato, una página web y un programa para escribir blogs. En cinco minutos, tienes un cauce en el que verter tus opiniones personales, un cauce que verán millones de personas de todo el mundo. Eso produce una sensación de poder embriagadora, pero no es un poder ganado con esfuerzo. Es un poder robado.

»He escrito muchas cosas que eran simples rumores. Esos rumores se propagaron y se aceptaron como la verdad, aunque fueran absolutamente falsos. Por culpa de mi blog, la vida de un joven, Travis Brigham, ha quedado destruida. Ya no tiene nada por lo que vivir. Yo tampoco. Travis ha buscado justicia agrediendo a las personas que lo atacaron, personas que eran mis amigos. Y ahora va a hacer recaer su justicia sobre mí. Soy culpable de haberle destrozado la vida.

Por su cara corrían lágrimas gloriosas. Schaeffer estaba en el paraíso.

—Acepto mi responsabilidad por haber destruido la reputación de Travis y la de todas aquellas personas sobre las que he escrito desconsideradamente. Que la sentencia que va a aplicarme Travis sirva como advertencia para otros: la verdad es sagrada. Los rumores no son la verdad. Ahora, adiós.

Respiró hondo y miró a su esposa.

Schaeffer estaba satisfecho. Había hecho un buen trabajo. Paró la cámara web y comprobó la pantalla. En la imagen sólo aparecía Chilton. Su esposa, no. No quería que a ella se la viera muerta, sólo al bloguero. Se retiró un poco para que se viera todo su torso. Le dispararía una sola vez, en el corazón, y grabaría su muerte. Luego cargaría el vídeo en varias páginas de redes sociales y otros blogs. Calculaba que tardaría dos minutos en aparecer en YouTube y que lo verían varios millones de personas antes de que la empresa lo retirara. Pero para entonces el *software* pirata que permitía la descarga de vídeos en *streaming* lo habría capturado, y se extendería por todo el mundo como un cáncer.

—Te encontrarán —masculló Chilton—. La policía.

—Pero no me estarán buscando a mí. Estarán buscando a Travis Brigham. Y, francamente, no creo que vayan a esforzarse mucho. Tienes un montón de enemigos.

Amartilló la pistola.

—¡No! —gimió Patrizia Chilton, desesperada. Schaeffer se resistió al impulso tentador de dispararle primero.

Apuntó con firmeza a su objetivo y notó que una sonrisa resignada y un tanto irónica cruzaba el rostro de James Chilton.

Pulsó de nuevo el botón de la cámara y comenzó a apretar el gatillo.

Entonces oyó:

—¡Quieto!

La voz procedía de la puerta abierta del despacho.

—Tire el arma inmediatamente.

Schaeffer miró hacia atrás, sobresaltado, y vio a un joven hispano, delgado y con la camisa blanca arremangada. Lo apuntaba con una pistola. Llevaba una placa policial a la altura de la cadera.

¡No! ¿Cómo lo había encontrado?

Siguió apuntando firmemente al pecho de Chilton y le espetó al policía:

—¡Tírala tú!

—Baje la pistola —contestó con calma el agente—. No volveré a advertírselo.

Schaeffer gruñó:

—Si me dispara, yo...

Vio un fogonazo amarillo, sintió un golpe en la cabeza y luego todo se volvió negro.

36

Los muertos iban sobre ruedas. Los vivos, a pie.

El cadáver de Greg Ashton, que, según había descubierto Dance, era en realidad Greg Schaeffer, bajó las escaleras y cruzó el césped montado sobre la endeble camilla del furgón del forense mientras James y Patricia Chilton caminaban a paso lento hacia la ambulancia.

Otra víctima, descubrieron todos con horror, era Miguel Herrera, el ayudante de la oficina del sheriff de Monterrey encargado de vigilar la casa de los Chilton.

Haciéndose pasar por Ashton, Schaeffer se había parado junto al coche de Herrera. El guardia había llamado a Patrizia y ésta le había dicho que lo estaban esperando. Al parecer, Schaeffer le había apoyado a continuación la pistola en la chaqueta y había disparado dos veces. La cercanía del cuerpo había amortiguado la detonación.

El supervisor de la oficina del sheriff estaba presente, junto con otra docena de ayudantes, todos ellos conmovidos y furiosos por el asesinato.

En cuanto a los heridos capaces de caminar, los Chilton no parecían tener lesiones graves.

Dance, en cambio, vigilaba atentamente a Rey Carraneo, que había sido el primero en llegar y, al ver a Herrera muerto, había entrado corriendo en la casa tras pedir refuerzos. Había visto a Schaeffer a punto de disparar a Chilton y le había dado el aviso reglamentario, pero cuando Schaeffer había intentado negociar, se había limitado a dispararle limpiamente dos balas a la cabeza. Las discusiones con sospechosos armados sólo se dan en las películas y en las series de televisión, y en las malas, además. Los policías nunca bajan sus armas ni las guardan. Y nunca vacilan en eliminar a un objetivo si se presenta la ocasión.

Disparar, ésa es la norma número uno, la dos y la tres.

Y eso había hecho Carraneo. A simple vista, el joven agente parecía encontrarse bien. Su lenguaje corporal no había cambiado: seguía manteniendo la misma actitud erguida y profesional que lucía como un esmoquin alquilado. Pero sus ojos contaban otra historia. Reflejaban las palabras que en esos momentos giraban en su cabeza como un bucle: *Acabo de matar a un hombre. Acabo de matar a un hombre.*

Dance se aseguraría de que le dieran unos días de permiso con paga.

Llegó un coche y de él salió Michael O'Neil. Al verla, se acercó a ella. El taciturno ayudante del sheriff no sonrió.

—Lo siento, Michael.

Dance agarró su brazo. O'Neil conocía a Herrera desde hacía varios años.

—¿Le disparó así, sin más?

—Sí.

Cerró los ojos un momento.

—Dios mío.

—¿Estaba casado?

—No, divorciado, pero tiene un hijo adulto. Ya ha sido informado.

O'Neil, siempre tan sereno, con un semblante que dejaba traslucir tan poco, miró con odio helador la bolsa verde que contenía los restos mortales de Greg Schaeffer.

Se oyó otra voz, débil y trémula:

—Gracias.

Al volverse, se encontraron cara a cara con el hombre que acababa de hablar: James Chilton. Vestido con pantalones negros, camiseta blanca y jersey azul marino de cuello de pico, el bloguero parecía un capellán acongojado por la carnicería de una batalla. Su esposa estaba a su lado.

—¿Se encuentran bien? —les preguntó Dance.

—Sí, estoy bien, gracias. Sólo un poco magullado. Cortes y hematomas.

Patrizia Chilton añadió que ella tampoco tenía nada grave.

O'Neil hizo un gesto de asentimiento con la cabeza y preguntó a Chilton:

—¿Quién era?

Fue Dance quien contestó:

—El hermano de Anthony Schaeffer.

El bloguero pestañeó, atónito.

—¿Lo ha descubierto?

Ella le explicó a O'Neil cuál era la verdadera identidad de Ashton.

—Eso es lo interesante de Internet: esas páginas de juegos de rol, como *Second Life*. Puedes crearte una identidad completamente nueva. Schaeffer llevaba unos meses difundiendo el nombre de Greg Ashton por la red, simulando que era un gran experto en blogs y canales RSS. Lo hizo para introducirse en la vida de Chilton.

—Denuncié a su hermano Anthony en el blog hace un par de años —explicó Chilton—. Le hablé de él a la agente Dance el día que nos conocimos. Era una de las cosas que más lamentaba del blog: que se hubiera matado.

—¿Cómo has descubierto quién era? —preguntó O'Neil a Dance.

—TJ y yo estábamos descartando sospechosos. Era poco probable que Arnold Brubaker fuera el asesino. Yo seguía sospechando de Clint Avery, el constructor de la carretera nueva, pero todavía no tenía nada concreto. Así que seguí con la lista de personas que habían amenazado a James.

La lista corta...

—La mujer de Anthony Schaeffer estaba en la lista —dijo Chilton—. Claro. Me amenazó hace un par de años.

Dance agregó:

—Me conecté a Internet para buscar toda la información que pudiera sobre ella. Encontré fotos de su boda. El padrino era Greg, el hermano de Anthony. Lo reconocí del otro día, cuando vine a su casa. Hice averiguaciones sobre él y descubrí que había llegado aquí con un billete con fecha de retorno abierta hará unas dos semanas.

Tan pronto como averigüé aquello, llamé a Miguel Herrera, pero al no poder contactar con él envié a Rey Carraneo a casa de los Chilton. El agente, que estaba siguiendo a Clint Avery, se hallaba cerca de allí.

—¿Schaeffer ha dicho algo de Travis? —inquirió O'Neil.

Dance le mostró el sobre de plástico que contenía la nota manuscrita con referencias a Travis, destinada a hacer creer que era el chico quien había matado a los Chilton.

—¿Creen que está muerto?

O'Neil y Dance se miraron a los ojos. Ella dijo:

—No, mi teoría es otra. Al final, naturalmente, Schaeffer habría tenido que matar al chico. Pero es posible que no lo haya hecho aún. Puede que quisiera simular que se había suicidado tras acabar con Chilton. Habría sido el final más limpio para el caso. Lo que significa que es posible que todavía esté vivo.

O'Neil respondió a una llamada telefónica. Se alejó, fijando la mirada en el coche patrulla en el que Herrera había sido asesinado a sangre fría. Desconectó al cabo de un momento.

—Me marcho. Tengo que interrogar a un testigo.

—¿Tú, interrogar? —bromeó ella.

La técnica de interrogatorio de Michael O'Neil consistía en mirar fijamente al sospechoso, sin sonreír, y pedirle una y otra vez que le dijera lo que sabía. Podría ser efectiva, pero no era eficaz. Y, además, a él no le gustaban los interrogatorios.

Consultó su reloj.

—¿Hay alguna posibilidad de que me hagas un favor?

—El que quieras.

—El vuelo de Anne desde San Francisco se ha retrasado. No puedo faltar a ese interrogatorio. ¿Puedes ir a recoger a los niños a la guardería?

—Claro. De todos modos tengo que ir a recoger a Wes y a Maggy después del campamento.

—¿Nos vemos en Fisherman's Wharf a las cinco?

—Claro.

O'Neil se marchó, lanzando otra ojeada al coche de Herrera.

Chilton agarró la mano de su esposa. Dance conocía los gestos que evidenciaban un roce con la muerte. Pensó en la actitud de cruzado, soberbia y arrogante, que había mostrado la primera vez que lo había visto. Era muy distinta a la de ahora. Recordó que algo en él parecía haberse ablandado ya antes, al enterarse de que su amigo Don Hawken y la esposa de éste habían estado a punto de morir asesinados. Ahora se había producido otra transformación, otro distanciamiento de su pétreo semblante de misionero.

Chilton esbozó una sonrisa amarga.

—Ay, cómo me ha engatusado... Atacó directo a mi puto ego.

—Jim...

—No, cariño. Es así. Todo es culpa mía, ¿sabes? Schaeffer escogió a Travis. Leyó el blog, encontró a un buen candidato a chivo expiatorio y lo organizó todo para que pareciera que me había asesinado un chico de diecisiete años. Si no hubiera publicado ese hilo sobre las cruces, si no hubiera hablado del accidente, Schaeffer no habría tenido ningún incentivo para ir a por el chico.

Tenía razón, pero Kathryn Dance tendía a evitar el juego de las posibilidades hipotéticas. Era muy fácil empantanarse en él.

—Habría escogido a otra persona —señaló—. Estaba decidido a vengarse de usted.

Pero él no pareció oírla.

—Debería cerrar el puto blog para siempre.

Dance vio en su mirada determinación, furia y frustración. Pero también miedo, le pareció. Dirigiéndose a las dos, Chilton añadió con firmeza:

—Voy a hacerlo.

—¿Qué vas a hacer? —preguntó su mujer.

—Cerrarlo. Se acabó el *Report*. No voy a destrozarle la vida a nadie más.

—Jim —dijo Patrizia con suavidad, y se sacudió un poco de polvo de la manga—. Cuando nuestro hijo tuvo neumonía, estuviste dos días sentado junto a su cama, sin dormir. Cuando murió la mujer de Don, te fuiste de esa reunión en la sede de Microsoft para acompañarlo. Renunciaste a un contrato de cien mil dólares. Y cuando mi padre se estaba muriendo, estuviste con él más que la gente de la residencia. Haces cosas buenas, Jim. Así eres tú. Y tu blog también hace cosas buenas.

—Yo...

—Espera. Déjame acabar. Donald Hawken te necesitó y allí estuviste. Nuestros hijos te han necesitado, y siempre has estado ahí. Pues el mundo también te necesita, cariño. No puedes darle la espalda.

—Patty, ha muerto gente.

—Prométeme solamente que no vas a tomar decisiones precipitadas. Han sido un par de días espantosos. Nadie piensa con claridad en estos momentos.

Un largo silencio.

—Ya veré. Ya veré. —Abrazó a su esposa—. Lo que tengo claro es que voy a dejarlo en suspenso unos días. Y vamos a irnos de aquí. Mañana nos vamos a Hollister —le dijo—. Podemos pasar un largo fin de semana allí, con Donald y Lily. Todavía no la conoces. Llevaremos a los chicos, cocinaremos al aire libre... Haremos un poco de senderismo.

El rostro de Patrizia se iluminó con una sonrisa. Apoyó la cabeza en el hombro de su marido.

—Me encantaría.

Él fijó la mirada en Dance.

—He estado pensando en una cosa.

Ella levantó una ceja.

—Un montón de gente me habría arrojado a los lobos. Y seguramente me lo merecía. Pero usted no lo hizo. No le caía bien, no aprobaba lo que hacía, pero dio la cara por mí. Eso es honestidad intelectual. Y se ve pocas veces. Gracias.

Dance agradeció el cumplido con una risa tenue y avergonzada, a pesar de que a veces había sentido la tentación de arrojar a Chilton a los lobos.

La pareja regresó a la casa para acabar de hacer las maletas e irse a pasar la noche a un motel. Patrizia no quería quedarse en la casa hasta que el despacho estuviera completamente limpio de sangre de Schaeffer. A Dance no le extrañó.

La agente se acercó al jefe de la unidad de investigación forense de la oficina del sheriff, un oficial de mediana edad con el que llevaba varios años colaborando. Le explicó que cabía la posibilidad de que Travis siguiera con vida, retenido en algún escondite. Lo que significaba que tendría escasas provisiones de comida y agua. Había que encontrarlo, y pronto.

—¿Schaeffer llevaba encima la llave de alguna habitación?

—Sí, del Hotel Cyprus Grove Inn.

—Quiero que reviséis con lupa la habitación, la ropa de Schaeffer y su coche. Buscad cualquier cosa que pueda darnos una pista sobre el sitio donde tiene retenido al chico.

—Dalo por hecho, Kathryn.

Regresó a su coche y llamó a TJ:

—Lo has pillado, jefa. Ya me he enterado.

—Sí, pero ahora quiero encontrar al chico. Si está vivo, puede que sólo tengamos un día o dos para dar con él antes de que se muera de hambre o de sed. Quiero a todo el mundo buscándolo. La oficina del sheriff va a encargarse de la inspección forense en casa de Chilton y en el Cyprus Grove, donde se alojaba Schaeffer. Llama a Peter Bennington y pídele que se dé prisa con los informes. Llama también a Michael si es necesario. Ah, y búscame testigos en las habitaciones del Cyprus Grove cercanas a la de Schaeffer.

—Claro, jefa.

—Y ponte en contacto con la Patrulla de Caminos, con la policía del condado y con la local. Quiero encontrar la última cruz, la que ha dejado Schaeffer anunciando la muerte de Chilton. Que la inspeccione Peter con todo el equipo que tenga.

Se le ocurrió otra idea.

—¿Averiguaste algo sobre ese vehículo de un organismo estatal?

—¿El que vio Pfister?

—Sí.

—No ha llamado nadie. Creo que no nos han dado prioridad.

—Inténtalo otra vez. Y que sea prioritario.

—¿Vas a pasarte por aquí, jefa? El tirano quiere verte.

—TJ...

—Perdón.

—Luego me pasaré por allí. Primero tengo que hacer una cosa.

—¿Necesitas ayuda?

Dance contestó que no, aunque lo cierto era que no le apetecía ni por asomo hacer aquello ella sola.

37

Sentada en su coche, aparcado en la entrada, Dance miraba la casita de los Brigham: la melancólica inclinación de los canalones, los tablones combados, las herramientas y los juguetes despedazados del jardincillo delantero y del lateral. El garaje, tan lleno de trastos que no se podía meter más que la mitad del capó de un coche bajo su tejado.

Se quedó sentada en su Crown Victoria, con la puerta cerrada, escuchando un CD que un grupo de Los Ángeles les había mandado a Martine y a ella. Sus miembros eran costarricenses. La música se le antojaba al mismo tiempo alegre y misteriosa, y quería saber más acerca de ellos. Esperaba poder reunirse con ellos cuando fuera a Los Ángeles con Michael por el caso de Juan Nadie, y hacer algunas grabaciones más.

Pero no podía pensar en eso ahora.

Oyó un ruido de neumáticos aplastando la grava y al mirar por el retrovisor vio que el coche de Sonia Brigham se detenía al doblar la esquina del seto de boj.

Iba sola en el asiento delantero. Sammy se había sentado atrás.

El coche estuvo parado unos instantes, y Dance vio que Sonia miraba el suyo con desesperación. Por fin arrancó de nuevo su desvencijado vehículo y, adelantando a la agente, avanzó hasta la casa, pisó el freno y apagó el motor.

Echando una rápida mirada a Dance, salió del coche, se acercó a la parte de atrás del suyo y sacó varias cestas de ropa y un bote grande de detergente.

Su familia es tan pobre que ni siquiera pueden permitirse comprar una lavadora. ¿Quién va a la lavandería? Los muertos de hambre son los que van.

El mensaje del blog que había permitido a Schaeffer saber dónde podía robar una sudadera con la que inculpar a Travis.

Dance salió de su vehículo.

Sammy la miró con expresión inquisitiva. La curiosidad de su primer encuentro había desaparecido. Ahora estaba inquieto. Sus ojos tenían una expresión extrañamente adulta.

—¿Sabe algo de Travis? —preguntó el chico, y a Dance no le pareció tan inestable como la primera vez.

Pero antes de que pudiera decir nada, su madre le dijo que se fuera a jugar a la parte de atrás.

Sammy vaciló sin dejar de mirar a Dance, y luego se alejó, incómodo, buscando algo en sus bolsillos.

—No te vayas lejos, Sammy.

Dance cogió el bote de detergente que Sonia sostenía bajo el pálido brazo y la siguió hacia la casa. La mujer apretaba los dientes y miraba hacia el frente.

—Señora...

—Tengo que guardar esto —contestó en tono crispado.

Dance le abrió la puerta. La siguió dentro. La señora Brigham se fue derecha a la cocina y separó las cestas.

—Si no se saca la ropa y se dobla bien, las arrugas, ya se sabe...

Alisó una camiseta.

De mujer a mujer.

—La he lavado pensando en él.

—Señora Brigham, hay varias cosas que debe saber. Travis no conducía el coche el nueve de junio. Se culpó del accidente.

—¿Qué?

Dejó de manosear la ropa.

—Estaba enamorado de la chica que conducía. Ella había bebido. Travis intentó que parara y que lo dejara conducir. Pero ella estrelló el coche antes de que eso fuera posible.

—¡Ay, Dios mío!

Se llevó la camiseta a la cara como si de ese modo pudiera contener las lágrimas.

—Y el asesino que dejaba las cruces no era él. Alguien le tendió una trampa para que pareciera que era él quien dejaba las cruces y provocaba esas muertes. Un hombre que quería vengarse de James Chilton. Nos hemos encargado de él.

—¿Y Travis? —preguntó Sonia ansiosamente, agarrando con tanta fuerza la camiseta que sus dedos se veían blancos.

—No sabemos dónde está. Estamos buscando por todas partes, pero todavía no tenemos ninguna pista.

Le explicó sucintamente quién era Greg Schaeffer y en qué consistía su plan de venganza.

Sonia se enjugó las mejillas redondas. Su rostro conservaba aún cierta belleza, aunque marchita. Vestigios de la belleza evidente en aquella fotografía suya, tomada años antes en la feria estatal.

—Sabía que Travis era incapaz de hacer daño a esa gente —susurró—. Se lo dije.

Sí, me lo dijo, pensó Dance. Y su lenguaje corporal me dejó claro que decía la verdad. No es que no la escuchara. Pero hice caso a la lógica, cuando debería haber hecho caso a la intuición. Años atrás, se había analizado a sí misma siguiendo el patrón Myers-Briggs. Sabía que se metía en líos cuando se alejaba en exceso de sus inclinaciones naturales.

Sonia volvió a alisar la camiseta.

—Está muerto, ¿verdad?

—No tenemos ninguna prueba de que lo esté. Absolutamente ninguna.

—Pero creen que sí.

—Lo más lógico es que Schaeffer lo haya mantenido con vida. Estoy haciendo todo lo posible por salvarlo. Por eso, entre otros motivos, estoy aquí. —Le enseñó una fotografía de Greg Schaeffer, copia de la del permiso de conducir—. ¿Lo ha visto alguna vez? ¿Siguiéndoles, quizás? ¿Hablando con los vecinos?

Sonia se puso unas gafas desvencijadas y miró largo rato la cara del asesino.

—No, creo que no. Así que es éste. ¿El que lo ha hecho, el que se ha llevado a mi chico?

—Sí.

—Le dije que de ese blog no podía salir nada bueno.

Deslizó la mirada hacia el jardín lateral, donde Sammy acababa de entrar en el destartalado cobertizo. Suspiró.

—Si Travis ha muerto, decírselo a Sammy... ¡Ay, eso será su fin! Voy a perder dos hijos de una vez. Ahora tengo que guardar la ropa. Por favor, váyase.

Dance y O'Neil estaban el uno junto al otro en el muelle, apoyados contra la barandilla. Se había disipado la niebla, pero soplaba un viento constante. En la bahía de Monterrey, siempre había una cosa o la otra.

—Imagino que habrá sido duro hablar con la madre de Travis —comentó él alzando la voz.

—Lo más duro de todo —repuso ella con el pelo sacudido por el viento.

Luego le preguntó, pensando en la investigación del contenedor indonesio:

—¿Qué tal el interrogatorio?

El Otro Caso.

—Bien.

Se alegraba de que O'Neil llevara el caso, y lamentaba sus propios celos. El terrorismo quitaba el sueño a todos los miembros de las fuerzas de seguridad.

—Si puedo ayudarte en algo, avísame.

Con los ojos fijos en la bahía, O'Neil contestó:

—Creo que estará resuelto en las próximas veinticuatro horas.

Allá abajo estaban sus cuatro hijos, en la arena, al borde del agua. Maggie y Wes dirigían la expedición. Eran nietos de un biólogo marino: tenían cierta autoridad.

Los pelícanos volaban cerca con aire solemne, había gaviotas por todas partes y no muy lejos, mar adentro, flotaba enroscada una nutria marrón. Tumbada de espaldas, elegantementemente panza arriba, cascaba moluscos sobre una piedra sujeta en equilibrio sobre el pecho. La cena. Amanda, la hija de O'Neil, y Maggie la miraban embelesadas, como si intentaran descubrir el modo de llevársela a casa como mascota.

Dance tocó el brazo de O'Neil y señaló a Tyler, de diez años, que estaba agachado junto a un largo mechón de algas marinas, pinchándolo cautelosamente con un palo, listo para escapar si aquella extraña criatura cobraba vida. Por si acaso tenía que protegerlo, Wes no se apartaba de él.

O'Neil sonrió, pero Dance notó por su postura y la tensión de su brazo que algo le preocupaba.

Un momento después explicó, alzando la voz para hacerse oír por encima de una racha de viento:

—He tenido noticias de Los Ángeles. La defensa está intentando posponer otra vez la fecha de la vista. Dos semanas.

—Oh, no —masculló ella—. ¿Dos semanas? Es cuando está previsto que se reúna el gran jurado.

—Seybold está dispuesto a luchar con uñas y dientes, pero no parecía muy optimista.

—Mierda. —Dance hizo una mueca—. ¿Una guerra de desgaste? ¿Seguir dando largas y esperar a que todo se difumine?

—Seguramente.

—No lo vamos a permitir —repuso con firmeza—. Tú y yo no lo vamos a olvidar. Pero ¿y Seybold y los demás?

O'Neil se quedó pensando.

—Puede que sí, si pasa mucho más tiempo. Es un caso importante, pero tienen muchos casos importantes.

Dance suspiró. Se estremeció.

—¿Tienes frío?

El brazo de Dance se apoyaba contra el suyo. Ella negó con la cabeza. Aquel temblor involuntario había sido el resultado de pensar en Travis. Mientras miraba el mar, se había preguntado si estaría mirando también su tumba.

Una gaviota quedó suspendida en el aire justo delante de ellos. El ángulo de ataque de sus alas se ajustaba perfectamente a la velocidad del viento. Estaba inmóvil, a más de cinco metros por encima de la playa.

Dance dijo:

—¿Sabes?, desde el principio, incluso cuando creíamos que él era el asesino, he sentido lástima por Travis. Su vida familiar, el hecho de que fuera un inadaptado. Que lo acosaran así. Y Jon me decía que el blog no era más que la punta del iceberg. Que lo estaban atacando a través de mensajes, de correos electrónicos, de foros. Es tan triste que las cosas hayan salido así... El chico era inocente. Completamente inocente.

O'Neil se quedó callado un momento. Luego dijo:

—Parece listo. Boling, quiero decir.

—Lo es. Consiguió los nombres de las víctimas. Y encontró el avatar de Travis.

Él se rió.

—Perdona, pero te imagino presentándote ante Overby para pedir una orden de detención contra un personaje de un juego de ordenador.

—Bueno, se encargaría del papeleo en un periquete si hubiera una rueda de prensa y una buena foto de por medio. Aunque la verdad es que me dieron ganas de matar a Jon por ir solo a ese salón de juegos.

—¿Se estaba haciendo el héroe?

—Sí. Dios nos proteja de los aficionados.

—¿Está casado? ¿Tiene hijos?

—¿Jon? No. —Se rió—. Es un solterón auténtico.

Una palabra que no oía desde hace... un siglo, más o menos.

Se quedaron callados, mirando a los niños, absortos en su exploración marina. Maggie estaba señalando algo, seguramente diciéndoles a los hijos de O'Neil el nombre de una concha que había encontrado.

Dance notó que Wes estaba solo, de pie en una zona de arena mojada. El agua subía casi hasta sus pies, formando líneas de espuma.

Como hacía con frecuencia, se preguntó si sus hijos estarían mejor si se casara y tuvieran un padre en casa. Pues sí, claro.

Dependiendo de quién fuera ese padre, naturalmente.

Siempre estaba esa duda.

Se oyó una voz de mujer a su espalda.

—Perdonen, ¿ésos son sus hijos?

Se volvieron y vieron a una turista, a juzgar por la bolsa de una tienda de suvenires cercana que llevaba.

—Sí —contestó Dance.

—Sólo quería decirles que es una maravilla ver una pareja felizmente casada con unos hijos tan preciosos. ¿Cuánto tiempo llevan casados?

Una duda infinitesimal. Después Dance respondió:

—Pues... bastante tiempo.

—Bien, benditos sean. Y que sigan tan felices.

La mujer se reunió con un hombre mayor que acababa de salir de la tienda de suvenires. Le dio el brazo y se dirigieron hacia un gran autocar aparcado allí cerca.

Dance y O'Neil se echaron a reír. Luego ella se fijó en un Lexus plateado que acababa de parar en un aparcamiento cercano. Cuando se abrió la puerta del coche, notó que él se había separado ligeramente de ella para que sus brazos ya no se tocaran.

El ayudante del sheriff sonrió y saludó a su esposa con la mano cuando ella salió del Lexus.

Alta y rubia, Anne O'Neil vestía chaqueta de cuero, blusa campesina, falda larga y cinturón con colgantes metálicos. Sonrió al acercarse.

—Hola, cariño —le dijo a O'Neil.

Lo abrazó y le dio un beso en la mejilla. Sus ojos se posaron en Dance.

—Kathryn.

—Hola, Anne. Bienvenida a casa.

—El vuelo ha sido espantoso. Estaba tan liada en la galería que no llegué a tiempo de facturar la maleta. He podido subirla a bordo por los pelos.

—He tenido un interrogatorio —le dijo O'Neil—. Kathryn ha ido a recoger a Tyler y Ammie.

—Ah, gracias. Mike me ha dicho que has resuelto el caso. El de las cruces en la carretera.

—Hace unas horas. Queda un montón de papeleo, pero, sí, está resuelto.

Como no quería seguir hablando del asunto, preguntó:

—¿Qué tal va la exposición?

—Casi a punto —respondió Anne O'Neil, cuyo pelo traía a la mente la palabra «leona»—. Organizarla da más trabajo que hacer las fotografías.

—¿En qué galería es?

—Bueno, en la de Gerry Mitchell, al sur de Market.

Había respondido en tono desganado, pero Dance adivinó que era una galería muy conocida. Anne podía ser muchas cosas, pero jamás se jactaba de sus logros.

—Enhorabuena.

—Ya veremos qué pasa en la inauguración. Y después están las críticas.

Su rostro delgado adquirió una expresión solemne. En voz baja añadió:

—Siento mucho lo de tu madre, Kathryn. Es una locura. ¿Cómo lo lleva ella?

—Está muy disgustada.

—Es como un circo. Las historias de los periódicos... Salió en las noticias allí.

¿A doscientos kilómetros de distancia? En fin, no debía sorprenderse: Robert Harper, el fiscal, sabía cómo sacar partido a los medios.

—Tenemos un buen abogado.

—Si puedo hacer algo...

Los colgantes del cinturón de Anne tintinearon como un carillón de viento mecido por la brisa.

O'Neil gritó hacia la playa:

—¡Eh, chicos! ¡Vuestra madre está aquí! ¡Vamos!

—¿No podemos quedarnos, papá? —suplicó Tyler.

—No. Es hora de irse a casa. Vamos.

Los niños echaron a andar de mala gana hacia ellos. Maggie iba repartiendo conchas. Dance estaba segura de que daría las mejores a los hijos de O'Neil y a su hermano.

Wes y Maggie montaron en su Pathfinder para el breve trayecto al hotel en el que se alojaban sus padres. Iban a pasar otra vez la noche con Edie y Stuart. El asesino estaba muerto y ella ya no corría peligro, pero Dance estaba empeñada en encontrar a Travis. Seguramente estaría trabajando hasta muy tarde esa noche.

Estaban a medio camino del hotel cuando notó que Wes estaba muy callado.

—Eh, jovencito, ¿qué pasa?

—Estaba pensando.

Dance sabía cómo sonsacar a un niño reticente. El truco era la paciencia.

—¿En qué?

No le cabía ninguna duda de que se trataba de su abuela.

Pero se equivocaba.

—¿El señor Boling va a volver a venir?

—¿Quién, Jon? ¿Por qué?

—Es que mañana ponen *Matrix* en TNT. A lo mejor no la ha visto.

—Seguro que sí.

Siempre le hacía gracia esa convicción que tenían los niños de ser los primeros en experimentar algo y de que las generaciones anteriores vivían inmersas en una penosa ignorancia, privadas absolutamente de estímulos. Pero, sobre todo, le sorprendió que su hijo hubiera hecho esa pregunta.

—¿Te cae bien el señor Boling? —se aventuró a preguntar.

—No. Bueno..., está bien.

Maggie le contradijo:

—¡Pero si has dicho que te caía bien! Dijiste que molaba. Que molaba tanto como Michael.

—No es verdad.

—¡Que sí!

—¡No es verdad, Maggie!

—Ya basta —ordenó Dance, pero su tono era divertido.

De hecho, había algo en la disputa entre los dos hermanos que la reconfortó, como un asomo de normalidad en medio de tanta turbulencia.

Llegaron al hotel y Dance comprobó aliviada que los manifestantes no habían averiguado aún dónde se ocultaban sus padres. Acompañó a Maggie y a Wes hasta la puerta. Salió a recibirles su padre. Ella lo abrazó con fuerza y miró adentro. Su madre estaba al teléfono, concentrada en lo que parecía ser una conversación muy seria.

Dance se preguntó si estaba hablando con su hermana Betsey.

—¿Habéis sabido algo de Sheedy, papá?

—No, nada nuevo. La lectura de cargos es mañana por la tarde. —Se pasó distraídamente la mano por el pelo abundante—. He oído que has pescado a ese tipo, al asesino. ¿Y el chico era inocente?

—Estamos buscándolo en estos momentos.

Bajó la voz para que no la oyeran sus hijos.

—Francamente, es posible que esté muerto, pero confío en que no. —Volvió a abrazar a su padre—. Tengo que volver al trabajo.

—Buena suerte, cariño.

Al darse la vuelta para marcharse saludó una vez más a su madre con la mano. Edie contestó con una sonrisa distante y una inclinación de cabeza. Luego, sin soltar el teléfono, indicó a sus nietos que se acercaran y los abrazó con fuerza.

Diez minutos después, Dance entró en su despacho, donde la esperaba un mensaje.

Una escueta nota de Charles Overby:

¿Puedes mandarme el informe disponible sobre el caso del blog de Chilton? Todos los detalles, suficientes para un comunicado de prensa sólido. Lo necesito dentro de una hora. Gracias.

Y gracias por haber resuelto el caso y eliminado al asesino sin que hubiera más víctimas.

Supuso que Overby estaba molesto por que se hubiera negado a plegarse a las exigencias de Hamilton Royce, el «solucionador».

Que no se parecía a George Clooney ni remotamente.

Un comunicado de prensa sólido...

Redactó una larga memoria explicando los pormenores del plan de Greg Schaeffer, cómo habían descubierto su identidad y cómo se había producido su muerte. Incluyó información acerca del asesinato de Miguel Herrera, el ayudante del sheriff que vigilaba la casa de los Chilton, y sobre la operación para localizar a Travis.

Mandó el informe vía correo electrónico, con un golpe de ratón más fuerte de lo normal.

TJ asomó la cabeza por la puerta del despacho.

—¿Te has enterado, jefa?

—¿De qué, en concreto?

—Kelley Morgan ha vuelto en sí. Se va a recuperar.

—Ah, qué buena noticia.

—Estará una semana recibiendo tratamiento, más o menos, dice el ayudante del sheriff que está en el hospital. Esa cosa le ha hecho polvo los pulmones, pero con el tiempo se recuperará. Al parecer no hay daños cerebrales.

—¿Y ha dicho si había identificado a Travis?

—La atacó por la espalda, la estranguló a medias. Le susurró algo sobre por qué había publicado esas cosas sobre él. Y luego ella se desmayó y cuando se despertó estaba en el sótano. Supuso que era Travis.

—Así que Schaeffer no quería que muriera. Lo preparó todo para que creyera que era Travis, pero no dejó que lo viera.

—Eso parece, jefa.

—¿Y los informes de criminología de la casa de Chilton y del hotel de Schaeffer? ¿Alguna pista sobre dónde puede estar el chico?

—Todavía no. Y no había ningún testigo en el Cyprus Grove.

Ella suspiró.

—Sigue con ello.

Eran ya más de las seis de la tarde. Se dio cuenta de que no había comido nada desde el desayuno. Se levantó y se fue al comedor. Necesitaba un café y le apetecía darse un capricho: galletas hechas en casa, o un dónut. Pero la provisión de Maryellen en el Ala de las Chicas se había agotado. Al menos podía entablar negociaciones con la temperamental máquina expendedora: un dólar arrugado a cambio de un paquete de galletas Oreo o uno de *crackers* tostados con mantequilla de cacahuete.

Al entrar en la cafetería, parpadeó. Ah, qué suerte.

En un plato de papel lleno de migas había dos galletas de avena y pasas.

Y, lo que era aún más milagroso, el café era relativamente reciente.

Se sirvió una taza, añadió leche descremada y cogió una galleta. Agotada, se dejó caer en una silla, junto a una mesa. Se estiró, sacó su iPod del bolsillo, se puso los auriculares y comenzó a pasar temas en la pantallita, buscando el solaz de la arrebatadora guitarra brasileña de Badi Assad.

Pulsó el *play*, dio un mordisco a la galleta y estaba a punto de coger el café cuando una sombra cayó sobre ella.

Hamilton Royce la miraba desde su altura. Llevaba la acreditación temporal prendida a la camisa. Los brazos del hombretón colgaban flojamente junto a sus costados.

Lo que me hacía falta. Si los pensamientos pudieran suspirar, los suyos se habrían dejado oír claramente.

—Agente Dance, ¿puedo acompañarla?

Ella señaló una silla vacía, intentando no parecer muy acogedora. Pero se quitó los auriculares.

Royce se sentó, haciendo chirriar bajo su peso la silla de plástico y metal, y se inclinó hacia delante con los codos en la mesa y las manos unidas. Aquella postura solía significar franqueza. Dance reparó de nuevo en su traje. Aquel tono de azul resultaba chocante. No era lo bastante oscuro. O bien, pensó con sorna, debería llevar una gorra de marinero con visera brillante.

—Me he enterado. El caso ha terminado, ¿es correcto?

—Atrapamos al asesino. Todavía estamos buscando al chico.

—¿A Travis? —preguntó, sorprendido.

—Sí.

—Pero ¿no cree que esté muerto?

—No.

—Ah. —Una pausa—. Es lo único que lamento —añadió Royce—. Es lo peor de todo. Ese chico inocente.

Dance advirtió que al menos su reacción era sincera.

No dijo nada más.

Royce comentó:

—Dentro de uno o dos días vuelvo a San Francisco. Mire, sé que hemos tenido problemas... Bueno, desacuerdos. Quería disculparme.

Muy decente por su parte, aunque se mantuvo escéptica.

—Veíamos las cosas de manera distinta —dijo—. No me lo he tomado como una ofensa personal.

Pero, en lo profesional, pensó, me ha sentado como un tiro que intentaras pasarme por encima.

—Sacramento estaba presionando mucho. Mucho, en serio. Me dejé llevar por el calor del momento.

Desvió la mirada, avergonzado en parte. Y en parte también engañoso.

No se sentía tan mal, notó Dance. Pero al menos tenía cierto mérito que intentara congraciarse con ella.

—Estas cosas no le pasan a menudo, ¿verdad? —continuó él—. Tener que defender a alguien tan impopular como Chilton.

No parecía esperar respuesta. Soltó una risa estentórea.

—¿Sabe una cosa? En cierto modo, he llegado a admirarlo.

—¿A Chilton?

Un gesto afirmativo.

—No estoy de acuerdo con casi nada de lo que dice, pero tiene temple moral. Y hoy en día hay poca gente que lo tenga. No se desvió de su rumbo ni siquiera cuando estaba amenazado de muerte. Y seguramente seguirá como antes. ¿No cree?

—Supongo que sí.

No dijo nada acerca del posible fin de *The Chilton Report*.

No era asunto suyo, ni de Royce.

—¿Sabe qué me gustaría hacer? Disculparme también con él.

—¿Sí?

—He llamado a su casa, pero no ha contestado nadie. ¿Sabe usted dónde está?

—Mañana se va con su familia a su casa de veraneo en Hollister. Esta noche iban a alojarse en un hotel. No sé dónde. Su casa está precintada.

—Bueno, supongo que podría enviarle un correo electrónico a su blog.

Dance se preguntó si lo haría alguna vez.

Luego se hizo el silencio. Hora de marcharse, pensó. Cogió la última galleta, la envolvió en una servilleta y se dirigió a la puerta del comedor.

—Que tenga buen viaje, señor Royce.

—Le repito que lo siento de veras, agente Dance. Estoy deseando trabajar con usted en un futuro.

Sus conocimientos kinésicos la alertaron al instante de que aquel comentario contenía dos mentiras.

38

Jonathan Boling avanzó por el vestíbulo del CBI con aire satisfecho. Dance le entregó un pase temporal.

—Gracias por venir.

—Empezaba a echar de menos esto. Creía que me habían despedido.

Ella sonrió. Cuando lo había llamado a Santa Cruz, se había preguntado si lo pillaría preparándose para una cita. En realidad, su llamada había interrumpido una sesión de evaluación de ejercicios para uno de los cursos de verano que impartía, y se había mostrado encantado de abandonar su tarea para regresar a Monterrey.

Al llegar a su despacho le entregó su nuevo encargo: al ordenador portátil de Greg Schaeffer.

—Estoy ansiosa por encontrar a Travis, o su cadáver. ¿Puedes echarle un vistazo, buscar cualquier referencia a sitios de por aquí, itinerarios para ir en coche, mapas, cosas así?

—Claro. —Señaló el Toshiba—. ¿Hay contraseña?

—Esta vez, no.

—Estupendo.

Abrió la tapa y comenzó a teclear.

—Voy a buscar todo lo que haya con fecha de creación o modificación de archivos de las últimas dos semanas. ¿Te parece bien?

—Estupendo.

Intentó no sonreír otra vez al verlo inclinarse con entusiasmo sobre el ordenador. Sus dedos volaban sobre las teclas como los de un concertista de piano. Pasados unos instantes, se echó hacia atrás.

—Bueno, parece que no usó mucho el ordenador para hacer lo que se había propuesto hacer aquí, aparte de para consultar blogs y fuentes RSS y mandar correos a sus amigos y socios de trabajo, ninguno de ellos relacionado con su plan para matar a Chilton. Pero eso son sólo los archivos que no borró. Esta última semana estuvo borrando regularmente archivos y páginas web. Imagino que serán más de tu interés.

—Sí. ¿Puedes reconstruirlos?

—Voy a conectarme a Internet para descargarme uno de los robots de Irv. Examinará el espacio libre del disco duro y reconstruirá todo lo que haya borrado recientemente. Puede que algunos archivos sólo los reconstruya parcialmente, o queden distorsionados, pero la mayoría quedarán legibles al noventa por ciento.

—Eso sería fantástico, Jon.

Cinco minutos después, el robot de Irv estaba examinando silenciosamente el ordenador de Schaeffer, buscando fragmentos de archivos borrados, rearmándolos y grabándolos en una carpeta nueva creada por Boling.

—¿Cuánto va a tardar? —preguntó ella.

—Un par de horas, calculo yo.

Boling miró su reloj y sugirió que fueran a cenar algo.

Montaron en su Audi y fueron a un restaurante no muy lejos de la sede del CBI, en un cerro con vistas al aeropuerto y, más allá, a la ciudad de Monterrey y a la bahía. Pidieron una mesa en la terraza caldeada con estufas de propano y bebieron Viognier blanco. El sol se fundía en el Pacífico, creciendo y derramándose en un naranja violento. Lo miraron en silencio mientras, allí cerca, los turistas hacían fotografías que tendrían que *photoshopear* para que se aproximaran siquiera a la grandeza del hecho real.

Hablaron de los hijos de Dance, de sus propias infancias y de dónde procedían originalmente sus familias. Boling comentó que, según él, sólo el veinte por ciento de los habitantes de la Costa Central eran oriundos de California.

El silencio volvió a fluir entre ellos. Ella sintió que los hombros de Boling subían y se preparó para lo que vendría a continuación.

—¿Puedo hacerte una pregunta?

—Claro.

Lo decía en serio, sin reservas.

—¿Cuándo murió tu marido?

—Hace unos dos años.

Dos años, dos meses, tres semanas. También podía decirle los días y las horas.

—Nunca he perdido a nadie. Así, no.

Pero había cierta melancolía en su voz, y sus párpados temblaron como persianas venecianas sacudidas por el viento.

—¿Qué pasó, si no te importa que te lo pregunte?

—En absoluto. Bill era agente del FBI, estaba asignado a la delegación local. Pero su muerte no tuvo que ver con el trabajo. Fue un accidente, en la carretera uno. Un camión. El conductor se quedó dormido. —Un jirón de risa—. ¿Sabes?, acabo de darme cuenta: sus compañeros y amigos estuvieron poniendo flores en la cuneta más o menos un año, después del accidente.

—¿Y una cruz?

—No, sólo flores. —Sacudió la cabeza—. Dios, cómo lo odiaba. Ese recordatorio. Podía desviarme kilómetros para no pasar por ese sitio.

—Debió de ser terrible.

Dance procuraba no poner en juego sus habilidades como experta en kinesia cuando estaba con amigos. A veces analizaba las actitudes de sus hijos, y a veces las de una cita. Pero se acordaba de lo que le había dicho Wes una vez, cuando le pilló en una mentirijilla:

—Es como si fueras Supermán, mamá —había refunfuñado su hijo—. Tienes visión de rayos equis.

Ahora se dio cuenta de que, a pesar de que el semblante de Boling conservaba una sonrisa compasiva, su lenguaje corporal había cambiado sutilmente. Agarraba con más fuerza el pie de su copa de vino y los dedos de su mano libre se frotaban compulsivamente. Gestos de los que sin duda él no era consciente.

Dance sólo tenía que darle un empujoncito.

—Vamos, Jon, ahora te toca a ti sincerarte. ¿Qué te ha pasado? Has sido muy impreciso con el asunto de tu soltería.

—Bueno, no es comparable a lo tuyo.

Ella notó que estaba intentando quitar importancia a algo que todavía le dolía. No era terapeuta, y mucho menos la terapeuta de Boling, pero habían pasado algún tiempo juntos en momentos de gran estrés y quería saber qué era lo que le atormentaba. Tocó su brazo un momento.

—Vamos. Recuerda que me gano la vida interrogando a la gente. Tarde o temprano te lo sacaré.

—Nunca salgo con mujeres que quieran someterme al tercer grado en la primera cita. Bueno, depende.

Jon Boling, había descubierto Dance, era un hombre que utilizaba el ingenio como coraza.

—Ésta es la peor comedia de situación que habrás oído nunca —prosiguió—. La chica que conocí cuando me marché de Silicon Valley... Regentaba una librería en Santa Cruz. Bay Beach Books, ¿te suena?

—Creo que he estado, sí.

—Congeniábamos a las mil maravillas, Cassie y yo. Hacíamos un montón de cosas al aire libre, y a veces nos lo pasamos en grande viajando. Incluso sobrevivió a varias visitas a mi familia. Bueno, la verdad es que el único que tiene problemas para sobrevivir a eso soy yo. —Se quedó pensando un momento—. El caso es, creo, que nos reíamos un montón. Ésa es la clave. ¿Qué tipo de cine te gusta más? Nosotros veíamos comedias, sobre todo. En fin, ella estaba separada, no divorciada. Separada legalmente. Fue completamente sincera al respecto. Lo supe todo desde el principio. Estaba en pleno papeleo.

—¿Tenía hijos?

—Sí, dos. Un niño y una niña, como tú. Unos chicos estupendos. Dividían el tiempo entre ella y su ex.

Su casi ex, quieres decir, puntualizó Dance para sus adentros y, naturalmente, dedujo lo que seguía.

Boling bebió un poco más del vino seco y frío. Se había levantado la brisa y, al ponerse el sol, bajó la temperatura.

—Su ex era un maltratador. Físicamente, no. Nunca la hizo daño a ella, ni a los niños, pero la insultaba, la humillaba. —Soltó una risa cargada de asombro—. Que si esto no está bien, que si aquello tampoco... Cassie era lista, amable, considerada... Pero él no paraba de denigrarla. Estuve pensando en eso anoche. —Su voz se desvaneció tras aquel comentario: acababa de revelar un dato que hubiera preferido guardar en secreto—. Era un asesino en serie emocional.

—Es una buena manera de describirlo.

—Y, cómo no, Cassie volvió con él.

Su semblante se inmovilizó un momento mientras revivía, supuso Dance, aquel momento preciso. Nuestros corazones rara vez responden a lo abstracto: son las minúsculas astillas del recuerdo las que más duelen. Después, volvió a caer la máscara, en forma de una sonrisa crispada.

—A él lo trasladaron a China, y Cassie y los niños se fueron con él. Ella dijo que lo sentía, que siempre me querría, pero que tenía que marcharse con él... Nunca he entendido esa obligatoriedad de las relaciones de pareja. Uno tiene que respirar, tiene que comer, pero... ¿vivir con un capullo? No veo por qué es necesario. Pero, en fin, aquí estoy, hablando sin parar de... bueno, de un batacazo «épico» por mi parte, digamos, mientras que tú has vivido una verdadera tragedia.

Dance se encogió de hombros.

—En mi trabajo, una muerte es una muerte, sea un asesinato, un homicidio premeditado o un homicidio imprudente. Pues lo mismo pasa con el amor: cuando se va, duele igual, sea cual sea la razón.

—Supongo que sí. Yo sólo digo que es una pésima idea enamorarse de alguien que ya está casado.

Amén, pensó Dance, y estuvo a punto de echarse a reír a carcajadas. Se puso un poco más de vino en la copa.

—¿Qué te parece? —dijo Boling.

—¿Qué?

—Hemos conseguido sacar dos temas extremadamente personales y deprimentes en un espacio de tiempo muy corto. Menos mal que esto no es una cita —añadió con una sonrisa.

Dance abrió la carta.

—Vamos a tomar algo. Aquí tienen...

—Las mejores hamburguesas de calamares de la ciudad —concluyó Boling.

Ella se echó a reír. Había estado a punto de decir lo mismo.

El análisis del ordenador fue un chasco.

Regresaron al despacho después de cenar calamares con ensalada, ansiosos por ver qué había encontrado el robot de Irv. Boling se sentó, echó una ojeada al archivo y anunció con un suspiro:

—Cero.

—¿Nada?

—Sólo borró correos electrónicos, archivos y páginas web del historial para liberar espacio. Nada secreto, y nada relacionado con esta zona.

La frustración fue intensa, pero no había nada más que hacer.

—Gracias, Jon. Al menos he cenado muy bien.

—Lo siento.

Parecía sinceramente desilusionado por no poder ser de más ayuda.

—Creo que será mejor que acabe de poner nota a esos trabajos. Y haga la maleta.

—Es verdad, tu reunión familiar es este fin de semana.

Asintió con un gesto. Una tensa sonrisa y añadió con forzado entusiasmo:

—¡Yuju!

Dance se rió.

Boling se quedó a su lado, reacio a marcharse.

—Te llamaré cuando vuelva. Quiero saber qué pasa. Y buena suerte con Travis. Espero que esté bien.

—Gracias, Jon. Por todo. —Estrechó su mano con firmeza—. Te agradezco especialmente que no hayas muerto apuñalado.

Una sonrisa. Boling le estrechó la mano y dio media vuelta.

Mientras lo veía alejarse por el pasillo, una voz de mujer interrumpió sus pensamientos.

—Hola, K.

Dance se volvió y vio a Connie Ramírez viniendo por el pasillo, hacia ella.

—Con.

Ramírez miró a su alrededor y señaló con la cabeza hacia el despacho de Dance. Entró y cerró la puerta.

—He descubierto un par de cosas que he pensado que podían interesarte. Del hospital.

—Ah, gracias, Con. ¿Cómo te las has arreglado?

Ramírez se quedó pensando.

—Fui engañosamente sincera.

—Eso me gusta.

—Les enseñé mi placa y les di algunos datos de otra investigación que estoy llevando. Ese caso de fraude médico.

El CBI investigaba también delitos económicos, y el caso al que se refería Ramírez era una importante estafa de seguros: los delincuentes se habían servido de números de identificación de médicos fallecidos para presentar reclamaciones falsas en su nombre.

El tipo de cosa, se dijo Dance, de la que se ocuparía Chilton en su blog, y una elección muy acertada por parte de Connie, dado que entre los afectados había trabajadores del hospital que estarían interesados en cooperar en la investigación.

—Les pedí que me enseñaran las hojas de registro de entrada al hospital. De todo el mes, para que Henry no sospechara nada. Accedieron encantados. Y he aquí lo que he descubierto: el día en que murió Juan Millar había un médico visitante. El hospital tiene un programa de educación continua y seguramente estaba allí por eso. Entraron también seis candidatos a diversos puestos de trabajo: dos para puestos de mantenimiento, uno para la cafetería y tres enfermeras. Tengo copias de sus currículos. Ninguno me parece sospechoso.

»Pero lo interesante es esto: ese día hubo sesenta y cuatro visitas en el hospital. He cotejado sus nombres y el de los pacientes a los que iban a ver, y todos encajan. Menos uno.

—¿Quién?

—Cuesta leer el nombre, tanto la versión impresa como la firma, pero creo que es José López.

—¿A quién fue a ver?

—Sólo escribió «paciente».

—Lógico, tratándose de un hospital —repuso Dance con ironía—. ¿Por qué sospechas de él?

—Bueno, pensé que si alguien había ido a matar a Juan Millar, él o ella tendría que haber estado anteriormente en el hospital, ya fuera como visita o para comprobar las medidas de seguridad, etcétera. Así que comprobé los nombres de todas las personas que habían ido a ver a Millar con anterioridad a ese día.

—Una idea brillante. Y cotejaste su letra.

—Exacto. No soy experta en examen de documentos, pero encontré un visitante que había ido a verlo en numerosas ocasiones y casi puedo garantizar que su letra es idéntica a la de José López.

Dance se inclinó hacia delante en la silla.

—¿Quién?

—Julio Millar.

—¡Su hermano!

—Estoy segura al noventa por ciento. He hecho copias de todo.

Ramírez le pasó las hojas de papel.

—¡Connie, qué maravilla!

—Buena suerte. Si necesitas algo, sólo tienes que pedírmelo.

Dance se quedó a solas en su despacho, sopesando la noticia. ¿Podría Julio haber matado a su hermano?

Al principio le pareció imposible, dado el cariño y la lealtad que demostraba hacia su hermano pequeño. Sin embargo, no cabía duda de que la muerte de Juan había sido un acto de piedad, y a Dance no le costaba imaginarse una conversación entre los dos hermanos: Julio, inclinándose hacia delante mientras Juan le suplicaba en voz baja que pusiera fin a sus padecimientos.

Mátame...

Además, ¿por qué, si no, había firmado con un nombre falso en la hoja de registro?

¿Por qué Harper y los investigadores del estado habían pasado por alto aquel dato? Estaba furiosa, y sospechaba que lo sabían y que estaban echando tierra sobre el asunto porque, para Robert Harper, imputar a la madre de una agente de policía era una publicidad mucho más ventajosa en contra del proyecto de ley por una muerte digna.

Llamó a George Sheedy y le dejó un mensaje explicándole lo que había descubierto Connie Ramírez. A continuación llamó a su madre para decírselo a ella directamente. No obtuvo respuesta.

Mierda. ¿Estaba su madre evitando su llamada?

Colgó y se recostó en el asiento, pensando en Travis. Si estaba vivo, ¿cuánto tiempo aguantaría? Unos pocos días, sin agua. Y qué muerte tan terrible sería ésa.

Otra sombra en su puerta. Apareció TJ Scanlon.

—Hola, jefa.

Dance intuyó que se trataba de algo urgente.

—¿Los resultados del laboratorio?

—Todavía no, pero les estoy metiendo prisa. Dándoles con el látigo, ¿sabes? Se trata de otra cosa. He tenido noticias de la oficina del sheriff. Han recibido una llamada anónima sobre el caso de las cruces.

Dance se incorporó ligeramente.

—¿Qué era?

—El que llamó dijo que había visto, y cito «algo cerca de Harrison Road y Pine Grove Way». Justo al sur de Carmel.

—¿Nada más?

—No. Sólo «algo». He echado un vistazo a ese cruce en el plano. Está cerca de una obra abandonada. Y la llamada la hicieron desde un teléfono público.

Dance se debatió un instante. Posó los ojos en una hoja de papel, una copia de los comentarios del *Chilton Report.* Se levantó y se puso la chaqueta.

—¿Vas a ir a echar un vistazo? —preguntó TJ, indeciso.

—Sí. Quiero encontrar a ese chico, si es que hay modo de encontrarlo.

—Es una zona un poco rara, jefa. ¿Quieres refuerzos?

Ella sonrió.

—No creo que vaya a correr mucho peligro.

No, estando el asesino en el depósito de cadáveres del condado de Monterrey.

El techo del sótano estaba pintado de negro. Tenía dieciocho vigas, todas negras. Las paredes estaban pintadas con pintura barata, de un blanco sucio, y compuestas por 892 bloques de cemento. Pegados a la pared había dos armarios, uno gris metálico y otro de madera, de un color blanco desigual. Dentro había grandes cantidades de latas de conserva, cajas de pasta, refrescos y vino, herramientas, clavos y artículos de higiene como pasta de dientes y desodorante.

Cuatro postes metálicos se alzaban hasta el oscuro techo, sosteniendo el primer piso. Estaban bastante juntos, menos uno, que se encontraba más lejos. Estaban pintados de marrón oscuro y oxidados, y costaba saber dónde acababa la pintura y empezaba el óxido.

El suelo era de cemento y las grietas formaban dibujos que acababan por volverse reconocibles si los mirabas el tiempo suficiente: un oso panda sentado, el estado de Texas, un camión.

En un rincón había una estufa vieja, destartalada y polvorienta. Funcionaba con gas natural y se encendía en raras ocasiones. Pero ni siquiera entonces calentaba mucho aquella zona.

El sótano medía unos once metros por ocho y medio: era fácil calcularlo por los bloques de cemento, que medían exactamente treinta centímetros de ancho y veintidós de alto, aunque había que sumar unos tres centímetros a cada uno, del mortero de las juntas.

También vivían allí diversos bichos. Arañas, principalmente. Podían contarse siete familias, en caso de que las arañas vivieran en familia, y parecían delimitar sus territorios para no molestar a las demás, o para que no se las comieran. Había además escarabajos y ciempiés. Y, de vez en cuando, moscas y mosquitos.

Una criatura más grande, un ratón o una rata, había demostrado interés por la provisión de comida y bebida del rincón del sótano. Pero le había entrado la timidez y se había marchado para no volver.

O se había envenenado y había muerto.

En lo alto de la pared, una ventana dejaba entrar una luz opaca, pero no ofrecía vista alguna: estaba pintada de un tono blanco roto. La ventana estaba casi a oscuras, de modo que eran seguramente las ocho o las nueve de la tarde.

Unos pasos retumbaron de pronto en el piso de arriba, rompiendo el denso silencio. Una pausa. Luego se abrió la puerta de la calle y se cerró de golpe.

Por fin.

Por fin, ahora que se había marchado su secuestrador, Travis

Brigham podía relajarse. Si seguía el horario de los días anteriores, su secuestrador pasaría la noche fuera y no volvería hasta la mañana siguiente. Se acurrucó en la cama, arrebujándose en la tosca manta. Aquél era el momento culminante de la jornada: la hora de dormir.

Porque, como había descubierto, al menos durmiendo encontraba cierto alivio a la desesperanza.

39

La espesa niebla flameaba enérgicamente allá arriba cuando Dance abandonó la carretera principal y comenzó a zigzaguear por la sinuosa Harrison Road. Aquella zona desierta, compuesta en su mayoría por cerros boscosos, estaba al sur de Carmel, de camino a Point Lobos y, más allá, a Big Sur.

Se daba la circunstancia de que estaba cerca del antiguo territorio de los indios ohlones en el que Arnold Brubaker esperaba construir su planta desalinizadora.

Oliendo a pino y a eucalipto, siguió lentamente la luz de sus faros, los llevaba bajos, debido a la niebla, por la carretera. De vez en cuando, una entrada para coches conducía a una oscuridad rota por puntos de luz. Se cruzó con varios coches que conducían también lentamente, en dirección contraria, y se preguntó si habría sido un conductor quien había dado el aviso anónimo que la había llevado hasta allí, o uno de los vecinos de la zona.

Algo...

Cabía, ciertamente, esa posibilidad, pero Harrison Road también era un atajo para llevar de la carretera 1 a Carmel Valley Road. La llamada podía haberla hecho cualquiera.

Poco después llegó a Pine Grove y aparcó.

La obra de la que había hablado el informante anónimo era un complejo hotelero dejado a medias y que ya nunca se completaría, puesto que el edificio principal había ardido en circunstancias sospechosas. Al principio se había sospechado que se trataba de un fraude de seguros, pero los responsables habían resultado ser ecologistas que no querían que la construcción del hotel destrozara el paisaje. Irónicamente, los ecoterroristas habían calculado mal, y el fuego se había extendido, destruyendo decenas de hectáreas de bosque virgen.

El monte se había regenerado en gran parte, pero por diversas razones el proyecto del hotel nunca había vuelto a retomarse, y el complejo se había quedado como estaba: varias hectáreas de edificios derruidos y profundos cimientos excavados en la tierra margosa. La zona estaba rodeada por una valla de alambre inclinada de la que colgaban señales de «Peligro» y «Prohibido el paso», pero un par de veces al año, más o menos, había que rescatar a algún adolescente que se caía a una zanja o quedaba atrapado entre las ruinas después de fumarse un porro o beber o, en un caso en concreto, después de practicar el sexo en el lugar menos cómodo y poco romántico que cupiera imaginar.

Era, además, un lugar espeluznante a más no poder.

Dance cogió su linterna de la guantera y salió de su Crown Victoria.

Al sentir cómo la asaltaba la brisa húmeda, se estremeció con un sobresalto de temor.

Relájate.

Soltó una risa amarga, encendió la linterna y echó a andar, pasando el rayo de luz por el suelo repleto de matorrales enmarañados.

Un coche pasó por la carretera, pegando sus neumáticos al asfalto mojado. Dobló suavemente un recodo y el sonido cesó al instante, como si el vehículo hubiera entrado en otra dimensión.

Al mirar a su alrededor, supuso que ese «algo» que había visto el informante anónimo era la última cruz en el camino, la que anunciaba presuntamente la muerte de James Chilton.

No se veía ninguna allí cerca, sin embargo.

¿A qué otra cosa podía referirse la persona que había llamado?

Aquél sería el lugar perfecto para retener a Travis.

Se detuvo y aguzó el oído, atenta a cualquier llamada de auxilio.

No oyó nada, salvo la brisa entre los robles y los pinos.

Robles... Dance se imaginó una de las cruces improvisadas. Recordó también la de su jardín trasero.

¿Debía llamar y ordenar un registro? No, todavía no. Sigue buscando.

Deseó tener allí al informante anónimo. Hasta los testigos más reacios podían proporcionarle toda la información que necesitaba. Tammy Foster, sin ir más lejos, cuya falta de cooperación no había entorpecido en absoluto la investigación.

El ordenador de Tammy. Tiene la respuesta. Bueno, puede que la respuesta no. Pero sí una respuesta...

Pero no tenía allí a la persona que había llamado. Tenía su linterna y un solar en obras abandonado y espeluznante.

Estaba buscando «algo».

Se coló por una de las puertas que había en la alambrada, cuyo metal habían ido combando los intrusos, año tras año, y avanzó lentamente por el solar. El edificio principal se había derrumbado por completo, consumido por las llamas, y los demás, los de servicio, los garajes y los complejos de habitaciones, estaban condenados con tablones. Había media docena de zanjas abiertas para echar cimientos. Estaban marcadas con señales naranjas de peligro, pero la niebla era espesa y reflejaba gran parte de la luz de la linterna, deslumbrando a Dance, que se movía con cautela por miedo a caerse en una.

Avanzó por el solar, paso a paso, deteniéndose para buscar huellas.

¿Qué demonios había visto la persona que había llamado?

Entonces oyó un ruido lejos, pero no tan lejos. Un fuerte chasquido. Otro.

Se quedó inmóvil.

Un ciervo, supuso. Había muchos en aquella zona. Pero también vivían allí otros animales. El año anterior, un puma había matado a una turista que había salido a correr, no muy lejos de allí. El animal había hecho pedazos a la pobre mujer y luego se había esfumado. Dance se desabrochó la chaqueta y tocó la culata de su Glock para infundirse ánimos.

Otro chasquido y luego un crujido.

Como el de la bisagra de una puerta vieja al abrirse.

Se estremeció de miedo y se dijo que, aunque el Asesino de las Cruces de Carretera ya no fuera una amenaza, muy bien podía haber allí pandilleros, o un laboratorio clandestino de metanfetamina.

Pero no se le pasó por la cabeza dar media vuelta. Travis podía estar allí. Tenía que seguir.

Cuando se había adentrado unos diez metros en el complejo, empezó a buscar sitios donde pudiera esconderse a la víctima de un secuestro, edificios con candados, huellas de pisadas.

Le pareció oír otro ruido, casi un gemido. Estuvo a punto de llamar a Travis, pero el instinto le advirtió que no lo hiciera.

Luego se detuvo bruscamente.

Una figura humana había aparecido silueteada en la niebla, a no más de tres metros de distancia. Agazapada, pensó.

Ahogó un gemido, apagó la linterna y sacó su arma.

Otra mirada. Aquello, fuera lo que fuese, había desaparecido.

Pero no era producto de su imaginación. Estaba segura de haber visto a alguien, a un hombre, le había parecido por su actitud corporal.

De pronto oyó claramente un ruido de pasos. Ramas que se quebraban, hojas que murmuraban. Se estaba acercando a ella por la derecha. Se movía y luego se detenía.

Dance tocó el teléfono móvil que llevaba en el bolsillo. Pero si llamaba, su voz delataría su posición. Y daba por sentado que quien estuviera allí, a oscuras y en una noche húmeda y neblinosa como aquélla, no podía tener buenas intenciones.

Vuelve atrás, se dijo. Regresa al coche. Ahora mismo. Pensó en el rifle que llevaba en el maletero, un arma que había disparado una sola vez, durante un entrenamiento.

Dio media vuelta y avanzó con rapidez. Sus pasos, uno por uno, resonaron estruendosamente entre las hojas. Gritaban:

«Aquí estoy, aquí estoy».

Se detuvo. El desconocido, no. Sus pasos telegrafiaron su tránsito por la hojarasca y la maleza a medida que avanzaba, en algún punto a la derecha de ella, entre la niebla opaca.

Luego se detuvieron.

¿Se había parado él también? ¿O había llegado a una zona sin hojas caídas y se estaba preparando para atacar?

Vuelve al coche, ponte a cubierto, coge la recortada y pide refuerzos.

Quedaban quince o veinte metros hasta la alambrada. A la luz tenue de la luna, difuminada por la niebla, escudriñó el terreno. Algunas partes parecían menos cubiertas de hojas que otras, pero no había modo de avanzar con sigilo. Se dijo que no podía esperar más.

Su acosador, sin embargo, guardaba silencio.

¿Se estaba escondiendo?

¿Se había marchado?

¿O acaso se estaba acercando, cobijado por el espeso follaje?

Al borde del pánico, Dance se giró, pero no vio nada, excepto edificios espectrales, árboles y varios depósitos grandes medio enterrados y herrumbrosos.

Se agachó e hizo una mueca: le dolían las articulaciones de la persecución y la caída de unos días atrás, en casa de Travis. Avanzó luego hacia la alambrada tan rápidamente como pudo, resistiéndose al impulso casi arrollador de echar a correr por el terreno sembrado de trampas del solar en construcción.

Ocho metros para la alambrada.

Un chasquido, allí cerca.

Se paró en seco, cayó de rodillas y levantó el arma, buscando un blanco. Estuvo a punto de encender la linterna que sostenía aún en la mano izquierda, pero el instinto la avisó nuevamente de que no debía hacerlo. En la niebla, el haz de luz la dejaría medio ciega y en cambio ofrecería al desconocido un blanco perfecto.

No muy lejos de allí, un mapache salió de un escondite y se escabulló, muy tieso, evidenciando con su actitud kinésica que le había molestado la intrusión.

Dance se incorporó, se volvió hacia la valla y avanzó deprisa sobre la hojarasca, mirando a menudo a su espalda. No vio a nadie siguiéndola. Por fin cruzó la puerta de la alambrada y echó a correr hacia su coche, el teléfono móvil en la mano izquierda, abierto, mientras pasaba a toda prisa los números marcados recientemente.

Fue entonces cuando, muy cerca de ella, a su espalda, resonó una voz en la oscuridad.

—No se mueva —dijo el hombre—. Voy armado.

Dance se quedó paralizada, con el corazón desbocado. El desconocido la había rodeado por completo, había salido por otra puerta o había saltado la alambrada sin hacer ruido.

Dudó: si de veras iba armado y hubiera querido matarla, ya estaría muerta. Y, con la niebla y la penumbra, tal vez no había visto que ella también iba armada.

—Quiero que se tumbe en el suelo. Inmediatamente.

Dance comenzó a volverse.

—¡No! ¡Al suelo!

Pero siguió girándose hasta que estuvo de frente al desconocido y a su brazo estirado.

Mierda. Era cierto que iba armado, y la apuntaba directamente.

Pero entonces miró su cara y parpadeó. Llevaba el uniforme de la Oficina del Sheriff del Condado de Monterrey. Dance lo reconoció. Era el joven ayudante de ojos azules que le había echado una mano en un par de ocasiones. David Reinhold.

—¿Kathryn?

—¿Qué está haciendo aquí?

Reinhold sacudió la cabeza, esbozando una sonrisa. No contestó, se limitó a mirar en derredor. Bajó el arma, pero no volvió a enfundársela.

—¿Era usted? ¿Ahí dentro? —preguntó por fin, echando una ojeada a la obra.

Ella hizo un gesto afirmativo.

Reinhold siguió mirando a su alrededor, tenso. Su actitud dejaba claro que seguía preparado para el combate.

Entonces una vocecilla dijo junto a su costado:

—Jefa, ¿eres tú? ¿Me estás llamando?

Reinhold pestañeó al oír aquel sonido.

Dance levantó su móvil y dijo:

—TJ, ¿estás ahí?

Había pulsado el botón de llamada al oír que el desconocido se acercaba a ella por detrás.

—Sí, jefa, ¿qué pasa?

—Estoy en esa obra abandonada, cerca de Harrison, con el ayudante Reinhold, de la oficina del sheriff.

—¿Habéis encontrado algo? —preguntó el joven agente.

Ahora que el susto inicial había pasado, Dance dejó que sus piernas se aflojaran, pero el corazón le latía aún a toda prisa.

—Todavía no. Luego te llamo.

—Entendido, jefa.

Desconectaron.

Reinhold se enfundó por fin el arma. Respiró hondo despacio y exhaló, inflando las tersas mejillas.

—Me ha dado un susto de muerte.

—¿Qué está haciendo aquí? —le preguntó Dance.

Reinhold le explicó que una hora antes habían recibido una llamada acerca de «algo» relacionado con el caso, cerca de la intersección de Pine Grove con Harrison.

La llamada que la había impulsado a ella a ir allí.

Como él había trabajado en el caso, siguió explicándole el ayudante, se había ofrecido para ir a echar una vistazo. Estaba inspeccionando el solar cuando había visto el rayo de luz de una linterna y se había acercado a investigar. No la había reconocido en medio de la niebla, y había pensado que podía ser un camello o un fabricante de metanfetamina.

—¿Ha encontrado algo que sugiera que Travis está aquí?

—¿Travis? —preguntó Reinhold despacio—. No. ¿Por qué, Kathryn?

—Es sólo que éste me parece un sitio estupendo para esconder a un secuestrado.

—Pues he mirado con mucho cuidado —le dijo el joven ayudante del sheriff—, y no he visto nada.

—Aun así —repuso ella—, quiero asegurarme.

Y llamó a TJ para que organizara una partida de búsqueda.

Al final, consiguieron averiguar qué era lo que había visto el informante anónimo, pero no fue Dance, ni Reinhold, quien hizo el descubrimiento, sino Rey Carraneo, que había llegado junto con media docena de agentes de la Patrulla de Caminos, la Oficina del Sheriff de Monterrey y el CBI.

Ese «algo» era, en efecto, una cruz de carretera. La habían colocado en Pine Grove, no en Harrison Road, a unos treinta metros del cruce.

Pero aquella estela fúnebre no tenía nada que ver con Greg Schaeffer, ni con Travis Brigham o las entradas del blog.

Dance suspiró, enfadada.

La cruz era más sofisticada que las anteriores: estaba hecha con esmero, y las flores de debajo eran margaritas y tulipanes, no rosas.

Otra diferencia era que aquélla tenía un nombre puesto. Dos, en realidad.

JUAN MILLAR, D.E.P.
ASESINADO POR EDITH DANCE

La había dejado alguien de Life First: la persona que había llamado anónimamente, por supuesto.

Furiosa, Dance la arrancó del suelo y la arrojó al solar abandonado.

Sin nada que buscar, sin pruebas que examinar ni testigos a los que interrogar, regresó cansinamente a su coche y volvió a casa preguntándose hasta qué punto serían agitados sus sueños esa noche.

Si es que conseguía pegar ojo.

VIERNES

40

A las ocho y veinte de la mañana, Dance entró con su Ford Crown Victoria en el aparcamiento de los juzgados del condado de Monterrey.

Estaba ansiosa por conocer los informes del laboratorio sobre Schaeffer y cualquier otra información que pudieran darle TJ y la oficina del sheriff sobre el posible paradero de Travis. Pero, en realidad, pensaba sobre todo en otra cosa: se preguntaba por la extraña llamada que había recibido a primera hora del día, una llamada de Robert Harper pidiéndole que se pasara por su despacho.

El fiscal especial, que al parecer estaba ya en su puesto a las siete de la mañana, se había mostrado sorprendentemente cordial, y Dance había llegado a la conclusión de que tal vez había tenido noticias de Sheedy respecto a la situación de Juan Millar. Pensaba incluso en que se sobreseyera el caso contra su madre y se imputara al hermano de Juan. Tenía el presentimiento de que Harper quería llegar a algún tipo de acuerdo para salvar la cara. Tal vez retirara los cargos contra su madre por completo y de inmediato si ella accedía a no criticar públicamente su instrucción del caso.

Aparcó detrás de los juzgados, frente a las obras que bordeaban el aparcamiento. Había sido allí donde la cómplice de Daniel Pell, el líder sectario, había hecho posible su fuga al provocar el incendio que había causado las terribles quemaduras de Juan Millar.

Saludó a varias personas a las que conocía de los juzgados y de la oficina del sheriff. Hablando con un guardia, se enteró de dónde estaba el despacho de Robert Harper. En la segunda planta, cerca de la biblioteca jurídica.

Llegó unos minutos después, y le sorprendió lo austero de las oficinas. No había antesala con secretaria y la puerta del fiscal especial daba directamente al pasillo, frente al aseo de caballeros. Harper estaba solo, sentado ante un gran escritorio, la sala desprovista de decoración. Había dos ordenadores, varias filas de libros de leyes y docenas de pulcros montones de papeles repartidos entre una mesa gris metálica y otra redonda, cerca de la única ventana. Las persianas estaban bajadas, a pesar de que la vista sobre los campos de lechugas y las montañas del Este debía de ser impresionante.

Harper llevaba una camisa blanca bien planchada y una estrecha corbata roja. Sus pantalones eran oscuros, y su americana colgaba impoluta de una percha, en el perchero del rincón del despacho.

—Agente Dance, gracias por venir.

Dio sutilmente la vuelta a la hoja de papel que estaba leyendo y cerró la tapa de su maletín. Ella había vislumbrado un viejo libro de leyes en su interior.

O una Biblia, quizás.

Harper se levantó brevemente para estrecharle la mano, manteniendo de nuevo las distancias.

Cuando ella se sentó, los ojos del fiscal, muy juntos, examinaron la mesa que había junto a ella para ver si había algo encima que no debiera observar. Pareció satisfecho de que todos sus secretos estuvieran a salvo. Se fijó muy brevemente en el traje azul marino de Dance: chaqueta sastre, falda plisada y camisa blanca. Ese día se había puesto la ropa que usaba para los interrogatorios. Llevaba puestas las gafas negras.

Sus gafas de depredadora.

Estaba dispuesta a llegar a un acuerdo si con ello conseguía liberar a su madre, pero no pensaba dejarse intimidar.

—¿Ha hablado con Julio Millar? —preguntó.

—¿Con quién?

—Con el hermano de Juan.

—Ah. Bueno, sí, hace tiempo. ¿Por qué lo pregunta?

Dance sintió que su corazón comenzaba a latir más deprisa. Observó en sí misma una reacción de estrés: movió la pierna ligeramente. Harper, en cambio, permaneció inmóvil.

—Creo que Juan suplicó a su hermano que lo matara. Julio firmó con un nombre falso en la hoja de registro de entrada del hospital, e hizo lo que quería su hermano. Creía que era de eso de lo que quería hablarme.

—Ah —dijo Harper, asintiendo con la cabeza—. George Sheedy me llamó para hablarme de ello, hace un rato. Imagino que no le ha dado tiempo a llamarla para decírselo.

—¿Para decirme qué?

Con su mano de uñas perfectamente limadas, Harper levantó una carpeta de la esquina de su mesa y la abrió.

—La noche en que falleció su hermano, Julio Millar estuvo, en efecto, en el hospital. Pero he constatado que se reunió allí con dos miembros del personal de seguridad, en relación con una posible demanda por negligencia contra el CBI por haber enviado a su hermano a vigilar a un paciente del que sabían, o debían saber, que era demasiado peligroso para que se encargara de él un hombre con la escasa experiencia de Juan. También estaba considerando la posibilidad de demandarla a usted en particular por discriminación, por haber destinado a un agente perteneciente a una minoría étnica a una misión tan peligrosa. En el momento exacto de la muerte de Juan, Julio estaba en presencia de esos guardias. Puso un nombre falso en la hoja de registro porque temía que averiguara usted lo de la demanda e intentara intimidarlos a él y a su familia.

A Dance se le encogió el corazón al oír aquellas palabras, pronunciadas con tanta frialdad. Se le aceleró la respiración. Harper seguía tan tranquilo como si estuviera leyendo un libro de poesía.

—Julio Millar no es sospechoso, agente Dance. —Un ligerísimo fruncimiento de ceño—. Fue uno de mis primeros sospechosos. ¿Cree que no lo había tenido en cuenta?

Se quedó callada y se recostó en la silla. Todas sus esperanzas se habían venido abajo en un instante.

Para Harper, el asunto estaba zanjado.

—No, si le he pedido que viniera es por... —Buscó otro documento—. ¿Puede confirmar que escribió usted este correo electrónico? Las direcciones coinciden, pero no figura ningún nombre. Puedo seguir el rastro hasta llegar a usted, pero tardaría algún tiempo. ¿Tendría la amabilidad de decirme si es suyo?

Dance miró la hoja. Era una fotocopia de un correo que había escrito unos años antes a su marido cuando él estaba de viaje de trabajo, en un seminario del FBI en Los Ángeles.

¿Cómo va todo por ahí? ¿Has ido al Barrio Chino, como pensabas?

Wes ha sacado un diez en el examen de lengua. Ha llevado la estrella dorada en la frente hasta que se le ha caído y ha tenido que comprarse más. Mags ha decidido donar todas sus cosas de Hello Kitty a la beneficencia: sí, todas (¡¡¡sí!!!).

Noticias tristes de mi madre. Han tenido que sacrificar a *Willy*, su gato. Un fallo renal. Mi madre no quiso ni oír hablar de que se encargara el veterinario. Lo hizo ella misma, una inyección. Después pareció más contenta. Detesta el sufrimiento, prefiere perder a un animal a verlo sufrir. Me contó lo duro que había sido ver al tío Joe al final, con el cáncer. Dijo que nadie debería pasar por eso. Que era una pena que no hubiera una ley de suicidio asistido.

Bueno, hablando de cosas más alegres: la página web está activa otra vez y Martine y yo hemos subido una docena de canciones de ese grupo nativo americano de Ynez. Conéctate si puedes. ¡Son geniales!

Ah, y he ido de compras a Victoria's Secret. Creo que te gustará lo que me he comprado. ¡Te haré un pase de modelos! ¡Vuelve pronto a casa!

Le ardió la cara, de estupor y de rabia.

—¿De dónde ha sacado esto? —le espetó a Harper.

—De un ordenador que estaba en casa de su madre. Con una orden judicial.

Dance se acordó.

—Era mi ordenador viejo. Se lo regalé yo.

—Estaba en su posesión. Quedaba dentro del alcance de la orden judicial.

—No puede presentar esto como prueba.

Señaló la hoja del correo electrónico.

—¿Por qué no?

Harper frunció el entrecejo.

—Porque es irrelevante. —Su mente se agitaba, saltando de un sitio a otro—. Y es una comunicación privada entre dos cónyuges.

—Por supuesto que es relevante. Demuestra el estado de ánimo de su madre al matar por compasión. Y en cuanto a la privacidad, dado que ni su marido ni usted están imputados, cualquier comunicación entre ustedes es del todo admisible. En cualquier caso, eso lo decidirá el juez.

Parecía sorprendido de que no se hubiera dado cuenta de ello.

—¿Es suyo?

—Tendrá que citarme a declarar para que responda a cualquiera de sus preguntas.

—Muy bien.

Sólo mostró una ligera decepción por que se negara a cooperar.

—Que conste que entiendo que hay un conflicto de intereses por el hecho de que esté usted implicada en esta investigación, y servirse de la agente especial Consuelo Ramírez para que le haga los recados no invalida dicho conflicto.

¿Cómo se había enterado de eso?

—Quiero recalcar que este caso no entra dentro de la jurisdicción del CBI y que, si continúa interviniendo, presentaré una queja por mala praxis contra usted en la oficina del fiscal general.

—Es mi madre.

—No me cabe duda de que está usted muy afectada por esta situación, pero la instrucción todavía está en marcha y pronto pasará a ser un proceso judicial abierto. Cualquier interferencia suya es inaceptable.

Temblando de rabia, Dance se levantó y se dirigió a la puerta.

Harper pareció acordarse de algo en el último momento.

—Una cosa más, agente Dance. Antes de proceder a admitir ese correo electrónico como prueba, quiero que sepa que prescindiré de la información acerca de su compra de lencería, o de lo que fuera, en Victoria's Secret. Eso sí lo considero irrelevante.

El fiscal se acercó el documento que estaba revisando al llegar Dance, le dio la vuelta y siguió leyendo.

En su despacho, Kathryn Dance, furiosa todavía con Harper, miraba los troncos enlazados de los árboles del otro lado de su ventana. Estaba pensando otra vez en lo que ocurriría si se veía obligada a testificar contra su madre. Si se negaba, la acusarían de desacato. Un delito que podía significar la cárcel y el final de su carrera policial.

La aparición de TJ la sacó de sus cavilaciones.

Parecía agotado. Le contó que había pasado casi toda la noche trabajando con la unidad de criminología para examinar la habitación de Greg Schaeffer en el Cyprus Grove, su coche y la casa de Chilton. Tenía el informe de la oficina del sheriff.

—Estupendo, TJ. —Miró sus ojos enrojecidos y soñolientos—. ¿Has podido dormir algo?

—¿Dormir? ¿Qué es eso, jefa?

—Ja.

TJ le pasó el informe del laboratorio.

—Y por fin tengo noticias de nuestro amigo.

—¿De cuál?

—Hamilton Royce.

Poco importaba ya, supuso Dance, con el caso cerrado y después de que Royce se disculpara, o algo parecido. Pero tenía curiosidad.

—Cuenta.

—Su último trabajo fue para la Comisión de Planificación de Instalaciones Nucleares. Hasta que llegó aquí, estuvo trabajando sesenta horas por semana para esos tipos. Y no es nada barato, dicho sea de paso. Creo que necesito un aumento, jefa. ¿Como agente, me merezco seis cifras?

Dance sonrió. Se alegraba de que pareciera estar recuperando su sentido del humor.

—Para mí te mereces siete, TJ.

—Yo también te quiero, jefa.

De pronto comprendió lo que significaba aquella información. Rebuscó entre las copias del *Chilton Report.*

—Ese hijo de puta.

—¿Qué?

—Royce intentó cerrar el blog en beneficio de sus clientes. Mira.

Señaló una hoja impresa.

PODER PARA EL PUEBLO

Publicado por Chilton

El diputado Brandon Klevinger… ¿Les suena su nombre? Seguramente no.

Porque este representante del estado que tanto vela por ciertos amigos suyos del norte de California prefiere mantener un perfil bajo.

Pues no ha habido suerte, amigo.

El diputado Klevinger encabeza la Comisión Estatal de Planificación de Instalaciones Nucleares, lo que significa que es el encargado de escurrir la bomba (uy, perdón, el bulto) respecto a esos cacharritos llamados «reactores nucleares».

¿Quieren saber algo interesante sobre él?

Pues no, verderones, id a lamentaros a otra parte. Yo no tengo ningún problema con la energía nuclear. La necesitamos para conseguir la independencia energética (respecto a ciertos *intereses* extranjeros sobre los que he escrito largo y tendido en otra parte). Con una salvedad: la energía nuclear pierde sus ventajas si el coste de las plantas y la energía invertida en su construcción excede sus beneficios.

Me he enterado de que el diputado Klevinger ha hecho un par de lujosos viajes a Hawái y México para jugar al golf con su flamante «amigo» Stephen Ralston. Pues ¿saben qué, señoras y señores? Da la casualidad de que Ralston ha presentado un proyecto para la construcción de una central nuclear al norte de Mendocino.

Mendocino, un sitio precioso. Y muy caro para construir. Eso por no hablar de que, al parecer, el coste de llevar la energía allá donde se necesite será enorme. (Otro promotor ha propuesto una ubicación mucho más barata y eficiente, a unos ochenta kilómetros al sur de Sacramento.) Pero una fuente me ha pasado el informe preliminar de la Comisión Nuclear, y da la impresión de que Ralston va a conseguir el visto bueno para construir en Mendocino.

¿Ha hecho Klevinger algo ilícito, algo condenable?

No digo ni que sí ni que no. Sólo planteo la pregunta.

—Estaba mintiendo desde el principio —comentó TJ.

—Ya lo creo.

Aun así, no podía detenerse a pensar en la hipocresía de Royce. A fin de cuentas, iba a marcharse a casa dentro de un día o dos: ya no hacía falta chantajearlo.

—Buen trabajo.

—Me he limitado a poner los puntos sobre las íes.

Cuando se marchó TJ, Dance se concentró en el informe de la oficina del sheriff. Le sorprendió un poco que David Reinhold, aquel chico tan bien dispuesto con el que la víspera había jugado al gato y al ratón no se lo hubiera llevado en persona.

De: Ayudante Peter Bennington, Unidad de Investigación Forense de la OSCM.

Para: Kathryn Dance, agente especial, Oficina de Investigación de California. División Oeste.

Ref: Homicidio del 28 de junio en el domicilio de James Chilton, 2939 de Pacific Heights Court, Carmel, California.

Kathryn, he aquí el inventario:

Cuerpo de Greg Schaeffer

Una cartera marca Cross. Contenido: permiso de conducir de California, tarjetas bancarias y carné de pertenencia a la Asociación Americana del Automóvil, todo ello a nombre de Gregory Samuel Schaeffer

329,52$ en metálico

Dos llaves de un Ford Taurus, matrícula de California ZHG128

Una llave de la habitación 146 del Hotel Cyprus Grove Inn

Una llave de un BMW 530, matrícula de California DHY783, registrado a nombre de Gregory S. Schaeffer, Hopkins Drive núm. 20943, Glendale, California

Un resguardo del aparcamiento de larga estancia del aeropuerto de Los Ángeles, con fecha 10 de junio

Varios tiques de tiendas y restaurantes

Un teléfono móvil. Únicas llamadas a números locales: James Chilton, restaurantes

Restos materiales hallados en los zapatos, coincidentes con la tierra arenosa encontrada anteriormente en diversos lugares donde se depositaron cruces de carretera

Restos materiales de las uñas, no concluyentes

Habitación 146, Cyprus Grove Inn, registrada a nombre de Greg Schaeffer

Ropa y artículos de higiene varios

Una botella de un litro de Coca-cola light

Dos botellas de vino chardonnay Robert Mondavi Central Coast

Sobras de comida china, tres pedidos

Artículos de alimentación varios

Un ordenador portátil marca Toshiba y una batería (transferidos a la Oficina de Investigación de California. Véase registro de cadena de custodia)

Una impresora Hewlett-Packard Deskjet

Una caja de 25 balas Winchester calibre 38 especial, con 13 proyectiles

Suministros de oficina varios

Copias impresas de The Chilton Report, *de marzo del año en curso hasta el presente*
Aproximadamente 500 páginas de documentos relativos a Internet, blogs y canales RSS

Objetos en posesión de Gregory Schaeffer hallados en el domicilio de James Chilton
Una cámara digital marca Sony
Un trípode para cámara marca Steady Shot
Tres cables USB
Un rollo de cinta aislante marca Home Depot
Un revólver Smith & Wesson, cargado con 6 proyectiles del calibre 38 especial
Una bolsa de plástico con 6 balas más

Fort Taurus de Hertz, matrícula de California HG128, aparcado a media manzana del domicilio de James Chilton
Una botella de Vitamin Water sabor naranja, medio llena
Un contrato de alquiler de Hertz, con Gregory Schaeffer como arrendatario del vehículo
Un envoltorio de Big Mac de MacDonald's
Un mapa del condado de Monterrey provisto por Hertz, sin ubicaciones marcadas (análisis de infrarrojos negativo)
Cinco vasos de café vacíos, 7-Eleven. Sólo con las huellas de Schaeffer

Dance leyó la lista dos veces. No podía molestarse por el trabajo que había hecho la unidad de criminología. Era perfectamente aceptable. Y, sin embargo, no brindaba ninguna pista acerca del paradero de Travis Brigham. O de dónde podía estar enterrado su cuerpo.

Sus ojos se deslizaron hacia la ventana y fueron a posarse en el grueso y áspero nudo, el punto en el que dos árboles independientes se volvían uno. Luego siguieron viaje hacia el cielo.

Ah, Travis, pensó, incapaz de sustraerse a la idea de que le había fallado.

Incapaz, al fin, de sustraerse a las lágrimas.

41

Travis Brigham se despertó, orinó en el cubo que había junto a la cama y se lavó las manos con agua embotellada. Ajustó la cadena que unía el grillete que ceñía su tobillo a una gruesa argolla de la pared.

Pensó otra vez en aquella absurda película, *Saw*, en la que dos hombres encadenados a la pared, igual que él, sólo podían escapar cortándose las piernas.

Bebió un poco de Vitamin Water, se comió un par de barritas de cereales y retomó su investigación mental, intentando reconstruir lo que le había pasado, por qué motivo había acabado allí.

¿Y quién era el culpable de aquel horror?

Se acordó de unos días antes, cuando aquellos policías o agentes, o lo que fueran, habían estado en su casa. Su padre, un gilipollas, y su madre, una llorona pusilánime. Él había cogido su uniforme y su bici y se había ido a su mierda de trabajo. Se había metido con la bici en los bosques de detrás de su casa y entonces se había derrumbado. Había soltado la bici y se había sentado junto a un roble enorme y había empezado a llorar a moco tendido.

¡No tenía remedio! Todo el mundo lo odiaba.

Después, limpiándose la nariz, se había sentado debajo del árbol, su lugar favorito, le recordaba a un lugar de Etheria, y había oído pasos tras él, a toda prisa.

Antes de que pudiera volverse, lo vio todo amarillo y se le contrajeron todos los músculos del cuerpo a la vez, del cuello a los dedos de los pies. Se quedó sin respiración y se desmayó. Más tarde se había despertado ahí, en el sótano, con un dolor de cabeza que no paraba. Sabía que alguien le había disparado con una Taser. Había visto en YouTube cómo funcionaban.

El Gran Miedo había resultado una falsa alarma. Palpándose cuidadosamente por debajo de los pantalones y por detrás, se había dado cuenta de que nadie le había hecho nada, al menos en ese sentido. Aunque aquello lo puso aún más nervioso. Una violación habría tenido algún sentido, pero aquello... ¿Que lo secuestraran y lo mantuvieran retenido allí, como en una historia de Stephen King? ¿Qué demonios estaba pasando?

Se sentó en la endeble cama plegable que se sacudía cada vez que cambiaba de postura. Recorrió con la vista, una vez más, su prisión, aquel sótano cochambroso. Apestaba a grasa y a moho. Observó la comida y la bebida que le habían dejado: patatas fritas, sobre todo, y paquetes de galletas saladas y de fiambres Oscar Mayer: jamón o pavo. Y para beber, Red Bull, Vitamin Water y Coca-cola.

Una pesadilla. Su vida entera en el último mes había sido una pesadilla insoportable.

Empezando por la fiesta de graduación en aquella casa en las colinas, cerca de la carretera 1. Sólo había ido porque unas chicas le habían dicho que Caitlin quería que fuera. ¡No, no puede ser! ¿En serio? Así pues, había hecho a pie todo el camino por la carretera, hasta más allá del parque natural de Garrapata Beach.

Luego, al entrar, para su horror, sólo había visto a la gente guay. Ni un solo jugón, ni un solo pasota. Sólo los fans de Miley Cyrus.

Y lo que era peor aún, Caitlin lo había mirado como si ni siquiera lo reconociera. Las chicas que le habían dicho que viniera se reían por lo bajo, junto con sus novios los futbolistas. Y los demás lo miraban preguntándose qué rayos hacía allí un friki como Travis Brigham.

Había sido todo una encerrona, sólo para reírse de él.

Un puto infierno.

Pero no podía dar media vuelta y huir. Ni pensarlo. Se había quedado por allí, mirando el millón de discos que tenía la familia, cambiando de canal y comiendo unas cosas riquísimas. Por fin, triste y avergonzado, había decidido que era hora de marcharse, y se había preguntado si conseguiría que alguien lo llevara en coche a aquella hora. Era casi medianoche. Había visto a Caitlin ciega de tequila y jodida porque Mike D'Angelo se había ido con Bri. Estaba buscando a tientas las llaves de su coche y rezongando que iba a seguirles y que... En fin, no sabía qué.

Él había pensado: pórtate como un héroe. Coge las llaves, llévala a casa sana y salva. No le importará que no seas un cachas. No le importará que tengas toda la cara roja y llena de granos.

Sabrá cómo eres por dentro. Te querrá.

Pero Caitlin se había subido de un salto al asiento del conductor, y sus amigas habían montado atrás. Todas dándole ánimos. Él no se había dado por vencido. Se había montado en el coche a su lado y había intentado convencerla de que no condujera.

El héroe...

Pero ella había arrancado y había salido disparada por el camino de la casa y la carretera 1, ignorando sus súplicas de que lo dejara conducir a él.

—¡Venga, Caitlin, por favor, para!

Pero ella ni siquiera lo había oído.

—¡Vamos, Caitlin! ¡Por favor!

Y entonces...

El coche había salido volando de la carretera. El ruido del metal sobre la piedra, los gritos... Travis nunca había oído sonidos tan ensordecedores.

Y aun así había tenido que hacerse el puñetero héroe.

—Caitlin, escúchame. ¿Me oyes? Diles que conducía yo. Yo no he bebido nada. Les diré que he perdido el control. No pasará nada. Pero si piensan que conducías tú, irás a la cárcel.

—¿Y Trish y Van? ¿Por qué no dicen nada?

—¿Me oyes, Cait? Siéntate en el lado del copiloto. ¡Vamos! La policía llegará enseguida. ¡Conducía yo! ¿Me oyes?

—Ay, mierda, mierda, mierda.

—¡Caitlin!

—Sí, sí. Conducías tú... Ay, Travis. ¡Gracias!

Cuando ella lo rodeó con los brazos, sintió algo que no había experimentado nunca antes.

¡Me quiere! ¡Vamos a estar juntos!

Pero aquello no había durado.

Después habían hablado un poco, habían ido a tomar un café a Starbucks, a comer a Subway. Pero enseguida los momentos que pasaban juntos se volvieron penosos. Caitlin se quedaba callada y evitaba mirarlo.

Al poco tiempo, dejó de devolverle las llamadas.

Se volvió aún más distante que antes de su buena acción.

Y luego mira lo que había pasado. Todo el mundo en la península, no, en el mundo entero, empezó a odiarlo.

siento decirtelo, pero [el conductor] es un friki total y un tarado...

Pero ni aun así había perdido la esperanza. El lunes, la noche en que atacaron a Tammy Foster, había estado pensando en Caitlin y, como no podía dormir, se había ido a su casa para ver si estaba bien, aunque fantaseaba sobre todo con la idea de encontrársela en el jardín o en el porche delantero. Lo vería y diría: «Ay, Travis, siento haber estado tan distante. Es sólo que estoy intentando superar lo de Trish y Van. ¡Pero te quiero!»

La vivienda, sin embargo, estaba a oscuras. Había regresado a casa en bici a las dos de la madrugada.

Al día siguiente se había presentado la policía para preguntarle dónde había estado esa noche. Había mentido instintivamente, diciendo que había estado en el Game Shed. Y, claro, enseguida habían descubierto que no era cierto. Y ahora creían que era él quien había atacado a Tammy.

Todo el mundo me odia...

Recordó el instante en que se había despertado allí, después de la descarga de la Taser. El hombretón de pie a su lado. ¿Quién era? ¿El padre de una de las chicas muertas en el accidente?

Travis se lo había preguntado, pero él se había limitado a señalar el cubo que tendría que usar como váter, la comida y el agua. Y le había advertido:

—Mis socios y yo estaremos vigilándote, Travis. Quédate callado. Si no...

Le enseñó un soldador.

—¿De acuerdo?

—¿Quién es usted? —había balbuceado el chico, llorando—. ¿Qué he hecho?

El hombre enchufó el soldador en el enchufe de la pared.

—¡No! Lo siento. ¡Me estaré callado! ¡Se lo prometo!

El secuestrador desenchufó el soldador. Y luego subió las escaleras. La puerta del sótano se había cerrado. Más pasos, y luego el ruido de la puerta de la calle al cerrarse de golpe. El ruido de un coche al arrancar. Y Travis se había quedado solo.

Recordaba borrosamente los días siguientes, llenos de sueños o de alucinaciones cada vez más frecuentes. Para ahuyentar el aburrimiento, y la locura, jugaba de cabeza a *Dimension Quest*.

Ahora ahogó un gemido al oír que en el piso de arriba se abría una puerta. Ruido de pasos.

Su secuestrador había vuelto.

Se abrazó y procuró no llorar. Cállate. Ya conoces las normas. Piensa en la Taser. Piensa en el soldador.

Se quedó mirando el techo, su techo, el suelo del secuestrador, mientras el hombre deambulaba por la casa. Cinco minutos después, los pasos se movieron siguiendo una pauta determinada. Travis se puso tenso: sabía lo que significaba aquel sonido. Iba a bajar allí. Unos segundos después, se oyó el chasquido de la cerradura de la puerta del sótano y pasos bajando por la escalera chirriante.

Travis se acurrucó en la cama al ver acercarse a su secuestrador. Solía traer consigo un cubo vacío y se llevaba el lleno arriba. Hoy, sin embargo, sólo llevaba una bolsa de papel.

Aquello aterrorizó al chico. ¿Qué había dentro?

¿El soldador?

¿Algo peor?

Cerniéndose sobre él, el hombre lo observó con atención.

—¿Cómo te encuentras?

¿Tú qué crees, gilipollas? Estoy hecho mierda.

Pero contestó:

—Bien.

—¿Estás débil?

—Supongo que sí.

—Pero has comido.

Un gesto afirmativo. No le preguntes por qué hace esto. Aunque quieras, no se lo preguntes. Es como la picadura de mosquito más grande del mundo. Tienes ganas de rascártela, pero no puedes. Tiene el soldador.

—¿Puedes andar?

—Creo que sí.

—Bien. Porque voy a darte la oportunidad de irte.

—¿De irme? ¡Sí, por favor! Quiero irme a casa.

Se le saltaron las lágrimas.

—Pero te tienes que ganar tu libertad.

—¿Ganármela? Haré lo que sea. ¿Qué?

—No contestes tan deprisa —dijo el hombre en tono siniestro—. Quizás elijas no hacerlo.

—No, yo...

—Calla. Puedes elegir no hacer lo que voy a pedirte. Pero si no lo haces, te quedarás aquí hasta que te mueras de hambre. Y habrá también otras consecuencias. Tus padres y tu hermano morirán también. Ahora mismo hay alguien fuera de tu casa.

—¿Mi hermano está bien? —susurró Travis, frenético.

—Está bien, por ahora.

—¡No les haga daño! ¡No puedes hacerles daño!

—Puedo y se lo haré. Se lo haré, créeme, Travis.

—¿Qué quiere que haga?

El hombre lo miró con atención.

—Quiero que mates a una persona.

¿Era una broma?

Pero el secuestrador no sonreía.

—¿Qué quiere decir? —murmuró Travis.

—Que mates a alguien, igual que en ese juego al que juegas, *Dimension Quest.*

—¿Por qué?

—Eso a ti no te importa. Lo único que necesitas saber es que, si no haces lo que voy a pedirte, te morirás aquí de hambre y mi socio matará a tu familia. Es así de sencillo. Bien, ésta es tu oportunidad. ¿Sí o no?

—Pero yo no sé cómo matar a nadie.

El hombre metió la mano en la bolsa de papel y sacó una pistola envuelta en una bolsa de plástico. La dejó sobre la cama.

—¡Espere! ¡Es la pistola de mi padre! ¿De dónde la ha sacado!

—De su camioneta.

—Ha dicho que mi familia estaba bien.

—Y lo está, Travis. No les he hecho ningún daño. La robé hace un par de días, cuando estabais durmiendo. ¿Sabes disparar?

El chico asintió con la cabeza. Lo cierto era que nunca había disparado un arma de verdad, pero había jugado a juegos de disparar y veía la tele. Cualquiera que viera *The Wire* o *Los Soprano* sabía lo bastante de pistolas como para disparar una.

—Pero si hago lo que quiere —masculló—, me matará, y luego matará a mi familia.

—No, no lo haré. Para mí es mejor que estés vivo. Tú matas a quien yo te diga, sueltas la pistola y echas a correr. Ve adonde quieras. Luego yo llamo a mi amigo y le digo que deje en paz a tu familia.

Había un montón de cosas absurdas en todo aquello, pero Travis tenía la mente embotada. Temía decir que sí, y también decir que no.

Pensó en su hermano. Luego en su madre. Incluso le vino a la cabeza la imagen de su padre sonriendo. Sonriendo cuando miraba a Sammy, nunca a él. Pero aun así era una sonrisa, y a su hermano parecía hacerle feliz. Eso era lo importante.

Travis, ¿me has traído M&M's?

Sammy...

Parpadeó para limpiarse los ojos de lágrimas y musitó:

—Está bien. Lo haré.

42

Aunque no hubieran regado la comida con una generosa cantidad de chardonnay, Donald Hawken se sentía emocionado.

Pero no le importaba.

Se levantó del sofá donde estaba sentado con Lily y abrazó a James Chilton, que acababa de entrar en el cuarto de estar de su casa de veraneo en Hollister llevando varias botellas más de vino blanco.

El bloguero le devolvió el abrazo, sólo ligeramente avergonzado. Lily regañó a su marido:

—Donald...

—Perdón, perdón, perdón. —Hawken se echó a reír—. Pero no puedo evitarlo. La pesadilla se ha terminado. Dios mío, por lo que habéis pasado.

—Por lo que hemos pasado todos —repuso Chilton.

Todos los medios de comunicación se habían hecho eco de la historia: el Asesino de la Máscara no era el chico, sino un loco que intentaba vengarse por un *post* publicado por Chilton varios años atrás.

—¿De veras iba a dispararte mientras lo grababa?

Chilton levantó una ceja.

—Señor mío Jesucristo —dijo Lily, palideciendo... y sorprendiendo de paso a su marido, puesto que era una agnóstica declarada. Claro que ella también estaba un poco achispada.

—Me da pena ese chico —comentó Hawken—. Era una víctima inocente. Puede que la más patética de todas.

—¿Crees que todavía estará vivo? —preguntó Lily.

—Lo dudo —contestó Chilton con expresión amarga—. Schaeffer lo habrá matado. Para no dejar pistas. Me pone enfermo pensarlo.

Hawken se alegraba de haber rechazado la sugerencia, que, viniendo de aquella tal agente Dance, era casi una orden, de regresar a San Diego. Ni hablar. Se acordó de aquellos días espantosos, después de la muerte de Sarah, cuando James Chilton había corrido a su lado.

Para eso están los amigos.

Rompiendo el paño mortuorio que había descendido sobre ellos, Lily comentó:

—Tengo una idea. Vamos a planear un picnic para mañana. Podemos cocinar Pat y yo.

—Me encanta —repuso Chilton—. Conocemos un parque precioso, aquí cerca.

Pero Hawken seguía emocionado. Levantó su copa de Sonoma-Cutrer.

—Por los amigos.

—Por los amigos.

Bebieron. Lily, con su bonita cara coronada por rizos rubios, preguntó:

—¿A qué hora llegan Pat y los niños?

Chilton consultó su reloj.

—Salió hace quince minutos. Tiene que recoger a los niños en el campamento y luego llegar hasta aquí. No tardará mucho.

A Hawken le hacía gracia aquello: los Chilton vivían junto a una de las costas más bellas del mundo y, sin embargo, para pasar sus vacaciones, habían elegido una casa vieja y rústica a unos tres cuartos de hora tierra adentro, en medio de colinas decididamente pardas y polvorientas. Pero era un lugar tranquilo y apacible.

Y no había *ningún turista*. Un alivio, después de pasar el verano en Carmel, lleno hasta la bandera de veraneantes.

—Muy bien —anunció Hawken—, ya no puedo esperar más.

—¿Qué no puedes esperar? —preguntó su amigo con una sonrisa perpleja en la cara.

—Eso que te dije que iba a traer.

—Ah, ¿el cuadro? En serio, Don, no hace falta que lo hagas.

—No es que haga falta, es que quiero hacerlo.

Entró en el cuarto de invitados donde iban a dormir Lily y él y regresó con un pequeño lienzo, un cuadro impresionista de un cisne azul sobre fondo azul más oscuro. Sarah, su difunta esposa, lo había comprado en La Jolla o San Diego. Un día que Jim Chilton estaba en el sur de California, echándole una mano después de la muerte de Sarah, Hawken lo había sorprendido admirando el cuadro.

En ese momento había decidido que algún día se lo regalaría a su amigo en señal de gratitud por todo lo que había hecho durante aquellos terribles momentos.

Ahora, miraron los tres al ave que despegaba el vuelo del agua.

—Es precioso —dijo Chilton. Apoyó el cuadro en la repisa de la chimenea—. Gracias.

Hawken, que estaba aún más emocionado tras haber bebido media copa de vino más, levantó su copa para proponer otro brindis. En ese momento, chirrió la puerta de la cocina.

—Ah —dijo con una sonrisa—. ¿Es Pat?

Chilton arrugó el entrecejo.

—No puede haber llegado tan pronto.

—Pero he oído algo, ¿vosotros no?

El bloguero hizo un gesto afirmativo.

—Sí.

Entonces, mirando hacia la puerta, Lily dijo:

—Hay alguien ahí. Estoy segura. —Había fruncido el ceño—. Oigo pasos.

—Puede que... —comenzó a decir Chilton.

Pero un grito de Lily lo interrumpió. Hawken se giró y soltó su copa de vino, que se hizo añicos con estrépito.

En la puerta había un chico de unos dieciocho años, con el pelo desigual y la cara punteada de acné. Parecía drogado. Pestañeaba y miraba a su alrededor, desorientado. Sostenía en la mano una pistola. Mierda, pensó Hawken. No habían cerrado con llave la puerta de atrás al llegar. El chico había entrado para robarles.

Pandillas. Tenían que ser las pandillas.

—¿Qué quieres? —murmuró—. ¿Dinero? ¡Te daremos dinero!

El chico siguió entornando los párpados. Posó los ojos en Jim Chilton y los achicó.

Entonces Donald Hawken ahogó un grito.

—¡Es el chico del blog! ¡Travis Brigham!

Estaba más flaco y más pálido que en las fotos de la tele, pero no había duda. No estaba muerto. ¿De qué iba todo aquello? Una cosa, sin embargo, estaba clara: el chico había ido allí a matar a su amigo Jim Chilton.

Lily agarró el brazo de su marido.

—¡No! No le hagas daño, Travis —gritó Hawken, y sintió el impulso de ponerse delante de Chilton para protegerlo.

Sólo la fuerza con que lo agarraba su mujer le impidió hacerlo.

El chico dio un paso hacia el bloguero. Pestañeó y luego apartó la mirada, fijándola en Hawken y Lily. Preguntó con un hilo de voz:

—¿Son los que quiere que mate?

¿Qué quería decir?

Y James Chilton susurró:

—Eso es, Travis. Adelante, cumple lo acordado. Dispara.

Guiñando los ojos para protegerlos de la áspera luz que le escocía como sal en los ojos, Travis Brigham miró a la pareja: las personas a las que, media ahora antes, en el sótano, su secuestrador le había dicho que debía matar. Donald y Lily. El hombre le había explicado que llegarían pronto y que estarían arriba, en aquella casa, la misma en cuyo sótano había pasado los últimos tres o cuatro días.

Travis no lograba entender por qué su secuestrador quería que los matara. Pero eso poco importaba. Lo que importaba era que su familia siguiera viva.

Travis, ¿me has traído M&M's?

Levantó la pistola, les apuntó.

Mientras la pareja balbuceaba palabras que apenas oía, intentó agarrar la pistola firmemente. Le costó un enorme esfuerzo. Había pasado días encadenado a una cama y estaba débil como un pajarillo. Hasta le había costado subir las escaleras. La pistola oscilaba en su mano.

—¡No, por favor, no! —gritó alguien, el hombre o la mujer, no supo cuál de los dos.

Estaba confuso, desorientado por el resplandor de la luz. Le picaban los ojos. Les apuntó, pero siguió preguntándose: ¿quiénes son Donald y Lily? En el sótano, el hombre había dicho:

—Considéralos personajes de *Dimension Quest*, ese juego al que juegas. Donald y Lily son solamente avatares, nada más.

Pero aquellas personas que sollozaban delante de él no eran avatares. Eran de carne y hueso.

Y parecían ser amigos de su secuestrador. O, por lo menos, eso creían ellos.

—¿Qué está pasando? Por favor, no nos hagas daño —dijo Lily—. ¡James, por favor!

Pero el hombre, James, por lo visto, siguió con aquellos ojos fríos clavados en Travis.

—Adelante. ¡Dispara!

—¡James, no! ¿Qué estás diciendo?

Travis agarró con fuerza la pistola y apuntó a Donald. Retiró el martillo.

Lily gritó.

Y entonces algo hizo *clic* en la mente de Travis.

¿James?

El chico del blog.

Cruces en el camino.

Travis pestañeó.

—¿James Chilton?

¿Era el bloguero?

—Travis —dijo con firmeza su secuestrador, colocándose tras él y sacándose otra pistola del bolsillo de atrás. La acercó a la cabeza del chico—. Adelante, hazlo. Te advertí que no dijeras nada, que no hicieras preguntas. ¡Limítate a disparar!

El muchacho le preguntó a Donald:

—¿Es James Chilton?

—Sí —murmuró Hawken.

¿De qué va todo esto?, se preguntó Travis.

Chilton le apretó la pistola contra el cráneo. Dolía.

—Hazlo. Hazlo o morirás. Y tu familia también.

El chico bajó el arma. Sacudió la cabeza.

—No tiene ningún amigo en mi casa. Me ha mentido. Está haciendo esto solo.

—Si no lo haces, te mataré y luego iré a casa de tus padres y los mataré. Juro que lo haré.

—¡Jim! —gritó Hawken—. ¿Esto es...? Por el amor de Dios, ¿qué pasa aquí?

Lily lloraba incontrolablemente.

Travis Brigham lo entendió por fin. Les disparara o no, era hombre muerto. A su familia no le pasaría nada: a Chilton no le interesaban. Pero él estaba ya muerto. Una risa desganada escapó de su garganta, y sintió el escozor de las lágrimas en los ojos, irritados ya por la luz del sol.

Pensó en Caitlin, en sus bellos ojos y su sonrisa.

Pensó en su madre.

Pensó en Sammy.

Y en todas las cosas horribles que la gente había dicho sobre él en el blog.

Sin embargo, no había hecho nada malo. Su vida consistía únicamente en intentar salir adelante lo mejor posible en el instituto, jugar a un juego que le hacía feliz, pasar algún tiempo con su hermano y cuidar de él, conocer a alguna chica a la que no le importara que fuera un friki con problemas de acné. Nunca en su vida había hecho daño a nadie a propósito, nunca había insultado a nadie, nunca había publicado una mala palabra sobre otra persona.

Y el mundo entero se había vuelto contra él.

¿A quién le importaba si moría?

A nadie.

Así pues, hizo lo único que podía hacer: se acercó la pistola a la barbilla.

¡¡¡Fijaos en ese pardillo. Su vida es una CAGADA épica!!!

Deslizó el dedo alrededor del gatillo de la pistola. Comenzó a apretar.

La detonación fue ensordecedora. Temblaron las ventanas, un humo acre llenó la habitación y un delicado gato de porcelana se cayó de la repisa de la chimenea y se rompió sobre el hogar, haciéndose pedazos.

43

El coche de Kathryn Dance tomó el largo camino de tierra que llevaba a la casa de veraneo de James Chilton en Hollister.

Iba pensando en lo mucho que se había equivocado.

Greg Schaeffer no era el Asesino de las Cruces de Carretera.

Los demás también se habían dejado engañar, pero eso no la consolaba en absoluto. Se había contentado con dar por sentado que Schaeffer era el culpable y que había matado a Travis Brigham. Estando muerto Schaffer, no habría más ataques.

Error...

Sonó su teléfono. Se preguntó quién llamaba, pero decidió no mirar la pantalla mientras subía por el camino serpenteante, flanqueado por barrancos a ambos lados.

Cincuenta metros más.

Vio la casa delante de ella, una casa de alquería vieja y extensa que habría parecido propia de Kansas de no ser por los altos montes que la rodeaban. El jardín era un desastre: estaba lleno de trozos de césped descuidados, de ramas grises y rotas y parterres rebosantes de hierbajos. Habría pensado que James Chilton tendría una casa de veraneo más bonita, teniendo en cuenta la herencia de su suegro y su bella casa de Carmel.

Incluso al sol, el lugar suscitaba una sensación de horror.

Pero eso era, naturalmente, porque Dance sabía lo que había sucedido dentro.

¿Cómo he podido equivocarme tanto?

El camino se enderezó y ella siguió adelante. Cogió el teléfono del asiento y miró la pantalla. Era Jonathan Boling quien había llamado. Pero no aparecía el icono de mensaje. Pensó en pulsar «última llamada recibida», pero al final marcó el número de Michael O'Neil. Después de cuatro pitidos, saltó el buzón de voz.

Tal vez estuviera dedicado al Otro Caso.

O quizás estuviera hablando con Anne, su mujer.

Arrojó el teléfono al asiento del copiloto.

Al acercarse a la casa, contó media docena de coches de policía. Había también dos ambulancias.

El sheriff del condado de San Benito, con el que había trabajado en numerosas ocasiones, la vio y le indicó que se acercara. Se apartaron varios agentes y Dance se acercó a la astrosa zona de césped en la que aguardaba el sheriff.

Vio a Travis Brigham tumbado en una camilla, con la cara tapada.

Dejó el coche al ralentí, se bajó y se acercó rápidamente al chico. Se fijó en sus pies descalzos, en los hematomas de sus tobillos, en su piel pálida.

—Travis —susurró.

El chico se sobresaltó como si lo hubiera despertado de un sueño profundo.

Apartó el paño húmedo y la bolsa de hielo de su cara amoratada. Parpadeó y fijó los ojos en ella.

—Ah, eh, agente... La verdad, no me acuerdo de su nombre.

—Dance.

—Perdone.

Parecía sinceramente avergonzado de aquel desliz.

—No pasa nada.

Kathryn Dance le dio un fuerte abrazo.

El chico se pondría bien, le explicó el médico.

La peor lesión física que le había dejado aquel calvario, en realidad, la única preocupante, era un golpe que se había dado en la cabeza, al chocar contra la repisa de la chimenea, cuando el equipo de las fuerzas de intervención rápida del condado de San Benito había asaltado la casa de Chilton.

Estaban vigilando la casa a escondidas mientras esperaban la llegada de Dance cuando el comandante del equipo había visto a través de la ventana que el chico entraba en el cuarto de estar armado con una pistola. James Chilton también había sacado un arma. Y luego, por la razón que fuese, había dado la impresión de que Travis iba a quitarse la vida.

El comandante había ordenado entrar a sus hombres. Habían lanzado granadas aturdidoras a la habitación, cuya detonación causaba un aturdimiento inmediato, y Chilton había caído al suelo. Travis, por su parte, se había golpeado con la repisa de la chimenea. Los agentes habían irrumpido en la casa y les habían desarmado. Habían esposado a Chilton y lo habían sacado a rastras al exterior, y a continuación habían escoltado a Donald Hawken y a su esposa a un lugar seguro y habían dejado a Travis en manos del personal sanitario.

—¿Dónde está Chilton? —preguntó Dance.

—Allí —contestó el sheriff, señalando con la cabeza uno de los coches patrulla de la oficina del sheriff, en el que el bloguero esperaba sentado, esposado y con la cabeza gacha.

Más tarde se las vería con él.

Miró el Nissan Quest del bloguero. Tenía las puertas y el portón trasero abiertos, y el equipo de inspección forense había sacado su contenido, entre el que destacaba la última cruz y un ramo de rosas rojas, ahora teñido de marrón. Chilton debía de tener previsto dejarlas por allí cerca después de matar a los Hawken. La bicicleta de Travis descansaba al lado del portón trasero, y en una bolsa de pruebas transparente estaba la sudadera gris que Chilton había robado y usado para hacerse pasar por el chico y de la que había extraído fibras para dejarlas en la escena de los crímenes.

—¿Y los Hawken? —preguntó Dance al médico—. ¿Cómo están?

—Muy afectados, como puede imaginar, y un poco magullados porque se cayeron al suelo cuando entramos. Pero se pondrán bien. Están en el porche.

—¿Estás bien? —preguntó a Travis.

—Creo que sí —contestó él.

Dance se dio cuenta de lo tonta que era la pregunta. Claro que no estaba bien. James Chilton lo había secuestrado y le había ordenado que asesinara a Donald Hawken y a su mujer.

Al parecer, en lugar de cumplir la orden, Travis había optado por el suicidio.

—Tus padres llegarán pronto —le dijo.

—¿Sí?

Pareció receloso al oír la noticia.

—Estaban muy preocupados por ti.

Él hizo un gesto de asentimiento, pero Dance vio reflejado el escepticismo en su semblante.

—Tu madre se puso tan contenta cuando se lo dije que se echó a llorar.

Era cierto. Dance ignoraba cuál había sido la reacción de su padre.

Un ayudante del sheriff llevó un refresco al chico.

—Gracias.

Travis bebió de la Coca-cola con ansia. A pesar de que llevaba días encerrado, no parecía estar en muy mal estado. Un médico había echado un vistazo a las magulladuras de su pierna: no necesitarían tratamiento, más allá de un vendaje y una crema antibiótica. Dance comprendió que se debían a los grilletes, y una oleada de furia se apoderó de ella. Miró a Chilton, que estaba siendo trasladado a un coche de la oficina del sheriff de Monterrey, pero el bloguero siguió con los ojos bajos.

—¿Qué deporte te gusta más? —preguntó el ayudante del sheriff que le había llevado la Coca-cola, intentando trabar conversación para tranquilizar a Travis.

—Bueno, a mí lo que me gusta es jugar, sobre todo.

—A eso me refiero —repuso el joven agente, pensando que su respuesta obedecía a la sordera temporal que producían las granadas, y preguntó alzando la voz—: ¿Cuál es tu favorito? ¿El fútbol, el baloncesto?

El chico miró con estupor al joven de uniforme azul.

—Sí, juego un poco a todos ésos.

—Qué bien.

El policía no se dio cuenta de que la práctica deportiva de Travis requería únicamente una Wii o un mando de ordenador, ni de que el terreno de juego medía dieciocho pulgadas en diagonal.

—Pero ahora tendrás que empezar poco a poco. Seguro que tienes los músculos atrofiados. Búscate un entrenador.

—Vale.

Un Nissan viejo y destartalado, con la pintura roja descolorida, avanzó traqueteando por el camino de tierra. Aparcó y salieron los Brigham. Sonia, llorosa, cruzó la hierba tambaleándose y abrazó a su hijo con fuerza.

—Mamá...

Su padre también se acercó. Se detuvo junto a ellos, muy serio, y miró al chico de arriba abajo.

—Estás flaco y pálido, ¿sabes lo que te digo? ¿Te duele algo?

—Se pondrá bien —afirmó el médico.

—¿Cómo está Sammy? —preguntó Travis.

—Está en casa de la abuela —contestó su madre—. Está nervioso, pero bien.

—Lo ha encontrado usted, lo ha salvado.

El padre, sin sonreír aún, se dirigía a Dance.

—Entre todos, sí.

—¿Te ha tenido ahí encerrado, en ese sótano? —le preguntó.

Travis hizo un gesto afirmativo, sin mirar a ninguno de los dos.

—No estaba tan mal. Pero hacía mucho frío.

—Caitlin le ha dicho a todo el mundo lo que pasó —le informó su madre.

—¿Sí?

Como si fuera incapaz de controlarse, su padre rezongó:

—No debiste culparte de...

—Chisss —siseó la madre enérgicamente.

El señor Brigham arrugó la frente, pero se calló.

—¿Qué le va a pasar? —preguntó Travis—. ¿A Caitlin?

—Eso no es problema nuestro —repuso su madre—. Ahora no tenemos que preocuparnos por eso. —Miró a Dance—. ¿Podemos irnos a casa? ¿Pasa algo si nos vamos ya?

—Le tomaremos declaración más adelante. No hace falta que sea ahora.

—Gracias —le dijo Travis.

Su padre también le dio las gracias y le estrechó la mano.

—Ah, Travis. Ten.

Dance le dio un trozo de papel.

—¿Qué es esto?

—Es de una persona que quiera que la llames.

—¿De quién?

—De Jason Kepler.

—¿Quién es...? Ah, ¿Stryker? —Travis parpadeó—. ¿Lo conoce?

—Salió a buscarte cuando desapareciste. Nos ha ayudado a encontrarte.

—¿En serio?

—Claro que sí. Dijo que no te había visto nunca.

—Bueno, en persona, no.

—Vivís sólo a ocho kilómetros el uno del otro.

—¿Sí?

Esbozó una sonrisa sorprendida.

—Quiere que quedéis alguna vez.

Travis asintió con una expresión curiosa en la cara, como si la idea de conocer a un amigo del mundo sintético en el mundo real le resultara sumamente extraña.

—Vámonos a casa, nene —le dijo su madre—. Voy a hacer una cena especial. Tu hermano está deseando verte.

Los Brigham y su hijo regresaron andando al coche. El padre levantó el brazo y lo pasó por los hombros de su hijo. Un momento. Luego lo retiró. Kathryn Dance advirtió aquel gesto indeciso. Aunque no creía en la salvación divina, creía en cambio que los pobres mortales somos perfectamente capaces de salvarnos los unos a los otros si se dan las condiciones y las inclinaciones precisas, y que la prueba de que ese potencial existe se halla en los gestos más nimios, como el hecho de apoyar indecisamente una manaza sobre un hombro huesudo.

Gestos más sinceros que las palabras.

—¿Travis? —llamó.

El adolescente se volvió.

—Puede que nos veamos alguna vez... en Etheria.

Él se acercó el brazo al pecho con la palma hacia fuera, y Dance, que supuso que era un saludo entre los miembros de su hermandad, se resistió al impulso de corresponderle de la misma forma.

44

Cruzó el jardín para acercarse a Donald y Lily Hawken, y sus zapatos Aldo se mancharon de polvo y briznas de plantas. Recios saltamontes huían a su paso.

La pareja estaba sentada en los escalones del porche delantero de la casa de vacaciones del bloguero. Daba pena ver la cara de Hawken. Saltaba a la vista que la traición de Chilton le había llegado al alma.

—¿Ha sido Jim quien ha hecho esto? —susurró.

—Me temo que sí.

Otra idea pareció sacudirlo.

—Dios mío, ¿y si hubiéramos traído a los niños? ¿Los habría...?

No pudo acabar la frase.

Su mujer se quedó mirando el jardín polvoriento mientras se enjugaba el sudor de la frente. Hollister está muy lejos del mar, y el aire de verano, atrapado por las abruptas colinas, se calentaba ferozmente a mediodía.

—La verdad —dijo Dance— es que es la segunda vez que intenta matarlos.

—¿La segunda? —susurró Lily—. ¿Se refiere a lo de nuestra casa? ¿El otro día, cuando estábamos abriendo las cajas de la mudanza?

—Sí. También era Chilton, sólo que vestido con una sudadera de Travis.

—Pero... ¿está loco? —preguntó Hawken, estupefacto—. ¿Por qué quería matarnos?

Dance sabía por experiencia que, en su oficio, no se ganaba nada poniendo paños calientes.

—No puedo afirmarlo con toda seguridad, pero creo que James Chilton asesinó a su primera esposa.

Un gemido desgarrador. Ojos desorbitados por el estupor.

—¿Qué?

Lily levantó la cabeza y se volvió hacia Dance.

—Pero murió en un accidente. Nadando cerca de La Jolla.

—He pedido algunos datos a San Diego y a la Guardia Costera para asegurarme, pero es muy probable que esté en lo cierto.

—No es posible. Sarah y Jim estaban muy...

La voz de Hawken se apagó.

—¿Unidos? —preguntó Dance.

Él sacudió la cabeza.

—No, no es posible. —Pero luego balbució furioso—: ¿Me está diciendo que estaban liados?

Un silencio. Luego Dance contestó:

—Sí, eso creo. Tendré pruebas dentro de unos días. Registros de viajes, llamadas de teléfono...

Lily rodeó con el brazo los hombros de su marido.

—Cariño... —susurró.

Hawken dijo:

—Recuerdo que les gustaba estar juntos cuando salíamos. Y Sarah se enfadaba conmigo porque siempre estaba viajando. Dos o tres días a la semana, quizá. No tanto, pero a veces decía que la tenía abandonada. Medio en broma. Yo no me lo tomaba en serio, pero es posible que lo dijera de verdad, y que Jim aprovechara la ocasión para meterse por medio. Sarah siempre fue muy exigente.

«En la cama», pensó Dance, que podría haber terminado la frase, por el tono en que lo dijo Hawken.

Añadió:

—Imagino que Sarah quería que Chilton dejara a Patrizia y se casara con ella.

Una risa amarga.

—¿Y él le dijo que no?

Dance se encogió de hombros.

—Es lo que se me ocurre.

Hawken se quedó pensando. Añadió en tono apático:

—No convenía decirle que no a Sarah.

—He pensado en las circunstancias de aquel momento. Ustedes se mudaron a San Diego hace unos tres años. Fue más o menos entonces cuando murió el padre de Patrizia y ella heredó un montón de dinero. Lo que significaba que Chilton podría seguir escribiendo su blog. En aquella época comenzó a dedicarse a él a tiempo completo. Creo que empezó a sentir que tenía el deber de salvar al mundo, y el dinero de Patrizia podía permitírselo. Así que rompió con su mujer.

—¿Y Sarah amenazó con airear el asunto si no dejaba a Pat? —preguntó Hawken.

—Creo que tenía intención de hacer público que James Chilton, el guardián moral de la nación, tenía una aventura extramatrimonial con la esposa de su mejor amigo.

Dance creía que Chilton había mentido a Sarah, accediendo a divorciarse, y que se había reunido con ella en San Diego. Se lo imaginaba proponiéndole un picnic romántico en una cala desierta cerca de La Jolla. Un baño en aquella hermosa reserva natural. Y luego, el accidente: un golpe en la cabeza. O quizá se hubiera limitado a mantenerla sumergida.

—Pero ¿por qué iba a matarnos a nosotros? —preguntó Lily, y miró angustiada la casa.

Dance le dijo a Donald Hawken:

—¿Perdieron el contacto durante un tiempo?

—Después de la muerte de Sarah, estaba tan deprimido que me olvidé de todo, dejé de ver a todos mis amigos de entonces. Me volqué en los niños. Me convertí en un ermitaño... hasta que conocí a Lily. Entonces empecé a levantar cabeza.

—Y decidió volver aquí.

—Exacto. Vender la empresa y regresar.

Hawken empezaba a comprender.

—Claro, claro. Lily y yo nos reuniríamos con Jim y con Patrizia, y con otros amigos de esta zona. En algún momento hablaríamos del pasado. Jim solía venir al sur de California de vez en cuando, antes de que muriera Sarah. Seguro que había mentido a Pat al respecto y sólo era cuestión de tiempo que le pillaran.

Volvió la cabeza hacia la casa, con los ojos desorbitados.

El cisne azul... ¡Sí!

Dance levantó una ceja.

—Le dije a Jim que quería regalarle uno de los cuadros preferidos de mi difunta esposa. Me acordaba de que lo había visto mirándolo cuando pasó unos días en mi casa, después de la muerte de Sarah. —Una risa burlona—. Apuesto a que fue Jim. Seguramente lo compró años antes y un día, estando en su casa, Sarah le dijo que lo quería. Puede que Jim le dijera a Patrizia que se lo había vendido a alguien. Si ella veía el cuadro, se preguntaría de dónde lo había sacado Sarah.

Aquello explicaba la desesperación de Chilton: por qué se había arriesgado a matar. El riguroso bloguero que sermoneaba al mundo sobre cuestiones morales, a punto de ser denunciado públicamente por haber mantenido una relación extramatrimonial con una mujer que había muerto. Surgirían dudas, se iniciaría una investigación. Y lo que más le importaba, su blog, quedaría destruido. Tenía que eliminar esa amenaza.

El Report *es demasiado importante para ponerlo en peligro...*

—Pero ¿y ese hombre de su casa, Schaeffer? —preguntó Lily—. En la declaración que tenía que leer James se mencionaba a Travis.

—Estoy segura de que los planes de Schaeffer no incluían a Travis en un principio. Hacía tiempo que quería matar a Chilton, seguramente desde la muerte de su hermano. Pero cuando se enteró del caso de las cruces de carretera, rescribió la declaración para incluir en ella el nombre de Travis. De ese modo, nadie sospecharía de él.

—¿Cómo ha descubierto que el culpable era Jim y no Schaeffer? —quiso saber Hawken.

—Principalmente, —explicó Dance—, por lo que *no* figuraba en los informes del laboratorio.

Los que le había entregado TJ poco antes.

—¿Por lo que no figuraba? —preguntó Hawken.

—En primer lugar —explicó ella—, no había ninguna cruz que anunciara el asesinato de Chilton. El asesino había dejado cruces en sitios públicos antes de las otras agresiones. Pero nadie encontraba la última cruz. En segundo lugar, el asesino había utilizado la bicicleta de Travis, o la suya propia, para dejar marcas de ruedas e implicar de ese modo al chico. Pero Schaeffer no tenía ninguna bicicleta, en ninguna parte. Y luego, la pistola con la que amenazó a Chilton... No era el Colt que le habían robado al padre de Travis. Era una Smith & Wesson. Por último, no había flores, ni alambre de florista en su coche, ni en su habitación de hotel.

»De modo que consideré la posibilidad de que Greg Schaeffer no fuera el Asesino de las Cruces de Carretera. Que, sencillamente, se había topado por casualidad con el caso y había decidido aprovecharlo. Pero, si no era él quien dejaba las cruces, ¿quién podía ser?

Dance había repasado el listado de sospechosos. Había pensando en el párroco, el reverendo Fisk, y en su guardaespaldas, que posiblemente usaba el apodo de Púrpura en Cristo. Eran unos fanáticos, de eso no había duda, y habían amenazado directamente a Chilton a través de sus comentarios en el blog. Pero TJ había ido a ver a Fisk, al guardaespaldas y a algunos otros miembros clave del grupo. Todos tenían coartada para el momento de los ataques.

Había pensado también en Hamilton Royce, el mediador de Sacramento al que pagaban por intentar cerrar el blog por lo que estaba publicando Chilton sobre la Comisión de Planificación de Instalaciones Nucleares. Era una buena hipótesis, pero cuanto más lo pensaba, menos probable le parecía. Royce era un sospechoso demasiado evidente, puesto que ya había intentando cerrar el blog, y de manera pública y notoria, sirviéndose de la policía del estado.

Clint Avery, el constructor, también era una posibilidad. Pero Dance había descubierto que las misteriosas reuniones que había mantenido después de su conversación habían sido con un abogado especializado en igualdad de oportunidades y con dos hombres que dirigían una empresa de trabajo temporal. En aquella región, donde a la mayoría de los empresarios les preocupaba contratar a demasiados extranjeros sin papeles, a Avery le preocupaba, en cambio, que lo denunciaran por no tener suficientes trabajadores pertenecientes a minorías. Al parecer, su nerviosismo al hablar con Dance se debía al temor de que la agente estuviera allí para investigar alguna denuncia por incumplimiento de los derechos civiles y discriminación contra la población latina.

Dance también había sospechado fugazmente del padre de Travis como posible culpable, y se había preguntado si existía algún vínculo psicológico entre las ramas y las rosas y el trabajo de Bob Brigham como jardinero. Incluso había sopesado la posibilidad de que el culpable fuera Sammy, un chico trastornado pero tal vez inteligente, astuto y posiblemente lleno de rencor hacia su hermano mayor.

Pero aunque la familia tenía sus problemas, éstos no eran muy distintos a los que tenían casi todas las familias. Y tanto el padre como el hijo tenían coartada para algunos de los ataques.

Encogiéndose de hombros, Dance le dijo a Hawken:

—Al final, me quedé sin sospechosos. Y llegué al propio James Chilton.

—¿Por qué? —preguntó él.

De A a B, y de B a X...

—Estuve pensando en algo que me dijo uno de nuestros asesores acerca de los blogs: sobre lo peligrosos que son. Y me pregunté, ¿y si Chilton quisiera matar a alguien? Qué gran arma sería el blog. Lanza un rumor, y luego deja que el ciberpopulacho se encargue de él. A nadie le sorprendería que la víctima del acoso enloqueciera. Y ahí tienes a un asesino.

—Pero Jim no dijo nada sobre Travis en el blog —señaló Hawken.

—Y eso es lo más brillante de todo, lo que hizo que Chilton pareciera del todo inocente. Pero en realidad no necesitaba mencionar a Travis. Sabía cómo funciona Internet. Bastaba con la más ligera insinuación de que había hecho algo malo para que los Ángeles Vengadores tomaran cartas en el asunto.

»Suponiendo que Chilton fuera el culpable, tuve que preguntarme quién era su verdadero objetivo. No había nada que indicara que quería matar a las dos chicas, Tammy y Kelley. Ni a Lyndon Strickland o a Mark Watson. Ustedes eran las otras víctimas potenciales, claro. Repasé todo lo que había descubierto sobre el caso, y me acordé de algo extraño. Usted me dijo que Chilton se había presentado en su casa de San Diego para hacerles compañía a usted y a sus hijos el mismo día en que murió su mujer. Que llegó en menos de una hora.

—Exacto. Estaba en Los Ángeles, en una reunión. Cogió el primer vuelo del puente aéreo.

Dance añadió:

—Pero a su mujer le había dicho que estaba en Seattle cuando se enteró de la muerte de Sarah.

—¿En Seattle?

Hawken pareció confuso.

—En una reunión en la sede de Microsoft. Pero, no, lo cierto es que estaba en San Diego. Había estado allí desde el principio. No se marchó de la ciudad después de ahogar a Sarah. Estuvo esperando a tener noticias suyas para presentarse en su casa. Tenía que hacerlo.

—¿Que tenía que hacerlo? ¿Por qué?

—¿Dijo usted que se quedó con ustedes unos días, que incluso les ayudó con la limpieza?

—Sí, así es.

—Creo que su intención era registrar la casa y destruir cualquier cosa de Sarah que pudiera sugerir que habían sido amantes.

—Dios mío —masculló Hawken.

Dance les habló de otros vínculos entre Chilton y los crímenes: que practicaba el triatlón y que incluso había participado en competiciones, lo que significaba que montaba bien en bicicleta. Dance recordaba haber visto gran cantidad de equipación deportiva en su garaje, incluidas varias bicicletas.

—Y luego está el suelo.

Les habló del hallazgo de un tipo de tierra peculiar cerca de una de las cruces de carretera.

—El laboratorio encontró restos idénticos en los zapatos de Greg Schaeffer. Pero procedían de los arriates del jardín delantero de Chilton. Allí fue donde los cogió Schaeffer.

Dance se dijo que había mirado directamente el lugar de origen de aquella tierra la primera vez que había visitado la casa del bloguero, al observar el jardín.

—Y luego estaba su monovolumen, el Nissan Quest.

Les habló del vehículo de un organismo estatal que había visto Ken Pfister cerca de una de las cruces. Esbozó una sonrisa irónica.

—En realidad, era Chilton quien lo conducía, después de colocar la segunda cruz.

Señaló la furgoneta del bloguero, aparcada allí cerca. Llevaba aún en el parachoques la pegatina que Dance recordaba de su primera visita a casa de los Chilton: *DESALINIZAR es DESTROZAR tu estado.*

Había sido la última palabra de la pegatina la que había visto Ken Pfister al pasar la furgoneta: *estado.*

—Fui al juez con lo que había descubierto y conseguí una orden de detención. Mandé registrar la casa de Chilton en Carmel. Se había desecho de casi todas las pruebas materiales, pero encontraron unos cuantos pétalos de rosa rojos y un trozo de cartón parecido al que había usado para las cruces. Me acordé de que había dicho que iba a venir aquí con ustedes, así que llamé al condado de San Benito y les dije que enviaran un equipo táctico a la casa. Lo único que no adiviné fue que Chilton iba a obligar a Travis a dispararles.

Interrumpió las efusivas muestras de agradecimiento de Hawken, que parecía a punto de ponerse a llorar, echando una ojeada a su reloj.

—Ahora tengo que marcharme. Váyanse a casa y descansen un poco.

Lily le dio un abrazo. Hawken le estrechó la mano entre las suyas.

—No sé qué decir.

Dance se despidió y se acercó al coche patrulla de la oficina del sheriff de Monterrey donde estaba sentado James Chilton. Tenía el cabello ralo pegado a un lado de la cabeza. Al verla acercarse, su semblante adquirió una expresión dolida. Casi un mohín.

La agente abrió la puerta trasera y se inclinó.

—No necesito que me pongan grilletes en los pies —siseó él—. Fíjese. Es degradante.

Ella se fijó en las cadenas. Se fijó en ellas con agrado.

—Me las han puesto unos ayudantes del sheriff —prosiguió Chilton—, ¡y se sonreían! Porque decían que yo había tenido encadenado al chico. Todo esto es un disparate. Es un error. Me han tendido una trampa.

Dance estuvo a punto de echarse a reír. Aparte de las demás pruebas, había tres testigos materiales de sus crímenes: Hawken, su esposa y Travis.

Le recitó sus derechos.

—Ya me han informado de mis derechos.

—Sólo quería asegurarme de que de verdad los entiende. ¿Los entiende?

—¿Mis derechos? Sí. Escúcheme, ahí dentro tenía una pistola, sí. Pero había gente empeñada en matarme. Estoy dispuesto a defenderme, como es lógico. Alguien me ha tendido una trampa. Alguien de quien he hablado en mi blog, como usted decía. Vi a Travis entrar en el cuarto de estar y saqué la pistola. Empecé a llevarla encima cuando usted me dijo que estaba en peligro.

Haciendo caso omiso de su cháchara, Dance dijo:

—Vamos a llevarle a la cárcel del condado de Monterrey para ficharlo, James. Entonces podrá llamar a su esposa o a su abogado.

—¿Está oyendo lo que le digo? Me han tendido una trampa. No sé qué habrá contado ese chico, pero está desequilibrado. Le estuve siguiendo la corriente, haciendo como que me creía sus delirios. Iba a dispararle si intentaba hacerles daño a Don y a Lily. Faltaría más.

Dance se inclinó hacia él y procuró controlar sus emociones lo mejor que pudo. No le resultó fácil.

—¿Por qué atacó a Tammy y a Kelley, James? Dos adolescentes que no le habían hecho nada.

—Soy inocente —masculló Chilton.

Ella añadió como si no le hubiera oído:

—¿Por qué a ellas? ¿Porque le desagrada la actitud de las adolescentes? ¿No le gustaba que mancillaran su preciado blog con sus obscenidades? ¿Le molestaban sus errores gramaticales?

Chilton no dijo nada, pero Dance creyó ver un destello de asentimiento en sus ojos. Añadió:

—¿Y por qué Lyndon Strickland? ¿Y Mark Watson? Los mató únicamente porque habían publicado comentarios usando sus nombres auténticos y por tanto era fácil encontrarlos, ¿verdad?

Chilton desvió la mirada, como si supiera que estaba telegrafiando la verdad con sus ojos.

—James, esos dibujos que colgó en el blog fingiendo que era Travis... Los hizo usted mismo, ¿verdad? Recuerdo de la biografía de su blog que trabajó como diseñador gráfico y director de arte en sus tiempos de estudiante.

Él no dijo nada.

La ira de Dance siguió inflamándose.

—¿Disfrutó dibujando ese en el que aparecía yo siendo apuñalada?

De nuevo, silencio.

Dance se incorporó.

—Me pasaré por allí en algún momento para interrogarlo. Su abogado puede estar presente si lo desea.

Chilton se volvió entonces hacia ella con expresión implorante.

—Una cosa, agente Dance, por favor...

Ella levantó una ceja.

—Hay algo que necesito. Es importante.

—¿Qué, James?

—Un ordenador.

—¿Qué?

—Necesito acceso a un ordenador. Cuanto antes. Hoy mismo.

—Puede llamar por teléfono desde el centro de detención. Nada de ordenadores.

—Pero el *Report*... Tengo que seguir subiendo mis artículos.

Dance no pudo contener la risa. A Chilton no le preocupaban su mujer ni sus hijos, sólo le preocupaba su amado blog.

—No, James, eso no va a ser posible.

—Pero yo lo necesito. ¡Lo necesito!

Al oír aquellas palabras y ver su mirada frenética, Kathryn Dance comprendió por fin a James Chilton. Los lectores no eran nada para él. Había matado a dos de ellos con toda tranquilidad y estaba dispuesto a matar a más.

La verdad no le importaba lo más mínimo. Había mentido una y otra vez.

No, la respuesta era muy sencilla: al igual que los jugadores de *Dimension Quest* y como otra mucha gente extraviada en el mundo sintético, James Chilton era un adicto. Un adicto a su propio mesianismo. Un adicto al poder tentador de hacer llegar la palabra, su palabra, a la mente y el corazón de personas de todo el mundo. Cuantos más leyeran sus reflexiones, sus diatribas, sus elogios, más exquisito era el «viaje».

Dance se inclinó para acercarse a su cara.

—James, voy a hacer todo lo que esté en mi mano para asegurarme de que, vaya a la prisión que vaya, no vuelva a conectarse a Internet nunca más. En toda su vida.

Se puso pálido y comenzó a gritar:

—¡No puede hacer eso! ¡No puede quitarme mi blog! ¡Mis lectores me necesitan! ¡El país me necesita! ¡No puede hacerlo!

Dance cerró la puerta del coche e hizo un gesto afirmativo al ayudante del sheriff sentado tras el volante.

45

Encender la sirena por motivos personales iba contra el reglamento, pero a Dance no le importó. Le pareció lo más prudente, teniendo en cuenta que circulaba al doble de la velocidad permitida por la carretera 68, de vuelta a Salinas desde Hollister. Faltaban veinte minutos para la lectura de cargos contra Edie Dance, y pensaba estar allí, en primera fila.

Se estaba preguntando cuándo sería el juicio de su madre. ¿Quién testificaría? ¿Qué pruebas se mostrarían, exactamente?

Pensó de nuevo con desaliento: ¿Tendré que subir al estrado?

¿Y qué pasaría si su madre era condenada? Dance conocía las prisiones californianas. Su población estaba formada principalmente por personas iletradas, violentas, con la mente deshecha por las drogas o el alcohol, o simplemente dañada desde el momento de su nacimiento. A su madre se le marchitaría el corazón en un lugar así. El castigo sería, al fin y al cabo, la pena de muerte: el ajusticiamiento del alma.

Estaba furiosa consigo misma por haberle escrito aquel correo a Bill comentando la decisión de su madre de sacrificar a una de sus mascotas enfermas. Un comentario trivial, hecho hacía años. Absolutamente desproporcionado respecto al efecto devastador que podía tener sobre el destino de su madre.

Lo cual la indujo a pensar en el *Chilton Report*. Todos esos comentarios acerca de Travis Brigham. Todos ellos equivocados, equivocados de principio a fin..., y sin embargo seguirían existiendo eternamente en los servidores y en el corazón de multitud de ordenadores particulares. La gente podría verlos dentro de cinco, de diez o de veinte años. O de cien. Y nunca saber la verdad.

El zumbido de su teléfono la sacó de sus angustiosas meditaciones.

Era un mensaje de texto de su padre.

Estoy en el hospital con tu madre. Ven en cuanto puedas.

Dance ahogó un gemido. ¿Qué ocurría? La lectura de cargos estaba prevista para dentro de quince minutos. Si Edie Dance estaba en el hospital, sólo podía ser por un motivo. O estaba enferma, o herida.

Marcó enseguida el número del móvil de su padre, pero saltó el buzón de voz. Naturalmente, lo habría apagado en el hospital.

¿Habían agredido a su madre?

¿O había intentado suicidarse?

Pisó a fondo el acelerador. Su mente daba tumbos, fuera de control. Pensó que, si su madre había intentado matarse, era porque sabía que Robert Harper tenía pruebas sólidas contra ella, y que sería inútil intentar rebatirlas.

Así pues, su madre había cometido un homicidio. Dance recordó aquel maldito comentario que revelaba que sabía quién había en los pasillos de la UCI a la hora de la muerte de Juan Millar.

Había algunas enfermeras en esa ala. Nada más. La familia se había ido. Y no había visitas...

Dejó atrás a toda velocidad Salinas, Laguna Seca y el aeropuerto. Veinte minutos después llegó a la rotonda de entrada del hospital. Detuvo el coche con un violento frenazo y aparcó en una plaza para discapacitados. Salió de un salto, corrió a la entrada principal y se metió entre los paneles automáticos antes de que las puertas se abrieran del todo.

En el mostrador de admisiones, la recepcionista la miró alarmada y dijo:

—Kathryn, ¿estás...?

—¿Dónde está mi madre? —preguntó la agente con voz ahogada.

—Abajo y...

Cruzó la puerta de un empujón y corrió escaleras abajo. «Abajo» sólo podía significar una cosa: la unidad de cuidados intensivos. Irónicamente, el mismo sitio donde había muerto Juan Millar. Si Edie estaba allí, al menos estaba viva.

Empujó la puerta de la entreplanta y ya se dirigía a toda prisa hacia la UCI cuando miró por casualidad hacia la cafetería.

Se detuvo en seco, jadeante, notando una punzada en el costado. Miró por la puerta abierta y vio a cuatro personas sentadas a una mesa, tomando café. Eran el director del hospital, el jefe de seguridad Henry Bascomb, su padre... y su madre. Estaban enfrascados en una conversación, mirando los documentos que tenían desplegados sobre la mesa.

Stuart levantó la vista y, con una sonrisa, le hizo un gesto con el dedo índice, dándole a entender, dedujo Dance, que sólo tardarían uno o dos minutos. Su madre la miró y luego, con expresión neutra, volvió a fijar la atención en el director del hospital.

—Hola —dijo un hombre tras ella.

Dance se volvió y parpadeó sorprendida al ver a Michael O'Neil.

—Michael, ¿qué pasa? —preguntó casi sin aliento.

Él arrugó el entrecejo.

—¿No has recibido el mensaje? —preguntó.

—Sólo el de mi padre avisándome de que estaban aquí.

—No quería molestarte en medio de una operación. Hablé con Overby y le conté los detalles. Se suponía que tenía que llamarte cuando acabaras.

Ah. En fin, aquél era un fallo del que no podía culpar a su desconsiderado jefe: tenía tanta prisa por llegar a la lectura de cargos, que no le había dicho que había finalizado la detención de Chilton.

—Me han dicho que lo de Hollister ha ido bien.

—Sí, están todos bien. Chilton está detenido. Travis tiene un chichón en la cabeza. Nada más. —Pero el caso de las cruces de carretera estaba ya muy lejos de su mente. Miró hacia la cafetería—. ¿Qué está pasando, Michael?

—Han retirado los cargos contra tu madre —le informó él.

—¿Qué?

O'Neil vaciló, casi avergonzado, y luego dijo:

—No te lo he dicho, Kathryn. No podía.

—¿Decirme qué?

—El caso en el que estaba trabajando...

El Otro Caso...

—No tenía nada que ver con ese asunto del contenedor. Eso sigue en espera. Me puse a investigar por mi cuenta el caso de tu madre. Le dije al sheriff que iba a hacerlo. La verdad es que insistí. Y aceptó. Nuestra única oportunidad era pararle los pies a Harper ahora. Si conseguía que la condenaran... En fin, ya sabes cuál es la probabilidad de invalidar un veredicto mediante apelación.

—No me has dicho nada.

—Ése era el plan. Podía investigar el caso, pero no decirte nada. Tenía que poder testificar que no sabías lo que estaba haciendo. Si no, habría conflicto de intereses. Ni siquiera lo sabían tus padres. Hablé con ellos sobre el caso, pero sólo informalmente. No sospechaban nada.

—Michael...

Dance sintió de nuevo el raro escozor de las lágrimas. Lo agarró del brazo y sus ojos se encontraron, marrón sobre verde.

—Yo sabía que no era culpable —dijo él, arrugando el ceño—.

¿Edie, matar a alguien? Qué disparate. —Sonrió—. ¿Has notado que últimamente siempre hablaba contigo a través de mensajes de texto o correos electrónicos?

—Claro.

—Porque no podía mentirte en persona. Sabía que te darías cuenta enseguida.

Se rió al recordar sus vagas explicaciones acerca del caso del contenedor.

—Pero ¿quién mató a Juan?

—Daniel Pell.

—¿Pell? —murmuró, atónita.

Michael O'Neil le explicó entonces que no había sido Pell en persona, sino una de las mujeres relacionadas con él, su compañera, esa de la que Dance se había acordado la víspera al llevar a sus hijos a ver a los abuelos.

—Sabía que suponías un peligro, Kathryn. Quería pararte los pies a toda costa.

—¿Por qué pensaste en ella?

—Por eliminación —explicó O'Neil—. Sabía que no podía haber sido tu madre. Sabía que tampoco había sido Julio Millar: tenía coartada. Sus padres no estaban aquí, y tampoco había otros policías presentes. Así que me pregunté quién tenía motivos para culpar a tu madre de la muerte. Se me ocurrió que Pell. Tú estabas dirigiendo la operación de busca y captura para encontrarlo, y le estabas pisando los talones. La detención de tu madre te distraería, incluso te obligaría a abandonar el caso. Él no podía hacerlo en persona, así que utilizó a su compañera.

Le explicó que la mujer se había colado en el hospital haciéndose pasar por una candidata a un puesto de enfermera.

—Las solicitudes de empleo —dijo Dance, asintiendo con la cabeza al recordar lo que había descubierto Connie Ramírez—. Pero no tenían ninguna relación con Millar, por eso no les prestamos atención.

—Los testigos me dijeron que llevaba un uniforme de enfermera. Como si acabara de terminar su turno en otro centro y hubiera venido directamente al hospital a solicitar el puesto —continuó el ayudante del sheriff—. Hice analizar su ordenador y descubrí que había hecho una búsqueda en Google sobre interacción de medicamentos.

—¿Y las pruebas que encontraron en el garaje?

—Las colocó ella. Le pedí a Pete Bennington que inspeccionara el garaje. Un equipo del laboratorio encontró algunos pelos que la gente de Harper había pasado por alto, por cierto. Eran de ella. El ADN coincidía. Estoy seguro de que se declarará culpable a cambio de una reducción de condena.

—Me siento tan mal, Michael... Casi he creído que... —No se atrevió a decirlo en voz alta—. Quiero decir que mi madre parecía tan afectada cuando me dijo que Juan le había pedido que lo matara... Y luego afirmó que no estaba en la planta de la UCI cuando él murió, pero se le escapó que sabía que no había nadie por allí, aparte de algunas enfermeras.

—Bueno, había hablado con uno de los médicos de la UCI y él le comentó que se habían marchado todas las visitas. Edie no estuvo en la planta.

Un malentendido y una suposición. Para eso, en su oficio, no había excusa, pensó con amargura.

—¿Y Harper? ¿Va a seguir adelante con el caso?

—No. Está recogiendo sus cosas, se vuelve a Sacramento. Se lo ha pasado a Sandy.

—¿Qué?

Dance estaba perpleja.

O'Neil se rió al ver su expresión.

—Sí. La justicia no le interesa gran cosa. Sólo le interesaba conseguir una condena vistosa, la madre de una agente de policía, condenada.

—Ay, Michael...

Apretó de nuevo su brazo. Y él puso la mano sobre la suya. Después desvió la mirada. Su semblante extrañó a Dance. ¿Qué había visto? ¿Vulnerabilidad? ¿Desesperanza?

O'Neil hizo amago de decir algo, pero se interrumpió.

Tal vez iba a disculparse por haberle mentido y ocultado la verdad sobre la investigación. Consultó su reloj.

—Tengo que ocuparme de un par de cosas.

—Oye, ¿estás bien?

—Sólo estoy cansado.

Dentro de Dance sonaron campanas de alarma. Los hombres nunca estaban «sólo cansados». Lo que querían decir era: «No, no estoy bien, pero no quiero hablar de ello».

—Ah, casi se me olvidaba —añadió—. He tenido noticias de Ernie. El caso de Los Ángeles. El juez se ha negado a posponer la vista sobre el estatuto de inmunidad. Empieza dentro de media hora, más o menos.

Dance cruzó los dedos.

—Esperemos que haya suerte.

Luego lo abrazó con fuerza.

O'Neil se sacó las llaves del coche del bolsillo y se dirigió a las escaleras. Al parecer, tenía demasiada prisa para esperar el ascensor.

Dance miró hacia la cafetería. Vio que su madre ya no estaba sentada a la mesa. Dejó caer los hombros. Maldita sea. Se ha ido.

Pero entonces oyó su voz tras ella.

—Katie...

Edie Dance había salido por la puerta lateral. Seguramente había esperado a que O'Neil se marchara para acercarse a su hija.

—Me lo ha dicho Michael, mamá.

—Cuando retiraron los cargos, quise pasarme por aquí para ver a la gente que me ha apoyado y darles las gracias.

La gente que me ha apoyado...

Hubo un momento de silencio. El sistema de megafonía emitió un anuncio incomprensible. En alguna parte lloró un niño. Los sonidos se desvanecieron.

Y por la expresión y las palabras de Edie, Kathryn Dance comprendió la verdadera extensión de lo sucedido entre madre e hija esos últimos días. Su conflicto no tenía nada que ver con el hecho de que se hubiera marchado precipitadamente del juzgado, unos días antes. Era un asunto más fundamental.

—No creía que hubieras sido tú, mamá —balbució—. De veras.

Edie Dance sonrió.

—Ah, ¿y lo dices tú, una experta en kinesia, Katie? Dime qué tengo que buscar para saber si me estás contando una mentira.

—Mamá...

—Katie, creías que era posible que hubiera matado a ese chico.

Dance suspiró y se preguntó hasta qué punto era grande el vacío que sentía en el alma en ese momento. El no se le murió en la boca y dijo con voz temblorosa:

—Puede ser, mamá. Está bien, puede ser. Pero no por eso pensé mal de ti. Seguía queriéndote. Pero es cierto, pensé que era posible.

—Tu cara en el juzgado, en la vista por la fianza. Con sólo verte la cara, me di cuenta de que lo estabas pensando. Lo supe.

—Lo siento muchísimo —susurró.

Entonces Edie Dance hizo algo completamente impropio de ella: agarró a su hija con firmeza por los hombros, con más firmeza de la que

Dance creía que la hubiera agarrado nunca una mujer, ni siquiera de niña.

—No te atrevas a decir eso —dijo su madre con aspereza.

Dance parpadeó e hizo intento de hablar.

—Chisss, Katie. Escucha. Después de la vista por la fianza estuve en vela toda la noche, pensando en lo que había visto en tus ojos, en lo que sospechabas de mí. Déjame acabar. No pegué ojo en toda la noche. Estaba dolida, furiosa. Pero entonces, por fin, entendí algo. Y me sentí muy orgullosa.

Una sonrisa cálida suavizó los redondeados contornos de su rostro.

—Muy orgullosa.

Dance estaba desconcertada.

—¿Sabes, Katie? —continuó su madre—, un padre nunca sabe si lo está haciendo bien. Estoy segura de que tú has sentido lo mismo.

—Bueno, sólo unas diez veces al día.

—Siempre tienes la esperanza, rezas por estar dándoles a tus hijos los recursos que necesitan, las actitudes, el coraje. De eso se trata, a fin de cuentas. No de librar sus batallas, sino de prepararles para que las libren por sí mismos. De enseñarles a tener su propio criterio, a pensar por su cuenta.

Las lágrimas rodaban por las mejillas de Dance.

—Y cuando vi que te cuestionabas lo que podía haber hecho, pensando en lo que había pasado, supe que había acertado al cien por cien. Te eduqué para que no estuvieras ciega. Tú sabes que los prejuicios ciegan a la gente, que el odio ciega. Pero también ciegan la lealtad y el amor. Tú buscaste la verdad pese a todo.

Su madre se rió.

—Te equivocaste, naturalmente. Pero eso no puedo reprochártelo.

Se abrazaron y su madre dijo:

—Bueno, todavía estás de servicio. Vuelve a la oficina. Sigo enfadada contigo, pero se me pasará dentro de un día o dos. Iremos de compras y luego cenaremos en Casanova. Ah, Katie, invitas tú.

46

Kathryn Dance regresó a su despacho del CBI y redactó el informe final sobre el caso.

Bebió a sorbos cortos el café que le trajo Maryellen Kresbach y echó un vistazo a las notitas rosas que su asistente había dejado en un montón, junto a un plato que contenía una galleta muy gruesa.

Sopesó cuidadosamente los mensajes y sólo devolvió una de las llamadas, pero en cambio se comió el cien por cien de la galleta.

Su teléfono emitió un pitido. Un sms de Michael O'Neil:

K: caso visto para sentencia en L.A. El juez dará a conocer su decisión en las próximas horas. Sigue con los dedos cruzados. Hoy están pasando muchas cosas, pero hablamos pronto, M.

Por favor, por favor, por favor...

Tras beber un último sorbo de café, imprimió el informe para Overby y lo llevó a su despacho.

—Aquí está el informe, Charles.

—Ah. Muy bien. Menuda sorpresa —añadió—, el giro que ha dado el caso.

Leyó deprisa el informe. Dance se fijó en una bolsa de deporte, una raqueta de tenis y un pequeño maletín que había detrás de su mesa. Era última hora de la tarde, un viernes de verano, y seguramente Overby iba a irse desde allí a su casa de fin de semana.

Detectó cierta frialdad en su postura, atribuible sin duda a su encontronazo con Hamilton Royce, y esperó con agrado lo que iba a suceder a continuación. Sentándose frente a su jefe, dijo:

—Hay una última cosa, Charles. Se trata de Royce.

—¿Qué es?

Levantó la vista y comenzó a alisar su informe como si le estuviera quitando el polvo.

Dance le explicó lo que había descubierto TJ sobre el cometido de

Royce: detener el blog no para salvar a posibles víctimas, sino para impedir que Chilton siguiera denunciando que un diputado del estado de California se dejara agasajar por los promotores de una planta nuclear.

—Nos ha utilizado, Charles.

—Ah.

Overby siguió revolviendo sus papeles.

—Cobra de la Comisión de Planificación de Instalaciones Nucleares, que dirige el diputado sobre el que escribió Chilton en el hilo de su blog titulado «Poder para el pueblo».

—Entiendo. Conque Royce, mmm...

—Quiero enviar un informe al fiscal general. Seguramente lo que ha hecho Royce no es delito, pero no hay duda de que es poco ético. Utilizarme a mí, utilizarnos a todos. Le costará su empleo.

Overby siguió rebuscando entre los papeles mientras sopesaba la cuestión.

—¿Te parece bien que lo haga?

Saltaba a la vista que no. Por eso se lo preguntó Dance.

—No estoy seguro.

Ella se rió.

—¿Por qué? Registró mi mesa. Maryellen lo vio. Utilizó a la policía del estado para sus propios fines.

Overby clavó los ojos en los papeles de su mesa. Estaban tan ordenados como cabía esperar.

—Bueno, nos costaría tiempo y recursos. Y podría ser... embarazoso para nosotros.

—¿Embarazoso?

—Meternos en una pugna entre agencias. Lo odio.

No era un argumento de mucho peso. En la administración, todo era «pugna entre agencias».

Pasado un rato de tenso silencio, Overby pareció dar con una idea. Levantó un poco una ceja.

—Además, quizá no tengas tiempo para ocuparte de ese asunto.

—Le encontraré un hueco, Charles.

—Bueno, el caso es que hay un...

Buscó una carpeta de las que había sobre su mesa y extrajo un documento grapado de varias páginas.

—¿Qué es eso?

—Pues a decir verdad...

Levantó la otra ceja.

—Es de la oficina del fiscal general.

Empujó los papeles hacia el otro lado de la mesa.

—Parece que ha habido una queja contra ti.

—¿Contra mí?

—Por lo visto hiciste comentarios racistas sobre una funcionaria del condado.

—Eso es absurdo, Charles.

—Pues ha llegado hasta Sacramento.

—¿Quién se ha quejado?

—Sharanda Evans. De los Servicios Sociales del condado.

—No la conozco. Es un error.

—Estaba en el hospital cuando detuvieron a tu madre. Cuidando de tus hijos.

Ah, la mujer que había recogido a Wes y a Maggie en la ludoteca del hospital.

—Charles, no estaba «cuidándolos». Iba a llevárselos. Ni siquiera intentó llamarme.

—Asegura que hiciste comentarios racistas.

—Dios, Charles, le dije que era una incompetente. Eso es todo.

—Ella no lo interpretó así. Pero como en general tienes buena reputación y nunca has tenido problemas, el fiscal general se inclina por no amonestarte oficialmente. Aun así, hay que investigarlo.

Overby parecía dividido ante aquel dilema.

Pero no mucho.

—El fiscal quería conocer la opinión de gente de aquí para decidir cómo proceder.

Se refería a sí mismo. Dance comprendió lo que estaba sucediendo: había avergonzado a Overby delante de Royce. Quizás el mediador se había llevado la impresión de que no podía controlar a sus subordinados. Y una queja procedente del CBI en su contra pondría en entredicho la autoridad de Overby.

—Naturalmente, tú no eres racista, pero esa tal señora Evans está muy ofendida.

Miró la carta invertida que había puesto delante de Dance como si fueran las fotos de una autopsia.

¿Cuánto tiempo lleva trabajando en esto? O no el suficiente, o demasiado.

Kathryn Dance comprendió que su jefe estaba negociando: si ella no llevaba adelante su queja contra el posible cohecho de Royce, él le diría al fiscal general que había investigado a fondo la queja de la trabajadora social y que carecía de fundamento.

Si, en cambio, presentaba la queja contra Royce, podía perder su trabajo.

Se quedaron un instante en suspenso. A Dance le sorprendió que Overby no mostrara señal alguna de estrés. Notó que ella, en cambio, movía el pie como un pistón.

Creo que me hago una «idea general», pensó con sorna. Estuvo a punto de decirlo, pero no lo dijo.

Bien, tenía que tomar una decisión.

Dudó.

Overby tocó el informe de la queja con los dedos.

—Es una lástima que pasen estas cosas. Nos dedicamos a nuestras tareas, y se meten otras de por medio.

Después del caso de las cruces de carretera, después de la montaña rusa que estaba siendo el caso de Juan Nadie en Los Ángeles, después de los días angustiosos que había pasado preocupada por su madre, Dance decidió que no tenía ánimos para luchar, y menos aún por aquello.

—Si crees que presentar una queja contra Royce nos robaría demasiado tiempo, lo respeto, desde luego, Charles.

—Seguramente es lo mejor. Hay que volver al trabajo, eso es lo que tenemos que hacer. Y esto lo dejaremos también a un lado.

Cogió la queja y la guardó en la carpeta.

¿Hasta dónde puede llegar nuestro descaro, Charles?

Él sonrió.

—Se acabaron las distracciones.

—De vuelta al trabajo —repuso ella.

—Muy bien, veo que es tarde. Que tengas un buen fin de semana. Y gracias por cerrar el caso, Kathryn.

—Buenas noches, Charles.

Dance se levantó y salió del despacho. Se preguntó si Overby se sentía tan indigno como ella.

Lo dudaba mucho.

Regresó al Ala de las Chicas y estaba justo en la puerta de su despacho cuando oyó una voz tras ella:

—¿Kathryn?

Se volvió y vio a alguien a quien no reconoció al principio. Luego se dio cuenta de que era David Reinhold, el joven ayudante del sheriff.

No llevaba puesto el uniforme, sino unos vaqueros, un polo y una americana. Sonrió y bajó la mirada.

—No estoy de servicio. —Se acercó y se detuvo a unos pasos de ella—. Me he enterado de lo del caso de las cruces de carretera.

—Ha sido toda una sorpresa —comentó ella.

Reinhold se había metido las manos en los bolsillos. Parecía nervioso.

—Ya lo creo. Pero ¿el chico va a ponerse bien?

—Sí.

—¿Y Chilton? ¿Ha confesado?

—Yo apostaría a que no hace falta. Tenemos testigos y pruebas materiales suficientes. Está cantado.

Señaló con la cabeza hacia su despacho y levantó una ceja, invitándolo a entrar.

—Tengo cosas que hacer. Me he pasado antes por aquí, pero no estaba.

Era curioso que dijera aquello. Y Dance notó que parecía aún más nervioso que antes. Su lenguaje corporal denotaba un alto nivel de estrés.

—Sólo quería decirle que me ha encantado trabajar con usted.

—Te agradezco tu ayuda.

—Es una persona muy especial —tartamudeó él.

Oh, oh. ¿Adónde quiere ir a parar?

Reinhold esquivó su mirada. Carraspeó.

—Sé que no me conoce mucho.

Es por lo menos diez años más joven que yo, pensó ella. Un crío. Se esforzó por no sonreír, o por no ponerse demasiado maternal, y se preguntó adónde querría invitarla a salir.

—Bueno, lo que intento decir es que...

Pero no dijo nada: se limitó a sacarse un sobre del bolsillo y a dárselo.

—Lo que intento decir es que espero que tenga en cuenta mi solicitud de ingreso en el CBI. La mayoría de los agentes mayores no son muy buenos mentores —añadió Reinhold—. Sé que con usted sería diferente. Agradecería la oportunidad de aprender a su lado.

Luchando por no reírse, Dance contestó:

—Vaya, David, gracias. Creo que ahora mismo no estamos contratando personal, pero te prometo que, cuando surja la ocasión, me aseguraré de que estés entre los primeros de la lista.

—¿En serio?

Sonrió de oreja a oreja.

—Claro que sí. Bueno, David, buenas noches. Y gracias otra vez por tu ayuda.

—Gracias, Kathryn. Es usted la mejor.

Para ser una persona mayor...

Dance entró sonriendo en su despacho y se dejó caer pesadamente en la silla. Miró los troncos entrelazados de los árboles del otro lado de la ventana. Su teléfono móvil comenzó a sonar. Como no tenía ganas de hablar con nadie, echó un vistazo a la pantalla.

Dudó y, al tercer pitido, pulsó «Contestar».

47

Una mariposa se deslizó a lo largo de la valla y desapareció en el jardín del vecino. No era todavía la época del año en que llegaban las monarcas, los lepidópteros migratorios que daban a Pacific Grove su sobrenombre, «Ciudad Mariposa, Estados Unidos», y Dance se preguntó de qué tipo sería.

Estaba sentada en la Cubierta, humedecida y resbaladiza por la niebla de última hora de la tarde. Estaba sola y reinaba el silencio. Los niños y los perros estaban en casa de sus padres. Llevaba puestos unos vaqueros descoloridos, una sudadera verde y unos elegantes zapatos Brown de la línea Fergie, modelo Wish: un capricho que se había permitido al concluir el caso. Bebió un sorbo de vino blanco.

Tenía el ordenador portátil abierto delante de ella. Se había conectado como administradora temporal de *The Chilton Report*, después de encontrar los códigos de acceso en uno de los ficheros de James Chilton. Consultó el libro que había estado leyendo, acabó de escribir el texto y lo subió.

http://www.thechiltonreport.com/html/final.html

Leyó el resultado. Esbozó una sonrisa.

Y se desconectó.

Oyó unos pasos pesados en la escalera que subía a la terraza desde un lateral de la casa y al volverse vio a Michael O'Neil.

—Hola.

Él sonrió.

Dance había estado esperando su llamada acerca de la decisión del magistrado de Los Ángeles sobre si procedía o no el caso contra Juan Nadie. Le había parecido tan preocupado en el hospital que no esperaba verlo aparecer en persona. En cualquier caso, Michael O'Neil siempre era bienvenido. Dance intentó interpretar su expresión. Solía acertar, lo conocía tan bien..., pero él seguía teniendo cara de póquer.

—¿Vino?

—Claro.

Sacó otra copa de la cocina y le sirvió su tinto preferido.

—No puedo quedarme mucho.

—De acuerdo. —Dance apenas podía contenerse—. ¿Y bien?

Se le escapó una sonrisa.

—Hemos ganado. Me he enterado hace veinte minutos. El juez barrió del mapa a la defensa.

—¿En serio? —preguntó ella con el tono de una adolescente.

—Sí.

Se levantó y le dio un fuerte abrazo. O'Neil la rodeó con sus brazos y la apretó contra su sólido pecho.

Se separaron y entrechocaron sus copas.

—Ernie se presenta ante el gran jurado dentro de dos semanas. No hay duda de que recurrirán. Quieren que estemos allí el martes, a las nueve de la mañana, para preparar nuestra declaración. ¿Estás lista para una excursión?

—Ya lo creo que sí.

O'Neil se acercó a la barandilla. Miró el jardín de atrás, el carillón de viento que se había caído al suelo una noche de viento, y sin sueño, hacía algún tiempo, y que Dance no había recogido aún. Guardó silencio.

Ella intuyó que iba a suceder algo.

Se alarmó. ¿Qué le ocurría? ¿Estaba enfermo?

¿Iba a mudarse?

—Me estaba preguntando... —prosiguió él.

Dance aguardó. Se le aceleró la respiración. El vino de su copa se agitaba como el turbulento Pacífico.

—La reunión es el martes y me estaba preguntando si te apetecería pasar unos días en Los Ángeles. Podríamos hacer un poco de turismo. Comernos esos huevos Benedict que tanto nos apetecían. O quizás ir a comer *sushi* a West Hollywood y mirar a toda esa gente que se esfuerza por ir a la última. Hasta podría comprarme una camisa negra.

Estaba parloteando sin sentido.

Y Michael O'Neil nunca hacía eso. Nunca.

Dance pestañeó. Su corazón batía tan aprisa como las alas de un colibrí suspendido sobre el comedero carmesí que había allí cerca.

—Yo...

O'Neil se rió y bajó los hombros. Ella no se hacía una idea de la cara que había puesto.

—Está bien, supongo que hay otra cosa que debería decirte.

—Claro.

—Anne se marcha.

—¿Qué? —preguntó, atónita.

El rostro de Michael O'Neil era una amalgama de emociones: esperanza, incertidumbre, dolor. Pero tal vez la más evidente fuera la perplejidad.

—Se va a vivir a San Francisco.

Un centenar de preguntas se agolparon en la mente de Dance. Formuló la primera:

—¿Y los niños?

—Se quedan conmigo.

No le sorprendió la noticia. No había mejor padre que Michael O'Neil. Y Dance siempre había tenido sus dudas sobre las habilidades de Anne como madre, y sobre su deseo de hacerse cargo de esa tarea.

Claro, pensó. A eso se debía la expresión angustiada de O'Neil en el hospital, a la ruptura. Se acordó de sus ojos, de lo inermes que le habían parecido.

Él continuó hablando con el tono cortante y crispado de quien ha estado haciendo planes a toda prisa y con escaso sentido de la realidad. Los hombres caían en aquel error con más frecuencia que las mujeres. Le habló de las visitas de los niños a su madre, de cómo habían reaccionado su familia y la de Anne, de abogados, de lo que haría ella en San Francisco. Dance asentía con la cabeza, concentrada en sus palabras, animándolo, dejándolo hablar, sobre todo.

Captó de inmediato sus referencias a «un galerista», a «un amigo de Anne en San Francisco» y a «él». La deducción que hizo no la sorprendió, a pesar de que estaba muy furiosa con Anne por hacer sufrir a O'Neil.

Y estaba sufriendo, estaba destrozado, aunque él no lo supiera aún.

¿Y yo?, pensó Dance. ¿Qué siento yo al respecto?

Arrumbó de inmediato aquella cuestión, negándose a examinarla en aquel instante.

O'Neil parecía un colegial que acabara de invitar a una chica al baile de graduación. A Dance no le habría sorprendido que metiera las manos en los bolsillos y se mirara las puntas de los pies.

—Así que me estaba preguntando, sobre lo de la semana que viene... ¿Nos quedamos unos días más?

¿Qué vamos a hacer a partir de ahora?, pensó Dance. Si pudiera verse a sí misma en ese instante como analista gestual, ¿qué le revelaría su lenguaje corporal? Estaba, por un lado, profundamente conmovida por la noticia. Y por otro se sentía tan cautelosa como un soldado en una zona de guerra acercándose a un paquete dejado en la cuneta.

El atractivo de un viaje con Michael O'Neil era casi arrollador.

Y, sin embargo, lógicamente, la respuesta no podía ser sí. Para empezar, él tenía que estar allí, con sus hijos, completamente y al cien por cien. Tal vez no les hubieran contado aún, no debían contárselo aún, cuál era la situación de sus padres, y sin embargo algo sabrían. La intuición de los niños es una fuerza primordial de la naturaleza.

Pero había además otro motivo por el que no podía pasar unos días con O'Neil en Los Ángeles.

Y se dio la coincidencia de que apareció en ese instante.

—¿Hola? —gritó un hombre desde el jardín lateral.

Dance sostuvo la mirada de O'Neil, esbozó una sonrisa tensa y respondió alzando la voz:

—¡Aquí arriba! ¡En la parte de atrás!

Se oyeron de nuevo pasos en la escalera y Jonathan Boling se reunió con ellos. Sonrió a O'Neil y se estrecharon las manos. Al igual que Dance, iba en vaqueros. Llevaba botas de montaña y un polo de punto debajo de un cortavientos Land's End.

—Llego un poco pronto.

O'Neil era listo y, sobre todo, prudente. Dance notó que comprendía al instante. Su primera reacción fue de consternación por haberla puesto en una situación difícil.

Le ofreció con la mirada una disculpa sincera.

Y ella, también con la mirada, insistió en que no era necesaria.

O'Neil pareció divertido y le dedicó una sonrisa semejante a la que habían intercambiado cuando, el año anterior, habían oído en la radio del coche la canción de Stephen Sondheim «Send in the clowns» acerca de dos posibles amantes que no logran encontrarse.

El sentido de la oportunidad, ambos lo sabían, lo era todo.

Dance dijo en tono mesurado:

—Jonathan y yo vamos a Napa a pasar el fin de semana.

—Es sólo una pequeña reunión familiar en casa de mis padres. Siempre me gusta llevar a alguien, para crear interferencias.

Boling intentaba quitar importancia a su escapada. El profesor también era listo; había visto juntos a Dance y O'Neil, y comprendía que había interrumpido algo.

—Aquello es precioso —comentó O'Neil.

Dance recordó que Anne y él habían pasado su luna de miel en un hotel cerca de las bodegas Cakebread, en la región vitícola.

Por favor, ¿podemos borrar de un plumazo tanta ironía?, pensó Dance. Y se dio cuenta de que le ardía en la cara un rubor de colegiala.

O'Neil preguntó:

—¿Wes está en casa de tus padres?

—Sí.

—Entonces lo llamaré. Quiero salir mañana a las ocho.

A Dance la conmovió que mantuviera la cita con su hijo para ir a pescar, a pesar de que ella estaría fuera y de que él ya tenía suficientes cosas en las que pensar.

—Gracias. Lo está deseando.

—Van a enviarme una copia de la decisión del juez de Los Ángeles. Te la mandaré por correo electrónico.

—Quiero que hablemos, Michael —dijo ella—. Llámame.

—Claro.

O'Neil entendería que se refería a hablar de él y de Anne y de su inminente separación, no del caso de Juan Nadie.

Y Dance comprendió que no la llamaría mientras estuviera fuera con Boling. Era ese tipo de persona.

Sintió el súbito impulso, el ansia de abrazar de nuevo al ayudante del sheriff, de rodearlo con sus brazos, y estuvo a punto de hacerlo. Pero pese a no tener conocimientos de análisis kinésico, O'Neil advirtió al instante su intención. Dio media vuelta y se dirigió a la escalera.

—Tengo que ir a buscar a los niños. Noche de pizza. Adiós, Jon. Y, oye, gracias por toda tu ayuda. No lo habríamos conseguido sin ti.

—Me debes una placa de hojalata —repuso Boling con una sonrisa, y preguntó a Dance si podía llevar algo al coche.

Ella le indicó una bolsa llena de refrescos, agua, aperitivos y discos para el viaje hacia el norte.

Dance se descubrió apretándose la copa de vino contra el pecho mientras veía a O'Neil empezar a bajar la escalera de la terraza. Se preguntó si se giraría.

Y se giró, sólo un momento. Cruzaron otra sonrisa, y se marchó.

Agradecimientos

Gracias a Catherine Buse, cuya excelente investigación me puso al día sobre los blogs y la vida en el mundo sintético. Además, me enseñó a sobrevivir, al menos durante una temporada, en los videojuegos de rol multijugador masivo en línea. Gracias también por su sagacidad editorial a Jane Davis, Jenna Dolan, Donna Marton, Hazel Orme y Phil Metcalf. Mi admiración a la *webmaster* de James Chilton, mi hermana Julie Reece Deaver, y gracias, como siempre, a Madelyn y a los cachorros: a todos ellos.